COUP DE FROID

LE SOMMEIL DES JUSTES - AVIS DE RECHERCHE
TOME 3

TONI ANDERSON®

Traduction par
SOPHIE SALAÜN

COUP DE FROID

Publisher: Toni Anderson. Toni Anderson Inc. C/O Fillmore Riley LLP, 1700-360 Main Street, Winnipeg, MB, Canada. R3C3Z3. Telephone: (204) 808-3112.

Courriel de contact : info@toniandersonauthor.com

Conception de la couverture par Regina Wamba de ReginaWamba.com

Numérique ISBN-13 : 978-1-998554-17-1

Imprimé ISBN : 978-1-998554-16-4

Les personnages et les événements décrits dans ce livre sont purement fictifs. Toute ressemblance avec des personnes réelles, vivantes ou décédées, est fortuite et n'est pas voulue par l'auteur. Toute organisation réelle mentionnée dans ce livre est utilisée de manière totalement fictive et cette histoire ne reflète en aucun cas la réputation ou les actions de ces entités.

Pour plus d'informations sur les livres de Toni Anderson, inscrivez-vous à sa newsletter ou consultez son site web : www.toniandersonfrancais.com

De froides vérités
Baisers frappés
D'ombre et de glace

LE SOMMEIL DES JUSTES - AVIS DE RECHERCHE
Silence de glace
Froide trahison
Coup de froid
Fureur glaciale (Bientôt disponible)
Froide rancune (Bientôt disponible)

N'hésitez pas à visiter la boutique de Toni Anderson® pour découvrir ses autres livres et bénéficier d'offres exclusives !
https://toniandersonshop.com

COUP DE FROID

Grady Steel revient dans la communauté insulaire de Deception Cove, dans le Maine, où il a passé une jeunesse mouvementée, injustement étiqueté comme le mauvais garçon de la ville. Désormais membre de l'équipe d'élite de libération d'otages du FBI, il mène une mission d'infiltration risquée, à la poursuite de l'un des fugitifs les plus recherchés par le FBI.

Après un mariage brisé, Brynn Webster rentre chez elle dans une petite ville endormie où il ne se passe jamais rien, pour aider ses parents à tenir leur café en bord de mer alors que sa mère est malade. Après avoir plongé dans les eaux glaciales du port d'hiver pour sauver un homme mort, Brynn commence à réaliser que l'océan n'est pas le seul endroit à être agité de dangereux courants souterrains.

Grady se lie d'amitié avec la jolie gérante du café local dans le but de déterrer les secrets bien gardés de la ville. Mais duper Brynn n'est pas chose facile, surtout lorsqu'il commence à tomber amoureux d'elle. Puis, lorsque des crimes vieux de plusieurs décennies conduisent à des meurtres aujourd'hui, la mission de Grady tourne à la course contre la montre alors qu'il s'efforce d'attraper un tueur impitoyable... avant que Brynn ne devienne la prochaine victime.

Coup de froid est le troisième livre de la série *Justice froide*® — *Avis de recherche*, mettant en scène des agents de l'équipe de libération d'otages du FBI.

Tous les livres sont indépendants.

🔥 Inscrivez-vous à ma newsletter en français pour recevoir des **scènes bonus gratuitement**, et pour connaître la date de parution de mon prochain livre !
https://www.toniandersonfrancais.com/newsletter/ 🔥

Pour Kaylea Cross, une amie fabuleuse et une personne merveilleuse. Merci de m'avoir permis d'emprunter le nom de ton chien pour le petit ami fictif de Brynn.

CHAPITRE UN

Vendredi, huit heures, FBI — Briefing matinal de la HRT

22 janvier

Grady Steel, membre de la HRT, l'équipe de libération d'otages du FBI, s'adossa à une chaise en plastique dur, les bras croisés et les jambes étendues sous la table, tandis qu'il écoutait le grand patron faire le débriefing de leur dernière opération dans le désert de l'Arizona, deux nuits plus tôt.

Grady était sur place, et ses coéquipiers l'avaient mis au courant de tout ce qu'il avait manqué. Il connaissait déjà les détails. L'équipe Gold avait eu de la chance dans l'ensemble, une chance qu'elle devait à son entraînement quotidien acharné, mais une chance tout de même. Pas de mort. Pas de blessures graves. De nombreux criminels avaient été neutralisés, d'une manière ou d'une autre.

Meghan Donnelly et Seth Hopper avaient été légèrement blessés. Hop s'était fracturé un os du pied, mais il était arrivé ce matin-là en boitant, avec un immense sourire sur sa tronche de cake.

Grady jeta un coup d'œil à son ami et leva les yeux au ciel.

Puis il secoua la tête.

L'amour rendait les gens stupides.

— Nous avons trouvé un défaut dans le parachute de l'opérateur Donnelly, à l'origine du dysfonctionnement à basse altitude. Nous procédons actuellement à une vérification de tous les équipements afin de nous assurer que les autres parachutes sont en parfait état et qu'un tel incident ne se reproduise plus.

Grady jeta un coup d'œil à Donnelly, qui était assise là, impassible. Le défaut l'avait amenée à s'écraser contre la paroi d'un canyon après un saut nocturne en haute altitude. Elle aurait facilement pu mourir ou se briser le cou, mais, heureusement, à part quelques contusions et une bonne dose de fatigue, elle s'en était sortie indemne. Grady se doutait bien que ce n'était pas le danger mortel et les blessures légères qui la préoccupaient le plus.

Elle ne le montrait peut-être pas, mais Grady savait qu'elle se sentait soulagée et rassurée d'avoir une preuve tangible que ce n'était pas *sa* faute.

Donnelly était comme lui.

Elle s'était battue de toutes ses forces et avec toute sa détermination pour passer la sélection, et même après avoir enfin réussi, elle n'était toujours pas entièrement convaincue de mériter sa place. Donnelly était la première femme à intégrer la HRT, ce qui signifiait qu'elle avait dû travailler deux fois plus dur que les autres pour y parvenir. La pression pour ne pas se planter devait être intense.

Surtout qu'elle doutait d'elle-même.

Il était difficile d'expliquer ce mélange troublant entre une confiance en soi profonde et une insécurité parfaitement camouflée et bien enfouie. Une chose était certaine : cela permettait de rester sur ses gardes.

Ils partageaient une cage d'équipement, et il apprenait lentement à connaître l'opératrice taciturne.

Elle était solide.

Il l'appréciait.

Mais elle, comme lui, dans un petit coin de son cerveau, même si elle ne l'admettrait jamais, craignait probablement qu'à un moment donné, quelqu'un se rende compte d'une erreur et la renvoie de l'équipe. Il en faisait régulièrement des cauchemars, mais il commençait enfin à y croire.

À croire que c'était réel.

Qu'il était à sa place.

Daniel Ackers s'éclaircit la gorge.

Le directeur de la HRT ne participait pas souvent au briefing quotidien de l'équipe, mais, lorsqu'il le faisait, il aimait prendre la parole.

— Compte tenu des événements survenus en janvier, nous voulons nous assurer que tout le monde parle au psychologue. Prenez rendez-vous dans les deux semaines à venir, sinon nous le ferons pour vous.

Ackers croisa le regard de Grady, avant de passer à Cowboy. Ryan Sullivan était ouvertement renfrogné.

— C'est obligatoire, poursuivit Ackers.

Grady garda une expression neutre et ravala ses protestations. Il détestait les psys. C'était leur cas à tous. Le seul point positif était que la psychologue en question était une jolie blonde. Pourtant, Grady aurait préféré faire des exercices dans le froid glacial de l'Arctique plutôt que de se faire examiner le cerveau.

Aaron Nash, un assaillant de l'équipe Gold, jeta un coup d'œil à sa montre.

— Il ne reste que dix jours en janvier. Plus tôt ce mois sera terminé, mieux ce sera.

Amen, *bon sang* !

Grady ravala le nœud épais qui lui obstruait la gorge, menaçant de l'étouffer de chagrin. Il refusait de se laisser aller.

Il avait appris depuis longtemps que tout signe de faiblesse était puni. Il était vivant. Il était en bonne santé. Il faisait le travail de ses rêves, où sauter d'un hélicoptère et faire exploser des choses faisait partie du quotidien. Il avait de la chance, et il n'avait pas l'intention de la gâcher. Il avait l'intention d'en profiter aussi longtemps que possible, puis de prendre sa retraite pour rejoindre une task force chargée de traquer les fugitifs dans une grande ville, où il passerait son temps à courir après les méchants et à leur botter les fesses jusqu'à ce qu'il ne puisse plus suivre le rythme. Il n'avait aucune idée de ce qu'il ferait ensuite. Acheter un bateau et faire le tour du monde ? Organiser des excursions pour observer les baleines comme il en avait rêvé avec l'un de ses amis d'enfance ? Tant qu'il n'était question ni d'aller en Floride ni de faire du golf, cela lui irait.

Il couvrit un bâillement.

Ils travaillaient sans relâche depuis des semaines.

Grady se réjouissait de passer le week-end à dormir, sauf qu'il avait proposé d'emmener les enfants de Grace Monteith à leur cours de natation le dimanche matin. La veuve de son ami, et ancien coéquipier, était enceinte de son troisième enfant. L'équipe s'était mobilisée pour apporter son soutien de manière générale, mais Grady savait d'expérience que c'était l'aide concrète qui faisait vraiment la différence. Elle avait beaucoup de gens pour lui tenir la main. Mais c'était lui qui peignait les murs et qui conduisait les enfants lorsqu'il était à la maison.

Ackers termina enfin : il n'y avait pas de nouvelles informations au sujet du vol malheureux de Kurt Montana au départ de

Harare. Le leader de l'équipe Gold, Payne Novak, prit le relais du briefing. Lorsque l'on frappa à la porte, il fit une pause.

Grady haussa un sourcil. *Étrange.* Personne n'interrompait le briefing quotidien, à moins d'une question de vie ou de mort.

La porte s'ouvrit, et deux agents du FBI en costume entrèrent, badges bien en vue, arborant une expression revêche sur leur visage morose. L'un d'eux tenait un papier.

Oh, oh... Quelqu'un a des ennuis.

Tout le monde s'agita quand les mots « mandat d'arrêt » surgirent par-dessus les chuchotements pressants.

Quelqu'un avait vraiment *merdé.*

Grady ne bougea pas, mais il fronça les sourcils. Quelqu'un, soit un membre de la HRT, soit un agent de terrain, avait commis une grave erreur. Mais ces agents avaient quand même un sacré culot de délivrer le mandat de cette manière, devant tous les membres des équipes.

Grady s'étira le cou et fixa le plafond. Encore des histoires. Il détestait les histoires.

Les deux agents avancèrent sur le côté de la pièce, se faufilant entre les opérateurs tendus qui se tenaient le long d'un mur. Tout le monde retenait son souffle, se demandant qui avait bien pu se planter.

C'est alors que Grady croisa le regard inquiet de Novak, et une vague de peur glaciale inonda chaque cellule de son corps.

Non. Impossible.

Un instant plus tard, il sentit la petite femme blonde s'arrêter derrière lui et un frisson lui parcourut l'échine avant de se propager dans sa bouche.

— Grady Steel, dit-elle. Je suis l'agent Ropero. Voici l'agent Dobson.

C'est quoi, ce bordel ?

Elle sortit ses menottes de sa poche. Le grand agent noir à ses côtés l'observait nerveusement.

— Je vous arrête pour...

Grady se leva d'un bond.

— Hors de question ! s'exclama-t-il.

Il jeta un coup d'œil à ses coéquipiers, observant leurs visages en quête d'un amusement bien contrôlé, qui lui indiquerait qu'il s'agissait d'une plaisanterie élaborée. Après tout, son anniversaire avait lieu le lendemain.

— C'est censé être drôle ?

Ses coéquipiers semblaient anxieux et mal à l'aise.

— Ce n'est pas une plaisanterie, opérateur Steel. Nous avons des raisons de penser que vous avez été impliqué dans un délit de fuite il y a quelques jours, et qui a entraîné la mort d'une personne âgée.

Grady eut un mouvement de recul. Il n'avait aucune idée de ce dont ils parlaient. Il n'aurait jamais manqué de signaler un accident ou de porter secours à une personne blessée. Il jeta un regard confus autour de lui, et certains opérateurs refusèrent de croiser son regard.

Croyaient-ils sincèrement qu'il avait tué quelqu'un avec son camion, et qu'il avait menti ensuite à ce sujet ? Un sentiment d'amertume s'installa au creux de son estomac.

Ryan Sullivan s'approcha. Il saisit le bras de Grady. Ils s'affrontaient souvent, mais étaient de bons amis.

— Nous allons tirer ça au clair. Ne dis pas un mot avant que ton avocat arrive.

— Je n'ai pas d'avocat.

Un bracelet d'acier froid s'enroula autour du poignet de Grady, et se resserra tandis que ses mains étaient ramenées dans son dos.

L'agent Dobson confisqua l'arme de Grady, qui serra les dents pour ne pas frapper l'autre homme au visage. Cet agent ne faisait que son travail ; mal, mais ça n'avait pas d'importance.

Grady était innocent. Résister à l'arrestation ne serait pas bien vu, même si tout cela était injuste.

— Je vais passer un coup de fil et faire venir quelqu'un le plus rapidement possible, le rassura Ryan, qui lui saisit l'épaule et le regarda droit dans les yeux. Ne dis pas un mot, compris ? Je sais que tu n'as pas fait ça. Il y a une erreur, mais ne dis pas un mot sans un conseiller juridique.

Grady acquiesça, mais il était tellement déconcerté par ce qui se passait qu'il n'avait aucune idée de ce que serait la prochaine étape.

Il croisa le regard perçant de Novak en sortant de la pièce. Était-ce de la conviction ou un jugement qui se lisait dans les yeux de son patron ?

Le monde entier de Grady était en train de partir en fumée devant ses yeux. Tout ce dont il avait rêvé lui échappait, et il ne savait pas pourquoi.

CHAPITRE DEUX

L a honte consuma Grady alors que les deux agents le faisaient passer devant ses collègues silencieux. Il garda le menton relevé dans une attitude belliqueuse. Personne ne le verrait ramper.

Il était tenté de s'emporter, mais il savait que cela conduirait à remettre en question sa place dans l'équipe. Non, il devait se résigner, et considérer cela comme un exercice d'entraînement : il n'avait pas l'intention d'échouer.

Ce n'était pas la première fois qu'on lui passait les menottes.

Donnelly brisa le silence tendu.

— Ne t'inquiète pas, Grady. Nous savons que c'est une erreur. Nous allons régler ça. Tu seras de retour en un rien de temps.

Le soutien public qu'elle lui témoignait lui noua la gorge, mais il le cacha derrière un masque impassible. Un bruit éclata derrière lui, mais il fut emmené trop rapidement pour entendre si on le défendait ou si on le condamnait.

En dépit de sa formation, de la sueur lui coulait dans le dos, et son mince t-shirt noir lui collait à la peau.

Ils ne s'arrêtèrent pas pour prendre ses affaires, pas même

une veste. Son téléphone bourdonnait comme une abeille dans sa poche latérale.

Les deux agents le firent monter à l'arrière d'un véhicule du Bureau. Ils le conduisirent dans un bâtiment du campus qui, la semaine précédente, avait servi de quartier général à la task force chargée de traquer un tueur en série particulièrement brutal.

Dobson ouvrit la portière et le laissa sortir seul. Des corbeaux volaient au-dessus d'eux à travers les branches des arbres dénudés par l'hiver, dérangés par le bruit des coups de feu provenant d'un champ de tir de l'Académie du FBI tout proche.

Au moins, il n'y avait personne dans les parages pour être témoin de son humiliation.

Ropero le tira par le bras et l'entraîna à l'intérieur. Grady aurait pu l'écraser contre le mur et la désarmer, même en portant des menottes, mais il n'était pas certain de pouvoir les neutraliser tous les deux sans que quelqu'un se fasse tirer dessus.

Il avait beau vouloir se faire des illusions, ce n'était pas l'entraînement. C'était réel. Pour eux, il était le méchant, et il n'avait nulle part où courir, sinon à sa propre perte.

Il devait garder son sang-froid, même s'il se sentait comme un animal en cage.

Il songea brièvement à son père, mais il repoussa cette pensée. Cet enfoiré méritait tout ce qui lui était arrivé. Cette débâcle n'était pas de la justice. Il s'agissait d'une erreur monumentale. Il ne lui restait plus qu'à le prouver.

Ils l'escortèrent à l'étage, dans un endroit qui ressemblait beaucoup à une salle d'interrogatoire : table vissée au sol, trois chaises.

— Je veux un avocat. Je ne vous parlerai pas sans avocat.

Le grand gaillard referma la porte et se tint devant, les bras croisés, l'air troublé. La blonde sortit une clé de sa poche et déverrouilla les menottes de Grady. Celui-ci se frotta les poignets, regardant d'un air surpris le visage sérieux de la jeune femme.

— Vous n'avez pas besoin d'un avocat, opérateur Steel, déclara l'agent Ropero.

Grady se hérissa, car seul un idiot parlerait aux forces de l'ordre sans être représenté par un avocat. Il ouvrit la bouche pour protester.

L'agent Ropero lui coupa la parole.

— Vous n'êtes pas en état d'arrestation. Vous n'êtes pas recherché pour délit de fuite. Vous êtes libre de partir à tout moment.

Grady fronça les sourcils.

— C'est une blague ?

— Ce n'est pas une blague, répondit Ropero, qui coula un regard à son partenaire, puis fit lentement le tour de la table avant de s'asseoir. Nous avions besoin de discuter avec vous.

— Vous avez déjà entendu parler des téléphones portables ?

Il sortit le sien de sa poche, et le mit en mode : « Ne pas déranger ».

Une partie de lui voulait vérifier si elle disait la vérité et se tirer de là. Mais la curiosité le cloua sur place.

Ropero ouvrit un dossier, dont elle sortit le portrait d'un homme dans la trentaine. C'était une photo que Grady voyait tous les jours au travail.

— Ce que nous allons vous dire est top secret, et d'une importance capitale pour la mission. Vous ne pouvez pas partager cette information avec vos amis.

Ses amis. Il aurait de la chance d'en avoir après ce fiasco. Grady n'était toujours pas convaincu qu'il ne s'agissait pas d'une farce élaborée par les gars. Si ces deux-là commençaient à se déshabiller, il allait perdre son calme.

— Nous avons besoin de votre aide pour attraper l'un des dix fugitifs les plus recherchés par le FBI. Quelqu'un que le Bureau poursuit depuis vingt-sept ans.

Son estomac commença à s'apaiser. Grady tendit le cou pour voir ce qu'il y avait d'autre dans le dossier, mais le contenu était caché.

— Eli Kane ?

Ropero sembla surprise.

— Vous connaissez l'affaire ?

Grady ricana.

— Tout le monde connaît l'affaire.

Kane était une souillure pour l'humanité, le plus grand échec et la plus grande honte du Bureau. Sa sueur refroidit sur sa peau. Délibérément, il s'assit à côté de l'agent plutôt qu'en face d'elle, la bousculant de telle sorte qu'elle plissa les yeux, agacée.

Bienvenue au club.

Dobson verrouilla la porte, s'approcha, et se laissa tomber lourdement sur la chaise. Grady jeta un coup d'œil aux caméras.

— Elles n'enregistrent pas. Nous sommes seuls dans le bâtiment.

Apparemment, il énervait Ropero, et le sentiment était tout à fait réciproque.

Grady prit la photo de Kane.

— Pourquoi cette mise en scène ?

Ropero échangea un regard avec son coéquipier. Elle pinça les lèvres.

— Nous sommes désolés d'avoir à prendre de telles mesures, mais nous avons besoin que tout le monde vous croie suspendu du FBI et, en substance, tombé en disgrâce.

La colère le consumait.

— Donc, vous débarquez dans un briefing de la HRT, et vous détruisez ma réputation devant tous mes collègues parce qu'il y a eu une nouvelle fausse alerte concernant un homme qui a disparu il y a vingt-sept ans ? Avez-vous la moindre idée du temps et des efforts que j'ai consacrés à m'entraîner pour entrer à la HRT ?

Une lueur passa dans les yeux de l'agent Ropero.

— Je sais que vous avez travaillé extrêmement dur. Je sais absolument tout ce qu'il y a à savoir sur vous. J'ai dit à l'agent Dobson que cela ne fonctionnerait pas, et que cela ne vous intéresserait pas de faire passer les besoins du Bureau avant les vôtres.

La colère de Grady se mua en ressentiment. Comment osait-elle le juger uniquement sur la base de son dossier personnel, tout en détruisant sa vie comme si ses désirs et ses sentiments n'avaient aucune importance ? Mais il avait le sentiment qu'elle se jouait de lui et il n'était plus le même jeune qui, autrefois, était si habile avec sa bouche et ses poings. Plus maintenant. Sa formation surpassait largement celle de Ropero. Cela ne faisait pas nécessairement de lui un meilleur agent, mais il avait appris à tenir en laisse ses démons intérieurs, et à s'en servir pour arrêter les criminels.

— Qu'est-ce qui ne m'intéresserait pas ? s'enquit-il d'un ton calme.

Le regard de l'agent s'illumina.

— Il s'agit d'informations confidentielles réservées aux agents affectés à cette affaire.

Grady repoussa sa chaise.

— Vous avez perdu la tête si vous pensez que je vais m'engager dans une mission secrète à la con, au détriment de ma carrière, et sans aucune information...

— Écoutez-nous cinq minutes, intervint Dobson, qui sentait manifestement que Grady en avait fini avec leurs jeux. Vous savez probablement qu'au fil des ans, Eli Kane a été aperçu partout aux États-Unis et dans le monde. L'année dernière, le

Bureau a envoyé un groupe d'agents dans l'Outback australien pour surveiller, puis arrêter un homme correspondant à la description de Kane, suite à un tuyau. Toutes les pièces collaient. Âge, taille, couleur des yeux, caractéristiques faciales. Les grandes lignes de sa vie. Le FBI pensait tenir son homme. *Nous* pensions tenir notre homme. Malheureusement, nous n'avons pas réussi à obtenir d'ADN, malgré tous nos efforts.

— Ce n'est pas facile de se cacher dans une ville perdue au milieu de nulle part, qui ne compte que quelques centaines d'habitants, ajouta Ropero. Où tout le monde se connaît.

Elle le regarda froidement, et il lui rendit son regard.

— Les policiers australiens ont fini par interroger le suspect à notre demande. Comme il ne parlait pas, ils nous ont laissés tenter notre chance. Il n'a pas bougé. Puis, un policier local a divulgué à la presse l'identité de la personne que nous recherchions, et ce coin perdu s'est transformé en un véritable cirque, raconta Dobson, qui se détendit sur sa chaise. En fin de compte, cette publicité s'est avérée être une bénédiction. Une photo du suspect a été publiée dans le journal, ce qui a suffi à une femme de Sydney pour le reconnaître comme l'agresseur qui l'avait violée dix ans auparavant. Cela a fourni aux autorités locales un motif valable pour prélever un échantillon d'ADN et le comparer à celui recueilli dans l'affaire non résolue de cette femme.

— Inutile de dire que ce n'était pas Kane, poursuivit Ropero. Il s'agissait d'un violeur en série qui avait immigré en Australie depuis les États-Unis il y a vingt ans, et qui avait de bonnes raisons de ne pas vouloir parler aux flics ou de ne pas donner son ADN.

Grady tapota le plateau de la table du bout des doigts.

— C'est tout ce que vous faites ? Traquer Eli Kane ? les interrogea-t-il, plissant les yeux devant ces gens qui l'avaient entraîné avec tant de désinvolture dans leur quête improvisée.

C'est long, vingt-sept ans à figurer sur la liste des personnes les plus recherchées par le FBI. Il est probablement mort dans un fossé quelque part.

— C'est possible. Mais nous ne le pensons pas.

Ropero expira longuement. Visiblement, elle hésitait à partager l'information qu'elle gardait pour elle. Elle le regarda dans les yeux.

— Ce que je vais vous dire ne doit pas être divulgué, quand bien même vous refuseriez de nous aider.

— Je travaille quotidiennement avec des informations top secret. Je connais la chanson. Mais que suis-je censé raconter aux gars, exactement ? Que tout cela n'était qu'un stupide malentendu ?

— Dis-lui, insista Dobson.

Ropero lança un regard à son partenaire.

— Il y a dix jours, une banque a été cambriolée. Une petite agence locale, dans une petite communauté soudée aux États-Unis. Alors qu'ils recherchaient des empreintes dans la salle des coffres, les techniciens de la police scientifique ont relevé des empreintes digitales, qu'ils ont ensuite comparées dans le IAFIS.

Le IAFIS, système intégré d'identification des empreintes, faisait partie du système d'identification de nouvelle génération du FBI, qui combinait l'identification par empreintes digitales avec la technologie de reconnaissance faciale et d'autres données biométriques.

— Et ? insista Grady, impatient.

— L'empreinte appartenait à Eli Kane.

Grady se tourna, surpris. Dobson prit le relais.

— Le résultat nous a été signalé, mais renvoyé à la police locale comme inconnu.

— Kane a-t-il braqué la banque ? s'enquit Grady.

— Nous ne connaissons pas encore l'identité du braqueur,

mais nous savons qu'il portait des gants, et qu'il semblait légèrement plus petit et plus jeune que Kane le serait aujourd'hui. Les images de sécurité ne remontent qu'à quelques jours avant le vol. Les analystes n'ont pas été en mesure d'identifier Kane dessus.

— Il a sans doute subi des opérations. Il n'aurait jamais pu rester en liberté aussi longtemps sans avoir eu une sorte de reconstruction faciale, dit Dobson, croisant les jambes, avant de tapoter du doigt sur la table abîmée. Une récompense de deux millions de dollars est une raison suffisante pour que le grand public le dénonce, s'il était facile de l'identifier.

— Les empreintes sur le métal peuvent persister pendant des années, remarqua Grady. Vous ignorez quand celle-ci a été déposée.

— Nous en sommes conscients, confirma Ropero, totalement tendue et crispée.

Ce qui rassura Grady. L'étau qui enserrait sa poitrine se relâcha. Sa vie n'avait pas été détruite.

Ces clowns pourraient trouver quelqu'un d'autre avec qui travailler, un spécialiste des opérations sous couverture, pas un opérateur tactique d'élite. Il avait travaillé trop dur pour accepter de détruire sa carrière, mais cette affaire attisait sa curiosité. Kane faisait partie de l'histoire imparfaite du Bureau. Tout comme les affaires de Waco et Ruby Ridge, comme Hanssen et Stone.

Aujourd'hui, ils s'efforçaient de faire mieux, mais ils commettaient encore des erreurs. Et Kane méritait d'être puni pour ses crimes odieux.

Dobson fronça les sourcils en regardant Ropero.

— La banque affirme que le revêtement métallique extérieur des coffres est régulièrement nettoyé, ce qui suggère que l'empreinte digitale a été laissée au cours des derniers mois, expliqua-t-il, avant de soupirer. Aussi embarrassant que cela ait été, l'Australie nous a enseigné une leçon importante. Les chances que nous puissions nous infiltrer dans une petite ville et poser des questions sans attirer l'attention de Kane et sans qu'il disparaisse immédiatement sont quasi nulles.

— Vous ne vous fondez pas vraiment dans la masse.

Tous les agents portaient « gouvernement » écrit sur le front. Même en tenue décontractée, leur apparence et leur comportement trahissaient leur appartenance aux forces de l'ordre.

— Il est sans doute parti dès qu'il a entendu parler du braquage de la banque, remarqua Grady, avec une pointe de malveillance dont il n'était pas fier. Mais ils l'avaient entraîné là-dedans, qu'il le veuille ou non, alors, il n'allait pas se laisser faire sans rien dire : il n'était pas du genre à pardonner.

— Nous en sommes conscients, remarqua Dobson d'un ton patient.

— Pourquoi la police scientifique a-t-elle fait un relevé d'empreintes, si le voleur portait des gants ?

Un sourire apparut sur les lèvres de Dobson.

— Je n'en sais absolument rien. Une journée un peu trop calme ? Ou bien le hasard qui, pour une fois, pencherait du côté de la justice ?

Grady passa son ongle le long d'une rayure de la table, se donnant le temps de réfléchir. Cette information était intrigante.

— Qu'est-ce que cela a à voir avec moi ?

N'importe quel membre de la HRT serait ravi de mettre la main sur l'ancien agent qui avait assassiné de sang-froid sa femme et ses deux jeunes fils avant de disparaître, mais Grady ne comprenait pas pourquoi ces agents s'adressaient à lui seul ni pourquoi ils l'avaient fait sortir du briefing de l'équipe comme un vulgaire criminel.

Un autre échange silencieux eut lieu entre les deux agents

de terrain, qui décidaient de lui confier ou non leurs précieuses informations.

Dobson prit la parole.

— La banque qui a été braquée... se situe à Deception Cove, dans le Maine.

Grady s'immobilisa.

Cilla.

Jura.

— D'après nos dossiers, poursuivit Dobson, soutenant son regard, vous avez non seulement grandi dans cette ville, mais vous avez également un compte à la banque avec un coffre-fort dans ce bâtiment, vous y possédez des biens immobiliers et vous y avez de la famille.

Grady ferma les yeux et fixa les dalles au plafond. Pour clarifier les choses, il gronda :

— Vous ne pensez quand même pas que j'ai quelque chose à voir avec cet enfoiré, n'est-ce pas ?

Dobson secoua la tête.

— Non, mais vous connaissez des gens. Vous êtes du coin.

Grady se leva.

— Je suis désolé de vous le dire, mais je ne sais rien des habitants de cette ville. Je n'y ai pas vécu depuis près de quinze ans et je n'y ai pas mis les pieds depuis huit ans.

La dernière fois, c'était pour un enterrement.

— Vous avez de la famille là-bas et vous connaissez le coin. Vous pouvez recueillir des données et des preuves...

Grady se renfrogna. Il avait une sœur. Qui le détestait.

— Pendant combien de temps, exactement ?

Ropero se hérissa.

— Aussi longtemps qu'il le faudra.

— Allez vous faire voir ! Vous débarquez dans ma vie avec un plan foireux, et vous attendez de moi que j'abandonne le reste de ma carrière pour votre croisade...

— Vous allez là où le FBI vous envoie, rétorqua Ropero avec une pointe de méchanceté.

— Hors de question ! gronda Grady en réponse.

Les épaules de Dobson s'affaissèrent. Grady les regarda.

— C'est le meilleur plan que vous ayez pu trouver ? Que je retourne seul dans ma ville natale, la queue entre les jambes, après avoir été renvoyé du Bureau pour homicide involontaire au volant, dans l'espoir que quelqu'un révèle comme par magie un secret que Kane a réussi à cacher pendant près de trois décennies ?

Ropero haussa les épaules.

— Nous pensions que si vous compreniez la gravité de la situation...

— Je ne comprends que trop bien la gravité de la situation, rétorqua-t-il, s'efforçant de ne pas élever la voix. Mais c'est vous, bande de clowns, qui semblez avoir du mal.

Ropero leva les mains, quitta son siège et s'éloigna d'un air dégoûté

— Très bien ! intervint Dobson en se penchant en avant. Que suggérez-vous ?

CHAPITRE TROIS

VINGT-SEPT ANS PLUS TÔT - HIVER

L'agent spécial Eli Kane était assis sur une table d'examen médical, vêtu d'une blouse fine comme du papier. Cependant, ce jour-là, il n'était pas Eli Kane. Il se servait de l'un des nombreux pseudonymes qu'il avait créés pour son travail d'infiltration.

Le FBI connaissait certains d'entre eux.

Pas tous.

Il ne voulait pas que *ceci* parvienne aux oreilles de son ASAC, son agent spécial adjoint responsable.

Attraper une MST à son âge était humiliant. Il devait en parler à sa femme, mais il travaillait sur une affaire qui impliquait qu'il ne serait pas chez lui avant au moins une semaine, et il ne voulait pas le lui dire au téléphone. Il le ferait à son retour. Il suggérerait qu'il serait bon qu'elle se fasse examiner, au cas où elle n'aurait pas eu de symptômes. Il surveillerait les garçons.

La dernière fête avait été complètement folle.

Ses doigts tremblèrent légèrement lorsqu'il les enfonça dans ses cuisses.

Trop folle.

Des souvenirs troublants lui revinrent en mémoire. Une douleur qui se mua rapidement en quelque chose de différent.

Il déglutit avec difficulté. Oui. Bien trop folle. Mieux valait ne pas y penser. Il avait participé à une orgie, *bon sang !* À quoi s'attendait-il ? Des tests sanguins et des invitations manuscrites ?

Il avait utilisé un préservatif la plupart du temps, mais pas pour les fellations... enfin, il n'était pas sûr de l'avoir fait *à chaque fois.*

C'était irresponsable avec le sida qui circulait. Il le savait, pourtant.

Mais il avait eu du mal à réfléchir clairement avec tout cet alcool, ces drogues et ces filles qui tournaient autour de lui comme dans quelque festin romain débauché. Et il en avait bien profité, surtout après avoir essayé une pilule expérimentale qui promettait de lui donner une érection pendant des heures. *Bon sang,* cela avait marché !

Il s'était tellement envoyé en l'air et son érection avait duré si longtemps qu'il en avait eu mal.

Mais les femmes qu'il avait prises... Les hommes qu'il avait laissé prendre sa jolie femme... Ils avaient fait la queue pour l'avoir. Elle était tellement magnifique.

Deux enfants, et elle avait toujours un corps de déesse. Le sourire d'une sirène.

L'idée de la regarder coucher avec un autre homme, même assis dans cet environnement froid et stérile aussi excitant qu'un réfrigérateur, lui procura un début d'érection.

Un grand type séduisant l'avait prise deux fois, une première sur la table de la salle à manger, allongée parmi les plats, tel un rôti appétissant. Puis, plus tard, par-derrière, par-dessus l'accoudoir du canapé.

Lisa ne le laissait jamais lui faire ça, mais il se disait qu'elle avait dû être aussi défoncée que lui. En tout cas, elle avait l'air d'avoir aimé. Elle avait croisé son regard pendant le premier acte. Lui avait souri comme s'il était le seul dans la pièce. Jusqu'à ce que le type lui donne un coup de reins assez fort pour faire bouger la table, et ramener son attention sur lui.

Eli pouvait bien l'admettre, ils étaient magnifiques ensemble. Comme s'ils étaient tous deux sortis d'un film porno, pour divertir le reste des mortels présents.

Après l'avoir vue jouir comme un feu d'artifice pour la deuxième fois, il avait suivi une petite blonde dans une chambre et lui avait fait ce que sa femme ne lui autorisait pas. La blonde était mignonne et jeune, mais pas trop : ils ne l'auraient pas laissée entrer à la fête si elle n'avait pas eu l'âge requis. Les organisateurs étaient très stricts en matière d'admission.

La femme avait également apprécié. Elle avait crié de plaisir en jouissant et l'avait supplié de continuer, de lui faire mal. Il l'avait fessée jusqu'à ce que sa peau soit rouge, et elle en avait adoré chaque seconde.

Et si le Bureau l'apprenait, il était grillé.

Il essuya la sueur de son front.

Se taper d'autres femmes et regarder son épouse s'envoyer d'autres hommes l'excitaient, c'était son vilain petit secret.

Bon sang !

Lisa était tellement collet monté la plupart du temps. Elle ne jurait même jamais. Cela le faisait rire d'y penser. De penser à elle. Il l'aimait. Il l'aimait à en perdre la raison, même lorsqu'elle dépensait tout leur argent pour des choses inutiles et qu'ils ne pouvaient pas se permettre.

Merde. Il s'essuya le front.

Il allait peut-être devoir prendre un deuxième boulot, ou pousser Lisa à chercher enfin l'emploi dont elle parlait depuis si longtemps. Peut-être que, si elle travaillait, elle ne dépenserait pas de l'argent qu'ils n'avaient pas.

Mais il aimait lui faire plaisir.

C'était elle qui avait eu l'idée de ces soirées, et il avait d'abord hésité, car cette suggestion était à la fois totalement inattendue et terriblement tentante. Mais il s'était servi de son expertise, il ne s'inquiétait donc pas trop que leur identité soit révélée.

Lors de la première fête, il avait reconnu un juge, un millionnaire et un sénateur. S'ils pouvaient le faire, pourquoi en serait-il autrement pour Lisa et lui ?

Qui avait le droit de lui dire ce qu'il devait faire ? Du moment qu'il n'enfreignait aucune loi...

Au cours de cette dernière orgie, la femme du juge l'avait laissé jouir entre ses seins, puis elle l'avait léché comme une chienne.

C'était elle qui avait partagé une ligne de cocaïne avec lui. Il n'avait jamais pris de coke auparavant. Ça l'avait bien bousillé, mais, à ce moment-là, il n'avait pas eu l'impression de pouvoir refuser. Après ça, les choses étaient devenues un peu floues.

Les souvenirs revenaient par vagues... Le poids. La pression. La douleur. Le plaisir.

Ses joues s'enflammèrent quand le médecin entra dans la pièce.

Son cœur battait à tout rompre et ses mains tremblaient lorsque le praticien lui demanda de remonter la blouse afin qu'il puisse examiner le bout encroûté du pénis douloureux d'Eli. L'homme observa attentivement l'appendice, puis il lui fit signe de se couvrir.

Dieu merci.

— Alors, j'ai une bonne, et une mauvaise nouvelle. Les résultats de l'échantillon que vous avez apporté la semaine dernière sont revenus, monsieur Fullam. Ils ont confirmé la présence de chlamydia.

Merde. Le médecin pinça les lèvres.

— Vous êtes célibataire, n'est-ce pas ?

Eli se gratta le front, espérant que le praticien n'allait pas lui balancer un discours puritain sur les relations sexuelles en dehors du mariage.

— Oui.

Lisa et lui ne devraient sans doute pas participer à une autre soirée… ou peut-être juste une dernière fois, sachant que cela serait la dernière, histoire d'en profiter au maximum.

Ces fêtes représentaient un trop grand risque. Il adorait son travail, il en avait besoin. Être un agent du gouvernement, c'était tout pour lui. Mais, le sexe… bon sang ! Le sexe était incroyable. Mieux que la cocaïne.

— La bonne nouvelle, c'est que je pense que les antibiotiques fonctionnent, mais nous allons prolonger le traitement de dix jours.

Eli laissa échapper un rire gêné.

— Et la mauvaise nouvelle ?

Le médecin pinça à nouveau les lèvres, puis regarda ses notes.

— Votre nombre de spermatozoïdes est très faible.

Eli ressentit un choc. Que cela signifiait-il ?

— À cause de la chlamydia ?

Le médecin secoue sa tête chauve et brillante.

— Je ne crois pas. Je crois que votre nombre de spermatozoïdes a toujours été faible. Il n'y a pas de quoi avoir honte, le rassura le praticien. C'est une pathologie comme une autre.

Les mots tournaient dans le cerveau d'Eli, se heurtaient à son crâne.

— Les progrès de la médecine moderne vous permettront peut-être d'avoir un enfant un jour. Et vous pouvez toujours envisager l'adoption…

Eli resta assis, puis il rit, un peu confus.

— Et si je vous disais que j'ai déjà des enfants ?

— Je devrais vous répondre que c'est très peu probable, je le crains. Vraiment très peu probable.

L'expression du médecin ne traduisait pas la désapprobation. C'était de la pitié. Il se leva.

— Mais des miracles se produisent tous les jours. Récupérez votre ordonnance à la réception. Bonne journée à vous, monsieur.

CHAPITRE QUATRE

Il était vingt-deux heures, un samedi soir, lorsque Grady s'engagea dans l'allée de la maison en bois qui lui était douloureusement familière, celle qui avait autrefois appartenu à ses grands-parents et qui était désormais, techniquement, la sienne.

Elle semblait en bon état. Meilleur qu'à l'époque de leur enfance.

Sa sœur et son mari avaient à contrecœur gardé un œil dessus pour lui et s'étaient occupés des réparations et de l'entretien. Et, comme il l'avait découvert, ils en profitaient pleinement.

Grady descendit de la Jeep qu'il avait empruntée à Grace Monteith et s'étira après des heures passées assis. L'air était humide et froid, la neige formait des monticules là où le soleil n'arrivait pas à cette époque de l'année. De la glace recouvrait l'allée et les marches en bois, bien qu'elles aient été saupoudrées de sable.

Les lumières étaient éteintes.

Il prit son courage à deux mains et gravit lentement les marches qu'il avait montées tous les jours après l'école. Souvent, sa grand-mère s'asseyait sous le porche pour attendre son retour, le sourire aux lèvres, mais l'air inquiet.

Il ne lui avait pas rendu la vie facile.

C'était sans doute son plus grand regret dans l'existence, lui avoir causé de l'inquiétude.

Il introduisit la clé dans la serrure, presque surpris qu'elle fonctionne encore. À l'intérieur, il jeta un coup d'œil à l'espace rénové, à l'aspect moderne, avec ses murs blancs et son apparence épurée.

Il laissa échapper un souffle tremblant.

Bon sang !

Cela faisait huit ans qu'il n'était pas venu ici, depuis l'enterrement de sa grand-mère. À peu près au même moment, sa candidature au programme de formation des nouveaux agents du FBI avait été acceptée. Il avait l'impression que cela remontait à une éternité.

Il avait toujours redouté l'idée de revenir. Sa grand-mère avait été la seule joie de son enfance, la seule bonne chose de cette vie. Son grand-père était mort quelques années après le décès de la mère de Grady. Gran avait dû les élever seule, sa sœur aînée et lui.

L'idée d'être entouré des affaires de sa grand-mère sans qu'elle soit là l'effrayait plus que n'importe quel saut depuis une frégate de la Navy ou une confrontation avec un radical armé.

C'était pour cela qu'il n'était pas revenu, outre le fait qu'il n'y avait plus rien pour lui ici.

Il avait eu besoin de s'éloigner, de s'échapper, de faire ses preuves.

Mais Gran n'était plus là, et le sentiment de perte le frappa à nouveau.

Il jeta un coup d'œil dans le salon où il avait passé de longs après-midi à se prélasser devant la télévision, puis tendit le cou pour voir dans la salle à manger attenante, où il avait fait ses devoirs tantôt sous les encouragements, tantôt sous les menaces de sa grand-mère, selon leur humeur à tous les deux. La seule limite qu'elle avait fixée était qu'il reçoive une éducation convenable. Elle lui pardonnait toujours quand il se mettait dans le pétrin, se battait ou faisait des bêtises, mais jamais quand il rendait un devoir en retard ou bâclé.

Il lui devait tout ce qu'il était aujourd'hui.

Tout ce qu'il avait accompli. Chaque arrestation. Chaque sauvetage. Chaque moment de joie ou de satisfaction dans sa vie. Tout cela parce qu'elle l'avait poussé à accomplir quelque chose plutôt que de suivre passivement les traces de son raté de père.

Une vague de culpabilité et de honte s'abattit sur lui, car il avait été terrifié à l'idée de revenir et d'affronter son passé. Il ne restait rien d'elle, à part quelques meubles qu'il reconnaissait, dépouillés jusqu'au bois nu et cirés à la française.

Pourquoi avait-il imaginé que les choses resteraient les mêmes ? Pourquoi cela lui faisait-il autant de peine que ce ne soit pas le cas ? La boule qui lui obstruait la gorge était de la taille d'un rocher. Gran n'était plus là, et elle ne saurait jamais à quel point il l'avait aimée.

Il déposa son lourd sac de voyage sur le parquet rénové et se dirigea vers la cuisine en suivant le couloir. Il prit un verre propre dans un placard d'un blanc étincelant, avant d'ouvrir le robinet. Il but longuement, puis se passa une main sur le visage.

Il était épuisé. Il était furieux. Et, au-delà de ça, il y avait cette fine couche de chagrin qu'il avait tenté d'éviter pendant des années.

Il se retourna lentement quand il entendit la porte d'entrée s'ouvrir.

— Grady ?

Sa sœur, Crystal, s'arrêta près de la porte de la cuisine. Ils ne s'étaient pas vus depuis huit ans, mais elle ne s'avança pas pour le serrer dans ses bras, et il ne bougea pas non plus.

Son mari, Bob Grogan, se tenait derrière elle, comme une ombre silencieuse. Grady observa Bob pendant un long moment, puis croisa le regard furieux de sa sœur, dont les yeux étaient exactement de la même couleur bleu ciel que les siens.

— Que fais-tu ici ? s'enquit-elle, avec un fort accent de la côte Est.

Grady avait perdu le sien à peu près au moment où il avait quitté la ville.

Il prit le temps de terminer son verre d'eau avant de répondre. Il s'essuya la bouche du revers de la main.

— Je suis presque sûr que c'est ma maison, Crys. C'est un plaisir de voir que tu as pris soin de cet endroit, répondit-il, sans prendre la peine de masquer son sarcasme.

Sa sœur pinça les lèvres. Elle ne l'avait jamais aimé, pas même lorsqu'ils n'étaient que des gamins, et qu'ils étaient seuls contre le monde entier.

Elle croisa les bras.

— Si cela n'avait tenu qu'à toi, ce serait un taudis infesté de souris. Abandonné. Condamné.

Il tressaillit au dernier mot. Il allait devoir s'y habituer. S'appuyant contre le plan de travail, il feignit la décontraction.

— Si cela n'avait tenu qu'à moi, j'aurais vendu la maison à la mort de Gran. Je comprends maintenant pourquoi tu m'as persuadé de la garder, et ce n'était pas pour le cas où je changerais d'avis et que je reviendrais vivre à Deception Cove.

C'était l'argument qu'elle avait avancé dans les jours qui avaient suivi l'enterrement de leur grand-mère. Il ne devait pas prendre de décision hâtive. Il pourrait un jour vouloir rentrer à la maison.

Une lueur de culpabilité traversa brièvement ses traits,

avant d'être étouffée par une rancœur et un ressentiment de longue date.

— Contrairement à d'autres, nous ne supportions pas de voir la maison pourrir.

Elle haussa les épaules dans son épais manteau d'hiver. Le Maine, en janvier, était d'un froid glacial.

— Bob et moi avons réalisé tous les travaux de rénovation et meublé l'endroit. Nous le louons de temps en temps pour couvrir le coût des réparations.

Grady esquissa un sourire sinistre. C'était une histoire bien rodée, mais elle oubliait une chose : il connaissait la vérité.

— Je crois me souvenir que j'ai envoyé des milliers de dollars au fil des ans pour « couvrir le coût des réparations », affirma-t-il, sachant qu'en plus, il payait les impôts fonciers. Vous m'avez escroqué tout ce temps, et vous avez utilisé cette maison pour obtenir un revenu locatif.

— Elle aurait dû être à moi ! s'écria sa sœur.

Bon sang !

— Gran m'a laissé la maison.

Grady pinça les lèvres pour ne pas prononcer les seuls mots qui pourraient vraiment la blesser. Parce que leur grand-mère, la femme qui les avait élevés tous les deux à la mort de leur mère, et après le départ de leur père en prison, avait aimé Grady plus qu'elle n'avait aimé Crystal. Et cette dernière n'avait jamais été capable de l'accepter.

C'était peut-être injuste, mais Grady n'avait jamais retourné le couteau dans la plaie. Mais là, à cet instant, il en mourait d'envie.

Elle se ressaisit et inspira un grand coup pour se calmer. Ils avaient tous deux eu des problèmes de tempérament lorsqu'ils étaient enfants, et il avait travaillé dur pour maîtriser le sien. Être opérateur de la HRT lui avait permis de canaliser cette énergie de manière positive, si l'on considérait comme positif l'entraînement au combat rapproché et les simulations de sauvetage avec de vraies munitions. Il n'était pas sûr de pouvoir s'en sortir sans cet exutoire.

Des relations sexuelles torrides avec une femme consentante ?

Peu probable. Ces derniers temps, il n'avait ni le temps ni l'énergie pour une histoire d'amour. Son humeur était assombrie par la perte de ses coéquipiers et le désir impérieux de retrouver les responsables.

D'épuisantes séances de course par un temps glacial l'attendaient probablement dans un avenir proche.

— Combien de temps resteras-tu ? demanda Crys, tâchant de parler d'une voix douce, tandis que ses mains frottaient anxieusement ses avant-bras.

À cet instant, elle avait davantage besoin de lui que lui n'avait besoin d'elle. Du moins, c'était ce qu'il voulait qu'elle pense.

Il s'écarta du plan de travail.

— Je suis de retour, peut-être pour de bon.

Horrifiée, Crystal resta bouche bée. Puis elle arbora une expression méprisante.

— Ils t'ont viré, n'est-ce pas ? Le FBI t'a licencié. Qu'est-ce que tu as fait ? Tu as volé quelque chose ? Tué quelqu'un ?

Grady releva le menton. *Serre les dents, mon pote.* Il allait devoir s'habituer à l'humiliation et à la honte, comme un animal mort sur la route qui se fait dévorer par les becs acérés des charognards.

Ce qui ressemblait beaucoup à son enfance.

— Ils ont finalement compris que tu étais un bon à rien, et ils t'ont mis à la porte, c'est ça ?

Elle fit un pas en avant, agitant le poing. Bob l'arrêta en posant une main sur son bras.

— Crys. Laisse-le.

Elle s'arracha à sa prise.

— Pourquoi le ferais-je ?

— Parce que c'est ton *frère*.

Grady regarda à nouveau le grand homme. Il était dans la même classe que Crystal à l'école. Si ses souvenirs étaient bons, Bob avait un beau-père qui l'avait adopté quand il était petit. Ce type devait avoir à peu près l'âge d'Eli Kane.

— Je me rends compte que je suis plus un veau gras qu'un fils prodigue, mais tu vas devoir dire au revoir à ta poule aux œufs d'or jusqu'à ce que je règle un malentendu.

Son mélange de métaphores n'amusa pas sa sœur.

— Tu ne peux pas faire ça.

— Il me semble que si, rétorqua-t-il, et il saisit une feuille plastifiée intitulée « bienvenue » sur le plan de travail. Quelque chose me dit que tu vas devoir te connecter et annuler quelques réservations, jusqu'à ce que je décide de ce que je ferai ensuite.

— S'il faut rembourser quelque chose, ce sera à ta charge, répliqua-t-elle, haussant la voix.

Le ton de sa sœur le mit sur les nerfs. Il plissa les yeux, se demandant comment elle avait pu devenir aussi méchante. Était-ce parce qu'ils avaient grandi dans la pauvreté, ou l'avidité faisait-elle partie de leur ADN ? Comme le père qu'ils avaient renié des années plus tôt, et qui avait tué un homme pour lui prendre son portefeuille.

— Je couvrirai les remboursements pour les deux prochaines semaines, Crys. Après ça tu te débrouilles.

Elle avait sacrément de la chance que la maison ne soit pas réservée ce soir-là, sinon il serait en train d'expulser bruyamment les gens et de ruiner la note parfaite de Crystal en tant qu'hôte. Cela révélerait qu'elle était une arnaqueuse, louant une maison qui ne lui appartenait pas, mais il n'était pas sûr que cela lui ferait gagner des points auprès des gens du coin ou l'aiderait dans sa cause.

Elle se lécha les lèvres, calculant probablement combien elle pourrait encore lui soutirer.

— Il y a une locataire de longue durée au sous-sol. Elle ne pose aucun problème. Elle est en ville pour quelques mois, pour aider sa famille.

Grady était sur le point d'ouvrir la bouche pour dire « pas question », quand les mots suivants de sa sœur l'arrêtèrent.

— Brynn Webster, tu te souviens ? Elle allait à l'école avec nous.

Grady fronça les sourcils : il se souvenait vaguement de son nom.

— Elle est plus jeune que nous. Son mari a pris la tangente et l'a quittée il y a quelques années. La pauvre, remarqua sa sœur, d'un ton qui n'avait rien de compatissant. Ses parents sont les propriétaires du Sea Spray Café.

Grady hocha lentement la tête. Il se souvenait d'elle maintenant. Brynn devait avoir cinq ou six ans de moins que lui. Une enfant extrêmement timide, qui rougissait chaque fois que quelqu'un la regardait.

Il se frotta la mâchoire en pensant au Sea Spray Café. C'était un lieu très prisé des touristes comme des gens du coin. Il serait peut-être intéressant de développer des relations là-bas.

— Pourquoi ne peut-elle pas séjourner chez ses parents ? insista-t-il, car il ne voulait pas que Crystal ait des soupçons s'il capitulait trop vite.

— Sa mère est malade et ne veut pas que quelqu'un la voie souffrir. Un cancer. Je pense qu'il ne lui reste que peu de temps, la pauvre. Ils habitent à Pike's Turning, et tu sais combien les routes sont dangereuses à cette époque de l'année. Brynn voulait un logement en ville, vu qu'elle est au café à toute heure du jour et de la nuit : elle gère l'endroit, expliqua Crystal, qui se tordit les mains.

Elle s'interrompit, puis pinça les lèvres, avant de lancer une pique.

— Et je suppose que tu auras besoin d'un revenu pour ne pas mourir de faim. À moins que tu ne sois le type qui a cambriolé la Hearst Savings & Loan il y a deux semaines ?

Grady afficha une expression marquant l'intérêt et la surprise.

— Quelqu'un a cambriolé la banque ?

— Oui. Il s'est enfui avec plus de cinq cent mille dollars, et plusieurs coffres-forts ont été cambriolés et saccagés. L'agent de sécurité a reçu une balle dans la jambe... Tu te souviens de Saul Jones ?

Grady hocha la tête. Saul et lui étaient les meilleurs amis au lycée, avec Darrell York, qui avait succédé à son père au poste de shérif du comté de Montrose. Au dernier recensement, Montrose comptait une population de dix mille habitants, et ce nombre doublait facilement durant les mois d'été. Deception Cove était la plus grande d'une série de petites villes disséminées le long de la côte rocheuse de la péninsule, et le chef-lieu du comté, où se trouvait le bureau du shérif.

Grady doutait que le nouveau shérif soit très heureux de le voir.

— Il est sorti de l'hôpital il y a quelques jours, et il vit à nouveau chez sa mère. Sa femme a demandé le divorce l'an dernier et l'a obligé à vendre la maison.

La routine familière des commérages sembla détendre Crystal. À part aller à l'église, pêcher et servir les touristes, il n'y avait pas grand-chose d'autre à faire dans une petite ville... sauf voler les maisons des autres, apparemment.

— Maintenant, tout le monde se demande ce que les gens cachaient dans ces coffres-forts.

Elle ricana.

En grandissant ici, Grady avait détesté le manque d'intimité. Il détestait que tout le monde soit au courant pour son enfance pourrie et son abruti de père. Mais, comme Ropero et Dobson l'avaient soupçonné, cela pourrait s'avérer utile.

— Le logement du sous-sol est indépendant, déclara Crystal, pointant du doigt la porte munie d'un verrou qui y menait depuis la cuisine. Brynn n'est pas un problème. Elle est au café douze heures par jour, sauf le lundi, jour de fermeture. Le reste du temps, elle rend visite à sa mère. Tu ne sauras même pas qu'elle est là.

Grady haussa un sourcil. Manifestement, Brynn Webster réglait son loyer à temps, sinon, Crys n'aurait pas fait montre d'autant d'enthousiasme.

— Elle peut rester pour l'instant, accepta-t-il à contrecœur. Y a-t-il d'autres habitants dont je devrais connaître l'existence avant d'aller me coucher ?

Sa sœur et son mari secouèrent la tête.

Les traits de Crystal se figèrent dans une expression contrariée. Bob s'avança et lui tendit la main.

— C'est bon de t'avoir à la maison, Grady. Ça fait trop longtemps.

Grady lui serra la main.

Cela ne faisait pas assez longtemps, et il était coincé ici pour le moment.

Joyeux anniversaire, *putain*.

CHAPITRE CINQ

Brynn Webster vivait actuellement dans sa propre version de l'enfer.

Après toutes ces années passées à l'université, à étudier, à se former, puis à monter sa propre entreprise à partir de rien, la voilà qui se retrouvait à nettoyer les tables dans le petit restaurant de ses parents à Deception Cove, dans le Maine, tandis que sa mère luttait contre le cancer.

Au moins, elle était seule pendant sa séance d'autoapitoiement.

Le chef était rentré chez lui environ une heure plus tôt, après avoir fait ses préparations pour l'ouverture du lendemain. Angus Hubner était un cuisinier exceptionnel, et il avait accompagné sa mère presque depuis le début. Brynn le connaissait depuis toujours. Elle espérait qu'il ne déciderait pas de prendre sa retraite de sitôt.

Le Sea Spray Café faisait la fierté et la joie de sa mère. Le parquet clair et les murs blanchis à la chaux créaient un espace ouvert et épuré, avec juste ce qu'il fallait de charme nautique rustique. Les meubles étaient en bois brut ou peints en bleu, comme l'océan. Tout était magnifiquement arrangé, témoignant du bon goût de sa mère. Des peintures originales d'artistes locaux étaient exposées à la vente et ornaient les murs.

Ses parents avaient entièrement rénové cet espace quelques années plus tôt et transformé le café en l'un des restaurants les plus chics et les plus prisés de Down East. Il y avait beaucoup de monde toute la journée, même en hiver, lorsque les habitants pouvaient en profiter dans une relative tranquillité. En été, ils ouvraient la grande terrasse extérieure, qui était bondée quasiment tous les jours. Situés entre Rockport et Bar Harbor, ils bénéficiaient d'un fort passage malgré leur éloignement de la route principale.

Brynn éteignit toutes les lumières, à l'exception de la guirlande lumineuse qui encadrait l'immense baie vitrée donnant sur la terrasse arrière. La fenêtre offrait une vue spectaculaire sur le port, l'un des principaux attraits du café. L'image était celle d'un front de mer typique du Maine, avec un phare sur le promontoire voisin. C'était magnifique et évocateur. Et jamais elle ne s'était sentie aussi peu à sa place.

Elle jeta un œil aux bouteilles d'alcool derrière le petit bar et envisagea de prendre un dernier verre avant de rentrer dans son deux-pièces de location. Mais elle était trop fatiguée pour apprécier un bon single malt, et l'idée qu'on la surprenne en train de boire seule la fit renoncer. Elle adorait cette ville, mais elle n'aimait pas les gens qui se mêlaient des affaires de tout le monde.

Depuis le départ d'Aiden, les murmures et les rumeurs la suivaient chaque fois qu'elle revenait de Boston. Mais elle était là, de retour à Deception Cove, jusqu'à ce que...

Elle chassa cette idée : elle refusait de penser de cette façon.

Au lieu de cela, elle se rapprocha du porte-manteau, enfila un pull, attrapa son écharpe et l'enroula autour de son cou. Elle revêtit ensuite son manteau en laine bleu foncé, puis sortit son joli bonnet gris de la poche et l'enfonça sur sa tête. Elle vérifia une dernière fois la cuisine, car, même si c'était tentant, la dernière chose dont elle avait besoin, c'était que l'endroit prenne feu. Puis elle verrouilla la porte d'entrée et se glissa par l'arrière sur la terrasse surplombant le port.

Elle vérifia une nouvelle fois que la porte était bien fermée, car elle avait tendance à accrocher un peu en hiver. Elle se déplaçait avec prudence, car le bois était glissant sous ses pieds. Elle allait devoir penser à sabler ces marches, ainsi que l'allée à l'avant, lorsqu'elle reviendrait le lendemain matin.

L'air de la nuit était frais, mais la mer était calme, et le reflet sur le miroir d'eau était parfait. L'odeur de l'océan l'apaisait, comme toujours, mais le sentiment d'être prisonnière ici, dans une vie dont elle ne voulait pas, menaçait de l'entraîner vers le fond, comme un lest autour de son cœur.

Ensuite, elle songea à la chimiothérapie de sa mère et refusa de s'apitoyer sur son sort. Brynn était prête à tout pour ses parents, même à s'occuper du restaurant jusqu'à ce que sa mère reprenne des forces, qu'ils trouvent un gérant permanent ou qu'ils vendent l'établissement, ce qu'elle ne cessait de les encourager à faire.

Cela briserait le cœur de sa mère, mais Brynn ne pourrait pas rester éternellement. Elle avait sous-loué pour six mois son appartement de Boston et déplacé ses effets personnels dans un box de stockage. Serait-ce suffisamment long pour que sa mère se remette ?

Elle serra les poings dans ses poches.

Ce serait le cas. Il le fallait.

Brynn était épuisée, et ses pieds lui faisaient mal. Elle était au café depuis huit heures du matin, sans véritable pause, car l'un des serveurs s'était fait porter pâle. Treize heures plus tard, son cerveau bourdonnait, alors elle décida de descendre au bord de l'eau pour s'aérer l'esprit, comme elle le faisait souvent avant de retourner à son appartement.

Elle avait désespérément besoin de recruter davantage de serveurs.

Son souffle formait de la buée dans l'air froid, et elle frissonna dans son manteau tandis qu'elle se faufilait dans la ruelle étroite entre les magasins, empruntant un raccourci qu'elle connaissait depuis son enfance. Un bruit la fit sursauter.

Une sensation de malaise remonta le long de son échine. *Bon sang !* Qu'est-ce que c'était que ça ? Elle ne voyait rien d'autre que des ombres et de la neige sale.

Y avait-il quelqu'un ? Ce n'était pas la première fois qu'elle avait l'impression qu'on l'observait. Rien ne bougea. Elle retint son souffle, cherchant un indice dans l'obscurité.

Soudain, un chat bondit sur le haut de la clôture et lui cracha dessus. Son cœur manqua un battement.

Le chat roux errant qui vivait sous la terrasse du bar voisin découvrit ses dents pointues.

— Espèce de petit monstre ! Tu m'as flanqué une trouille bleue !

Elle lui donnait des restes de la cuisine, mais il était trop teigneux pour qu'elle puisse l'approcher.

Brynn secoua la tête. À quoi s'était-elle attendue ? À un tueur en série qui traînait là, comme dans un film d'horreur pour adolescents ?

Elle ricana.

Il ne se passait jamais rien d'intéressant à Deception Cove, mis à part ce braquage de banque qui mettait encore toute la ville en émoi. Ses années passées en ville avaient dû déteindre sur elle, et la rendre nerveuse.

Le gravier crissa sous les semelles de ses chaussures de sécurité, bien pratiques, tandis qu'elle continuait à descendre la pente abrupte. Elle se concentra pour ne pas se casser la cheville. Il avait neigé le week-end précédent, puis il y avait eu quelques jours de chaleur inhabituelle, qui avaient fait fondre la majeure partie de la neige, la transformant en une horrible boue grise.

Une autre tempête était prévue.

Dans cette partie du monde, à cette période de l'année, il y avait toujours une autre tempête à l'horizon, mais cette nouvelle vague de froid s'annonçait particulièrement violente.

Brynn sortit de l'espace étroit au pied de la colline et respira. À cause de ce maudit chat, son cœur battait plus vite que d'habitude, et elle posa sa main sur sa poitrine pour se calmer.

Parfois, elle détestait être une femme. Elle aurait parié que les hommes ne s'inquiétaient pas d'être violés ou assassinés chaque fois qu'ils se rendaient quelque part seuls.

Elle traversa la rue tranquille et s'engagea le long du quai, où les bateaux de pêche amarrés se balançaient doucement au gré de la marée haute, leurs gréements claquant contre les mâts.

L'odeur de l'eau salée emplit ses narines et elle inspira une bouffée d'air frais et humide. Elle adorait ce petit port avec ses mouettes bruyantes et la légère odeur de poisson qui flottait en permanence dans l'air.

Elle se blottit dans son manteau, marcha jusqu'au bout de la petite jetée, et fixa les profondeurs noires de l'eau. Un goéland s'envola du mât d'un des voiliers et elle sursauta.

— *Bon sang !*

Elle laissa échapper un rire gêné. Elle n'était pas si peureuse avant. Elle aperçut au loin une silhouette, qui marchait rapidement en sens inverse. Tête baissée. Trop loin pour savoir qui c'était.

Elle s'apprêtait à tourner les talons et rentrer se coucher, mais elle s'arrêta lorsque quelque chose brisa la surface de l'eau.

Un phoque ? Elle fronça les sourcils. Non. Un sac en plastique ? Ou bien une bâche qui s'était détachée de ses attaches ? Peu à peu, ses yeux distinguèrent les contours d'un objet long et étroit, semblable à un tronc d'arbre. Puis elle repéra des branches, qui se tendaient hors de l'eau.

Non, pas des branches ! comprit-elle finalement. Des bras.

— Au secours ! À l'aide ! cria-t-elle en retirant son manteau, son écharpe, ses chaussettes et ses chaussures, recroquevillant instinctivement ses orteils pour se protéger du froid glacial.

Elle regarda autour d'elle, mais il n'y avait personne à proximité. Elle serra les dents, puis retira d'un coup sec son pull, et le jeta sur sa pile de vêtements.

Pleine d'espoir, elle regarda à nouveau autour d'elle.

— *Bon sang !*

Elle prit son élan et sauta, retenant son souffle au moment de toucher la surface. Quand elle remonta, elle inspira bruyamment, choquée, tandis que l'eau glacée lui saisissait les os. Elle toussa et cracha.

— *Oh, bordel !*

Elle surmonta sa réaction au froid et s'élança. Elle n'était pas la meilleure nageuse du monde, mais le port était abrité, et calme. La digue extérieure protégeait la ville des tempêtes les plus violentes, et, ce soir, même le puissant Atlantique était paisible.

Les dents de Brynn claquèrent. Elle crut voir la silhouette bouger, puis la regarda avec horreur se mettre à rouler et à sombrer sous la surface.

— Stop ! Attendez !

Elle tapa plus fort des pieds, puis atteignit l'endroit où elle l'avait vu s'enfoncer dans l'eau. Il n'y avait plus aucune trace de la silhouette, maintenant.

Elle plongea, battant des bras et des jambes autour d'elle tout en avançant. Elle ouvrit les yeux, mais il faisait trop sombre pour voir quoi que ce soit ; alors, elle les referma et se servit de ses mains pour tâtonner dans l'eau autour d'elle. Comme elle ne trouvait rien, elle commença à se demander si elle n'avait pas tout imaginé.

Ses poumons étaient sur le point d'exploser tant elle avait besoin d'air, et elle étira ses bras d'un centimètre supplémentaire vers la gauche. Le dos de ses doigts effleura quelque chose de doux. Elle pivota dans cette direction, et l'attrapa. *Une manche.* Elle s'agrippa fermement au bras dans la manche, et donna des coups de pied pour remonter, entraînant la personne avec elle.

Émergeant à la surface, elle inspira avec avidité.

— À l'aide !

Elle n'aurait pas su dire si la personne qu'elle tenait respirait ou non, mais elle ne réagissait pas. Depuis combien de temps était-elle sous l'eau ?

Elle recracha le contenu de sa bouche, qui avait le goût de poisson mort et de kérosène. Elle n'était pas assez habile pour pratiquer le bouche-à-bouche tout en flottant, alors elle entreprit de tirer la personne vers le quai.

Soudain, quelqu'un apparut dans l'eau à côté d'elle, attrapa l'autre bras de la victime et l'aida à la ramener jusqu'à la jetée.

— Vous allez bien ? s'enquit l'homme.

Son corps était secoué de frissons si violents qu'elle pouvait à peine parler.

— Ou... ou... oui.

Elle sentit le regard de l'inconnu sur son visage. Il sembla la croire sur parole, car il s'éloigna brusquement d'elle et traîna rapidement la victime jusqu'à l'échelle la plus proche. Elle aperçut une autre personne sur le côté, qui se pencha et aida à sortir la victime inconsciente de l'eau et à la hisser sur le quai.

Les doigts de Brynn étaient engourdis par le froid, tout son corps était pris de violents frissons, mais elle continuait obstinément à battre des pieds et à se rapprocher petit à petit de la terre ferme. Cela lui prit une éternité, mais elle finit par atteindre le quai et se rendit compte que l'inconnu l'avait attendue dans l'eau. Il s'inquiétait sans doute de devoir la secourir, elle aussi.

— Vous pensez pouvoir sortir toute seule ? lui demanda-t-il.

Elle était trop frigorifiée pour parler, alors elle acquiesça et agrippa maladroitement les barreaux métalliques de l'échelle rouillée ; elle se hissa hors de l'eau, avec l'impression de peser une tonne. La température glaciale de l'air frappa brutalement sa chair trempée, et elle eut envie de pleurer.

Bon sang ! L'eau était plus chaude que l'air nocturne, qui la transperça comme une lame.

L'inconnu était juste derrière elle. Dès qu'ils furent tous deux sortis de l'eau glacée, il courut jusqu'à l'endroit où la victime de noyade était étendue sur les planches de bois.

Caleb Quayle, un jeune homme qui venait souvent au café avec ses amis turbulents pour draguer sa plus jeune serveuse, se tenait debout au-dessus du corps inerte. Avec l'inconnu, ils regardaient fixement le noyé, mais ils ne firent aucun effort pour commencer la réanimation.

Dois-je vraiment tout faire ?

Brynn trébucha vers eux.

— Est-ce qu'il respire ? Est-ce qu'il a un pouls ?

L'inconnu l'observait d'un air étrange. Ses traits sévères lui semblaient vaguement familiers sous la lumière crue des réverbères, mais elle n'arrivait pas à le situer. Caleb semblait frappé, la bouche ouverte.

Brynn s'avança, puis baissa les yeux sur la personne qu'elle avait aidé à secourir. *Oh, mon Dieu !* Milton Bodurek. Directeur de la Hearst Savings & Loan.

Son visage était blanc comme un linge et ses traits étaient relâchés, probablement à cause du petit trou circulaire qui brillait au milieu de son front plutôt que du fait qu'il était resté trop longtemps dans l'eau.

Elle tituba en arrière : elle n'en croyait pas ses yeux.

Mort. Il était mort. Quelqu'un lui attrapa le bras, et lui mit son manteau sur les épaules.

— Vous avez besoin de vous réchauffer. Comment vous appelez-vous ?

Brynn était incapable de répondre. Tout ce qu'elle pouvait faire, c'était fixer du regard l'homme à terre.

— C'est Brynn Webster. Je l'ai entendue appeler à l'aide quand je sortais du bar. J'ai couru tout droit jusqu'ici.

— Qui êtes-vous ? s'enquit l'inconnu.

— Caleb, répondit-il, d'une voix irritée, ce qui était son ton habituel. Caleb Quayle.

Son cosauveteur gronda.

— Avez-vous un téléphone sur vous, Caleb ?

Ce dernier acquiesça, l'air soupçonneux.

— Appelez le bureau du shérif pendant que je raccompagne Mme Webster chez elle, avant qu'elle ne succombe à une hypothermie. Ne touchez pas au corps, ajouta-t-il d'un ton vif, tout en enfilant ses chaussettes et ses chaussures.

— Ça n'arrivera pas ! s'exclama le jeune homme, jetant un coup d'œil prudent autour de lui, comme s'il craignait soudain pour sa propre sécurité. Hé ! Comment puis-je être sûr que ce n'est pas vous qui avez fait ça ?

— Et comment puis-je être sûr que ce n'est pas vous le coupable ? rétorqua l'inconnu.

Brynn leva les yeux et s'éloigna d'un pas des deux hommes. *Bonne question.*

— Écoutez, Caleb, nous pourrions rester ici toute la nuit à jouer au Cluedo, mais Mme Webster et moi avons besoin de nous sécher et de nous réchauffer. Quelqu'un d'autre, autrement dit *vous*, doit surveiller le corps jusqu'à l'arrivée des forces de l'ordre, expliqua l'homme, dont l'expression devint amère. Dites au shérif York que son vieil ami et collègue Grady Steel raccompagne Mme Webster à son appartement. Dites-lui aussi qu'il devra appeler le médecin légiste. Darrell sait où me trouver.

Voilà pourquoi il lui était si familier, comprit Brynn. Grady Steel.

Il avait six ans de plus qu'elle, et elle ne l'avait pas vu depuis des années. Il traînait avec Darrell York et Saul Jones, à l'époque. Tous les trois étaient des aimants à problèmes. Puis, ils avaient surpris tout le monde en rejoignant le bureau du shérif du comté de Montrose après avoir quitté l'école.

Elle tapa de ses pieds nus et regarda autour d'elle, en quête de ses chaussettes et ses chaussures.

Caleb jura.

— Bob Grogan nous a annoncé que vous étiez de retour. Il a dit que vous aviez été renvoyé du FBI. Nous avons regardé sur Internet, et, aux infos, ils disent que vous avez tué quelqu'un dans un délit de fuite.

Choquée, Brynn haleta. Grady releva le menton d'un cran supplémentaire, mais ne croisa pas le regard de la jeune femme.

— Je suis un agent du FBI, accusé d'un crime que je n'ai pas commis. Je suis en congés payés le temps de l'enquête officielle.

Caleb esquissa un rictus.

— Sommes-nous censés croire cela ?

— Je me contrefous de ce que vous croyez. Rendez-vous utile et appelez ce foutu shérif.

Brynn avait tellement froid qu'elle ne sentait plus ses extrémités. Caleb fit un pas en avant.

— Peut-être avez-vous tué Milton.

— Pour quelle raison tirerais-je sur Milton ? s'exclama Grady, exaspéré. Quel serait mon mobile, Einstein ?

Caleb fronça les sourcils, visiblement troublé par la question. Grady Steel ramassa les affaires éparpillées de Brynn, ainsi que son propre manteau, et son portefeuille.

— Si j'avais tué quelqu'un, il aurait deux impacts de balle au lieu d'un. Mais ça, ce n'est que moi et mes années d'entraîne-ment, abruti.

Caleb leva un poing massif.

— Quelqu'un devrait vous donner une leçon.

— Faites la queue.

Grady ne semblait pas perturbé par les menaces du jeune homme.

Il voulut passer un bras autour des épaules de Brynn, mais elle se détourna, resserrant son manteau autour de son buste gelé.

Grady Steel marqua une pause, puis lui fit signe de passer devant lui.

— Après vous, m'dame, lui dit-il, avant de crier par-dessus son épaule. Ne touchez pas à ce foutu corps, Quayle, sinon vous serez troisième sur la liste des suspects du shérif.

Les dents de Brynn claquaient quand elle lui demanda :

— Q... qui sont les deux pr... premiers ?

Grady la regarda droit dans les yeux, comme pour jauger sa réaction.

— Toi. Et moi, répondit-il, et la courbe amusée de sa bouche la prit au dépourvu, comme le tutoiement. Probablement pas dans cet ordre.

CHAPITRE SIX

— V eux-tu mettre tes chaussettes et tes chaussures ?
demanda Grady à la jolie femme qui était pieds nus,
et bleue de froid.

Elle s'arrêta et lui prit ses affaires des mains, en prenant soin
de ne pas le toucher. Elle chancela en les transportant, mais il
s'abstint de lui offrir son aide. Elle semblait avoir peur de lui, et
il ne pouvait pas lui en vouloir, au vu des circonstances.

— Edith va être bouleversée, murmura-t-elle.

L'épouse de Milton.

Vendredi, alors qu'il se trouvait à Quantico avec Ropero et
Dobson, Grady avait commencé à dresser une liste d'hommes
des environs, âgés de cinquante à soixante-quinze ans, et qui
pourraient être Eli Kane. Les agents chargés de l'affaire procé-
daient aux vérifications des antécédents de toutes les cibles
potentielles.

Milton figurait sur cette liste.

Il était l'un des piliers de la communauté, mais il ne vivait
en ville que depuis vingt-cinq ans. Il prétendait être le petit-fils
d'Abraham Bodurek et, comme Grady, il était apparenté à l'une
des familles fondatrices de la ville, qui s'était installée ici à la fin

du XVIIIe siècle. Le père de Milton était parti plus de quarante ans auparavant, et ce dernier, en tant que parent vivant le plus proche de son grand-père, avait hérité de la banque.

Milton aurait-il pu être Eli Kane ?

Peu probable, mais pas impossible. Cela aurait été un geste audacieux de la part de Kane.

Ce n'était pas une coïncidence si la banque avait été cambriolée, et si, deux semaines plus tard, Bodurek était retrouvé mort. Que savait-il ? Pourquoi l'avait-on assassiné ?

— L'as-tu vu entrer dans l'eau ?

— Non.

Brynn Webster termina d'enfiler ses vêtements, et elle se mit à marcher à vive allure vers sa maison. Vers la maison de *Grady*.

— As-tu entendu quelque chose ? insista Grady en la suivant.

La jeune femme secoua la tête.

— Que faisais-tu là-bas ?

Pouvait-elle avoir un lien avec le meurtre de Bodurek ?

Elle se retourna brusquement pour lui faire face. L'indignation se lisait dans ses jolis yeux : elle avait clairement perçu la suspicion dans le ton de sa voix.

— Je prenais l'air avant de rentrer me coucher.

Il sourit, et elle cligna des yeux. Elle était mignonne quand elle était en colère.

— Tu le fais souvent ?

— Oui. Oui, souvent, répondit-elle, acquiesçant d'un hochement de tête, puis elle se renfrogna. Depuis que je suis revenue, en tout cas. Ça m'aide à me détendre après une longue journée à servir des clients.

Elle expira et hâta le pas. La maison n'était pas loin : rien n'était jamais très loin à Deception Cove.

— As-tu déjà vu Milton Bodurek là-bas la nuit ?

— Non, mais cela ne fait que quelques semaines que je suis

revenue. Son voilier de luxe est amarré là-bas. Il était sans doute dessus, expliqua-t-elle, puis elle le regarda attentivement, les yeux plissés. Et toi ? As-tu vu quelque chose ?

— Absolument rien. C'était la première fois que je voyais Milton Bodurek depuis l'enterrement de ma grand-mère, il y a huit ans.

— Comment se fait-il que *tu* aies été au port ? lui demanda-t-elle.

Il perçut clairement la bonne dose de suspicion dans le ton de sa voix. Ce qui était logique dans ces circonstances. Intelligent, même.

— J'ai entendu quelqu'un appeler à l'aide.

— Moi.

Il acquiesça. Il la rendait nerveuse, même s'il s'efforçait de ne pas le faire.

— Tu n'as pas froid ? s'enquit-elle.

Grady passait beaucoup de temps dans des situations inconfortables, et il trouvait plus facile d'y faire face en les refoulant de son esprit.

— Le shérif va sans doute bientôt venir pour te parler.

Brynn Webster laissa échapper un grognement peu élégant. Grady inclina la tête.

— En temps normal, je ne t'aurais pas laissée quitter les lieux, mais l'hypothermie est un risque réel pour nous deux. Va prendre une douche et boire un chocolat chaud, ou quelque chose comme ça.

Ses fins sourcils sombres se haussèrent. Manifestement, elle n'aimait pas qu'on lui dise ce qu'elle devait faire. Ils approchaient de sa maison bardée de bois blanc, située à trois rues du port.

— Tu as été courageuse de plonger pour l'aider, lança-t-il, en quête d'une conversation en terrain neutre.

— J'ai dû perdre la raison, répondit-elle, puis elle voûta les épaules et se recroquevilla sur elle-même. J'apprécie que tu aies sauté avec moi. Je ne suis pas convaincue que j'aurais pu le remorquer jusqu'au rivage par mes propres moyens.

Grady pinça les lèvres. Elle s'était montrée bien plus courageuse que la plupart des civils.

— C'est mon travail... ou, du moins, ça l'était, jusqu'à très récemment.

— Caleb a-t-il dit la vérité ? l'interrogea-t-elle, le front plissé, et elle mordit sa lèvre inférieure bleutée.

— À propos du délit de fuite ?

Le froid était désormais si pénétrant qu'il sentait à peine ses jambes, mais il continuait d'avancer malgré tout.

— Le FBI m'a mis en congés payés pendant qu'ils inspectent mon camion, ainsi que les différentes caméras de surveillance dans le quartier, à la recherche d'indices. C'est la procédure habituelle. Les médias et la rumeur ne se soucient jamais vraiment des faits, n'est-ce pas ?

— Oh que oui !

Sa voix dégoulinait d'amertume, comme l'eau coulait de ses vêtements mouillés.

— Il n'y a aucune preuve d'actes répréhensibles, car je n'ai rien à voir avec cet incident. Je n'ai aucun doute sur le fait que le FBI sera en mesure de m'innocenter rapidement.

Brynn ne précisa pas si elle pensait ou non qu'il puisse être coupable. Pourquoi croirait-elle la parole d'un homme qu'elle ne connaissait pas, ou du moins peut-être par sa réputation douteuse ?

Elle pointa du doigt.

— Je vis ici. Je loge dans la location de votre sœur au rez-de-chaussée.

Grady ricana.

— Quoi ?

Il secoua la tête.

— Quoi ? répéta-t-elle.

— Rien, répondit-il, puis il mit les mains dans ses poches. Je suis en haut.

Elle s'arrêta de marcher, et ses lèvres formèrent un cercle parfait.

— Oh !

Elle hésita, visiblement mal à l'aise à l'idée de partager une maison avec un inconnu.

La lumière de sécurité extérieure s'alluma, et il put mieux la voir. Ses longs cheveux mouillés étaient plaqués sur son crâne. Ses grands yeux sombres étaient levés vers lui.

Il tendit la main et détacha une mèche humide de sa joue. Sa peau était d'une froideur choquante. Il lui fit signe de le précéder dans l'allée. Il voulait qu'elle soit de son côté, elle pourrait lui être utile. C'était ce qu'il se racontait en la regardant marcher le long du côté de la maison, jusqu'à la porte de l'appartement du sous-sol.

— Retire ces vêtements mouillés dès que possible.

— Au diable le chocolat chaud. Je vais prendre un whisky dans la douche avec moi.

— Bonne idée. Au fait..., commença-t-il, puis il attendit qu'elle se tourne pour le regarder. Tu devrais commencer à fermer tes portes à clé.

Elle écarquilla les yeux, comme s'il l'avait menacée. C'est alors qu'elle prit conscience de ce qu'il lui disait.

— Tu ne penses pas que Milton s'est suicidé, n'est-ce pas ?

Pour lui, il ne faisait absolument aucun doute que Milton Bodurek était la victime d'un homicide.

— Je n'ai jamais vu une victime de suicide qui s'était tiré une balle entre les yeux.

Brynn tressaillit.

— As-tu vu beaucoup de..., dit-elle, puis elle déglutit avec difficulté. De cadavres ?

— Trop.

Il la quitta et gravit les marches menant à la maison principale. Il verrouilla la porte derrière lui, chose qu'il ne se souvenait pas avoir faite dans son enfance. Il monta les escaliers avec ses affaires, puis hésita devant ce qui avait été la chambre de ses grands-parents. Il ouvrit la porte et déglutit difficilement. L'espace avait été totalement rénové et comprenait désormais une petite salle de bains attenante.

Une douleur aiguë le transperça alors que des souvenirs doux-amers de la seule personne qu'il ait jamais vraiment aimée l'envahissaient. Son existence avait été effacée par une couche de peinture fraîche et des meubles neufs.

Il se secoua.

Il n'était plus un enfant. Il était un agent du FBI, un opérateur de la HRT, qui allait travailler sous couverture pendant les semaines à venir, dans le but d'attraper l'un des criminels les plus notoires ayant jamais porté un badge.

Il traîna la valise à l'intérieur de la chambre et la jeta sur le lit. Puis il retira son arme et son portefeuille, en même temps que sa veste en cuir. Ensuite, tout habillé, il entra dans la douche, où il ouvrit l'eau chaude. Il appuya la main contre le mur, se demandant pourquoi quelqu'un avait placé un pistolet entre les yeux de Milton Bodurek, avant d'appuyer sur la détente.

CHAPITRE SEPT

B rynn sortit de la douche et s'enveloppa dans un peignoir épais et moelleux. Une seconde plus tard, quelqu'un se mit à marteler sa porte d'entrée.

— J'arrive ! s'écria-t-elle.

L'eau chaude lui avait redonné l'impression d'être humaine, mais la vue du shérif Darrell York debout sur le pas de sa porte, en uniforme complet, avec son large chapeau et sa lourde parka, lui rappela brutalement tout ce qui venait de se passer.

— Brynn, dit lentement le shérif, j'ai entendu dire que tu avais vécu une petite aventure au port ce soir.

Il lui adressa un petit signe de tête, mais ne put s'empêcher de parcourir sa silhouette du regard. Ce qui était ironique, car, quand elle était jeune et qu'elle avait un énorme crush pour lui, il ne l'avait jamais remarquée.

Elle avait surmonté son béguin depuis longtemps, aidée par quelques rendez-vous avec celui qui était alors l'adjoint de Darrell York, peu avant son départ pour l'université.

Avant qu'Aiden ne lui ait arraché le cœur.

— Je n'appellerais pas ça une aventure, répondit-elle, s'efforçant d'adoucir son ton par un sourire. Tu veux bien m'accorder cinq minutes pour m'habiller ? Ton vieil ami Grady Steel est à l'étage, si tu veux lui parler d'abord.

Darrell ignora sa suggestion.

— Ça t'ennuie si j'attends au chaud ?

Il entra sans attendre de réponse, mais, comme il était là à titre officiel, elle ne pouvait pas vraiment le laisser sur le pas de la porte. Elle se dirigea vers la chambre et referma soigneusement la porte entre eux.

Elle s'habilla rapidement d'un leggings noir doux et de chaussettes épaisses. Elle enfila un sweat-shirt jaune chaud datant de ses années à Yale, comme pour affirmer sans trop de subtilité qu'elle n'était plus d'ici.

Elle attacha ses cheveux humides en une courte queue de cheval. Dans son petit salon, Darrell se tenait debout devant l'étagère, pleine de guides locaux et de livres de poche que les vacanciers avaient laissés derrière eux.

Il se tourna quand elle entra dans la pièce. Il la parcourut à nouveau du regard, et elle se demanda si c'était de l'attirance, ou si c'était simplement un réflexe chez les forces de l'ordre, à la recherche d'armes, de drogues, de mensonges.

— Peux-tu me raconter ce qui s'est passé ce soir, Brynn ? demanda-t-il gentiment.

Irritée, elle serra les dents. Elle ne savait pas trop pourquoi elle réagissait ainsi en sa présence. Elle était devenue cynique envers les hommes depuis Aiden, et il lui était parfois difficile de se défaire de cette amertume.

Elle s'apprêtait à lui raconter comment elle avait trouvé Milton, lorsqu'on frappa à nouveau à la porte. Elle alla ouvrir et fut surprise de trouver Grady Steel appuyé contre le cadre de la porte.

Son regard se porta au-delà de l'épaule de la jeune femme.

— J'ai vu le véhicule de patrouille devant. Je me suis dit que je pouvais faire gagner du temps au shérif et venir lui faire ma déposition.

— Pourquoi pas ?

Brynn recula pour le laisser entrer. Quoi que les gens disent à propos de Grady Steel, il l'avait activement aidée ce soir-là, il ne s'était pas contenté de rester à l'écart à la regarder se débattre. De plus, un shérif se trouvait dans son salon : elle n'était donc pas vraiment en danger.

Il est plus facile d'être courageux quand on a du renfort ; elle réprima un sourire quand l'une des nombreuses maximes de son père lui revint à l'esprit.

— J'ignore comment le FBI mène ses interrogatoires, mais nous avons pour habitude de questionner les témoins séparément.

Darrell posa ses mains sur sa ceinture et pencha la tête sur le côté. Son étoile dorée brillait d'un éclat terne sur sa poitrine.

— Ça fait un bail, Grady.

Le ton sec du shérif suggérait que cela ne faisait pas assez longtemps.

— Je vous croyais amis, tous les deux, remarqua-t-elle, légèrement amusée.

Ils étaient très proches au lycée.

— Grady est devenu trop bien pour nous quand il a rejoint le FBI, n'est-ce pas, Grady ?

— Le Bureau me tient bien occupé, *shérif*.

Brynn remarqua sans peine l'éclat dangereux qui brillait dans les yeux de l'homme au visage aimable.

— Qui veut un verre ? s'enquit-elle d'un ton joyeux, se dirigeant vers la petite cuisine.

Si ces deux mâles alpha voulaient se tirer dans les pattes, c'était leur problème, mais elle n'allait pas rester là à les regarder. Elle en avait assez d'être spectatrice de sa propre vie.

— J'en prendrais bien un, acquiesça Grady, élevant la voix pour qu'elle l'entende.

— Je suis en service, Brynn. Peut-être la prochaine fois.

La prochaine fois ?

Le ton chaleureux de Darrell suggérait une relation plus profonde qu'elle ne l'était en réalité. Elle soupira en débouchant la bouteille de Highland Park de dix-huit ans d'âge qu'elle gardait pour les occasions spéciales et les urgences. Cette journée s'inscrivait résolument dans la deuxième catégorie.

Elle sortit deux verres et versa deux doigts de whisky dans chacun d'eux. Puis elle les apporta dans le salon et en tendit un à Grady. Il s'était installé dans le fauteuil du coin de la pièce et tint sa boisson à deux mains, les coudes posés sur ses genoux écartés.

Il leva son verre.

— *Tchin.*

Elle cilla.

Avait-elle jamais remarqué son sourire ? Elle n'en avait pas l'impression.

Elle n'avait jamais trouvé Grady Steel particulièrement séduisant à l'école, mais, lorsqu'il lui adressa un sourire nonchalant, elle prit soudain conscience qu'il était d'une beauté sauvage.

Ce constat la surprit : elle n'avait remarqué l'apparence de personne depuis plusieurs années.

Darrell fronça les sourcils, l'air désapprobateur.

Elle s'en moquait. Elle avala une grande gorgée, et la brûlure de l'alcool dans sa gorge la fit tousser. Au moins, cela l'aida à se débarrasser du goût de poisson mort dans sa bouche.

— Et si je commençais ? proposa Grady. Je suis arrivé en ville peu après vingt-deux heures. Tu peux vérifier auprès de Crystal, elle était là environ trente secondes après que j'ai franchi la porte d'entrée. Je suppose qu'elle a dû installer une caméra qui lui permet de surveiller les allées et venues. Tu devrais pouvoir consulter les images. J'ai bien l'intention de démonter ces trucs dès demain.

Il sourit, tandis que Brynn haussait les sourcils. Pourquoi démonterait-il le système de sécurité de sa sœur ?

— Je lui demanderai les images, acquiesça Darrell, comme si c'était son idée.

Grady lui adressa un sourire sans joie.

— Quand Crys est arrivée, nous avons, euh... *discuté* pendant un moment.

Darrell sourit.

— Je n'en doute pas.

Ce n'était un secret pour personne que le frère et la sœur ne s'entendaient pas.

— T'attendait-elle ? s'enquit le shérif.

— Je ne m'attendais pas moi-même, répondit-il avec un petit sourire ironique.

Le cœur de Brynn bondit de manière inattendue, mais elle repoussa cette sensation.

— Les circonstances ont changé au cours des trente dernières heures, expliqua Grady, buvant son whisky. Bon scotch.

Son ton était chaleureux et appréciateur.

Le FBI aurait-il vraiment pu le suspendre sans la moindre preuve de son implication dans le délit de fuite ? Elle se souvenait vaguement de quelques incidents survenus dans leur enfance. Des dommages causés à un véhicule avec Grady au volant. C'était l'une des autres raisons pour lesquelles tout le monde avait été si choqué lorsque le shérif de l'époque lui avait proposé un poste d'adjoint après son diplôme d'études secondaires.

— J'ai décidé de sortir me promener et de me dégourdir les jambes après avoir été sur la route toute la journée.

Grady regarda Brynn, comme s'il pouvait entendre ses pensées. Un peu honteuse, elle détourna les yeux. Elle ne valait pas mieux que les commères de la ville.

— Quelqu'un peut confirmer tes déplacements ? lui demanda Darrell.

Brynn tourna à nouveau les yeux vers Grady. Il ne lui était pas venu à l'esprit qu'il pouvait être ici avec quelqu'un d'autre.

Il croisa le regard de Darrell.

— Mon portable et ma Jeep. Tous deux sont équipés d'un GPS, déclara-t-il, se frottant la nuque. Je me suis arrêté plusieurs fois pour prendre de l'essence. La route est longue depuis Quantico.

— Effectivement, acquiesça Darrell, qui bascula sur ses talons, tandis que son expression s'assombrissait. Aller simple ?

Grady fixa le verre qu'il tenait dans sa main.

— Assurément pas. Le Bureau ne peut pas se permettre de ne pas me suspendre le temps d'effectuer des tests sur mon véhicule. C'est la procédure standard. En général, le FBI se sert de preuves matérielles pour élucider les crimes, pas de ouï-dire.

Darrell détourna le regard.

— Coupable jusqu'à preuve du contraire ?

— Innocent, point, répliqua Grady, dont l'expression se durcit. *Je* ne suis pas un menteur.

Darrell ricana.

— Cela ne fait pas de toi un innocent.

— Nous laisserons le Bureau se charger de résoudre l'affaire.

Les deux hommes ne cessaient d'échanger des sous-entendus, que Brynn ne pouvait guère déchiffrer.

— Écoute, si tu veux me parler du délit de fuite en Virginie, je peux organiser une conférence téléphonique avec mon supérieur au FBI, ou avec mon avocat. Histoire de rassurer le bureau du shérif local.

Darrell semblait impatient.

— Parle-moi de ce soir. Que s'est-il passé quand tu es allé te promener ?

— Je me dirigeais vers Main Street quand j'ai entendu une femme appeler à l'aide.

— Et, naturellement, tu t'es précipité à son secours ?

Le rictus narquois qui se dessina sur les lèvres de Darrell n'était pas joli à voir. Brynn se demanda comment elle avait pu le trouver beau.

— Naturellement, confirma Grady, qui avala une autre gorgée du liquide ambré.

— Il a sauté dans l'eau pour m'aider à ramener Milton sur la jetée. Je n'aurais pas pu m'en sortir seule.

L'image de l'impact de balle dans le front de Milton surgit dans l'esprit de Brynn. Elle ne pensait pas pouvoir l'oublier un jour. Elle but une nouvelle gorgée, puis posa son whisky de côté, quand son estomac se retourna.

— Je n'avais pas compris que Milton était mort. J'ai cru que la personne était inconsciente. Je l'ai vu hier, il a pris un café et un brownie en allant au travail.

— Que faisais-tu si tard sur le port ? l'interrogea Darrell.

— J'avais envie de prendre l'air, après être restée enfermée toute la journée. J'ai coupé par la ruelle sur le côté du café, je voulais me promener le long de l'embarcadère avant de rentrer chez moi.

Elle fronça les sourcils. Elle venait de se rappeler la frayeur que lui avait causée le chat.

— J'étais sur le point de faire demi-tour et de rentrer à la maison quand j'ai vu quelque chose flotter dans l'eau. Il m'a fallu quelques secondes pour réaliser qu'il s'agissait d'une personne, expliqua-t-elle, puis elle se plaqua une main sur la bouche. J'ai cru qu'il... qu'il était vivant. Je croyais pouvoir le sauver.

Ses dents se remirent à claquer. Elle reprit son verre et avala la dernière goutte de whisky, se concentrant sur le goût fumé. Elle regarda autour d'elle.

— Je ne sais pas si j'aurais plongé si je m'étais rendu compte qu'il était déjà mort.

Elle savait à quel point c'était atroce quand quelqu'un disparaissait et que l'on ne savait pas s'il était vivant ou mort. Et pourtant, elle aurait hésité à se jeter à l'eau pour récupérer un cadavre. C'était une prise de conscience brutale sur elle-même, et elle n'en était pas fière.

— Est-ce horrible de l'admettre ?

— Non, la rassura Grady, secouant la tête. C'est humain. Très humain.

Brynn envisagea de se servir un autre verre, mais elle devait se lever tôt le lendemain.

— Tu as vu quelqu'un d'autre là-bas ? demanda Darrell à Grady.

— Le jeune homme, Caleb Quayle, est arrivé avant moi.

— Brynn ? poursuivit Darrell.

La jeune femme fronça les sourcils.

— J'ai cru voir quelqu'un s'éloigner du port en direction du nord, sur Abbot Street, quand je suis descendue. Mais je n'aurais pas su dire de qui il s'agissait.

S'était-il agi du tueur ? Elle frissonna à cette idée.

— Avez-vous des caméras de surveillance en ville ? s'enquit Grady.

— Zut ! Je n'aurais jamais pensé à vérifier ça, ironisa Darrell. Heureusement que l'ex-agent du FBI est là pour nous aider.

— Pas ex, corrigea Grady d'un ton ferme. Et j'essayais simplement d'aider.

Darrell remonta sa ceinture.

— Je n'ai pas pour habitude de demander l'aide des témoins pour la procédure.

— Je n'ai été témoin de rien. Et il est rare que l'une des

premières personnes à arriver sur les lieux soit un agent du FBI expérimenté.

Grady se leva et s'étira. Malgré elle, Brynn se sentit attirée par ses muscles saillants et ses larges épaules.

— Un agent du FBI *suspendu*, insista Darrell, et, crois-moi, je n'ai pas négligé cette coïncidence.

Les yeux de Brynn s'écarquillèrent. Darrell croyait-il vraiment que Grady Steel était un suspect ? Cela signifiait-il qu'elle l'était aussi ?

— As-tu une arme sur toi ? demanda le shérif d'un ton sévère.

Brynn sursauta. Grady pinça les lèvres.

— Oui.

— Je vais devoir l'emporter pour procéder à des tests balistiques.

Grady expira bruyamment.

— Tu n'es pas sérieux ?

— Aussi sérieux qu'une crise cardiaque.

Avec son index et son pouce, Grady sortit lentement un pistolet noir à l'allure menaçante d'un holster d'épaule, dissimulé sous une chemise rouge à carreaux déboutonnée et qui semblait douce.

— Tu as un sac pour les preuves, ou dois-je en prendre un dans mes bagages ?

Darrell sortit un sachet de sa poche arrière. Manifestement, il était venu préparé. Grady fit un pas en avant et déposa son arme avec précaution.

— J'ai besoin de le récupérer le plus rapidement possible.

— Pendant que nous y sommes, nous devrions peut-être faire un test GSR, ajouta Darrell, inclinant la tête sur le côté.

Grady se rassit.

— J'ai pris un bain de minuit, suivi d'une douche chaude. Ta fenêtre d'opportunité pour tester les résidus de tir est déjà fermée.

L'expression de Darrell s'assombrit.

— Et même si mon test revenait positif aux résidus de poudre, je tire des milliers de cartouches chaque semaine dans le cadre de mon travail au sein de l'équipe de libération des otages. Chacun de mes pores pourrait être, et serait probablement, positif à la présence de résidus de poudre. Cela ne tiendrait pas devant un tribunal, et tu le sais.

— Je pense qu'il est important de respecter la procédure, mais tu as raison. En quittant les lieux et, de ton propre aveu, en prenant une douche, tu as déjà potentiellement détruit des preuves.

La colère était visible sur le visage de Grady, mais il ne répondit pas. Brynn se retrouva à prendre la défense de Grady Steel.

— C'était ça ou nous mourions tous les deux d'hypothermie. L'eau était à peine à 4 °C. As-tu l'intention de faire des tests sur moi aussi ?

— Ne t'inquiète pas.

Darrell se déplaça pour se poster devant elle, et elle se leva, peu à l'aise avec cette différence de taille. Elle comprit que c'était une erreur quand le shérif posa les mains sur ses épaules, qu'il serra d'une manière exagérément amicale. Il essaya de la regarder dans les yeux, mais elle se détourna. Cependant, elle ne put échapper à ses paroles.

— J'aurai besoin d'une déposition écrite dans la matinée, Brynn. Passe au poste quand tu auras le temps. Ferme tes portes à clé et ne parle à personne de ce que tu as vu ce soir. C'est valable pour vous deux.

Brynn se précipita vers la porte d'entrée, rompant délibérément le contact.

— Je ne sais pas quand je pourrai passer. Je m'attends à une file d'attente à l'ouverture du café demain matin ; tout le monde voudra m'interroger en personne. Oublie l'église, les bancs seront vides demain.

— Ne dis pas que tu as vu quelqu'un d'autre là-bas, d'accord ? insista Darrell. Pour l'instant, nous sommes les seules personnes à connaître ce petit détail.

— Tu crois vraiment que ce pourrait être le tueur ? demanda-t-elle, frissonnant à nouveau. Je n'ai rien entendu qui ressemble à un coup de feu.

— Nous en saurons plus lorsque le médecin légiste aura pratiqué une autopsie. Il devrait être en mesure de déterminer l'heure de la mort.

Brynn ouvrit la porte.

— Tu n'as pas à t'inquiéter. Je ne parlerai de tout cela à personne, le rassura-t-elle, épuisée par cette soirée infernale. Bonne nuit, messieurs.

Les deux hommes se dirigèrent vers la porte. Darrell lui serra le bras en passant, et elle lui adressa un sourire tendu. Grady lui fit un signe de tête, et elle remarqua à quel point ses yeux étaient incroyablement bleus, comme un ciel azur par une journée sans nuages.

Sans un mot, elle referma la porte derrière eux, enclencha le loquet et verrouilla à double tour. Elle n'avait aucune envie de remarquer les yeux bleus ou les muscles sculptés de qui que ce soit. La dernière chose dont elle avait besoin, c'était de rencontrer un homme ici alors qu'elle n'avait aucune intention de rester. Pas plus que lui.

Elle ne voulait pas d'homme dans sa vie, point.

Plus maintenant.

Et si Grady n'était pas aussi innocent qu'il le prétendait ?

Le visage exsangue de Milton Bodurek surgit dans son esprit, et elle frissonna. Ce n'était pas parce qu'elle était chez elle à Deception Cove qu'elle y était en sécurité. La mort et le danger rôdaient partout.

—————

CHAPITRE HUIT

— Tu vas vraiment faire tester mon arme ? s'enquit Grady, tandis qu'ils longeaient la maison jusqu'aux marches de l'entrée.

— C'est la routine, Grady. Tu connais la procédure.

C'était vrai, mais il n'était pas obligé d'aimer ça. Au bas des marches, il sortit sa clé.

— Vas-tu tester tous les 9 mm de la ville ?

— S'il le faut, répondit Darrell, qui perdait toute son arrogance sans public.

— Comment va Lorraine ?

Darrell détourna le regard.

— Bien. Elle est occupée avec les enfants.

— Combien en as-tu, maintenant ? Deux ?

— Trois, l'informa Darrell avec un sourire fier. Tu ne t'es jamais casé ?

Cela faisait longtemps qu'il n'avait pas rencontré quelqu'un avec qui il avait eu envie de sortir, et encore moins de *se caser*. Il haussa les épaules.

— Je suppose que je suis marié à mon boulot.

— Plus maintenant, rétorqua Darrell, une lueur méchante

dans les yeux.

— Tu ne t'en es jamais remis, n'est-ce pas, D ?

Grady observa attentivement l'autre homme.

— Quoi ?

— Du fait que je sois entré au FBI et pas toi.

Darrell se hérissa.

— J'ai quitté Quantico volontairement.

Grady croisa les bras. Il régnait un froid glacial dehors, mais il n'avait pas l'intention de montrer que cela l'affectait. L'orgueil était l'un de ses nombreux défauts.

— Seulement parce que tu savais qu'ils allaient te foutre dehors pour avoir échoué à un examen.

Darrell ricana.

— Foutaises. Je suis sûr que tu as fait tout ton possible pour t'assurer qu'ils me recalent. Quoi qu'il en soit, j'ai décidé que j'aimais bien être ici, à veiller sur la sécurité d'une communauté où j'avais grandi et que je connaissais bien. Pas à me pavaner dans tout le pays, gonflé de suffisance, éructa Darrell, le front couvert de sueur malgré le froid. Tu n'as jamais vraiment été à ta place ici, donc tu n'as jamais vraiment compris.

— Ton père et toi y avez veillé, c'est sûr.

— C'est toi qui as utilisé le chantage pour devenir flic.

— C'est à cause de toi si j'en ai eu besoin, rétorqua Grady.

C'était un coup direct, et ils le savaient tous les deux. La colère monta en lui au souvenir des torts passés.

— Ça doit être sympa d'avoir un papa qui te passe le flambeau du poste de shérif, même si c'est dans le plus petit comté de l'État, celui qui compte le moins d'habitants, ironisa Grady.

Le coup fit mouche, avec la précision d'un fusil de sniper HK PSG-1. Mais il n'en avait pas terminé.

— Je parie que tu n'as même pas eu à faire fabriquer de nouveaux panneaux pour ta campagne. Tu t'es contenté de réutiliser les anciens, lança-t-il avec un petit rire. Tu es sûr que les gens n'ont pas cru qu'ils votaient encore pour ton père ?

— J'ai mérité cet insigne. Les gens ont voté pour *moi*, éructa Darrell, qui rapprocha son nez de celui de Grady. Quoi qu'il en soit, avoir un shérif comme père, c'est largement mieux que d'avoir un meurtrier comme donneur de sperme. Je suppose que la pomme n'est pas tombée loin de l'arbre, n'est-ce pas ?

Extérieurement, Grady ne se laissa pas ébranler par les mots. Il avait déjà entendu tout cela un million de fois. Il bâilla.

— Tu comptes m'arrêter parce que je ne me suis pas prosterné devant le seigneur féodal, ou je peux aller me coucher maintenant ?

Darrell secoua la tête et s'éloigna de quelques pas.

— Je devrais t'arrêter. Je devrais le faire, rien que parce que tu as quitté les lieux.

Darrell n'oserait pas.

— Tu sais que je n'ai pas tué Milton Bodurek, mais si tu as besoin d'aide avec ton enquête...

— Tu seras la dernière personne que j'appellerai, répliqua le shérif, qui leva les mains et s'éloigna à grands pas. Tu as toujours été un enfoiré arrogant. Espérons que le FBI voudra bien te reprendre, hein ? Parce qu'une chose est sûre : nous ne voulons vraiment pas de toi ici.

Aïe.

Darrell ouvrit brusquement la portière du véhicule de patrouille et monta dans le SUV tapageur, arborant le logo du shérif peint en vert et or sur le côté.

Grady regarda l'homme s'éloigner à toute vitesse dans les rues étroites qui lui étaient familières. Darrell savait-il quelque chose sur Eli Kane ? Soupçonnait-il qu'un des criminels les plus recherchés par le FBI se cachait dans cette ville ? Grady en doutait. Il n'était tout simplement pas intelligent à ce point.

Qu'en était-il de l'ancien shérif ?

Le shérif Temple York avait un œil de lynx, était intuitif, et rien ne lui échappait. Son fils avait été un enfoiré qui se croyait tout permis, et son père avait tout fait pour le protéger.

Les parents de Darrell vivaient dans une belle maison moderne sur le promontoire. Apparemment, l'argent provenait de la famille de la mère de l'actuel shérif. Grady allait veiller à ce que le FBI se penche sur le sujet, juste au cas où l'argent aurait été un paiement pour garder le silence.

Tout à coup, retrouver Eli Kane et découvrir qui d'autre dans sa ville natale pouvait être au courant de la vérité étaient devenus une mission essentielle. Quels autres mensonges se cachaient sous la surface de cette communauté tranquille et soudée qui l'avait toujours regardé de haut ?

Il allait faire de son mieux pour le découvrir.

Brynn avait du mal à s'endormir. Chaque fois qu'elle fermait les yeux, elle voyait le regard vitreux de Milton. Une lame de parquet grinça au-dessus de sa tête et elle écarquilla les yeux en se rappelant que seule une porte séparait l'appartement du sous-sol du reste de la maison.

Son cœur s'emballa.

Grady avait-il la clé ? Devait-elle s'inquiéter ?

Il faudrait qu'il soit le meurtrier le plus stupide de l'histoire pour envisager de la tuer et de s'en tirer... mais elle serait quand même morte.

Elle bondit hors du lit et se glissa jusqu'au petit escalier qui menait à la partie principale de la maison. Elle gravit prudemment les marches vernies, grimaçant lorsque l'une d'entre elles gémit. Elle fit une pause, puis, comme le silence régnait dans la maison, elle reprit lentement.

Ce n'était pas comme si elle faisait quelque chose de mal. Il était question de son droit à la vie privée en tant que locataire.

Crystal Grogan l'avait-elle espionnée ? Ce n'était sans doute pas déraisonnable de placer des caméras au niveau des entrées. Mais, et si Brynn avait voulu amener un amant pour une nuit ? L'idée que l'une des plus grandes commères de la ville soit au courant de sa vie privée lui donna la nausée.

En haut des escaliers, elle tendit prudemment la main et s'assura que les deux verrous étaient bien enclenchés, en haut et en bas.

Elle redescendit les marches en silence, presque gênée de faire ce qui relevait de la sécurité de base. C'était le problème avec la société : elle attendait des femmes qu'elles se montrent polies plutôt que de leur permettre de défendre farouchement leur propre sécurité.

Elle vérifia une nouvelle fois sa porte d'entrée, puis se glissa à nouveau dans son lit.

Attrapant son téléphone, elle rechercha le nom de Grady Steel en ligne. Les articles publiés au cours des dernières vingt-quatre heures étaient nombreux, et tous dépeignaient un incident scandaleux et un agent tombé en disgrâce. Mais ils étaient très peu détaillés. Pas de nom de victime. Juste une photo d'un camion noir en train d'être remorqué.

Il y avait des millions de camions noirs aux États-Unis.

Elle se rappela les dénégations véhémentes de Grady. S'il existait la moindre preuve matérielle qu'il était impliqué dans la mort de quelqu'un, même accidentellement, n'aurait-il pas déjà été incarcéré ?

Pourtant, le FBI ne pourrait pas simplement le croire sur parole, car ils avaient une réputation à protéger. Il ne s'agissait pas d'un petit bureau de shérif dans une ville isolée. C'était le *FBI*.

Elle rebrancha son téléphone et éteignit la lumière. Elle

était fatiguée et avait besoin de dormir. Le plancher au-dessus de sa tête grinça à nouveau.

Bon sang !

Brynn serra son oreiller contre sa poitrine. Puis elle se releva, ferma la porte de sa chambre, puis cala une chaise en bois sous la poignée. De retour dans son lit, elle ouvrit le tiroir de sa table de chevet et en sortit son pistolet 9 mm à canon court. Elle vérifia qu'il y avait bien une balle dans la chambre avant de le placer à portée de main.

Cette fois-ci, lorsqu'elle s'allongea, elle laissa la fatigue l'entraîner dans les profondeurs du sommeil.

CHAPITRE NEUF

G rady était debout tôt le lendemain matin, occupé à déblayer les allées et les marches, recouvertes d'une fine couche de neige tombée pendant la nuit, quand il aperçut Brynn Webster qui sortait de son appartement en sous-sol.

— Bonjour, la salua-t-il, tentant d'évaluer son humeur.

Les cernes sous ses yeux suggéraient qu'elle n'avait pas bien dormi. Sa voix était rauque, marquée par la fatigue et la méfiance.

— Bonjour.

À la lumière du jour, il vit que ses cheveux étaient d'un roux ambré profond, presque de la couleur des feuilles d'érable à l'automne. Ils dépassaient d'un bonnet gris. Ses yeux gris-vert orageux, bordés de cils épais et foncés, étaient soulignés par une poignée de taches de rousseur sur son nez retroussé.

Elle était beaucoup plus jolie que dans ses souvenirs de l'école, mais il ne lui avait pas prêté beaucoup d'attention à l'époque. Une différence d'âge de six ans représentait une génération pour un adolescent. Elle était encore une enfant quand il avait commencé à devenir un homme.

En tout cas, Darrell York semblait très attentif à elle ces derniers temps. Étaient-ils amants ? Pour une raison quelconque, l'idée laissa un goût amer dans la bouche de Grady.

Ce n'était pas seulement parce qu'il était marié. Au lycée, Darrell avait toujours trompé ses petites amies. Grady doutait qu'une alliance puisse changer les habitudes d'une vie, et il plaignait Lorraine. Mais elle avait su dans quoi elle s'engageait.

Il ne comprenait pas comment quelqu'un pouvait succomber à ses airs charmants, et ne pas voir la décadence morale qui se cachait derrière. Si Darrell n'était peut-être pas ouvertement corrompu, il n'était certainement pas un citoyen intègre ou particulièrement admirable. C'était un tricheur, une petite brute, et un menteur.

Brynn n'avait pas semblé particulièrement amicale envers le shérif la veille, mais la façon dont Darrell avait marqué son territoire suggérait qu'il espérait que cela change. Elle ne s'était pas non plus montrée particulièrement amicale envers Grady. Il devait changer cela, mais il voyait bien qu'elle restait, à juste titre, prudente.

Il appuya la pelle à neige contre le mur de la maison, frotta ses mains nues l'une contre l'autre et souffla dessus. Il avait des gants quelque part, il devait les chercher.

— Alors, quel est le meilleur endroit dans le coin pour boire un bon café ?

Elle lui adressa un sourire réticent.

— Je n'ai pas l'intention de suggérer qu'il existe un endroit dans cette ville qui est mieux que chez ma mère.

C'était l'ouverture qu'il avait espérée.

— Tu y vas maintenant ou tu vas à l'église ?

— Je vais au café.

— Ça te dérange si je t'accompagne ?

— Nous ne sommes pas ouverts au public avant une heure.

Il laissa un sourire se dessiner sur ses lèvres, faisant de son mieux pour dépoussiérer son charme rouillé.

— Je ne te gênerai pas, c'est promis. Je peux même faire mon propre café, proposa-t-il, et Brynn parut surprise par cette idée. Je dois faire des courses, mais les magasins n'ouvrent que dans une heure, et je suis en train de mourir ici sans caféine.

— Ah ! Si tu arrives à faire marcher la machine à café sans aide, je t'offre un emploi sur-le-champ, ricana Brynn.

— J'aime les défis.

Il ignora son expression surprise, puis il monta les marches en trottinant pour verrouiller la porte d'entrée. Cela n'empêcherait pas sa sœur d'entrer, mais il avait déjà des plans pour ça. Il avait redescendu l'escalier avant que Brynn n'ait atteint le bout de l'allée.

Elle fronça les sourcils quand il se mit à marcher à côté d'elle.

— Crystal a-t-elle vraiment des caméras de sécurité ?

— Elle en avait, confirma Grady avec une grimace. Je les ai toutes enlevées, et je les lui rendrai cet après-midi.

Il ne voulait pas que sa sœur surveille ses faits et gestes jour et nuit. Il enfonça davantage ses mains dans les poches de sa veste.

— Pour autant que je sache, elles ne couvraient que les portes extérieures et le garage. Je suppose que c'était pour des raisons de sécurité plutôt que par pure curiosité.

Brynn haussa un sourcil cynique.

— Je pense que tu es gentil.

— Ce n'est pas une chose dont on m'accuse très souvent, remarqua Grady avec un sourire.

Il prévoyait d'installer son propre système de caméras, mais il laisserait à Brynn autant d'intimité qu'il le pourrait. Il voulait lui demander ce qui s'était passé avec son mari, mais il devait d'abord gagner sa confiance. Quelque chose lui disait qu'elle n'aurait pas spécialement envie de parler du fait qu'elle s'était fait larguer. Qui le voudrait ?

— Ce que je ne comprends pas, c'est pourquoi elle te laisse rester, et pourquoi tu estimes qu'il est normal d'enlever ses caméras ?

Ses yeux intelligents se posèrent sur lui, fouillant son visage en quête de réponses.

— Si cela ne tenait qu'à Crys, je dormirais dans ma voiture, répondit-il.

Il enfonça davantage ses mains dans son blouson de cuir doublé de polaire. Puis, devant l'expression confuse de Brynn, il expliqua.

— Elle ne me laisse pas rester. C'est chez moi.

— Quoi ? s'exclama-t-elle, semblant déconcertée. Vous êtes copropriétaires ?

Grady secoua la tête.

— Elle s'occupait des locations pour toi ?

— Disons que la première fois que j'ai entendu parler de location, c'est quand j'ai franchi la porte hier soir.

L'agent Ropero l'en avait informé le vendredi après-midi. Il avait eu l'impression d'être un véritable imbécile.

Les yeux de Brynn brillaient d'un mélange d'indignation et de stupéfaction.

— Crystal a raconté à tout le monde en ville que c'était sa maison.

Grady fit rouler ses épaules, puis grimaça.

— Dans ce cas, pour ma propre santé mentale, mieux vaudrait laisser les gens croire qu'elle me rend service, plutôt que l'inverse.

Brynn fronça les sourcils.

— Je pense que tu es bien plus gentil avec elle qu'elle ne l'a jamais été avec toi.

Il haussa les épaules pour chasser la douleur inattendue que lui avait causée cette remarque. Soudain, le fait que sa relation avec Crystal soit si irrévocablement brisée le rendit triste. Et, même si, légalement, cet endroit lui appartenait, il se sentait toujours coupable que leur grand-mère ait fait ce choix.

— Il est peut-être temps que l'un d'entre nous fasse preuve d'un peu de gentillesse ou, à tout le moins, de compassion envers l'autre.

Un chien gris hirsute se précipita dans une rue secondaire. Il n'avait pas de collier, et il se demanda s'il s'était échappé ou s'il s'agissait d'un animal errant. Le temps qu'ils traversent la rue, il avait disparu.

Ils s'approchèrent du café et commencèrent à croiser d'autres personnes sur le trottoir, dont beaucoup lui étaient familières. Grady soutint le regard des gens et hocha la tête, mais ils l'ignorèrent, se contentant de dire bonjour à Brynn à la place.

Un sentiment de rancœur s'installa en lui, mais il le repoussa. Il avait pris la décision de suivre ce plan. Il était à la fois pratique et efficace. Il allait devoir ravaler la douleur inattendue causée par le rejet des habitants de la ville. D'ailleurs, il aurait dû y être habitué, maintenant.

Ils arrivèrent au café, et elle le conduisit le long du bâtiment jusqu'aux marches en bois à l'arrière.

Elle faillit glisser, mais il la retint, ignorant les courbes douces entre ses mains pour se concentrer sur le fait de les empêcher tous les deux de tomber la tête la première sur la terrasse recouverte de glace.

Il l'aida à se cramponner à la rambarde latérale.

— Tu vas bien ?

Elle éclata de rire, et le son résonna dans le calme du matin.

— Oui. Merci.

— Reste là.

Il s'agrippa au bord tout en patinant vers le tonneau en bois rempli de sable qui se trouvait sur la terrasse, à côté d'une pelle à neige. Il en répandit quelques pelletées, puis en saupoudra davantage sur les marches sous le regard de Brynn.

— Quoi ? demanda-t-il.

La jeune femme secoua la tête. Il esquissa un sourire et remarqua l'intérêt qui se lisait dans le regard de Brynn.

— *Quoi ?*

Elle haussa un sourcil délicat.

— Tu sembles terriblement gentil pour quelqu'un qui a la réputation d'être un voyou.

— Sans oublier, tueur présumé, ajouta Grady, sans prendre de gants.

Brynn tressaillit et son visage blêmit ; à l'évidence, elle se rappelait clairement l'impact de la balle sur le front de Milton Bodurek.

— *Merde !* Désolé. Je n'aurais pas dû dire ça.

Il replaça la pelle dans le tonneau, puis il se retourna pour regarder le port, gris dans la lumière du petit matin.

Il n'avait jamais imaginé revenir dans cette ville, dans cette communauté, pas après le décès de sa grand-mère. Être ici le remplissait d'un mélange d'envie et de nostalgie auquel il ne s'était pas attendu. L'odeur du bord de mer, le vent qui balayait sa peau burinée, le cri des mouettes sur les cheminées, le bruit des bateaux qui tanguaient doucement sur l'eau. Le brouillard recouvrait l'eau, mais se dissipait au niveau des toits comme de la vapeur sous les minces rayons du soleil matinal. L'atmosphère était fantomatique et le fit frissonner.

Heureusement qu'il ne croyait pas aux fantômes.

Brynn se déplaça pour se tenir à ses côtés, et tous deux regardèrent le front de mer. Du ruban jaune isolait la marina où était amarré le voilier de Milton Bodurek. Deux SUV du bureau du shérif étaient garés, bloquant l'accès à la passerelle.

— Crois-tu qu'il ait été tué sur son bateau ? s'enquit Brynn dans un murmure tranquille.

Grady fit rouler son épaule, puis il plissa les yeux.

— Sans doute.

— Penses-tu que le meurtrier soit quelqu'un de la ville ou un inconnu de passage ?

Grady baissa le nez et il perçut l'expression inquiète dans ses yeux gris-vert.

— Qu'en penses-tu ?

Elle se tourna pour observer les adjoints du shérif qui travaillaient sur la scène de crime.

— Qu'il est toujours plus facile de croire que les tueurs ne se cachent pas parmi nous.

Grady acquiesça.

— Plus facile, mais pas nécessairement correct.

La jeune femme frissonna.

— Tu crois que cela a quelque chose à voir avec le braquage de la banque ? Milton en était le directeur, et, en général, cette ville n'est pas un foyer de criminalité.

Grady haussa les épaules.

— Peut-être.

Sans aucun doute. Elle l'examina, cherchant du regard de meilleures réponses.

— Le tueur pourrait-il représenter un danger pour quelqu'un d'autre ? l'interrogea-t-elle, avant de laisser échapper un soupir exaspéré. Je sais que tu n'as pas les réponses, mais tu fais partie du FBI, alors je m'inquiète à voix haute.

Grady observa l'équipe de plongeurs qui s'équipait pour aller dans l'eau ; il aurait voulu être avec eux. Il aimait l'action, pas rester assis sur la touche, à attendre que les indices lui tombent dessus.

— Je suppose que ça dépend de la raison pour laquelle il a

été tué. Mais il y a une chose..., commença-t-il, puis il croisa son regard, et il détesta voir la peur qui formait des ombres au fond de ses yeux. Mieux vaudrait que tu évites de faire des promenades solitaires la nuit, le long du port. Pas avant que cette ordure n'ait été arrêtée.

CHAPITRE DIX

Brynn augmenta le chauffage dans le café, pour lutter contre le froid qui lui glaçait les os depuis la nuit précédente.

— J'ai désamorcé des bombes moins compliquées que cette cafetière, grogna Grady Steel.

Il était debout, les jambes écartées, légèrement penché en avant, concentré sur cette machine sophistiquée et capricieuse que sa mère avait importée de France vingt ans auparavant.

Brynn essaya de ne pas remarquer ses muscles sculptés alors qu'il se tenait là, vêtu d'un t-shirt et d'un jean, mais elle aurait menti si elle avait dit que sa bouche ne s'était pas un peu asséchée en le regardant. Peut-être était-ce une bonne chose qu'elle soit enfin attirée par un autre homme : cela prouvait qu'elle avait vraiment oublié Aiden.

Grady jura à nouveau.

La jeune femme réprima un sourire, parce qu'elle aimait le fait qu'elle n'était pas la seule à être déconcertée par cette maudite machine. Ses parents étaient catégoriques : ils l'avaient payée si cher qu'ils ne la remplaceraient jamais.

Soudain, il y eut un sifflement de vapeur, et l'odeur d'un

bon café se répandit dans l'air. Les traits de Grady exprimaient une satisfaction totale d'avoir résolu un problème, même s'il ne s'agissait que de préparer du café.

— Ah ! Ah ! s'écria-t-il, le visage rayonnant de joie, ses yeux bleu ciel brillant d'intelligence. Comment prenez-vous votre café, madame Webster ?

Elle rit et secoua la tête, tout en lui tendant deux tasses propres sorties du lave-vaisselle. Cela lui faisait du bien de sourire à nouveau après son expérience de la nuit passée et les inquiétudes concernant un tueur en liberté qui l'avaient empêchée de dormir. Elle ne pouvait pas y faire grand-chose. Elle n'était sans doute pas une cible potentielle, mais elle prendrait malgré tout quelques précautions supplémentaires, jusqu'à ce qu'il, ou elle, soit arrêté.

— Beaucoup de lait pour moi. Pas de sucre.

— Je note.

Ses orteils se recroquevillèrent sous le regard chaleureux qu'il lui lança, et elle se dit qu'elle était ridicule. Tout ce qu'elle savait de cet homme suggérait qu'il était bourru et potentiellement dangereux. Pas le genre d'homme qui devrait lui donner des picotements quand elle le regardait.

Mais, peut-être avait-il changé. Il était agent du FBI... du moins, la plupart du temps. Et puis, tout le monde ne méritait-il pas une seconde chance ? Enfin, tout le monde, sauf son ex.

Grady était l'exact opposé de son ex-mari, tant par son apparence que par son comportement. Le côté sombre et légèrement dangereux de Grady Steel contrastait fortement avec la perfection blonde et polie d'Aiden. Elle se rendait compte qu'il avait été bien trop parfait, comme une poupée Ken.

Bon sang ! Penser à Aiden fit disparaître sa bonne humeur. Grady poussa la tasse devant elle, et elle cilla pour revenir au présent.

Elle se secoua pour chasser ses souvenirs douloureux, prit son café et en but une gorgée.

— Oh ! Il est bon ! s'exclama-t-elle, avant de prendre une nouvelle gorgée. Très bon.

— Le gouvernement américain a dépensé des millions de dollars pour me former.

L'expression extatique qui traversa les traits de Grady lorsqu'il avala une gorgée de sa propre tasse était amusante et incroyablement sexy.

— Ça, m'dame, c'est l'argent de vos impôts mis à l'œuvre ! remarqua-t-il en haussant les sourcils. Je suppose qu'il faut bien que je sois bon à quelque chose, non ?

Brynn fut prise d'un élan de sympathie. Elle ne pouvait imaginer que cet homme ait laissé mourir un blessé sur le bord de la route, et elle savait exactement à quel point il était douloureux d'être accusé de quelque chose que l'on n'avait pas fait.

— Le FBI va régler le problème.

Grady porta à nouveau la tasse à ses lèvres et sourit.

— Eh bien, ils feraient bien de s'activer, avant que je ne reçoive une meilleure offre.

— Tu serais embauché en un clin d'œil, mais je ne suis pas sûr de pouvoir te payer autant que le gouvernement fédéral.

Elle consulta l'horloge, puis fronça les sourcils. Grady le remarqua.

— Quelque chose ne va pas ?

Elle rangea les tasses sur les étagères, puis entreprit de disposer dans la vitrine réfrigérée les pâtisseries fraîches du jour, fabriquées localement.

— Non. C'est juste que ma serveuse, Jackie Somers, était censée m'aider à ouvrir. Elle s'est fait porter pâle, hier, mais je n'ai pas eu de nouvelles d'elle aujourd'hui, elle ne m'a pas dit qu'elle ne viendrait pas. Elle aurait dû être là il y a un quart d'heure.

— Est-ce qu'elle est fiable, en temps normal ?

Brynn fit la grimace.

— Ce n'est pas le terme que j'emploierais. Elle peut être un peu flexible dans ses horaires, mais, quand elle est là, elle travaille bien.

— Tu veux que je t'aide jusqu'à ce qu'elle arrive ?

— Non, ne sois pas bête.

— En quoi est-ce bête de te donner un coup de main quand tu en as besoin ? répondit-il, puis son expression se fit abattue. Je n'ai rien de mieux à faire pour l'instant. Au moins, je serai aux premières loges pour assister à la critique cinglante de Grady Steel et entendre ce que tout le monde en dit.

— Vraisemblablement que tu as tué Milton Bodurek sur son bateau, puis que tu l'as poussé à l'eau avant de revenir m'aider à le sortir de l'eau ?

— C'est ce que tu crois ? s'enquit-il d'un ton sérieux.

Un sentiment de malaise s'empara de la jeune femme. Elle refusait de se laisser charmer par la beauté physique et les bonnes manières. Elle n'était pas si bête... plus maintenant.

— Honnêtement, je ne sais pas.

Elle s'attendait à de la colère, mais son regard était posé.

— C'est logique. Je suis pratiquement un inconnu pour toi et ma réputation me précède. De plus, les circonstances actuelles sont loin d'être idéales. Mais je peux t'assurer que je n'ai jamais fait de mal à quiconque sous l'effet de la colère, s'expliqua-t-il, arborant une expression triste. Du moins, pas à quelqu'un qui n'essayait pas activement de me faire du mal avant.

Il s'interrompit, puis regarda par la fenêtre, en direction du port. Il s'agita un instant, avant de regarder Brynn à nouveau.

— J'adore mon boulot. Je prévois de retourner à Quantico pour m'entraîner avec mes coéquipiers dès que les andouilles qui testent mon camion m'auront autorisé à reprendre le service.

L'atmosphère était devenue pesante, et, pour son propre bien, elle avait besoin de l'alléger.

— Tu as une Jeep *et* un camion ? C'est sûr, je ne peux pas te payer assez.

— La Jeep appartient à une amie qui n'en a pas besoin pour le moment, répondit-il, puis il s'éclaircit la gorge, et sa voix devint plus rauque. Mon camion est en train de subir un traitement complet au laboratoire. Il vaudrait mieux qu'il soit encore en état de marche quand les techniciens en auront terminé avec lui.

— Tu n'es vraiment pas inquiet ?

— Je ne suis pas inquiet à propos de l'enquête. Je suis énervé, précisa-t-il, puis il but une autre longue gorgée de café. Si j'avais heurté quelqu'un, je n'aurais assurément pas laissé cette personne mourir sur le bord de la route. Mais, tu n'as aucune raison de me faire confiance, et je comprends.

Le visage de Milton surgit à nouveau dans l'esprit de Brynn. Elle espérait qu'il n'avait pas trop souffert.

— Ce doit être frustrant que les gens mettent en doute ton intégrité, remarqua-t-elle.

Elle le comprenait mieux qu'elle ne l'aurait voulu.

— J'ai l'habitude.

Il lui sourit, et, à nouveau, elle ressentit cette palpitation dans sa poitrine. Grady Steel était un homme plus séduisant qu'il n'y paraissait, et elle n'appréciait pas que ses yeux se soient ouverts sur cette réalité.

— Trêve de lamentations, *madame Webster*. Laisse-moi t'aider jusqu'à ce que ta serveuse égarée arrive, insista-t-il, passant les pouces dans les boucles de son jean. Tu peux me payer en café.

La bouche de Brynn s'assécha. Peut-être pourrait-elle le payer avec du sexe.

— Hum ! fit-elle, puis elle s'éclaircit la gorge à cette pensée totalement inappropriée. D'accord.

Elle savait qu'elle jouait avec le feu, mais elle n'en avait plus rien à faire.

— À une condition.

Grady pencha la tête sur le côté. Elle lui lança un tablier propre.

— Arrête avec les « madame Webster ». Brynn, c'est bien.

— Brynn, répéta-t-il, faisant rouler son nom chaleureusement sur sa langue, tout en enroulant le tablier noir autour de ses hanches élancées. Je me suis toujours demandé... Est-ce un diminutif ?

Il s'était posé des questions sur son nom ? Elle ne s'était même pas rendu compte qu'il savait qu'elle existait. La jeune femme secoua la tête.

— J'aime bien.

Le cœur de Brynn fit de nouveau cette chose dans sa poitrine. Peut-être avait-elle besoin de faire un bilan de santé.

— Tu peux continuer de m'appeler Grady.

— Pas Belzébuth ou Méphistophélès ? répliqua la jeune femme, introduisant un peu d'humour dans leur conversation.

Le sourire de Grady devint malicieux.

— Tu peux m'appeler le Prince des ténèbres, si tu veux. Ce sera notre petit secret.

Elle éclata de rire, puis sursauta lorsque la porte arrière s'ouvrit et qu'Angus Hubner entra à grands pas.

Le vieil homme ne dit rien. Il haussa les sourcils quand il aperçut Grady debout derrière le comptoir, avec un tablier. Puis il se débarrassa de son lourd manteau, l'accrocha sur une patère à l'écart, et entreprit de sortir des aliments du réfrigérateur à grand bruit.

CHAPITRE ONZE

Jackie Somers fit irruption par la porte arrière deux minutes avant l'ouverture, et, curieusement, Grady fut déçu.

— Désolée, je suis en retard.

Elle était grande et dégingandée. Ses longs cheveux noirs étaient ébouriffés par le vent, et ses joues blanches étaient parsemées de petites taches rouges sur les pommettes. Elle avait entre seize et dix-huit ans. Elle devait mesurer environ un mètre quatre-vingts. Ses yeux bleus étaient soulignés d'une épaisse couche de maquillage et de cynisme.

Elle s'arrêta net en le voyant.

— Qui est-ce ?

— Ton remplaçant, répondit Brynn, esquissant un sourire sans humour.

Jackie ouvrit la bouche, et, soudain, elle eut l'air furieuse.

Brynn s'empressa de rassurer la gamine. Grady ne se serait pas montré aussi compréhensif.

— Je plaisante. Voici... M. Steel, qui a gentiment proposé son aide lorsque ma serveuse, de manière inattendue, ne s'est pas présentée à temps pour prendre son service du matin.

Jackie se renfrogna.

— Les routes étaient mauvaises...

— Tu habites à cinq minutes à pied.

— D'accord. Je suis restée debout tard hier soir, je discutais au téléphone avec Caleb. Il a dit qu'il vous avait aidés à sortir le corps de l'eau hier soir. Ça l'a secoué.

Aidés était un peu exagéré. Il avait regardé, peut-être.

L'expression de Brynn reflétait sa surprise.

— Je ne savais pas que vous sortiez ensemble. Est-ce qu'il n'est pas un peu vieux pour toi ?

— Il a vingt et un ans, répliqua Jackie, sur la défensive. Je n'avais pas conscience que je devais vous raconter tout ce qui se passe dans ma vie. Il me semblait que vous n'aimiez pas les ragots.

Oh ! Cette fille avait du caractère.

Grady s'installa pour le spectacle. Brynn lui jeta un coup d'œil, visiblement consciente qu'il écoutait chaque mot.

— Tu as raison. Je n'ai aucun droit de connaître ta vie privée, mais j'attends de toi que tu te présentes à l'heure quand tu es en état de travailler.

La jeune fille sembla se rappeler tardivement qu'elle avait posé une journée la veille, prétendant être malade.

— Eh bien, je suis là maintenant.

Plutôt que de s'excuser, la fille afficha un sourire amer. Elle accrocha sa veste et son sac à main à côté du manteau d'Angus, puis elle passa devant Grady pour aller aux toilettes.

— J'en déduis que tu n'as plus besoin de moi ? demanda-t-il à Brynn avec une pointe d'amusement.

Brynn fronça les sourcils. Elle se hissa sur la pointe des pieds pour observer, par-dessus la vitrine, tous les visages curieux qui regardaient à travers la vitre de la porte d'entrée.

— Je suppose que non, mais je pense que tu pourrais être utile aux affaires.

— « Toujours les laisser sur leur faim », c'est mon mantra.

— Vraiment ?

L'atmosphère changea entre eux.

Pendant un instant, une lueur d'attirance brilla dans les yeux de la jeune femme, mais elle la fit disparaître en clignant des paupières. Elle afficha un sourire éclatant, qui ne masquait pas tout à fait les ombres qui rôdaient à nouveau dans ses yeux.

— Peut-être vais-je adopter ce mantra.

La lèvre de Grady tressaillit.

— C'est peut-être déjà le cas.

Surprise, elle écarquilla les yeux, et sa bouche s'ouvrit légèrement. Il flirtait et n'aurait pas dû le faire. En d'autres temps, en d'autres lieux, cela ne l'aurait pas dérangé d'explorer cette bouche pulpeuse et ce corps voluptueux, mais là, il était sous couverture, et elle représentait une distraction qu'il ne pouvait se permettre. Elle constituait un moyen de parvenir à ses fins, et il devait le garder à l'esprit.

Elle se redressa, comme si elle se rappelait qu'il était temps d'ouvrir les portes à ses clients affamés. Mais elle s'arrêta quelques instants, avant de lui parler d'une voix douce.

— Merci pour ton aide aujourd'hui.

— Pas de problème. Ça m'a fait plaisir.

— Parce que l'ambition secrète de tout le monde, c'est de travailler dans un café.

Elle leva les yeux au ciel, et éclata de rire. C'était un son agréable.

— Prends donc un café et un muffin en sortant, Grady Steel. Considère ça comme un bonus.

Elle se retourna et s'éloigna.

Il ramassa soigneusement leurs deux mugs, dont il vida le contenu dans l'évier. Il jeta un coup d'œil autour de lui et constata que personne ne regardait. Il hésita un instant, puis, ignorant une pointe de culpabilité, il attrapa un sac en papier, dans lequel il glissa la tasse de Brynn, ainsi qu'un muffin à la myrtille qui l'appelait. Il repéra le mug d'Angus à côté de la cuisinière, mais l'homme se tenait juste à côté.

Dommage.

Ce n'était pas tout à fait légal sans décision judiciaire, mais il ne pouvait pas laisser passer l'occasion d'éliminer quelques arbres généalogiques alors que le hasard lui offrait cette chance.

Il ouvrit le lave-vaisselle et y déposa sa tasse sale. Puis il roula le haut du sac et le posa sur le sol tandis qu'il enfilait sa veste en cuir.

Jackie Somers sortit des toilettes des femmes et passa devant lui, arborant une expression dédaigneuse. La jeune femme n'appréciait pas de découvrir qu'elle était si facilement remplaçable. Il compatissait, mais, au moins, il arrivait toujours à l'heure, impatient de travailler.

Quand elle lui lança un regard noir, Grady lui sourit. Il était presque sûr de se souvenir de sa mère, Julie, qu'il avait connue au lycée. Il se rappelait que tout le monde avait peur d'elle à l'époque.

Angus lui le fusilla du regard depuis la cuisine, que Grady lui rendit. Son âge, sa taille et sa carrure correspondaient à ceux d'Eli Kane. Ses yeux étaient bruns, plutôt que bleus, mais cela pouvait aisément se changer avec des lentilles de couleur. Son expression ne laissait rien transparaître. Une barbe épaisse dissimulait la partie inférieure de son visage. L'homme s'essuya les mains sur un torchon posé sur son épaule ; il se détourna ensuite pour remuer une marmite.

Grady voulait l'ADN d'Angus.

Il ramassa le sac en papier, puis se dirigea vers la porte arrière. Il jeta un dernier regard vers Brynn, qui souriait à la porte d'entrée, voyant la foule impatiente se précipiter à l'intérieur. Elle croisa son regard, et il leva la main pour lui faire un signe.

Il sortit sur la terrasse, respirant l'air vivifiant, tout en observant les plongeurs de la police s'enfoncer dans les eaux troubles du port.

En quête d'une arme ? Ou d'autre chose ? Il ne pensait pas qu'ils auraient la moindre chance, et il espérait qu'ils avaient des détecteurs de métaux avec eux.

Comme s'il sentait qu'on l'observait, Darrell York releva la tête et se tourna vers Grady, qui se tenait contre la balustrade. Son vieil ami ne souriait pas. Croyait-il vraiment que Grady avait quelque chose à voir avec la mort de Milton Bodurek ? Ou cherchait-il un bouc émissaire commode ?

Grady n'avait aucune intention de se laisser prendre à ce jeu. Avec un peu de chance, l'heure du décès établie par le médecin légiste lui fournirait un alibi en béton.

Le brouhaha croissant provenant de l'intérieur du café lui indiqua que l'endroit s'était rempli. Les regards inquisiteurs à travers la fenêtre lui grattaient la nuque comme des griffes de chat, mais il ne se retourna pas.

La mort de Milton Bodurek était-elle liée, d'une manière ou d'une autre, à Eli Kane ? Comment ? Pourquoi ?

Cela semblait un peu tiré par les cheveux, mais, d'un autre côté, Deception Cove avait l'un des taux de criminalité les plus bas du pays. Un meurtre et un braquage de banque en l'espace de deux semaines... les choses s'envenimaient de la pire des façons.

Kane avait-il déjà pris la fuite ?

Cela semblait être la chose la plus sensée à faire. Kane n'aurait pas pu échapper à la justice aussi longtemps s'il n'avait pas fait preuve d'une grande intelligence.

Grady consulta son téléphone lorsqu'il vibra : Ropero voulait le voir.

CHAPITRE DOUZE

Eli Kane observa le plongeur trapu glisser sous la surface de l'eau glacée, sous le regard de cet idiot de shérif.

Milton avait été un bon ami. Un homme bien. Celui qui l'avait tué cherchait quelque chose.

De l'argent ? Ou bien lui, Eli Kane. *L'homme le plus recherché par le FBI.* Quelle blague !

Son instinct lui hurlait de quitter la ville, et ce, depuis qu'il avait entendu parler du braquage de la banque.

Il n'arrêtait pas de repenser au moment où il avait posé la main sur le mur de boîtes métalliques. Il ferma les yeux, choqué par sa propre stupidité. En temps normal, il était tellement prudent ! Mais, sur le moment, il n'avait pas réfléchi. Il avait relâché sa vigilance au fil des ans, mais qui aurait pu imaginer que la Hearst Savings & Loan serait un jour cambriolée ?

Les empreintes digitales ne duraient pas éternellement, et il savait que Milton aimait que la banque soit impeccable. Peut-être ne restait-il donc aucune trace de son passage dans cette pièce.

D'après les témoins, le voleur portait des gants. Il n'y avait aucune raison logique pour que les policiers relèvent les empreintes, mais le shérif tenait davantage à donner l'impression de résoudre l'affaire qu'à utiliser son intelligence pour réduire le nombre de suspects et économiser les ressources de la police. L'équipe de la police scientifique était entrée dans la chambre forte, et, à en croire le désordre qu'elle avait laissé derrière elle, ses membres avaient cherché des empreintes.

Eli avait fait quelques recherches de son côté. Il pensait avoir une bonne idée de l'identité du responsable du vol à main armée. Peut-être lui rendrait-il visite, et le délesterait-il des cinq cent mille dollars qu'il avait volés. C'était toujours pratique d'avoir de l'argent liquide sous la main, même s'il avait de l'argent caché partout dans le monde dans des comptes numérotés.

Il observa les bulles remonter à la surface, tandis que les plongeurs exploraient la zone à la nage et expiraient à travers leurs détendeurs. Il était curieux de savoir ce qu'ils allaient trouver, mais pas au point d'essayer de s'immiscer dans l'enquête. Il avait déjà des fourmis sous la peau.

Peut-être allait-il quitter la ville. Peut-être était-ce le moment. Il n'avait pas l'intention de passer le reste de sa vie dans une cellule.

Il toucha l'arme de poing qu'il portait sous sa veste. Il n'avait pas peur de mourir. *Plus maintenant.* Mais il tenait à le faire à ses conditions et en son temps.

Quand il serait prêt.

Et il n'était pas encore prêt.

CHAPITRE TREIZE

Grady conduisit jusqu'à Bangor, où il se gara dans une rue calme, puis marcha jusqu'au bâtiment fédéral situé sur Harlow. Les agents Kelly Ropero et Noel Dobson le retrouvèrent à la porte. Le hall d'accueil était vide à l'exception d'eux, car c'était dimanche. Sans un mot, ils le conduisirent dans une salle de réunion située dans le petit bureau satellite du FBI à l'intérieur du bâtiment.

Une vague de soulagement l'envahit lorsqu'il aperçut son patron, Payne Novak, entouré de quatre membres de l'équipe Echo : Aaron Nash, Cowboy, Malik Keeme et Will Griffin. Meghan Donnelly, sa coéquipière de l'équipe Charlie, était assise à côté de Griffin. Elle adressa un bref signe de tête à Grady. Tous étaient vêtus de manière décontractée, afin de ne pas attirer l'attention sur leurs allées et venues.

— Que s'est-il passé hier soir ? Vous étiez censé faire profil bas, pas vous impliquer dans une autre mort suspecte, s'emporta Ropero dès que la porte se referma.

Grady l'ignora.

— Heureux de te voir sans les menottes, Grade, lui dit

Cowboy, qui s'adossa à sa chaise, puis décocha un regard froid aux agents chargés de l'affaire.

De toute évidence, les gars avaient été mis au courant de la fausse arrestation. Les barres de fer qui enserraient la poitrine de Grady se détendirent alors.

— Sans blague ! répondit-il en souriant, avant de se laisser tomber sur la chaise à côté de Novak.

Après avoir longuement résisté, Ropero et Dobson avaient accepté de collaborer avec Daniel Ackers et la HRT. Ackers avait été furieux d'apprendre les agissements des agents, mais il avait approuvé l'opération. Grady n'avait aucune idée de la forme que prendrait ce soutien.

Il n'aurait pas pu demander mieux. Il n'oublierait jamais les personnes qui l'avaient soutenu inconditionnellement au moment où son monde semblait s'écrouler autour de lui. Mais il fronça les sourcils.

— Qui emmène les enfants de Grace à la piscine ?

— Livingstone s'est porté volontaire. Yael se remet bien, mais elle est toujours à l'hôpital, l'informa Cowboy.

Yael Brooks avait été gravement blessée moins d'une semaine plus tôt.

— Ensuite, Kincaid et sa fiancée emmènent les gosses au cinéma, pour que Grace puisse se reposer. Birdman et Levitt étaient de corvée de ménage et de jardinage hier.

— D'accord. Très bien.

Eli Kane était important, mais ils ne pouvaient pas laisser tomber Scotty en négligeant sa veuve ou ses enfants. Récemment, l'équipe Gold avait été cruellement rappelée à sa propre mortalité. Ils avaient tous besoin de savoir que leurs proches seraient soutenus s'il leur arrivait quelque chose.

Même si Grady n'avait pas de proches en dehors de la HRT. Sa sœur organiserait sûrement une fête s'il mourait.

Il repoussa cette pensée. Il devait rester vigilant, concentré.

— Où est le reste de l'équipe ?

— À Quantico, jusqu'à ce que nous ayons une piste solide, répondit Novak, adressant un regard appuyé aux agents chargés de l'affaire. Je crains que les équipes Red et Blue ne croient toujours que tu as été suspendu.

L'acide se mit à brûler dans l'estomac de Grady.

— Il n'y a que nous sept ?

— Nous devons vraiment garder cette piste verrouillée, remarqua Ropero, comme s'ils étaient tous des enfants de six ans. La présence d'une équipe complète d'agents de la HRT à proximité pourrait mettre la puce à l'oreille de Kane.

— Croyez-vous vraiment que nous n'en tiendrions pas compte ? s'enquit Novak d'un ton faussement détendu.

— Je ne veux pas prendre le moindre risque, déclara Ropero, qui faisait des efforts visibles pour se calmer. Ce pourrait être notre dernière chance de le capturer, et de le faire comparaître devant la justice pour ses crimes. Le nombre de téléphones portables équipés d'appareils photo au sein du grand public nous oblige à faire preuve d'une extrême prudence vis-à-vis de toute activité inhabituelle.

— Nous savons comment être à la fois discrets et prudents, répliqua Novak. Nous n'en sommes pas à notre coup d'essai, agent Ropero.

— La correspondance de l'empreinte digitale nous est parvenue directement.

Ropero parcourut la pièce du regard. Cette empreinte avait conduit les deux agents à mettre au point leur plan astucieux, consistant à faire de Grady un paria au niveau national.

— À l'exception du directeur du FBI, du directeur adjoint, du directeur de la HRT et de quelques techniciens au siège, les personnes présentes dans cette pièce sont les seules à savoir qu'Eli Kane pourrait se trouver quelque part à Deception Cove ou dans les environs. Nous ne pouvons pas nous permettre de tout gâcher.

— Personne au sein de la HRT ne fera fuiter la moindre information, rétorqua Novak, qui se hérissa devant cette insinuation.

Ropero fit passer sa queue de cheval derrière son épaule.

— Je ne suis pas prête à prendre ce risque.

Novak lui lança un regard noir.

— Mais vous êtes prête à faire courir des risques à mon équipe en nous laissant en sous-effectif ?

Ropero pinça fermement les lèvres.

— Mon plan, SSA[1] Novak, est que l'opérateur Steel installe des caméras de surveillance dans les zones auxquelles nous ne pouvons pas accéder facilement sans attirer l'attention, qu'il discute avec les gens du coin et qu'il mette à profit ses connaissances et ses contacts pour nous aider à éliminer certaines personnes afin que nous puissions rapidement réduire la liste des suspects et nous concentrer sur les cibles potentielles. Une fois que nous aurons une identification fiable, nous pourrons constituer une équipe complète et appréhender Kane.

Ce n'était pas un mauvais plan, étant donné qu'il était illégal de confiner toute la communauté et de faire du porte-à-porte pour prélever des échantillons d'ADN.

En parlant d'illégalité... Grady plaça le sac en papier sur la table, refoulant sa culpabilité d'avoir envahi l'intimité de Brynn. Plus que tout, il voulait qu'elle soit écartée de la liste des suspects et il ne voulait pas trop réfléchir à la raison pour laquelle c'était le cas.

— J'ai réussi à obtenir l'ADN de Brynn Webster, qui gère actuellement le Sea Spray Café pour sa mère qui, d'après ma sœur, est atteinte d'un cancer.

------

1. Note de la traductrice (NdT) : agent spécial superviseur.

Ropero croisa les bras.

— Ce n'est pas admissible au tribunal.

— Non, confirma-t-il, le ton patient. Mais, si l'on croise les données avec les familles qui avaient accès à des coffres-forts à la Hearst, et les hommes blancs âgés de cinquante à soixante-quinze ans, son père, Paul Webster, figure sur cette liste. L'occasion s'est présentée, je l'ai saisie.

Grady fixa Ropero du regard. Il n'avait pas l'intention de s'excuser d'avoir enfreint quelques règles alors qu'elle en avait foulé plusieurs aux pieds lorsqu'elle l'avait arrêté en plein milieu d'un briefing d'équipe.

De toute évidence, Ropero ne lui avait pas pardonné de ne pas avoir suivi ses plans comme un petit chien docile. Ils étaient donc quittes, car il ne lui avait pas pardonné de l'avoir terrifié avec cette mise en scène le vendredi matin.

— Brynn Webster a vingt-huit ans, remarqua Dobson, rompant la tension entre eux.

— Kane a disparu il y a vingt-*sept* ans, souligna Ropero.

Grady bâilla. Il n'avait pas beaucoup dormi ces derniers temps.

— Peut-être avait-il déjà une deuxième famille. Il a travaillé sous couverture pendant des années. C'était un maître du déguisement.

— Une deuxième famille pourrait expliquer pourquoi il a été si difficile à trouver, convint Novak. Son plan de secours était déjà en place. Peut-être vivait-il à temps partiel sous cette autre identité au moment des meurtres.

Ropero ne semblait pas convaincue. Grady croisa les bras.

— J'ai profité d'une opportunité qui s'est présentée. N'est-ce pas ce que nous avions décidé ? De réduire la liste des suspects potentiels, jusqu'à ce que nous puissions nous concentrer sur les quelques personnes restantes, qui correspondent aux paramètres ? Quoi qu'il en soit, poursuivit-il avec un signe de tête en direction du mug, vous n'êtes pas obligée de le faire tester.

Ropero tapa du pied et contempla le sac d'un air pensif.

— Vous avez raison, opérateur Steel. C'est le plan. Merci, affirma l'agent Dobson, ignorant sa partenaire.

— Que s'est-il passé hier soir ? s'enquit Novak.

Grady plissa les yeux en direction de Ropero.

— J'ai eu droit à un accueil de héros en rentrant à la maison. Ma sœur me déteste, ce qui n'est pas nouveau. Vous aviez raison, quand vous m'avez dit que, depuis quelques années, elle louait sans ma permission la maison que je possède. Elle n'était pas vraiment heureuse que je débarque pour fermer le robinet de ses finances, expliqua-t-il, tapotant du bout des doigts sur la table. J'ai retiré le système de vidéosurveillance qu'elle avait installé, et je prévois de changer les serrures pour qu'elle ne puisse pas fouiner. Oh ! Et j'ai une locataire au sous-sol, mais je peux renforcer la serrure intérieure, pour m'assurer qu'elle ne puisse pas accéder au reste de la maison en cas de besoin.

— Qui est la locataire ? l'interrogea Ropero.

— Brynn Webster.

— Est-ce de cette manière que vous avez obtenu l'échantillon d'ADN ? insista-t-elle, moqueuse.

Grady plissa les yeux.

— J'ai récupéré une tasse usagée au café ce matin après l'avoir aidée à faire l'ouverture. Le Sea Spray Café est un lieu incontournable de la ville et une excellente source d'informations.

Ropero céda.

— Vous avez raison. Désolée, je suis tendue. Je n'arrête pas d'imaginer Eli Kane montant dans sa voiture pour franchir la frontière et disparaître à jamais.

Grady comprenait. Eli Kane était un monstre.

— Brynn est la personne qui a sauté dans l'eau pour récupérer le corps de Milton Bodurek hier soir.

Grady leur expliqua ce qui s'était passé.

— *Brynn* ? répéta Cowboy avec un sourire suggestif. Tu la connaissais déjà ?

— Pas comme ça, espèce de pervers. C'était une gamine quand je suis parti. Mais je me souviens d'elle.

— Vous voulez vous servir d'elle ? lui demanda Ropero, dont le ton suggérait que c'était plus acceptable que de se lier d'amitié avec quelqu'un. Que savons-nous de cette Webster ?

Elle se tourna vers son partenaire. Dobson s'assit et se mit à taper, sans doute pour demander une vérification des antécédents criminels de Brynn.

— Comment sais-tu que cette femme n'a pas tiré sur le mort avant de le pousser dans le port ? l'interrogea Nash.

Ils appelaient Nash, « le Professeur » parce qu'il était extrêmement intelligent, et qu'il excellait dans l'art d'analyser une situation sous tous ses angles.

— Je n'en sais rien, admit Grady. Mais pourquoi se donner la peine de le secourir après l'avoir poussé à l'eau, surtout si personne n'a entendu le coup de feu ? Moi, en tout cas, je n'ai rien entendu. Une fois Milton Bodurek dans l'eau, il aurait sans doute dérivé vers le large à la marée descendante. Prochain arrêt : la baie de Fundy. Personne n'aurait su ce qui était arrivé à ce type, en dehors du tireur.

— Ce qui était sans doute le but recherché en le poussant à l'eau, suggéra Novak, tenant un rapport qui se trouvait devant lui. Les forces de l'ordre locales sont-elles en train de draguer le port en quête de l'arme du crime ?

Grady esquissa un rictus malgré lui.

— Oui.

— Ont-ils déjà trouvé quelque chose ? lui demanda Ropero.

— Pas que je sache, mais je n'ai aucun contact utile au sein du département du shérif.

— N'avez-vous pas travaillé là-bas en tant qu'adjoint ? insista l'agent.

— Pendant environ dix-huit mois, il y a quinze ans.

C'était avant de rejoindre la police d'État à Bangor et d'obtenir son diplôme en criminologie en étudiant à temps partiel. À l'époque, il savait qu'il devait quitter Deception Cove s'il voulait avoir une chance de réussir. Faire table rase du passé.

— Mais le fait que j'ai été suspendu pendant que le FBI enquête pour savoir si j'ai tué ou non une pauvre innocente sur le bord de la route ne m'a pas vraiment rendu populaire auprès des forces de l'ordre locales, expliqua-t-il, et les mots le blessèrent comme des éclats de verre. De plus, le shérif actuel est un type avec qui je traînais au lycée. Son père était l'ancien shérif, et il nous a proposé à tous les deux un poste d'adjoint après nos diplômes.

— Le népotisme dans toute sa splendeur, se moqua Ropero.

Cela n'avait pas été aussi simple ni aussi net, mais Grady n'en disconvint pas.

— Disons simplement que le shérif York et moi avons un passif. Et pas des plus agréables.

— Est-il bon dans son travail ? demanda Novak.

Grady réfléchit un instant.

— Il sait comment embaucher des gens qui donneront une bonne image de lui. Il a l'art d'amadouer les gens, surtout les femmes.

Ropero et Meghan Donnelly levèrent les yeux au ciel.

— Je dis les choses telles que je les vois, poursuivit-il, car il se rappelait l'attention particulière que Darrell avait porté à Brynn le soir précédent. Je pense qu'il avait l'intention de faire des avances à Brynn Webster lorsqu'il l'a interrogée au sujet de la découverte du corps de Milton Bodurek. Je me suis invité à la fête, car elle avait lieu dans mon sous-sol, et je voulais savoir ce qu'elle avait pu voir d'autre : quelqu'un qui s'éloignait du port lorsqu'elle était arrivée. Elle n'a pas vu le visage de cette personne, elle ne l'a pas reconnue, mais cela vaudrait le coup de vérifier les caméras de surveillance dans la zone située au nord du port.

Dobson prit note sur le bloc qu'il avait à portée de main.

— Le shérif a profité de l'interrogatoire d'un témoin pour draguer une personne potentiellement traumatisée ? s'agaça Cowboy, un rictus mauvais aux lèvres.

Grady acquiesça.

— Brynn Webster n'a pas paru très impressionnée.

— Je comprends pourquoi, remarqua Donnelly.

Novak prit la parole.

— Il est marié, n'est-ce pas ?

— Ouaip. Trois enfants. Je n'ai pas pris la peine de prélever un échantillon de son ADN, car son père était déjà shérif depuis dix ans lorsque Eli Kane a disparu. Ce n'est pas lui. Cependant, j'apprécierais que l'on examine de près les finances de l'ancien shérif. Il vit dans une belle grande maison sur la falaise, expliqua Grady, qui tapota un stylo sur la table. Temple York est un homme intelligent. Si Eli Kane s'est pointé en ville, il a dû le remarquer.

— À moins qu'il n'ait été payé pour ne pas le faire ? suggéra Dobson, suivant aisément le fil des pensées de Grady.

— Ou bien Kane a subi tellement d'opérations qu'il est méconnaissable, remarqua Grady, haussant une épaule. C'est une autre piste à suivre.

Nash prit la parole.

— Tu dis que le mort était le directeur de la banque qui a été cambriolée ?

— Oui. Tu devrais tester son ADN pour que nous puissions l'exclure aussi. Il est arrivé en ville il y a environ vingt-cinq ans.

Kane aurait pu prendre l'identité de Bodurek, mais c'est peu probable. Pas avec un héritage aussi important.

Grady repéra une cafetière et alla se servir une tasse. Il but une gorgée. Il n'était pas aussi bon que celui qu'il avait préparé au café ce matin-là, mais il était meilleur que la plupart des breuvages que l'on trouvait au sein de la police.

— À supposer que Milton Bodurek ne soit pas Eli Kane, ce dernier aurait-il pu le tuer ? s'enquit Nash.

— Avec quel mobile ? intervint Novak.

— Peut-être que, pendant l'enquête sur le vol, le directeur de la banque a découvert des preuves qu'Eli vivait en ville et a essayé de le faire chanter ? suggéra Nash.

— Ce qui constituerait un plan dangereux, au vu de la réputation de Kane, dit Dobson.

— Eh bien, le gars *est* mort, répondit Grady.

— Peut-être Kane voulait-il simplement savoir si Bodurek avait été informé que le FBI avait trouvé des éléments le reliant à la banque ? réfléchit Nash à haute voix. Il l'aurait ensuite tué pour qu'il ne puisse pas l'identifier.

Grady ne croyait pas à cette hypothèse.

— Ce ne serait pas vraiment faire profil bas.

— Le directeur de la banque n'était pas au courant de l'enquête, insista Ropero, s'appuyant sur le bord de la table.

Mais Nash insista.

— Mais Kane ne savait pas que Bodurek était dans l'ignorance.

— Si c'est *effectivement* Kane qui a tué le directeur de la banque, maintenant, c'est sûr, il est au courant, remarqua Cowboy d'un ton laconique. Bodurek jure qu'il ne sait pas de quoi parle Kane, alors ce dernier décide qu'il ne risque rien à rester dans les parages... après la mort du directeur de la banque. Il le balance à l'eau. Les flics pourraient faire le lien entre le vol et le meurtre, mais, tant que personne ne mentionne le nom de

Kane, il ne s'inquiète pas trop. Il vit dans l'ombre. Personne ne le soupçonne.

Nash posa la question suivante :

— Y avait-il des traces de torture sur Bodurek ?

— Je n'ai rien vu.

Grady se tourna vers Ropero et lui adressa un regard interrogateur.

— J'attends que le médecin légiste procède à l'autopsie. Apparemment, il ne travaille pas le week-end, les informa-t-elle, semblant découragée par ce regard. Mais la torture n'est pas nécessairement physique. Cela peut prendre la forme d'un pistolet sur la tempe, ou de la photo d'un être cher. Une menace implicite. Il faudrait avoir le cœur bien froid pour ne pas succomber à ce genre de pression.

Le cœur d'Eli Kane était un bloc de glace.

CHAPITRE QUATORZE

B rynn leva le nez lorsque Linda, la meilleure amie de sa mère et serveuse de longue date, arriva dans un tourbillon de parka d'hiver et de sacs de courses. Ses cheveux ondulés, couleur blond vénitien, qui lui arrivaient aux épaules, étaient ébouriffés par le vent malgré le joli bonnet en laine couleur canneberge qu'elle portait.

Linda embrassa la joue de Brynn, puis elle accrocha son manteau et noua son tablier noir autour de sa taille.

— Qu'est-ce que c'est que cette histoire que j'ai entendue ? Tu as tiré le pauvre Milton Bodurek, Dieu ait son âme, du port, la nuit dernière ?

— Une journée comme une autre dans cette bonne vieille et ennuyeuse ville de Deception Cove, répondit la jeune femme avec ironie.

— Cette ville n'est pas ennuyeuse, protesta Linda, secouant la tête. Je pense que cette ville est pleine de petites manigances. C'est toi qui te plains que c'est ennuyeux.

— Je pense aussi que cet endroit est ennuyeux, intervint Jackie, qui passa derrière le comptoir pour charger une pile de vaisselle sale dans le lave-vaisselle.

Elle devait être la seule personne à ne pas avoir interrogé Brynn sur ce qui s'était passé la veille, sans doute parce qu'elles avaient été trop occupées pour avoir le temps de reprendre leur souffle, sans oublier que Caleb avait probablement déjà réécrit l'histoire pour se présenter en héros.

— Tu as dix-sept ans. Tu penses que tout est ennuyeux, murmura Linda, de sorte que seule Brynn puisse l'entendre. À l'exception de la drogue ou de l'alcool.

Brynn réprima un sourire. Linda était incorrigible.

— Crois-tu que mes parents en ont entendu parler ?

La serveuse laissa échapper un petit cri.

— Je suis surprise qu'ils ne soient pas là pour s'assurer que leur petit bébé va bien.

— Maman avait un traitement prévu, expliqua Brynn, qui repoussa la vague de mélancolie qui menaçait de la submerger.

— Un dimanche ? s'enquit Linda, fronçant les sourcils. La chimio, c'est une vraie saloperie.

— Pas si ça marche, protesta la jeune femme.

L'autre femme avait elle-même bataillé contre un cancer du sein trois ans plus tôt.

— Même dans ces cas-là. Mais, si ça marche, on s'en fout un peu.

C'était pour cela qu'ils priaient tous. Pour que cela marche. Pour que sa mère entre en rémission.

— À mon avis, papa a décidé de ne rien lui dire jusqu'à ce qu'elle sorte de l'hôpital. Sinon, elle aurait pu louper sa chimio pour venir me voir.

— Ton père ne la laisserait pas faire une telle chose.

— Exactement.

— Vous avez vraiment sauté dans le port ? intervint Jackie, se détournant du lave-vaisselle, une lueur d'intérêt dans ses yeux noirs.

— Oui, vraiment.

Jackie s'était montrée hostile toute la matinée, et c'était le premier signe de détente qu'elle manifestait.

— Je n'arrivais pas à y croire quand Caleb me l'a dit. L'eau était-elle dégoûtante ?

Le goût de poisson pourri persistait encore dans la bouche de Brynn, qui fit la grimace.

— Très.

— J'ai dans l'idée que te rendre compte que Milton Bodurek était déjà mort a rendu les choses dix fois pires, remarqua Linda, la bouche tordue en une moue dégoûtée.

Le ventre de Brynn se noua. Elle porta une main à son abdomen.

— Merci pour le rappel.

— Comme si ces gens te permettaient d'oublier un instant, ricana Linda, qui se hissa sur la pointe des pieds pour observer la clientèle. *Bon sang !* C'est plein à craquer. Jackie, la table trois veut son addition.

La jeune fille râla et se dirigea vers le terminal de paiement. Linda saisit le bras de Brynn.

— Tu es sûre que ça va ?

La jeune femme hocha la tête.

— À quelle heure es-tu partie, hier soir ?

Manifestement, l'amie de sa mère voulait connaître tous les détails.

— Tard. Il devait être près de vingt-deux heures trente quand j'ai fermé.

Linda grimaça.

— Je suis navrée de n'avoir pas pu rester plus longtemps. Tu sais comment est Kent.

Le second mari de Linda voulait que celle-ci démissionne, et elle refusait de le faire tant que la mère de Brynn aurait besoin d'elle. C'était une raison de plus dans la longue liste de celles qui poussaient ses parents à vendre cet endroit.

Brynn avait le sentiment que sa mère s'accrochait au café comme à une sorte de symbole lié à sa survie. Vendre ressemblait trop à un abandon, même si ses parents avaient tous deux mérité de profiter pleinement d'une retraite paisible.

Linda se servit un café. Officiellement, son service commençait dix minutes plus tard.

— Je t'ai trouvé une autre serveuse.

— Quoi ?

Brynn tourna la tête si vite qu'elle s'étira un muscle. Elle cramponna son cou.

— Aïe ! Belle façon de cacher l'essentiel, Linda.

— Pleurnicheuse, répliqua l'autre femme, posant sa main froide sur celle de Brynn, avant de la serrer doucement. Ma nièce, Prudence. Elle vient d'arriver en ville, elle travaillait dans un hôtel à Boston. Elle était serveuse pour payer ses études. Elle a dit qu'elle avait envie de changer d'air ; elle vit avec nous jusqu'à ce qu'elle trouve son propre logement. J'en aurais bien parlé plus tôt, mais je ne voulais pas te donner de faux espoirs avant de lui avoir parlé.

— Et elle veut travailler ici ?

Bon sang !

C'était la réponse à sa prière. Brynn avait à peine eu un jour de relâche depuis son arrivée. Elle avait ses propres projets professionnels à mener à bien, et elle n'avait pas passé suffisamment de temps avec sa mère.

— Oui. Je lui ai dit de venir pour un entretien, ou bien tu peux lui parler au téléphone. Ne gâche pas tout ! l'avertit Linda, agitant un doigt vers elle.

Comme si Brynn n'était pas prête à ramper pour obtenir une aide digne de ce nom.

— Maintenant, prends une pause pendant que Jackie et moi sommes toutes les deux ici. Sors à l'arrière, pour que les gens ne te harcèlent pas.

— Je t'aime, dit la jeune femme, passant les bras autour de la fine silhouette de l'amie de sa mère, la serrant contre elle.

— Je t'aime aussi. Ta mère est une battante. Si quelqu'un peut s'en sortir...

— Je sais.

Brynn resta accrochée à elle un long moment, puis elle la relâcha. Linda lui fit signe de s'en aller.

— Sors d'ici avant de faire couler mon mascara.

Brynn renifla en enfilant son manteau, puis son bonnet.

Elle adressa un grand sourire à Angus, qui hocha la tête. Il détourna à peine son attention du poisson qu'il était en train de découper en filets, d'un coup désinvolte d'une lame mortelle.

Brynn sortit prudemment sur la terrasse arrière, qui, grâce à Grady, n'était pas glissante. Les policiers étaient toujours au port. Des badauds étaient rassemblés à proximité, impatients de voir ce qu'ils allaient sortir de l'eau, s'ils en sortaient quelque chose.

Un frisson lui parcourut l'échine lorsqu'elle sentit des yeux fixés sur sa nuque. Elle ignora volontairement les regards curieux à travers la vitrine derrière elle.

Elle descendit les marches et tourna sur Main Street : elle voulait éviter le port et les questions qui ne manqueraient pas de surgir. Elle n'avait nulle part où aller, mais elle ne supportait plus les regards sur elle. Elle parcourut la rue sans but précis. Trop tard, elle se rendit compte qu'elle se dirigeait vers le bureau du shérif. Là, Darrell York descendit de son véhicule, les yeux rivés sur elle.

Elle s'obligea à continuer à avancer vers lui, plutôt que de s'enfuir.

CHAPITRE QUINZE

Le moment semblait bien choisi pour Grady d'annoncer une autre mauvaise nouvelle à Ropero.

— Je suis presque sûr d'être sur la liste des suspects pour le meurtre de Milton. Ils ont pris mon arme pour faire une analyse balistique.

Novak jura.

— Je vais m'assurer qu'ils ne relient pas les résultats à ton arme de service.

Que Grady aurait dû rendre s'il avait réellement été suspendu. Novak se pencha pour retirer un petit SIG Sauer P365 de sa cheville, ainsi que son holster.

Grady protesta.

— J'ai une arme de secours.

— Maintenant, tu en as deux, répliqua Novak, qui lui tendit l'arme, ainsi que quelques chargeurs de munitions. Je vais remplir la paperasse.

— La police locale est-elle proche d'arrêter le braqueur ? demanda Grady.

Ropero afficha une grimace de mécontentement.

— Aucune piste valable. Le véhicule utilisé pour le vol est

une Ford Focus noire de 2004, volée deux jours plus tôt à Augusta. Elle n'a pas été retrouvée. Le voleur est entré en fin d'après-midi, juste avant la fermeture, en agitant un Colt M1911. Nous disposons d'une description générale d'un homme blanc, d'un mètre soixante-quinze, environ soixante-dix kilos. Quant à l'âge, entre vingt et quarante ans, il a délibérément déguisé sa voix. Il s'est enfui avec une somme d'argent considérable, parce qu'ils attendaient qu'un fourgon blindé vienne récupérer les recettes hebdomadaires des commerces du coin.

— On dirait bien qu'il y a eu une complicité interne.

Ropero acquiesça.

— La salle des coffres était ouverte : quelqu'un était en train d'accéder au sien. Il s'est donc précipité à l'intérieur et a demandé au directeur d'en ouvrir quelques-uns. Selon les rapports, il a volé des bijoux de famille et de l'or. La police locale a lancé une alerte auprès de tous les prêteurs sur gages de l'État, au cas où quelqu'un tenterait de les vendre. Le complice au volant a klaxonné, et le type à l'intérieur est immédiatement sorti. L'agent de sécurité a choisi ce moment pour rassembler son courage et il a plaqué le voleur alors qu'il s'enfuyait. Malheureusement, cela lui a valu de se prendre une balle dans la jambe ; toutefois, il n'a pas été gravement blessé.

Grady acquiesça.

— Bien.

— Il est entré et sorti en cinq minutes chrono. Le type est monté dans le véhicule, et il a disparu. Aucune trace de la voiture sur les autoroutes. Aucune trace de l'argent non plus, mais, comme la caissière a oublié de mettre un sachet de colorant dans le sac, ce n'est peut-être pas surprenant.

— Elle a oublié ? répéta Grady.

— Pourrait-elle être impliquée ? s'enquit rapidement Novak.

Dobson vérifia le rapport.

— Une certaine Fancy Lucette.

— Bon sang, elle est encore en vie ? ricana Grady. C'était une amie de ma grand-mère ! Elle avait déjà largement dépassé l'âge de la retraite quand j'habitais encore en ville.

— Pourrait-elle être impliquée ? répéta Novak.

Grady pinça les lèvres et secoua la tête.

— C'est possible, mais très peu probable. Elle connaît tout le monde en ville, et elle est très appréciée. Tous les anciens ont des comptes dans cette agence, et je ne peux pas imaginer qu'elle accepte que ses amis se fassent voler leur argent durement gagné.

Novak demanda :

— Tu as un compte là-bas, n'est-ce pas ?

— Oui. J'ai hérité d'un coffre-fort de ma grand-mère, et j'y conserve le titre de propriété de sa maison.

Il ignorait pourquoi il n'avait pas clôturé le compte des années plus tôt. Sans doute qu'inconsciemment, il s'accrochait encore au lien qui l'unissait à sa grand-mère.

— J'ai l'intention de me rendre à la banque et de vérifier mon coffre demain, histoire de jeter un œil à l'endroit et de discuter avec les gens là-bas. J'ai besoin de la liste de tous ceux qui louent un coffre-fort, pour pouvoir commencer à l'examiner en détail, dit-il enfin, s'adressant aux agents chargés de l'affaire.

Dobson appuya sur un bouton avec un grand geste, et une imprimante se mit à cracher des pages.

— Nous vous avons envoyé les arbres généalogiques que nous avons établis jusqu'à présent, ajouta Ropero. Si vous pouvez éliminer catégoriquement quelqu'un, faites-le.

— Si le voleur a pris quelque chose qui pourrait permettre d'identifier Eli Kane, sa vie pourrait être en danger, remarqua Nash, mordillant sa lèvre inférieure.

— Je n'en disconviens pas, mais, encore une fois, ce ne serait pas vraiment faire profil bas, n'est-ce pas ? protesta Grady. Je veux dire... Je sais qu'il n'aurait aucun scrupule à tuer, mais chaque mort augmente les risques, augmente le nombre de flics et le nombre de regards braqués sur la zone. Si la nouvelle que le FBI pense qu'Eli Kane vit à Deception Cove ou dans les environs venait à se répandre, ce serait le chaos total avec les médias qui débarqueraient et nous recevrions des tuyaux de toutes parts pour réclamer la récompense.

Deux millions de dollars, c'est une sacrée incitation.

Grady s'adressa à Ropero.

— Le Bureau va-t-il reprendre l'enquête au bureau du shérif du comté de Montrose ?

— Uniquement si les flics locaux nous demandent de l'aide, ou au cas où ils penseraient que le braquage est lié à un crime commis dans un autre État. Nous ne pouvons pas nous permettre d'agir différemment de ce que nous aurions fait si nous n'avions pas trouvé l'empreinte de Kane à la banque, car il sait exactement comment nous opérons. J'ai failli mettre les fédéraux locaux dans le coup, mais..., expliqua-t-elle, l'air sombre, balayant la pièce du regard. Plus il y a de gens au courant, en particulier ceux qui vivent à proximité et sont susceptibles d'en parler à leurs amis ou à leur conjoint, plus Kane a de chances d'en avoir vent et de prendre la fuite.

Et tout le monde au FBI voulait attraper cette ordure.

— Vous êtes conscients qu'il y a de fortes chances qu'il se soit déjà enfui, n'est-ce pas ? remarqua Grady, les yeux rivés sur Ropero, avant de boire une nouvelle gorgée de son café.

— Nous allons suivre cette piste jusqu'à ce que nous soyons certains qu'elle ne mène nulle part.

La chaise de Novak racla le sol lorsqu'il se leva.

— Vous deux, vous pouvez le faire, mais mon équipe ne peut pas s'y consacrer exclusivement pendant trop longtemps. Si une situation imprévue nécessite nos compétences, nous partons, Grady compris.

Ce dernier ignora la sensation de chaleur qui se répandit dans sa poitrine.

— Mais, en attendant qu'un tel cas se présente, nous continuons à chercher, rétorqua Ropero. D'accord ?

— Ce serait sympa d'attraper cet enfoiré, murmura Grady.

Novak acquiesça et le regarda.

— Je n'aime pas te savoir seul, sans renfort.

Il haussa les épaules.

— J'ai grandi là-bas. Je peux gérer.

— Ce n'est pas ça qui me gêne. Tu fais partie de la HRT, et nous travaillons en équipe.

L'afflux d'émotion manqua de l'étrangler, mais il s'obligea à répondre :

— Oui, boss.

Ryan Sullivan s'impatienta. Ce jour-là, il correspondait parfaitement à son surnom de Cowboy, vêtu d'un jean usé, d'une chemise à carreaux et de bottes en peau de serpent.

— Quel est le plan ? Parce que, si je dois rester assis dans un motel pourri pendant des jours, à attendre que quelque chose se passe, je risque officiellement de devenir fou.

— Je suis presque sûre que c'est déjà fait, rétorqua Meghan avec un regard narquois.

— Tu t'intéresses à moi, à ce que je vois, répondit Ryan.

Meghan haussa un sourcil et releva le menton.

— Tu n'es pas mon genre, tu te souviens ?

Sans un mot, Ryan adressa un regard à la jeune femme, que Grady ne put déchiffrer.

— Les enfants, les réprimanda doucement Aaron Nash. On ne se dispute pas devant les invités.

Nash coula un regard aux deux agents de terrain. Manifestement, il ne leur faisait pas encore confiance. Et Grady non plus.

Novak plissa les yeux et regarda longuement Meghan Donnelly.

— Tu sais, Grady, je crois que j'ai une idée pour t'offrir un peu plus de renfort à Deception Cove, sans que ce soit trop évident.

Cowboy s'avança sur son siège.

— Tu es bonne actrice, Donnelly ? s'enquit Novak.

Le menton de l'opératrice se releva d'un coup.

— Plutôt bonne.

Son père était décédé au début de la semaine précédente, et les funérailles avaient été reportées à la fin de la semaine suivante. Elle semblait tenir le coup, même si Grady savait qu'elle était dévastée par cette perte : cela suggérait qu'elle était effectivement une très bonne actrice.

— Tu veux que je me fasse passer pour la petite amie de Grady ? demanda-t-elle avec intérêt.

Sans aucune raison, l'image des yeux gris-vert de Brynn Webster surgit dans son esprit, et il la repoussa. Il s'agissait d'une opération, pas de vacances.

Novak secoua la tête.

— Non, pas Grady. Je ne veux pas compliquer son histoire ni limiter ses options, répondit-il, transperçant Cowboy du regard.

— Quoi ? Moi ? Jouer le petit ami de Donnelly ? s'exclama Ryan Sullivan d'une voix qui semblait étranglée. Tu plaisantes ?

— Je pense qu'au vu du nombre de femmes que tu fréquentes, tu devrais être en mesure de jouer ce rôle assez facilement.

— Sortir avec beaucoup de femmes ne les rend pas interchangeables, répliqua Ryan, qui semblait consterné par cette idée.

Donnelly lui adressa un sourire diabolique.

— C'est bon, Cowboy. Je te promets d'y aller doucement avec toi, *bébé*.

Ryan gémit.

— Tuez-moi maintenant !

— Tu ferais mieux de bien te comporter, Sullivan, l'avertit Nash en riant.

Grady croisa les bras et lança un regard noir à son ami.

— Je confirme. C'est contre ma partenaire que tu vas te blottir. On ne sort pas avec ses coéquipiers, tu te souviens ?

Cowboy leva le visage vers le plafond et ferma les yeux.

— Doux Jésus ! Je promets de ne plus jamais me plaindre des temps morts. Envoie Nash ! Je parie que Donnelly l'aime bien.

— Trop tard. Je vous veux tous les deux en ville, prêts à jouer les renforts si nécessaire. En attendant, vous pourrez vous renseigner sur les habitants de la région. Prendre des photos pour la reconnaissance faciale. Agir comme des touristes, poursuivit Novak, qui se leva, mettant fin à la discussion. Je vais préparer tous les détails et réserver l'hébergement. Vous allez former un couple formidable et passer un merveilleux moment à explorer le Maine aux frais du gouvernement, sans être coincés dans un motel minable.

— Je songe à me casser le bras comme l'a fait Livingstone, annonça Cowboy, les yeux toujours fermés.

— Je vais t'aider, proposa Donnelly.

— Peu importe. Tu peux mener à bien cette opération avec un bras cassé. Tu pourrais le faire avec les deux bras cassés, répliqua Novak en souriant.

Donnelly donna un coup de coude à Cowboy.

— Allez, Ryan. Ça va être amusant.

— Je n'en doute pas. Braquage de banque, directeur mort, fugitif du FBI. L'hiver dans le Maine. Et maintenant, une vraie fausse petite amie, énuméra Ryan, qui frémit et secoua la tête. Je ne suis pas certain de survivre à cette opération.

— En général, il ne se passe rien à Deception Cove.

Grady se frotta le visage. Il n'arrivait pas à croire qu'il travaillait sous couverture dans sa ville natale, et que cet endroit pouvait receler les secrets de l'une des plus grandes énigmes de l'histoire du FBI. Il repoussa sa chaise pour se lever.

— Je vais rentrer, maintenant.

— Oui. Usez de votre charme sur cette Brynn, et voyez ce qu'elle sait, lui intima Ropero.

Grady serra les dents pour s'empêcher de grogner contre sa collègue. Peut-être en avait-il eu l'intention au départ, mais l'entendre le formuler clairement le mettait sur la défensive.

— Il y a une chose, se souvint-il. Son mari l'a quittée il y a quelques années. Je veux savoir ce qu'il en est.

— Je vais commencer à creuser, proposa Dobson. Que prévois-tu de faire ensuite ?

Grady se dirigea vers la porte.

— J'ai prévu de rendre visite à un autre de mes amis du lycée, cet après-midi. Saul Jones, l'agent de sécurité qui a pris une balle lors du braquage de la banque.

Le regard de Ropero se fit presque joyeux.

— Peut-être allez-vous vous révéler utile, après tout.

CHAPITRE SEIZE

Darrell York ajusta son chapeau de shérif et offrit à Brynn le sourire qui avait autrefois fait craquer toutes les filles du lycée. Mais l'éclat éblouissant de ce jeune quarterback à la beauté classique s'était estompé. Les excès avaient entraîné une perte de tonus musculaire, et son sourire était devenu amer et cynique.

Elle pouvait compatir.

— Shérif.

— Brynn, la salua-t-il, prononçant son nom avec chaleur, comme s'ils partageaient un secret.

C'était bizarre. Une fois, il avait insisté pour obtenir plus qu'elle n'était disposée à lui donner, et il avait été furieux qu'elle ne cède pas. Mais, aujourd'hui, il agissait comme si cette partie de leur relation n'avait jamais existé. Ou peut-être que ce n'était qu'un long continuum, dans un jeu destiné à la mettre dans son lit. Il allait être méchamment déçu.

— Tu viens faire ta déposition ?

Elle avait totalement oublié. Elle consulta sa montre.

— Oui. Mais je n'ai que dix minutes. Je me suis dit que cela ne prendrait pas longtemps, dit-elle, pleine d'espoir.

— Je peux toujours passer chez toi plus tard...

Le sourire de la jeune femme se figea. Elle se demanda d'où lui venait cette confiance en lui à toute épreuve. Il était persuadé que, s'il continuait à insister, il finirait par vaincre sa résistance. Et obtenir enfin ce qu'il désirait.

Était-ce un truc d'homme ? Ou un truc de flic ? Ou bien, était-ce exclusif à Darrell York ?

— Ce ne sera pas nécessaire. Tu dois être incroyablement occupé avec le braquage et la mort de Milton. Si je ne finis pas aujourd'hui, je reviendrai demain.

Ils gravirent les marches et pénétrèrent dans le bâtiment carré en briques rouges, qui abritait d'un côté le bureau du shérif du comté de Montrose, et, de l'autre, l'hôtel de ville. Darrell posa les mains sur sa ceinture chargée d'équipement et baissa les yeux vers elle.

— Une enquête sur un meurtre devrait passer avant le fait de servir le café, tu ne crois pas ?

Elle garda le visage impassible. Elle avait fait sa part la veille au soir, quand elle avait récupéré le corps de Milton dans la mer. Elle n'avait rien vu qui puisse aider à attraper son assassin, et Darrell le savait.

— Tant que tu es prêt à affronter l'émeute qui va éclater en ville quand les clients n'auront pas eu leur dose de caféine, je peux rester un peu plus longtemps.

Elle avait parlé d'un ton léger, mais elle ne voulait pas que Darrell trouve une excuse pour se présenter sur le pas de sa porte ce soir-là. Il lui tint la porte, et Brynn regarda autour d'elle avec curiosité. Elle n'avait jamais pénétré dans le bureau du shérif. Elle n'avait même jamais eu de contravention.

Darrell tapa une combinaison de chiffres sur une porte à côté d'un large comptoir protégé par du plexiglas et lui fit signe de passer. Il y avait deux personnes dans la salle d'attente, et l'adjointe Jean Trout, après avoir parlé à l'une d'elles, se tourna avec un grand sourire.

— Salut Brynn. Comment vont tes parents ?

— Ils vont bien, Jean. Merci. Comment vont les tiens ?

— Ma mère est actuellement obsédée par les séries coréennes, et mon père est mécontent qu'elle ne lui accorde pas assez d'attention.

— Attends qu'elle découvre la K-pop, et là, il sera vraiment dans le pétrin ! Transmets-leur mes amitiés quand tu les verras.

— De même, répondit Jean, qui prit soudain un air sérieux. Nous prions tous pour Gwen. Juste pour que tu le saches.

Brynn sentit grossir la boule qu'elle avait dans la gorge.

— Ça nous touche beaucoup.

Sa mère était une athée convaincue, mais personne en ville ne semblait lui en tenir rigueur.

— Par ici, intervint Darrell, attirant de nouveau son attention.

Elle le suivit, se faufilant entre les bureaux où certains adjoints étaient assis, en train de travailler, et deux autres discutaient debout. Elle salua de la main les personnes qu'elle connaissait : elle était allée à l'école avec nombre d'entre elles, et servait des cafés aux autres.

Darrell se dirigea vers son bureau, et elle regimba à la porte.

— Je suis sûre que l'un des adjoints peut prendre ma déposition. Tu dois avoir des choses plus importantes à faire, ce n'est pas la peine de te déranger.

— Il n'y a rien de plus important.

Darrell lui adressa un sourire qui était bien trop chaleureux et tint la porte, de sorte qu'elle fut obligée d'entrer.

Elle sentit le regard spéculatif des adjoints posé sur eux tandis que Darrell fermait la porte. Il retira son chapeau à large bord et son manteau lourd, qu'il accrocha au portemanteau dans le coin de la pièce. Sans doute avait-il appartenu à son père.

Le bureau aux parois en verre dépoli et aux boiseries anciennes était encombré de piles épaisses de dossiers en papier kraft. Les fenêtres étaient situées en hauteur, il était donc difficile de voir quoi que ce soit à l'extérieur, à l'exception du ciel actuellement dégagé, qui était du même bleu vif que les yeux de Grady Steel.

Elle chassa cette pensée de son esprit. Découvrir que sa libido n'était pas morte était un choc pour elle. Mais peut-être n'était-ce pas si terrible de s'en rendre compte. Cependant, elle n'avait pas l'intention de faire quoi que ce soit à ce sujet.

— Mets-toi à l'aise, insista Darrell, pointant du doigt la chaise qui se trouvait de ce côté du bureau.

Il faisait chaud, à cause du radiateur à l'ancienne qui diffusait de la chaleur sous la grande fenêtre. À contrecœur, Brynn retira son propre manteau et son bonnet. Apparemment, elle allait rester. Elle joignit les mains. Était-elle suspecte, comme l'avait suggéré Grady ? Devait-elle appeler son avocat ?

Darrell sortit un formulaire de son tiroir et le lui tendit avec un stylo, puis il fit glisser les piles de dossiers sur son bureau pour lui faire de la place.

Ensuite, il s'appuya sur le coin du meuble, suffisamment près pour que sa cuisse touche presque l'avant-bras de la jeune femme.

— Explique en détail ce qui s'est passé quand tu as quitté le travail hier soir, et précise si tu as remarqué quelque chose d'inhabituel hier. N'importe quoi.

— D'inhabituel ?

— Tu sais, des inconnus au café...

Sérieusement ?

— Nous avons des inconnus au café tous les jours. Ce ne serait pas vraiment un café, dans le cas contraire. Nous avons eu un couple aujourd'hui, qui avait un accent d'Europe de l'Est.

Tu crois que les Russes ont envoyé un commando pour assassiner Milton ?

— Ce n'est pas un sujet de plaisanterie, Brynn. Cet homme est mort.

Manifestement, elle décevait Darrell. La jeune femme soupira.

— Crois-moi, j'en suis bien consciente.

Elle commença à écrire, revivant pas à pas les événements de la veille, mal à l'aise sous le regard de Darrell qui l'observait.

— Avez-vous identifié la personne que j'ai vue s'éloigner ? s'enquit-elle.

Darrell laissa échapper un petit grognement évasif.

— Une idée de qui aurait pu avoir une raison de le tuer ?

Elle leva les yeux. La bouche de Darrell se crispa, mais il ne répondit pas.

— Oh ! s'exclama-t-elle quand elle comprit. Grady a dit que je serais suspecte... Je n'aurais jamais imaginé..., commença-t-elle, puis elle hésita. Est-ce vrai ?

Darrell évita de croiser son regard.

— C'est la procédure standard d'enquêter sur quiconque trouve un corps.

— Si j'avais tiré sur Milton, je n'aurais certainement pas plongé dans l'eau après lui.

Elle frissonna au souvenir de ce froid glacial. Elle essaya de ne pas penser au poids du corps qu'elle avait hissé à la surface ni aux yeux noirs d'un homme qu'elle connaissait depuis qu'elle était petite.

Darrell posa une main sur son poignet, et elle sursauta, surprise.

— Je dois respecter les règles, Brynn. Nous sommes peut-être un petit service de police, mais nous faisons les choses comme il faut.

— Bien sûr, répondit-elle en se déplaçant pour rompre le

lien physique. À quand remonte la dernière fois qu'il y a eu un meurtre en ville ?

En général, la police locale n'intervenait que pour des infractions au code de la route, des cas de toxicomanie et des vols, mais pas pour des braquages de banque ou des meurtres. Le faible taux de criminalité était l'une des raisons pour lesquelles les gens s'installaient ici. Ce n'était assurément pas pour les impôts.

— Nous avons eu une mort suspecte il y a quelques années, mais le médecin légiste a finalement conclu à une mort naturelle. Nous avons eu quelques cas suspects de personnes disparues...

Il s'interrompit en voyant Brynn tressaillir.

Fatiguée, elle se passa une main dans les cheveux.

— Oui, je sais comment le monde perçoit les disparitions inattendues. Quand Aiden est parti, tout le monde a cru que je l'avais assassiné et enterré dans les bois.

Darrell pinça les lèvres. Brynn l'ignora et continua de rédiger sa déposition.

— Milton a toujours été agréable avec moi. Je l'aimais bien.

Il était un peu obséquieux peut-être, mais poli. Chaque fois qu'il venait au café, il lui laissait un bon pourboire, et sa femme faisait montre d'un humour pince-sans-rire que Brynn appréciait.

Darrell grogna.

— De toute évidence, tout le monde ne partageait pas cet avis.

— Comment Edith le prend-elle ?

— Je suis allé la voir après être parti de chez toi, hier soir, dit-il, et sa façon de le dire donnait l'impression qu'ils avaient couché ensemble. Elle était vraiment bouleversée. Le médecin a dû venir lui donner quelque chose pour l'aider à se reposer.

— Je ne peux qu'imaginer à quel point ça a dû être horrible pour elle.

Brynn serra le stylo si fort que ses jointures lui firent mal. L'horloge égrenait les minutes au mur, et elle sentait l'odeur de l'homme à côté d'elle, pas tout à fait désagréable, mais qu'elle aurait préféré éviter si possible.

— Comment vas-tu, Brynn ? Tu t'es remise du choc ? s'enquit Darrell alors qu'elle terminait de décrire son retour à la maison avec Grady.

Le shérif lisait à mesure qu'elle écrivait : au moins, cela permettait de gagner du temps.

Elle voûta les épaules.

— Je vais bien. Je suppose. Je suis encore un peu secouée. C'est mon premier cadavre, précisa-t-elle avec une grimace, puis elle leva les yeux. Dois-je dater et signer ?

— Oui.

Il se leva et lui prit le formulaire.

— Je peux partir maintenant ? Jackie termine à quatorze heures, et Linda sera seule. Je ne peux pas me permettre de la contrarier, à moins que tu ne connaisses quelqu'un qui souhaite travailler à temps plein au café ?

Darrell secoua la tête.

— Pas de tête, mais j'y réfléchirai.

Il s'assit sur sa chaise. Impatiente de s'en aller, Brynn s'apprêtait à se lever quand le shérif leva une main. *Bon sang !*

— Je dois la signer, et je pourrai ensuite t'en donner une copie, lui dit-il, mais, plutôt que de relire sa déposition, il posa ses mains sur le bureau et la regarda fixement. Brynn, je sais que c'est difficile depuis qu'Aiden...

— Le fait que cet homme m'ait quittée est la meilleure chose qui me soit arrivée, l'interrompit-elle, dissimulant la douloureuse blessure derrière un sourire ironique. Dommage qu'il ne l'ait pas fait avant que nous nous soyons mariés, parce que la paperasse à remplir était monstrueuse.

Devoir payer pour demander le divorce par contumace alors que son mari avait volé toutes leurs économies pour s'enfuir avec une bimbo avait été l'insulte finale. Elle n'était même pas sûre qu'il savait qu'ils étaient légalement divorcés. Manifestement, il s'en moquait.

Darrell secoua la tête et fixa sa déposition du regard.

— Je n'ai jamais aimé ce type, affirma-t-il, avant de relever les yeux vers elle. Il n'était clairement pas assez bien pour toi. Tu es une femme très spéciale, Brynn, une femme que je n'aurais pas dû laisser s'échapper.

Qu'était-elle à ses yeux, un poisson ?

Il signa sa déclaration en faisant un grand geste, puis il se retourna pour en faire rapidement une copie sur l'imprimante derrière lui. Brynn comprit qu'il lui avait fait endurer toute cette situation simplement pour pouvoir jouer sa scène comme s'il s'agissait d'une sorte de performance artistique.

— Tout s'est bien passé, finalement. Tu as trouvé Lorraine et tu as la chance d'avoir une adorable famille. Je suis ravie de les voir tous quand ils viennent au café, et ce bébé... Il va en briser, des cœurs, tout comme son père.

Darrell ouvrit la bouche, sans doute pour se plaindre que sa femme ne le comprenait pas, mais Brynn ne lui en laissa pas l'occasion ; elle lui prit la copie de sa déposition des mains.

— J'ai hâte que ma mère aille mieux, pour pouvoir retrouver mon petit ami, Bowie.

Bon sang ! C'était le nom du chien de son amie, mais, prise de court, ce fut tout ce qui lui vint à l'esprit.

— Tu as un petit ami ?

Son ton était amusé, comme s'il ne la croyait pas. Il s'adossa à son siège, qui grinça de manière inquiétante.

En proie à une amertume croissante, elle persista.

— Oui. Bowie. Il est un peu plus jeune que moi, mais je trouve les gens plus jeunes tellement plus... malléables. N'est-ce pas, shérif ? l'interrogea-t-elle, lui adressant un sourire radieux.

Darrell plissa les yeux : peut-être n'avait-elle pas été assez subtile avec son attaque.

— Tant qu'il est majeur.

Elle cligna lentement des yeux. Il ne lui était jamais venu à l'esprit que « Bowie » puisse être autre chose qu'un adulte.

— Eh bien, si tu te sens seule pendant ton séjour ici, ou si tu as besoin d'une épaule sur laquelle pleurer, dit-il avec un regard compatissant, complètement démenti par les mots qui sortaient de sa bouche, tu peux toujours m'appeler. Je suis là pour toi.

La colère la submergea, car il l'avait forcée à lui mettre les points sur les i au lieu de comprendre les nuances de leurs inter-actions.

— Je ne cherche pas à commencer quoi que ce soit avec un homme marié, Darrell. Tu pourrais me montrer un peu plus de respect !

Elle se leva et récupéra son manteau et son bonnet sur le portemanteau. La rage bouillonnait dans ses veines.

Darrell lui attrapa le bras alors qu'elle atteignait la porte. Elle s'écarta brusquement et se retourna.

Les yeux du shérif étaient durs et brillaient de colère.

— Je me montrais simplement amical, Brynn. Tu pourrais apprécier d'avoir le numéro du shérif en mémoire si tu as des ennuis.

— Si j'avais des ennuis, j'espère que le bureau du shérif me viendrait en aide, que nous soyons « amis » ou non, bafouilla-t-elle, se disant qu'il n'y avait rien d'étonnant au fait que son père l'ait mise en garde contre ce type quand elle avait dix-huit ans. Au moins, un agent du FBI vit au-dessus de mon appartement. Peut-être répondra-t-il en cas d'urgence.

Les traits de Darrell se tendirent.

— Méfie-toi de Grady Steel. Il sait user de son charme pour obtenir ce qu'il veut, mais tu ne devrais pas lui faire confiance.

Un peu comme toi.

Mais la jeune femme ne dit rien. Au lieu de cela, elle l'interrogea :

— Que s'est-il passé entre vous deux ?

— Il ne s'intéresse qu'à sa précieuse carrière, qu'il a foutue en l'air, expliqua Darrell, dont les narines se dilatèrent et les lèvres se tordirent en une grimace très laide. C'est un enfoiré retors, qui n'est amical que quand ça l'arrange. Ne l'oublie pas.

Il ponctua ses propos d'un long regard le long de son corps.

Brynn ouvrit la porte d'un coup sec.

— Bon après-midi, shérif.

Elle garda la tête haute en traversant l'open space, et sortit par la porte latérale, saluant Jean d'un signe de la main en passant.

Son cœur battit à tout rompre jusqu'au café.

CHAPITRE DIX-SEPT

Grady enfonça profondément ses mains dans les poches de sa veste, puis il partit se promener, afin de se vider l'esprit.

Attiré par la majesté de l'océan, il marcha vers le sud du promontoire et regarda les vagues déferler depuis l'Atlantique pour venir frapper la plage de sable blanc avec puissance et fureur. Le ciel s'était couvert de nuages. La brise vivifiante emplit ses poumons de l'odeur âcre de l'océan, aussi forte que de l'ozone, aussi insaisissable que de la fumée. L'élan d'amour le prit par surprise. C'était comme tomber par hasard sur un ancien amour, sans savoir que l'on éprouvait encore quelque chose pour lui.

Le vent avait forci depuis la nuit précédente, et des crêtes blanches se formaient au large. La ville était cachée et protégée grâce à cette langue de terre qui s'avançait et embrassait l'Atlantique. Mais cela n'améliorerait pas la visibilité dans l'eau.

Le bureau du shérif avait-il trouvé l'arme du crime lors de la fouille du port ? Même par beau temps, il serait facile de passer à côté à cause de la vase et de l'obscurité.

Grady contempla la mer.

Il était un plongeur expérimenté. Il aurait été heureux de leur prêter main-forte s'ils le lui avaient demandé ; le fait qu'ils s'en soient abstenus suggérait qu'il était vraiment suspect.

Grady n'avait pas entendu un seul coup de feu la nuit précédente.

Soit le tueur avait utilisé un silencieux, soit Milton avait été tué ailleurs et transporté au port afin de se débarrasser du corps tard dans la nuit, lorsque tout était calme. Mais, pourquoi choisir le port, relativement animé, comme lieu pour abandonner le corps, alors qu'il y avait des endroits comme celui-ci, isolés et déserts, tout le long de la côte ?

Non. Grady aurait parié que Milton avait été assassiné sur son bateau, avant d'être balancé par-dessus bord. Le tueur était encore sans doute en possession de l'arme du crime.

Grady perçut un mouvement du coin de l'œil. Le chien au pelage gris hirsute qu'il avait aperçu plus tôt reniflait les herbes marines qui bordaient la plage. Sous son pelage sale et emmêlé, le pauvre animal semblait à moitié affamé.

Il fit un pas vers lui, mais le chien leva la tête d'un air méfiant et s'enfuit. Grady aurait aimé avoir quelque chose à manger pour l'appâter.

Peut-être reviendrait-il avec la Jeep, puis il proposerait à manger à l'animal, l'attraperait, avant de l'amener à la fourrière.

Il fit demi-tour, puis repartit le long de la route étroite en direction de la ville. Les lumières étaient allumées dans la petite maison des Jones, à la lisière de la commune, une maison où il avait passé une grande partie de son adolescence à traîner dans la chambre de Saul.

Il gravit les marches menant à l'entrée, remarqua la peinture qui s'écaillait sur le bardage et une planche pourrie qui devait être remplacée. Il frappa à la porte et attendit.

Il dut patienter un moment avant que quelqu'un ne réponde, sans doute parce qu'ici, les gens attendaient rarement que quelqu'un le fasse : ils frappaient simplement, avant d'entrer. Grady ignorait l'accueil qui lui serait réservé.

Saul ouvrit la porte avec un regard méfiant, une béquille calée sous un bras. Une attelle et un plâtre amovible recouvraient sa jambe droite sous le genou. Son expression se détendit lorsqu'il aperçut Grady, et ses yeux s'illuminèrent.

Son vieil ami sourit. Ses traits familiers étaient un peu plus âgés et plus marqués, ses cheveux un peu plus clairsemés sur le dessus, mais ses lèvres larges arboraient toujours le même sourire ironique.

— Tu n'appelles, pas, tu n'écris pas.

Grady laissa échapper un petit rire, gardant les épaules voûtées, les mains dans les poches, se rappelant l'ado qu'il avait été.

— Je suis ici maintenant. Comment vas-tu ?

— Qui est là ? appela une voix geignarde depuis l'intérieur.

— Tu veux entrer ? lui proposa Saul, qui jeta un coup d'œil par-dessus son épaule.

Grady acquiesça.

— Bien sûr.

La mère de Saul était assise dans son vieux fauteuil dans le coin de la pièce, et Grady fut aussitôt transporté une demi-vie en arrière.

— Madame Jones. Comment allez-vous ?

La femme se renfrogna.

— J'ai entendu dire que tu étais de retour. Il paraît qu'un cadavre a été retrouvé peu de temps après.

Elle renifla et retourna à son émission. Condamné et reconnu coupable. *Exactement comme ton père.* Il entendait la comparaison tacite comme si elle était hurlée. Cela ne résumait-il pas ce que cette ville pensait de lui ? Et peut-être n'était-ce pas si loin de la vérité. Il ressemblait suffisamment à son père pour être son jumeau, et il n'était assurément pas un saint.

Son humeur s'assombrit. Saul grimaça, puis lui fit signe de le suivre dans la cuisine.

— Tu veux un café ou une bière ?

Grady se rappela la raison de sa présence, et il bâilla largement.

— *Bon sang !* Désolé. J'ai fait un long trajet, ponctué d'une arrivée mouvementée. Je n'ai pas beaucoup dormi la nuit dernière. Je préfère un café.

Saul ricana en clopinant dans la cuisine pour remplir la cafetière.

— Nous devons nous faire vieux.

— Parle pour toi ! s'exclama Grady, car la dernière chose qu'il voulait, c'était devenir trop vieux pour faire le travail qu'il aimait. J'ai entendu parler du braquage de la banque.

Saul tressaillit. Ses mains tremblèrent et il renversa du café fraîchement moulu sur le plan de travail usé. Il jura, puis essuya maladroitement le désordre, et alluma la machine. Manifestement, il était encore traumatisé par l'événement.

Il redressa ses béquilles, puis s'appuya sur le plan de travail et croisa les bras.

— T'a-t-on déjà tiré dessus ?

Grady secoua la tête.

— Ça fait un mal de chien, mec.

Saul éclata de rire, puis il grimaça, avant de détourner le regard. La peur assombrit son expression.

— Cet enfoiré m'a explosé le tibia, et le chirurgien a dû me poser une plaque de métal.

— Que s'est-il passé ?

Saul se passa une main sur le nez et le menton.

— Cette ordure se pointe juste avant la fermeture. Il braque un pistolet sur le visage de Fancy et lui dit qu'il va lui exploser la tête si elle ne met pas tout l'argent dans le sac. Tout le monde est figé, en état de choc. Je ne crois pas que quiconque ait jamais balancé ces mots à Fancy Lucette auparavant. Imagine, faire ça à une femme de plus de soixante-dix ans ? raconta Saul, secouant la tête. Il a dit que, si quelqu'un déclenchait l'alarme silencieuse, il nous abattrait tous.

Il marqua une pause. Puis il appuya son poing sur son menton.

— Cela aurait pu être drôle si nous n'avions pas tous été en train de crever de trouille, poursuivit-il, puis il déglutit avec difficulté. Je n'ai même pas sorti mon arme. Je suis resté planté là, comme un gamin qui fait dans son froc.

La cafetière siffla, et Saul sursauta, puis il eut l'air gêné.

Son ami semblait souffrir d'un sérieux syndrome de stress post-traumatique.

Grady se sentait un peu coupable de ne pas avoir gardé le contact avec Saul au fil des ans. Ils avaient formé un trio avec Darrell, mais Grady avait vraiment apprécié ce type. L'actuel shérif était un enfoiré égoïste, mais, d'un autre côté, Grady l'était aussi.

À un moment donné, il avait ressenti le besoin désespéré de fuir cette ville, sous peine de suffoquer devant le manque d'attentes des autres. Il n'avait jamais vraiment pensé aux personnes qu'il avait laissées derrière lui.

— L'as-tu reconnu ? s'enquit Grady.

Saul secoua la tête, les sourcils froncés.

— Non, mais, en même temps, j'ai l'impression que j'aurais dû le faire. Sa voix m'était familière, mais... pas assez.

— Tu n'as pas vu la voiture dans laquelle il s'est enfui ?

L'agent de sécurité secoua la tête.

— J'étais trop occupé à me tordre sur le sol, tout en essayant de ne pas me vider de mon sang.

— *Merde !* Désolé, mec.

— Ouais. C'est vraiment la merde. J'aurais préféré ne pas

trouver de courage à la dernière minute. Ce n'est pas comme si la banque me payait assez pour que ça en vaille la peine.

Il se retourna maladroitement et servit deux tasses de café. Grady reconnut même le mug décoloré. Il le prit des mains de Saul, puis il souffla sur le liquide chaud avant d'en boire une gorgée.

— J'ai entendu dire que Brandy t'avait quitté.

L'expression de son ami devint amère.

— Cette garce m'a dépouillé. Elle a vidé les comptes bancaires, pris des crédits à mon nom. Elle m'a trompé, puis m'a largué. Et elle a quand même demandé la moitié de la maison, énuméra-t-il en regardant autour de lui avec découragement. Je n'arrive pas à croire que je vive de nouveau avec ma mère à l'âge de trente-quatre ans. Et elle est plus acariâtre que jamais.

Saul s'interrompit à nouveau, l'air pensif. Puis il croisa le regard de Grady.

— J'aurais dû m'en aller comme tu l'as fait.

— Je suis navré qu'on t'ait tiré dessus, et je suis désolé pour Brandy aussi. Mais, au moins, tu es en vie, et tu as un toit au-dessus de ta tête.

Au fil des ans, il avait appris à apprécier ce qu'il avait, sachant que tout pouvait lui être enlevé en un instant

— Je suppose, répondit Saul avec un haussement d'épaules, le jaugeant du regard. La rumeur dit que tu as écrasé quelqu'un et que tu l'as laissé mourir sur le bord de la route.

Grady serra les dents et fixa, à travers la vitre maculée de sel, les nuages qui commençaient à bouillonner dans le ciel gris acier.

— Ce sont des conneries.

Saul le regarda avec méfiance.

— Ensuite, tu arrives à la maison, et la première chose que tu fais, c'est de hisser mon patron mort hors du port. Tu es en train de procurer des orgasmes de dingue à toutes les commères du coin.

— Voilà une vision que je n'avais pas besoin d'avoir en tête, remarqua Grady, qui fit rouler son épaule. En dépit des allégations contraires, je ne suis pas responsable du délit de fuite, et je m'attends à être innocenté dès que les techniciens auront fini d'analyser mon camion. Et si j'avais eu l'intention de tirer sur Milton Bodurek, je ne me serais pas montré en ville avant. J'aurais d'abord attendu quelques jours.

Il sourit.

Les yeux de Saul s'arrondirent.

— Mais j'avais oublié que c'était ton patron, affirma Grady, qui n'avait, en réalité, rien oublié du tout. Je suis désolé. Étais-tu proche de lui ?

— C'était mon patron. Ce bon vieux Milt, confirma Saul, l'expression réservée. Mais nous n'étions pas proches. Et toi, que faisais-tu au port ?

— Je me suis disputé avec Crystal dès mon arrivée ici hier soir. Elle était furieuse : j'ai mis un terme à ses activités lucratives secrètes de location de ma propriété, parce que j'avais besoin d'un endroit où loger, expliqua Grady, qui mit ses mains dans ses poches. Je suis allé me promener ensuite.

— Tu ignorais que Crys louait la maison ? s'enquit Saul, curieux.

Grady secoua la tête.

— Elle a raconté à tout le monde qu'elle t'avait racheté l'endroit après la mort de ta grand-mère. J'ai été surpris, mais, comme tu n'es pas revenu...

Grady s'attendait à éprouver de la colère, mais ce fut de la pitié qu'il ressentit.

— Rends-moi un service. Ne dis à personne que c'est chez moi, et pas chez elle. Crys préférerait mourir que de perdre la face.

— Ou plutôt, elle tuerait plutôt que de perdre la face, marmonna Saul dans son mug.

Grady grimaça.

— C'est vrai. Et je ne veux pas être une cible plus que je ne le suis déjà.

— Donc, tu es allé te promener, et tu es tombé par hasard sur Milton qui flottait dans le port ?

Grady secoua la tête. Il passa son doigt sur le bord du placage de la table, si lisse avec le temps qu'il en voyait les couches usées sur les bords.

— Alors que je me réhabituais à l'air marin, j'ai entendu quelqu'un appeler à l'aide.

— Brynn Webster ?

Grady acquiesça.

— Tu la connais ?

Saul haussa les épaules.

— Pas très bien, malheureusement. C'est une jolie fille, mais un peu distante. Darrell est sorti avec elle quelques fois avant qu'elle ne parte à Yale pour étudier l'art, ou je ne sais quoi. Ensuite, elle a déménagé à Boston, et elle s'est mariée. Elle n'est revenue que récemment, à cause des problèmes de sa mère.

Grady ne savait pas pourquoi il était surpris que Brynn soit sortie avec Darrell, mais il l'était. À l'évidence, le shérif voulait renouer cette relation, mais la jeune femme ne semblait pas très enthousiaste. Ou bien, peut-être était-ce un vœu pieux de la part de Grady.

— C'était à l'époque où tu bossais pour la police d'État, avant de rejoindre le FBI, poursuivit Saul, inclinant la tête. Darrell semblait plutôt épris de Brynn, mais ensuite, il a commencé à sortir avec Lorraine. Le reste appartient à l'histoire.

— Qu'est-il arrivé au type que Brynn a épousé ? Crystal a dit qu'il l'avait quittée.

— Oui. Apparemment, il l'a larguée pour une autre femme.

Il lui a envoyé des photos de Vegas, ou je ne sais où, et il lui a dit que c'était terminé entre eux.

Grady grimaça.

— Dur.

— J'ai eu mal pour elle, remarqua Saul, pinçant les lèvres. Ensuite, Brandy m'a fait la même chose. Je pense que c'est le mari de Brynn qui lui a donné l'idée. Ces enfoirés !

— Ça craint, mec.

Le regard de Saul se fit curieux.

— Tu n'as jamais rencontré personne ?

Grady s'obligea à sourire.

— Personne qui serait capable de me supporter pendant un certain laps de temps.

Non pas qu'il ait jamais laissé les choses devenir sérieuses. Il était bien trop occupé pour une vraie relation. Et peut-être ressemblait-il trop à son père pour prendre le risque.

— J'ai entendu dire que, lorsque tu as atteint le port, Brynn était déjà dans l'eau ?

Saul avait manifestement entendu beaucoup plus de choses qu'il ne l'avait laissé entendre au départ.

— Oui. Il faisait un froid de canard. J'ai dû sauter après elle. Je ne pouvais pas rester là comme un bon à rien.

— Comme Caleb Quayle, tu veux dire ?

Grady laissa échapper un petit rire.

— C'est toi qui l'as dit !

— Caleb est un petit con bruyant, comme le reste de sa famille, affirma Saul, se frottant le menton.

— Plus si petit que ça.

Le type avait l'avantage sur Grady en taille et en poids. Saul fronça les sourcils.

— Qu'y a-t-il ? s'enquit Grady.

Son ami cilla.

— Rien, répondit-il, soufflant sur son café pour le refroidir.

Saul se montrait-il évasif ? Ou bien les soupçons de Grady entachaient-ils toutes ses interactions ?

— Vois-tu une raison pour laquelle quelqu'un pourrait vouloir assassiner ton patron ?

— En dehors de moi ?

Sa réponse surprit Grady.

— Tu ne l'aimais pas ?

Saul secoua la tête.

— Tout le monde pensait que Milton Bodurek était le fin du fin, mais il a menacé de me licencier quand j'étais à l'hôpital avec une blessure par balle. Il a affirmé que je n'avais pas fait correctement mon boulot, après quoi il a menacé de prélever les pertes de la banque sur mon salaire... comme s'il me payait autant ! s'exclama Saul, les pommettes rougies par la colère. Le pire, c'est qu'il avait raison.

— Que veux-tu dire ?

— Je n'avais même pas sorti mon arme !

— Est-ce que l'on attendait de toi que tu déclenches une fusillade dans une banque remplie de gens ?

— Non, mais d'après Milton Bodurek, j'aurais dû y mettre fin.

Saul cilla, sans doute pour chasser ses larmes.

Tout le monde ne s'entraînait pas à balles réelles jusqu'à ce que cela devienne un réflexe. Tout le monde ne comprenait pas les effets d'un niveau de stress élevé sur la précision, qui pouvait faire dévier la visée même d'un bon tireur sous la pression.

— Tu as bien fait de garder ton arme dans son holster.

— Certes, mais j'ai tout foutu en l'air, à la fin, protesta-t-il en se passant la main sur le visage. Je ne sais pas ce que va devenir mon job, maintenant qu'il est mort.

Saul semblait très malheureux.

— Y a-t-il une chance pour que tu aies droit à une indemnisation ? lui demanda Grady.

— Peut-être. J'ai parlé à un avocat, mais je ne sais même pas ce qu'il va advenir de la banque, maintenant que Bodurek est mort. Je veux dire, l'établissement est toujours officiellement ouvert, et les flics enquêtent, mais je ne sais pas qui va prendre le relais. Ou même s'ils voudront que je revienne.

Il était tout à fait possible que la mort de Milton ait été motivée par la cupidité et l'appât du gain plutôt que d'avoir un quelconque rapport avec Eli Kane, mais c'était tout de même une sacrée coïncidence.

Et Grady ne croyait pas aux coïncidences.

Les yeux de Saul se firent inquisiteurs.

— Je suppose que tu ne peux pas glisser un mot en ma faveur auprès des flics ? Les adjoints m'ont interrogé comme s'ils pensaient que j'étais dans le coup.

— Je ne suis pas certain que cela t'aiderait beaucoup que je me porte garant pour toi pour le moment, pas avant que le FBI ne m'ait officiellement innocenté.

Il se frotta la nuque. Un sentiment de culpabilité l'envahit à l'idée de mentir à son vieil ami, mais cette communauté était trop restreinte pour qu'il prenne le risque de lui dire la vérité : son travail était trop important.

— Du moment que tu n'as pas participé au braquage, à ta place, je ne serais pas inquiet.

L'expression de Saul devint amère.

— J'aurais aimé être de la partie. Quelques dizaines de milliers de dollars me seraient bien utiles en ce moment. Hé ! Peut-être que, si tu quittes le FBI, nous pourrions monter une affaire ensemble, comme nous en parlions quand nous étions gamins.

Grady sourit.

— Les excursions d'observation des baleines pour les touristes ?

— C'est mieux que de se faire tirer dans la jambe, répliqua

Saul, se frottant la cuisse comme si les muscles étaient douloureux.

— Tout est mieux que de se faire tirer dans la jambe, confirma Grady, qui se leva. Il faut que j'y aille. On se voit bientôt ?

— Je ne vais nulle part.

Ces mots étaient empreints d'une amertume que Grady reconnaissait, car elle lui rappelait sa propre frustration lorsqu'il était jeune.

Il se dirigea vers la porte arrière, pour éviter la mère de Saul : elle avait sans doute dressé une liste d'insultes blessantes depuis son arrivée. Et il aurait préféré mourir plutôt que d'admettre qu'il avait peur d'une vieille dame. Il ouvrit la porte et aperçut à nouveau le cabot gris.

— Hé ! Tu as vu un chien errant traîner dans les parages ?

— Un gris ?

— Oui. Un grand chien hirsute.

— Il appartient à la famille Quayle, l'informa Saul, dont le regard se durcit. Ils ne s'en occupent pas. La pauvre bête est à moitié affamée. Il a failli être heurté par une voiture dans la rue, l'autre jour, mais personne ne peut l'attraper.

Un sentiment de colère envahit Grady.

Et une lueur amusée jaillit dans le regard de Saul.

— Tu envisages de te procurer un chien, Grady ?

— Je n'ai pas le temps pour un chien.

Mais cela ne signifiait pas qu'il ne pouvait pas faire quelque chose pour aider ce chien errant.

Alors qu'il s'éloignait, il jeta un regard à la maison de son vieil ami.

Saul cachait quelque chose.

Cela lui faisait mal au cœur de le savoir, mais c'était son travail de découvrir si cela avait un rapport avec Eli Kane, un meurtre ou un braquage de banque.

CHAPITRE DIX-HUIT

Les pieds de Brynn lui faisaient mal alors qu'elle finissait de remplir le lave-vaisselle.

Heureusement, le café fermait tôt le dimanche et n'ouvrait pas le lundi. Non seulement une journée entière de congé l'attendait, mais la nièce de Linda, Pru, l'avait appelée pour l'informer qu'elle pourrait venir quelques heures le mardi.

Brynn espérait recruter une autre serveuse en plus d'elle, qui pourrait travailler quelques heures ici et là, afin de la remplacer à certains moments. Elle avait passé une annonce dans le journal local, sans en parler d'abord à sa mère.

Si ses parents voulaient qu'elle gère l'établissement pendant six mois, ils devaient la laisser prendre les décisions. Peut-être pourrait-elle mettre en place un système durable, qui permettrait à sa mère de travailler quelques heures par semaine quand elle en aurait envie. Peut-être cela suffirait-il à la satisfaire.

Brynn avait une pile de travail en free-lance à rattraper le lendemain. Elle ne voulait pas perdre la clientèle qu'elle s'était déjà constituée, et embaucher plus de personnel pour le café lui offrirait un peu de répit.

Et cela lui permettrait également de passer plus de temps avec sa mère.

Comme s'il avait perçu ses pensées, le téléphone de Brynn sonna. Surprise, elle y jeta un coup d'œil, et se demanda ce qui avait pris tant de temps à sa mère.

— Salut ! Comment te sens-tu ? demanda-t-elle d'un ton joyeux.

— Ça va. J'ai dormi presque toute la journée après être allée à l'hôpital. C'est pour ça que j'ai manqué les grandes nouvelles en ville.

— Oh !

— *Oh*, en effet. Qu'est-ce que c'est que cette histoire ? Tu as sauté dans le port hier soir ?

Brynn entendit la fatigue et la douleur dans la voix de sa mère ; elle s'obligea donc à insérer une dose de joie dans la sienne.

— Ce n'est pas comme si j'avais décidé que ça pourrait être amusant de me baigner nue, maman. Il y avait quelqu'un à l'eau. Tu aurais préféré que je le laisse se noyer ?

— Bien sûr que non, mais n'était-il pas...

Sa mère s'interrompit. *Mort.* C'était drôle de voir à quel point ils étaient tous devenus hypersensibles à ce mot depuis le diagnostic de sa mère.

— Oui, il l'était. Mais je ne l'ai su que quand nous l'avons sorti de l'eau. Comment s'est passée la chimio ?

— Ne change pas de sujet.

— Je n'ai rien d'autre à dire sur ce sujet-là !

— Savent-ils comment il est mort ?

— Une balle entre les yeux.

Le halètement de sa mère rappela à Brynn le choc qu'elle avait éprouvé la nuit précédente.

— Pauvre Milton. Je ne sais pas ce qui se passe dans cette

ville. D'abord le vol, puis le meurtre ? Quelqu'un sait-il ce qui s'est passé ?

— La police ne dit rien, répondit Brynn, qui mit en route le lave-vaisselle et s'éloigna du bruit de la machine. Mais les commères pensent que le braquage de la banque était peut-être un coup monté de l'intérieur, et que Milton était impliqué.

— C'est ridicule ! Pauvre Edith.

— Oui, selon le shérif York, elle a dû être mise sous sédatif lorsqu'elle a appris la nouvelle.

— J'imagine bien ! Comment va *Darrell* ? l'interrogea sa mère, d'un ton où transparaissait son ironie.

— Il est toujours aussi ennuyeux.

Gwendolyn Webster ricana.

— Pendant les mois qui ont suivi ton départ, il avait l'habitude de venir au café et de demander comment tu allais. Puis Lorraine est tombée enceinte...

— Elle n'est pas tombée enceinte toute seule, lui rappela Brynn.

— J'en suis bien consciente, répondit sa mère, qui soupira. En tout cas, je prenais un malin plaisir à lui dire à quel point tu t'amusais à l'université.

Brynn n'avait aucune envie de parler de Darrell.

— Comment s'est passé ton traitement, aujourd'hui ?

Sa mère soupira à nouveau.

— Honnêtement ? C'était brutal.

Le cœur de la jeune femme se serra, et elle ferma les yeux.

— Je suis désolée, maman.

— Je commence à me demander si ça en vaut la peine...

— Ne dis pas ça !

Brynn ferma les yeux, comme pour se protéger de ces mots.

— Tu parles comme ton père. Je vais bien, vraiment. Simplement, je suis fatiguée, et j'aime me plaindre. Quel est l'intérêt de vieillir et d'avoir un cancer si l'on ne peut pas s'en plaindre ?

— Tu n'es pas vieille.

— Ah ! Je me sens vieille. Ton père a été fantastique, comme toujours. Mais il ressent la fatigue, lui aussi. Comment vont les affaires ?

— Tu plaisantes ? La file d'attente débordait sur le trottoir. Les gens espéraient que je leur raconte quelques détails croustillants sur la découverte du pauvre Milton.

— Des rapaces.

— Des clients qui paient.

Sa mère souffla.

— Ils paient pour la bonne nourriture et l'ambiance, pas pour le sang de ma fille, répliqua-t-elle, la voix rauque.

La peur l'envahit à l'idée de perdre cette femme.

— Je viendrai te voir demain, après le déjeuner.

Elle lui parlerait alors de la nouvelle serveuse.

— Ce serait très gentil. Je vais te passer ton père. Il a une liste de courses, si tu viens.

— Laisse-moi prendre un stylo.

— Oh ! Il a changé d'avis. Il dit qu'il va t'envoyer la liste par SMS, et qu'il te verra demain. Tu ne sautes pas dans le port en rentrant chez toi.

— Et dire que j'avais déjà mon maillot de bain !

— Petite maligne.

— On se demande de qui je tiens.

Sa mère s'esclaffa, mais elle semblait faible, malgré tout.

— Je parie que l'eau était froide.

— Elle était *tellement* froide !

— Tu es folle ! Va te reposer. Tu l'as mérité.

— Toi aussi, maman. Je t'aime.

— Je t'aime aussi.

Elles raccrochèrent. Brynn aperçut son reflet dans la baie vitrée tandis qu'elle regardait le port.

Elle avait vingt-huit ans, mais son reflet semblait plus âgé, et les cernes sous ses yeux lui donnaient un air fatigué. Pire encore, elle se sentait vieille et morose. Pas tout à fait mal fagotée, mais pas non plus jeune et sexy.

C'était Aiden qui lui avait fait ça. Pas ses parents. Pas ce travail dont elle ne voulait pas. Aiden et son abandon désinvolte de leur vie commune. Son optimisme naturel en avait pris un coup, et elle avait perdu toute confiance en elle. Il avait détruit sa capacité à faire confiance, et l'avait privée de sa joie.

Des larmes lui brûlèrent les yeux, mais elle les chassa d'un battement de cils. Elle avait pleuré des millions de larmes pour l'homme qui avait juré de l'aimer, avant de la quitter sans un mot. Dans un premier temps, elle avait craint qu'il ne soit mort et elle avait signalé sa disparition à la police de Boston.

Un sentiment d'humiliation lui monta aux joues avec une chaleur familière lorsqu'elle se rappela la pitié qu'ils lui avaient témoignée lorsqu'il avait enfin pris contact avec elle.

Elle refusait de gâcher un instant de plus pour cet imbécile infidèle. La seule chose qui comptait, c'était que sa mère parvienne à vaincre son cancer.

Gwendolyn Webster était le pilier de Brynn, sa source d'inspiration. Tenir le café n'était peut-être pas l'idéal, mais elle le ferait s'il le fallait. Avec un peu de chance, avec du personnel supplémentaire, elle aurait plus de temps pour ses parents, pour elle-même et pour ses clients, et se sentirait moins étouffée et submergée par toutes les choses qu'elle ne pouvait pas contrôler.

Elle éteignit le reste des lumières et vérifia la cuisine une dernière fois. S'enveloppant dans son manteau, elle enfila son bonnet, puis sortit par la porte arrière et se retourna pour la verrouiller. Une ombre se détacha du mur ; elle porta la main à sa poitrine et poussa un cri.

CHAPITRE DIX-NEUF

— Waouh ! Désolé ! s'exclama Grady Steel, les mains levées devant lui, paumes vers l'extérieur. Je ne voulais pas te surprendre, j'aurais dû réfléchir.

— Tu crois ?

Les yeux de Brynn étaient écarquillés, et son cœur battait comme un tambour.

— Je passais devant pour aller boire un verre. Je t'ai vu éteindre les lumières, je me suis dit que j'allais t'attendre pour voir si tu voulais te joindre à moi.

Elle haussa les sourcils.

— Comme pour... un rencard ?

— Au vu de ton air horrifié, non, absolument pas ! répondit-il avec un petit rire, et son maudit sourire atteignit Brynn une fois de plus. Je pensais plutôt à un verre entre voisins, et à une conversation polie après une longue journée.

Elle expira, tentée. Elle ne pouvait plus faire sa promenade habituelle près du port après le travail, tant que la police n'avait pas découvert ce qui était arrivé à Milton Bodurek.

— Je ne devrais pas...

— Parce que... ?

Parce qu'elle s'était inventé un faux petit ami pour échapper aux avances du shérif Darrell York, et qu'elle n'était pas d'humeur à se compliquer la vie.

Le vent souffla sur la terrasse, et elle frissonna. Le fait qu'elle change sa façon de vivre à cause d'un homme, *marié*, qui plus est, la mettait hors d'elle. Tout le monde semblait avoir une vie, sauf elle... Sa détermination commençait à s'effriter.

— Tu as des projets ?

— Je n'ai rien de prévu, répliqua-t-elle, amère envers elle-même. Je me suis dit que j'allais rentrer et m'écrouler. J'ai veillé tard, hier.

— Moi aussi, répondit-il, puis il recula d'un pas. Pas de souci. Je me suis dit que j'allais te demander avant de me jeter seul dans la gueule du loup, mais je ne voulais pas te mettre la pression.

Ils allaient le mettre en pièces, mais il en était conscient. Il avait grandi ici.

— Un verre, concéda-t-elle.

Elle éprouvait un étrange sentiment protecteur envers ce type, ce qui était ridicule. Il était agent du FBI, pour l'amour du ciel !

— Génial.

Elle le suivit dans la ruelle jusqu'à Main Street. À part la largeur de ses épaules, il n'avait guère changé au fil des ans. Mais sa carrure imposante et ses hanches étroites étaient très séduisantes, et elle aurait préféré ne pas les remarquer.

Il s'arrêta sur le trottoir, les mains dans les poches, semblant soudain ridiculement beau pour un homme qu'elle avait connu et ignoré pratiquement toute sa vie.

— Le Thirsty Pig ou le bar à vin ?

Elle y réfléchit. Que voulait-elle ? Par le passé, elle avait toujours laissé Aiden choisir. Cette époque était révolue.

— Je suis d'humeur à boire une bière.

— Le Thirsty Pig, alors.

Grady portait une veste en cuir, un jean délavé et une chemise bleue à carreaux qui faisait ressortir la couleur de ses yeux. Adaptant son pas au sien, il l'interrogea :

— Journée chargée ?

— Très.

— Alors, quel est le consensus ? demanda-t-il, et l'humour dans sa voix la surprit.

— Il existe deux théories concurrentes, qui semblent toutes deux bénéficier d'un soutien équivalent. La première : tu n'es pas quelqu'un de bien, et le fait que tu sois arrivé le soir où Milton est mort ne peut pas être une coïncidence. Tu l'as donc forcément tué. Une autre hypothèse veut que Milton ait participé au braquage de la banque et que son complice l'ait abattu. Tu es tout simplement quelqu'un de néfaste ou un messager de malheur, selon les croyances spirituelles.

Grady éclata de rire.

— *Bon sang !* Attends cinq minutes, et ils vont décider que c'est moi qui ai braqué la banque, avant de tirer sur Milton.

Brynn sourit à contrecœur.

— J'ai été surprise que personne n'ait choisi cette option. Je suis sûre que ce n'est qu'une question de temps.

— Il vaudrait mieux que je sache ce que je faisais le jour du braquage. Quand était-ce ?

— Le quinze janvier, le vendredi d'avant la semaine dernière.

— Ah ! Ce jour-là, j'ai participé à l'arrestation d'un suspect à Charlotte, donc je suis enfin blanchi pour quelque chose.

Il le déclara avec une telle désinvolture qu'elle cligna des yeux.

— Voilà qui m'a l'air dangereux.

— Cette fois-ci, c'était beaucoup d'attente pour rien, mais au moins, cela me place loin d'ici au moment où quelqu'un pointait une arme sur la pauvre Mlle Fancy.

Son ton était égal, mais Brynn n'était pas dupe.

— Comme tu l'as dit hier soir, c'est toujours plus facile de penser que c'est un étranger qui a fait ça.

Grady tressaillit.

— Je ne veux pas insinuer que tu es un étranger…

Il éclata d'un rire dur.

— Oh, j'en suis un ! Cela fait huit ans que je ne suis pas revenu ici, et, avant ça, j'étais à Bangor.

— Oui, mais, contrairement à moi, tu as des racines familiales ici, qui remontent à plusieurs générations. Tu as ta place ici, que cela te plaise ou non. Et que cela *leur* plaise ou non.

Il haussa les sourcils.

— Ta famille n'est pas d'ici ?

Brynn secoua la tête.

— Du Vermont. Nous avons emménagé ici quand j'avais deux ans.

— J'en avais sept quand Crystal et moi sommes revenus vivre ici, raconta Grady, qui remonta les épaules, comme pour se protéger du froid. Je déteste revenir, mais je me suis dit que, vu que j'avais un peu de temps libre devant moi, je pourrais enfin décider de ce que j'allais faire de la maison de ma grand-mère.

Brynn sourit et ignora la gêne qui menaçait de lui enserrer le cœur.

— Depuis que mon ex m'a larguée, je déteste revenir, moi aussi. Tout le monde me regarde avec pitié, comme si mon caractère était en quelque sorte diminué par le fait qu'il soit un salaud.

— Tu es quand même revenue.

— Je n'ai pas le choix. J'aime mes parents, répondit-elle.

Elle s'interrompit un moment pour boutonner son manteau.

Ils n'avaient pas beaucoup de chemin à faire, mais le vent traversait les différentes couches qu'elle portait.

— Mais, mon appartement à Boston me manque. L'anonymat me manque. Et ce qui me manque surtout, c'est de croiser des gens qui ignorent tout des détails de ma vie, et qui ne me jugent pas en se basant dessus.

Le regard que lui jeta Grady était empreint d'une réelle compréhension.

— Aux yeux de cette ville, je suis toujours un adolescent qui cause des problèmes. Ils semblent avoir oublié la douzaine d'années que j'ai passées dans les forces de l'ordre.

Il haussa les épaules, comme si cela ne le dérangeait pas, mais c'était clairement le cas.

Elle coula un regard dans sa direction.

— Que feras-tu si le FBI ne t'innocente pas ?

— Ils le feront.

— Mais, et si ça n'arrive pas ? insista-t-elle, car elle avait besoin de savoir. Tu resterais ?

Grady semblait mal à l'aise.

— Je vendrai sans doute la maison, ainsi que mon appartement à Quantico, après quoi je trouverai un emploi dans un endroit chaud. Peut-être organiserai-je des excursions pour voir les baleines à Hawaï ?

— Ça m'a l'air fantastique.

Ils frissonnèrent tous les deux lorsque le vent hivernal se mit à souffler en rafales et à leur projeter de la glace au visage. Un autre blizzard était prévu pour la fin de semaine. Elle n'arrivait pas à croire que, la veille, elle avait plongé dans la mer. Il faisait trop froid pour que ce soit même simplement envisageable. Et quelqu'un avait assassiné Milton Bodurek à quelques mètres de là ; cela ne la mettait pas vraiment à l'aise.

— Que fais-tu quand tu ne gères pas le café ? Saul m'a dit que tu étais une artiste.

Il avait parlé d'elle avec Saul Jones ? Elle ne savait pas trop quoi en penser. Tous deux avaient été proches de Darrell York au lycée, mais, de toute évidence, ils n'étaient plus en termes amicaux.

— Je suis graphiste. J'ai ma propre entreprise. Je travaille beaucoup pour des entreprises basées à Boston.

Elle baissa le menton et courba les épaules contre l'assaut de janvier.

— C'est impressionnant.

Brynn haussa les épaules.

— Pas vraiment. Je suis toute petite.

Mais elle subvenait à ses propres besoins, et c'était une belle victoire.

Ils arrivèrent au Thirsty Pig, qui occupait le rez-de-chaussée d'un immense hôtel victorien, au coin de Main et Oak Street. Grady lui tint la porte. Les chambres étaient à l'étage, et l'endroit avait été rénové et modernisé à plusieurs reprises au fil des ans, mais le bar semblait être resté tel qu'il était cent ans plus tôt, avec ses coins sombres et son feu dans la cheminée.

Ils entrèrent et furent accueillis par une vague de chaleur et une odeur de fumée de bois et de bière. Les gens sourirent, jusqu'à ce qu'ils voient Grady derrière elle. Ensuite, ils haussèrent les sourcils et se renfrognèrent.

Sans se laisser déconcerter, Grady demanda :

— Tu veux prendre une table pendant que je commande ?

Brynn secoua la tête.

— Asseyons-nous tous les deux. Harry sera là en un rien de temps.

Les yeux d'un bleu intense de Grady la scrutèrent avant qu'il acquiesce.

Elle les conduisit à une table vide près du feu. Caleb Quayle était assis sur un tabouret au bar. Son regard vitreux se durcit lorsqu'ils passèrent devant lui.

Elle connaissait la plupart des gens du coin, mais il y avait quelques touristes, même à cette période de l'année. Un homme grand, coiffé d'un chapeau de cow-boy, se tenait au bar, une jolie femme brune aux longs cheveux détachés était assise sur un tabouret à côté de lui. Ils n'étaient assurément pas de la région. Il racontait des histoires invraisemblables aux locaux et les gens riaient aux éclats. La femme prenait des selfies avec son téléphone portable.

Le couple au fort accent d'Europe de l'Est, qui avait mangé au café, occupait une table dans un coin reculé du bar et terminait son repas.

Les gens n'arrêtaient pas de les regarder, Grady et elle. Brynn souffla un grand coup, résignée.

— C'est ce que j'ai toujours détesté dans cet endroit.

— Être dévisagé. Être jugé, intervint Grady.

Elle croisa son regard, et quelque chose passa entre eux. Une profonde compréhension de ce que l'on ressentait lorsque l'on était un étranger dans la ville où l'on avait grandi.

— Cela me fait penser au procès des sorcières de Salem ; cette époque n'est pas si loin derrière nous.

Un sourire se dessina sur le visage de Grady.

— Si ça peut te consoler, je suis presque sûr que c'est moi qu'ils veulent brûler.

Brynn frémit à nouveau.

— Ça ne me rend pas plus heureuse. Avant, je pensais que les gens étaient plus civilisés, mais j'ai perdu cette conviction. Nous le cachons mieux, mais il y aura toujours des foules pour assister à des exécutions publiques, et les gens continueront à en redemander.

— C'est une idée effrayante.

— C'est la réalité.

Brynn fit la grimace. Ces derniers temps, sa patience envers les gens s'était réduite comme peau de chagrin. Peut-être que le problème venait d'elle. Peut-être que tout le monde allait bien. Les gens amers et cyniques se sentaient bien, ils se sentaient intelligents.

Le patron du bar, Harry Butler, vint prendre leur commande.

— C'est un plaisir de te voir sortir, Brynn. Comment vont tes parents ? s'enquit-il, arborant une expression qui reflétait davantage de pitié que de sympathie.

Il voulait connaître les détails gore de la bataille de sa mère contre le cancer, et des retombées émotionnelles pour sa famille.

— Bien, merci, Harry. Ils vont bien tous les deux, compte tenu des circonstances.

Visiblement déçu par le manque de scoop, Harry posa son regard sur Grady, qui observait l'autre homme avec un sourire qui n'atteignait pas ses yeux.

— Grady Steel, le salua le patron du bar avec un hochement de tête. Cela fait longtemps.

Grady s'étira dans le box.

— En effet. Mais peu de choses ont changé, ici. Comment allez-vous ?

— Je ne peux pas me plaindre.

Brynn se retint de justesse de ricaner. Ce type ne faisait que se plaindre chaque fois qu'il entrait dans le café. La mère de la jeune femme se disait qu'il ne venait que pour voir la concurrence. Heureusement, le café du Thirsty Pig était très mauvais, et Harry ne parvenait pas à garder un cuisinier digne de ce nom, parce qu'il était trop pingre et trop exigeant. Son chef actuel n'arrivait pas à la cheville d'Angus.

Brynn demanda une Stoneface Double Clip, et Grady commanda une pinte de Maine Beer Dinner. Il ajouta également à manger, mais elle avait déjà dégusté un délicieux bol de soupe de fruits de mer préparée par Angus et n'avait plus faim.

— As-tu réussi à faire des courses ? s'enquit-elle après le départ de Harry.

Elle était intriguée par cet homme qui semblait aussi marginal qu'elle.

— Oui. Cependant, je ne suis pas très doué pour la cuisine, alors il est possible que je sois le premier à faire la queue le matin pour le petit déjeuner.

— Nous sommes fermés demain, alors je crains que tu ne doives mourir de faim.

Elle remua les orteils dans ses chaussures laides, mais confortables, refusant de se sentir mal. Grady Steel était un homme adulte, qui était largement capable de s'occuper de lui-même.

— As-tu de grands projets pour ton jour de congé ?

Elle laissa échapper un rire triste.

— Oh que oui ! Après avoir rattrapé mon retard sur mes contrats de design et rendu visite à ma mère, ce sera détente et glamour. L'excitation est sans fin.

Une jeune femme, que Brynn ne reconnut pas, vint leur apporter les boissons. Le regard intéressé de la femme parcourut lentement Grady et se réchauffa lorsqu'il s'arrêta sur son visage d'une beauté inattendue. Les yeux de la serveuse s'embrasèrent, et il lui adressa un grand sourire.

— Merci.

Une pointe d'agacement transperça Brynn, qui se sentit toute petite et irritable. Ce n'était pas un rencard.

Elle devait penser à Bowie. Elle but une gorgée de bière.

L'homme au chapeau de cow-boy racontait une histoire, les bras écartés. Harry rit bruyamment d'une remarque du touriste, tandis que la jolie brune se pavanait devant l'appareil photo. Brynn sentit le regard de Grady posé sur elle et détourna les yeux vers lui. Il y avait de l'intérêt tapi dans les profondeurs limpides. Elle ignora le délicieux frisson qui lui parcourut l'échine.

— Cela t'ennuie-t-il si je te demande ce qui s'est passé avec ton ex ?

Le choc lui fit l'effet d'un coup de poing en plein visage. Elle reposa son verre sur la table, mais sans le lâcher.

— Il m'a quittée.

— Je suis désolé.

— Je l'étais aussi, mais je ne le suis plus maintenant, affirma-t-elle en faisant la moue. Nous n'étions mariés que depuis dix-huit mois, mais nous avions quelques problèmes. Il voulait notamment que j'abandonne l'idée de créer ma propre entreprise et que je trouve un emploi mieux rémunéré avec des horaires de bureau.

Et qui lui aurait détruit l'âme.

— Je ne pensais pas que c'était si grave. C'étaient les débuts d'un mariage, tu vois ?

Grady acquiesça.

— Un jour, il est parti pour une conférence, et il n'est tout simplement pas rentré à la maison. J'aurais dû me douter de quelque chose quand il a préparé sa grande valise et pris son passeport, mais j'étais à une conférence à Boston et je ne m'en suis rendu compte que lorsqu'il n'est pas rentré. J'ai paniqué et j'ai signalé sa disparition à la police de Boston. Ensuite, il m'a envoyé quelques photos de lui au lit avec une bimbo et il a demandé le divorce. Quelques semaines plus tard, il m'a envoyé une carte postale du Belize. Après ça, je n'ai plus jamais entendu parler de lui.

L'émotion lui serra la gorge. Le sentiment de trahison l'avait complètement anéantie et, deux ans plus tard, la douleur était toujours vive.

— L'ordure.

— Oui. L'ordure, confirma-t-elle en resserrant les doigts autour de son verre de bière, avant d'en boire une nouvelle gorgée. Et toi ? As-tu déjà été détruit par quelqu'un que tu aimais ?

CHAPITRE VINGT

—Eh bien... j'ai été largué plusieurs fois, mais je ne suis pas sûr d'avoir jamais été amoureux.

Brynn lécha la mousse autour de sa lèvre supérieure, et les yeux de Grady se trouvèrent attirés par sa bouche brillante.

— Si tu n'as pas été anéanti quand elles t'ont quitté, alors tu n'étais pas amoureux.

Il parut réfléchir un instant.

— Sans doute que non.

Grady ne savait pas trop quoi penser de cette femme aux cheveux cuivrés et aux yeux gris-vert marqués par la douleur et la trahison. Il n'avait pas l'intention de se laisser blesser ou utiliser, comme son père avait blessé et utilisé sa mère, ou comme l'ex de Brynn lui avait fait du mal. Il aimait être seul. Il y était habitué. Il prenait des risques dans son boulot, pas avec son cœur. Il était motivé et dévoué à son travail. Il faisait passer ses coéquipiers avant tout le monde.

Les femmes n'aimaient pas ça. Elles n'appréciaient pas que des projets soient abandonnés à la dernière minute, et, pour être honnête, il n'aimerait pas non plus être à leur place. Si cela lui laissait un sentiment général d'insatisfaction dans sa vie personnelle, ce n'était rien de nouveau pour lui.

— Cela en valait-il la peine ? l'interrogea-t-il. De tomber amoureuse ? De te marier ?

Les yeux de la jeune femme étaient arrondis quand ils croisèrent les siens.

— Absolument pas.

Grady avait invité Brynn à boire un verre parce qu'il voulait apprendre à mieux la connaître, et gagner sa confiance. À présent, elle semblait vraiment malheureuse.

Il tendit la main et effleura celle qui reposait sur le siège entre eux, là où personne ne pouvait le voir, puis la serra légèrement. Il ne s'attendait pas à ressentir ce frisson électrique qui lui parcourut la peau comme un coup de foudre. Ils s'étaient touchés la veille, mais ils étaient tous deux presque en hypothermie à cause du froid. Cette fois-ci, c'était différent.

Elle leva brusquement les yeux vers les siens.

Elle retira ses doigts, mais pas avant que Grady n'ait vu ses joues rougir. Brynn l'avait ressenti, elle aussi, ce grésillement bizarre et intempestif. Au moins, cela lui avait permis de se sortir des souvenirs de son chagrin d'amour.

Il serra les lèvres d'un air contrit.

— Je ne voulais pas être indiscret ou te déprimer. J'étais curieux, et je me suis dit qu'il valait mieux te poser la question directement que d'écouter les rumeurs.

— À l'époque, les rumeurs disaient soit que j'avais tué Aiden et enterré son corps, soit que j'étais tellement nulle au lit qu'il n'avait pas eu d'autre choix que d'aller voir ailleurs, expliqua-t-elle.

Un sourire sinistre se dessina sur ses lèvres et fit remonter ses joues en deux petites pommes fermes. Mais elle éclata de rire, et cela sembla la prendre au dépourvu.

— J'apprécie ta franchise. En général, c'est difficile d'en parler, mais qu'il aille se faire voir.

Grady leva son verre.

— Je vais boire à ça. Que cet enfoiré aille se faire voir.

Ils trinquèrent.

Bon sang ! Elle était vraiment jolie. La lueur du feu dansait sur ses cheveux flamboyants et réchauffait sa peau pâle jusqu'à la rendre crémeuse ; elle ressemblait à une princesse de conte de fées.

Princesse de conte de fées ? Mais qu'est-ce que... ?

Il ne pouvait pas se permettre d'être distrait. Elle était son passeport pour réintégrer cette communauté, découvrir rapidement les secrets de cette ville et peut-être attraper l'un des hommes les plus malfaisants à avoir jamais porté un badge. L'agent du FBI qui avait assassiné de sang-froid sa femme et ses deux jeunes garçons. Les avait laissés dans des tombes peu profondes dans les bois, où il avait cru qu'ils ne seraient jamais retrouvés.

Le père de Brynn pourrait-il être Eli Kane ?

Il ne voyait aucune ressemblance physique avec le fugitif, mais cela ne voulait pas dire grand-chose. Jusqu'à ce qu'elle soit innocentée par l'ADN, il devait se rappeler que tout cela n'était pas réel. *Bon sang !* Même si elle n'était pas la fille de Kane, il ne pouvait pas se permettre d'être distrait par un joli visage et un esprit brillant.

Grady but une gorgée de sa bière et ramena son esprit à l'instant présent et à son objectif. *Eli Kane.*

— S'il y a une chose pour laquelle Harry est doué, c'est pour sélectionner les bières.

Brynn se lécha à nouveau les lèvres et avala une autre grande gorgée.

— Les bières sont toujours meilleures quand on les boit près de chez soi, dit-il, puis il se lécha les lèvres à son tour. C'est sans doute la seule chose qui me manque dans le Maine.

La jeune femme éclata de rire.

— La bière ? Pas l'océan sauvage, ni le littoral accidenté, ou la magnifique campagne ?

— Maintenant que tu le dis, plaisanta-t-il, et son regard glissa vers le bar. On dirait que les touristes sont toujours au rendez-vous.

— Difficile de battre l'image romantique d'un phare et de casiers à homards.

Grady fit semblant de frémir.

— Aux Antilles, peut-être.

Brynn ricana. Grady regarda Cowboy passer un bras autour des épaules de Donnelly, et il croisa ses yeux dans le miroir placé derrière le bar. Il lui lança un regard en biais. Ryan Sullivan vivait dangereusement.

Donnelly se redressa sur le tabouret à côté de lui, rompant leur connexion. Puis elle passa sa main sur les fesses de Ryan, le pinçant assez fort pour le faire visiblement tressaillir.

Grady dissimula son sourire dans sa bière. Donnelly pouvait se défendre seule, mais elle avait des coéquipiers qui le feraient pour elle si nécessaire. Cowboy était un coureur de jupons invétéré, mais s'il déconnait avec Donnelly, il aurait des ennuis.

Il jeta un coup d'œil autour du bar et reconnut deux vieux amis assis à la table d'en face. Il leur adressa un signe de tête qu'ils lui rendirent, mais sans sourire amical.

Merci, agent Ropero.

Il ne reconnaissait pas tout le monde, mais cela faisait un bail.

Brynn consulta sa montre.

— Je vais aux toilettes. Surveille mon verre pour moi, tu veux bien ?

Elle partit, et Grady fut surpris qu'elle lui fasse confiance.

Enfin, vu que tout le monde dans le bar le dévisageait ouverte-ment, ce n'était peut-être pas si surprenant.

Dès qu'elle eut disparu, un bruit de pas précipités sur le vieux parquet l'avertit que Caleb Quayle avait enfin trouvé son courage au fond de son verre.

Il s'approcha d'un pas nonchalant, suivi de près par deux de ses amis maigrichons. Ils étaient tous grands. Blancs, jeunes, stupides. Grady avait été exactement comme eux, avant de décider de se reprendre en main et de mener une vie dont sa grand-mère serait fière.

— Hé, enfoiré. Brynn n'a pas besoin que des types dans ton genre viennent renifler autour d'elle.

Grady surprit le regard amusé de Cowboy, qui se tourna pour regarder le spectacle. Il but une autre gorgée de bière.

— Ne crois-tu pas que c'est à Brynn de décider avec qui elle passe du temps ?

Caleb plissa ses yeux rougis : il n'aimait pas cette idée, pas plus qu'il n'appréciait qu'on lui réponde. Il se pencha plus près de Grady.

— Pourquoi tu ne retournerais pas d'où tu viens ? Personne ne veut de toi, ici. Tu n'as plus ta place.

Grady prit tout son temps pour finir sa bière, puis il se leva. Les trois jeunes hommes commencèrent à se détendre, comme s'ils croyaient qu'ils lui faisaient peur. *Grossière erreur.*

— Tu devrais t'éloigner et t'occuper de tes affaires. Je ne veux pas d'ennuis, mais si tu commences quelque chose, je répli-querai, énonça-t-il lentement.

Caleb planta son visage à quelques centimètres de Grady. Son souffle était aussi chargé que du liquide à briquet.

— Dégage avant qu'on te botte les fesses, vieil homme.

Le « vieil homme » fit mouche. Grady retourna Caleb et lui coinça le bras dans le dos avant même qu'il ait le temps de ciller. Il se servit du grand lourdaud comme bouclier pour se protéger des coups que les autres idiots tentaient de lui asséner.

Cowboy était assis sur son tabouret, arborant un grand sourire, tandis que Donnelly semblait s'impatienter.

Harry Butler sortit de la cuisine.

— Je ne veux pas de grabuge ici. Grady, tu dois partir...

Une voix haute et claire s'éleva, mais Grady ne détourna pas son regard d'un abruti au crâne rasé, qui semblait particulièrement écervelé.

— Oh, je ne crois pas, Harry ! Caleb et ses amis sont manifestement ivres, et ils harcèlent l'agent spécial Steel, qui a le droit de se défendre, déclara Brynn depuis l'extrémité du bar, le menton relevé, les bras croisés. Ce sont les agresseurs qui doivent être punis, pas la victime.

Grady haussa les sourcils en s'entendant qualifier de victime, et aussi parce que Brynn Webster, qui était si timide qu'elle se cachait derrière sa mère quand elle était petite, le défendait. *Lui.*

À quand remontait la dernière fois que quelqu'un, dans cette ville, avait pris son parti ?

Ce devait être sa grand-mère qui s'en était chargée. Elle qui l'avait soutenu, même quand il ne l'avait pas mérité. Une femme qu'il avait tant aimée que sa mort l'avait accablé de chagrin. Elle lui manquait encore tous les jours.

Caleb essayait de se dégager de sa prise, et parvint à porter un violent coup de pied dans le tibia de Grady. Celui-ci ravala un juron, et il remonta le bras du jeune homme suffisamment haut pour que, s'il lui prenait l'envie de bouger encore, il déboîte l'articulation de son épaule. Il était tenté de le mettre en état d'arrestation ou de lui botter les fesses. La première option compromettrait sa couverture, et il n'était pas prêt à sacrifier une chance d'attraper Eli Kane pour ce petit merdeux. Lui botter les fesses lui procurerait peut-être une satisfaction temporaire, mais ce serait injuste, compte tenu de la formation de Grady et de l'état d'ébriété de Caleb. Même à trois contre un, il ne lui faudrait que quelques secondes pour les mettre tous à terre. Il n'avait aucune envie d'infliger de la douleur, mais il se protégerait et protégerait les autres s'il le fallait.

— Ils défendaient votre honneur, ma petite dame.

Cowboy s'exprimait avec un accent du Montana aussi épais que du miel ; il sauta de son tabouret avant de soulever son chapeau de cow-boy en direction de Brynn pour la saluer.

Brynn regarda Ryan avec des yeux écarquillés.

— Qu'est-ce que mon honneur a à voir là-dedans ? De quoi est-ce qu'on parle, exactement ?

— Ces hommes ont suggéré que le gentleman avec qui vous êtes assise devrait vous laisser seule.

La voix traînante de Cowboy était si exagérée que Grady comprenait à peine ce qu'il disait. Mais il comprit que Ryan était en train de semer la discorde, ce en quoi il excellait.

— Ils ont insinué qu'il n'était pas assez bien pour vous.

Les muscles de la mâchoire de Brynn se contractèrent et elle tapa du pied avec impatience.

— Personne n'a le droit de me dire avec qui j'ai le droit de passer du temps, Caleb Quayle. Au moins, l'agent Steel m'a aidée à sortir Milton de l'eau hier soir, contrairement à certaines personnes qui se sont contentées de regarder.

— Il a sans doute commencé par le tuer, marmonna l'un des autres.

— Pour ce que vous en savez, j'aurais tout aussi bien pu assassiner Milton, répliqua Brynn, avant de pointer Caleb du doigt. Il est tout aussi susceptible de l'avoir éliminé avant de courir de l'autre côté du port et de rester là, planté comme un piquet sur le quai, à nous regarder, Grady et moi, nager dans une eau glaciale.

— Je n'ai tué personne !

— Tu n'as pas non plus plongé pour m'aider quand j'étais à moitié en train de me noyer et sur le point de mourir de froid. Toi et tes idiots d'amis, gardez pour vous vos opinions sur les personnes avec qui je passe mon temps. Ce ne sont pas vos oignons !

Brynn prit une grande inspiration.

Elle était splendide quand elle était en colère, et Grady aurait menti s'il avait dit qu'il n'était pas tombé un peu amoureux d'elle à ce moment-là. Grady repoussa le jeune homme.

— Dehors, vous trois ! Sortez avant que j'appelle les flics, qui ont mieux à faire.

Harry avait finalement pris la décision d'expulser les fauteurs de troubles.

C'était un peu tard, mais Grady n'avait jamais vraiment fait confiance à ce type. Il l'observa à nouveau d'un air pensif. Harry Butler correspondait à l'âge et à la taille d'Eli Kane. Il n'avait pas de coffre-fort à son nom, mais il y en avait un pour l'entreprise.

Brynn s'approcha et prit son manteau

— Nous partons aussi, annonça-t-elle, puis elle enroula son écharpe autour de son cou, les yeux rivés sur Caleb et ses amis qui restaient plantés là, sans savoir quoi faire. Considérez-vous comme bannis du café jusqu'à ce que vous nous ayez présenté vos excuses, à l'agent Steel et à moi.

Tous trois semblaient horrifiés par cette annonce, mais la fierté de Caleb avait encore le contrôle de sa bouche. Il ricana.

— Nous attendrons que le café ait de nouveaux propriétaires. Ce ne sera pas long, d'après ce que j'ai entendu.

L'expression de Brynn se figea et devint impassible lorsque la remarque acerbe fit mouche.

— Alors, vous êtes bannis tant que quelqu'un du nom de Webster sera propriétaire de l'endroit. Et je pourrais même poser comme condition à la vente que vous soyez également bannis après cela.

Elle tourna les talons et s'éloigna. Grady brûlait d'envie de frapper Caleb, mais ce ne serait pas vraiment agir avec noblesse. Il plissa les yeux en les regardant tous.

— Agresser un agent fédéral est un crime, annonça-t-il, et les amis de Caleb blêmirent. Je vais m'en tenir à un avertissement verbal pour cette fois, parce que je ne veux pas conduire jusqu'à Bangor pour vous faire arrêter. La prochaine fois, je ne serai pas aussi compréhensif.

Il prit son manteau, échangea un regard avec Cowboy et Donnelly, avant de se précipiter après Brynn, qui avait déjà quitté le bar.

Il courut pour la rattraper. La nuit était sombre, les nuages jouaient à cache-cache avec la lune.

— Hé ! Laisse-moi te raccompagner. C'est sur mon chemin.

Il l'avait dit sur le ton de la plaisanterie, pour détendre l'atmosphère, mais elle lui lança un regard qu'il ne sut déchiffrer. Elle avait été magnifique. Il voulait la prendre dans ses bras. Pire encore, il voulait déposer un baiser sur ses lèvres, pour voir si elles avaient aussi bon goût qu'elles en avaient l'air.

Elle semblait sur le point de vomir.

— Je suis navré que ce soit arrivé, Brynn.

Il parlait avec prudence, s'efforçant de jauger son humeur, sachant qu'elle avait toutes les raisons d'être bouleversée. Sa main cramponnait son manteau près de sa gorge, et ses yeux brillaient à la lueur d'un réverbère.

— Ce n'était pas ta faute. Rien de tout ça n'était ta faute, répondit-elle d'une voix où vibrait l'émotion.

Le regard vide avait disparu ; à présent, on y lisait une colère brûlante. Les propres sentiments de Grady lui obstruaient la gorge.

— Certes, mais je suis navré quand même.

Ils cheminèrent en silence pendant quelques instants. La neige avait presque fondu sur les trottoirs, mais il y avait encore du verglas. Les températures devaient encore baisser jusqu'à l'arrivée du blizzard, plus tard dans la semaine. Il espérait qu'ils trouveraient Kane avant qu'il ne frappe.

— As-tu déjà récupéré ton arme ? l'interrogea-t-elle.

— Pas encore, répondit-il, surpris.

Il portait à la cheville l'arme dissimulée que Novak lui avait donnée, mais il n'avait pas l'intention de le crier sur tous les toits.

— Tu devrais aller voir le shérif, pour qu'il te la rende le plus vite possible, déclara-t-elle, expirant une bouffée d'air givré. Caleb Quayle est un vaurien. Pire, il est issu d'une famille entière de vauriens. Le fait que tu sois suspendu de tes fonctions va l'inciter à penser qu'il peut te faire du mal sans conséquences graves. Il est soupe au lait, mais il est aussi rusé.

Elle lui décocha un regard. Grady ne s'était pas attendu à ce qu'elle s'inquiète pour lui.

— Je peux prendre soin de moi.

Elle leva les mains.

— C'est vrai, tu es un super-héros.

— Je n'ai jamais dit ça !

— Et s'il te braque avec une arme le jour où il tombe sur toi tout seul quelque part ?

— Il ne le fera pas.

— Mais, et s'il le fait ? insista-t-elle.

Il se gratta le front. S'inquiétait-elle vraiment pour lui, ou bien y avait-il autre chose qui la préoccupait ?

— Je suis désolé pour ce qu'il a dit à propos de nouveaux propriétaires. C'était vraiment un coup bas, et ça t'a fait mal.

Les yeux de Brynn brillaient de larmes non versées.

— Il savait exactement ce qu'il disait. Le pire, c'est que j'ai tenté de persuader mes parents de vendre le café. De vendre et de profiter de leur retraite pendant qu'ils le peuvent.

— Pourquoi ne le font-ils pas ?

Brynn s'arrêta de marcher un instant et déglutit avec force.

— Ma mère a transformé cet endroit, qui était autrefois un bouge miteux, en une entreprise florissante. Je pense qu'elle considère le café comme un reflet d'elle-même. Si elle n'est pas assez forte pour le diriger, alors... elle n'est pas assez forte pour survivre.

Elle s'arrêta de parler et accéléra le pas.

Bon sang !

Pour Grady, la douleur de Brynn constituait un rappel des raisons pour lesquelles il était plus simple d'être seul.

Le vent le frappa avec la précision d'une lame de scalpel. *Bon sang,* il faisait froid !

— Pourquoi crois-tu que quelqu'un a tué Milton Bodurek ? lui demanda-t-elle soudain.

— Je ne sais pas.

Il repensa à ce que Saul lui avait dit. Finalement, Milton n'était pas si gentil que ça. Les personnes de ce genre se faisaient des ennemis qui restaient discrets.

— Mais, comme nous l'avons déjà établi, cela fait longtemps que je suis parti.

Brynn fronça les sourcils.

— Pourquoi ?

Elle se secoua. Elle lui jeta un regard en biais.

— Je n'arrête pas de penser qu'il a dû être abattu soit pendant que je faisais le ménage dans le café, soit pendant que je descendais vers le port.

— Il me semblait que tu avais dit n'avoir pas entendu de coup de feu.

— Je n'ai rien entendu.

Ses dents tirèrent distraitement sur sa lèvre inférieure.

— Mais… ?

Que ne lui disait-elle pas ?

— Rien.

Y avait-il quelque chose dans la vie de Milton qui l'avait fait tuer ? Ou bien son meurtre était-il lié d'une manière ou d'une autre à l'enquête de Grady ?

— Qu'est-ce qui te tracasse ?

— Cela semble idiot maintenant.

— Quoi ? insista-t-il.

— J'ai cru entendre quelqu'un derrière moi quand j'ai coupé par la ruelle, hier soir. Mais, quand je me suis retournée, ce n'était qu'un chat. Il m'a flanqué une trouille bleue.

Quelqu'un aurait-il pu la suivre ? L'observer ?

— As-tu déjà eu une telle impression ?

Le rire de Brynn se mua en une nouvelle bouffée de givre.

— Seulement une fois par semaine, à Boston.

Le don de la peur, l'instinct qui permettait de survivre.

— Tu suis ton intuition. C'est bien.

— Oui, c'est ce que mon père dit toujours.

— C'est un homme intelligent.

— C'est vrai.

— Et il t'aime.

Elle eut un sourire doux.

— C'est vrai aussi, confirma-t-elle, et son regard se perdit à nouveau au loin. Je ne sais pas ce qu'il fera si nous perdons maman…

Grady prit la main de la jeune femme et la serra à travers ses gants.

— Les traitements s'améliorent en permanence.

Elle acquiesça d'un hochement de tête.

— Oui, tu as raison.

Il voulait lui poser davantage de questions sur son père, mais il ne voyait pas comment le faire sans éveiller ses soupçons.

— Y a-t-il des caméras de surveillance à l'arrière du café ? l'interrogea-t-il.

— Non, aucune, confirma-t-elle, puis elle rentra le menton dans son écharpe pour se protéger du vent glacial. Là, tu ressembles à un agent des forces de l'ordre.

— Je *suis* un agent des forces de l'ordre.

Elle soupira doucement.

— Oui. J'oublie toujours.

CHAPITRE VINGT-ET-UN

— Nous n'allons pas le suivre ? s'enquit Donnelly, dont la bouche était bien trop proche de son oreille.

Ryan regarda les trois jeunes hommes ivres sortir avec assurance du bar, derrière Grady et la rousse fougueuse.

— Cela pourrait paraître suspect si nous partions tous. Grady est un grand garçon. Il peut s'occuper de ces ploucs.

Ryan jeta un regard aux deux touristes russes qui se levaient également, s'apprêtant à partir. Ils avaient eu un bref échange au bar un peu plus tôt, comparant leurs notes sur les meilleurs endroits à visiter.

— As-tu pris des photos de tout le monde, ici ?

C'était la raison principale de leur venue au bar, en plus du fait qu'il évitait de se retrouver seul avec Donnelly, aussi long-temps qu'il était humainement possible de le faire.

— Oui. Je les ai déjà envoyées à Novak.

Avec un peu de chance, la biométrie permettrait d'éliminer certaines personnes ici. Mais il était possible que Kane ait subi suffisamment de chirurgie plastique au niveau de la structure osseuse de son visage, comme le front et l'os du nez, ou qu'il ait eu recours à des implants au niveau de la mâchoire et du menton, ce qui rendrait les algorithmes inutiles. Même le maquillage pouvait parfois perturber le fonctionnement du logiciel, si l'on savait comment s'y prendre.

Les photos de Kane dont ils disposaient étaient peu nombreuses et montraient un homme beaucoup plus jeune, de sorte que les algorithmes étaient déjà basés sur des projections établies à partir de sources limitées. Le criminel avait emporté ou détruit toutes les photographies personnelles de lui et de sa famille, sans doute pour entraver la traque.

Cela avait fonctionné.

Eli Kane était un maître du déguisement. Il aurait pu aller n'importe où dans le monde. Pourquoi venir à Deception Cove ? Mais, peut-être la question était-elle plutôt : pourquoi pas ?

L'endroit était proche de la mer et de la frontière canadienne, ce qui signifiait que plusieurs options s'offraient à lui. Avait-il un refuge chez les Canadiens ? Disposait-il d'une autre identité, avec un passeport à la feuille d'érable ?

Kane avait travaillé pour le contre-espionnage pendant un temps dans les années quatre-vingt. Avait-il connu les traîtres, Ames, Hanssen ou Clarkson ? Ryan observa les Russes qui se dirigeaient vers la porte.

Étaient-ils de simples touristes ou quelque chose de bien plus sinistre ?

— Retournons à notre chambre pour voir s'il y a des résultats, suggéra Donnelly, qui se mit à bâiller, apparemment insensible à la situation dans laquelle ils se trouvaient tous les deux. Nous devrions aller dormir.

Dormir ?

Bon sang ! Il ne savait même pas quel était le problème. Il était sorti avec des femmes plus jolies. Il avait un faible pour les rousses comme la femme que Grady ciblait.

La façon dont elle avait pris sa défense était admirable, mais il réservait son jugement, car il avait remarqué la lueur dans le regard de son ami tandis qu'il regardait Brynn Webster.

Ryan, pour une fois, prévoyait de jouer les observateurs objectifs en ce qui concernait les femmes.

Bien.

Il termina sa bière et descendit du tabouret, fit un signe de tête au barman et suivit Donnelly jusqu'à la porte. Puis il monta l'escalier en bois et parcourut un dédale de couloirs, jusqu'à ce qu'ils atteignent leur chambre dans une tour gothique au dernier étage. Il se faisait passer pour le propriétaire d'un ranch dans le Montana ; sa petite amie et lui profitaient de quelques jours de vacances pendant une période tranquille. C'était suffisamment proche de la vérité pour que, si quelqu'un lui posait une question sur la vie dans un ranch, il puisse ennuyer son interlocuteur à mourir avec des détails. Donnelly était une ancienne soldate qui vivait désormais avec lui. Ils s'étaient rencontrés en vacances à Hawaï quelques années auparavant.

La jeune femme déverrouilla la porte, et Ryan se prépara mentalement en entrant.

À la lumière du jour, ils avaient apparemment une vue sur la mer. Il garda les yeux rivés sur la lumière du phare tandis que Donnelly s'étirait et bâillait. D'après le réceptionniste, par beau temps, on pouvait voir la Nouvelle-Écosse depuis la fenêtre. Jusqu'à présent, ils n'avaient vu que du brouillard.

— Tu veux prendre une douche ?

Donnelly semblait avoir oublié qu'elle lui avait fait des avances moins d'une semaine plus tôt, tandis que lui avait du mal à se l'ôter de la tête. Sur le moment, elle était bouleversée par l'annonce de la mort de son père, et elle cherchait un moyen de se distraire. Il comprenait cet état d'esprit mieux que la plupart des gens.

Heureusement, il s'était fixé une règle d'or en matière de

relations sexuelles : jamais avec des collègues, pas même avec des civiles travaillant pour le FBI.

— Plus tard. Tu peux y aller. Je vais appeler Novak.

Elle lui adressa un sourire reconnaissant, puis rassembla les affaires dont elle avait besoin et se rendit dans la salle de bains.

Ryan évitait les complications, comme les souris évitent les chats. Il ne sortait avec personne. Il se montrait ouvert et honnête sur le fait que tout ce qui se passerait serait une relation purement physique qui, l'espérait-il, serait mutuellement agréable. Il y avait des femmes avec lesquelles il avait couché plus d'une fois, mais seulement celles qui n'avaient pas cette douce vulnérabilité dans les yeux.

Alors qu'elle était la première femme à intégrer l'équipe de libération d'otages, Meghan Donnelly était extrêmement vulnérable. Et elle était sa coéquipière.

On ne couchait pas avec une coéquipière.

Jamais.

Le lit était un king size, et il était doté de ces montants en bois qui lui faisaient oublier tout le reste, à l'exception des possibilités qui s'offraient à lui. Il jeta son chapeau de cow-boy sur la commode, puis retira ses bottes. Il coula un regard vers le canapé deux places, puis se décida finalement pour le fauteuil inclinable qui faisait face à l'océan.

Il entendit la douche se mettre en marche, et sa bouche devint sèche. Ryan sortit son téléphone pour appeler Novak, et l'image en fond d'écran lui fit l'effet d'un coup de poing à la gorge.

Il se laissa tomber dans le fauteuil quand ses genoux flanchèrent. Le cliché représentait sa femme, Becky, qui montait une jument tranquille au ranch. Elle avait été la meilleure amie de sa sœur jumelle au lycée, et il l'avait volée pour la garder dès qu'il en avait eu l'occasion.

L'amour de sa foutue vie.

Elle était morte peu après avoir donné naissance à leur fille. Et il était mort aussi, depuis bien longtemps. Sous le coup de l'émotion, les larmes lui montèrent aux yeux, et sa gorge lui réclama l'effet anesthésiant d'un whisky... ou de dix.

Il ferma les yeux alors qu'une souffrance familière l'envahissait. Cependant, cette fois-ci, c'était différent, et il savait pourquoi. Il savait exactement pourquoi. Il inspira, compta jusqu'à dix.

Puis il appela Novak.

CHAPITRE VINGT-DEUX

Quand ils arrivèrent à la maison, Grady fit signe à Brynn de passer devant lui sur le chemin sombre. Du coin de l'œil, il aperçut quelque chose de gris et d'hirsute qui bougeait dans l'ombre.

Il jura silencieusement, puis contourna Brynn et monta les escaliers menant à la maison principale. Il entra, prit un bol, une fourchette et une boîte de nourriture pour chien qu'il avait achetée plus tôt au magasin. Il ressortit en courant tandis que Brynn restait là à le regarder comme s'il avait perdu la tête. Il balaya la zone du regard.

Il ouvrit la boîte, puis posa le bol sur le sol, avant de siffler et de tapoter la fourchette contre le métal. Brynn l'observa en silence. Il se sentait idiot.

Il était sur le point d'abandonner, quand le chien passa la tête au coin du bâtiment voisin.

— Ici, mon garçon.

Grady versa de la nourriture de la conserve dans le bol, puis il recula.

Ensemble, ils regardèrent le chien s'approcher d'eux. Il renifla prudemment, puis lécha la sauce avant de ramper plus loin, méfiant. Lorsque la viande toucha ses papilles gustatives, le chien s'avança à nouveau, et se mit à manger avec appétit, avalant la nourriture à grandes bouchées.

— Ne bouge pas, murmura Grady.

Il prit la main de Brynn quand elle sembla vouloir s'approcher de l'animal. Elle avait retiré son gant, et sa peau était froide. L'étincelle jaillit à nouveau entre eux, tandis qu'il frottait ses doigts.

La fourrure du chien était sale et nouée. Malgré son pelage épais, ses hanches étaient visibles, et il semblait s'appuyer davantage sur l'une de ses pattes avant.

Grady tira Brynn vers lui afin qu'ils soient tous les deux à hauteur des yeux du chien, qui dévorait sa nourriture comme un loup affamé, tout en gardant un œil méfiant sur eux.

— Le pauvre, murmura la jeune femme d'un ton compatissant.

— Oui, pauvre créature.

Grady lâcha la main de Brynn et racla le reste de nourriture de la boîte avec sa fourchette. Il la versa dans le bol, que l'animal lécha si bien qu'il brillait. Après une brève hésitation, le chien tendit le nez vers la fourchette ; mais une porte claqua à proximité, et le chien s'élança dans la rue.

Brynn souffla.

— Sais-tu à qui il appartient ?

— Saul a dit qu'il était à Caleb Quayle, dit-il d'une voix plus ferme.

Grady regrettait de n'avoir pas donné un coup de poing à ce type.

— Que comptes-tu faire ? s'enquit Brynn, qui le regardait comme si elle connaissait déjà la réponse.

— Le nourrir. Je vais essayer de gagner sa confiance et de le mettre à l'abri du froid avant que le blizzard n'arrive. Le laver, aussi, et l'emmener chez le vétérinaire.

— Je ne suis pas certaine que Caleb va apprécier.

— Je n'en ai rien à f..., commença-t-il, avant de s'éclaircir la gorge. Caleb sera trop occupé avec le contrôle vétérinaire pour se plaindre.

Soudain, il se rendit compte qu'ils étaient tous les deux agenouillés sur la pelouse gelée, dans la lumière changeante de la lune. Ils se dévisagèrent pendant un long moment.

Grady l'aurait embrassée s'il n'avait pas été censé travailler. Et il aurait été injuste de faire encore plus de mal à cette femme. Elle méritait mieux.

Elle sourit.

— Fais attention. Les gens vont commencer à voir au-delà de cet extérieur de dur à cuire, et ils vont se rendre compte qu'en fait, tu es un grand tendre.

Il était tout sauf doux et tendre, à ce moment-là.

Grady aida Brynn à se relever ; il ressentait l'envie étrange de continuer à la tenir. Au lieu de cela, il la relâcha.

— Je ne voudrais pas les priver de leurs préjugés de longue date.

Il ramassa le bol. Il allait le laver, le remplir d'eau chaude, et il le laisserait au pied de ses marches. Elle gèlerait pendant la nuit, mais il la remplacerait au matin.

— Je suis navrée de n'avoir jamais remarqué cette pauvre créature dans les parages, avoua la jeune femme, l'air coupable.

Grady voulait glisser sa main à l'arrière de sa tête et la rapprocher pour l'embrasser.

— Tu as eu beaucoup de choses à penser.

Elle leva les yeux vers lui.

— Peut-être... Peut-être pas. J'aurais dû remarquer qu'il souffrait, affirma-t-elle, puis elle recula brusquement. Bonne nuit, Grady.

— Bonne nuit, Brynn.

Elle le regarda par-dessus son épaule, puis arbora une petite moue avant de dire :

— Tu n'es pas le méchant que cette ville veut dépeindre, n'est-ce pas ?

Grady soutint le regard de la jeune femme.

— Peut-être que j'aime être vu comme le bad boy de la ville.

— Parce que tu as toutes les filles ?

Il réalisa alors avec une clarté soudaine qu'il ne voulait pas de toutes les filles. Il en voulait une. Celle-ci.

— Tu devrais sans doute rentrer.

Au lieu de cela, elle s'avança vers lui, et posa une main sur son torse. Grady se tenait parfaitement immobile. Elle se hissa sur la pointe des pieds et embrassa sa joue, frôlant le côté de sa bouche. Il ferma les yeux et se concentra sur la sensation de ses lèvres douces, sur son parfum, délicat et floral, comme les freesias que sa grand-mère avait l'habitude de cultiver ici même dans ce jardin.

Elle avait disparu avant qu'il n'ouvre les yeux. Peut-être avait-il rêvé ce moment.

Non, il ne l'avait pas rêvé. Un sourire se dessina sur son visage.

Puis son humeur s'assombrit. Son plan fonctionnait, mais il n'avait aucune envie de blesser Brynn plus qu'elle ne l'avait déjà été. Il lui mentait, non pas sur ce qu'il ressentait ou ne ressentait pas, à savoir un mélange de désir et d'autre chose qui ressemblait beaucoup à de l'amitié, mais sur la raison de sa présence ici.

Il se servait d'elle, et il était presque certain que, si elle le découvrait, elle ne le lui pardonnerait jamais.

Il était trop tard pour changer les choses. Trop tard pour refuser ce baiser innocent, mais dévorant. Non pas qu'il l'aurait fait. Ou qu'il aurait pu le faire.

Alors qu'il gravissait lentement les marches menant à la

maison, il se fit l'impression d'être le pire abruti du monde. Il devait éviter toute intimité avec Brynn, même s'il l'appréciait.

Rester amical, mais de manière platonique.

Ne pas se déconcentrer.

Il avait un boulot à faire. La capture d'Eli Kane était tout ce qui comptait, ainsi que celle de la personne qui avait froidement assassiné Milton Bodurek la nuit précédente. Et peut-être prouver à cette ville qu'il n'était vraiment pas le méchant de l'histoire.

Bien sûr.

CHAPITRE VINGT-TROIS

Brynn était assise sur le bord du lit, contemplant les dernières photos d'Aiden. Il était adossé contre la tête de lit en bois sombre, un sourire niais sur le visage, le torse nu, des couvertures enroulées autour de la taille.

La raison de son expression était probablement la femme assise à côté de lui, si proche que son visage était en grande partie caché par sa longue chevelure d'un blond brillant.

Aiden avait toujours voulu que Brynn se teigne les cheveux en blond, juste pour s'amuser.

La femme sur la photo avait la main sous les couvertures, et il n'y avait pas le moindre doute sur ce qu'elle faisait.

Si les blondes étaient son genre, pourquoi l'avait-il épousée ?

La deuxième photo était un selfie de profil des deux, allongés dans le même lit, en train de s'embrasser.

C'était la plus innocente des deux photos, mais il semblait tellement épris de cette femme...

Brynn se rappela que les policiers lui avaient posé des questions sur sa vie sexuelle lorsque ce salaud avait disparu, comme s'ils pensaient qu'elle avait pu faire du mal à Aiden, d'une manière ou d'une autre. Elle avait eu envie de mourir.

Elle aurait probablement pu pardonner à Aiden de l'avoir quittée s'il l'avait fait d'une manière qui ne l'avait pas prise au dépourvu et humiliée à ce point. Ce qu'il avait fait était cruel, même s'il ne voyait sans doute pas les choses de cette manière.

Il n'avait absolument pas pensé à elle, pas avec la blonde pour veiller à combler ses besoins. Étaient-ils toujours ensemble ? Était-ce vraiment important ?

Il avait vidé intégralement leurs comptes bancaires communs. Ils avaient économisé pour payer l'acompte d'une maison, où ils avaient prévu de fonder une famille. Aiden avait coupé les ponts avec sa propre famille. Elle aurait dû le voir comme un avertissement et ne pas partir du principe que c'étaient eux les enfoirés.

Son doigt plana au-dessus du bouton d'effacement, mais elle hésita encore. Elle ferma les yeux. Elle n'était pas prête à supprimer les images, et pas parce qu'elle aimait toujours son ex infidèle. C'était un rappel. Le rappel que, malgré toutes ses belles promesses, Aiden ne l'avait pas suffisamment aimée pour rester. Au premier signe d'ennuis, il l'avait larguée sans un mot de remords.

Elle éteignit son téléphone et le jeta sur sa table de chevet. Elle avait besoin de ce rappel, aujourd'hui, plus que jamais. Les hommes étaient des imbéciles.

Et pourtant... Elle sourit.

La bonne nouvelle, c'était qu'embrasser Grady Steel plus tôt ne lui avait pas donné l'impression de tromper quelqu'un. Certes, elle s'était contentée d'un baiser sur la joue, raisonnable et poli. Mais, au fond d'elle-même, ses sentiments et ses désirs avaient commencé à s'épanouir et à s'échapper des confins dans lesquels elle les avait enfermés.

Soudain, une envie monta en elle, comme un vide qu'elle voulait combler. Elle ne voulait pas d'homme dans sa vie, mais peut-être qu'une petite aventure ne lui ferait pas de mal.

Cela pourrait même être amusant.

Elle avait dans l'idée que l'homme à l'étage serait excellent au lit. Elle ne cherchait rien de compliqué. Elle n'avait pas de place dans sa vie pour une relation.

Mais le sexe...

Bon sang !

Maintenant, elle ne pouvait s'empêcher d'y penser. Personne n'avait besoin de savoir. Il n'allait pas rester. Elle aimait le sexe. Elle ne voulait pas passer sa vie sans avoir de temps en temps des relations sexuelles sauvages, torrides et passionnées avec quelqu'un qui lui plaisait.

Personne n'avait attiré son attention depuis Aiden. Seulement Grady Steel.

Son cœur s'emballa un peu. Et pourquoi pas maintenant ? Lentement, elle repoussa les couvertures et traversa l'appartement sur la pointe des pieds, avant de monter les escaliers menant à la maison.

Elle fit glisser discrètement les deux verrous. Puis elle tourna lentement la poignée et poussa la porte. Il était ironique qu'elle entre sans y être invitée, alors qu'elle avait été si effrayée la veille au soir.

Elle était entrée à l'étage lorsqu'elle avait emménagé. Crystal lui avait fait visiter les lieux, dans l'espoir de la convaincre de louer le plus grand espace.

— Grady ?

La maison était calme, seuls le bruit du chauffage et le vent contre les fenêtres rompaient le silence. Elle se glissa dans le couloir, puis gravit rapidement les escaliers avant de perdre son sang-froid.

— Grady ? Tu es réveillé ? appela-t-elle, se faufilant jusqu'à la porte de la chambre principale, à laquelle elle frappa avant de l'ouvrir. Grady ?

La pièce était vide. Elle ferma les yeux, puis rit en posant le front contre le bois frais du chambranle de la porte.

Il n'était pas là. Ou bien, il restait silencieux et faisait semblant de ne pas être là...

Soudain, elle se sentit stupide ; elle baissa les yeux sur son vieux pyjama confortable. Mais à quoi pensait-elle, *bon sang* ? Elle recula rapidement, puis descendit en courant les escaliers éclairés par la lune : elle ne voulait pas être surprise, maintenant.

Que savait-elle *vraiment* au sujet de cet homme ? Qu'il était suspendu du FBI, accusé d'un crime terrible. Qu'est-ce que cela pouvait bien faire s'il était gentil avec un chien ? Il pouvait quand même faire partie des méchants.

Elle referma soigneusement la porte du sous-sol, puis se glissa en silence dans l'appartement. Elle revint dans son lit, se blottissant sous la couette.

Les hommes étaient surestimés. Le sexe était surestimé.

Elle ferma les yeux et essaya d'oublier leur existence.

Son téléphone vibra, et elle s'en saisit promptement, craignant qu'il ne soit arrivé quelque chose à sa mère.

> RESTE LOIN DE GRADY STEEL SI TU SAIS
> CE QUI EST BON POUR TOI

Elle scruta attentivement le message en provenance d'une source inconnue.

— C'est une blague !

> C'est toi, Caleb?

Elle continua de regarder ses messages, mais le téléphone resta obstinément silencieux.

CHAPITRE VINGT-QUATRE

Grady avait pris le temps de s'habiller tout en noir avant de ressortir dans la nuit enneigée. Il était resté dans l'ombre tout en marchant silencieusement vers la ruelle qui bordait le Sea Spray Café.

Brynn avait-elle senti quelque chose la nuit précédente ? Quelque chose d'autre qu'un chat de gouttière ? L'assassin de Milton Bodurek peut-être ?

Grady resta quelques minutes à tendre l'oreille, pour voir si quelqu'un d'autre se trouvait dans l'obscurité. L'odeur des ordures gelées et avariées provenant d'une poubelle voisine se mêlait aux parfums omniprésents de l'hiver dans le Down East : embruns, algues, neige sale.

Les mouettes étaient silencieuses pour une fois, mais les bateaux jouaient leur percussion perpétuelle au rythme des mouvements agités de l'océan. Il y avait de la tension dans l'air, comme si quelque chose était sur le point de se passer. Il remonta la ruelle jusqu'au café et braqua sa lampe de poche sur le sol. Le vent cinglant effaçait toute trace de pas. Même les siennes avaient disparu derrière lui.

Un sifflement discret le fit presque bondir, mais il surmonta sa surprise et poussa le portail en bois qui donnait sur la cour du bâtiment voisin du café.

Il balaya rapidement les ombres avec sa lampe torche, mais il n'y avait personne, à part un chat tigré orange à l'air féroce, qui regardait Grady comme s'il envisageait de le manger pour son dîner. Il ignora le chat et reporta son attention sur le sol. Des empreintes de pattes s'entrecroisaient dans la boue gelée, accompagnées de quelques traces d'oiseaux et d'une poignée de plumes ensanglantées.

Plusieurs empreintes de chaussures et de bottes étaient clairement visibles sur le sol, ainsi que quelques mégots de cigarettes.

Margery Tomey, qui tenait la boutique de souvenirs haut de gamme, était une petite femme d'une soixantaine d'années. Elle n'était sans doute pas du genre à porter des bottes et à fumer des cigarettes.

Elle n'était pas mariée et ne vivait avec personne. Peut-être avait-elle quelqu'un qui travaillait pour elle, mais cela ne semblait pas correspondre à l'idée qu'il se faisait de cette femme ou de sa boutique. D'après ses souvenirs, les livraisons se faisaient par la porte d'entrée.

Il déposa une pièce de vingt-cinq cents près des empreintes, puis prit quelques photos avec son portable, y compris des gros plans.

Il sortit une enveloppe de collecte de preuves de la poche de son gilet, et ramassa les mégots de cigarette, avant de remettre le tout dans sa poche.

Ce n'était probablement rien. Des gens qui fumaient une cigarette en vitesse. Peut-être le cuisinier du café...

Les collègues de Grady au FBI menaient une enquête approfondie sur Angus Hubner, mais obtenir un échantillon de son ADN pourrait accélérer le processus.

Le chat siffla à nouveau, et Grady se demanda s'il pouvait

trouver un moyen de l'attraper pour l'emmener chez le vétérinaire, puis lui trouver un endroit agréable où vivre, dans une grange bien chauffée.

L'animal parut lire dans ses pensées, se retourna et sauta par-dessus la clôture voisine. Il sourit. L'instinct était quelque chose de magnifique. Un instant plus tard, un objet s'écrasa violemment sur son crâne et Grady tomba à genoux. Il jura.

Un autre coup fit résonner son cerveau alors qu'il gisait face contre terre dans la neige pendant une fraction de seconde, saignant abondamment du cuir chevelu.

Rapidement, il roula sur le côté, la respiration difficile. Il repéra son agresseur, également vêtu de vêtements sombres et portant un masque de ski, qui franchissait le portail à toute vitesse. Grady se mit à genoux, puis s'appuya sur une jambe pour essayer de se relever. Une violente vague de nausées le frappa, le faisant vaciller.

Merde.

Il vomit, puis se releva en titubant, puis il suivit son agresseur dans la ruelle. Il aperçut l'ordure qui sautait dans une camionnette blanche qui démarra en trombe.

Grady s'appuya contre un lampadaire ; il se sentait comme un imbécile. Il s'était laissé distraire par un *chat*. Le sang continuait de couler sur son visage et son cou, et sa vision n'était pas aussi claire qu'il l'aurait souhaité. Il recracha, pour se débarrasser du goût amer qu'il avait dans la bouche.

Les coups auraient pu le tuer. S'il n'avait pas eu la tête si dure, cela aurait sans doute été le cas. Le froid commençait à s'infiltrer à travers ses vêtements, et il se demanda si le plan de ses agresseurs avait été de le laisser inconscient dans la neige, où il se serait lentement vidé de son sang avant de mourir de froid.

Grady prit des photos des traces de pneus et des empreintes de pas, puis il leva les yeux sur le ruban de scène de crime qui s'agitait dans le vent à la marina. Ensuite il appela son patron.

CHAPITRE VINGT-CINQ

B rynn porta les sacs de courses à l'intérieur de la maison de ses parents et les posa sur le plan de travail de la cuisine.

— Salut.

Son père se détourna de la cuisinière, où il goûtait le contenu d'une grande casserole.

— Tu es en avance.

Elle l'attira vers elle pour embrasser sa joue barbue. Elle n'avait pas l'intention de lui dire qu'elle ne pouvait pas dormir parce que, chaque fois qu'elle fermait les yeux, elle rêvait que le corps pâle de Milton Bodurek se réveillait et lui souriait. Ou que quelqu'un s'était servi d'un message anonyme pour la mettre lâchement en garde contre un homme sur lequel elle avait failli se jeter la veille au soir.

Elle jeta un coup d'œil dans la casserole.

— Que prépares-tu ?

Les coins des yeux bleus de son père se plissèrent de manière charmante lorsqu'il sourit.

— Soupe de poulet aux nouilles. C'est bon pour l'âme, apparemment. Elle n'est pas aussi bonne que celle d'Angus, mais elle est plutôt savoureuse, si tu veux mon avis.

— Personne n'est aussi doué qu'Angus. Espérons qu'il ne s'en rendra jamais compte, sinon il voudra une augmentation.

— Nous devrions sans doute lui en accorder une, de toute façon.

— Je vais en parler à la directrice, annonça-t-elle, puis elle prit une cuillère pour goûter. Waouh ! Papa, c'est délicieux ! Je sais qui appeler si nous sommes coincés au café.

Il rit, tout comme elle l'espérait.

— Je vais aller chercher le reste des courses avant...

— Je m'en occupe. Va voir ta mère. Elle en a marre de ma tête. Je vous apporterai un brunch un peu plus tard, dans la véranda.

— D'accord. Merci.

Brynn ôta ses chaussures, puis déroula son écharpe et la posa sur le dossier d'un banc près de la table de la cuisine. Elle retira son manteau et le déposa au même endroit, puis elle se prépara mentalement avant de traverser le salon pour rejoindre la véranda ensoleillée que son père avait fait construire des années auparavant. C'était le mois de janvier, mais la pièce était remplie de plantes verdoyantes et fleuries, ainsi que de deux fauteuils inclinables assortis. Sa mère occupait l'un d'eux, les yeux fermés, la peau presque translucide. Ce jour-là, elle portait un t-shirt doux et un pantalon extensible. Elle avait pris quelques kilos, soit à cause du traitement lui-même, soit parce qu'elle n'était plus aussi active qu'avant. Ses cheveux roux, autrefois épais, avaient été rasés, et elle portait sur la tête un foulard en soie d'un rouge profond.

Brynn savait que son changement physique dérangeait sa mère, mais les cheveux repoussaient, et il était possible de retrouver la forme physique, à condition de rester en vie.

Elle retint son souffle, car elle ne voulait pas déranger le repos de sa mère ; mais Gwendolyn Webster avait dû sentir sa présence, car elle ouvrit les yeux. Elle scruta sa fille de la tête aux pieds, comme pour s'assurer qu'elle allait bien.

Brynn entra complètement dans la pièce, se pencha, et embrassa sa joue parcheminée.

— Comment te sens-tu ?

— Mieux qu'hier. Je croyais que tu ne viendrais pas avant cet après-midi. Il n'est même pas onze heures.

— Je me suis réveillée à l'aube, et j'ai terminé les projets qui me restaient à faire en un temps record. Je me suis dit que je pourrais venir plus tôt et quémander à manger.

— Ah ! On peut difficilement appeler ça quémander. Nous te sommes extrêmement reconnaissants d'être revenue pour diriger le café, répondit sa mère, affichant un sourire un peu timide. Je suppose que ton père et moi espérons secrètement que tu décideras de rester.

Elle serra la main de sa fille, puis ajouta :

— Nous sommes également conscients que c'est égoïste de notre part. Mais, tu me manques quand tu n'es pas là.

Une vague de culpabilité s'abattit sur Brynn.

— Et je veux que tu sois heureuse, poursuivit sa mère, qui, malgré sa maladie, était encore très attentive. Depuis que cet idiot est parti, je m'inquiète pour toi.

— Je ne veux pas parler d'Aiden.

Brynn s'assit dans le fauteuil de son père. De là, elles pouvaient regarder dehors et voir les oiseaux qui venaient se nourrir dans les mangeoires que son père avait suspendues à de hautes branches, hors de portée des cerfs.

En été, les colibris revenaient, et ces mangeoires étaient entretenues religieusement.

Ses parents possédaient deux hectares de terrain, entourés d'une forêt mixte de conifères et d'arbres à feuilles caduques. Un petit ruisseau coulait derrière la propriété. Ils avaient un grand potager et un jardin fleuri qui regorgeait de marguerites, de sauge, de lavande et d'hortensias pendant la saison. Un rosier grimpait sur le mur de briques de la partie originale de la maison. L'extension formait un angle droit.

Sa mère était l'architecte de l'agencement de la maison et du jardin, mais c'était le père de Brynn qui fournissait la force physique. Ancien militaire, il aimait le travail. Il maugréait peut-être lorsqu'il devait déplacer un arbuste pour la troisième fois, mais Brynn avait le sentiment qu'il adorait ça, en secret. Tant que sa mère était heureuse, il l'était aussi.

— J'ai entendu dire que nous avions une nouvelle serveuse ? demanda sa mère, changeant de sujet.

— Tu as parlé à Linda ?

— Oui. J'entendais Kent grommeler en arrière-plan qu'il voulait récupérer sa femme.

Gwendolyn leva les yeux au ciel : elle n'était pas fan du mari de son amie.

— Kent veut qu'elle prenne sa retraite. Vous devriez toutes les deux songer à prendre votre retraite.

— Et faire quoi ? Rester ici, jour après jour, à rendre ton père dingue ?

— C'est généralement ce qui se passe, répondit Brynn, qui tendit la main pour prendre celle de sa mère. Voyager, peut-être ? Ou trouver un hobby ?

Sa mère ricana.

— Peut-être que je vais me mettre à l'équitation.

— Pourquoi pas ? Vous avez les champs nécessaires pour quelques chevaux, et de la place dans la grange pour que papa y aménage une écurie. Et, juste pour que tu le saches, j'ai mis une annonce dans le journal pour trouver une autre serveuse.

Les yeux de sa mère s'arrondirent.

— Pouvons-nous nous permettre deux nouvelles embauches ?

Brynn s'adossa à son siège et actionna le mécanisme pour l'abaisser.

— Oui, tu peux te permettre deux nouvelles embauches, et non, je ne peux pas me permettre de négliger ma propre entreprise, ce que j'ai fait ces dernières semaines. Jackie n'est pas fiable, et Linda veut réduire ses heures de travail ou prendre sa retraite. Ces deux nouvelles embauches vont nous permettre de respirer un peu.

Brynn leva le nez vers sa mère. Elle n'avait pas l'air heureuse, mais elle ne semblait pas vouloir se battre sur ce sujet non plus. Ce qui était un changement bienvenu. Elle entendit le cliquetis du chariot, et, un instant plus tard, son père entra avec deux bols de soupe, du pain frais, encore fumant après la sortie du four, et une assiette contenant du fromage, des crackers et des fruits.

— Tu n'en prends pas ? s'enquit Brynn.

— Je vais faire un saut à la quincaillerie et prendre quelques petites choses. Je voudrais construire un poulailler et commencer à récolter nos propres œufs.

L'expression de sa mère indiquait qu'elle n'était pas impressionnée, tout comme le ton de sa voix.

— Des poules.

— Quel est le problème avec les poules ? demanda patiemment la jeune femme à son père.

Sa mère esquissa un petit sourire.

— Qui s'occupera d'elles quand nous prendrons notre retraite et voyagerons à travers le monde ?

Son père sourit.

— Peut-être que Brynn gardera la maison.

— Ce n'est pas en restant ici à s'occuper des poules qu'elle rencontrera un homme.

— Je ne veux pas rencontrer d'homme, protesta Brynn, agacée.

Elle n'avait pas non plus envie de s'occuper de poules.

— J'ai entendu dire que Grady Steel était devenu un vrai canon, poursuivit sa mère, une lueur dans le regard. J'ai toujours apprécié ce jeune homme, malgré ce que certains disaient de lui.

Brynn haussa les sourcils.

Elle repensa au baiser qu'elle avait déposé sur sa joue la. veille au soir. Il avait été chaste, et c'était presque touchant qu'il ne l'ait pas attrapée pour aller plus loin... *à moins que ce ne soit décevant*. Mais elle était secrètement soulagée qu'il n'ait pas été à la maison lorsqu'elle était montée, même si elle se demandait où il avait bien pu passer. Elle se rendait compte à présent qu'elle n'était pas tout à fait prête à franchir le pas d'une relation physique. Elle n'était pas certaine d'être un jour vraiment prête à le faire.

— Apparemment, Linda et toi aviez beaucoup de choses à vous dire, remarqua Brynn d'un ton ironique.

Sa mère gloussa avant de se mettre à tousser. Son père releva rapidement le dossier de son fauteuil, et Gwen lui fit signe de s'écarter quand elle se sentit mieux.

— Ça va. Je vais bien. Va donc acheter tout ce qu'il te faut pour construire ton poulailler. Mais, comment se fait-il que tu n'aies pas déjà tout ce qu'il te faut dans ton énorme atelier ?

Le père de Brynn resta à côté du fauteuil.

— Tu es sûre que ça va, mon amour ?

— Oui, confirma-t-elle, affichant un sourire patient. Ça va. Maintenant, vas-y, que je puisse manger avant que ce soit froid.

— Je serai là, papa. Prends tout le temps qu'il te faut.

Brynn savait que s'occuper de sa mère était très éprouvant pour lui, non seulement à cause des soins quotidiens, mais aussi parce qu'il devait l'emmener suivre son traitement, et qu'il se faisait constamment du souci pour elle. Peut-être devrait-elle revenir à la maison pour les aider davantage. Elle avait voulu conserver une certaine indépendance, et sa mère n'aimait pas particulièrement qu'on la dorlote, même dans les meilleurs moments, mais...

Son père hésita.

— Si tu es sûre...

— Sors d'ici ! Je veux soutirer des informations à Brynn au sujet des beaux mecs, et tu as besoin d'une pause. Va te détendre pendant quelques heures.

Il posa les mains sur ses hanches.

— Je vais acheter du bois, pas au spa.

— As-tu *envie* d'aller au spa ? s'enquit Gwen.

— Je préférerais m'enfoncer des épingles dans les yeux, mais j'irai si ça te fait plaisir.

Les yeux de la mère de Brynn se mirent à briller.

— Qu'est-ce que j'ai fait pour te mériter ?

Le père de la jeune femme se pencha et embrassa Gwen.

— C'est moi qui ai de la chance. Toi, tu te concentres sur ton rétablissement.

La voix de son père n'était pas vraiment assurée lorsqu'il serra les épaules frêles de sa femme ; il quitta ensuite rapidement la pièce.

Sa mère le regarda partir, et toutes deux écoutèrent le bruit du moteur et celui des pneus lorsqu'il s'éloigna.

— Cet homme est un vrai saint pour m'avoir supportée toutes ces années.

Brynn leva les yeux au ciel.

— Je crois que ça lui plaît.

— Sans doute. Promets-moi de veiller sur lui s'il m'arrive quelque chose, Brynn.

— Ne pense pas de cette manière.

— J'ai un cancer. Je *dois* penser de cette manière.

Sa mère arqua la peau nue, à l'endroit où se trouvaient autrefois ses sourcils. Elle les dessinait avec soin quand elle sortait et portait une perruque élégante, mais elle ne s'embêtait pas quand elle était à la maison.

— Promets-le-moi.

Brynn soupira et prit son bol de soupe.

— Mange ton repas, et j'y songerai.

— Petite chipie têtue.

Brynn but une gorgée de sa soupe.

— De qui est-ce que je tiens ? Je me le demande.

Le sourire de sa mère devint triste tandis qu'elle prenait délicatement un morceau de pain et commençait à le mâcher lentement.

— Alors, Grady Steel est-il sexy, ou Linda exagère-t-elle ? demanda Gwen après quelques bouchées. Je veux dire... elle a épousé Kent.

Elle rit de sa propre plaisanterie.

— Je suppose, répondit Brynn, qui secoua la tête, exaspérée. On dirait qu'il fait de l'exercice.

Sa mère parut ravie de cette observation.

— Ah ! A-t-il dit pourquoi il était en ville, en dehors des trucs évidents que nous avons tous vus sur Internet ?

— Seulement qu'il allait décider quoi faire de la maison de sa grand-mère pendant que le FBI l'innocentait, expliqua Brynn, qui prit un morceau de pain pour accompagner sa soupe, songeant au message qui l'avait mise en garde contre cet homme. Je peux te dire quelque chose, mais tu n'as pas le droit de le répéter, pas même à Linda.

— D'accord.

— C'est promis ?

— Promis juré.

— Il ne savait pas que Crystal louait la maison en ligne.

— Quoi ?

— D'après ce que j'ai compris, la maison appartient à Grady, mais elle était censée s'en occuper pour lui.

— Mais, elle nous a dit que l'endroit était à eux deux, et qu'elle avait racheté la part de son frère !

— Apparemment, ce n'est pas le cas, expliqua Brynn, mâchant sa bouchée de pain.

— C'est odieux ! Elle a passé des années à le descendre en flammes alors qu'il n'était pas là pour se défendre, et, pendant tout ce temps, elle le plumait ! Quelle personne misérable que Crystal Grogan ! s'exclama Gwen, avant d'avaler une nouvelle gorgée de soupe. Pourquoi n'ai-je pas le droit d'en parler ? Les gens d'ici seraient peut-être un peu moins enclins à penser du mal de lui. Interdis l'accès au café à cette femme.

— Je ne vais pas lui interdire l'accès au café. Grady ne veut pas lui donner de raison de le détester davantage, répondit Brynn, qui s'éclaircit la gorge. Et il est possible que j'aie déjà banni Caleb Quayle et deux de ses abrutis d'amis, parce qu'ils ont attaqué Grady au bar hier soir. Nous ne devrions sans doute pas bannir tout le monde en ville si nous voulons survivre.

— Caleb Quayle est comme son père et ses oncles. Un ivrogne et une brute. Je suppose que Grady s'est occupé d'eux ?

— Oui. Il n'a pas été blessé. Mais Caleb était ivre, et il a dit des choses qui m'ont contrariée. Je l'ai banni à vie.

— Tu étais au bar ? s'enquit sa mère, un sourire innocent aux lèvres.

— Je suis allée boire un verre rapide après la fermeture...

— Avec Grady ?

— Ne va pas t'imaginer quoi que ce soit ! l'avertit Brynn.

— Je n'oserais pas ! protesta Gwen, dont l'expression suggérait le contraire.

— Je n'ai pas envie d'une relation. Pas après...

— Qui parle de relation ? Une aventure suffirait.

— Maman !

— Tu as vingt-huit ans, Brynn, pas soixante-dix-huit. Ce

n'est pas parce que tu as épousé un loser que tu dois arrêter de vivre.

La jeune femme se figea.

— Je n'ai pas cessé de vivre !

Sa mère mangeait son pain comme un petit oiseau.

— Tu as peur, ma chérie. Je comprends, poursuivit Gwen, qui finit sa soupe et posa sa cuillère sur le plateau. Mais, la vie est courte, et c'est un crime de la gâcher.

— *Bon sang* ! Maman..., dit-elle, prenant la main de sa mère pour la serrer. Comment suis-je censée argumenter avec toi, maintenant ?

— Tu n'as qu'à pas discuter. De toute façon, j'ai toujours raison. Vis un peu. Profites-en tant que tu le peux.

— Comme c'est ironique ! Après toutes ces années passées à me dire de ne pas avoir de relations sexuelles...

— Quand tu étais une gamine, bien sûr ! C'est mon boulot.

— Tu te souviens quand j'ai eu quelques rencards avec Darrell York ? Tu m'as pratiquement amenée de force dans le cabinet du médecin pour que je prenne une contraception !

Sa mère frissonna de manière exagérée.

— Tu allais partir à l'université. L'idée que tu puisses tomber enceinte alors que le monde était sur le point de s'ouvrir à toi m'horrifiait.

Brynn comprenait son point de vue.

— Tu n'avais pas à t'inquiéter.

À l'époque, elle avait une vision un peu démodée de la vie et voulait se réserver pour quelqu'un de spécial. Malheureusement, ce quelqu'un de spécial l'avait détruite. Mais elle sourit en se rappelant cet horrible premier rencard avec Darrell.

— La meilleure contraception au monde, c'était de passer un peu de temps en tête-à-tête avec le bon adjoint.

La mère et la fille se mirent à rire jusqu'à ce que des larmes roulent sur leur visage.

Finalement, sa mère s'allongea sur son fauteuil inclinable, comme si elle était épuisée. Elle redevint sérieuse.

— J'ai besoin de savoir que tu es heureuse, dit sa mère, avant de déglutir avec difficulté. C'est pour le cas où je ne serais pas là pour mener à tes côtés toutes les batailles auxquelles tu devras sans doute faire face.

L'inquiétude tenaillait la jeune femme. Brynn serra la main de sa mère si fort qu'elles grimacèrent toutes les deux, mais aucune ne lâcha prise.

— Je suis heureuse, maman. Je n'ai pas besoin de partenaire. J'aime être seule. Mais peut-être vais-je envisager de coucher avec des inconnus sexy de temps en temps.

— Obsédée ! Ce n'est pas ce que je voulais dire, et tu le sais.

Brynn y avait songé la nuit précédente, en tout cas. Elle avait même fait plus que d'y penser. Et elle commençait à regretter que Grady n'ait pas été là quand elle s'était présentée à la porte de sa chambre, prête et consentante.

CHAPITRE VINGT-SIX

La tête de Grady le lançait encore après la rencontre de la veille. D'après lui, il avait été frappé avec la crosse d'un pistolet, ce qui valait mieux que d'être blessé par l'autre extrémité. Mais ça craignait quand même.

Il avait retrouvé Ryan à la périphérie de la ville et, conformément aux instructions de son patron, il s'était rendu aux urgences les plus proches, à Blue Hill. Les examens médicaux avaient révélé que la seule chose qui avait été sérieusement touchée était son orgueil.

Mais ça faisait un mal de chien.

Ryan l'avait déposé chez lui aux alentours de quatre heures du matin, et Grady avait pris des antidouleurs et dormi pendant quelques heures.

Il descendait la rue à pied, serrant sa veste en cuir plus étroitement contre lui alors que le vent lui mordait la peau comme des crocs. Il portait un bonnet en laine pour cacher la plaie de cinq centimètres qui avait nécessité quatre Steri-Strips pour être refermée.

Brynn était partie en voiture une heure plus tôt ; il ignorait où elle était allée.

Il avait passé quelques heures à changer les serrures et à installer ses propres caméras de surveillance, à l'avant et à l'arrière de la maison, dirigées vers la rue. Les flux étaient transmis directement à la task force. Ropero et Dobson soumettraient tous les visages qui passeraient devant elles à des programmes de reconnaissance faciale, dans le but de retrouver Kane.

Grady avait ensuite passé en revue la liste des hommes de la région qu'ils pouvaient définitivement exclure, en se basant sur ses connaissances personnelles et leur morphologie. Kane était un homme blanc âgé de soixante-trois ans. Un mètre quatre-vingt-trois. Tout homme qui n'était pas blanc, ou qui avait vécu toute sa vie dans cette ville pouvait être éliminé. Cela permettait de réduire drastiquement la liste, mais pas suffisamment.

Avec une population de retraités en augmentation grâce à la beauté et à l'isolement de la région, plusieurs centaines de noms restaient encore. Mais lorsque ces noms étaient recoupés avec ceux des personnes ayant des coffres-forts dans la seule banque de la ville, la liste se réduisait à vingt-huit.

Une démangeaison était apparue entre les omoplates de Grady tandis qu'il fixait ces noms. Ils étaient sur le point d'attraper ce type. Il le savait.

Les mouettes criaient au sommet des cheminées, et il se rendit compte à quel point ce bruit lui avait manqué, aussi agaçant qu'il ait été pendant son enfance. Il n'avait pas vu le chien errant ce matin-là, mais il avait laissé un bol de nourriture et un autre d'eau au bas des marches de l'entrée avant de partir.

Il marcha en direction du nord sur deux pâtés de maisons, puis tourna vers l'imposant bâtiment en briques rouges qui abritait la Hearst Savings & Loan. La banque se trouvait sur un grand terrain entouré d'une pelouse parfaitement tondue, qui semblait dépourvue de feuilles mortes. Le bâtiment avait un pignon ouvragé au-dessus d'une fenêtre centrale en arc, avec une date gravée en lettres dorées. 1876. Toutes les fenêtres du rez-de-chaussée étaient surmontées d'arcs délicats. Les doubles portes principales étaient protégées par un élégant porche incurvé en pierre, soutenu par quatre colonnes blanches.

Il ne connaissait pas tous les termes techniques relatifs à l'architecture, mais c'était un bâtiment magnifique. Grady ne l'avait jamais vraiment remarqué jusqu'à présent.

Il était amusant de voir comment le temps semblait avoir adouci ses sentiments envers la ville elle-même. Peut-être était-ce parce qu'il savait qu'il n'était plus coincé ici. Il était libre d'aller et venir à sa guise, à condition de ne pas se faire arrêter pour meurtre par un flic qui semblait le détester.

Darrell pouvait-il être son agresseur de la veille ? C'était possible. Mais que faisait donc ce type à rôder dans l'obscurité ? Il le suivait ? Grady n'en savait rien.

Il gravit les marches de la banque et franchit l'immense porte d'entrée. Comme il y avait une courte file d'attente, il en profita pour regarder autour de lui. Un agent de sécurité, qu'il ne reconnut pas, se tenait debout, l'air blasé, à côté de la porte. Le sol était recouvert du même carrelage noir et blanc à carreaux que dans ses souvenirs, mais le reste de la pièce avait été entièrement modernisé. Les anciens comptoirs en chêne massif, hauts et solides, avaient été arrachés et remplacés par des bureaux élégants à hauteur des yeux, où les guichetiers étaient assis dans des fauteuils confortables, devant des écrans d'ordinateur modernes.

La chambre forte principale se trouvait toujours dans le même grand espace, sur la gauche. Elle était vieillotte, mais sans doute impossible à forcer, sauf pour les cambrioleurs les plus habiles. Les coffres personnels se trouvaient dans la première chambre forte. Le coffre-fort contenant tout l'argent était placé dans une autre structure construite à l'intérieur de la première.

Grady jeta un coup d'œil aux guichetiers et fut surpris de

voir Mlle Fancy Lucette à son poste malgré les épreuves qu'elle venait de traverser.

L'ambiance était morose, beaucoup avaient les yeux rougis par les larmes. Tout le monde portait du noir.

Qu'adviendrait-il de la banque maintenant que Milton était mort ? Les gens devaient probablement s'inquiéter pour leur emploi.

La chance était avec lui, et Fancy était justement libre au moment où il fut le prochain dans la file d'attente.

Elle leva le nez, et ses yeux s'arrondirent, emplis de chaleur et de surprise.

— Eh bien ! Grady Steel ! Ça fait longtemps.

Elle avait été une bonne amie de sa grand-mère, mais elle venait rarement à la maison. Sa grand-mère et Mlle Lucette avaient l'habitude d'aller prendre le thé et manger des gâteaux quelque part les jours de congé de cette dernière.

— Mademoiselle Lucette. Comment allez-vous ?

Elle avait un nez crochu et des yeux bruns enfoncés auxquels rien n'échappait. Ces derniers temps, ses cheveux étaient gris acier, coupés très courts, à la garçonne.

— J'ai connu mieux.

Grady pinça les lèvres en une moue compatissante.

— J'ai entendu parler du braquage.

Un frisson visible parcourut les épaules étroites de la guichetière.

— Je pensais plutôt au meurtre horrible de M. Bodurek, mais je comprends ce que tu veux dire.

— Je suis désolé pour votre perte.

— Merci. C'était un homme bon, la plupart du temps. C'est ignoble, ce que les hommes sont capables de faire aux autres.

Elle n'avait pas tort.

— J'ai parlé à Saul hier.

Une lueur passa dans son regard à ces mots, mais elle ne dit rien.

— Il m'a dit que quelqu'un avait pointé une arme sur vous et vous avait menacée. Cela a dû être terrifiant.

— Les gens n'ont plus aucun respect, dit-elle, secouant la tête. Pas comme au bon vieux temps.

Elle cilla pour chasser les larmes qui lui montèrent soudain aux yeux. Le crime existait depuis la nuit des temps, mais Grady regrettait de l'avoir poussée.

— Ont-ils arrêté quelqu'un ?

Son expression se fit triste.

— J'aurais cru que tu aurais la nouvelle avant moi. Le FBI a-t-il enfin résolu cette histoire d'erreur d'identité ?

Il resta là, à la regarder bêtement.

— Quoi ? N'importe quel idiot qui t'a connu quand tu étais petit sait que tu n'abandonnerais jamais quelqu'un sur le bord de la route, encore moins une personne âgée, affirma-t-elle, le regard compatissant, attendant visiblement qu'il comprenne. Je t'ai observé avec tes grands-parents. Tu te serais coupé le bras plutôt que de leur faire du mal, ou à qui que ce soit, d'ailleurs, sauf à des gamins de ton âge, et seulement s'ils t'avaient menacé d'abord.

— Peut-être pourrais-je vous demander de contacter mes supérieurs et de dire aux techniciens du laboratoire de faire le nécessaire pour blanchir mon nom ?

— Je serais ravie de le faire, jeune homme, il te suffit de me donner leurs coordonnées, répondit-elle, avant d'éclater d'un rire doux et délicat. Mais, peut-être était-il temps pour toi de rentrer à la maison, ne serait-ce que pour une courte visite.

— Fancy, appela une nouvelle voix, se joignant à la conversation. Nous avons d'autres clients qui attendent.

Grady leva les yeux. Une femme se tenait là, vêtue d'un simple tailleur noir dont la jupe lui arrivait aux genoux, un simple rang de perles autour de son cou blanc. Elle avait les yeux rougis, et l'expression sévère. Fancy se tourna lentement vers elle et releva le menton.

— Je fais ce travail depuis plus de cinquante ans, Edith, et tu le fais depuis quelques heures. Crois-moi, je connais mon métier.

La femme, Edith Bodurek, que Grady reconnaissait désormais, se hérissa, visiblement choquée que Fancy lui réponde de cette manière.

— Je suis consciente que tu traverses une épreuve difficile, mais j'ai appris une chose : ce qui nous distingue des autres banques, c'est la relation personnelle que nous entretenons avec nos clients, poursuivit Fancy.

Elle se redressa de toute sa hauteur, même si elle mesurait à peine un mètre cinquante, et qu'elle était actuellement assise.

— Si cela a changé, je donnerai mon préavis aujourd'hui.

Edith parcourut du regard la salle silencieuse, et, gênée, elle se mit à rougir. Elle joignit les mains et tourna les talons, s'éloignant rapidement vers le bureau que son mari avait occupé au cours des vingt-cinq dernières années.

Fancy pinça les lèvres.

— Navrée que tu aies dû voir ça. J'aime bien Edith, et je suis sincèrement désolée pour sa perte. Mais je suis bien trop vieille pour qu'un nouveau directeur me dise comment faire mon boulot et tente d'asseoir son autorité sur moi. Je ne l'acceptais pas de Milton, ni de son grand-père avant lui, et il est hors de question que je l'accepte d'une personne qui ignore tout de la façon de gérer cette entreprise.

— Elle a repris le travail de Milton ? Pourquoi ne pas engager un manager ?

— Oh ! Je pense qu'elle embauchera un gérant dès qu'elle en trouvera un qui acceptera de déménager ici pour le salaire qu'elle lui offrira. Mais elle craint que les gens perdent confiance entre-temps, entre le braquage et le meurtre. Si les gens quittent le navire, cet endroit va couler.

— Ce n'est pas comme si les gens d'ici avaient beaucoup d'options, déclara Grady, qui se pencha plus près pour murmurer. C'est la seule banque de la ville.

— Pour l'instant. Ces entreprises sans âme qui jalonnent la côte envoient sans cesse des gens ici pour essayer de racheter les entreprises familiales. Ils vont arriver en masse maintenant. Cela ne me surprendrait pas du tout qu'Edith vende.

— Et qu'en est-il de son fils ?

Fancy ricana.

— Il n'a jamais travaillé de sa vie. Je serais prête à parier de l'argent qu'il veut vendre pour toucher son héritage sans attendre que sa mère meure.

Le meurtre de Milton Bodurek pourrait-il être motivé par la simple cupidité ou par des magouilles commerciales ? Le FBI ne pouvait pas se permettre d'exclure cette hypothèse.

— Maintenant, jeune homme, que puis-je faire pour toi ?

Il brandit la clé du coffre.

— Je me suis dit qu'il était temps que je vienne voir le coffre de Gran.

La joie illumina ses traits et elle s'éloigna de son bureau.

— Cette femme me manque encore tous les jours. Elle serait heureuse que tu sois de retour.

Sous le coup de l'émotion, Grady eut le souffle coupé. Il déglutit pour cacher l'effet que ses paroles avaient sur lui. Elle prit une carte-clé, se dirigea vers le coffre-fort, puis s'en servit sur le clavier avant de taper un code à six chiffres.

Il la suivit lentement, balayant la pièce du regard.

— Cette porte était-elle ouverte, le jour du cambriolage ?

— Oui, Jim Fehrman, le facteur, était entré pour voir son coffre. Carol Tinto attendait devant la porte ouverte lorsque le braqueur est entré. Il pensait sans doute pouvoir accéder au coffre-fort principal, mais celui-ci est équipé d'un minuteur et aucune menace au monde ne pourrait l'ouvrir. Fancy fit un signe de tête vers une autre guichetière, qui s'occupait d'un client.

Carol Tinto.

Celle-ci adressa un sourire curieux à Grady. Elle était brune et jolie. Habituellement, c'était son genre de femme, mais il ne parvenait pas à chasser de son esprit l'image d'une certaine rousse piquante. Il fronça les sourcils. En dépit du moment qu'ils avaient partagé au clair de lune, il ne pouvait se permettre de considérer Brynn Webster autrement que comme une source potentielle. Même si l'ADN prouvait qu'elle n'était pas apparentée à Eli Kane, il était imprudent de s'impliquer avec quelqu'un pendant qu'il traquait l'un des fugitifs les plus recherchés du pays. La soirée de la veille avait prouvé qu'il ne pouvait se permettre de baisser sa garde.

La file d'attente s'était allongée, mais Fancy ne semblait pas pressée.

— L'avez-vous reconnu ? l'interrogea Grady.

Elle répliqua d'un ton vif.

— Ne crois-tu pas que je l'aurais dit à la police, si c'était le cas ?

— Si, bien sûr. Mais, parfois, des choses nous reviennent plus tard. Ce type ne vous a pas semblé familier, d'une manière ou d'une autre ?

Fancy fronça les sourcils, et, soudain, elle parut incertaine.

— La scène tourne en boucle dans ma tête. Mais elle change un peu à chaque fois, et avec chaque personne qui la raconte aussi, répondit-elle, se touchant les lèvres. Maintenant, je ne suis pas sûre à cent pour cent de quoi que ce soit.

— Les témoignages oculaires sont notoirement peu fiables, car nous sommes tous susceptibles d'être influencés, que nous en soyons conscients ou non. C'est pourquoi les déclarations sont recueillies immédiatement après l'événement, dans la mesure du possible, alors que tout est encore présent dans notre mémoire à court terme. Tout peut changer au moment où le souvenir est ajouté à la mémoire à long terme.

Les procureurs et les avocats de la défense se servaient des changements dans le récit d'une personne comme de la preuve d'un manque de véracité, mais la psychologie était plus complexe que cela.

— Tout s'est passé si vite, et j'ai cru que j'allais mourir ! s'exclama-t-elle, la main agrippée à sa gorge, avant de laisser échapper un rire gêné. Toutes ces années d'entraînement, et, le moment venu, j'ai tout oublié. Je lui ai donné tout l'argent, sans penser au sachet de colorant. Je suis sûre que les flics pensent que j'étais dans le coup.

Grady haussa les sourcils. S'ils étaient compétents, ils enquêteraient sur tous les employés afin de trouver des preuves d'un complot interne. Il espérait que Ropero trouverait un moyen d'accéder aux dossiers du bureau du shérif sur le braquage de la banque, ainsi que sur le meurtre de Bodurek. Il aimerait lire les dépositions des témoins.

Il prit la main de Fancy, notant sa peau fine comme du papier.

— Alors, c'est qu'ils ne vous connaissent manifestement pas. Vous auriez pu prendre votre retraite il y a des années. Vous tenez bien trop aux habitants de cette ville pour leur faire du mal, ou voler leur argent.

Elle lui adressa un sourire larmoyant et lui serra les doigts avant de le relâcher et de lisser ses cheveux.

— La plupart des gens pensent que je travaille encore ici parce que j'ai besoin d'argent.

— À moins que vous ne soyez devenue accro aux jeux d'argent au cours des huit dernières années, je doute que ce soit le cas.

Elle vivait dans un petit cottage soigné, d'où elle pouvait se rendre à pied à la banque. Fancy avait acheté et entièrement payé cet endroit avant même qu'il n'arrive en ville, alors qu'il n'était encore qu'un gamin brisé par le chagrin.

— Les jeux d'argent sont un jeu de dupes, à moins d'être celui qui contrôle les probabilités.

Elle se frotta les mains et frissonna. Il faisait frais à l'intérieur de la chambre forte.

— Vous avez bien raison !

Les seules fois où Grady jouait de l'argent, c'était avec ses coéquipiers, pour des paris farfelus, toujours pour se pousser les uns les autres à faire mieux que la veille.

Une vague de chagrin l'envahit de manière inattendue lorsqu'il repensa aux deux collègues qu'il avait perdus ce mois-ci. Personne ne pouvait se préparer contre des explosifs ni améliorer ses chances de survivre à un accident d'avion. Il chassa ces pensées de son esprit, pour pouvoir faire son travail. Il les aimait, mais ils auraient voulu qu'il attrape Kane plutôt que de se morfondre dans le chagrin causé par leur mort.

Il faisait son deuil à sa manière.

— Je sais que la police fait son travail, mais que Darrell York remette en question *mon* intégrité...

Fancy Lucette ricana sans délicatesse. Grady sourit. Il savait que cette femme n'avait rien à se reprocher. Sa grand-mère avait été une excellente juge de caractère et ne tolérait pas les imbéciles.

— J'en déduis que Darrell n'a pas beaucoup changé, même s'il est devenu shérif.

Grady voulait en savoir plus sur son ami d'enfance et rival apparent.

— C'est toujours un crétin égoïste et imbu de lui-même.

— C'est sans doute pour cela que nous nous entendions si

bien, répliqua Grady avec un sourire. Quand son père a-t-il pris sa retraite ?

— Il y a deux ans maintenant, l'informa-t-elle avec un petit reniflement. Temple était un bon shérif, et il aidait souvent les gens à se tirer de mauvaises décisions.

Grady pencha la tête, pensant à sa propre histoire mouvementée.

— C'est vrai. Je lui suis reconnaissant de m'avoir donné ma chance.

Même si Grady avait dû lui forcer la main quand il était revenu sur une promesse qu'il lui avait faite.

Fancy hocha la tête.

— Darrell a oublié cette partie du travail. Il se préoccupe avant tout de l'aspect statistique des choses, et de l'image qu'elles renvoient de lui. Cette vague de crimes va lui faire perdre ce qui lui reste de cheveux.

Le Bureau, lui aussi, était très attaché à ses statistiques, mais les chiffres ne racontaient qu'une partie de l'histoire.

— S'il résout les deux affaires, il deviendra le héros de la ville, souligna Grady.

— Tant qu'il arrête les *bons* coupables. C'est tout ce que je demande, répliqua Fancy d'un ton cassant.

Grady espérait de toutes ses forces que cet idiot ne l'arrêterait pas, compromettant ainsi l'enquête du FBI.

— Les commères du village ont-elles une théorie favorite sur l'identité du braqueur ou du meurtrier ?

— À part toi ?

Grady grimaça.

— *Bon sang !* Je savais que ce n'était qu'une question de temps.

— Je t'ai défendu comme je sais que ta grand-mère aurait voulu que je le fasse, lui assura Fancy avec un sourire.

Il se sentit étrangement engourdi à ses mots. Peut-être était-ce à cause de la blessure à la tête.

— Merci.

— Pour ces deux affaires, la plupart des gens pensent que c'est sûrement la faute d'inconnus de passage. Cela les aide à dormir la nuit. As-tu l'intention d'ouvrir ce coffre aujourd'hui, jeune homme ?

Il avait gagné assez de temps.

Grady se tourna vers le mur de petites boîtes métalliques rectangulaires. Il inséra sa clé, puis ouvrit la petite porte, sortit la boîte, s'attendant à trouver un rouleau de papiers, sans doute les titres de propriété de la maison et peut-être d'autres documents ennuyeux.

Mais, à la place, de vieilles photos apparurent. Sa mère lorsqu'elle était enfant. Ses grands-parents le jour de leur mariage. Lui-même, petit garçon robuste en maillot de bain, riant tandis qu'une poignée de sable mouillé s'écoulait de sa main.

Fancy l'observa avec un sourire complice.

— J'étais là le jour où elle les a mises dans ce coffre. Elle s'inquiétait pour toi, même si tu étais parti, et que tu faisais partie de la police d'État. Je suppose qu'elle s'est dit que Crystal ne te les montrerait peut-être pas, surtout après avoir décidé de te léguer la maison.

— Vous étiez au courant ? Pourquoi n'avez-vous rien dit quand Crystal a menti à tout le monde ?

Fancy posa une main sur sa hanche.

— Premièrement, ce n'était pas à moi de le faire. Deuxièmement, ajouta-t-elle, avant de faire une longue pause, j'attendais que tu t'en soucies assez pour agir.

Les paroles de l'amie de sa grand-mère lui firent plus mal que les coups sur la tête de la veille.

— Apparemment, je suis toujours un abruti égocentrique.

Il leva une main et toucha le sourire de sa grand-mère bien-aimée. Il déglutit, puis s'obligea à prononcer les mots.

— Ce n'est pas que je m'en moquais...

Elle acquiesça et recula d'un pas.

— C'était parce que cela te tenait trop à cœur. Je le vois maintenant. Je vais attendre dehors.

— Savez-vous pourquoi elle m'a tout légué à sa mort ? lui demanda-t-il rapidement.

Les yeux de Fancy devinrent doux.

— Tu sais pourquoi.

Parce qu'elle l'avait aimé. Parce qu'elle s'était inquiétée. La boule qui lui obstruait la gorge menaçait de l'étrangler. *Bon sang !*

Il sortit tout et étala le contenu du coffre sur la table derrière lui. Sa seule intention en venant ici avait été de parler à Fancy Lucette, et il avait honte de ne pas avoir pris la peine de vérifier ce coffre après la mort de sa grand-mère.

L'avocat avait une copie du testament, et les actes étaient conservés ici, dans le coffre-fort. À l'époque, Grady était en route pour l'Académie du FBI, et il n'avait jamais regardé en arrière.

Il avait passé toutes ces années à fuir la douleur de la perte. Et il était là, s'y confrontant enfin, et cela le dévastait. Autant pour sa réputation de dur à cuire...

Il étala les photos et vit les visages de sa famille, morte depuis longtemps, qui le regardaient. Ils semblaient heureux, remarqua-t-il, surpris.

Au milieu des souvenirs marqués par la douleur, la perte et l'amertume, il avait oublié une grande partie de la joie de son enfance. Malgré tout ce que son père avait tenté de faire, de les détruire à coups de poings et de violence. Baxter Steel avait échoué.

Crys avait l'air heureuse, elle aussi.

Ensuite, leur mère était morte, et tout s'était écroulé. Sa grand-mère l'avait sauvé, mais il avait le sentiment qu'elle n'avait pas pu sauver Crys de la même manière.

Au moins, sa sœur avait quelqu'un qu'elle aimait dans sa vie. Avec un peu de chance, il n'aurait pas à arrêter son beau-père pour triple homicide.

Le beau-père de Bob Grogan figurait sur la liste des hommes susceptibles d'être Eli Kane. Sa sœur ne lui pardonnerait jamais s'il faisait quoi que ce soit qui puisse détruire sa famille, même s'il s'agissait d'arrêter l'un des tueurs les plus impitoyables du pays. Au fond, cela ne ferait pas grande différence. Il doutait qu'elle lui pardonne, de toute façon, et il n'était pas question qu'il laisse Eli Kane s'en tirer s'il pouvait l'empêcher.

Comment cela apparaîtrait-il dans son dossier personnel ? Le beau-père de Grogan et lui avaient tous deux assisté au mariage, donc ce ne serait probablement pas terrible.

Grady rangea soigneusement les photos dans sa poche intérieure. Il les numériserait et en donnerait des copies à Crys. Elle devait toutefois en avoir toute une pile, provenant de la maison de leurs grands-parents, accrochées aux murs ou rangées dans des placards, qu'elle ne lui avait pas données après la mort de leur grand-mère.

Pourquoi cette dernière avait-elle gardé celles-ci, en particulier, pour lui ?

Tout à coup, il comprit. C'était pour lui rappeler qu'il y avait eu de la joie dans son passé, en plus des difficultés. Il avait peut-être été un pauvre petit crétin pathétique qui avait eu du mal à s'intégrer, mais il avait aussi été aimé. Et il avait aimé en retour.

Il rangea les documents et glissa la boîte dans son logement. Puis il verrouilla le coffre. Il jeta un coup d'œil autour de lui pour voir quels coffres avaient été volés. Mais ils avaient déjà été examinés et réparés. Il n'aurait pas su les distinguer des autres.

Il observa la pièce, séparée en deux par une table en bois haute et étroite.

À ses yeux, Kane n'aurait eu aucune raison de toucher le mur opposé si son coffre se trouvait de ce côté-ci. Et inversement.

S'ils savaient de quel côté l'empreinte avait été relevée, ils pourraient probablement éliminer sans risque, ou du moins rendre moins prioritaires, les coffres situés de l'autre côté de la pièce, réduisant ainsi considérablement la liste des suspects.

Ils progressaient. Lentement. L'étau se resserrait autour du cou d'Eli Kane, à supposer qu'il ne se soit pas déjà enfui. Mais le temps pressait.

— Monsieur Steel ?

Grady sortit brusquement de sa réflexion.

— Madame Bodurek. Je vous présente toutes mes condoléances.

Les yeux bruns d'Edith Bodurek étaient remplis de larmes qu'elle refusait de laisser couler. Elle s'éclaircit bruyamment la gorge.

— Je me demandais si vous auriez quelques minutes à me consacrer ?

CHAPITRE VINGT-SEPT

Brynn sortit discrètement de la maison. Sa mère s'était endormie. Brynn était restée avec elle un moment, puis elle avait rangé une fois leur déjeuner terminé. Après avoir vérifié une dernière fois que sa mère faisait toujours la sieste, elle décida de rentrer chez elle pour prendre de l'avance sur deux projets à rendre la semaine suivante.

Son père était rentré et il travaillait dans son atelier. Leur propriété comprenait une immense grange, qui abritait leurs véhicules en hiver, ainsi qu'un tracteur dont son père se servait pour déneiger la route en cas de fortes chutes de neige, comme celles prévues dans les jours à venir. Il ne se contentait pas de dégager leur allée : il était également connu pour passer chez tous les voisins et les débloquer.

Brynn ne savait pas si c'était par altruisme, ou s'il aimait simplement avoir une excuse pour s'amuser avec ses jouets.

Un autre bâtiment abritait un grand générateur, que ses parents avaient installé au cas où ils seraient privés d'électricité, ce qui arrivait régulièrement. Une fois, lorsqu'elle était enfant, et peu après leur emménagement ici, ils avaient été privés d'électricité pendant trois semaines. Cela avait été pénible, même s'ils avaient un poêle à bois qui permettait de chauffer suffisamment la maison.

Il y avait un grenier au-dessus du générateur, qui aurait pu être transformé en espace habitable, sauf que, lorsque le générateur fonctionnait, toute la pièce empestait les vapeurs de diesel. De plus, ses parents n'avaient pas besoin d'espace supplémentaire. Ils n'étaient plus que tous les deux.

Ils se servaient de cet endroit pour entreposer les décorations de Noël, ou tout autre élément saisonnier du café, comme les tables d'extérieur et leurs parasols.

Elle se rendit à l'atelier pour dire au revoir à son père.

— Tu retournes en ville ? l'interrogea Paul Webster, qui leva les yeux de son bricolage quand elle ouvrit la porte. Cela t'ennuierait-il de déposer une tronçonneuse chez Angus ? Je l'ai réparée pour lui, et cela m'évitera de sortir à nouveau. Je l'ai mise dans le coffre de ta voiture. Laissez-la dans son hangar à bois s'il n'est pas chez lui.

La maison d'Angus se trouvait à mi-chemin entre chez ses parents et la ville.

— Bien sûr. Comment avance le *projet poulailler* ?

Paul sourit et posa sa scie.

— Avec ta mère, vous vous moquez de moi pour le moment, mais vous rirez moins quand nous commencerons à produire suffisamment d'œufs pour approvisionner le café.

Brynn haussa un sourcil.

— Ça fait beaucoup de poules.

— J'aime les poules. Elles empêchent la vermine de s'installer, expliqua-t-il.

Soudain, il parut plus âgé, et ses épaules se voûtèrent.

— C'est difficile de remplir mes journées avec des choses futiles quand je vois ta mère devenir de plus en plus malade chaque jour, sans pouvoir rien faire pour l'empêcher.

Brynn lui toucha le bras.

— Les médecins vous ont prévenus que la situation s'aggraverait avant de s'améliorer.

Il frémit, puis hocha la tête.

— Je sais. Je sais, répondit-il, puis il détourna le regard, mais elle vit ses yeux rougis par les larmes qu'il retenait. Je ne suis pas sûr de ce que je ferais sans elle, Brynn.

Elle enroula ses bras autour de sa taille et posa sa tête sur son torse.

— Elle va s'en sortir. Tu sais à quel point elle est forte.

Il l'étreignit si fort que c'en était presque douloureux.

— Oui. Oui. Je sais, acquiesça-t-il, puis il la relâcha et s'éloigna d'un pas. Je suis désolé de t'avoir détournée de ta vie.

La bouche de Brynn tremblait quand elle lui répondit.

— Ce n'est pas comme si je laissais grand-chose derrière moi, pour être honnête. J'ai quelques amies, mais elles commencent toutes à s'éloigner de la ville, maintenant, et elles font des bébés.

— Il n'y a personne de spécial dans ta vie, dont tu ne nous aurais pas parlé ?

Elle lui adressa un sourire plein de larmes.

— Pas depuis Aiden.

Son père l'entoura à nouveau de ses bras.

— Cet enfoiré ne valait pas tes larmes.

Elle rit, puis s'éloigna.

— Sans doute que non, mais, tu sais, c'est difficile de trouver quelqu'un qui coche toutes les cases. Non seulement à cause d'Aiden, mais aussi à cause de mes modèles. Maman et toi avez le meilleur mariage que j'aie jamais vu. Je ne suis pas prête à me contenter de moins, même si je doute qu'il y ait une prochaine fois.

Il lui adressa un sourire triste.

— Ta mère et moi ne sommes pas parfaits, ma chérie, mais… J'ai su dès que je l'ai vue qu'*elle* était parfaite, avoua-t-il, puis son regard se fit distant, comme s'il était plongé dans ses souvenirs. Elle cochait définitivement toutes les cases.

Il s'interrompit, puis lui décocha un clin d'œil, et sa voix prit un ton nostalgique.

— Cela se produira au moment où tu t'y attendras le moins. Sois patiente, ne te précipite pas. Tu sauras quand ce sera le bon.

Brynn secoua la tête et se dirigea vers la porte.

— La journée d'aujourd'hui a été étrange. Mes deux parents m'ont donné des conseils sur ma vie amoureuse. Je ne peux pas te dire à quel point ça perturbe l'équilibre de l'univers.

Elle s'arrêta dans l'embrasure de la porte, et, lorsqu'elle se retourna, elle vit son père lutter pour réprimer un sourire.

Il la suivit dehors.

— Fais attention sur les routes, elles sont verglacées.

— Oui, papa.

Elle secoua la tête en montant dans sa Honda Civic, puis agita la main avant de s'engager dans la longue allée, de traverser les bois, de rejoindre la route principale et de tourner à droite.

Au moins, elle avait diverti ses parents en les laissant discuter de sa vie amoureuse inexistante.

Une vision de Grady Steel, immobile, les yeux fermés, dans son jardin, alors qu'elle s'était mise sur la pointe des pieds pour l'embrasser, surgit dans son esprit. Il s'était montré si gentil avec le chien errant ! Et sexy. Très sexy. Elle doutait fortement que quelqu'un comme Grady recherche le grand amour. Il semblait beaucoup trop indépendant, concentré sur sa carrière, pour être du genre à se caser. Mais, une aventure ? Elle n'avait pas l'impression que cela lui poserait problème.

Un frisson la parcourut à l'idée de le séduire, mais elle n'était toujours pas sûre de pouvoir le faire. En serait-elle jamais certaine ? Sans doute que non.

Et puis, il y avait ce message lui disant de rester à l'écart. Ce devait être Caleb Quayle, en représailles à son interdiction de mettre les pieds dans le café. Abruti. Elle le chassa de son esprit. Rien ne l'obligeait à tout résoudre pendant son unique jour de congé.

Alors qu'elle était presque arrivée à la propriété d'Angus, elle repéra une voiture sur le bord de la route. Les deux touristes à l'accent d'Europe de l'Est se débattaient avec un cric et une roue de secours.

Elle s'arrêta à côté d'eux et, comme la route était déserte, elle baissa la vitre.

— Est-ce que vous allez bien ?

— *Da*. Notre pneu a crevé, alors nous voulions le changer, mais nous n'avons trouvé que ça dans le coffre, expliqua l'homme, levant la galette de secours.

— Cela vous emmènera jusqu'à l'agence de location ou au garage le plus proche, mais, à votre place, je n'irais pas plus loin en roulant avec ça.

L'homme semblait perplexe. De toute évidence, ce n'était pas ainsi que l'on procédait, là d'où il venait.

— Vous êtes sûrs que tout va bien ? Je peux changer le pneu pour vous, si vous avez besoin d'aide.

L'homme repoussa son offre ; sa femme se tenait sur le bord de la route, semblant impatiente. Son mari fronça les sourcils.

— N'est-ce pas vous qui avez trouvé le mort ? Vous avez sauté dans le port ?

Un frisson parcourut les épaules de Brynn. Elle ne voulait pas en parler.

— Avez-vous vu le tueur ? s'enquit l'homme, qui jeta un regard autour de lui. Devrions-nous nous inquiéter pour notre sécurité ?

Il ouvrit de grands yeux, puis recula d'un pas, comme s'il craignait soudain qu'elle ne lui fasse du mal. Elle pinça les lèvres.

— Je n'ai rien vu. Et c'est une communauté très sûre, même si de mauvaises choses peuvent apparaître n'importe où. Je suis sûre que c'est la même chose, là d'où vous venez.

La jeune femme vit une autre voiture approcher dans le rétroviseur. C'était une voiture de patrouille du bureau du shérif, dont le conducteur lui fit signe de se ranger sur le côté.

— Je vais vous laisser entre les mains expertes de cet adjoint. Il pourra vous aider en cas de besoin.

Brynn s'éloigna, tandis que le shérif lui-même descendait du véhicule. Elle remarqua qu'il semblait furieux qu'elle soit partie. Peu importait. Elle n'avait enfreint aucune loi.

Dix minutes plus tard, après avoir déposé la tronçonneuse dans la remise d'Angus comme son père le lui avait demandé, elle se gara derrière chez elle, et elle observa la maison pendant que le moteur refroidissait.

Devait-elle se lancer ?

Plutôt que de l'éloigner, le message de mise en garde n'avait fait que la rendre plus curieuse encore. Peut-être Grady l'avait-il envoyé lui-même, sachant que, au fond, elle était perverse et revêche.

Elle rit et secoua la tête. Peu probable.

Mais, où était-il allé la nuit précédente ?

Peut-être avait-il repris contact avec une ancienne petite amie après lui avoir dit bonne nuit, ou peut-être était-il retourné au bar et avait-il raccompagné la jolie serveuse chez elle...

Elle repoussa ces idées, qui ne semblaient pas correspondre à l'homme qu'elle commençait à connaître. Il avait sans doute une partenaire en Virginie, ce qui rendait son baiser innocent... beaucoup moins innocent. Quelqu'un qui pourrait tenir le rythme face à ce corps athlétique et le faire transpirer.

L'image de Grady en train de transpirer fit s'emballer son cœur. Elle était très douée pour visualiser les choses. Elle était une *artiste*.

Elle manquait aussi de lait, et elle avait oublié d'en acheter lorsqu'elle était allée faire les courses un peu plus tôt. Avec un soupir, elle démarra à nouveau et prit la direction de l'épicerie située à la périphérie de la ville. La séduction devrait attendre qu'elle ait réapprovisionné son réfrigérateur.

CHAPITRE VINGT-HUIT

Grady suivit Edith Bodurek à travers le hall principal de la banque, passa devant la secrétaire personnelle de Milton, qui détourna le regard, et entra dans une pièce aux grandes fenêtres, au plafond haut et au mobilier ancien et massif, notamment des bibliothèques en chêne foncé qui occupaient tout un pan de mur.

Le bureau de Milton Bodurek n'avait pas été rénové dans les mêmes proportions que le reste de la banque ; il conservait l'atmosphère des vieilles fortunes et du pouvoir institutionnel.

Edith était une belle femme, même si elle était un peu froide sur les bords. Peut-être était-ce le chagrin qui durcissait ses traits. Peut-être était-ce son caractère.

Grady n'avait pas eu beaucoup d'interactions personnelles avec les Bodurek dans le passé. Ils évoluaient dans des cercles sociaux très différents, et leur fils unique était encore plus jeune que Brynn.

Edith passa ses doigts sur le bois brillant du bureau bien rangé. Une photo encadrée, représentant vraisemblablement la famille, était posée sur le bureau, à côté d'un buvard à l'ancienne. Un ordinateur était placé selon un angle léger afin qu'il n'y ait aucun obstacle entre le directeur et les clients ou les employés avec lesquels il discutait.

Elle ne s'assit pas, mais pointa la chaise pour lui.

— Asseyez-vous, je vous en prie.

Il lui obéit, plus par curiosité qu'autre chose. Il lutta contre l'instinct qui le poussait à retirer son bonnet. La blessure de cinq centimètres à l'arrière de son crâne risquait de dissuader cette femme de dire quoi que ce soit.

Pour certaines personnes, les apparences faisaient tout.

— Je tenais à vous remercier d'avoir retrouvé mon mari et d'avoir ainsi fait en sorte que son corps nous soit rendu afin que nous puissions l'enterrer.

Grady fronça les sourcils.

— Brynn Webster est la personne que vous devriez remercier. Si elle n'avait pas plongé quand elle l'a fait... et qu'elle n'avait pas appelé à l'aide, nous ne l'aurions pas retrouvé.

Les yeux rougis d'Edith s'arrondirent, et ses narines se dilatèrent.

— Oh ! Bien sûr, je savais que vous étiez présents tous les deux, mais le shérif n'a pas donné beaucoup de détails. J'ai supposé... Merci de me l'avoir dit. Je vais parler à Brynn et m'assurer qu'elle sait à quel point je lui suis reconnaissante...

Sa voix s'étrangla et se brisa.

Grady acquiesça, même si, selon lui, la jeune femme n'avait pas plus envie que lui de recevoir des remerciements. Plus il songeait au fait que Brynn avait été tout près d'un tueur deux nuits plus tôt, moins cela lui plaisait.

— Auriez-vous une idée de qui aurait pu vouloir assassiner votre mari ?

Elle s'affala lourdement sur la chaise en bois inconfortable derrière le bureau de Milton Bodurek.

— Non. J'aimerais bien.

— Qui avait un intérêt financier à le voir mourir ?

Les lèvres de la veuve tremblèrent.

— C'est ce que le shérif n'a cessé de me demander. Comme si Milt valait en quelque sorte plus mort que vivant.

— Malheureusement, l'argent est un mobile courant.

— Je suis la femme d'un banquier. Je suis consciente de l'importance de l'argent, s'emporta-t-elle.

Puis elle plaqua une main sur sa bouche et étouffa un sanglot.

— Ou, du moins, je l'étais, se corrigea-t-elle, essuyant une larme qui s'était échappée. Désolée, je n'aurais pas dû vous parler ainsi. C'est juste que... je n'arrive pas à croire qu'il ne soit plus là, et le shérif York junior semble plus intéressé par le fait que Milt avait souscrit une importante assurance-vie que par mes questions.

— Importante à quel point ?

— Cinq millions.

— Cela fait beaucoup de raisons.

— Seulement si vous tenez plus à l'argent qu'au bonheur, répondit-elle, et son soupir ressemblait à un sifflement. J'aimais mon mari. Je m'attendais à vieillir avec lui. Il envisageait de prendre sa retraite.

Grady soutint son regard, guettant un signe d'honnêteté. Il n'était pas sûr d'en avoir trouvé.

— Pourquoi une police d'assurance aussi importante ?

Edith détourna le regard, puis joua avec le bord du buvard.

— Milt s'inquiétait de ce qui m'arriverait s'il mourait. La banque se porte bien actuellement, mais il était conscient que cela pouvait rapidement changer, dans le contexte économique actuel. Il n'aurait jamais souscrit cette assurance s'il avait pensé que cela ferait de moi une suspecte à sa mort.

— Milton n'est pas mort. Il a été assassiné.

Elle releva le menton.

— Oui, c'est ce qu'on m'a dit.

Sous le chagrin, il y avait de la fierté. Cette femme n'était pas habituée à ce que son intégrité soit remise en question.

Grady le comprenait sans mal. Cela vous affectait. Cela déformait quelque chose qui finissait par se briser ou devenir plus fort.

— Et votre fils ?

— Andrew ? Andrew aimait son père.

— La rumeur dit qu'il avait besoin d'argent.

Edith laissa échapper un rire amer.

— J'aurais cru que vous seriez le dernier à me balancer des ragots.

— Vous avez raison.

Il ne voulait pas l'effrayer avec des questions insistantes et un ton policier, mais il y avait un million de raisons d'enquêter sur elle et son fils, voire *cinq* millions. Grady était impressionné que Darrell envisage la veuve comme suspecte, car elle était une amie de ses parents.

— Je suppose qu'Andrew hérite d'une fortune considérable à la mort de son père ?

Ses doigts déchirèrent le bord du papier violet, puis elle le lissa pour le remettre en place.

— Andrew dispose d'un fonds fiduciaire auquel il pourra accéder à l'âge de vingt-cinq ans. Il a vingt-quatre ans, aujourd'-hui, donc je pense qu'il pourrait sans doute attendre un an, plutôt que d'assassiner de sang-froid son père bien-aimé.

Grady ne l'excluait pas.

— Si ce n'était pas pour l'argent, y a-t-il une autre raison pour laquelle quelqu'un aurait pu faire du mal à Milton ?

— Pas que je sache, répondit Edith, secouant la tête.

— Votre mariage était heureux ?

Il vit la colère transparaître à travers les larmes.

— Milt n'avait pas de liaison.

Et les épouses étaient toujours les dernières à le savoir.

— Descendait-il souvent au port la nuit ?

La veuve sembla troublée par ce changement de sujet.

— Au moins une fois par semaine. Davantage s'il prévoyait de sortir avec son voilier.

— Avait-il prévu une sortie, ce week-end ?

Elle secoua à nouveau la tête.

— Je ne crois pas. Le vent devait se lever à nouveau avec l'arrivée de ce front froid. Il... il n'aimait pas prendre de risques, surtout lorsqu'il naviguait seul.

— Preniez-vous parfois la mer avec lui ? Ou Andrew ?

Elle arbora soudain une expression mélancolique.

— Andrew avait l'habitude de l'accompagner quand il était enfant, mais il s'en est désintéressé quand il est parti à l'université. Je n'y vais qu'en été, par temps chaud et calme. Je ne suis pas une grande fan de l'eau, mais Milt adore la mer...

Elle sembla se rendre compte de son erreur de temps, et appuya fortement le dos de sa main contre ses lèvres.

— Une idée de ce qu'il faisait là-bas samedi soir ?

Elle secoua la tête.

— Non. Nous avions passé la journée à faire de la randonnée autour de Jordan Pond dans le parc national d'Acadia.

L'île des Monts Déserts était à environ quarante minutes de route à cette époque de l'année.

— Nous adorons cet endroit, mais il y a toujours tellement de monde en été que nous préférons y aller plus tard dans l'année, expliqua-t-elle, puis elle releva son visage baigné de larmes. Lorsque nous sommes rentrés à la maison, j'étais trop fatiguée pour cuisiner, alors nous avons commandé à manger et nous avons regardé un film. J'étais vraiment épuisée après tout cet air frais, alors je me suis couchée tôt, vers vingt et une heures. C'est la dernière fois que je l'ai vu vivant.

Elle s'interrompit, puis laissa échapper un petit sanglot déchirant.

— Je me couche souvent tôt. Je me lève tous les jours à cinq heures, expliqua-t-elle, comme si elle avait besoin de justifier sa vie auprès de lui. Milt était tout le contraire, à bien des égards. Il se couchait tard et se levait à huit heures tous les jours. Il était au bureau à neuf heures précises chaque matin, mais il n'était pas du matin.

— L'avez-vous entendu quitter la maison, ce soir-là ?

La veuve secoua la tête.

— Sortait-il souvent sans vous dire où il allait ?

— Si je dormais, il ne me dérangeait pas, répondit-elle, et Grady trouva les termes un peu évasifs.

— Pourquoi croyez-vous qu'il est allé sur le bateau ?

— La seule raison à laquelle je pense, c'est soit qu'il y a eu un problème avec le navire, et que la marina a appelé, soit que quelqu'un l'a contacté au sujet du braquage.

— Le braquage ?

— Cela le rongeait... d'avoir été menacé par une arme à feu. C'est pour cette raison que je l'ai emmené en randonnée ce jour-là. Pour lui changer les idées, confia-t-elle, puis elle prit une grande inspiration. Il le voyait comme un échec personnel. Il estimait avoir abandonné tout le monde, et il souhaitait que les criminels soient punis avec la plus grande sévérité.

— J'ai parlé à Saul Jones.

Grady vit les yeux de la veuve s'écarquiller, puis la honte lui rougir les joues.

— En général, Milt n'était pas quelqu'un de mauvais, mais il était tellement en colère ! Il s'en est pris à Saul, et je dois m'excuser auprès de lui.

Elle parut soudain vidée de son énergie.

— Milton avait-il une idée de qui avait dévalisé la banque ?

— Je ne crois pas.

— Vous ne semblez pas sûre.

Edith fronça les sourcils.

— Au début, il s'est contenté de laisser la police enquêter, mais après quelques jours, il m'a donné l'impression de perdre confiance dans les services du shérif, et il a commencé à poser ses propres questions. C'est ironique qu'ils soient maintenant chargés de découvrir qui l'a tué, remarqua-t-elle, crispant les mains sur le bureau massif.

— Qui Milton a-t-il interrogé ?

— Il ne m'a rien dit, mais je crains que ce soient ces questions qui lui aient coûté la vie.

— L'avez-vous dit au shérif ?

Elle ricana.

— Je l'ai fait, mais cela n'avait pas l'air de l'intéresser, l'informa-t-elle, puis elle coula un regard empreint d'une grande émotion vers Grady. Les principaux suspects du shérif dans le meurtre de Milt se trouvent dans cette pièce, c'est pourquoi j'ai pensé que vous pourriez m'aider... et vous aider vous-même.

— Dans quelle mesure ?

Il ne voulait pas paraître trop empressé, mais, intérieurement, il jubilait.

— Vous êtes un agent du FBI, n'est-ce pas ? Et, actuellement, vous avez du temps libre ? s'enquit-elle, puis, voyant qu'il ne répondait pas, elle poursuivit. Si vous n'êtes pas disponible, peut-être pourriez-vous demander à vos amis du FBI de se pencher sur la question ?

— Ce n'est pas ainsi que travaille le FBI.

— Je peux vous payer, insista-t-elle, les traits durcis.

— Ce n'est pas ainsi que *je* travaille, affirma-t-il, car, malgré ce qu'elle pouvait penser, il ne pouvait être acheté. Comme vous le dites vous-même, je suis agent du FBI, pas détective privé.

Le désespoir pesait lourd dans le silence qui s'ensuivit.

— Je n'ai pas accès aux informations relatives à la scène de crime. Cela rend le travail d'enquête difficile, expliqua-t-il, avant de continuer, voyant son air abattu. Mais, peut-être pourrais-je me renseigner un peu, à condition que vous me donniez tout ce que vous avez trouvé.

— Je peux vous dire ce que je sais. Vous transmettre tout ce que me diront le shérif ou l'enquêteur de l'assurance.

Cela pourrait donner à Grady une excuse pour fouiner un peu.

— Si j'accepte de faire quelques recherches, personne ne doit le savoir, insista-t-il, et il détesta voir l'espoir qui dansait dans le regard d'Edith. Pas le shérif, même s'il dit quelque chose qui vous énerve. Pas votre fils, même s'il vous crie dessus parce que la police pense qu'il a tué son père. Pas vos amies du country club.

Elle serrait les poings si fort que ses jointures étaient blanches.

— Je dois savoir qui m'a volé mon mari. Qui a détruit la vie que je pensais vivre. Et d'une certaine manière, je doute que le shérif York me fournisse cela.

Elle semblait sincère, mais Grady ne faisait pas confiance si facilement. Cela faisait bien trop longtemps qu'il était dans les forces de l'ordre.

— La police a-t-elle son téléphone et son ordinateur portables ?

— Ils ont retrouvé son téléphone sur le bateau, l'informa-t-elle, puis elle se couvrit la bouche. Je crois que c'est là qu'ils pensent qu'il a été tué. Je n'ai pas encore été autorisée à remonter à bord. Ils ont aussi la Lexus de Milt. Ils sont venus, et ils ont pris son ordinateur portable dans notre bureau à la maison...

Grady essaya de masquer sa déception.

— Mais..., poursuivit Edith.

Il releva la tête.

— J'ai l'ancien. L'ordinateur, je veux dire. C'est toujours ce que nous faisions au fil des ans. J'héritais de son ancienne machine, qui n'était jamais tellement vieille, parce qu'il aimait tout avoir en version dernier cri quand c'était possible.

Grady ne dit rien : il savait que, généralement, les gens fournissaient volontairement des informations pour combler le silence.

— Le truc, c'est qu'il n'a acheté son nouvel ordinateur qu'avant Noël, et que je n'ai pas encore basculé sur le nouveau.

Elle fouilla dans une sacoche posée sur le sol, dont elle tira un ordinateur, qu'elle posa sur le bureau.

— En gros, vous avez une copie de tous les mails et messages de votre mari ?

— Pour les messageries dont j'ai connaissance, précisa-t-elle, puis elle déglutit.

— Après avoir regardé de nombreux films et séries télévisées, je me rends compte qu'il menait peut-être une double vie, mais j'ai du mal à croire que Milton m'ait caché quelque chose d'important.

Milton Bodurek aurait-il pu être Eli Kane ? Edith pouvait-elle être une suspecte du meurtre de son mari ?

— Notez-moi le mot de passe. Puis-je prendre le sac, aussi ?

Surprise, elle écarquilla les yeux.

— C'est le mien, pas celui de Milt.

— Les gens ne feront peut-être pas attention si je sors d'ici avec un sac, mais ils remarqueront forcément si j'ai un ordinateur portable à la main que je n'avais pas en arrivant.

— Oui, bien sûr.

Elle attrapa le sac qu'elle posa sur le bureau. Il était fin et d'un noir uni. Elle remit l'ordinateur à l'intérieur.

— Voulez-vous mon numéro de portable ?

Il y réfléchit, puis secoua la tête.

— Si nous commençons à nous envoyer des SMS, le shérif

nous accusera de complot en vue de commettre un meurtre avant même que vous ayez eu le temps d'enterrer votre mari.

Cette prise de conscience l'horrifia.

— Si vous avez besoin de me joindre, appelez-moi depuis ici, et nous pourrons discuter de manière plutôt officielle. Si vous découvrez des informations qui pourraient m'être utiles ou qui semblent sortir de l'ordinaire, faites-le-moi savoir. En cas d'urgence, passez à la maison ou appelez le 911.

Il était possible qu'elle soit aussi en danger ; tout dépendait d'où venait la menace. Il fit glisser sa carte de visite sur le bureau. Le sceau en relief brillait d'un éclat moqueur dans la lumière du soleil qui filtrait à travers la fenêtre. Son numéro personnel était inscrit au dos.

— Si vous appelez d'ici, vous pouvez au moins prétendre que nous avons parlé de mon compte.

Grady prit la sacoche, puis glissa ses photos de famille dans la poche latérale, avant de la passer en bandoulière.

— S'il y a quelque chose d'autre, quoi que ce soit que vous ne me dites pas, mieux vaudrait le faire maintenant.

L'expression d'Edith resta peinée et légèrement confuse.

— Je veux que l'assassin de mon mari soit traduit en justice, monsieur Steel, affirma-t-elle, et son regard se fit dur. Je veux qu'il brûle en enfer pour avoir abattu un homme qui était gentil et attentionné, et pour m'avoir volé le futur que j'ai attendu tout au long de ma vie de couple. Mais, je me contenterai de ce que nous appelons la justice, si c'est tout ce que je peux obtenir. Tant que le coupable paie pour ce qu'il a fait.

Les yeux de la veuve brûlèrent le dos de Grady quand il s'éloigna.

CHAPITRE VINGT-NEUF

Brynn se gara à l'arrière de la maison, sur sa place réservée. Elle récupéra ensuite les courses dans le coffre et verrouilla la voiture avant de longer le bâtiment pour se diriger vers sa porte. Elle fronça les sourcils en entendant un bruit inhabituel et poursuivit son chemin jusqu'à atteindre le jardin devant la maison.

Le chien gris et touffu mangeait bruyamment dans le bol que Grady avait dû lui laisser.

Elle retint son souffle, mais le chien la sentit et éloigna ses pattes arrière d'elle, la regardant avec méfiance tout en continuant à manger.

La peur qu'elle vit dans ses yeux la frappa de plein fouet.

— C'est bon, mon garçon.

Son cœur se serra à l'idée qu'elle n'avait jamais remarqué sa silhouette fantomatique qui hantait la ville. Pas avant que Grady lui ait montré.

Elle s'accroupit pour avoir l'air moins menaçante : elle ne voulait pas qu'il la craigne comme le reste du monde. Il favorisait sa patte avant gauche. Brynn fronça les sourcils. Il avait vraiment besoin de voir un vétérinaire, et Grady ne s'était pas trompé sur le blizzard annoncé par la météo. En raison des vents froids, la température ressentie devait descendre jusqu'à moins trente-quatre degrés, avec au moins trente centimètres de neige, voire davantage.

Le chien termina son repas et plongea la tête dans le bol d'eau, éclaboussant tout autour de lui.

Elle voulait l'attraper, mais elle ne pensait pas pouvoir y arriver, et elle ne voulait pas lui faire peur ni se faire mordre. Elle devait gagner sa confiance, ce que Grady essayait manifestement de faire avec la nourriture.

Elle fouilla dans le sac de courses, en sortit un paquet de biscuits à l'avoine dont elle n'avait vraiment pas besoin, puis l'ouvrit. Elle en jeta un dans l'herbe à côté de l'animal, qui le renifla, avant de le manger presque délicatement.

Le sucre n'était sans doute pas très bon pour les chiens, mais elle n'avait rien d'autre à portée de main.

— C'est bon, mon garçon. Je ne te ferai pas de mal.

Elle lança le suivant plus près, et il s'avança pour le prendre, avant de reculer à nouveau. Elle cassa le suivant en deux, le jeta plus près encore, murmurant tout du long.

— Pauvre petite créature. As-tu froid ? Je pense que tu as besoin d'un bain, et d'un endroit confortable où te pelotonner.

Et un vétérinaire pour examiner cette patte avant.

Il fallut du temps et de la patience, mais finalement, lorsqu'elle lui tendit un biscuit, il se pencha vers elle et, avec une infinie précaution, prit délicatement le morceau entre ses doigts.

Le cœur de Brynn fit un petit bond.

— Bon garçon. Quel bon garçon !

Il mordit dans la friandise et resta là, l'air perplexe, regardant tour à tour le paquet de biscuits et le visage de Brynn. Mais elle devait l'emmener dans un endroit où elle pourrait le contenir, et elle n'avait rien qui ressemble à une laisse. Il ne portait pas de collier.

Elle reporta son regard sur sa porte et se leva lentement. Le chien recula de quelques pas, puis s'arrêta pour l'observer. Elle lui tendit un autre morceau de biscuit, plus petit, parce qu'elle ne voulait pas être à court avant de l'avoir fait entrer. *Si* elle arrivait à le faire entrer.

D'après son contrat de location, les animaux étaient interdits, mais elle ne pensait pas que le propriétaire actuel s'y opposerait. De petits yeux noirs la scrutaient nerveusement à travers une frange trop longue. Et s'il s'enfuyait à nouveau ? Et s'il comprenait qu'elle voulait l'enfermer.

Il recula encore.

Comme elle craignait de perdre la confiance de l'animal, elle s'obligea à se calmer. *Détends-toi.* Les chiens sentaient la peur.

Elle remua ses sacs et recula lentement, tout en lui offrant une autre friandise. Le chien suivit. Soudain, elle se souvint du jambon qu'elle avait acheté. Elle en déchira l'emballage. L'animal la regarda avec impatience.

— Pauvre petite créature.

Elle déverrouilla sa porte, puis l'ouvrit. Elle tendit un autre morceau de jambon, que le chien mangea, avant de se lécher les babines, et de la regarder comme s'il pensait qu'elle lui avait caché des choses. Elle entra dans son appartement, déposa ses sacs sur la table d'appoint à côté de la porte, mais elle garda le jambon et les biscuits.

Elle donna une autre tranche à l'animal, puis se dirigea vers la kitchenette et sortit un grand saladier en métal du placard. Depuis le seuil de la porte, il l'observa tandis qu'elle remplissait le bol d'eau et le posait sur le sol.

Le chien ne sembla pas impressionné : elle éclata de rire.

— Tu t'attendais à l'une des boîtes de nourriture pour chien de Grady, n'est-ce pas ?

Elle devait l'appeler. Elle faisait ça pour lui : il lui était impossible de s'occuper d'un animal et de gérer le café.

Techniquement, c'était le chien de Caleb Quayle, même si, manifestement, il n'en voulait pas, et il n'en prenait pas soin. L'idée que ce type récupère le pauvre animal ne lui plaisait guère.

Brynn s'approcha, puis s'accroupit avec une autre tranche de jambon. Le chien s'approcha doucement, le ventre au ras du sol, nerveux à cause du changement d'environnement.

Un sentiment de tristesse envahit la jeune femme quand il lui lécha les doigts.

Elle jeta un morceau de viande sur le sol de la cuisine. Il attendait qu'elle le lui donne, mais, comme elle ne bougeait pas, le chien approcha doucement de la nourriture tandis qu'elle reculait vers la porte.

Il lui fallut presque tout le jambon, ainsi que tous les biscuits restants, avant qu'elle n'atteigne enfin la porte et la referme doucement, les confinant tous les deux à l'intérieur.

Le chien commença alors à faire les cent pas, comprenant clairement qu'il était coincé là. Le voir si clairement perturbé brisa le cœur de Brynn.

— Tout va bien. Je ne te ferai pas de mal. Je te le promets.

L'animal semblait effrayé.

Quelqu'un l'avait-il battu ?

L'idée l'emplissait de rage, mais elle laissa ses sentiments de côté. Elle s'assit par terre, s'appuyant contre l'îlot de la cuisine. Elle devait trouver le numéro de Grady et l'appeler pour l'informer qu'elle avait son chien. Mais, d'abord, elle devait répéter ce qu'elle avait fait dehors et gagner la confiance de cette pauvre créature.

— Je ne vais pas te faire de mal, mon beau. Je vais m'assurer que l'on prenne soin de toi et que ta patte avant soit soignée.

Il s'arrêta et pencha la tête. Il l'écoutait.

Lorsqu'elle sortit la dernière tranche de jambon du paquet, il s'approcha d'elle, et le petit battement de sa queue lui fit monter les larmes aux yeux. Et quand il s'allongea finalement à côté d'elle, posant sa tête sur la cuisse de Brynn, elle les laissa couler.

CHAPITRE TRENTE

Grady retrouva Ropero à quelques kilomètres de Bangor, sur le parking d'un petit complexe industriel.

Elle monta dans sa voiture.

— Je n'ai pas beaucoup de temps. Nous ne pouvons pas être vus ensemble. Qu'avez-vous pour moi ?

Pas même un « comment va la tête » ?

Grady se retint de lever les yeux au ciel en lui passant l'ordinateur portable.

— La veuve de Milton Bodurek, Edith, m'a donné ceci il y a environ une heure. Il semblerait qu'il se soit acheté un nouvel ordinateur pour Noël, qui se trouve actuellement entre les mains du bureau du shérif du comté de Montrose. Il a donné l'ancien à sa femme, mais elle ne l'a pas encore configuré avec son propre email et tout le reste.

Ropero fronça les sourcils en le prenant.

— Vous croyez qu'elle voulait le surveiller, parce qu'elle pensait qu'il avait une liaison ?

— Je pense que, s'il avait une liaison, il aurait commencé par formater l'ordinateur. Les mots de passe sont inscrits sur des notes autocollantes à l'intérieur.

Elle l'interrogea, soupçonneuse.

— L'avez-vous allumé ?

— Non, dit-il avec plus de patience qu'elle n'en méritait. Je sais comment faire mon travail, agent Ropero.

Elle jura, puis se passa une main dans les cheveux.

— Désolée. Je me comporte comme une garce.

— Je ne m'étais pas rendu compte que vous saviez faire autrement.

L'agent le surprit en souriant.

— Je vous présente également mes excuses pour vous avoir imposé cette affaire. Dobson m'a suggéré de vous aborder en tant que collègue agent, mais je ne l'ai pas écouté.

— Pourquoi pas ?

Une lueur jaillit dans les yeux de Ropero.

— Parce qu'il fut un temps où Eli Kane était aussi un collègue agent. Porter un insigne n'est pas une garantie de bonne moralité. En outre, il y a le sujet de votre père...

— Je ne suis pas mon père.

Il laissa passer l'insulte. Il n'était pas d'humeur à discuter du parent qu'il avait renié. Une chose l'avait toujours tracassé.

— Comment Kane parvenait-il à passer les tests polygraphiques dans les années quatre-vingt ? Je veux dire... Je me fais dessus chaque fois que je dois en passer un, et je n'ai rien fait de mal. C'est comme une confession, mais avec des électrodes pour aider le Tout-Puissant.

Ropero grogna.

— La bonne vieille culpabilité catholique. C'est une chose que l'on n'oublie jamais., remarqua-t-elle, puis elle remua sur son siège. Le système est plus performant aujourd'hui. À l'époque, les agents étaient tous potes avec les techniciens du polygraphe. Ou alors ils trompaient la machine en prenant un Xanax et en passant un bon moment à rigoler avec leurs amis avant.

Il repensa au technicien du polygraphe qui avait été assassiné pour son rôle dans l'affaire Stone, un an auparavant, à Noël. Grady avait été chargé d'aider à protéger le sénateur LeMay et la maison de sa femme à Washington, pendant que le Bureau recherchait leur fille kidnappée.

Les polygraphes, ou détecteurs de mensonges pour le grand public, étaient un outil pour obtenir des aveux ou des informations. Ce n'était pas un sérum de vérité, et il n'était même pas strictement admissible devant un tribunal.

— Les tests ne sont pas infaillibles, comme vous le savez. Et, ma théorie, c'est que Kane était, et est un psychopathe qui sait comment simuler une émotion positive, plutôt que quelqu'un qui a besoin de cacher son stress.

Tout homme capable d'exécuter sa femme et ses gosses comme il l'a fait doit avoir un truc qui ne va pas dans le cerveau.

— Les auteurs de tueries familiales ont généralement un élément déclencheur. Avons-nous fini par découvrir quel était celui de Kane ?

— Pas vraiment, répondit Ropero, regardant par la vitre. Selon la meilleure amie de l'épouse, Kane a demandé le divorce quelques mois avant les meurtres, mais Lisa l'a supplié d'essayer d'arranger les choses. La situation semblait s'être calmée, et la femme a dit à tout le monde qu'ils allaient bien et qu'ils partaient en vacances en famille en Floride.

— Elle n'avait aucune idée de ce qui se tramait ?

— D'après son amie, les garçons et elle étaient surexcités.

— Et au lieu de partir en vacances, il les a tués, conclut Grady, observant le vent qui agitait les cimes des arbres voisins.

— Son histoire de voyage lui a laissé trois semaines complètes pour disparaître, sans que personne ne remarque qu'il n'était pas là où il était censé être. Ensuite, il s'est fait porter pâle : nous savons désormais qu'il a passé cet appel depuis une cabine téléphonique au Nouveau-Mexique. Il a donc fallu une semaine supplémentaire avant que ses collègues ne s'inquiètent vraiment et ne se mettent à sa recherche. Mais ce n'est que lorsque des randonneurs sont tombés sur la voiture familiale, chargée pour les vacances, et cachée dans des buissons du parc historique national de Cumberland Gap, que les autorités fédérales ont pris conscience qu'un drame s'était produit. Les équipes cynophiles ont retrouvé les corps, et le reste appartient à l'histoire.

— Pourquoi les tuer ? Pourquoi ne pas simplement passer à autre chose ? s'enquit-il, se disant que son propre père leur avait au moins épargné ça. Les gens se font rejeter tout le temps.

— Pour avoir le contrôle ? Par haine ?

Tous deux fixèrent en silence le paysage hivernal dépouillé.

— Nous devrions faire appel à quelqu'un du département des sciences du comportement pour nous aider à établir son profil. Nous savons qu'ils l'étudient depuis des années.

— Je ne veux pas risquer...

— Oui, oui, oui. Je comprends ce que vous voulez et ce que vous ne voulez pas, mais personne du BAU ne va nous trahir, et ils pourraient nous fournir les informations dont nous avons besoin.

La mâchoire de Ropero se crispa tandis qu'elle le regardait. Finalement, elle concéda :

— Je parlerai à Dobson et je verrai ce qu'il pense de cette idée.

Grady soupçonnait les deux agents d'être plus que de simples collègues, mais il ne comptait pas poser de questions.

Une image de Brynn surgit dans son esprit, et son pouls s'accéléra légèrement alors qu'il se remémorait ce maudit baiser. Si innocent et pourtant si torride. Elle était jolie et agréable à fréquenter, mais quelque chose le touchait au-delà de cela. Était-ce son sens de l'humour ? L'intelligence dans ses beaux yeux ou la douleur qu'il y voyait, tapie dans l'ombre ? Il ne voulait pas être l'enfoiré qui aggraverait cette blessure. Leurs avenirs ne se rejoindraient pas, leurs chemins se sépareraient.

Mais il l'appréciait. Plus qu'il ne l'aurait dû.

— Pourquoi la veuve vous a-t-elle confié l'ordinateur portable ? demanda Ropero après une minute de silence.

— Elle veut que je l'aide à trouver l'assassin de son mari. Elle pense que nous sommes les deux principaux suspects du shérif, ce qui me donne une bonne raison de vouloir enquêter plus avant.

Grady baissa sa vitre, et laissa l'air frais pénétrer dans l'habitacle.

— Que lui avez-vous dit ?

— Que je l'aiderais, à condition qu'elle n'en parle à personne, pas même à son fils, qui est toujours à l'université, où il prépare un master en commerce, malgré la nouvelle du meurtre de son père. Peut-être a-t-elle l'intention de me faire porter le chapeau, mais je pense que nous savons quelque chose qu'elle ignore.

Ils échangèrent un regard amusé.

— Je me suis dit qu'elle pourrait avoir des informations utiles à un moment ou à un autre, alors j'ai décidé de la garder dans mon camp. Le mort avait souscrit une police d'assurance-vie de cinq millions de dollars. Des gens ont tué pour moins que cela.

Ropero posa une main sur son front.

— Si cet imbécile de shérif vous arrête et fait capoter notre opération, je le descendrai moi-même.

Grady pivota sur son siège et fronça les sourcils.

— Toute cette histoire avec Kane semble vous toucher personnellement. Je veux dire, je comprends que vous vouliez épingler cette ordure, mais...

Agacée, elle le regarda, puis finit par parler.

— C'est sans doute le cas, même si je n'ai aucun lien

personnel avec l'affaire. Ma famille vivait dans la même ville du Maryland que Kane lorsque j'étais enfant. Ses enfants avaient environ le même âge que ma sœur et moi. Cela m'a marquée qu'une famille entière puisse disparaître comme ça. Je me souviens du choc que tout le monde a éprouvé. La disparition, puis la découverte des corps. À l'époque, on nous mettait surtout en garde contre les dangers extérieurs ; c'est donc la première fois que j'ai pris conscience que la menace pouvait venir de l'intérieur même d'une famille.

Ropero coula un regard vers Grady, mais il ne dit rien. Il était né dans un foyer qui avait été dangereux dès le début.

— Les adultes n'ont parlé que de cela pendant des semaines. Les gens ont commencé à perdre confiance dans le FBI et la police. Cela me dérangeait, même si j'étais jeune, de voir qu'un seul homme pouvait détruire tant de choses. C'est l'un de mes premiers souvenirs, expliqua-t-elle, puis elle essuya la condensation sur sa vitre. D'une certaine manière, je crois que j'ai rejoint le Bureau pour essayer de rétablir l'équilibre. Je n'aurais jamais imaginé faire partie de l'équipe chargée de le traquer. Je faisais une rotation au QG quand le tuyau australien est arrivé. Dobson était dans l'équipe. J'ai demandé à y être intégrée aussi.

Elle s'interrompit, secouant la tête. Elle lui coula un nouveau regard.

— J'adorerais faire tomber cette ordure.

— Vous êtes une idéaliste.

— Je suis une foutue pragmatique, rétorqua-t-elle en s'entourant de ses bras.

— N'est-ce pas notre cas à tous ? remarqua Grady, qui savourait l'air glacial transporté par la brise. Avez-vous pu mettre la main sur le rapport d'autopsie de Bodurek ?

— Oui. Une balle de 9 mm dans la tête, tirée à bout portant.

— Ça ressemble à une exécution.

— La balle ne sera d'aucune utilité pour l'analyse balistique.

Elle est trop fragmentée. Le laboratoire teste les composants au cas où nous aurions une touche, mais j'en doute. Les balles ne sont pas vraiment une rareté aux États-Unis.

— Vous avez analysé l'ADN de la victime ?

L'air fatigué, Ropero hocha la tête.

— Il n'est pas Kane. Le père de Brynn Webster non plus, d'ailleurs. Cela aurait été trop facile, marmonna-t-elle, découragée.

Cette nouvelle rendait Grady très heureux, mais il réprima son sentiment. Brynn était hors limites. Il était en mission. Il fouilla dans sa poche et en sortit l'enveloppe de preuves contenant les mégots de cigarettes qu'il avait ramassés la nuit précédente.

— J'ai failli oublier. J'ai trouvé ça près des empreintes de bottes que je vous ai envoyées avant de me faire défoncer le crâne.

— Pourquoi étiez-vous là, d'ailleurs ?

Il haussa les épaules.

— Brynn pense avoir entendu quelqu'un dans la ruelle derrière elle, la nuit où Bodurek a passé l'arme à gauche. Elle a ensuite mis le bruit sur le compte d'un chat errant. J'en suis venu à me demander si quelqu'un n'avait pas délibérément effrayé le chat quand elle s'est arrêtée et a regardé derrière elle.

Ropero ramassa le sachet de mégots avec une grimace de dégoût.

— Je vais les faire analyser dès que possible, mais je ne sais pas ce que cela nous apprendra.

Grady haussa les épaules.

— Qu'il y a quelqu'un qui traîne dans le coin.

— Il pourrait s'agir d'un sans-abri.

— La personne qui m'a attaqué était entraînée.

— C'est peut-être votre ego qui parle, remarqua-t-elle en souriant.

— Mon ego est mort le jour où vous m'avez sorti menotté d'une réunion de la HRT.

— J'ai dit que j'étais désolée.

— Ce type aurait pu me tuer, insista Grady, dont le crâne le lançait encore. Ce n'est pas mon ego qui me dit qu'il savait exactement ce qu'il faisait, pour parvenir à me mettre à terre aussi rapidement et efficacement qu'il l'a fait.

— Nous avons regardé les flux de vidéosurveillance, mais les plaques du van étaient camouflées. Les camionnettes blanches ne sont pas vraiment rares dans cette partie du monde.

Grady jura.

— J'ai rendu visite à mon vieil ami Saul Jones. Il m'a raconté que Bodurek s'était comporté comme un enfoiré avec lui après le braquage, où il s'est fait tirer dessus. Edith l'a admis aussi, mais elle affirme que ce n'était pas son genre. Je pense que nous devrions continuer à fouiller les antécédents du directeur de la banque.

— Il passait peut-être une mauvaise journée, suggéra Ropero en souriant. Ça arrive.

— Ne me dites pas que vous avez le sens de l'humour, Ropero. Pas maintenant, alors que je vous ai déjà cataloguée comme une garce sans cœur.

L'agent secoua la tête.

— Je suis exactement celle que vous pensez que je suis, répondit-elle, et c'était tout à son honneur de l'admettre. Je vais continuer à creuser les antécédents de Bodurek, au cas où quelque chose ressortirait. Qui l'a tué, selon vous ?

— Sa mort, si peu de temps après le braquage, ça ne peut pas être une coïncidence, déclara Grady, le regard perdu au loin. C'est peut-être une question d'argent et l'un des membres de la famille a commis le vol et le meurtre, ou bien un concurrent. Edith était très convaincante dans le rôle de la veuve éplorée. Je creuserais la piste du fils.

Grady tira un chewing-gum d'un paquet posé sur le tableau de bord de la Jeep. Il en offrit un à Ropero, qui l'accepta.

— Une partie de moi voudrait croire que Kane l'a tué, mais je ne peux m'empêcher de penser qu'il préférerait éviter les ennuis plutôt que d'en créer davantage. À moins que Milton n'ait eu quelque chose dont Kane avait besoin pour s'échapper à nouveau... auquel cas, il est déjà parti. L'autre idée qui m'a traversé l'esprit est un peu plus inquiétante.

Ropero se tourna pour lui faire face.

— Et si quelqu'un d'autre était à la recherche de Kane ?

— Comme qui ?

Grady haussa les épaules.

— Et comment ces gens sauraient-ils qu'il faut regarder ici ? Il faudrait qu'ils aient su que nous avions trouvé l'empreinte, remarqua l'agent, l'air renfrogné.

— Votre paranoïa déteint probablement sur moi, déclara Grady avec un nouveau haussement d'épaules.

L'expression de Ropero devint féroce.

— Donnelly et Sullivan nous ont envoyé des photos à analyser. Sullivan semblait particulièrement intéressé par...

— Les deux touristes russes dans le bar hier soir ?

Elle acquiesça.

— Kane travaillait dans le contre-espionnage, n'est-ce pas ?

— En effet, mais rien dans son dossier ne suggérait qu'il espionnait pour le compte de la Russie, et nous n'avons trouvé aucun résultat dans la base de données concernant les touristes. L'une est moscovite et possède un visa touristique de trois mois. Elle s'est envolée pour Boston, où elle a retrouvé son ami qui venait d'arriver de Prague. Ils ont passé la semaine dernière à remonter la côte.

Grady fit rouler son épaule.

— C'est comme je l'ai dit : c'est de la paranoïa.

Elle fronça les sourcils.

— Je vais retourner discuter avec l'ancien patron de Kane.

— Vous avez pu retracer l'appel qui a attiré Milton Bodurek au port ?

Ropero secoua la tête.

— Il provenait d'un téléphone jetable, qui doit probablement se trouver au fond du port.

— Les plongeurs ont-ils trouvé quelque chose ?

Elle fit non de la tête.

— D'après ce à quoi nous avons pu avoir accès, rien d'utile.

Grady serra les dents : l'absence d'indices devenait frustrante.

— J'ai installé quelques caméras autour de ma maison. La vidéosurveillance a-t-elle permis d'identifier la personne que Brynn Webster a vue s'éloigner du port ?

— Nous n'avons rien. La seule caméra de la ville se trouve au-dessus du distributeur de billets de Main Street. Nous avons fait appel à un consultant du nom d'Alex Parker pour qu'il examine toutes les images disponibles, au cas où nous aurions la chance de voir Kane utiliser cet appareil ou passer devant, l'informa-t-elle, frottant son œil. Je ne voulais pas, mais le technicien de l'équipe m'a dit que l'analyse des images lui prendrait la majeure partie de son temps pendant plusieurs semaines. Ce type, Parker, peut faire ça en quelques jours. Comment est-ce possible ?

Ropero s'interrompit, elle semblait énervée.

— On m'a assuré que ce type était discret, et on ne lui a pas dit qui il devait rechercher, juste de vérifier s'il y avait des correspondances dans la base de données.

— Nous avons déjà travaillé avec Parker, expliqua Grady, s'efforçant de faire disparaître la douleur de sa voix, alors que les souvenirs de la dernière fois remontaient à la surface. Il est doué.

Et son ami était mort malgré tout.

Les émotions menaçaient de le submerger, mais il les repoussa. Il espérait que Grace et les enfants allaient bien, même si, à dire vrai... comment pourrait-elle aller bien ? Il espérait aussi pouvoir être présent pour l'aider à l'arrivée du bébé. Perdre Montana par-dessus le marché avait été un coup terrible.

Ils essayaient toujours de retrouver suffisamment de sa dépouille pour l'enterrer.

Ropero grogna.

— Bien.

Cela sortit Grady de sa torpeur. Même lui savait que « bien » voulait dire tout le contraire.

— J'ai l'intention de rendre visite à l'ancien shérif cet après-midi, annonça-t-il. Pour le remercier de m'avoir aidé quand j'étais ado, et ce genre de conneries.

— Il va penser que vous essayez de vous faire retirer de la liste des suspects.

— Ils ne peuvent pas me coller ça sur le dos sans une enquête policière extrêmement bâclée.

Ropero ricana.

— Comme si cela n'était jamais arrivé. Vous avez récupéré votre arme ?

— Non. Je suppose que Quantico n'est pas le seul laboratoire à être débordé, constata-t-il, en faisant la moue. Si vous n'avez pas de mes nouvelles d'ici douze heures, commencez à chercher une tombe peu profonde.

— Ce n'est pas drôle. C'est exactement ce qu'Eli Kane a fait à sa famille.

— C'est de l'humour noir. Avez-vous trouvé quoi que ce soit dans les comptes de l'ancien shérif ?

Ropero inclina le menton.

— Oui et non.

Grady haussa un sourcil et patienta.

— Ils vivent simplement et selon leurs moyens. Mais ils ont

payé un prix défiant toute concurrence pour le terrain et la nouvelle construction.

— Ah ! Avez-vous trouvé qui les leur a vendus ?

— Une entreprise appelée Serenity Construction, ce qui ressemble à un oxymore. Nous cherchons à découvrir qui en est le propriétaire. L'entreprise a fermé peu après l'achèvement de la maison des York. Nous sommes remontés jusqu'à une société-écran basée dans les Caraïbes.

C'était assurément suspect.

— Nous approfondissons nos recherches, mais nous avons beaucoup à faire, et je ne suis pas convaincue que ce soit lié à Kane.

Le téléphone de Grady sonna et il le consulta : c'était un numéro inconnu.

— Je ferais mieux de répondre.

— Allez-y.

Il mit le téléphone sur haut-parleur.

— Steel.

— Grady. C'est Brynn, Brynn Webster.

— Tu es la seule Brynn que je connaisse, répondit-il en souriant, ignorant son pouls qui s'emballait.

— Aurais-tu une laisse et un collier ?

Il éclata de rire.

— Euh... Aurais-tu une sorte de fétichisme dont je devrais être au courant ?

Ropero plaqua une main sur sa bouche pour s'empêcher de rire.

— Non ! répondit Brynn d'un ton impatient. J'ai ton chien.

— Mon chien ? Je n'ai pas de chien, protesta-t-il en fronçant les sourcils, confus, avant de se redresser. Le chien errant ?

— Oui.

— Tu l'as attrapé ?

— Je crois.

Grady entendait des gémissements en arrière-plan. Et des grattements.

— Je l'ai attiré dans mon appartement avec une offre qu'il ne pouvait pas refuser. Maintenant, j'ai peur d'ouvrir la porte, car je crains qu'il ne s'échappe et qu'aucune quantité de biscuits ou de jambon cuit ne puisse le convaincre de me faire à nouveau confiance.

Grady consulta sa montre.

— J'en ai pour une quarantaine de minutes. Plus, en fait, parce qu'il va falloir que je m'arrête pour acheter une laisse en chemin. Tu penses pouvoir survivre aussi longtemps ?

Le bruit de grattement s'amplifia.

— C'est ta maison.

— Assieds-toi par terre et regarde la télé ou quelque chose. Il va se calmer.

— D'accord. Ce n'est pas comme si j'avais une vie ou quoi que ce soit d'autre.

— Merci. Je vais appeler le vétérinaire en chemin, et prendre un rendez-vous pour qu'il l'examine. Je ne serai pas long, la rassura-t-il avant de raccrocher.

Ropero ouvrit la portière, puis marqua une pause.

— Ne vous laissez pas distraire de la véritable raison de votre présence à Deception Cove.

— Juste au moment où je commençais à vous apprécier, remarqua Grady en secouant la tête avec ironie.

Elle se leva, grogna, puis se pencha à nouveau dans l'habitacle.

— Ce que je voulais dire, c'est que la vérification des antécédents de la rousse n'a rien donné, mais qu'il y a quelque chose de bizarre au sujet de son ex.

— Bizarre comment ?

Grady avait enclenché la marche arrière et il attendait impatiemment que l'autre agent ferme la portière.

— Nous n'avons pas réussi à le localiser.

— Continuez d'essayer.

— C'est ce que nous faisons.

Elle claqua la portière ; Grady recula rapidement, et partit en trombe.

CHAPITRE TRENTE-ET-UN

VINGT-SEPT ANS PLUS TÔT - PRINTEMPS

Eli était assis devant un petit hôtel de charme huppé dans le Maryland, assez loin pour ne pas être repéré, et assez près pour surveiller la porte d'entrée. C'était le printemps et les cerisiers étaient en fleurs : sa période de l'année préférée dans cette partie du monde.

Il regarda son épouse dévouée se hâter à l'intérieur. Elle portait une robe fourreau marine et des talons hauts écarlates. Ce matin-là, elle l'avait embrassé, avant de lui annoncer qu'elle avait rendez-vous chez le dentiste et qu'elle comptait faire quelques courses après, pendant qu'une baby-sitter garderait les garçons.

Ils n'étaient pas ses garçons.

Quelques mois plus tôt, il avait prélevé des échantillons de leur ADN et les avait envoyés à un laboratoire privé, pour qu'ils soient analysés en même temps que le sien.

Ce n'étaient pas ses garçons, mais ils étaient bien frères, avec des yeux brun chaud, de la couleur du chocolat noir.

Cette découverte l'avait anéanti.

Lisa s'était en effet rendue chez le dentiste plus tôt dans la journée pour un détartrage.

Elle avait de belles dents.

Il s'agissait sans doute d'une exigence professionnelle.

Cependant, elle n'avait pas fait de shopping... du moins, pas encore. Il pensait savoir ce qui se passait, mais il était impuissant à empêcher les mâchoires de ce piège minutieusement tendu de se refermer sur lui et de le dévorer tout entier.

Mais il n'était pas encore prêt à s'écrouler et à mourir.

Il leva les yeux vers l'élégante façade de pierre et écouta sans surprise sa femme saluer son amant. Il voulait savoir qui il était, voir son visage.

Il écouta pendant qu'ils s'envoyaient en l'air. Il écouta tandis qu'allongés sur le lit, ils complotaient sa chute.

Il réfléchit à ses options. Même s'il se présentait immédiatement devant ses supérieurs avec tout ce qu'il savait, il serait exclu du Bureau et deviendrait la risée de tous.

Sa fierté ne le lui permettait pas.

Il pourrait se suicider : c'était tentant. Les Russes seraient probablement irrités d'avoir perdu autant de temps avec lui. Sa femme serait, à juste titre, en colère d'avoir dû rester avec lui pendant si longtemps sans rien en retirer.

Il pourrait disparaître... Et ensuite, quoi ?

Le chercheraient-ils ? Ses collègues s'en soucieraient-ils ? Sans doute pas autant que ces foutus Russes, songea-t-il, amer. Ils seraient furieux que leur plan de *kompromat* à long terme n'ait pas porté ses fruits.

Mais alors, Lisa, la veuve éplorée, séduirait probablement l'un de ses collègues qui élèveraient volontiers les « orphelins d'Eli » comme ses propres enfants.

Lui n'aurait pas besoin de tests ADN, songea-t-il avec ironie.

Il écouta les deux amants grogner, gémir et haleter sans la moindre trace de jalousie. Elle n'était pas à lui. Elle ne l'avait jamais été. Il était la cible, le pigeon. Et elle s'était jouée de lui comme une pro et continuait de le faire.

Combien de temps Lisa allait-elle encore jouer cette mascarade ? Jusqu'à ce que les Russes l'épuisent de leurs questions pour lui soutirer des informations, comme son amant l'épuisait en ce moment ? Ou jusqu'à ce qu'ils prennent tous les deux leur retraite, après avoir gâché toute leur vie dans un mensonge ?

Oui, sûrement la seconde option. Ils le laisseraient élever ces gamins comme s'ils étaient les siens, les nourrir, les vêtir, les éduquer, les aimer... mais ils étaient comme des coucous dans un nid, des parasites.

Eli sourit.

Non, il trouverait un autre plan. En attendant, il coucherait avec sa charmante épouse dès qu'il en aurait l'occasion. Il économiserait autant d'argent que possible tout en bloquant l'accès de cette garce à leurs comptes bancaires. Ses doigts tambourinèrent sur le volant. Il lui donnerait de l'argent de poche, une petite somme, avec des bonus qu'il serait le seul à comprendre, pour divers actes sexuels. C'était ce qu'elle était, au final, une prostituée.

Une garce. Une foutue garce menteuse. Il attendit qu'ils terminent. Une chose était sûre, l'amant de sa femme avait de l'endurance.

Il la regarda ressortir du bâtiment après sa sieste crapuleuse, aussi fraîche et pimpante qu'à son arrivée. Elle grimpa dans la petite berline qu'il avait achetée pour elle en contractant un emprunt. Il s'en débarrasserait le lendemain.

Elle n'avait pas pris de douche. Sentirait-il encore l'odeur de cette ordure sur elle quand il rentrerait à la maison ce soir-là ?

Alors que ses mains agrippaient le volant, il repensa à leur petite table à manger. Dès que les garçons seraient couchés, il allait la prendre là, les rideaux grands ouverts, de sorte que n'importe qui passant devant la maison puisse les voir.

Il esquissa un sourire sinistre.

Il allait savourer ce jeu pendant les quelques mois à venir. Lui faire ressentir la même incertitude et la même insécurité qu'il avait éprouvées avant de finalement comprendre.

Il était en colère. Il se sentait humilié. Idiot. Utilisé.

Lorsque l'amant sortit de l'hôtel, son identité ne fut pas un choc, pas même une surprise. Elle confirma tout ce qu'Eli soupçonnait déjà. Une vague d'humiliation et de dégoût lui parcourut l'échine jusqu'au coccyx.

Mais c'était lui qui avait le contrôle, à présent.

C'était lui qui tirait les ficelles.

CHAPITRE TRENTE-DEUX

Brynn regarda Grady passer doucement sa main sur le crâne osseux du chien, puis le long de la crête sagittale, alors qu'ils étaient assis dans la salle d'attente du vétérinaire.

Il avait fallu beaucoup de temps, ainsi qu'une patience infinie à Grady pour que le chien accepte le collier et la laisse. Le gros sac de friandises pour chiens qu'il avait acheté avait aidé. Il s'était avéré presque impossible de faire monter le chien dans la voiture jusqu'à ce qu'il lui lance les clés, avant de grimper dans le coffre de la Jeep avec le gros chien sale sur les genoux.

Ils étaient là depuis dix minutes maintenant, et l'animal s'était enfin calmé, principalement grâce au réconfort apporté par les caresses de Grady. Brynn ne pouvait s'empêcher de se demander ce qu'elle ressentirait s'il la caressait ainsi...

Une assistante guillerette sortit d'une salle d'examen, tirant Brynn de ses pensées lubriques. Elle avait passé plus de temps à penser au sexe au cours des dernières vingt-quatre heures qu'au cours des deux années précédentes.

L'assistante les fit entrer. Brynn remarqua les regards désapprobateurs qui leur furent lancés lorsque la femme remarqua le pelage emmêlé du chien et sa boiterie prononcée.

— C'est un chien errant. Nous l'avons trouvé comme ça, expliqua rapidement la jeune femme.

L'expression de l'assistante s'adoucit.

— Oh ! Eh bien, nous allons prendre le relais à partir de maintenant. Voir s'il a une puce ou un tatouage. Et veiller à ce qu'il retrouve...

— À l'évidence, son maître l'a abandonné. Il ne peut pas retourner auprès de lui, l'interrompit Grady d'un ton sec.

La femme pinça les lèvres.

— Il est possible qu'il se soit enfui, et qu'il n'ait pas pu le rattraper. Je pense que sa famille sera ravie de le retrouver.

Grady resta assis, les bras croisés, l'air faussement détendu.

— Quelqu'un m'a dit qu'il appartenait à Caleb Quayle. Pourquoi ne l'appelleriez-vous pas pour confirmer ? Voyez s'il veut venir ici et récupérer son chien. Mais, d'abord, j'aimerais que le vétérinaire l'examine, qu'il recherche des blessures anciennes, et qu'il vérifie l'infection à la patte avant gauche. Je paierai les soins si son propriétaire est... réticent.

La femme adopta une expression soigneusement impassible.

— Bon, faisons examiner ce bon chien en priorité, puis nous verrons quoi faire ensuite.

Grady cramponnait la laisse de l'animal qui était toujours nerveux ; l'assistante la lui prit des mains. Le chien ne semblait pas très enthousiaste, et il lança à Brynn et Grady un regard qui montrait sa tristesse d'avoir été trahi. La jeune femme voulait le rassurer, lui dire que tout irait bien, mais son avenir était incertain. Brynn ne pouvait pas faire de fausses promesses, même à un chien.

— Que va-t-il lui arriver, maintenant ? demanda-t-elle quand l'assistante quitta la pièce.

— Je ne sais pas, mais c'est forcément mieux que la rue.

— À moins qu'il ne soit contraint de retourner auprès de son propriétaire.

— Ça n'arrivera pas, affirma Grady, les yeux rivés sur elle. Veux-tu que je te ramène à la maison ? Je pense qu'ils vont en avoir pour un bout de temps.

Les yeux bleus qui fixaient les siens étaient d'un calme trompeur, mais elle était consciente des émotions qui bouillonnaient sous la surface.

— Cela ne me dérange pas d'attendre un peu, répondit-elle, souriant pour tenter d'apaiser la tension qui semblait émaner de lui. Je n'ai rien d'urgent à faire à la maison, et mon agenda social est vide pour ce soir.

L'expression de Grady s'adoucit, et, de manière inattendue, il tendit la main pour lui caresser la joue, son pouce effleurant sa lèvre inférieure.

Un feu sauvage lui mit les nerfs à vif et lui coupa le souffle.

— Comment cela se fait-il ? l'interrogea-t-il, l'air soucieux. Une femme belle, intelligente et sociable comme toi ?

La caresse continuait à lui envoyer des ondes de sensations. Brynn masqua sa réaction avec de l'humour, alors qu'il retirait sa main.

— « Sociable » n'est pas vraiment le mot que les gens utilisent pour me décrire.

Et elle ne s'était jamais vraiment considérée comme belle, mais elle n'allait pas protester. Grady sourit.

— Quel mot utiliseraient-ils, alors ?

Tremblante, elle inspira.

— Ennuyeuse, bougonne, exigeante.

— Travailleuse, sérieuse, quelqu'un qui sait ce qu'elle veut ? De ce que j'ai vu.

Brynn grimaça.

— Je suppose que mon ex est encore dans ma tête. Je ne

m'étais pas rendu compte à quel point son rejet et la mauvaise opinion qu'il avait de moi m'avaient blessée.

— C'est vraiment ce qu'il te disait ? s'exclama Grady, l'air outré.

Elle soupira.

— Non. *Bon sang !* Je ne peux même pas le blâmer pour ça.

Cela faisait deux ans, et elle se sentait enfin capable d'en parler. Ou peut-être était-ce simplement dû à la personne qui posait la question.

— C'est sans doute ce que j'ai intériorisé quand il m'a quittée. Cela a été si rapide que je n'ai pas eu l'occasion de me défendre. J'ai emmagasiné tous ces mots et tous ces arguments dans ma tête, mais sans jamais avoir l'opportunité de les décharger. En fait, je crois qu'il m'a rendu service. Pourquoi gaspiller de l'énergie à se disputer s'il voulait à ce point s'en aller ?

— Et pourquoi faire des efforts pour quelqu'un qui ne veut pas de toi ? acquiesça-t-il, et elle sut qu'il comprenait vraiment.

Il comprenait la puissance du rejet.

— Était-ce à ce point insupportable de vivre avec moi que je ne méritais même pas un simple au revoir ou une explication ?

Elle avait compris qu'Aiden avait quelque chose en tête, une chose dont il ne voulait pas lui parler. Lorsqu'elle lui avait posé la question, il avait nié, prétendant que ce n'était rien, jusqu'à ce que le fossé qui s'était creusé entre eux les sépare complètement, aussi nettement qu'une hache fendant un morceau de bois.

— Il n'y a eu personne depuis ?

La question semblait lourde de sens, mais elle ne voulait pas de cette lourdeur. Aiden avait été un boulet pour elle pendant assez longtemps. Elle ne voulait pas que le poids de son passé influence son avenir. *Plus maintenant.*

— Seulement Bowie.

— Bowie ?

Brynn s'amusa de voir les yeux de Grady s'écarquiller de surprise.

— Le faux petit ami que j'ai inventé hier pour repousser les avances indésirables de Darrell.

— Il t'a draguée ?

— Pendant que je faisais ma déposition officielle dans son bureau.

Grady étendit ses jambes et les croisa au niveau des chevilles.

— Le fumier.

— Oui, je sais. Il a une femme et trois enfants, que je sers chaque semaine au café. Je crois qu'il pense que, parce que nous sommes sortis deux fois ensemble il y a dix ans, j'ai toujours un faible pour lui.

Grady sembla surpris.

— Tu avais un faible pour lui ?

Elle leva les yeux au ciel.

— Au *lycée*. Mon béguin n'a pas survécu plus d'une heure à notre premier rendez-vous : c'est là qu'il a enfoncé sa langue dans ma bouche, comme s'il pratiquait une opération chirurgicale.

Grady pencha la tête sur le côté.

— Mais tu es allée à plus d'un rencard avec lui ?

Elle grimaça, feignant d'être absorbée par une affiche détaillant le cycle de vie des parasites chez les chiens et les chats.

— C'était l'un des garçons les plus *populaires* du coin, et c'était aussi la première fois que quelqu'un m'invitait à sortir. Je ne savais pas vraiment si mes attentes n'étaient pas démesurées. Au troisième rendez-vous, il a insisté pour que nous couchions ensemble dans sa voiture.

Grady se crispa.

— J'ai dit non. Cela m'a fait comprendre pourquoi mon père

me disait toujours de conduire moi-même pour me rendre à mes rencards, plutôt que de me faire conduire. Il est plus simple de se sortir de situations indésirables lorsque l'on dispose de son propre moyen de transport et...

— Et quand il ne sait pas où tu vis, termina Grady.

— Sauf à Deception Cove où tout le monde sait où habitent les autres.

— Je pense que c'est pour cette raison que mes parents se sont installés à Pike's Turning. C'est proche de la ville, mais à un endroit où les voisins ne peuvent pas regarder à travers vos rideaux en rentrant du travail.

Grady sourit.

— Comment le jeune Darrell a-t-il pris ce rejet ?

— Il a été furieux pendant une semaine, mais il a continué à m'appeler, dans l'espoir que je changerais d'avis. Mais, comme je devais partir à l'université à l'automne, il m'était facile de dire non.

— Il était aussi flic à l'époque. Et tu avais quoi, dix-huit ans ? s'enquit Grady, l'air tendu. Quel sale enfoiré !

Brynn avait envie de passer la main sur sa joue, couverte d'une courte barbe sexy.

— Je suis surprise que vous ayez été amis.

Grady laissa échapper un son dégoûté.

— Je suis presque certain qu'il pensait que Saul et moi allions le suivre partout, et faire tout ce qu'il suggérait, comme des acolytes abrutis. Mais ce n'est pas ainsi que nous fonctionnions.

— Pourquoi est-il resté avec vous ?

— Parce que Darrell aimait enfreindre les règles, et avoir deux amis qui lui servaient de boucs émissaires lui convenait très bien.

Grady lui lança un regard sombre qui lui assécha la bouche. Elle avait manifestement convoité le mauvais garçon au lycée.

— De notre côté, nous étions heureux d'avoir un ami dont le père ne nous jetait pas immédiatement tous en prison dès que l'un de nos plans tournait mal. Mais il y avait un prix à payer.

Et, à l'évidence, c'était Grady qui avait réglé la note.

— Vous êtes tous devenus policiers.

— C'est vrai, confirma-t-il, remuant comme s'il n'était pas à l'aise avec le sujet de la conversation. Saul n'a pas continué, mais j'ai trouvé ma vocation, ce qui, pour certains, est un peu ironique. Et qu'en est-il de toi ?

— Moi ?

— Oui. Je suis en train de mettre mon âme à nu, là ! affirma-t-il, puis il fit rouler ses épaules. Quelles bêtises as-tu faites au lycée ?

— Absolument aucune.

C'était déprimant.

— Pas de soirées arrosées ?

Brynn secoua la tête.

— Je lisais.

Grady ricana.

— En état d'ébriété, j'espère ?

Elle sourit.

— Parfois. Je te l'ai dit. J'étais ennuyeuse. Je vivais dans la cambrousse. Mes parents m'avaient prévenue que s'ils me voyaient au volant d'une voiture en excès de vitesse, ils me la confisqueraient. Non pas que j'y aie jamais songé. Ennuyeuse, tu te souviens ?

— La lecture... Quelle rebelle !

— Parfois, cela ressemblait à une rébellion. Ne pas suivre le mouvement, ne pas courir après toutes les attentes que les gens ont envers les autres. Je faisais ce que je voulais, et ce que je voulais, c'était la paix, le calme et la possibilité de passer du temps avec un bon livre.

— L'université a changé ça ?

Brynn pinça les lèvres. Malheureusement, ses souvenirs d'université étaient inextricablement liés à son ex.

— Je me suis épanouie loin de chez moi, et on peut dire que j'ai fait la fête là-bas. Aiden faisait partie de l'équipe universitaire de water-polo. Mais j'ai toujours été assez intello, expliqua la jeune femme avec un haussement d'épaules. Je préfère toujours la paix et le calme aux boîtes de nuit.

— *Bon sang !* Je n'ai pas mis les pieds dans un club depuis que j'ai rejoint le FBI ! Je traîne avec mes coéquipiers dans ce bar où nous aimons aller, ou chez l'un ou l'autre...

La voix de Grady se brisa. Voyant son air triste, Brynn posa une main sur son bras.

— Quoi ?

Il s'éclaircit la gorge.

— Nous, euh... nous avons perdu deux personnes ce mois-ci. Dans une explosion, et un crash d'avion.

— Oh, mon Dieu ! Tu étais à Houston ? s'exclama-t-elle, et, quand il tressaillit, elle regretta d'avoir parlé. J'ai vu aux informations que le FBI avait perdu un homme.

Grady acquiesça d'un léger hochement de tête.

— Je suis sincèrement désolée pour ta perte.

Il s'éclaircit la gorge.

— Merci. La femme de Scotty a deux petits gamins, et elle est enceinte du troisième. C'est la Jeep de mon ami que je conduis. Je l'ai empruntée à Grace pendant que le laboratoire examine mon camion.

— Manifestement, vous étiez proches. Je suis vraiment navrée.

Il hocha la tête ; il ne semblait pas avoir envie d'en parler. Elle comprenait parfaitement. Ils restèrent assis quelques minutes dans un silence agréable. Brynn reprit la parole.

— As-tu eu des nouvelles du FBI ?

Il tourna la tête, mais son expression était impassible.

— Au sujet du délit de fuite et de ton camion.

Elle parlait tout bas ; elle éprouvait le besoin de chuchoter, même s'ils étaient seuls dans la pièce. Il laissa échapper un petit grognement.

— Le laboratoire est débordé. Mon patron m'a dit de m'accrocher et de profiter de mes vacances.

— Peut-être est-ce exactement ce que tu devrais faire.

Ses yeux d'un bleu céruléen pâle étaient fixés sur son visage.

— Tu as quelque chose en tête ?

Le regard que Grady lui lança coupa le souffle de Brynn et lui échauffa les joues.

— Je...

La porte s'ouvrit, et le charme fut rompu.

Une femme portant une blouse blanche entra et leur tendit la main.

— Je suis le Dr Vilamitjana. J'ai cru comprendre que vous aviez amené le bearded collie pour qu'il soit soigné ?

Grady se leva.

— C'est exact, doc. Opérateur du FBI Grady Steel. Voici Mme Brynn Webster. C'est elle qui a attrapé le chien.

— Avec des biscuits et du jambon, précisa Brynn.

— Avez-vous vu sa patte ? demanda Grady au vétérinaire. Elle a l'air infectée.

La vétérinaire était jeune et jolie, avec des yeux presque noirs et une peau d'un brun chaud.

— J'ai retiré un morceau de verre brisé que j'ai trouvé enfoncé dans la plaie, puis j'ai nettoyé, recousu et pansé la blessure. Il a besoin d'un bain, d'un toilettage, d'une alimentation nourrissante, de vaccins et d'un vermifuge.

— Globalement, il est en bonne santé ?

Brynn essayait de ne pas se sentir de trop pendant que les

deux discutaient rapidement de l'état du chien. Le Dr Vilamitjana haussa un sourcil.

— Je vais devoir faire d'autres examens et lui faire passer des radios. Il n'a même pas un an, mais il est gravement sous-alimenté, et il semble être dans la rue depuis des mois. Je dois faire un test pour détecter le ver du cœur et la maladie de Lyme. Je vais le garder toute la nuit pour lui administrer des antibiotiques par voie intraveineuse afin de traiter l'infection à la patte, expliqua-t-elle, et sa voix se raffermit. Vous avez dit que vous saviez qui est son propriétaire légal ?

Des cris commencèrent à se faire entendre à l'extérieur.

— Ouaip. Je pense que c'est lui.

Grady afficha un large sourire, mais qui n'atteignit pas ses yeux. Le Dr Vilamitjana redressa les épaules, puis ouvrit la porte donnant sur la salle d'attente principale. Brynn les suivit, surprise de voir Jackie, sa serveuse, à côté d'un Caleb Quayle qui semblait furieux.

Ce dernier se tourna vers Grady et planta son doigt dans sa poitrine.

— Qu'est-ce que tu fous avec mon chien ?

Grady écarta légèrement les jambes pour asseoir sa position.

— Ce que tu aurais dû faire depuis le début.

— Vous êtes le propriétaire du bearded collie qui erre dans la ville depuis quelques mois ?

Le Dr Vilamitjana tenta vaillamment de reprendre le contrôle de la situation, alors même que la réceptionniste décrochait le téléphone, sans doute pour appeler la police.

Grady paraissait totalement détendu, mais Brynn n'était pas dupe.

— Oui. Il est à moi, affirma Caleb, qui rentra son menton proéminent et balaya le groupe du regard, jaugeant ses adversaires. Il s'est enfui. Je n'ai pas pu attraper ce petit con.

Il releva le menton et plissa les yeux.

— Où est-il ? Ce petit bâtard ne sortira plus jamais.

Brynn recula devant la menace que contenait son ton.

— Je crains que ce ne soit pas aussi simple que cela, déclara fermement le Dr Vilamitjana.

Jackie s'avança.

— Rendez-lui son chien. Vous ne pouvez pas le garder. Ou bien êtes-vous en train d'effectuer une série de tests pour faire grimper une facture que Caleb n'a jamais accepté de payer ?

— Je ne paierai pas pour quelque chose que je n'ai pas approuvé.

Caleb haussa le ton au cas où la réceptionniste aurait des envies de le facturer.

— Ah oui ? dit le Dr Vilamitjana, qui enfonça ses mains dans les poches de sa blouse blanche. Monsieur Quayle, n'est-ce pas ?

Caleb acquiesça, puis il décocha un regard plein de haine à Brynn, qui lui sourit gentiment.

— Je crains que votre chien ne m'ait été amené dans un état déplorable, et qu'il ait eu besoin d'un traitement d'urgence pour une coupure et une infection. Il a également des puces et peut-être la gale.

Brynn masqua sa réaction ; elle détestait les parasites, mais elle haïssait encore plus les brutes.

— Il s'est enfui, grogna Caleb. Comment suis-je censé...

— Ces deux personnes l'ont trouvé, et, en quelques heures, ils ont réussi à me l'amener pour qu'il soit soigné.

Caleb renifla.

— J'ai essayé de l'appeler. Il ne voulait pas venir, même quand j'apportais de la nourriture.

Il était bien trop conscient du prix à payer, songea Brynn en plissant les yeux.

— Avant qu'il ne s'enfuie, l'avez-vous déclaré ? A-t-il reçu tous les vaccins nécessaires ?

Caleb ricana.

— Je ne crois pas aux vaccins.

La vétérinaire lui sourit comme si elle s'adressait à un idiot.

— Quoi qu'il en soit, les certificats sont obligatoires et la loi de l'État exige que votre chien soit vacciné contre la rage. Croyez-vous à la rage, monsieur Quayle ? Car je peux vous assurer que c'est une maladie vraiment horrible.

Caleb ne dit rien, mais ses yeux brillaient.

— Les radiographies suggèrent également que ce chien a été victime d'abus répétés.

La vétérinaire bluffait, car elle n'avait pas encore fait de radios.

— Je ne l'ai jamais touché.

Caleb rapprocha sa tête du médecin, mais elle campa sur ses positions ; Brynn était impressionnée. Grady fit un petit pas en avant.

— Si vous avez trouvé quelque chose, c'est sans doute qu'il a été renversé par une voiture.

— Ces blessures sont plus anciennes. Elles remontent sans doute à l'époque où il était un chiot, comme s'il avait reçu des coups de pied à de multiples reprises.

Jackie fronça les sourcils en regardant Caleb.

— Je lui ai fait savoir qui était le patron. Peut-être que quelqu'un d'autre lui a donné un coup de pied.

Brynn tressaillit.

— Quoi qu'il en soit, je vais devoir vous signaler aux services vétérinaires...

— Essayez donc ! éructa Caleb, repoussant le médecin, l'obligeant à reculer d'un pas.

Grady leva une main pour le bloquer.

— C'est une agression, mec.

Jackie poussa un cri et lui attrapa le bras.

— Caleb, arrête !

— Vous ne pouvez pas voler mon chien. Je préfère lui coller une balle que de vous laisser le prendre, bande d'enfoirés !

Eh bien ! À l'évidence, Caleb n'était pas Salomon.

— Tu ne peux pas attaquer les gens parce qu'ils disent quelque chose qui ne te convient pas, intervint Brynn.

La tête de Caleb pivota vers elle et il la frappa sans crier gare. La douleur la traversa dans un éclair blanc, la submergea, tandis que son nez faisait jaillir du sang chaud sur le devant de sa chemise.

— Oh, mon Dieu ! Caleb, tu es malade ou quoi ? Brynn ! Brynn. Est-ce que vous allez bien ? demanda la voix de Jackie, choquée.

Brynn sentit des mains la guider vers un siège.

— Ça va. C'est ton abruti de petit ami qui a un problème.

Quand Brynn ouvrit les yeux, elle vit Caleb à terre ; Grady avait un genou appuyé sur son dos. Il sortit un collier de serrage de sa poche arrière, tout en la regardant.

— Tu vas bien ?

Sa voix était douce et déterminée, couvrant tous les bruits alors qu'une voiture de patrouille du bureau du shérif s'arrêtait devant l'entrée. Brynn hocha la tête. Elle n'arrivait pas à croire que cet abruti lui avait balancé un coup de poing au visage.

Quelqu'un lui plaça un mouchoir dans la main, et elle le porta à son nez, puis se pencha au-dessus d'un bassin, pinça ses narines et cracha du sang, comme le lui demandait la vétérinaire.

Génial.

Le Dr Vilamitjana lui demanda de lever le nez, puis elle braqua une lumière dans ses yeux, avant de se reculer.

— Je ne pense pas que vous ayez une commotion cérébrale, mais, comme vous n'êtes pas un animal à fourrure, vous devriez probablement vous faire examiner dans un centre de santé. Gardez la tête au-dessus du bassin et respirez par la bouche.

Darrell York franchit les portes d'un pas assuré, et son regard balaya rapidement la pièce avant de se poser sur elle.

— Tu vas bien, Brynn ? Quelqu'un t'a frappée ?

Brynn n'aimait pas la façon dont il regardait Grady.

— Caleb m'a frappée parce que c'est une brute. Grady l'a appréhendé. Caleb a également bousculé Grady et le docteur.

Darrell grogna.

— Cette jeune femme a pris ma défense, déclara le Dr Vilamitjana, pointant Brynn du doigt. Je veux que cet homme soit poursuivi pour agression, maltraitance animale et tout ce à quoi vous pourrez penser.

Caleb commença à crier qu'ils avaient volé son chien. Jackie était réfugiée dans un coin de la pièce et parlait avec un adjoint. Elle ne cessait de se tourner vers Brynn, semblant inquiète. Cette dernière la regarda d'un air mauvais, et elle se demanda si la jeune femme se présenterait au travail le lendemain. Ou même si elle en avait envie.

Son pouls filait à toute allure, et elle avait mal à la tête.

Le shérif s'approcha, puis il lui toucha l'épaule, tout en examinant son nez enflé.

— Tu auras de la chance si tu n'as pas d'œil au beurre noir demain, dit-il en souriant, et elle vit un éclair du jeune homme qui l'avait tant séduite une demi-vie plus tôt. Nous allons avoir besoin de dépositions si tu veux porter plainte.

— Va-t-il récupérer son chien ? Parce qu'il est évident qu'il ne prend pas soin de ce pauvre animal.

— Je ne connais pas encore tous les faits, répondit Darrell, posant les mains sur ses hanches.

Brynn ne prit pas la peine de masquer son amertume quand elle répondit.

— La décision me semble assez facile à prendre.

Grady s'avança vers elle, tandis qu'un autre adjoint aidait

Caleb à se relever et l'entraînait dehors. Darrell plaça son corps entre Grady et elle.

— Veux-tu que je te ramène chez toi, pour que tu puisses mettre de la glace sur ton visage ? Ou que je t'emmène aux urgences ?

Il recourba les doigts sur son épaule. Et elle le repoussa.

— Je suis plus inquiète pour le chien. Je voudrais avoir l'assurance qu'il ne retournera pas chez les Quayle et qu'il sera bien soigné.

— Je n'aurais jamais imaginé que tu aimais les chiens, Brynn.

— C'est parce que tu ne me connais pas si bien que ça, n'est-ce pas, Darrell ?

Il répondit à mi-voix.

— J'en avais envie.

— Et j'ai dit non, répliqua-t-elle, alors que le martèlement dans sa tête s'intensifiait.

Darrell recula.

— Pourquoi t'intéresses-tu à ce point à ce chien errant ? Est-ce que cela a quelque chose à voir avec le fait que Caleb soit le propriétaire ? l'interrogea Darrell, qui posa les mains sur sa ceinture d'équipement. J'ai entendu dire que tu avais eu des mots avec lui au bar, hier soir.

— Où lui et ses deux idiots d'amis ont physiquement *attaqué* Grady.

Darrell esquissa un rictus.

— Grady est un agent du FBI parfaitement entraîné. Je suis presque sûr qu'il n'avait pas besoin que tu interviennes ou que tu le défendes.

Brynn lui décocha un regard noir à travers le brouillard de sa douleur.

— Serais-tu en train de suggérer que je n'ai pas le droit de dire quelque chose pour défendre un autre être humain, ou un chien, d'ailleurs ?

— Ce n'est pas ce que je voulais dire...

— Bien sûr que non, répliqua-t-elle, et elle sentit un sourire étirer ses lèvres. Vues, mais pas entendues. Enceintes, et pieds nus dans la cuisine. Est-ce là que vous pensez que les femmes devraient être, shérif York ?

— Je n'ai pas dit..., commença Darrell, avant de reprendre son souffle. Quelle était la raison de la dispute d'hier soir ?

Brynn croisa les bras.

— En quoi est-ce pertinent par rapport au fait qu'il m'ait frappée au visage ? Pourquoi est-ce moi qui suis interrogée à ce sujet ?

Darrell ajusta son chapeau ; il se tenait encore beaucoup trop près d'elle.

— J'essaie de comprendre ce qui se passe ici. Vous trois, vous ne cessez de vous retrouver impliqués dans des incidents troublants. Se passe-t-il quelque chose dont je ne suis pas au courant ?

— Comme quoi ? s'exclama Brynn, qui ne voyait pas où il voulait en venir. Lui et deux de ses amis ont attaqué Grady dans le bar. Ils l'ont accusé d'avoir tué Milton. Je l'ai interpellé, lui faisant remarquer qu'il était sans doute lui aussi suspecté du meurtre. Caleb m'a ensuite dit quelque chose de blessant au sujet de ma mère quand je l'ai banni à vie du café.

— Qu'a-t-il dit ?

La bouche de Brynn s'assécha, furieuse qu'il l'oblige à répéter.

— Qu'une interdiction à vie ne durerait pas longtemps, car ma mère serait de toute façon bientôt morte.

Darrell pinça les lèvres. Grady passa devant le shérif et tendit une poche de glace enveloppée dans une serviette en papier à la jeune femme. Les différences entre les deux hommes, debout côte à côte, étaient frappantes. Tous deux étaient beaux à leur manière, mais Grady était mince et musclé, tandis que Darrell était trapu et costaud, comme son père.

En outre, l'un d'entre eux se montrait sincèrement préoccupé. L'autre voulait profiter de la situation pour entrer dans ses bonnes grâces et, au final, se glisser dans son lit.

Elle pressa la poche de glace entre ses yeux et sentit le froid commencer à engourdir la douleur lancinante.

— Que va-t-il advenir de Quayle, maintenant, s'enquit Grady.

Darrell répondit à contrecœur.

— Nous allons l'inculper pour agression. La vétérinaire veut engager des poursuites supplémentaires pour maltraitance animale, mais je ne sais pas si nous avons suffisamment d'éléments pour que cela aboutisse.

— Tu te moques de moi ! s'exclama Brynn, qui se retenait de crier de frustration. Donc, on va lui permettre d'avoir des animaux alors qu'il est évident qu'il ne veut pas s'en occuper ?

— À moins qu'il n'y ait des preuves évidentes de maltraitance, je ne peux pas faire grand-chose, s'impatienta Darrell.

Grady plissa les yeux.

— Qu'adviendra-t-il maintenant de ce chien en particulier ?

— Pourquoi êtes-vous tous les deux si obsédés par ce satané chien ? Vous envisagez de l'adopter ?

Brynn attendit que Grady dise quelque chose, mais, alors que les muscles de sa mâchoire se contractaient, il resta silencieux.

Le shérif ricana.

— Cela représente un engagement un peu trop important pour toi, n'est-ce pas, Grady ?

Brynn croisa le regard de ce dernier, mais il ne dit toujours rien.

— Il doit y avoir une centaine de foyers bien meilleurs pour lui que la rue, finit par dire Grady.

Darrell soupira.

— Dis ça à tous les chiens coincés à la fourrière ou euthanasiés parce que personne ne veut d'eux.

— Alors, oui, je vais le prendre, gronda Grady, alors que Brynn s'apprêtait à dire la même chose.

Il était hors de question qu'elle laisse ce chien se faire euthanasier. Darrell fit rouler ses épaules épaisses.

— Nous verrons. Il restera ici jusqu'à ce que la vétérinaire donne le feu vert. Ensuite, nous parlerons à Caleb, pour voir s'il est prêt à renoncer volontairement à sa propriété. Sinon, le chien risque de devoir rester à la fourrière jusqu'à ce que les tribunaux règlent le problème.

— C'est de la barbarie, dit Brynn à voix basse. En gros, tu vas mettre le chien en prison pour la maltraitance que lui a infligée son maître.

— Maltraitance présumée, répliqua Darrell d'un ton ferme.

Brynn porta une main à sa tête et fronça les sourcils devant l'absurdité de la situation.

— Est-ce que tu vas vraiment bien ? l'interrogea Grady.

— Ça va. Je suis en colère. Mais je vais bien, le rassura-t-elle, puis elle mit le bassin de côté, jeta le mouchoir ensanglanté dans une poubelle et se leva sur des jambes tremblantes. As-tu besoin d'une autre déposition officielle, ou celle du Dr Vilamitjana suffira-t-elle ?

— Si tu veux que les accusations soient retenues, il faut que toutes les personnes impliquées fassent des déclarations officielles.

Brynn serra les dents.

— Comme je dois travailler demain, j'aimerais en finir maintenant, le plus vite possible.

— Nous pouvons aller au bureau du shérif tout de suite,

répondit Darrell en lui prenant le bras, mais elle rompit le contact. Ensuite, je te raccompagnerai.

— Je vais monter en voiture avec Grady. Si ça ne te dérange pas, demanda-t-elle à l'homme en question.

Grady répondit d'un ton sérieux.

— Avec plaisir.

La jeune femme remarqua l'étincelle de colère dans le regard que Darrell décocha à Grady ; mais elle n'était ni un trophée ni un jouet que l'on se disputait.

— Bien, dit Darrell. Je t'y retrouve dans un quart d'heure, après avoir parlé à la réceptionniste.

— Est-ce que tu vas vraiment bien ? insista encore Grady lorsqu'ils furent dehors, dans l'air froid de l'hiver.

Elle prit une grande inspiration et sentit son visage palpiter.

— Oui. Au moins, nous avons obtenu un sursis temporaire pour le chien.

— Caleb ne posera plus jamais la main sur cet animal. Pas si j'ai mon mot à dire.

— Ne fais pas de promesses que tu ne peux pas tenir.

Ses yeux bleu intense, avec leurs cils sombres, se fixèrent sur elle.

— Je ne le fais jamais, Brynn. Je ne le fais jamais.

CHAPITRE TRENTE-TROIS

G rady se tenait devant le bureau du shérif du comté de Montrose, où il avait autrefois travaillé, dans ce qui semblait être une autre vie. Il attendait que Brynn ait terminé sa déposition. Il ne lui avait pas échappé que Darrell s'occupait personnellement de Brynn, tandis que les autres témoins et lui-même étaient pris en charge par un jeune adjoint si novice que Grady avait dû lui rappeler discrètement la procédure à suivre.

En apparence, le bâtiment n'avait guère changé depuis son arrivée, mais la plupart des anciens qui étaient là lorsqu'il avait commencé sa carrière avaient pris leur retraite. Quelques personnes qu'il reconnut lui adressèrent des sourires gênés, mais la plupart évitaient de croiser son regard.

Autant pour le retour du héros.

Pour une raison qui lui échappait, sa réputation dans cette ville avait pris un sacré coup depuis huit ans, alors qu'il n'avait même pas mis les pieds ici.

Était-ce la faute de sa sœur ou de Darrell ? Ou les deux ?

Il avait été recruté par l'une des plus prestigieuses agences des forces de l'ordre au monde, non seulement en tant qu'agent enquêteur, mais aussi en tant qu'opérateur de l'équipe de libération d'otages. L'unité tactique des forces de l'ordre la plus prestigieuse des États-Unis. Apparemment, les commères du coin avaient quand même réussi à ternir sa réputation et à réduire son travail acharné à une simple question de chance... et à une erreur de jugement, de la part du FBI.

Darrell et Crystal avaient-ils alimenté leur jalousie et leur ressentiment mutuels, à tel point que toute la ville en était venue à croire qu'il était une sorte de méchant ? La HRT ne tolérait pas les agents qui ne respectaient pas les règles, ne travaillaient pas en équipe ou n'étaient pas foncièrement honnêtes.

Certes, le délit de fuite inventé de toutes pièces n'aidait pas. Ni le fait que son père avait purgé une peine pour meurtre. Toute cette situation compliquait particulièrement la recherche d'informations privilégiées sur l'identité d'Eli Kane ou sur les personnes susceptibles de le connaître, mais les agents de la HRT adoraient relever ce genre de défi.

Kane était terriblement intelligent. Il possédait un QI hors norme et des nerfs en acier trempé.

Mais c'était aussi le cas de Grady. Il plissa les yeux et ses lèvres esquissèrent un petit sourire. Il était né avec.

Comme Ropero l'avait dit plus tôt, les criminels comme Kane jetaient l'opprobre et la méfiance sur l'organisation qu'il aimait, ce qui rendait leur arrestation si importante. Et Grady voulait faire partie de l'équipe qui le ferait tomber. C'était une affaire personnelle, à présent. Il voulait que Kane se retrouve derrière les barreaux et il voulait être l'un de ceux qui l'y mettraient.

La fierté.

Ce n'était pas un trait de caractère particulièrement utile, mais il allait de pair avec ses nerfs d'acier.

Il regarda Jackie Somers quitter le bureau du shérif, le bras de sa mère passé autour de ses épaules.

Cette dernière, Julie, lui envoya un regard qui se transforma en un sourire lorsqu'elle le reconnut. Peut-être que tout le monde ici ne le détestait pas. Ils avaient été amis, au lycée. Il se souvenait qu'elle était tombée enceinte avant d'obtenir son diplôme, mais il ne se rappelait plus qui était le père. Il prévoyait de se renseigner et d'explorer cette piste, en quête de Kane.

Il lui rendit son sourire, mais il ne chercha pas à engager la conversation. Il était trop tendu à cause de ce qui s'était passé plus tôt.

L'idée que Brynn souffre physiquement parce que quelqu'un l'avait agressée en sa présence le mettait hors de lui, et il se sentait extrêmement coupable.

Grady s'était attendu à ce que Caleb s'en prenne à la vétérinaire, en partie parce que c'était elle qui avait dicté les règles, mais aussi un peu à cause de sa peau brune : il savait reconnaître un raciste et un misogyne quand il en voyait un.

La famille de Caleb habitait un petit groupe de chalets nichés dans une clairière à environ huit kilomètres de la ville. C'étaient des hommes durs, qui buvaient beaucoup. Des bûcherons, des ouvriers du bâtiment, des cheminots. Un côté col bleu plus dur que celui de la famille de Grady, à moins d'inclure son père, une vraie ordure, ce qu'il ne faisait pas.

Il s'était placé de manière à pouvoir facilement contrecarrer toute attaque contre le Dr Vilamitjana. Il n'avait pas pu se risquer à lever la main sur Caleb avant que celui-ci n'en arrive à commettre un acte criminel devant témoins. Grady ne voulait pas être arrêté par un shérif trop zélé en quête d'une excuse.

Il voulait que Caleb soit manifestement dans son tort afin que la pauvre bête craintive qu'il avait amenée chez le vétérinaire aujourd'hui n'ait plus jamais à souffrir entre les mains de son propriétaire.

Lorsqu'il avait frappé Brynn plutôt que la vétérinaire, Grady avait été pris totalement au dépourvu. Et il avait été surpris par la rage qui l'avait envahi. Il aurait voulu tabasser Caleb, mais son entraînement avait pris le dessus. Grady l'avait maîtrisé sans même lui asséner le coup de poing qu'il désirait tant.

Mais, même s'il se félicitait d'avoir gardé le contrôle, Brynn avait quand même été agressée physiquement, et cela lui donnait la nausée.

Grady savait qu'au final, il tirerait davantage satisfaction de savoir que ce type allait devoir payer le prix fort pour ses actes, mais une petite partie de lui souhaitait tout de même réduire cet enfoiré en bouillie.

Brynn était restée d'un stoïcisme à toute épreuve. L'admiration qu'il éprouvait pour elle ne cessait de croître.

Son téléphone sonna : Cowboy.

— *Ça va ?*

— *Je me demande pourquoi tu rôdes autour du bureau du shérif comme une mauvaise odeur. Des ennuis ?*

Grady jeta un coup d'œil autour de lui et aperçut son coéquipier à la fenêtre de la tourelle supérieure de l'hôtel, puis il détourna le regard.

— *Rien que je ne puisse gérer.*

— *Comment est ta tête ?*

— *Toujours aussi moche. Vous avez découvert quelque chose aujourd'hui ?*

— *La pizzeria propose une pizza à la viande très correcte, et Donnelly ronfle comme un train de marchandises.*

Grady entendit une voix féminine protester avec véhémence à l'arrière-plan.

— *Des résultats sur les photos ?*

— *Aucune de celles que nous avons prises jusque-là n'a donné de résultat.*

— *Même ces deux Russes ?*

— *Rien n'est encore apparu dans notre système,* répondit

Ryan Sullivan, *avant de réduire sa voix à un murmure. Pourtant, quelque chose chez eux me rend vraiment méfiant, et ce n'est pas l'accent.*

— *Peut-être que l'un d'entre nous devrait jeter un coup d'œil dans leur chambre quand nous savons qu'elle est vide,* suggéra Grady.

— *Peut-être que l'un d'entre nous devrait le faire,* confirma Cowboy. *Quels sont tes projets pour la soirée ?*

— *Sans doute pas ça. Je prévois d'aller manger dans le restaurant chic du club de golf local pour voir si je repère quelqu'un correspondant à la description de Kane, ou si je me rappelle quelque chose.*

— *Tu as une tenue adéquate ? Je crois bien que je ne t'ai jamais vu porter autre chose qu'un t-shirt.*

Grady laissa un sourire se dessiner sur ses lèvres.

— *Ne t'inquiète pas, maman. Je vais me débrouiller. On y sert d'excellents steaks... ou, du moins, c'était le cas il y a dix ans.*

— *Je vais voir si je peux faire une réservation pour ma copine et moi.*

— *À plus.*

— *Je serai l'odieux type bruyant avec le chapeau de cow-boy, au cas où tu ne me reconnaîtrais pas.*

— *N'es-tu pas toujours l'odieux type bruyant ?*

Grady regarda Brynn franchir la porte. Quand elle leva les yeux, son expression s'adoucit : elle semblait soulagée de le voir là. Il sentit un subtil changement dans sa poitrine quand elle lui sourit. Une étrange partie de lui qui se mettait en place.

— *Vas-y doucement avec la rousse,* dit Ryan.

Cowboy mit fin à l'appel avant que Grady puisse lui demander de faire la même chose avec Donnelly.

Vas-y doucement avec la maudite rousse, en effet.

Grady rangea son portable dans sa poche et s'approcha de

Brynn, faisant discrètement un doigt d'honneur à Ryan dans son dos.

— Est-ce que tu vas bien ?

— Je vais bien.

Le vent ébouriffa sa chevelure flamboyante, l'envoyant dans ses yeux. Elle était pâle, mais la rougeur et le gonflement de son nez avaient diminué.

— C'est la première fois que je me fais agresser physiquement. J'ai perdu l'équilibre...

— J'aurais dû l'arrêter.

Brynn posa une main sur le bras de Grady et serra son poignet avec une force qui le surprit.

— Tu l'as fait. Tu n'aurais pas pu prévoir qu'il me frapperait. Même si je ne recommande pas de prendre un coup au visage, au moins, il est enfermé, maintenant. J'ai parlé à mon père. Il dit qu'il frappera Caleb à sa sortie, et que sa famille tout entière est bannie à vie du café. Et il a ajouté que, si Jackie ne le plaquait pas, elle était virée.

— À l'évidence, il est en colère.

— Oh que oui ! Moi aussi.

Et ils avaient tous les droits de l'être. La culpabilité le rongeait.

— Et si je t'invitais à dîner, non seulement pour te remercier d'avoir recueilli chez toi un chien errant couvert de puces, mais aussi pour m'excuser pour l'agression dont tu as été victime de la part de son propriétaire ?

Les yeux de Brynn s'arrondirent.

— Genre... un rencard ?

Il hésita. Cette idée éveillait en lui un sentiment de vulnérabilité, alors même que sa conscience commençait à se rebeller.

Il ne pouvait pas lui dire la vérité. Il était sous couverture. Ce n'était pas parce qu'il était un salaud qu'il jouait la comédie ou qu'il menait double jeu. Il traquait l'un des dix fugitifs les plus recherchés par le FBI, qui échappait à la justice depuis vingt-sept ans. Sortir dîner avec Brynn était une bonne couverture... tant qu'il n'oubliait pas sa mission.

La plupart des gens comprendraient qu'il n'avait pas d'autre choix que de la duper, mais Brynn avait déjà été blessée auparavant...

Lorsque Kane serait arrêté, ou qu'ils auraient déterminé qu'il n'était plus dans les parages, il pourrait probablement dire la vérité à Brynn, ou du moins une partie. Elle comprendrait. Et peut-être qu'il n'avait pas besoin d'en faire quelque chose de plus compliqué qu'un simple dîner.

— Oui, mais un rencard sans pression, du genre « merci d'être géniale », plutôt qu'un rencard où tu t'inquiètes que j'essaie de me glisser dans ton lit.

Il sentit la chaleur monter à ses joues. *Pourquoi diable avait-il parlé de sexe ?*

Peut-être Brynn ne voulait-elle pas se lancer dans quelque chose qui ressemblait de près ou de loin à un *rencard* avec un type comme lui. Elle lui avait avoué qu'il n'y avait eu personne depuis que son abruti d'ex l'avait quittée. Pourquoi serait-il celui qui mettrait fin à sa période de célibat ?

Merde.

Et, maintenant, il pensait à se glisser dans son lit.

— Nous allons passer à la maison, enfiler des vêtements qui ne seront pas couverts de sang, puis aller chercher quelque chose de sympa à manger, avant que je ne meure personnellement de faim.

Brynn le regarda en clignant des yeux. Il était presque certain qu'elle allait se dérober et annoncer qu'elle était fatiguée, ou qu'elle avait mal, ou, tout simplement, qu'elle n'était pas intéressée.

Elle lui sourit.

— Ça me plairait beaucoup.

CHAPITRE TRENTE-QUATRE

Brynn passa une robe verte qui mettait en valeur sa silhouette et donnait à ses cheveux une teinte rousse éclatante. Elle enfila des bas et de hautes bottes noires qui lui donnaient l'air d'une *badass*. Elle se nettoya rapidement le visage, puis appliqua un peu de fond de teint pour couvrir les ecchymoses. Ensuite, elle ajouta du rouge à lèvres, du fard à paupières et du mascara pour ne plus se sentir comme une vieille sorcière défraîchie.

La mère de Jackie avait appelé pour s'excuser au nom de sa fille et souligner à quel point la jeune femme était bouleversée par ce qui s'était passé.

La mère et le père de Brynn étaient furieux et parlaient d'intenter une action civile. Mais si se mobiliser pour elle leur donnait autre chose à penser que le cancer, alors elle y était tout à fait favorable. Ils auraient voulu qu'elle aille chez eux ce soir-là et qu'elle y dorme, mais elle n'en avait pas envie.

Elle avait d'autres projets.

Son nez était douloureux, mais pas cassé. Les analgésiques étaient venus à bout de son mal de crâne. Le maquillage dissimulait le reste.

Le coup frappé à la porte de l'étage résonna dans sa cage thoracique. Elle porta une main à sa poitrine, puis déglutit.

— Accorde-moi une minute !

Elle se sentait nerveuse à l'idée d'avoir un rencard.

Un rencard avec Grady Steel, qui était extrêmement sexy et tellement plus doux que ce que les gens pensaient.

Elle n'allait pas se laisser impliquer émotionnellement avec lui. Elle savait que ce n'était rien d'autre qu'une aventure à court terme. Il retournerait à sa vie dès que le FBI aurait terminé son enquête, et elle reprendrait sa vie à Boston quand...

Non.

Elle ne voulait pas y penser non plus. Elle voulait avoir l'occasion de profiter de la compagnie d'un homme, sans pression ni attentes.

Aiden avait vécu avec une bimbo dès qu'il l'avait quittée, mais Brynn n'avait pas été capable de penser à sortir avec quelqu'un avant que le divorce ne soit prononcé. Certes, elle n'avait jamais rencontré quelqu'un qui l'ait intéressée, même vaguement.

Mais maintenant, enfin, ce petit frisson de possibilité avait pris vie, et, à sa grande surprise, cela ne l'effrayait pas. L'opportunité était présente, simplement. C'était quelque chose à explorer ou pas, mais pas quelque chose qui devait la faire fuir en hurlant pour se réfugier sur son canapé avec un bon livre.

Elle appliqua son rouge à lèvres une dernière fois avant de le jeter dans un petit sac à main, puis d'attraper son manteau d'hiver et de monter les escaliers pour déverrouiller la porte.

Elle entra dans la cuisine. Le regard admiratif que lui lança Grady lorsqu'il la vit la fit rayonner intérieurement. Il lui tint son manteau pendant qu'elle l'enfilait, et le contact de ses doigts sur la peau nue de ses bras la fit frissonner.

— Tu es superbe, murmura-t-il, et son souffle chaud effleura son cou.

— Merci.

Étant donné qu'elle avait pris un quart d'heure à se préparer, elle se sentait vraiment très bien. Elle se tourna face à lui.

— Toi aussi.

Il portait une chemise bleu pâle impeccablement repassée, qui faisait ressortir le bleu de ses yeux, ainsi qu'une cravate bleu marine, un pantalon beige et des chaussures cirées à la perfection.

Brynn eut le souffle coupé en voyant l'intérêt dans le regard de Grady. C'est alors que son estomac gronda, brisant la tension soudaine. Elle y appuya la main.

— Je n'ai rien mangé depuis ce matin. J'ai donné tous mes biscuits au chien.

— Je suis sûr qu'il les a appréciés autant, sinon plus, que tu ne l'aurais fait.

— C'est vrai. As-tu déjà décidé comment tu allais l'appeler ?

L'expression de Grady s'assombrit.

— Pas encore.

— Cet animal est plus que prêt à trouver un foyer aimant.

— Il adorerait quiconque lui donnerait des biscuits.

Grady lui fit signe de passer devant lui à travers la maison, puis jusqu'au bas des marches, jusqu'à la Jeep. Son contact la brûla à travers toutes les couches de vêtements lorsqu'il l'aida à monter à l'intérieur.

Il prit place à son tour à ses côtés, puis démarra, avant d'hésiter.

— Ce n'est pas que je ne veux pas de lui...

Il y avait une note subtile d'envie dans sa voix.

— Alors, prends-le. Sois sa personne.

Grady lui adressa un regard soucieux.

— Je suis souvent absent.

— Il doit bien y avoir quelqu'un, parmi tes amis, qui pourrait le garder quand tu n'es pas là ?

Il fronça les sourcils, puis son expression s'éclaircit.

— Il y a une amie qui pourrait le faire. Il faudra que je lui demande.

Le « une amie » fit tressaillir Brynn. Grady avait-il quelqu'un qui l'attendait à Quantico ?

Elle n'en savait rien. Alors, elle s'obligea à poser la question. Elle n'allait pas s'engager avec quelqu'un en qui elle ne pouvait pas avoir confiance, pas même pour une liaison sans attaches.

— Une *petite* amie ?

Surpris, Grady écarquilla les yeux, où une lueur d'amusement se lut, avant que la douleur transparaisse.

— Non. C'est la veuve de mon coéquipier.

La femme dont il lui avait déjà parlé.

— Je suis vraiment désolée pour ta perte.

Les mots semblaient creux, mais que pouvait-elle dire d'autre ?

— Moi aussi.

Il ajusta la température, et un peu de chaleur se répandit enfin à travers les bouches d'aération.

Malgré tout, il faisait encore froid, et elle fut touchée lorsque Grady se pencha vers le siège arrière, attrapa une couverture et la lui tendit.

— Merci, lui dit-elle, puis elle l'étala sur ses genoux et ses jambes.

— Grace a parlé d'avoir un chien par le passé, mais je sais qu'elle est très occupée avec ses enfants en ce moment. Mais si le chien est digne de confiance avec les enfants et bien dressé, je suis sûr qu'elle accepterait volontiers un arrangement à temps partiel. Et je peux engager un promeneur de chien pour le sortir quand je suis en mission.

— Je suis sûre qu'il fera un excellent chien de famille.

Une boule se forma dans la gorge de Brynn à l'idée qu'elle ne ramènerait pas le chien chez elle, mais elle était au café six jours par semaine, jusque tard dans la soirée, et, pendant son « temps libre », elle dirigeait sa propre entreprise. Son père pourrait toujours le prendre pendant la journée, mais il faudrait qu'il fasse attention à ses poules.

Mais cela lui ferait sans doute du bien d'avoir un chien, surtout si... Son esprit s'arrêta net. Elle ne voulait pas penser à cet avenir, sous quelque forme que ce soit. Elle parlerait à son père. Se partager la garde d'un chien pourrait leur apporter à tous un peu de joie.

Ils quittèrent la ville. La chaussée était verglacée, mais le 4x4 tenait bien la route, et, de toute évidence, Grady savait conduire. Le blizzard était prévu pour le lendemain, ce qui n'était pas réjouissant, d'autant plus que sa mère devait se déplacer presque tous les jours pour son traitement. Peut-être resteraient-ils quelques nuits à Bangor.

Brynn fit abstraction de toutes ces pensées. Elle ne pouvait pas se faire du souci pour tout à la fois, et elle était à deux doigts d'atteindre ses limites.

— Où allons-nous ?

— Dans un club.

— *Quoi ?*

— Au club house du golf.

— Ah ! Très drôle.

Pour attirer les touristes, le golf local autorisait les non-membres à venir manger dans son restaurant, surtout pendant la basse saison. Le Maine en janvier n'était pas très accueillant. Les drapeaux avaient été retirés des trous et les greens étaient recouverts de bâches protectrices, sous une épaisse couche de neige.

Ils arrivèrent au club house, avec sa majestueuse façade en pierre. Brynn replia la couverture, et elle fut surprise quand Grady fit le tour de la voiture pour ouvrir sa portière. Lorsqu'il lui prit les doigts, une décharge parcourut sa main.

La lueur dans les yeux de Grady suggérait qu'il l'avait ressentie lui aussi, mais aucun d'eux ne fit de commentaire. Ils franchirent les portes et laissèrent leurs manteaux au vestiaire. À l'intérieur, l'éclairage était tamisé, les tables recouvertes de nappes blanches et éclairées par des bougies.

C'était très romantique.

Ce fut à ce moment-là que Brynn se souvint que, la dernière fois qu'elle était venue ici, c'était pour dîner avec ses parents, et Aiden. Elle s'arrêta net. Grady posa une main sur son dos.

— Est-ce que ça te convient ?

Brynn déglutit.

— Oui. Désolée. Quelques souvenirs inattendus.

Une lueur d'inquiétude apparut dans les yeux de Grady.

— Nous pouvons partir.

La jeune femme secoua la tête.

— Non. Non. J'aimerais vaincre certains de ces fantômes. Aujourd'hui semble être le moment idéal.

La jolie serveuse attendait à leur table avec un sourire patient. Brynn obligea ses pieds à avancer.

Grady lui tira sa chaise, puis il s'installa à son tour, dos au mur, avec une vue sur la salle. L'hôtesse s'en alla trouver leur serveuse.

L'ancien shérif de la ville, Temple York, était assis de l'autre côté de la salle avec sa femme, sa belle-fille, ainsi qu'un petit groupe d'amis. Brynn jeta un coup d'œil à la salle par-dessus son épaule, et sentit la curiosité dans leurs regards alors qu'ils les observaient tour à tour.

— Viens-tu souvent ici avec tes parents ? s'enquit Grady.

— Oui. Enfin, nous venions. Ils aiment tous les deux le golf, et cet endroit est plus proche de leur maison que la ville, c'était donc un arrêt régulier. Mais ma mère n'est pas vraiment encline à voir du monde depuis son diagnostic.

Grady hocha la tête.

— Vous êtes proches ?

— Oui. Très, répondit Brynn, qui cligna des yeux. Mes parents sont formidables. Nous avons toujours réussi à passer de bons moments en famille. Je ne sais pas ce que nous ferons s'il lui arrive quelque chose.

Grady posa une main sur la sienne et la serra.

— Je me souviens bien d'elle ; c'est une battante. Si quelqu'un peut vaincre la maladie, c'est bien elle.

Brynn se rappela qu'il avait perdu sa propre mère à un jeune âge, et elle se sentit égoïste de ne pas avoir tenu compte de ses sentiments.

— Te souviens-tu de ta mère ?

Il retira sa main pour prendre le menu.

— À peine.

— Ce doit être douloureux.

Il eut l'air surpris qu'elle y ait pensé.

— Que lui est-il arrivé ?

Brynn vit sa pomme d'Adam bouger de haut en bas, avant qu'il ne parle.

— Anévrisme cérébral. Ce fut rapide. Elle n'a pas souffert. Heureusement, nous étions avec une baby-sitter à l'époque, donc je ne l'ai pas vue...

Il pinça les lèvres. Puis il esquissa un sourire, mais qui n'atteignit pas ses yeux.

— Désolé. Je n'en parle pas beaucoup. C'était difficile. Ma mère nous a offert un foyer heureux quand mon père n'était plus là. La perdre à un si jeune âge a détruit mon monde, confia-t-il, puis il marqua une pause et pinça les lèvres. Quand j'étais enfant, ça me faisait mal de voir que tous les autres avaient des parents aimants, et, parfois, je me comportais comme un petit con à cause de ça. Je ne pense plus beaucoup à elle, ces derniers temps.

— Cela a dû être affreux.

— Ce n'était pas facile, confirma-t-il, et son expression changea. Ne te méprends pas, Gran était géniale. Mieux que géniale. Dans son coffre à la banque, aujourd'hui, j'ai trouvé une série de photos de famille, qui m'ont rappelé de bons moments. Elle les avait laissées pour moi, et j'ai été tellement abruti que je n'avais même pas pensé à regarder.

Brynn voyait que cette découverte l'avait ému.

— Heureusement que le braqueur ne les a pas volées.

— Elles ont plus de valeur pour moi que les actes de propriété de la maison. Ne le dis pas à Crystal, ajouta-t-il avec un petit sourire. T'a-t-on volé quelque chose pendant le cambriolage ?

— Non. Mes parents gardent leurs testaments et leurs actes de propriété ici. Tous les trucs juridiques. Pas de lingots d'or ni d'objets de famille, c'est dommage.

La serveuse arriva et ils commandèrent.

Un steak pour Grady. Des pâtes à la sauce au homard pour Brynn. Elle vit le grand cow-boy et sa petite amie entrer et demander une table d'une voix forte. Puis elle remarqua que Darrell York arrivait derrière eux, portant toujours son uniforme. Il lui fallut un moment pour les repérer, mais, lorsqu'il le fit, il se dirigea directement vers leur table.

Brynn jura. Darrell retira son chapeau de shérif.

— Brynn ! Tu as l'air en forme. Tu te sens mieux ?

— Je me sens mieux depuis que cet animal est enfermé, et je ne parle pas du chien.

Le shérif fronça les sourcils.

— Quayle a payé sa caution.

— Tu l'as laissé partir ? s'exclama-t-elle en s'affalant sur sa chaise alors qu'un frisson d'inquiétude lui parcourait l'échine. Eh bien ! C'est génial !

— Le juge a accordé la liberté sous caution. Je ne peux pas y faire grand-chose, répliqua-t-il avec un sourire narquois. Tu devrais peut-être demander à ton petit ami de déménager ici pour te protéger.

Essayait-il de la surprendre en flagrant délit de mensonge ? De dévoiler sa fausse relation avec Bowie à Grady ? Ou bien, insultait-il sa capacité à prendre soin d'elle-même en tant que femme ? Il semblait faire les trois.

— J'espérais que les forces de l'ordre feraient leur travail et régleraient le problème. Suis-je bête.

Darrell rougit de colère.

— La loi ne fonctionne pas toujours comme les civils s'y attendent.

— Qu'en est-il des autres professionnels ? Ce type l'a frappée au visage et aurait gravement blessé tout le monde dans ce bureau s'il en avait eu l'occasion, affirma Grady, laissant les mots reposer un instant.

— Eh bien ! Heureusement que tu étais là pour sauver la situation, répliqua Darrell, le ton narquois.

— Quand récupérerai-je mon arme ? s'enquit Grady.

— Pourquoi es-tu si pressé ?

— Parce que la confisquer, c'est n'importe quoi, et que je connais mes droits.

— Dès que nous aurons reçu les résultats du laboratoire, tu pourras venir la récupérer, à condition que la balistique ne corresponde pas.

— Qu'elle corresponde à quoi ? insista Grady, qui prit son verre d'eau et en but une gorgée. J'ai entendu dire que la balle était trop fragmentée pour pouvoir être comparée.

Darrell plissa les yeux.

— Qui t'a dit ça ?

Grady ne répondit pas, mais un petit sourire se dessina sur ses lèvres.

— Tu la récupéreras quand tu la récupéreras, affirma le shérif, qui fit rouler ses épaules et leva une main vers la table de sa famille. Je suis sûr qu'un professionnel hautement qualifié comme toi n'a même pas besoin d'une arme.

— Tout dépend de la personne à qui j'ai affaire.

La dérision dans le ton de Grady visait clairement le shérif. Celui-ci afficha un sourire rancunier.

— Malheureusement, ton alibi ne te disculpe pas du meurtre de Milton Bodurek, alors j'attendrai le rapport officiel de la balistique. Le médecin légiste affirme que le corps n'est sans doute resté dans l'eau que quelques minutes, et qu'il était encore chaud lorsqu'il l'a examiné. Tu avais le temps de l'abattre si tu le voulais.

Brynn avait la nausée. Avait-elle été à deux doigts d'assister au meurtre ? Grady ne semblait pas perturbé.

— Alors, je suppose que je vais devoir faire appel à mon avocat, à moins que tu n'aies saisi toutes les armes de poing de la ville ?

Le cow-boy rit bruyamment avec sa serveuse, attirant l'attention de Brynn. La jolie femme aux yeux sombres qui l'accompagnait croisa son regard, mettant Brynn mal à l'aise. Elle remua sur son siège.

— Tu sais que je ne peux pas faire de commentaires sur une enquête en cours, affirma Darrell, remontant son pantalon. Je vous laisse reprendre votre repas.

Grady lui adressa un sourire tranquille.

— Passe le bonjour à ta femme de ma part.

Darrell se figea, puis hocha sèchement la tête, avant de s'éloigner, la mine renfrognée. Brynn le vit se pencher pour embrasser Lorraine sur la joue, dans une rare démonstration d'affection en public. Cette dernière eut l'air surprise, puis elle rougit joliment.

Brynn se tourna vers Grady et lui demanda, l'air méfiant :

— Serais-tu sorti avec Lorraine avant qu'elle n'épouse Darrell ?

Grady sourit.

— C'était il y a très longtemps. Cela remonte au lycée. Mais ce n'est pas parce qu'il s'intéresse à toi que je t'ai invitée à sortir ce soir, la rassura-t-il rapidement.

Elle répondit avec une pointe d'ironie.

— Je suis sûre que cela a joué un rôle. Rien de tel que la compétition pour aiguiser l'appétit, d'après ce qu'on dit.

Grady ricana.

— Je suppose. Mais je ne vole pas la femme d'un autre.

— Je ne suis la femme de personne, répliqua-t-elle aussitôt. Je n'appartiens à aucun homme, et je n'en ai aucune envie. Surtout pas à un homme marié.

— Et j'aime les femmes indépendantes.

Grady lui sourit avec ses yeux malicieux, et Brynn en ressentit un frisson qui lui parcourut tout le corps.

Sa peau était brûlante sous son regard.

Elle résista à l'envie de s'éventer. Leur repas arriva, et elle se rendit soudain compte qu'elle ressentait un appétit féroce. Pour la nourriture. Pour l'excitation. Pour la vie.

CHAPITRE TRENTE-CINQ

Grady n'avait pas appris grand-chose au cours du dîner, hormis qu'il appréciait Brynn Webster. Beaucoup.

Elle était intelligente, indépendante et ne mâchait pas ses mots. Elle lui semblait directe et honnête. C'était quelque chose qu'il admirait chez elle, aussi.

Mais sa conscience commençait sérieusement à le perturber. Sur un plan personnel, il souhaitait approfondir sa relation avec elle. Il la voulait. Il la voulait *vraiment*, mais il vivait dans le mensonge, un mensonge qui la blesserait lorsqu'elle apprendrait la vérité.

Ils avaient presque terminé leur plat principal lorsque les deux touristes russes entrèrent.

Il échangea un rapide regard avec Ryan, qui tendit la main, saisit celle de Donnelly et l'embrassa, la regardant comme s'il voulait la tirer de l'autre côté de la table et la dévorer pour le dessert.

L'enfoiré.

Mais Grady savait ce que son ami faisait et, quelques minutes plus tard, lorsque Ryan et Donnelly demandèrent qu'on leur emballe leur repas pour l'emporter, ils semblaient plus prêts à passer une nuit torride qu'à commettre un petit cambriolage discret.

Brynn s'excusa pour aller aux toilettes.

Grady décida qu'il était temps d'aller dire bonjour à Temple York et à ses acolytes, pour voir si l'un d'entre eux pourrait être le fugitif qu'il recherchait, ou si leur parler ravivait quelques souvenirs.

Il s'approcha d'eux d'un pas assuré, sachant que l'ancien shérif l'avait immédiatement repéré. Cet homme avait toujours été un bon homme de loi, même si son éthique était discutable.

Grady tendit la main pour serrer celle de son ancien patron.

— Temple. C'est un plaisir de vous revoir. Rose.

Il adressa un signe de tête à la femme de Temple, qui lui sourit, les yeux plissés. Il parcourut la table du regard et reconnut plusieurs convives : Brian Gesbriecht, le maire, ainsi que son épouse. Constance Fenneck, une auteure locale, et son mari, qui avait l'âge et la taille de Kane.

Il y avait beaucoup trop d'hommes blancs de cette tranche d'âge dans cette maudite ville.

Les trois couples disposaient de coffres à la banque.

— Lorraine, la salua Grady.

La fille avec qui il sortait au lycée avait été remplacée par une femme aux joues molles et aux yeux fatigués. Il savait qu'elle avait désormais trois enfants et doutait sérieusement que Darrell passe beaucoup de temps à les élever, trop occupé à draguer d'autres femmes en ville.

Elle sourit.

— Grady Steel. Par tous les saints ! J'ai entendu dire que tu étais en ville.

Grady hocha la tête.

— J'avais un peu de temps libre.

— C'est ce que j'ai entendu dire, s'esclaffa Temple.

Rose ricana méchamment.

— Nous en avons tous entendu parler.

Grady ignora les piques, tout en maudissant intérieurement l'agent Ropero, espérant qu'elle trouverait quelque chose de compromettant sur le couple.

— Je me suis dit que, comme le laboratoire mettrait probablement plusieurs semaines à examiner le véhicule pour blanchir mon nom, j'allais rendre visite à Crys, pour discuter avec elle de ce qu'il fallait faire de la maison de Gran. J'ai entendu dire que le marché de l'immobilier était en pleine effervescence par ici.

Il soutint le regard de Rose et vit son expression vaciller.

Intéressant.

— Les prix du marché continuent d'augmenter. Ne laisse pas Crys te rouler quand elle rachètera ta part, même si je pensais qu'elle l'avait déjà fait, déclara Temple, qui se pencha en avant pour prendre son verre de vin.

— Je suis un associé silencieux.

— Personne n'oserait jamais accuser ta sœur d'être silencieuse.

Les rires mirent les nerfs de Grady à rude épreuve. Ils ne s'entendaient peut-être pas, mais Crystal était la seule parente qui lui restait et qui comptait pour lui. Il esquissa un sourire facile qui lui fit mal au visage.

— Peut-être vais-je garder la maison et emménager dans le coin dans quelques années, quand je prendrai ma retraite. Faire comme vous, acheter un terrain et construire la maison de mes rêves. Auriez-vous un constructeur à me recommander ?

Grady nota le regard qu'échangèrent Temple et Rose.

Il y avait vraiment quelque chose de louche. Était-ce lié à Kane ou s'agissait-il d'une affaire de fraude fiscale ou de délit d'initié ?

Grady ne s'intéressait qu'au fugitif, mais il aurait été hypocrite de prétendre qu'il ne se réjouirait pas d'avoir l'occasion de donner une leçon d'humilité à ces gens. Des gens qui avaient menti, prêts à le sacrifier en faveur de l'un des leurs. Et qui avaient ensuite failli à leurs promesses, jusqu'à ce qu'il les contraigne à les respecter.

De la fierté. Il en débordait.

Quand il jeta un coup d'œil par-dessus son épaule, il vit que Brynn était revenue à leur table. Elle était resplendissante dans sa robe verte qui épousait parfaitement ses formes.

— Excusez-moi. Je ferais mieux de retourner à mon rendez-vous, affirma-t-il, soutenant le regard de Darrell, cherchant délibérément à l'énerver.

— Bonne soirée, Grady. Ne quitte pas la route des yeux sur le chemin du retour, lança Darrell, une lueur mauvaise dans le regard. Tu ne voudrais pas heurter quoi que ce soit.

— Et tu en connais un rayon à ce sujet, n'est-ce pas, D ? répliqua-t-il, adressant un regard appuyé à Darrell et Temple.

Grady rejoignit Brynn, qui avait une lueur amusée dans le regard.

— Étais-tu en train de causer des problèmes ? s'enquit-elle avec un petit rire étouffé.

— Peut-être...

— Que t'est-il arrivé à l'arrière de la tête ?

Il avait oublié sa blessure. D'une main hésitante, il toucha la plaie qui n'était pas tout à fait dissimulée par ses cheveux courts. La cicatrisation avançait bien.

— Je suis allé me promener hier soir, pour voir si je pouvais trouver où le chien se cachait. J'ai glissé sur le verglas et je me suis cogné l'arrière de la tête. J'ai fini par conduire jusqu'aux urgences les plus proches, pour être sûr que je n'avais pas de commotion cérébrale.

Brynn ouvrit des yeux ronds comme des soucoupes.

— Tu aurais dû me réveiller.

Grady fit la grimace.

— Tu as assez de choses à gérer, et je me sentais idiot.

Il détestait mentir, mais il était prêt à tout pour cette mission. Cela ne servait à rien de tout gâcher maintenant.

— Ce n'était sans doute pas malin de conduire, mais les médecins m'ont rafistolé, et ils ont dit que tout allait bien.

Le couple russe était encore en train de manger et, même s'il avait très envie de partir, il devait s'assurer qu'ils restent encore un peu.

— Je ne sais pas ce qu'il en est pour toi, mais après tout ce que nous avons vécu ces derniers jours, je pense que nous avons mérité un dessert, annonça-t-il, puis il leva la main pour faire signe à la serveuse et demanda à revoir le menu. Es-tu plutôt du genre tarte à la crème ou à la myrtille sauvage ?

Brynn ricana.

— Je suis plutôt du genre à mourir pour du chocolat, prête à vendre mon âme pour une part de gâteau à trois étages fourré à la ganache au chocolat, expliqua-t-elle, puis elle se mordit la lèvre. Mais, je suis prête à partager.

Grady détourna les yeux de la lèvre inférieure pulpeuse de Brynn. Puis il s'éclaircit la gorge, nouée par une vague de désir.

— Vous avez entendu la dame, dit-il à la serveuse. Et mieux vaudrait apporter deux cuillères, au cas où j'aurais de la chance.

CHAPITRE TRENTE-SIX

— Tu veux d'abord enlever cette robe ?

Ryan ignorait où Donnelly avait trouvé cette petite robe noire en un délai aussi court, mais, plus vite elle enfilerait un pantalon tactique et un t-shirt, mieux ce serait.

— Oui, mais nous devons faire vite, nous n'aurons sans doute pas beaucoup de temps.

Il lui prit la main tandis qu'ils franchissaient la porte de l'hôtel. De l'autre, il transportait leur sac de nourriture. Il n'y avait pas de petites économies. Après tout, un steak était un steak.

Ils se hâtèrent de monter les escaliers, comme deux personnes en mission, déterminées à s'envoyer en l'air aussi vite et aussi fort que possible. Une vague de chaleur envahit Ryan, même s'il savait qu'il s'agissait d'une comédie. Ils jouaient un rôle pour le public.

Ils atteignirent leur chambre, et il ouvrit rapidement la porte. Une fois à l'intérieur, et à l'abri des regards, il relâcha la main de Donnelly et posa la nourriture de côté.

Donnelly ferma la porte tandis que Ryan fouillait dans sa poche, en sortait le détecteur de surveillance électronique récemment mis au point par la division des opérations tactiques, la TacOps, et l'allumait.

Il identifiait même les appareils inertes sur le plan énergétique, qui ne transmettaient que de manière intermittente. Novak voulait s'assurer que personne n'espionnait leur opération.

— Quelque chose ?

Donnelly avait retiré ses talons délicats et se tenait les mains sur les hanches, ce qui attira malheureusement son attention sur sa silhouette.

— Rien, répondit-il, puis il se rendit dans la salle de bains, autant pour s'éloigner d'elle que pour vérifier qu'il n'y avait pas de mouchard. Tout va bien. Qu'en est-il de nos affaires ? Quelqu'un les a fouillées ?

Ils avaient rangé des vêtements décontractés et des articles de toilette dans l'armoire et dans la salle de bains, pour avoir l'air de vrais touristes. Ils avaient également placé une partie de leur équipement, notamment deux téléphones jetables, ainsi que leurs faux passeports, dans le coffre-fort de l'hôtel, que même un enfant de trois ans pouvait forcer. L'équipement tactique, les appareils électroniques et les armes fournis par leur gouvernement étaient rangés dans des valises spécialement conçues à cet effet.

Il regarda Donnelly passer un bâton sur le panneau du coffre-fort de l'hôtel, puis sur la serrure des valises. L'appareil scannait les empreintes digitales et alertait l'utilisateur si elles différaient de la dernière vérification.

— Tout va bien.

Ses yeux faillirent lui sortir de la tête lorsqu'elle posa le bâton, se détourna de lui, retira sa robe et enfila un t-shirt noir à manches longues, puis un pantalon noir.

La bouche de Ryan devint si sèche qu'elle semblait avoir fusionné en un bloc solide. Elle avait de longues jambes et des muscles élancés, et un tatouage dépassait d'une culotte noire transparente à peine plus grande qu'un mouchoir.

Il ignora les pensées qui lui vinrent, ôta son chapeau et sa chemise, qu'il jeta sur la chaise la plus proche. Puis il ouvrit le tiroir et en sortit un t-shirt noir simple, comme celui que portait Donnelly. *Elle et lui.* Ils étaient en mission, pas en vacances, tout allait bien.

Il se retourna rapidement et surprit Donnelly en train de le fixer du regard. Il haussa un sourcil.

— Quoi ?

— Rien.

— Prête ?

Donnelly plaça son arme dans un holster *pancake* au creux de son dos.

— Prête.

Il lui lança une cagoule.

— Au cas où ils auraient installé une caméra dans leur chambre.

Ils enfilèrent des gants en latex. Quand il fut sûr que la voie était libre, Ryan ouvrit la porte à Donnelly, qui sortit. Ils avancèrent d'un même pas dans le couloir. Les Russes étaient à l'étage inférieur, de l'autre côté de l'hôtel.

C'était le début de soirée et l'hôtel était calme. Beaucoup de gens étaient partis tôt en raison de la tempête, et d'autres avaient annulé leur réservation, sans doute pour la même raison.

Le propriétaire de l'hôtel ne s'en réjouissait guère, déplorant avec la même véhémence la conjoncture économique et les conditions météorologiques. Ryan lui avait raconté des histoires d'élevage de bétail quand il faisait moins trente-cinq degrés dehors, et que le prix du bœuf ne cessait de chuter. Le type avait fini par arrêter de se plaindre, mais Ryan se doutait que cela ne durerait pas longtemps. Harry Butler était un pleurnichard dans l'âme, mais il était facile à soudoyer en cas de besoin. C'était toujours bon à savoir.

Ils atteignirent la chambre, et Donnelly bloqua la vue d'un côté pendant qu'il s'occupait rapidement de la serrure.

— Adolescence difficile ? s'enquit-elle.

Ryan croisa le regard d'un brun sombre de la jeune femme.

— Vie difficile.

Ils abaissèrent ensuite leur masque de ski sur leur visage, avant de se glisser dans la pièce. Il leva une main pour lui signaler de s'arrêter. Il voulait d'abord s'imprégner de la pièce. Des vêtements étaient jetés sur le dossier d'une chaise. Un ordinateur portable se trouvait sur le côté, avec quelques guides de voyage.

Ryan sortit son détecteur de mouchards au moment où son téléphone vibrait. Il le consulta.

— Ils viennent de quitter le club house.

Donnelly fronça les sourcils. Les Russes savaient-ils qu'ils s'étaient introduits dans leur chambre ? Ou bien était-ce une coïncidence s'ils avaient quitté le restaurant au moment même où Donnelly et lui y entraient ?

Le gadget ne montrait aucun dispositif de surveillance.

Donnelly commença à fouiller soigneusement tous les tiroirs. Ryan l'arrêta avant qu'elle n'ouvre celui du bas, et pointa du doigt un cheveu posé sur l'un des boutons. Il s'en saisit et le tint pendant qu'elle examinait attentivement le contenu, quelques t-shirts. Elle tâta le tiroir en dessous. *Rien.*

Elle referma les tiroirs, et Ryan reposa le cheveu sur le bouton. Une technique rudimentaire et dépassée, mais qui avait fait ses preuves. Ces deux-là n'étaient pas des touristes en vacances, mais cela n'expliquait pas qui ils étaient ni ce qu'ils faisaient vraiment ici. Donnelly et Ryan fouillèrent pendant encore cinq minutes, sans rien trouver d'anormal.

La jeune femme tira ensuite sur le t-shirt de son coéquipier.

— Nous devons partir.

— Nous passons à côté de quelque chose.

Il balaya la pièce du regard, repéra quelque chose sous le cadre de la fenêtre et traversa la pièce. Il jeta un coup d'œil à l'extérieur. Les occupants avaient suspendu un sac en plastique à la fenêtre. Il accrocha le sac avec un doigt ganté et l'ouvrit.

Sa coéquipière et lui jetèrent un œil à l'intérieur, où se trouvait un petit flacon de parfum. Donnelly fronça les sourcils et elle s'apprêtait à le prendre quand Ryan lui prit la main.

— Rappelle-toi ce qui est arrivé à Sergei Skripel et à sa fille.

— Tu penses que c'est du Novitchok, l'agent neurotoxique ? s'exclama Donnelly, semblant choquée.

Ryan haussa les épaules.

— Qui pourrait suspendre du parfum par la fenêtre ?

Elle le scruta de ses yeux bruns.

— Que faisons-nous ?

Il mourait d'envie de le prendre, de le neutraliser, mais il ne pouvait pas. Pas encore. Pas sans en parler d'abord à son patron.

— Prends-le en photo. Vite.

Donnelly prit des photos sous tous les angles que son téléphone portable lui permettait, sans prendre de risques.

Puis, avec une extrême prudence, Ryan raccrocha le sac à l'extérieur de la fenêtre, et Donnelly la referma.

— Sortons d'ici.

Le cœur de l'agent battait à tout rompre tandis qu'ils rejoignaient leur chambre, et de la sueur lui coulait dans le dos.

Une fois à l'intérieur, Ryan appela Novak.

— Il faut rassembler l'équipe. Nous avons un problème.

CHAPITRE TRENTE-SEPT

B rynn était repue et s'amusait comme elle ne l'avait pas fait depuis longtemps. Grady était amusant, attentionné, séducteur. Et, la veille, il était sorti chercher un chien errant, pas se glisser dans le lit d'une autre femme.

Elle soupira de satisfaction. Le gâteau au chocolat qu'elle avait dévoré était ce qui se rapprochait le plus de l'extase pour elle ces deux dernières années, et c'était vraiment triste.

Cela lui avait manqué, réalisa-t-elle.

L'excitation, le frisson d'une attirance grandissante lui avaient manqué. L'anticipation et ses rebondissements. Les montagnes russes de l'anxiété.

Elle avait cru avoir perdu la capacité d'apprécier cela. Elle avait cru l'avoir perdue pour de bon. Grady tint son manteau pendant qu'elle y glissait les bras, et elle sentit un frémissement d'excitation.

Elle n'était pas certaine de ce qui se passerait ensuite, et c'était bien ainsi.

Pour une fois, c'était agréable de ne pas avoir à planifier sa vie minute par minute, seconde par seconde.

Il ouvrit la portière pour elle, et ils se tinrent là, à se regarder, une lueur de ce qui ressemblait beaucoup à de l'émerveille-ment dans le regard. Le bruit de clients qui quittaient le restaurant rompit le charme. Grady s'éloigna, et grimpa sur le siège conducteur.

Une fois à l'intérieur du véhicule, il s'éclaircit la gorge.

— Merci pour cette soirée, c'était...

Elle empoigna sa chemise et l'attira vers elle, pour un baiser qui n'avait rien de poli.

Et, cette fois, il lui rendit son baiser. Il l'attira contre son torse, laissant sa langue danser avec celle de Brynn. Il avait un goût de péché et de chocolat.

Elle était en travers de la console. Il avait une main sous le manteau de la jeune femme, lui agrippant les fesses, et l'autre main enfoncée dans ses cheveux, tirant sa tête en arrière pour mieux accéder à sa bouche.

Il la dévora. Elle gémit, et il gronda en retour. Leur baiser était féroce. Il était affamé. Il était *divin*. Il l'embrassait avec l'assurance d'un homme qui savait exactement ce qu'il faisait. Grady ne bâclait pas de moment, il ne la tripotait pas comme un amateur. C'était une pure sensation de désir. Elle brûlait d'envie d'en avoir plus. Elle brûlait de se perdre dans l'instant présent, plutôt que de s'inquiéter de l'avenir ou du passé.

Les lèvres de Brynn parcoururent la bouche de Grady, puis son cou. Elle le sentait, dur et prêt, contre elle.

Il jura, puis s'éloigna.

— Pas ici.

Elle recula à son tour et laissa échapper un soupir frémissant.

— Pas ici, convint-elle.

Grady démarra tandis qu'elle bouclait sa ceinture de sécurité.

Elle n'avait plus froid, à présent. Plus du tout. Le désir montait en elle. Insistant. Exigeant. Avide. Tendu.

La mâchoire de Grady se crispa. Il serrait si fort le volant que ses jointures étaient blanches. Brynn s'attendait à moitié à ce qu'il s'arrête quelque part dans les bois pour qu'ils puissent s'envoyer en l'air.

Comme s'il lisait dans ses pensées, il dit :

— Je te veux dans un lit.

Elle frissonna à ses mots. Elle le voulait n'importe où. Ils croisèrent un véhicule alors qu'ils atteignaient les limites de la ville. Grady freina et sembla furieux de devoir ralentir. Elle savait exactement ce qu'il ressentait. Un frisson lui parcourut l'échine. Ses nerfs étaient comme des fils sous tension.

Ils passèrent devant la clinique vétérinaire, et Brynn jeta un bref coup d'œil vers le bâtiment. Elle se demanda si le chien allait bien, enfermé contre son gré.

Elle se redressa brusquement en apercevant une lueur orange.

— Stop !

— Quoi ?

Grady se tourna vers elle, surpris, une pointe de déception dans la voix.

— Arrête ! Reviens en arrière. Retourne à la clinique vétérinaire.

Il freina brusquement.

— Elle est fermée.

— J'ai cru voir quelque chose. L'effroi submergea la jeune femme, chassant toute trace de désir.

Grady ne discuta pas, et elle lui en fut reconnaissante. Il fit demi-tour en douceur et retourna à la clinique.

— Qu'as-tu vu ?

— Je ne sais pas, répondit-elle, la bouche sèche. J'ai cru voir comme une lueur à l'intérieur.

— Une lueur ? répéta-t-il, le ton vif.

Brynn croisa le regard de Grady.

— Une flamme.

Il appuya plus fort sur l'accélérateur, mit le pied au plancher. Ils arrivèrent à la clinique en quelques secondes. Grady contourna le bâtiment et se gara à l'arrière. Tous deux sortirent précipitamment du véhicule.

Brynn pensa d'abord avoir fait une erreur stupide. Peut-être son subconscient cherchait-il à lui fournir une excuse pour mettre un terme à la passion qui s'était emparée d'eux. Mais l'odeur de fumée lui fit alors faire un pas en avant.

— Appelle le 911 ! s'écria Grady, qui courait déjà au coin de la clinique.

Elle sortit son téléphone portable et tapa le numéro.

L'opératrice répondit au moment où Grady réapparaissait, et elle donna à la femme l'adresse et la nature de l'urgence. Elle le regarda sortir une arme d'un holster à la cheville et se servir de la crosse pour briser la vitre, avant de passer la main à l'intérieur et de déverrouiller la porte arrière. Elle cligna des yeux, surprise de le voir armé, même si elle aurait dû s'y attendre.

De la fumée s'échappa de la porte alors qu'il la maintenait ouverte à l'aide d'un grand bac à fleurs.

Grady retira son blouson, passa sa chemise par-dessus sa tête pour l'enrouler autour du bas de son visage ; puis il remit sa veste en cuir.

— Reste dehors, l'avertit-il. Je ne veux pas avoir à te chercher, toi aussi.

Brynn resta là, horrifiée, à le regarder disparaître dans le bâtiment en feu.

CHAPITRE TRENTE-HUIT

Les flammes léchaient le sol et les murs de la réception ; l'odeur d'essence y était encore plus forte que les émanations toxiques qui envahissaient la pièce. Un détecteur de fumée se mit à émettre un son strident qui, à son tour, fit hurler les animaux, pris de panique.

Bordel de merde !

La cacophonie était insupportable pour les oreilles. En toussant, Grady attrapa l'extincteur accroché au mur et l'ouvrit pour s'attaquer au feu. Les stores avaient pris feu, ainsi que les chaises, le comptoir de la réception et les papiers qui le recouvraient, sans oublier les murs.

L'extincteur se vida rapidement, mais les flammes continuaient de monter, atteignant les plaques du plafond.

Merde !

Grady regarda dehors, pour voir s'il y avait un camion de pompiers, mais il n'y avait rien.

— *Bordel !*

Il jeta l'extincteur vide et s'élança à nouveau dans le couloir, ouvrant les portes au fur et à mesure, à coups de pied pour celles qui étaient verrouillées.

La plupart étaient vides. Il atteignit finalement la zone où les animaux étaient enfermés dans des cages. Certains se remettaient manifestement d'une opération ou d'une intervention. Nombre d'entre eux grattaient les barreaux métalliques de leur cage, très agités.

Grady sentit quelqu'un à côté de lui.

— Il y a des caisses de transport et des laisses par ici ! s'exclama Brynn, qui courut vers le coin de la pièce et lui lança une petite caisse.

Bon sang ! Il ne voulait pas d'elle ici.

— Occupons-nous d'abord des petits animaux.

Elle avait trouvé des gants, et elle était déjà en train d'attraper un chat siamois, qui laissa échapper un miaulement pitoyable.

Grady enfila une paire de gants en cuir qui reposaient sur le dessus de la cage. Il passa les mains à l'intérieur, attrapa un chat hostile, le plaça dans la caisse et claqua la porte. Ils travaillaient côte à côte, un animal à la fois. Ils essayaient de ne pas les traumatiser davantage, mais ne pouvaient pas attendre qu'ils se calment, car la fumée devenait de plus en plus épaisse. Brynn et lui toussaient à présent.

— Emmène les chats dehors ! lui cria-t-il. Je vais m'occuper des chiens. Reste dehors.

C'était l'inhalation de fumée, pas le feu lui-même, qui tuait la plupart des gens. Il ne voulait pas faire courir plus de risques que nécessaire à Brynn.

Il ne voyait le chien gris, son chien, nulle part, mais il essaya d'ignorer sa panique. La panique tuait. Brynn acquiesça et commença à soulever autant de caisses qu'elle pouvait en porter, puis se dirigea vers l'extérieur du bâtiment en feu.

Grady attrapa une laisse et leva les yeux vers un grand berger allemand qui le regardait avec méfiance. Il repéra un pot contenant ce qui semblait être du foie cuit et coupé en cubes, qu'il prit. Prenant une poignée de gâteries, il ouvrit la cage et enroula la laisse autour du cou du chien pour former une boucle. Aucun des animaux ne portait de collier.

— Je vais l'emmener ! lui cria Brynn, de retour et prête à aider.

Il pinça les lèvres : ils n'avaient pas le temps de discuter.

Il lui tendit la laisse. Elle parvint à inciter le chien à passer la porte et à sortir prendre l'air. Brynn était de retour vingt secondes plus tard avec la laisse.

Grady n'avait pas le temps de lui poser des questions. Ils parvinrent rapidement à faire sortir tous les chiens de la pièce, avant d'ouvrir une autre porte. Dans cette zone, beaucoup des animaux semblaient être sédatés.

Et là, dans le coin, se trouvait son ami, arborant une toute nouvelle coupe et le regard inquiet.

— Attrape notre ami, là-bas. Je m'occupe des autres.

Le premier était un vieux labrador brun qui dormait si profondément que Grady craignit d'abord qu'il soit mort, jusqu'à ce qu'il touche son flanc chaud.

Alors qu'il déplaçait doucement ses mains sous lui, il ouvrit ses yeux bruns et humides pour le fixer.

Il se précipita dehors dans le froid vif et déposa le labrador sur la couverture que Brynn avait sortie de sa Jeep.

Il regarda autour de lui pour chercher les chiens et se rendit compte qu'ils étaient tous à l'intérieur de la Jeep, assis sur les sièges et regardant dehors comme s'ils partaient à l'aventure.

Grady sourit malgré lui.

— Reste ici avec eux, intima-t-il à Brynn. Je vais chercher les autres.

Mais elle attacha le chien gris au pare-chocs arrière de la Jeep et le suivit quand même.

Au loin, le son d'une sirène transperça enfin la nuit, mais les pompiers étaient trop loin pour intervenir. Les flammes jaillissaient maintenant du toit.

La chaleur était intense lorsqu'ils retournèrent à l'intérieur.

Ils s'engouffrèrent à nouveau dans la dernière pièce, s'accroupissant pour se protéger de la fumée. Brynn mouilla une serviette dans l'évier et l'enroula autour du bas de son visage, tandis qu'il soulevait un chien à trois pattes qui avait une incision récente à l'arrière-train.

Il le manipulait avec douceur, mais l'animal grogna et fit claquer ses dents. Grady ignora ces dernières, ainsi que la peur, et berça doucement le chien dans ses bras. Brynn en portait un autre, un chiot.

Ils sortirent en courant, puis déposèrent les chiens sur la couverture.

— Reste avec eux ! insista-t-il, faisant poser son bras sur son épaule avant de le serrer. Il n'en reste plus qu'un. Je peux m'occuper de lui.

— Il est grand ! s'exclama Brynn qui voulait protester.

— Soit tu restes ici, soit aucun de nous deux n'y retourne, répondit-il, et son geste se fit plus doux tandis que le feu grondait derrière eux. Ces petits gars vont avoir besoin de toi quand le camion de pompiers va arriver et les effrayer.

— Dépêche-toi, lui dit-elle à contrecœur.

Il n'attendit pas plus. Grady repartit en courant vers le bâtiment ; il sentit la chaleur lui brûler la peau, et il vit une poutre tomber dans la zone de réception. Il entra à toute vitesse dans la dernière pièce et se retrouva face au plus gros chien qu'il avait jamais vu de sa vie.

Il ouvrit la porte de la cage, puis passa une laisse autour du cou du mastiff, mais le chien refusait de bouger. Grady aperçut un autre bocal de friandises et en donna une au chien. Qui la mangea. Ainsi qu'une autre, ensuite. Il en versa un petit tas sur le sol, juste à l'extérieur de la cage. Le chien se leva en tremblant.

Grady ignorait s'il s'agissait d'un mâle ou d'une femelle, mais cela n'avait pas d'importance.

— Allez, mon garçon. Viens. Je m'occupe de toi.

Un cri attira son attention : une perruche volait dans tous les sens à l'intérieur de sa cage.

— *Merde !*

C'était le dernier trajet. Les flammes étaient à présent trop intenses pour qu'il revienne après ça. Il repéra une serviette sur le côté ; ouvrant la cage, il s'en servit pour attraper l'oiseau. Grady l'enveloppa et coinça sous son bras le petit animal qui se débattait et lui donnait des coups de bec.

Le gros chien se retourna, comme pour rentrer dans sa cage, mais il ne pouvait pas patienter plus longtemps. Il poussa l'animal par-derrière, le dirigeant vers les flammes et le bruit, malgré sa terreur évidente. Il obligea l'énorme créature à fourrure à avancer sur le linoléum, puis à franchir la porte arrière. Tout à coup, ils étaient tous les deux dehors, haletant dans l'air frais, les flammes rugissant derrière eux.

Le camion des pompiers venait d'arriver, et ces derniers sortirent leurs lances.

Grady traîna le gros animal vers la couverture, sur laquelle Brynn était agenouillée, essayant de calmer les animaux qui s'y trouvaient. Ceux de l'intérieur de la Jeep aboyaient avec enthousiasme.

Il tendit à Brynn la laisse du mastiff, mais le chien se coucha à ses pieds sans qu'elle le lui demande. Le chien à trois pattes était sur ses genoux, et elle caressait le labrador brun, qui était allongé à côté d'elle.

L'oiseau mordit Grady qui tressaillit.

— Tu saignes ! s'exclama Brynn, le regard inquiet.

— Oui.

Il ressortit la perruche emmitouflée de sous son bras, en évitant le bec acéré qui avait transpercé le tissu.

— Pourrais-tu tenir ce bonhomme une minute ? lui demanda-t-il d'une voix rauque, puis il tendit l'oiseau à Brynn et remit sa chemise.

Le petit morveux lui avait donné plusieurs coups de bec, et il avait maintenant quelques petites plaques rouges là où des étincelles l'avaient touché. Il était endolori, mais il n'avait rien de grave. Il se laverait plus tard, à la maison. Il enfila à nouveau sa veste, avant que les pompiers ne l'écrasent avec leurs bottes boueuses.

Il remua les sourcils en regardant Brynn, couverte de suie et échevelée.

— Sacré premier rencard, hein ?

Elle éclata d'un rire un peu larmoyant.

— Assurément passionnant, répondit-elle, posant les doigts sur le doux pelage du labrador. Veux-tu récupérer ton oiseau ?

Il le prit, même s'il n'était pas fan. Grady tourna les yeux vers le chien gris, qui tirait sur la laisse attachée à son pare-chocs. Il s'approcha et passa la main sur les poils coupés court sur sa tête.

— Tu n'iras nulle part, mon pote, pas sans moi. Il détacha la laisse et la tint serrée tandis qu'un des pompiers s'approchait.

— Y a-t-il d'autres animaux à l'intérieur ? cria un homme.

— J'espère bien que non.

Tous deux assistèrent à l'effondrement d'une partie du toit. Les lances à incendie arrosaient désormais le bâtiment, mais il était trop tard pour le sauver.

— Comment se fait-il que vous ayez mis si longtemps à venir ici ?

Grady s'efforça de ne pas laisser transparaître son mécontentement dans son ton. Peut-être intervenaient-ils sur un autre feu.

— L'alarme automatique a dû planter. Nous n'avons pas eu d'alerte avant l'appel de Brynn. Dès que le message nous est parvenu, nous nous sommes mis en route.

— Cela nous a paru une éternité, avoua Grady.

Mais cela n'avait sans doute duré que quelques minutes. Le pompier posa une main sur le bras de Grady.

— Si vous n'aviez pas été là, ils auraient tous péri. Qui sait combien de temps il aurait fallu à quelqu'un d'autre pour le signaler.

Le cabinet vétérinaire n'était pas en ville, mais un peu à l'écart, isolé. Sans Brynn, tous les animaux seraient morts. Il avait été trop occupé à penser au sexe et incapable de regarder autre chose qu'elle.

Eli Kane aurait pu se tenir au milieu de la route en agitant un drapeau rouge, Grady l'aurait simplement contourné et il aurait poursuivi son chemin jusque chez lui.

Il leva les yeux vers le ciel noir, envahi par le dégoût de lui-même. Il savait que se laisser distraire par une relation personnelle avec Brynn serait une erreur, mais il l'avait fait quand même.

Il avait merdé.

Autant pour sa formation. Autant pour son self-control. Autant pour sa foutue mission.

Le chien gémit. Et Grady le serra contre sa jambe à l'aide d'une main. Il tenait l'oiseau hors de portée, juste au cas où.

— Tu vas avoir besoin d'un nom, mon pote.

Il tourna les yeux vers la Jeep, qui était pleine de chiens anxieux, avant de les poser sur Brynn, qui apaisait ceux qui étaient trop malades ou sédatés pour bouger.

— Où est le Dr Vilamitjana ?

— Le central l'a appelée. Ça va lui briser le cœur.

Grady acquiesça d'un hochement de tête ; il vit ensuite un

SUV qui descendait la route à toute vitesse et fit une embardée au coin du bâtiment.

— On dirait bien que c'est elle, remarqua le pompier, qui commença à s'éloigner.

— Vous feriez mieux d'appeler le shérif. J'ai senti l'odeur de l'essence quand je suis entré.

Le regard du pompier se fit dur.

— Quelqu'un a délibérément mis le feu au bâtiment, sachant qu'il y avait des animaux à l'intérieur ?

Grady acquiesça. Il avait la gorge desséchée par la fumée.

— Qui pourrait bien faire une chose pareille ? demanda l'homme.

Grady ne répondit rien. Il observa la vétérinaire qui se garait, puis se précipitait vers Brynn, pour commencer à examiner chacun des chiens. Mais il savait exactement qui était capable de faire une chose pareille.

Il espérait que cet enfoiré était prêt à payer.

CHAPITRE TRENTE-NEUF

Le téléphone de Grady sonna. Il glissa la perruche dans la poche intérieure de son manteau et ignora le pincement de son bec puissant, même à travers le tissu épais. Il ne savait pas quoi faire d'autre pour protéger l'oiseau. Il répondit, alors que la colère grondait à ses oreilles, comme le feu l'avait fait un peu plus tôt.

Novak parla aussitôt, sans le saluer.

— Nous avons un problème.

Grady passa le dos de sa main sur son front.

— Moi aussi. Quel est le vôtre ? L'avez-vous trouvé ?

— Pas encore. L'excursion de Cowboy et Donnelly nous oblige à mobiliser immédiatement des ressources supplémentaires sur un autre front.

— Dis-moi.

Grady n'était pas à portée de voix. Il ne voulait pas risquer d'être entendu.

— Ils ont trouvé des indices laissant à penser que nous pourrions avoir affaire à deux agents du service de contre-espionnage ou du renseignement russe. Mais le principal sujet de préoccupation était de savoir pourquoi quelqu'un accrocherait une bouteille de parfum dans un sac en plastique à l'extérieur de la fenêtre de l'hôtel.

Une vague d'effroi saisit Grady.

— Agent neurotoxique ?

— Nous n'en sommes pas sûrs.

— *Bordel de merde !* Pour quelle autre raison… ?

— Je l'ignore, l'interrompit Novak, irrité. Peut-être pour que nous pensions à cela et que nous freinions l'enquête ?

Novak semblait fatigué. Grady était rongé par la colère, la frustration et le besoin de réponses. Son patron allait gérer.

— Quel est le plan ?

Sa voix était rauque, comme s'il avait été étranglé, et c'était la sensation qu'il avait.

— Nous allons les placer en garde à vue à titre de suspects.

— Kane va découvrir…

— Pas nécessairement. Nous prévoyons de retrouver Cowboy et Donnelly à l'hôtel. Nous disposons d'un équipement de protection contre les risques biologiques. Apparemment, l'hôtel n'a pas beaucoup de clients. Cowboy a réservé deux chambres supplémentaires à cet étage pour ses « amis » et il a récupéré les clés, car nous arriverons après minuit. Il y a une entrée à l'arrière, que nous pouvons utiliser pour éviter la zone du bar. Avec un peu de chance, les autres clients devraient être couchés et endormis le temps que nous arrivions et que nous procédions aux arrestations. Nous les emmènerons rapidement et discrètement, avant même qu'ils sachent que nous les avons repérés. Nous faisons analyser le flacon et nous testons toutes les foutues poignées de porte du bâtiment.

— Et si quelqu'un repère une équipe d'agents du FBI en combinaison de protection contre les risques biologiques ? s'enquit Grady.

— Je gérerai le problème, s'il se présente. Nous transporterons les suspects à Bangor, puis à Washington. Les services de contre-espionnage veulent en avoir le cœur net. S'ils sont innocents, nous nous occuperons des retombées plus tard.

Ouais, désolé de gâcher vos vacances, mais à propos de ce parfum...

— Une dernière chose. Grâce à l'ordinateur portable que tu as récupéré, nous avons découvert que la dernière chose à laquelle Milton Bodurek a accédé avant de mourir était une copie du rapport d'assurance. Il contient une liste des propriétaires de coffres-forts de la banque.

— Les Russes sont-ils ici à la recherche de Kane ? l'interrogea Grady, se frottant la nuque. Pourquoi ? Et comment pourraient-ils être au courant de sa présence ici, alors que, si nous le savons, c'est uniquement grâce à une empreinte ? Y a-t-il une fuite au sein du FBI ?

— C'est ce que Dobson et Ropero cherchent à découvrir.

Grady jeta un regard à Brynn et au bâtiment détruit, qui brûlait encore derrière lui. Le chien à ses côtés gémit. Et la perruche lui donna un coup de bec.

Il ressentait le besoin d'être auprès de ses coéquipiers, mais, étrangement, il voulait aussi finir de mettre ces animaux en sécurité.

Son travail passait avant tout. Il le fallait.

— Veux-tu que je me prépare ?

— Non. Nous nous en occupons. Reste sous couverture, et ne va pas au bar de l'hôtel ce soir. Nous pouvons gérer un couple d'agents russes présumés.

Grady observait les alentours lorsqu'une voiture de patrouille du bureau du shérif du comté de Montrose entra dans le parking.

— J'aimerais bien une bière tout de suite, mais je pense que je n'aurai aucun mal à éviter le bar ce soir.

Il parla à Novak de l'incendie.

— Cela pourrait-il être lié à Kane ?

— J'en doute. J'imagine que l'abruti qui a frappé Brynn au visage aujourd'hui a décidé de se venger de son arrestation. S'il ne peut pas avoir le chien, personne ne l'aura.

Grady serra les dents tandis que ledit chien, qu'il tenait en laisse, frottait sa tête contre sa cuisse. Il le gratta derrière les oreilles. Il s'en était fallu de peu.

— Je n'aime pas ça, dit son patron à voix basse.

— Je n'aime pas ça non plus. Préviens-moi quand vous aurez placé les autres suspects en détention.

— Compris. Grady..., commença son boss, avant d'hésiter. Sois prudent.

Brynn était secouée et transie de froid, assise sur la couverture en laine grossière, alors qu'elle essayait de calmer les animaux aussi bien qu'elle-même. Elle avait froid aux pieds, car elle ne portait que des bas dans ses bottes, mais l'énorme bête noire et poilue appuyée contre eux les réchauffait rapidement.

Le Dr Vilamitjana examinait chacun des patients et essayait de leur trouver une place dans la clinique d'une ville voisine. Les pompiers donnaient de l'eau aux animaux et coupaient des morceaux de corde pour fabriquer des laisses de fortune. Les chats miaulaient très fort, mais elle ne pouvait pas faire grand-chose pour les calmer sans risquer qu'ils s'enfuient.

Brynn leva les yeux et vit Grady qui marchait vers elle, le visage couvert de suie et l'air sombre.

— C'est une perruche, dans ta poche, ou bien es-tu content de me voir ? lança-t-elle, la voix rauque tandis qu'elle lui lançait sa très mauvaise blague.

Il jura, puis sortit doucement de sa poche l'oiseau qui devait être terrifié et le remit à la vétérinaire.

— Je suis désolé. Je ne savais pas où le mettre, s'excusa-t-il.

Il parut choqué quand la vétérinaire se jeta sur lui et se mit à sangloter.

— Vous les avez tous sortis ! Merci ! Merci beaucoup !

Grady lui tapota l'épaule de sa main libre.

— C'est Brynn qui a repéré le feu. C'est elle la véritable héroïne.

Brynn haussa les épaules et sentit un frisson parcourir le vieux labrador chocolat qui était couché à côté d'elle.

— C'est Grady qui s'est précipité à l'intérieur. J'aurais sans doute attendu les pompiers, avoua-t-elle, et elle n'aima pas cette prise de conscience.

Le Dᴿ Vilamitjana s'essuya le visage, puis s'écarta.

— Je vous suis reconnaissante à tous les deux. Incroyablement reconnaissante, insista-t-elle, tournée vers le bâtiment dévasté. Je n'aurais pas supporté que l'un des animaux dont je m'occupe meure de cette façon. Je n'arrive pas à croire que l'électricité soit défectueuse dans un bâtiment construit il y a seulement quelques années. Ou bien que l'alerte n'ait pas été transmise aux pompiers comme prévu.

Grady s'éclaircit la gorge.

— Je ne crois pas que ce soit un incendie d'origine électrique.

Le Dᴿ Vilamitjana fronça les sourcils.

— Je ne comprends pas.

— Je pense que quelqu'un a aspergé l'endroit d'essence et y a mis le feu.

— Quoi ? s'exclama-t-elle, et elle resta bouche bée.

— Et il est possible que le coupable ait coupé l'alarme. Vous devriez demander au bureau du shérif de vérifier.

Il gratta la tête du bearded collie à ses côtés.

Le Dᴿ Vilamitjana resserra son manteau sur ce qui ressemblait à un pyjama rose.

— Quelqu'un voulait que ces animaux meurent ? Qui ferait une chose aussi odieuse ?

Brynn échangea un regard avec Grady.

— Vous pensez que c'est cet homme, ce Quayle, remarqua la vétérinaire, qui frémit avant de redresser les épaules. Cet homme est dangereux, et la police l'a laissé en liberté !

Grady haussa les épaules.

— Sans cela, ce serait une sacrée coïncidence. À moins que vous ne pensiez à quelqu'un d'autre qui voudrait faire une telle chose ?

Elle secoua la tête, et tous se tournèrent vers le shérif Darrell York, qui s'avançait vers eux.

— Voulez-vous que j'appelle la fourrière, pour voir s'ils ont de la place disponible pour cette nuit ? demanda-t-il.

La vétérinaire parut surprise.

— En fait, oui. S'ils peuvent m'assurer qu'ils sont en mesure de garder mes patients séparés des chiens qui ont besoin d'être placés. Je ne voudrais pas contrarier mes clients davantage qu'ils ne le seront déjà, dit-elle en se frottant le front. Je dois tous les contacter avant qu'ils ne l'apprennent par d'autres biais. Certains patients peuvent rentrer chez eux. Certains pourront, espérons-le, être transférés à l'hôpital vétérinaire de Sedgwick, mais il serait très utile de disposer de chenils pour ceux qui n'ont pas besoin de soins vétérinaires importants. Merci, shérif.

Darrell acquiesça et se détourna pour téléphoner.

— Je peux vous aider à passer des appels si vous me donnez quelques numéros, proposa Brynn, remarquant que le stress des événements de la soirée pesait sur l'autre femme.

Il devait déjà être suffisamment difficile de penser aux aspects commerciaux de cette situation, sans parler des animaux eux-mêmes.

— Vraiment ? s'enquit la vétérinaire, les yeux brillants d'émotion.

Brynn hocha la tête.

— Nous pouvons tous les deux vous aider à faire en sorte que tout le monde passe la nuit en sécurité, proposa Grady. Je vais ramener ce garçon à la maison, jusqu'à ce que quelqu'un me dise le contraire, si ça vous va ?

Le chien s'assit docilement à ses côtés et fit sourire Brynn. Le Dr Vilamitjana baissa les yeux sur l'animal.

— Je vous le confie. La plupart des tests ont été envoyés et les vaccins administrés. J'aurai les résultats demain, affirma-t-elle, avant de se couvrir la bouche. Je suppose que je les aurai sur mon ordinateur portable. *Merde !*

— J'espère que vous êtes assurée, demanda Brynn d'une voix douce.

— Je le suis, mais c'est toujours un calvaire de traiter avec les assurances. C'est comme revivre en permanence le traumatisme, jusqu'à ce que mort s'ensuive... ou presque.

Brynn fut surprise.

— En avez-vous déjà fait l'expérience ?

— Non, répondit la vétérinaire en secouant la tête. Mais quelqu'un m'a volé mon appareil photo en vacances.

Son doux sourire était contagieux ; ils finirent par éclater de rire, tous les trois.

Lorsqu'ils se calmèrent enfin, Grady suggéra :

— Prenons les choses étape par étape. Nous nous occupons des animaux pendant que la police gère la scène de crime.

— Scène de crime ? répéta Darrell York, revenant vers eux. Qu'est-ce qui te fait penser qu'il s'agit d'une scène de crime et pas d'un accident.

— J'ai senti une odeur d'essence quand je suis entré.

Le shérif esquissa un rictus mauvais.

— Et je veux que vous vérifiiez si l'alarme n'a pas été sabotée, intervint le Dr Vilamitjana d'un ton ferme. Elle aurait dû envoyer directement une alerte sur mon portable et aux pompiers. Elle n'a fait ni l'un ni l'autre. Je vais en parler à la société qui l'a installée, mais s'il s'agit d'un incendie criminel, une enquête doit être menée. Vous devez interroger le jeune homme qui m'a menacée aujourd'hui.

— Je sais comment faire mon travail, répliqua Darrell en hochant la tête. Une fois de plus, je vais avoir besoin que vous veniez tous faire une déposition.

Brynn éclata d'un rire rauque.

— Nous connaissons la chanson.

— Demain. Quand j'aurais replacé tous mes patients, shérif. Je suis sûre qu'aucun de nous ne voudrait d'un procès de la part d'un propriétaire mécontent.

L'expression de Darrell changea alors et il s'essuya le front.

— Absolument. Faites-moi savoir de quelle manière je pourrais vous aider.

— Et si tu arrêtais le suspect le plus évident... ?

Le shérif reporta aussitôt son regard sur Brynn.

— Ne tirons pas de conclusions hâtives. Je vais interroger toutes les personnes impliquées et trouver le coupable, s'il s'avère qu'il s'agit d'un incendie criminel. Nous n'avons pas besoin que des rumeurs et des hypothèses viennent envenimer la situation.

— Les rumeurs et les hypothèses ne sont autorisées que si Grady en est l'objet, hein, Darrell ? Il me semble bien hypocrite de ta part d'imposer des normes différentes aux autres.

Le regard du shérif se fit dur.

— Je traite une série de crimes graves, *madame Webster*. Et, aux dernières nouvelles, vous serviez du café et n'étiez pas membre des forces de l'ordre, alors, pourquoi ne pas vous en tenir à ce que vous connaissez le mieux ?

Brynn tressaillit.

Il s'éloigna à grands pas, aboyant des ordres en prenant un air important.

— Eh bien ! Voilà qui est dit, *madame Je-ne-fais-que-servir-le-café* ! s'exclama la vétérinaire, qui regardait le shérif en secouant la tête. Et dire que j'avais une telle confiance dans le système !

Grady avait les yeux brillants, les flammes s'y reflétaient.

— Nous trouverons le coupable, docteur Vilamitjana. Je vous le promets, en mon nom, et au nom du FBI. Cette ordure ne s'en tirera pas comme ça.

Les yeux de la femme brillèrent ; elle déglutit, et porta la main à sa poitrine.

— Appelez-moi Kalpa, suggéra-t-elle, puis elle baissa les yeux sur Brynn. Et, je m'excuse d'avance, mais je suis sur le point d'embrasser votre petit ami.

Les yeux de Brynn s'écarquillèrent lorsqu'elle remarqua l'expression surprise de l'intéressé alors que la femme l'embrassait sur les lèvres.

Brynn ouvrit la bouche pour nier qu'il était son petit ami, davantage par habitude que par désir de rectifier les faits, mais quelque chose dans l'expression féroce, mais vulnérable de Grady l'en empêcha.

Cet homme n'hésitait pas à se précipiter dans un bâtiment en feu, mais il avait l'air terrifié à cet instant.

L'idée d'être en couple lui faisait peur, mais uniquement à cause de ce qu'Aiden avait fait à son cœur. C'était effrayant parce que, pour une fois, elle voulait voir où cela menait. Elle voulait explorer une relation entre eux, et découvrir toutes les facettes qui composaient Grady Steel.

— Tant que je l'embrasse ensuite, répondit-elle, souriant devant le regard qu'il lui lança quand Kalpa se recula.

— Quand vous voulez, *madame Webster*, dit-il, et des plis creusèrent ses joues, tandis qu'il soutenait son regard. Quand vous voulez.

CHAPITRE QUARANTE

VINGT-SEPT ANS PLUS TÔT - ÉTÉ

C'était la fin du mois de juin, et le soleil était brûlant. La fête avait lieu cette fois-ci dans un manoir à la campagne. Un auvent avait été installé au-dessus de la piscine, et un autre à l'arrière de la maison, pour les protéger des regards indiscrets.

Cela donnait l'illusion d'une intimité qui berçait tout le monde dans un faux sentiment de sécurité.

Tout était prêt, à présent. Il savait exactement ce qu'il allait faire au sujet de son épouse. Il écarta de son esprit toute pensée concernant les garçons. Il s'était détaché d'eux au cours des derniers mois. Trop occupé par le travail et par ses plans. Il les avait aimés, autrefois, mais plus maintenant.

Le simple fait de les regarder, et de voir son agent traitant, son amant, dans leurs yeux, lui retournait l'estomac.

Eli passa un moment agréable avec une rousse dans l'une des chambres que les organisateurs avaient mises à leur disposition. Il veilla à lancer un coussin, de manière à faire tomber la lampe de chevet. Il gloussait comme s'il était ivre.

Après, la rousse partit avec une tape sur les fesses, et un sourire aux lèvres pendant qu'il se nettoyait. Conscient de la présence d'une autre caméra dans la pièce, il avait soigneusement installé la sienne, plus bas, hors du champ de la première. Elle se trouvait à l'intérieur d'un petit chat en peluche qu'il sortit de la poche de sa veste et posa sur la chaise dans le coin.

Cette pièce avait été son premier arrêt, il n'était donc pas étrange qu'il ait encore ses vêtements. Généralement, tout le monde se déshabillait rapidement et rangeait ses affaires dans un coin. Il redressa la table de chevet, puis vérifia que leur caméra couvrait toujours la majeure partie du lit. Il ne voulait pas qu'ils entrent ici et voient la peluche.

Satisfait, il vérifia qu'il avait toutes ses affaires, puis il sortit de la chambre, faisant mine d'être ivre, mais pas trop. Il ne portait rien d'autre qu'un nœud papillon noir, qui avait l'air ridicule, mais qui contenait également une minuscule caméra. La batterie ne tiendrait pas longtemps, mais il n'en avait pas besoin de beaucoup, un aperçu de certaines personnes en action lui suffirait.

Il prit soin de ne prendre qu'une pilule bleue dans le bol posé sur la table basse du salon. Mais il s'autorisa un verre de champagne, qu'il se servit en ouvrant une nouvelle bouteille.

Il leva son verre en direction du juge, à qui une jeune femme à peine pubère faisait une fellation.

Eli n'allait pas se faire avoir une nouvelle fois. Il n'avait aucune envie de jouer les pédophiles. Les organisateurs pouvaient bien prétendre que toutes les personnes présentes étaient des adultes consentants, étant donné que ces mêmes organisateurs recueillaient des informations compromettantes sur des cibles de haut niveau, il n'en croyait pas un mot.

Il prit soin de regarder suffisamment longtemps pour filmer le visage de la jeune fille et ses seins naissants. Il se caressa, parce que la seule chose qui sortait du lot dans une pièce comme celle-ci, c'était de ne pas être excité par les activités de ceux qui l'entouraient.

Il chercha ensuite le sénateur et trouva l'homme attaché en

croix sur la table à manger, portant un bâillon-boule et un anneau pénien, tandis qu'une dominatrice en tenue de cuir et bottes noires à talons hauts marchait autour de lui. Elle fouetta les cuisses du sénateur et échangea un regard avec Eli, avant de lécher le cuir à l'extrémité de sa cravache.

— Dis-le-moi si tu as envie de jouer.

Son sourire était agréable, comme celui d'un croupier demandant à un joueur s'il voulait participer à une partie de blackjack.

— La douleur, ce n'est pas mon truc.

Elle se mordit la lèvre.

— Tu peux toujours être celui qui tient le fouet.

Elle lui sourit, puis asséna un autre coup de fouet, si près du pénis dressé du sénateur qu'Eli grimaça. Il secoua la tête, termina son champagne, puis alla se resservir.

Où était Lisa ?

Il la trouva dans la bibliothèque à l'ancienne, où elle chevauchait son amant, un agent du KGB du nom de Sergei Lushko. Celui-ci était allongé sur une table en ébène suffisamment basse pour qu'elle ait les deux pieds posés sur le sol. Pas étonnant qu'elle adore ces fêtes.

Sergei était aux États-Unis, soi-disant en tant qu'employé de l'ambassade, mais Eli connaissait la vérité.

Il observa sa femme, et il vit le moment exact où les deux amants se rendirent compte qu'il était entré dans la pièce. Ils déguisèrent leurs expressions, pour qu'elles ne traduisent pas l'adoration, mais un simple désir.

Eli était idiot de ne pas l'avoir vu plus tôt.

Il s'était toujours demandé comment ils avaient obtenu une invitation à un événement aussi exclusif, mais, à présent, c'était évident. Ce n'était pas parce que Lisa était incroyablement belle, et que tout le monde la désirait. C'était parce qu'il était lui-même une cible, un pigeon.

La colère monta en lui alors qu'il buvait son champagne ; il se dirigea vers les deux amants sur la table. Il y avait d'autres personnes autour. Une femme blanche d'un certain âge se faisait prendre par-derrière si brutalement que ses seins tombants se balançaient. L'homme à l'œuvre semblait avoir environ quatre-vingt-dix ans, et ils avaient tous deux l'air de prendre beaucoup de plaisir. Eli ne voyait aucun mal à ce qu'ils trouvent leur plaisir l'un avec l'autre. Tant que c'était honnête. Tant que c'était légal. Tant qu'il s'agissait d'un acte consensuel.

Eli croyait fermement au consentement, et d'autres souvenirs de la dernière fête lui étaient revenus. Des flashs, toujours, mais qui avaient un sens, à présent. Des flashs qui faisaient monter la rage en lui.

Il prit une bouteille de lubrifiant posée sur le côté et en versa une quantité généreuse dans sa main en coupe. Il reposa la bouteille sur l'étagère, s'approcha de sa femme et lui planta un baiser baveux sur l'oreille.

— Je veux me joindre à vous.

Elle lui adressa un regard légèrement agacé, avant que ses lèvres ne s'incurvent en un sourire.

— Bien sûr, chéri.

Elle voulut se lever, mais il la repoussa en posant une main sur son épaule.

— Comme ça. Pendant que tu couches avec ton autre amant.

Il la sentit se crisper sous sa main. Il ne laissa rien transparaître sur son visage, hormis un sourire idiot. Il la poussa vers le bas.

— Embrasse-le. Je veux que tu nous sentes tous les deux en toi.

Il trouva un préservatif : il y en avait partout. Il l'enfila d'une main, le lubrifiant toujours dans l'autre. Il se déplaça jusqu'à se tenir derrière sa femme. Il fit couler du lubrifiant sur elle, et le regarda couler sur les deux amants. Eli remarqua comment la main de Sergei se resserrait sur les cuisses de sa femme.

L'homme se montrait possessif envers elle, mais il était contraint de partager, de faire semblant. Eli comprenait parfaitement. C'était triste, en réalité. D'être obligés de vivre ces fausses existences.

Le plus regrettable, c'était que ce soit lui qu'ils aient choisi pour tomber dans leur petit piège. Il avait toujours eu un problème avec les gens qui essayaient de la lui mettre à l'envers.

Il s'enduisit de lubrifiant, puis il prit sa douce épouse par-derrière. Il était tendre, lent, attentionné. Elle serrait son membre si fort que c'était une bonne chose qu'il ait déjà joui avec la rousse.

Il lui fallut une minute pour la pénétrer complètement, puis il la prit sans relâche jusqu'à ce qu'elle jouisse fort. Il sentait l'autre homme, aussi. Qui se battait pour l'espace.

Eli se retira complètement, puis il s'ajusta avant de se presser contre l'homme allongé sur la table. Celui-ci ne l'y avait pas invité, mais en amour comme à la guerre, et puis, ce n'était que justice. Il se servit de sa position et de son poids pour écraser Lisa entre eux, tandis qu'il pénétrait Sergei de force.

Celui-ci se figea, arborant une expression horrifiée, puis choquée. Ses muscles enserraient Eli comme un étau.

Il s'enquit rapidement, mais bien trop tard :

— Est-ce que c'est bon ? Il me semblait que vous aviez aimé, la dernière fois...

Il ne termina pas sa phrase, prenant un air confus, tout en restant immobile. Les yeux de l'autre homme, d'un brun chocolat, s'écarquillèrent. Sergei ne s'était pas attendu à ce qu'il s'en souvienne, parce qu'Eli était complètement parti.

— Bien sûr.

Eli força un rire d'ivrogne, même s'il ne ressentait rien

d'autre que de la rage alors qu'il pénétrait l'homme, encore et encore. Il vit les yeux de Sergei s'assombrir, sa main se lever pour enlacer Lisa dans un geste protecteur, qui ne fit qu'accentuer la haine qu'Eli éprouvait pour eux.

C'était leur faute. C'étaient eux qui lui avaient fait ça. Ils l'avaient détruit, et il avait l'intention de les détruire à son tour.

Il sentit son propre orgasme monter, tandis qu'il soutenait le regard de l'amant de sa femme. Chacun essayait de durer plus longtemps que l'autre, mais Sergei était toujours enfoui dans le fourreau étroit de Lisa, et Eli connaissait cette sensation incroyable.

Il donna un coup de reins si puissant que la table bougea.

Lisa commença à jouir, ou, du moins, à faire semblant. Après tout, ils avaient une performance à jouer.

Eli poursuivit son assaut, jusqu'à ce que Sergei bascule avec un grand cri. Il l'entraîna avec lui, mais Kane s'en fichait.

Cela n'avait plus d'importance, maintenant.

Il n'avait plus de fierté. Plus d'honneur. Plus de scrupules. Il n'était plus que l'ombre de l'homme qu'il avait été, et c'était leur faute.

Il se dégagea et embrassa le point situé entre les omoplates de sa femme, qui frémissait au-dessus de l'autre homme.

— Merci. C'était incroyable, déclara-t-il, puis il regarda autour de lui et reprit son verre. Tout le monde devrait essayer cela au moins une fois.

Il leva son verre en direction d'un riche homme d'affaires qui l'avait regardé, son propre membre enfoncé dans la gorge d'une femme. Le vieux pervers écarta la femme en question et se dirigea vers l'endroit où Lisa et Sergei étaient étendus, comme endormis sur la table basse.

Eli se sentait un peu nauséeux, mais cela n'avait pas d'importance. Il n'attendit pas de voir ce qui se passerait ensuite. Au lieu de cela, il se rendit dans la salle de bains, où il se débarrassa du préservatif dans les toilettes. Ces derniers temps, il se montrait très prudent avec son ADN.

C'était presque fini.

Il allait disparaître, et ces gens l'aideraient. Lisa et Sergei pourraient vivre heureux jusqu'à la fin de leurs jours, pour ce qu'il en avait à faire. Il se rendit au bord de la piscine, pour voir ce qu'il pourrait trouver d'encore plus scandaleux en matière de débauche.

CHAPITRE QUARANTE-ET-UN

R yan fit entrer ses coéquipiers par la porte latérale de
l'hôtel.

Nash, Keeme, Griffin et Novak s'engouffrèrent rapidement
à l'intérieur. Une équipe d'assaut devrait suffire. Novak était un
ancien béret vert, et un membre actif de Mensa[1]. À eux tous, ils
avaient des dizaines d'années d'expérience au sein de la HRT.
Même les petits nouveaux n'étaient pas à la traîne. Griffin avait
fait partie de l'équipe SWAT renforcée d'Atlanta, et Donnelly
de la 82e division aéroportée.

Il n'avait pas besoin de s'inquiéter pour elle.

Elle s'en sortirait.

Personne ne dit mot tandis qu'il les conduisait à travers les
couloirs déserts jusqu'à une chambre située trois portes plus loin
que celle des Russes.

Il frappa doucement sur le panneau de bois. Donnelly
ouvrit, l'arme à la main, et tous se hâtèrent d'entrer.

---

1. NdT : Association internationale de personnes à haut QI.

Nash, Keeme et Griffin jetèrent leurs lourds sacs de matériel sur le lit, puis tout le monde enfila en silence une combinaison noire en Nomex[®2]. Ils ajoutèrent par-dessus une combinaison de protection contre les risques biologiques, ainsi que de minces gants de protection. Au lieu de casques tactiques, ils portaient des casques de protection équipés de systèmes de communication.

Cela ressemblait à une invasion extraterrestre, et l'effet glaçant de ces combinaisons ne manquait jamais de le faire frissonner de peur. Ryan ne put s'empêcher d'examiner Donnelly, et de s'assurer qu'elle avait bien ajusté le respirateur. Il fit de même avec Griffin et se dit qu'il était un bon coéquipier et un bon leader.

Bien sûr.

Tous préparèrent leurs armes le plus silencieusement possible.

Puis ils se rapprochèrent les uns des autres, même si leurs oreillettes leur permettraient d'entendre parfaitement un murmure à l'autre bout de la ville.

— Donnelly et Griffin, prenez les extrémités du couloir. Soyez attentifs aux civils et bloquez la fuite des Russes si l'un d'entre eux parvient à nous échapper, ordonna Novak.

Ryan ignora le soulagement qui l'envahit à l'idée que Donnelly ne retournerait pas dans cette pièce.

C'était machiste et déplacé. Donnelly l'aurait écorché vif pour cela.

— Nous les voulons vivants si possible, mais s'ils tentent de s'emparer d'une arme, y compris tout objet pouvant être utilisé pour nous asperger ou nous être lancé, nous les abattons. Faites

---

2. Fibre intrinsèquement résistante à la chaleur, ignifuge, et qui ne fond pas, ne coule pas, et résiste à la combustion. Notamment utilisée pour les EPI, les équipements de protection individuels.

attention, les murs sont fins et les balles peuvent traverser. Nous ne voulons aucune victime civile, et nous ne voulons pas non plus qu'un agent neurotoxique soit utilisé par un agent étranger sur le sol américain.

Il s'agirait d'un acte de guerre. Ryan croisa les bras.

— Personne ne s'est enregistré dans les chambres adjacentes.

Nash sortit son radar portatif.

— Vérifions encore une fois, puis nous verrons où ils se trouvent, et nous déciderons comment procéder.

Ryan fit les cent pas sur la moquette, attendant que l'appareil se mette en marche. Nash le pointa ensuite vers la chambre des Russes, et fronça les sourcils.

— Je ne vois personne.

La tension qui régnait dans la pièce se dissipa aussitôt.

— *Merde !* gronda Ryan entre ses dents serrées.

— Êtes-vous sûr qu'ils sont revenus du club house ?

Ryan hocha la tête.

— Nous étions assis au bar après avoir réservé d'autres chambres et nous les avons vus se garer sur le parking et entrer dans l'hôtel vers dix heures. La femme est entrée, et elle a commandé deux whiskies à emporter. Elle a commencé à bavarder avec des gens du coin, et nous avons perdu l'homme de vue pendant environ dix minutes. Après le départ de la femme, nous sommes montés ici séparément environ cinq minutes plus tard et avons surveillé le judas à tour de rôle pour nous assurer qu'ils ne quittaient pas leur chambre. *Merde !* s'exclama Ryan, qui brûlait d'envie de frapper quelque chose. Nous leur avons laissé un peu d'espace, parce que nous ne voulions pas qu'ils soient effrayés.

Donnelly lui adressa un regard.

— Leur voiture est toujours sur le parking.

— Ils n'avaient aucun moyen de savoir que nous avons

fouillé leur chambre, ou que nous sommes après eux. Nous n'avons rien bougé, nous avons même remis un cheveu sur la poignée d'un tiroir.

— C'est *old school*, remarqua Nash, sans cacher l'appréciation dans sa voix.

— Nous avons bloqué les transmissions électroniques pour qu'ils ne nous voient pas, même s'ils avaient installé un mouchard.

— Peut-être ont-ils remarqué l'absence de signal ? suggéra Nash, pointant le radar manuel vers les pièces voisines.

— La voiture est là, ils sont peut-être simplement sortis faire une promenade nocturne, suggéra Griffin.

— Quelle que soit la raison pour laquelle ils ne sont pas dans leur chambre en ce moment, nous devons la fouiller et récupérer le flacon de parfum, insista Ryan. Nous ne pouvons pas nous permettre qu'ils commencent à empoisonner des gens avec des gaz neurotoxiques, même si cela met Kane sur la défensive.

À sa grande surprise, Donnelly approuva.

— Il a raison. Nous devons sécuriser l'arme chimique, et nous nous inquiéterons de les appréhender ensuite. Les Russes ne peuvent pas être allés bien loin, s'ils sont à pied. Demandez aux flics locaux de lancer un avis de recherche.

Novak intervint.

— Attendons d'en savoir plus avant de diffuser l'alerte générale. Keeme, surveille leur véhicule, ordonna-t-il, lançant à Malik Keeme les clés de leur SUV de location. Ne touchez à rien avec votre peau nue jusqu'à ce que nous ayons vérifié que c'est sans danger, y compris notre propre véhicule. Nash et Griffin vont vérifier la signature thermique de toutes les pièces de cet étage, et s'assurer que personne ne sorte d'une autre chambre pendant que nous sommes occupés. Nous trois, nous allons récupérer le poison présumé.

Novak leur adressa à tous un regard qu'ils n'eurent aucun mal à déchiffrer malgré leurs masques.

— Nous n'avons pas besoin de héros aujourd'hui. Prenons notre temps, soyons prudents, mais essayons tube ne pas nous faire voir.

Ryan grinça des dents à l'idée que Donnelly entre dans la zone sensible, mais il laissa faire. Ils étaient équipés. Ils étaient préparés. Il ouvrit la marche, et elle se glissa derrière lui, une main sur son dos. Novak se posta de l'autre côté de la porte. Ryan respira lentement, pour diminuer son rythme cardiaque. Il songea au ranch, un jour d'été. Il pensa au sourire de sa fille.

Novak lui adressa un signe de tête et, cette fois, Ryan ne prit pas la peine de crocheter la serrure. Il recula, puis ouvrit la porte d'un coup de pied. Son patron s'engouffra à l'intérieur, suivi de près par Ryan. Donnelly prit l'arrière.

La chambre donnait l'impression de s'être trouvée sur le passage d'un cyclone : tous les tiroirs étaient renversés et les vêtements avaient disparu, ainsi que l'ordinateur portable, et les guides touristiques.

Ryan se dirigea vers la fenêtre tout en balayant la pièce du regard, à la recherche de pièges. Il regarda à travers la vitre, la déception et l'angoisse lui pesant sur l'estomac, lourdes et inconfortables comme une enclume.

Le sac en plastique avait disparu. Il ouvrit la fenêtre malgré tout, puis se pencha pour vérifier. *Rien.* Il la laissa ouverte, juste au cas où.

Ryan se tourna ensuite vers Novak, qui sortait de la salle de bains.

— Il a disparu.

Son patron hocha la tête.

— Nous avons besoin de techniciens de scène de crime ici, mais d'abord...

Il écarta son arme et extirpa un petit tube muni d'un

bouchon de sa poche, le secoua, puis il sortit d'une autre poche un sac plastique rempli d'écouvillons.

— Le ministère de la Défense les a récemment conçus pour le champ de bataille. Il faut tremper les écouvillons dans ce liquide, puis nous testons ensuite les surfaces que nous jugeons les plus susceptibles d'être contaminées. Ils deviennent violets en présence d'un agent neurotoxique. Si cela se produit, nous nous tirons d'ici et nous faisons évacuer le bâtiment.

— Les armes chimiques et biologiques me donnent envie de faire du mal à quelqu'un, déclara Ryan.

— Il semble plus logique de vérifier les poignées de porte ou les interrupteurs, mais, à moins qu'ils aient quitté l'hôtel dans la même tenue que nous, je doute que nous trouvions la moindre trace, intervint Novak.

— Ça me convient très bien, marmonna Donnelly.

— Moi aussi, acquiesça Ryan.

Chacun d'eux prit des écouvillons et testa différentes parties de la chambre, y compris la poignée de porte du couloir. Le rebord de la fenêtre.

— Rien.

Ryan éprouva un soulagement intense et il sentit la sueur qui détrempait son dos. Il regrettait de ne pas avoir pris le flacon de parfum dès qu'il en avait eu l'occasion. Il avait cru avoir fait tout ce qu'il fallait. Il s'était trompé.

— Sortons d'ici et laissons Ropero organiser la suite de l'inspection de la chambre en usant du prétexte qu'elle voudra.

— Nous devons comprendre comment ils parviennent à savoir tout ce que nous faisons avant même que nous le fassions, murmura Ryan.

Il était conscient que les murs pouvaient avoir des oreilles. Ils allaient devoir à nouveau inspecter la pièce à la recherche de dispositifs de surveillance électronique, avant de pouvoir parler librement.

— Que veux-tu que nous fassions ? Nous laissons tomber nos rôles d'infiltration ?

L'idée de passer plus de temps seul en compagnie de Donnelly était une torture et, s'il le laissait paraître, Novak le tourmenterait sans relâche, voire l'expulserait de l'équipe.

— Restez dans vos rôles pour l'instant, mais vérifiez bien vos poignées de porte avant d'entrer, car je ne fais pas confiance à ces enfoirés, même si je suppose que tuer des agents du FBI n'est pas leur but ultime. Demain, voyez ce que les gens du coin pensent des événements, et si nos agissements ont été remarqués ou ont donné lieu à des spéculations dont nous pourrions faire usage.

Ryan masqua sa déception, mais Donnelly lui donna un petit coup de coude.

— Je crois que je prends de plus en plus de place dans ta vie, Cowboy.

— Comme un bouton sur le nez, répliqua-t-il sèchement.

CHAPITRE QUARANTE-DEUX

À leur retour à la maison, il était plus de six heures du matin et Brynn était abrutie de fatigue.

Grady avait amené les animaux nécessitant des soins médicaux constants dans une clinique tenue par une de ses amies. Le Dr Vilamitjana... Kalpa, avait autorisé la plupart des animaux à rentrer chez eux avec leurs propriétaires, en leur promettant de les examiner dans la matinée. Brynn et Kalpa avaient déposé trois des chiens, dont l'énorme mastiff tibétain aux poils longs, à la fourrière, car leurs propriétaires n'étaient pas joignables immédiatement. Ils y seraient en sécurité en attendant. De toute évidence, le personnel adorait les animaux, et ils étaient heureux de les aider.

Au milieu de la violence et de la destruction, Brynn avait trouvé une amie ce jour-là. Elle espérait que Kalpa serait capable de reconstruire sa clinique et de montrer à celui qui l'avait détruite qu'elle ne se laisserait pas intimider. Qu'elle n'irait nulle part.

Brynn avait du mal à croire que quelqu'un ait pu délibérément mettre le feu à la clinique en sachant qu'il y avait des animaux à l'intérieur. Caleb Quayle était le coupable tout désigné ; sans cela, la coïncidence serait trop grosse.

Que voyait Jackie en lui ? Étaient-ils toujours ensemble ?

Brynn chassa les pensées qui tourbillonnaient dans sa tête. Le shérif n'avait qu'à résoudre l'affaire, s'il en était capable.

Grady la suivit à l'intérieur avec le chien gris, qui alla s'allonger sur le tapis près du canapé. Manifestement, il n'était pas prêt à laisser Brynn seule, et elle n'avait pas envie qu'il le fasse.

Il y avait un bol d'eau sur le sol de la cuisine, qui datait de la veille ; cependant, ils avaient donné à boire et à manger à tous les animaux plus tôt.

— Lui as-tu déjà trouvé un nom ? s'enquit-elle avec un signe de tête en direction de l'animal.

Elle leur servit deux grands verres d'eau. Sa gorge était douloureuse à cause de la fumée, mais les secouristes l'avaient laissée partir après lui avoir administré de l'oxygène. C'était Grady qui avait le plus souffert.

Ce dernier regarda le chien, qui semblait déjà endormi, sans doute plus épuisé qu'eux.

— Je pensais à Murphy.

— J'adore Murphy. Ça lui va bien, affirma-t-elle en lui tendant un verre. Tu restes ?

Grady ferma la porte, croisa le regard de Brynn, et fit tourner le verrou.

— As-tu envie que je reste ?

Le pouls de Brynn accéléra lorsqu'il s'approcha d'elle, arborant une expression qui la fit frémir. Elle posa les verres avant de les faire tomber.

— Oui.

Il captura sa bouche dans un baiser torride qui la cloua contre lui. Il fit descendre sa main dans le dos de la jeune femme, l'attirant encore plus près.

Elle agrippa sa chemise.

— J'ai une heure avant de devoir aller travailler. Viens au lit avec moi.

Grady posa son front contre le sien.

— Ce que j'ai prévu prendra bien plus d'une heure.

Le sang de Brynn s'échauffa. Il commença à s'éloigner, mais elle resserra sa prise.

— Alors, va plus vite.

Il la fixa un instant, les pupilles dilatées. Il semblait lire la faim dans le regard de Brynn, l'exigence. Il lui sourit.

— Oui, m'dame.

Il la souleva dans ses bras, et elle enroula sa main autour de son cou, basculant la tête pour capturer ses lèvres avec les siennes.

Il poussa la porte de sa chambre, mais ne s'arrêta pas au niveau du lit. Il entra dans la salle de bains, où il laissa Brynn glisser jusqu'à ce que ses pieds touchent le sol, sans jamais cesser de l'embrasser ni de relâcher son emprise. Il passa le bras dans la douche et ouvrit l'eau, puis vérifia la température avec sa main, tandis que Brynn défaisait les boutons de sa chemise sale et la repoussait de ses épaules.

Il tressaillit sous ses doigts, et elle recula, fixant les vilaines égratignures et les marques qui entaillaient son torse autrement parfait.

Elle ouvrit la bouche pour dire quelque chose, mais Grady la fit tourner.

— Où est la fermeture éclair de ce truc ?

Elle leva le bras et il la trouva, tirant avec précaution avant d'aider Brynn à passer la robe par-dessus sa tête. Elle se tenait là, vêtue de sa plus belle lingerie et de bas autofixants sales et déchirés.

Admiratif, il écarquilla les yeux, traçant du bout du doigt le contour de son soutien-gorge noir.

— Tu es magnifique.

Elle s'efforça de ne pas croiser les bras.

— Je ne me sens pas belle.

Et ce n'était pas à cause de la fumée, de la saleté, ou des nuits blanches. C'était intérieur, à l'endroit où vivaient ses démons. Grady reporta à nouveau ses yeux sur ceux de Brynn, l'observant avec attention.

— Nous allons devoir faire quelque chose à ce sujet.

— Thérapie ou hypnose ? plaisanta-t-elle, tout en retirant ses bas en ruine, qu'elle jeta de côté.

Ensuite, elle dégrafa son soutien-gorge, puis retira sa culotte. Ses yeux bleu ciel brillaient comme des néons alors qu'il la contemplait.

— Que dirais-tu d'un peu de renforcement positif ?

Il la souleva, ses doigts puissants enserrant sa taille, et la déposa dans la douche. Elle haleta, mais l'eau chaude était à la température idéale ; elle plaqua ses cheveux sur son crâne. C'était chaud, mais pas brûlant.

Elle savoura le martèlement de l'eau avec un soupir. Elle avait eu tellement froid ! Pendant des heures et des heures, elle avait eu l'impression que ses pieds s'étaient changés en glaçons. Sa tenue n'était pas adaptée au temps. Elle s'était habillée pour séduire.

Et elle s'y mettait enfin.

Brynn s'appuya contre le carrelage froid, puis ouvrit les yeux juste à temps pour voir Grady retirer son pantalon et son boxer. Il se tourna, mais elle eut le temps d'apercevoir des brûlures et des cloques sur son cou. Avec l'entaille encore visible dans ses cheveux, il semblait sortir tout droit d'une zone de guerre.

— Tu es blessé.

Ses yeux brillants se posèrent sur ceux de la jeune femme.

— Rien de grave. Je m'en occuperai plus tard. D'abord, dit-il en prenant le savon de Brynn sur une étagère, j'ai envie de m'occuper de toi.

Son assurance était terriblement sexy, et c'était ce dont elle avait envie. Elle voulait un homme qui savait ce qu'il voulait. Pour l'instant, en tout cas.

À ce moment en particulier.

Temporairement.

Il fit mousser le savon pendant que Brynn s'adossait à nouveau au mur pour l'observer. L'eau ruisselait sur le corps de Grady, formant des traînées dans la suie sur sa peau. Il s'était montré incroyablement courageux et compétent ce soir-là. Il n'avait pas hésité à entrer dans un bâtiment en flammes pour sauver ces animaux et les mettre en sécurité.

Un héros.

Un héros de la vie réelle.

Brynn n'était pas convaincue d'en avoir déjà rencontré un.

Grady la lava comme si elle était précieuse, ses doigts habiles et agiles enflammant ses nerfs comme un feu de joie. Il versa du shampoing sur ses cheveux, dont il se servit ensuite pour lui renverser la tête en arrière et l'embrasser sur la bouche tout en faisant mousser ses mèches mouillées.

Elle aurait pu se plonger dans ces baisers et ne jamais remonter à la surface. Ils étaient comme une drogue dont elle ne voulait pas se passer, créant un besoin qui ne cessait de croître. Une tempête bouillonnait dans son sang.

Elle voulait plus.

Elle voulait tout.

Elle prit le savon et commença sa propre exploration. Les cheveux courts de Grady, les os solides de son beau visage. Sa lèvre inférieure douce. Son cou et ses larges épaules. Son torse puissant, avec toutes ces bosses et ces reliefs qui faisaient danser ses doigts.

Elle déposa un baiser à côté de chaque brûlure et égratignure, dans une vaine tentative d'apaiser un peu la douleur. Elle avait une ampoule au poignet qui lui faisait un mal de chien, alors elle se doutait bien qu'il souffrait malgré son déni stoïque.

Elle fit glisser ses mains vers sa taille mince, jusqu'à la saillie de ses hanches. Elle enroula sa main savonneuse autour de son membre dur et regarda ses pupilles se dilater.

— Je n'ai pas de préservatif.

Sa voix était rauque, pleine de fumée et de regrets.

Elle prenait un contraceptif, parce que ses règles étaient irrégulières et douloureuses, mais elle n'était pas prête à avoir des rapports sexuels sans protection. Elle ne prenait pas de risques avec sa santé... seulement avec son cœur, apparemment.

— J'en ai dans ma table de chevet.

Il s'éloigna, indifférent à l'eau qui coulait sur son corps nu, et revint avec la boîte encore fermée.

Il l'ouvrit et attrapa un petit emballage en aluminium. Grady revint dans la douche, où il embrassa Brynn à nouveau. Puis il descendit le long de son corps, pour finalement se concentrer sur toutes les zones qui avaient désespérément besoin de son contact et qu'il avait soigneusement évitées jusqu'à présent. Il prit son sein dans sa bouche et le suça si fort qu'elle en trembla, avant de passer de l'autre côté. Il caressa l'autre, dont il fit rouler le mamelon entre son pouce et son index, pressant juste assez pour que la sensation se propage à travers son corps jusqu'à son sexe, qui se contracta et se mit à palpiter de désir.

Une femme pouvait-elle avoir un orgasme avec des caresses sur ses seins ?

Grady se laissa tomber à genoux avant qu'elle puisse le découvrir.

Il leva les yeux.

Des filets d'eau coulaient sur le buste de Brynn, gouttant de son corps sur celui de Grady.

Il passa sa langue fermement sur son clitoris, et la sensation la frappa comme une balle dans le ventre. Grady leva les yeux vers Brynn, la faim brillant dans son regard féroce.

— J'aime quand tu es mouillée.

Les genoux de la jeune femme tremblèrent quand il recommença.

Bon sang !

Il lui écarta davantage les jambes, et elle le regarda la lécher, sa barbe rugueuse effleurant sa peau douce d'une manière incroyablement excitante. Elle voulait se presser contre lui. Sa langue était magique, et il l'accompagna de ses doigts, jusqu'à ce qu'elle se sente basculer, et qu'un cri s'échappe de sa bouche, accompagné d'un frisson.

Grady afficha un sourire aussi satisfait qu'arrogant, mais il l'avait mérité.

Brynn s'écarta, et il se releva. Elle le repoussa jusqu'à ce qu'il se retrouve contre le mur carrelé, puis elle lui rendit la pareille. *Exactement.* Une torture lente et délibérée, jusqu'à ce que ses genoux tremblent alors qu'elle le prenait dans sa bouche. Il resserra sa prise sur ses cheveux tandis que les mains de la jeune femme vagabondaient sur son corps. Il ne tarda pas à gémir et à jurer. Avec tendresse, il l'écarta de lui, et l'aida à se relever.

L'eau commençait à refroidir, alors il l'éteignit.

Les yeux de Grady brillaient quand ils se posèrent sur ceux de Brynn.

— Vous jouez avec le feu, madame Webster.

Elle pencha la tête sur le côté.

— Je ne suis pas sûre de ce que vous voulez dire, agent Steel. Je ne suis qu'une simple passante innocente, protesta-t-elle, tout en faisant glisser sa main de haut en bas sur son sexe palpitant. Je m'occupe de mes affaires.

Elle haleta de surprise lorsqu'il la fit pivoter et qu'elle se retrouva face au mur. Son souffle chaud lui chatouilla le cou tandis que ses dents s'enfonçaient délicatement à l'endroit où celui-ci rejoignait son épaule. Grady tira les mains de Brynn au-dessus de sa tête et les y maintint.

Un frisson d'excitation la parcourut lorsqu'elle sentit son érection contre elle.

— Entraver le travail d'un agent spécial du FBI constitue un délit fédéral.

Elle déglutit.

— Je...

— Ne bouge pas, dit Grady, la voix plus dure. Je dois te fouiller.

— Oh !

Elle tremblait d'impatience. Il immobilisa ses mains et serra plus fort.

— Dans l'hypothèse où je ne porte atteinte à aucun de vos droits civils ?

Il y avait suffisamment d'hésitation dans sa voix pour en faire une demande de permission vraiment adorable.

— Mmm, ronronna-t-elle, avant de s'éclaircir la gorge. Je suppose que, si vous devez me fouiller, vous n'avez pas le choix.

Sa voix tremblait, mais elle s'en moquait.

Brynn sentit le rire de Grady alors qu'il enfouissait son nez dans son cou, avant de faire doucement glisser ses dents sur la peau sous son oreille. Un frisson de désir lui parcourut l'échine.

Il caressa ses bras de manière sensuelle, puis effleura le côté de ses seins avant de passer sa paume à plat sur ses mamelons dressés. Ensuite, il plaça un pied entre ceux de la jeune femme, et tapa sur ses chevilles.

— Écarte-les.

Elle fondit de désir.

CHAPITRE QUARANTE-TROIS

Grady ne se souvenait pas de la dernière fois où il avait été aussi excité. Et il n'avait jamais joué ; la vie était toujours bien trop sérieuse pour jouer.

Mais après tout ce qui s'était passé ce soir-là, et la manière dont Brynn réagissait à son égard, il décida de continuer. Il avait entendu dire que le sexe était censé être amusant.

En général, il était beaucoup trop conscient de toutes les erreurs potentielles qui l'attendaient après coup. Pour l'instant, il n'avait qu'une idée en tête : Brynn, et comment lui procurer du plaisir.

Son corps était doux et voluptueux. Il passa ses lèvres sur la courbe de son cou, qui était son endroit préféré à cet instant. Elle sentait le shampoing aux plantes, son goût était doux comme une promesse.

Il prit l'un de ses seins parfaits dans sa main et pinça le mamelon jusqu'à ce qu'il forme un bourgeon rose foncé tendu. Son autre main glissa entre les jambes de Brynn et trouva son clitoris gonflé. Son membre palpitait contre elle, mais il mit de côté ses propres besoins. Il ne voulait pas que cela se termine avant d'avoir commencé. Ils ne disposaient pas d'autant de temps qu'il l'aurait souhaité, mais il était bien décidé à lui faire passer un moment inoubliable avant qu'il ne soit écoulé.

— Vous avez le droit de garder le silence.

Elle gémit lorsqu'il trouva la bonne pression pour la toucher et elle reposa sa tête contre son épaule. La vision de son buste qui s'offrait à lui était la chose la plus érotique qu'il ait jamais vue.

— *Oh, mon Dieu !*

Elle était perdue dans son plaisir. Il sourit contre ses cheveux mouillés lorsqu'il l'embrassa.

— Tout ce que vous direz pourra être utilisé contre vous dans un tribunal.

— Je te veux en moi, lui dit-elle, la voix rauque.

— Tentative de corruption d'un agent fédéral. C'est passible de prison, madame. Vous avez le droit d'être assistée par un avocat avant et pendant l'interrogatoire.

— Je ne pense pas qu'il rentrerait dans la douche.

Brynn rit, puis bascula à nouveau dans l'extase avec un halètement surpris, tremblant si violemment qu'il crut qu'elle allait glisser entre ses bras.

Il était hors de question qu'il laisse une telle chose arriver. Grady resserra son étreinte, puis la retourna et la souleva par-dessus son épaule, attrapant une serviette et le préservatif avant de retourner dans la chambre.

Il la posa doucement sur ses pieds et recula pour l'envelopper dans la serviette.

Elle lui prit le préservatif des mains et le tira pour qu'il s'allonge à côté d'elle sur la couette.

Quand elle lui sourit, il se dit qu'il n'avait jamais vu quelqu'un de plus beau qu'elle. Elle déchira l'emballage et enfila le préservatif sur son sexe palpitant, tandis qu'il plongeait son regard dans ses yeux gris-vert envoûtants. Il n'avait jamais ressenti cela auparavant. À un certain niveau, il savait que c'était une erreur de faire cela maintenant, sans qu'elle connaisse tous les faits. Mais, d'un autre côté, il ne croyait pas que ces faits puissent avoir une incidence sur ce qui se passait entre eux. Sur ce qu'ils ressentaient l'un pour l'autre. À cet instant précis, il n'y avait rien qu'il désirait plus au monde que Brynn Webster.

Celle-ci se redressa sur ses genoux, et Grady roula sur le dos, sachant ce dont elle avait besoin : de contrôle. Elle avait besoin de prendre les choses en main, car d'autres lui avaient retiré cette possibilité et avaient détruit sa confiance en elle.

Elle s'installa à califourchon sur lui, et sa chair brûlante l'accueillit en elle. L'intensité de la sensation faillit le détruire, mais il serra les dents et la regarda bouger son corps spectaculaire au-dessus du sien, tout en tissant son sortilège.

Elle le chevauchait comme une déesse sensuelle. Comme une femme qui savait exactement ce qu'elle voulait.

Il leva une main pour toucher son sein, et, voyant qu'elle aimait ça, il continua. Il observa l'expression de son visage lorsqu'elle mordit sa lèvre inférieure, puis haleta en basculant à nouveau dans le vide.

— Tu es si belle...

Sa voix sortit dans une sorte de grondement brisé, sa gorge était à vif.

Et soudain, il perdit tout contrôle. Il la fit bouger au-dessus de lui, s'enfonça plus profondément en elle, plus fort, ses doigts agrippant ses cuisses, sachant qu'il devait lâcher prise, mais incapable de le faire.

Il ne pouvait pas. La bouche de Brynn s'ouvrit, ses yeux se fermèrent, et il sentit qu'elle se contractait autour de lui dans une longue vague d'orgasmes qui n'en finissait pas. Sa propre jouissance le submergea, l'aveuglant totalement. Son orgasme le frappa comme une onde de choc et le projeta hors de son corps, tandis qu'une lumière blanche envahissait son cerveau.

Brynn s'effondra sur Grady, qui l'entoura de ses bras, la blottissant contre lui.

Elle s'écarta lentement, cligna des yeux, et le regarda, comme si elle sortait d'un rêve profond.

Elle s'éloigna de lui, puis récupéra la serviette, qu'elle enroula autour d'elle. C'était la partie où il se plantait, généralement.

— Waouh ! constata-t-elle.

— Oui, répondit-il, alors que son cœur martelait sa poitrine. Waouh !

L'incertitude formait des lignes entre les sourcils de la jeune femme.

Grady lui prit la main et embrassa ses jointures. Il n'était peut-être pas tout à fait franc, mais il ne mentait pas sur ses sentiments pour elle, même si ceux-ci étaient plus forts qu'il ne l'avait imaginé, et même plus intenses que tout ce qu'il avait jamais ressenti par le passé.

Brynn repoussa ses cheveux derrière son oreille, et, pour la première fois, il remarqua une brûlure à l'intérieur de son poignet.

Il s'assit sur le lit.

— Tu es blessée !

Elle inclina le poignet pour mieux voir.

— C'est petit, mais douloureux.

— As-tu du matériel de premier secours ?

Il se leva et se rendit dans la salle de bains, où il se débarrassa du préservatif.

— J'ai un kit de voyage. Il est sous le lavabo.

Grady le trouva, le sortit et en vérifia le contenu.

— Ça fera l'affaire.

Il revint dans la chambre et s'assit sur le lit, nu.

Brynn se tenait près de la table de chevet, où elle gardait un joli petit pistolet Springfield Hellcat RDP. Il restait à espérer qu'elle n'avait pas l'intention de s'en servir sur lui.

— Assieds-toi.

— Je n'ai pas beaucoup de temps...

— Assieds-toi ! lui ordonna-t-il.

Il avait reçu une formation aux premiers secours et il savait ce qu'il faisait. Elle s'assit en râlant. Elle lui tendit le poignet docilement, mais avec une moue aux lèvres. La peau n'était pas lacérée, ce qui était un point positif.

— Nous allons mettre un peu de crème corticoïde dessus et l'envelopper dans un bandage propre. Brynn était tendue comme un arc. Grady appliqua la crème et le bandage avec douceur, sachant que ce n'était pas la douleur qui la gênait. C'était de laisser quelqu'un d'autre prendre soin d'elle alors qu'elle avait l'habitude de se débrouiller seule. Il lui fallut une minute pour se détendre, mais il sentit une douce chaleur l'envahir lorsqu'elle y parvint.

— Tu vois ? lui dit-il, portant les doigts de la jeune femme à ses lèvres, tout en soutenant son regard. C'est fini.

Il était huit heures moins le quart, et, si elle se dépêchait, elle ne serait pas en retard au travail.

— Et qu'en est-il de toi ? lui demanda-t-elle.

— Je vais bien. Je m'occuperai de mes brûlures dans un petit moment. Tu dois aller au café.

Brynn fronça les sourcils.

— Lève-toi et tourne-toi.

Grady ne savait pas trop pourquoi elle lui demandait cela, mais il se leva et lui obéit, nu, tendu. Elle prit le pot de crème antiseptique, et il cilla, surpris.

Les gestes de la jeune femme étaient tendres, et la pommade fraîche sur sa peau brûlante. Le souffle de Brynn effleura sa chair avec la sensualité et la délicatesse d'une plume.

— Certaines doivent faire vraiment mal.

— À cet instant, rien ne fait mal, marmonna-t-il.

C'était une allusion aux ébats qu'ils venaient de partager. Les endorphines qui affluaient dans son sang étaient plus efficaces que n'importe quelle drogue synthétique.

Les doigts de la jeune femme hésitèrent, puis effleurèrent délicatement une autre blessure.

Peut-être ne ressentait-elle pas la même chose. Peut-être ne voulait-elle pas interagir après le sexe. Peut-être avait-elle simplement envie d'un coup d'un soir, et qu'on la laisse tranquille. Soudain, Grady se sentit mal à l'aise et présomptueux d'être encore là, debout, nu dans la chambre de Brynn.

Elle se plaça ensuite devant lui, et, au bout d'un moment, il croisa son regard. Mais, elle ne dit toujours rien, et le doute s'installa en lui.

Elle soigna silencieusement chaque écorchure et chaque cloque, et il sentit ses muscles se crisper, anticipant le rejet qu'il savait inévitable.

Puis elle se hissa sur la pointe des pieds et l'embrassa sur la bouche.

— Tu as raison, lui dit-elle, rompant le baiser pour scruter son regard. À cet instant, rien ne fait mal.

Ses paroles faisaient écho aux siennes, mais la douleur qui assombrissait son regard n'appartenait qu'à Brynn Webster et à son idiot d'ex. Elle referma le couvercle du pot de pommade.

— Je dois y aller.

Grady toussa pour éclaircir sa gorge, qui était nouée.

— Veux-tu de l'aide au café, ce matin ?

Le sourire de Brynn éclata comme un rayon de soleil.

— Tu ferais ça pour moi après avoir passé la nuit debout ?

Il esquissa un lent sourire, mais ignora la réponse qu'il mourait d'envie de lui faire. Qu'il ferait tout pour elle, quand elle le voudrait.

Le sexe l'avait rendu sentimental.

— Bien sûr. J'ai quelques heures devant moi.

Il était à peu près certain que l'équipe se réunirait pour un briefing à un moment ou à un autre dans la journée, mais il préférait se rendre utile en attendant.

Murphy gémit et gratta à la porte.

— *Après* avoir fait une petite promenade avec mon chien.

Cela lui faisait du bien de le dire. Il avait un chien. Du moins, jusqu'à ce que Caleb Quayle dépose une plainte officielle, ce qu'il ferait sûrement. Cependant, il était probablement le principal suspect de l'incendie criminel de la nuit précédente, et donc trop occupé à être arrêté pour se battre pour la garde de son chien. En supposant que Darrell était capable de monter un dossier.

Grady avait envisagé de traquer Quayle la veille, et de lui rendre la monnaie de sa pièce. Il s'était souvenu qu'il avait un travail à faire et des animaux dont il devait s'occuper.

Sans parler de Brynn...

Et peut-être avait-il eu besoin de se rappeler qu'il n'était plus cette jeune tête brûlée. Il n'était pas son père. Il faisait partie d'une équipe tactique d'élite de professionnels des forces de l'ordre, qui savaient comment suivre les ordres et appliquer les règles de manière juste.

Grady alla ramasser sa chemise sale sur le sol de la salle de bains. Elle empestait la fumée. Il n'avait aucune envie de la remettre, mais il ne voulait pas non plus sortir tout nu et donner aux commères une nouvelle occasion de jaser.

Brynn posa sur lui un regard amusé.

— J'ai un t-shirt qui pourrait t'aller.

Grady se rappela ensuite qu'il n'avait pas verrouillé la porte de communication quand ils étaient sortis, la veille. Il rassembla ses vêtements, ses chaussures, son portefeuille, son arme, et ses clés.

— Je te retrouve au café dans une trentaine de minutes.

Il monta les escaliers en courant, aussi nu que le jour de sa naissance, en agitant ses clés. Murphy le suivit, et Grady comprit qu'il devait faire sortir le chien rapidement s'il voulait éviter un accident.

Il ouvrit la porte et entra : il vit alors Darrell York qui se tenait dans sa cuisine. Le shérif se retourna et dégaina son arme.

CHAPITRE QUARANTE-QUATRE

— Waouh ! Doucement, shérif ! s'exclama Grady, qui tenait sa pile d'affaires devant lui. Je vais lentement poser ceci sur le sol, pour que tu ne commettes pas une erreur que nous regretterions tous les deux.

Grady posa doucement le tas saturé de fumée sur le sol, son arme cachée, mais toujours à portée de main, au cas où Darrell s'avérerait être un complice de Kane ou des Russes.

Darrell aurait-il pu tuer Milton ? Peut-être était-ce la raison pour laquelle il tenait tant à faire porter le chapeau à Grady.

Ce dernier leva les mains et écarta les doigts. Murphy entra dans la cuisine, qu'il se mit à renifler.

— Que se passe-t-il ? s'enquit Grady, qui regardait le doigt tremblant de Darrell, et son visage moite. Je suis complètement désarmé.

Sans oublier le fait qu'il était totalement nu.

— À terre. À terre ! cria Darrell, se mettant en position de tir.

Un adjoint se présenta à la porte, et Grady se détendit un peu. Il se passait quelque chose, mais à moins que tout le département ne soit corrompu, il n'allait pas se faire tirer dessus avant d'avoir été interrogé.

L'avantage d'être né blanc.

Grady s'agenouilla, puis s'allongea sur le carrelage froid. Le shérif fit un geste de la tête vers lui, pour indiquer à son adjoint de le menotter. Darrell garda son arme pointée entre les yeux de Grady.

— Tu commets une grave erreur.

Les menottes étaient serrées et appuyaient douloureusement sur les os de ses poignets.

— Est-ce une menace ? s'exclama le shérif, qui dut s'y reprendre à deux fois pour ranger son arme dans son étui.

— Plutôt une observation, répondit sèchement Grady. Il faut que tu saches que j'ai une arme de poing dans ce tas de vêtements. Et je te prie de noter que, quelle que soit la raison de ta présence ici, je ne t'ai pas tiré dessus, même si tu te tenais armé et sans invitation dans ma cuisine.

L'adjoint repoussa l'arme de Grady d'un coup de pied, comme si ce dernier était sur le point de s'en emparer.

Il lui décocha un regard, puis serra les dents, espérant de toutes ses forces que le shérif et ses adjoints n'avaient pas fouillé sa maison. Il songea à ce qu'ils trouveraient. Quelques munitions. Une autre arme. Son sac d'équipement, mais il pourrait se justifier au besoin. Du matériel de surveillance : il pouvait dire qu'il les installait sur sa propriété. Et son ordinateur portable. Tous les appareils électroniques étaient des équipements gouvernementaux auxquels les habitants n'avaient pas accès. Rien de très révélateur, en apparence.

— Tu ferais mieux d'avoir un mandat pour être ici. *Bon sang !* Mais qu'est-ce qui se passe ?

Ropero allait le tuer. Ou elle tuerait Darrell. Il votait pour ce dernier.

— Pourrais-je avoir un pantalon de survêtement, ou quelque chose ? Il fait un froid de canard avec la porte ouverte.

Le temps se dégradait. Le coup de froid annoncé depuis plusieurs jours arrivait enfin, précédé par une dépression arctique qui se dirigeait vers eux.

Darrell s'accroupit à côté de Grady.

— J'ai toujours pensé que tu étais un salaud fini, mais, la nuit dernière, c'était vraiment tordu, même pour toi.

La nuit dernière ?

— Si tu veux essayer de me coller cet incendie sur le dos, tu te trompes de cible, gronda Grady. Hé ! Que quelqu'un mette une foutue laisse à ce chien, avant qu'il ne s'échappe à nouveau.

Darrell laissa échapper un rire sans amusement et se leva.

— Tu t'intéresses plus à cet animal que je ne t'ai jamais vu t'intéresser à quoi que ce soit.

Ce n'était pas vrai.

Grady avait dans sa vie des personnes qu'il aimait et dont il se souciait. À l'exception de son ancien camarade de lycée qui, sous couvert d'amitié, l'avait manipulé et contrôlé, et dont le père avait tenté de le détruire. Darrell et Temple ne s'étaient pas vraiment rangés du côté de la justice ce jour-là. Grady ne l'oublierait pas.

Il entendit un bruit derrière lui et ferma les yeux, humilié. *Merde.*

Il tourna la tête, puis regarda Brynn gravir les escaliers, la nouvelle laisse de Murphy à la main. Elle enjamba le corps nu de Grady et remit la laisse à l'adjoint.

— Emmène le chien dehors pour qu'il fasse ses besoins, tu veux bien, Lee ?

L'adjoint acquiesça poliment.

Brynn se tourna ensuite vers Darrell. Elle portait maintenant un jean foncé et un pull rouge cerise, qui fait ressortir le feu de ses cheveux ; elle avait également des chaussettes assorties, et des bottines noires.

— Que se passe-t-il, shérif ?

— Grady Steel, vous êtes en état d'arrestation pour les meurtres de Caleb, Colin, Dick, Hap et Tom Quayle. Et la séquestration de Hetty et Susannah Quayle.

De l'acide se répandit dans l'estomac de Grady.

— Mais qu'est-ce que c'est que ce bordel... Qu'est-ce que tu racontes ?

Brynn plaqua une main sur sa bouche.

— Quelqu'un les a tués ? Tous ?

— Oui, ton petit ami ici présent, railla Darrell, les yeux pleins d'une amère rancœur.

Il savait exactement ce que Brynn et Grady avaient fait en bas et il était méchamment jaloux.

— Tu connais quelqu'un d'autre qui pourrait avoir un compte à régler avec ces personnes ?

La bouche de Brynn s'ouvrit sous le choc et elle secoua la tête.

— Tu penses que... C'est impossible. Nous avons été occupés toute la nuit dernière.

Soudain, la gêne lui fit rougir les joues. Grady se détourna. *Merde.* Il n'avait pas voulu l'embarrasser.

— Comment ont-ils été assassinés ? articula Grady.

Le shérif esquissa un rictus.

— Comme si tu ne le savais pas.

Grady ne prit même pas la peine de lever les yeux au ciel. Qu'est-ce que cela signifiait ? Qui les avait tués ? Pourquoi ? Darrell remit Grady debout avec maladresse, et il fut submergé par la honte, même s'il savait que ce n'étaient que des conneries. Se faire arrêter, nu, dans la cuisine de sa grand-mère, par l'un de ses meilleurs amis d'enfance était la pire des humiliations.

Il entendit la voix de sa sœur, qui criait quelque chose à l'extérieur. Il ferma les yeux. Là, c'était *vraiment* la cerise sur ce foutu gâteau.

— Grady était avec moi, toute la nuit dernière, et ce matin, affirma Brynn haut et fort.

Si fort que tout le monde à l'extérieur pouvait l'entendre aussi.

— Je ne l'ai pas quitté des yeux assez longtemps pour qu'il puisse tuer une mouche, et encore moins toute une famille.

Grady la regarda, surpris.

Lorsque Darrell sortit ses menottes, Grady fut envahi par une rage qu'il n'avait pas ressentie depuis son adolescence rebelle. Il tenta de s'interposer entre le shérif et Brynn.

— Ne la touche pas. Ne la touche pas, putain ! Elle n'a rien à voir avec ce qui s'est passé.

Grady se retrouva soudain à nouveau au sol, plaqué par deux adjoints costauds et trop zélés. Il pouvait tenter d'échapper à leur emprise, mais il n'était pas certain que le shérif n'en profiterait pas pour lui tirer une balle et parler d'homicide justifiable.

De plus, Brynn était dans la ligne de mire. Le risque n'en valait pas la peine.

— De son propre aveu, elle a dit qu'elle était avec toi toute la nuit dernière.

Darrell fixa les menottes au poignet de Brynn, et Grady la regarda grimacer lorsqu'elles se resserrèrent sur la brûlure qu'il avait pansée.

Grady perdit son sang-froid.

— Je te mettrai à genoux pour ça, espèce d'enfoiré. Tu as une vendetta contre moi ? Tu traites avec moi. Tu ne l'impliques pas là-dedans.

Darrell recula d'un pas.

— Que quelqu'un mette un pantalon à ce loser. Nous l'embarquons.

— Ne parle pas à ces types sans un avocat, Brynn. Ce ne

sont pas tes amis à l'heure actuelle. Le shérif n'est rien d'autre qu'un homme désespéré, obsédé par les sondages et incapable de maîtriser les crimes qui se multiplient dans sa juridiction, cria Grady à l'arrière de la tête de la jeune femme, tandis que les policiers l'escortaient hors de la maison.

Le coup de pied dans le ventre le surprit ; cela n'aurait pas dû être le cas. Le deuxième lui coupa le souffle. Darrell et les autres adjoints le relevèrent.

Grady ricana.

— C'est tout, Darrell ? Tu frappais bien plus fort que ça, au lycée.

Le coup de poing sur la bouche lui fit bourdonner les oreilles.

Grady éclata de rire.

— Messieurs les adjoints, préparez-vous à être interrogés sous serment au sujet d'actes de brutalité policière et d'agression contre un agent fédéral, annonça-t-il, dévoilant ses dents dans un sourire sauvage. En fait, je suis très enthousiaste à cette idée.

Les deux hommes échangèrent un regard inquiet.

— Il n'est rien. C'est un has been. Même le FBI ne veut pas de lui, s'exclama Darrell, qui le frappa à nouveau.

— Oh, tu paieras pour ça, ordure ! gronda Grady, qui cracha du sang sur le carrelage blanc. Tu paieras pour tout ça, et surtout pour avoir passé les menottes à Brynn juste parce qu'elle a refusé de coucher avec toi quand tu lui as mis la pression. Et si, au lieu de prendre ton pied à tabasser un homme qui ne peut pas se défendre, tu te servais de ton minuscule cerveau pour faire ton boulot ?

Soudain, Darrell parut hésitant, tandis que Grady continuait à donner ses ordres.

— Quelqu'un doit emmener le chien chez la vétérinaire, le Dr Kalpa Vilamitjana. Elle m'en doit une pour la nuit dernière, affirma-t-il, songeant qu'elle semblait sincèrement l'apprécier.

Pendant que tu y es, pourquoi ne demanderais-tu pas de confirmer mon alibi ? Cependant, j'ai effectivement eu trois minutes de temps libre hier soir. Je suis sûr que j'aurais eu largement le temps d'anéantir une famille entière. *Bon sang !* Vous avez résolu le crime, shérif York. Vous devriez vous remettre une médaille.

Grady s'interrompit quelques secondes. Puis il secoua la tête.

— *Maudit abruti.* J'ai le droit de passer un appel et je veux le faire. Maintenant !

CHAPITRE QUARANTE-CINQ

Brynn n'avait jamais été arrêtée auparavant, elle n'avait jamais vu l'intérieur d'une cellule, sauf à la télé. C'était une expérience particulièrement pénible et inconfortable, avec une légère odeur de vomi qui flottait dans l'air froid pour couronner le tout.

Il avait fallu plus d'une heure pour prendre sa photo et ses empreintes digitales.

Linda l'aurait fait en quinze minutes au maximum. Ces gars avaient besoin d'une meilleure organisation et d'un bon coup de pied aux fesses.

Après cela, on l'avait laissée assise sur ce banc froid en béton, sans rien d'autre à faire que de réfléchir.

Trois heures.

Trois longues heures qu'elle était assise là, désœuvrée, alors qu'elle avait des choses à faire.

Comment les gens supportaient-ils cela tout au long de leur vie ?

Elle avait mal aux fesses. Sa gorge était encore douloureuse, à cause de la fumée qu'elle avait inhalée la nuit précédente. Et dire qu'elle avait savouré la gloire d'être une des héroïnes du moment. Eh bien ! Cela n'avait pas duré longtemps.

Elle avait utilisé l'appel téléphonique auquel elle avait droit pour contacter Linda. Elle lui avait demandé d'ouvrir le café et d'appeler Kalpa, afin que cette dernière confirme leurs alibis. Brynn aurait sans doute dû demander un avocat, mais elle savait que Linda se chargerait aussi de cela.

Elle lui avait ensuite fait jurer sur sa vie qu'elle ne dirait rien à ses parents tant qu'elle ne serait pas sortie d'ici. Elle ne voulait pas qu'ils s'inquiètent.

Où était Grady ? Est-ce qu'il allait bien ?

Une partie d'elle aurait voulu éprouver des regrets pour ce matin-là, mais elle ne pouvait pas. Cela avait été incroyable. Stupéfiant. Non seulement physiquement, mais aussi mentalement. Ce moment entre eux avait exorcisé ses fantômes et lui avait fait penser qu'elle pourrait avoir une nouvelle chance d'aimer.

Non pas qu'elle soit amoureuse de Grady Steel.

Non.

Il fallait du temps et des efforts pour faire grandir et entretenir l'amour, et il n'était pas du genre à vouloir se caser. Il allait retourner à sa vie trépidante en Virginie, et elle resterait là, à tenir le café de ses parents.

Cela ne la dérangeait pas.

Elle renifla.

Non, cela ne la dérangeait pas du tout...

De toute façon, elle préférait être seule. Mais, *bon sang* ! Elle profiterait du sexe aussi longtemps et aussi souvent qu'elle le pourrait avant que Grady ne s'en aille.

Et il était parfaitement impossible qu'il ait tué quelqu'un avec son camion et qu'il ait ensuite tenté de le cacher. Elle en avait l'intime conviction, même si elle ne le connaissait que depuis quelques jours.

C'était un héros.

C'était plus fort que lui.

Brynn sourit intérieurement.

Il semblait avoir particulièrement joué de malchance, ces derniers temps. À l'évidence, Darrell avait une dent contre lui, ce qui en disait davantage sur lui que sur Grady.

L'idée que tout le monde en ville sache qu'ils avaient couché ensemble ne la dérangeait pas autant qu'elle l'avait imaginé. Cela ne regardait personne, et elle aurait menti en disant qu'elle ne se réjouissait pas, ne serait-ce qu'un peu, à l'idée de ne plus être, pour une fois, l'objet de pitié.

Pauvre Brynn. Son mari l'a quittée pour une autre femme. Elle n'est sans doute pas très douée au lit. Elle ne sait probablement pas comment s'occuper d'un homme. Clin d'œil appuyé.

Ouais...

Cela n'avait pas d'importance.

Elle se sentait plus vivante qu'elle ne l'avait été depuis des années. Cela n'avait pas été ainsi avec Aiden. Cela n'avait jamais été aussi *incandescent*. Les sentiments qu'elle éprouvait pour Grady semblaient amplifiés en comparaison. Amplifiés et accélérés.

Elle aurait sans doute dû freiner ses ardeurs, mais elle n'en avait pas envie. La vie était courte.

Ce qui lui rappela pourquoi elle était enfermée derrière ces barreaux.

Elle n'arrivait pas à croire que cinq membres de la famille Quayle étaient morts. Il devait s'agir d'une erreur. Au moins, la femme et la petite fille qui venaient régulièrement au café pendant les mois d'hiver avaient survécu. Hetty Quayle pourrait-elle aider les policiers à identifier le tueur ?

Brynn n'avait jamais vraiment parlé aux autres hommes de la famille de Caleb. Ils n'étaient pas vraiment du genre à traîner dans un café quand il y avait un bar à proximité.

Grady n'avait pu tuer personne la nuit précédente. Ils s'étaient séparés moins d'une heure auparavant. Il avait dû se rendre à Sedgwick pour y déposer les animaux qui avaient besoin d'une surveillance médicale, puis revenir. Il n'avait absolument pas eu le temps de commettre une série de meurtres. Plus important encore, elle ne le croyait pas capable d'une telle chose. En dépit de ce que la ville se plaisait à penser, c'était un homme bon. Elle en avait l'intime conviction.

Elle tordit ses doigts ; son instinct s'était déjà trompé, par le passé...

Pouvait-elle se fier à son propre jugement ?

Elle avait épousé Aiden, pour l'amour du ciel !

Il s'était moqué d'elle, et elle n'avait rien vu venir. Elle détendit ses doigts, puis serra les poings. Les pressa l'un contre l'autre. Elle n'avait pas l'intention de commettre la même erreur, mais ce qui se passait avec Grady était différent. Ils n'allaient pas se marier. Ils s'amusaient simplement, tout en apprenant à mieux se connaître.

Et si leur « amusement » ressemblait à une immense vague d'espoir... ?

Elle ferait avec. Elle maîtriserait ses émotions avant qu'elles ne prennent une direction qu'elle ne serait pas en mesure de contrôler.

S'impatientant, elle se leva et fit les cent pas. Quand allait-elle sortir de là ?

Elle jeta un coup d'œil aux toilettes situées dans le coin de la cellule. Des toilettes en acier, sans lunette. L'idée d'être restée ici assez longtemps pour avoir besoin de s'en servir la rendait malade.

Si elle était contrainte de se soulager ici, elle refuserait de servir un seul membre du bureau du shérif du comté de Montrose au café jusqu'à... pour toujours.

Elle se rassit. Des larmes menacèrent de se former, mais elle les repoussa. C'étaient des larmes de colère, pas de tristesse. Elle était furieuse. Surtout à cause de la façon dont Grady avait été traité. Mais sa colère lui permettait de garder son angoisse à distance.

Elle assouvit son besoin immédiat de vengeance en complotant pour se venger de tous les agents impliqués dans son arrestation et celle de Grady. Mieux valait ne jamais contrarier la personne responsable de la nourriture que vous mettiez dans votre bouche.

Certes, ils ne faisaient que leur travail.

Mais Darrell York en avait fait une affaire personnelle. *Très* personnelle. Le fait qu'elle ait envie de lui faire mal physiquement n'était sans doute pas la meilleure façon de gérer sa colère, mais elle se disait qu'elle apprendrait à vivre avec. Cet homme illustrait une fois de plus son manque de discernement. Elle avait eu le béguin pour lui quand elle était gamine, et lui, il n'avait jamais voulu d'elle que pour le sexe. Elle n'était pas une personne pour lui. Elle était une case à cocher sur sa liste de conquêtes. Un défi.

La veille, il avait raillé ses capacités parce qu'elle tenait le café, comme si c'était une mesure de son intelligence. Elle verrait bien s'il la trouvait intelligente la prochaine fois qu'il essaierait de lui acheter quelque chose. Et peut-être qu'elle ne mettrait que lui définitivement sur la liste noire du café, pour qu'il comprenne qu'il s'agissait d'une affaire personnelle pour elle aussi.

Une porte claqua, et des pas se rapprochèrent.

Et l'homme en question apparut. Shérif Darrell York. L'enfoiré.

Il s'approcha de l'homme qui l'avait enfermée, Stan Noble. Ils déverrouillèrent la porte de sa cellule et se postèrent sur le côté.

Brynn se leva en silence ; elle refusait d'être la première à parler.

— Tu peux t'en aller, annonça Darrell, sans la moindre excuse.

— Qu'en est-il de Grady ?

Darrell afficha un sourire féroce.

— Il est toujours interrogé. Nous avons ta déposition. Tu peux t'en aller, maintenant. Va appeler ton autre petit ami, Bowie.

Elle avait l'impression que de la vapeur montait en elle et sortait par ses oreilles, comme un personnage de dessin animé. Une partie d'elle aurait voulu leur crier dessus, mais cela n'aurait servi à rien, si ce n'était à assouvir sa propre satisfaction.

La tête haute, elle s'apprêtait à passer devant Darrell, mais il l'attrapa par le bras, qu'il serra douloureusement.

— J'enquête sur le meurtre de cinq personnes, Brynn, sans compter Milton Bodurek. Une petite fille et sa mère ont été ligotées et abandonnées dans une pièce, la bouche recouverte de ruban adhésif. Quand les adjoints sont arrivés, elles ont cru que le tueur venait les achever. Elles étaient terrifiées, raconta-t-il, avant d'aspirer une bouffée d'air. Je ne peux pas me permettre de faire du favoritisme.

— Du favoritisme ? grogna Brynn. Le fait que tu aies pu penser un seul instant que Grady Steel ou moi-même ayons quelque chose à voir avec leur mort...

— Que crois-tu que Grady fasse à la HRT ? lui cracha le shérif au visage. Il s'entraîne à tuer des gens. Tous. Les. Jours.

Brynn se rapprocha jusqu'à ce qu'ils soient presque nez à nez, pour lui démontrer qu'il ne lui faisait pas peur. *Plus maintenant.*

— Et tu es tellement jaloux de lui que tu es incapable de voir au-delà de tes propres insuffisances et de te rendre compte qu'il ne ferait jamais de mal à quelqu'un qui ne le mérite pas !

— Peut-être considère-t-il que quelqu'un qui incendie une clinique vétérinaire le mérite.

— Oui, c'est possible. Mais il n'irait pas jusqu'à s'en prendre à toute une famille, ou à terroriser une petite fille !

Elle criait, à présent, et ses mots ricochaient sur les murs. Elle remarqua les écorchures sur les jointures de Darrell et en resta bouche bée. Elle dégagea son bras.

— Tu l'as frappé !

Darrell serra le poing, puis le desserra.

— Il est tombé dessus alors qu'il tentait de résister à l'arrestation.

— Tu es un être humain méprisable, Darrell York ! éructa-t-elle. Je vais veiller à ce que toutes les personnes à qui je parlerai d'ici les prochaines élections sachent exactement quel genre d'homme tu es.

Il dut lire dans son regard qu'elle en pensait absolument chaque mot. Il recula d'un pas.

— Peut-être ferais-tu bien de te rappeler qui de nous deux peut se permettre de payer les meilleurs avocats pour une affaire de diffamation, et qui ne le peut pas ?

— Oh ! Ah ! s'exclama-t-elle, secouant la tête alors qu'elle se dirigeait vers la sortie. Tu devrais garder en tête à quel endroit tout le monde fait la queue chaque matin devant la porte d'entrée pour prendre son café. Et je ne pense pas que ton père sera très content de dépenser son argent pour défendre ta réputation pourrie.

Brynn se retourna et le regarda.

— Surtout que tout le monde sait que c'est vrai. Je suis convaincue que je ne suis pas la seule femme que tu as mise mal à l'aise avec tes avances sexuelles au cours des dix dernières années.

Darrell se pencha en avant.

— S'envoyer en l'air rend la plupart des gens plus détendus, Brynn. Cet enfoiré de Grady a fait de toi une vraie garce.

Stan ricana : il était également banni à vie.

— Coucher avec Grady Steel a été la meilleure expérience de toute ma vie. Et cela m'a permis d'accepter que je n'avais plus besoin de faire semblant. De faire comme si tu n'étais pas un pervers qui essaie de se glisser dans mon lit. De faire comme si je n'avais pas peur que tu te serves de ton insigne pour me punir de ne pas me soumettre. De faire comme si la façon dont tu trompes ta femme n'était pas tout simplement abjecte.

— Je ne trompe pas ma femme ! s'exclama Darrell, agitant le doigt devant elle avec colère.

Stan détourna le regard. Ils savaient tous lequel d'entre eux disait la vérité.

— Tu peux bien raconter toutes tes inepties, mais personne ne te prendra au sérieux. J'ai des crimes à résoudre. De vrais crimes. Tu es vindicative parce que je fais mon travail. Ça montre bien à quel point tu es superficielle.

Le harcèlement sexuel était un véritable crime. Mais il avait également raison de dire qu'il devait enquêter sur d'autres incidents graves. Elle détestait l'idée qu'il y ait un meurtrier en liberté dans une ville peuplée de gens qu'elle aimait.

Brynn s'arrêta avant d'atteindre la porte.

— Nous avons eu six meurtres ces derniers jours...

— Oui, six meurtres depuis que Grady Steel est rentré à la maison.

— C'est exact.

Elle acquiesça lentement ; elle n'aimait pas du tout cette coïncidence.

CHAPITRE QUARANTE-SIX

G rady avait utilisé son seul appel pour contacter Ropero. Après avoir fini de jurer, elle lui avait intimé de se taire et lui avait dit qu'elle enverrait quelqu'un le libérer dès que possible.

Cela faisait plusieurs heures, et il en avait assez d'être traité comme un vulgaire criminel alors qu'il ne faisait que son travail. Ce qui semblait dépasser les compétences de la police locale.

Darrell entra d'un pas assuré dans la salle d'interrogatoire, même si Grady l'avait averti qu'il invoquait son droit de garder le silence en attendant l'avocat.

Mais il avait besoin de réponses à certaines questions.

— Où est Brynn ? Tu l'as libérée ?

— Mme Webster ne tient pas sa langue, elle nous a raconté tout ce que vous avez fait tous les deux la nuit dernière.

— J'en doute sérieusement, répliqua Grady, arborant un sourire qui ne fit que crisper davantage Darrell.

Bon sang ! Il n'aurait pas dû éprouver tant de plaisir à le provoquer. Pourtant, Darrell avait recours à une ruse tellement évidente que Grady ne pouvait se retenir. Soudain impatient, il tapota du bout des doigts sur la table.

— Si c'était le cas, tu m'aurais déjà relâché. As-tu parlé au Dr Vilamitjana ?

— Elle a dit que tu étais allé seul à Sedgwick, entre deux et trois heures du matin.

Grady secoua la tête.

— J'ai passé tout ce temps à conduire, puis à déposer les chiens et les chats chez l'autre vétérinaire, qui m'a rejoint sur place. Je suis ensuite rentré directement à Deception Cove.

Il se pencha en avant, parce qu'il voulait sortir de là.

Ces meurtres étaient-ils liés aux Russes qui s'étaient enfuis la nuit précédente, comme il l'avait appris au cours de ce trajet, lors d'un appel rapide avec Cowboy ? Qu'en était-il du meurtre de Milton Bodurek, ou du braquage de la banque ? Eli Kane était-il responsable de tout cela ?

Ou bien les Russes ? À moins que quelqu'un d'autre, inconnu du FBI, ne soit impliqué ?

Grady voulait aider son équipe à y voir plus clair, mais il était coincé ici, parce qu'il avait affaire à ce foutu Darrell York, qui avait toujours voulu le surpasser sans jamais y parvenir.

C'était exaspérant.

Merde.

— Tu crois vraiment que je me suis faufilé chez les Quayle pour assassiner Caleb et sa famille d'idiots ?

— Tu étais plutôt en colère contre Caleb, hier.

Grady se tut. Il n'y avait pas moyen de raisonner avec ce type.

— Nous avons trouvé une autre arme de poing, chez toi. Et des couteaux. Nous les testons tous.

Grady leva le menton et fronça les sourcils.

— Les Quayle ont été poignardés ?

Les yeux de Darrell tressaillirent.

— Tu as vu les vêtements que j'avais dans les mains ce matin. Les mêmes que je portais hier soir lors de l'incendie. Le seul sang qu'il y avait dessus était le mien, et si j'avais tué autant de gens à coups de couteau, j'aurais été trempé, déclara Grady, fixant le bureau sans le voir.

Quelqu'un essayait-il de le piéger ?

Il posa un regard pensif sur son ancien ami de lycée.

Était-il possible que Darrell soit responsable de ces meurtres, et donc impatient de procéder à une arrestation ? L'idée que Darrell puisse prendre le dessus sur cinq hommes, qui d'après les souvenirs de Grady étaient tous soupçonneux, semblait peu probable.

Grady avait besoin de savoir si Ropero avait vérifié les allées et venues de Darrell après son repas au club house la veille au soir, ainsi que samedi soir, lorsque quelqu'un avait tué Milton Bodurek, comme s'il s'agissait d'une exécution.

Au club, Grady avait posé des questions sur le terrain et l'entrepreneur en bâtiment auxquels les parents de Darrell avaient fait appel pour construire leur maison. Les York pourraient-ils avoir comploté pour se débarrasser de lui ? Milton avait-il eu lui aussi des soupçons ? Cela lui avait-il valu une balle dans la tête ?

Peut-être que tout ce tapage autour de Grady n'était rien d'autre que les efforts désespérés d'un homme qui essayait de couvrir ses arrières ou ceux de ses parents. Et Grady avait déjoué leurs plans en fournissant un alibi solide, alors qu'ils avaient sans doute pensé qu'il serait seul.

Après avoir frappé à la porte, quelqu'un entra sans attendre la permission. La femme avait environ cinquante ans, les cheveux bruns, et elle était incroyablement séduisante. Elle portait un tailleur rouge en laine qui coûtait probablement plus cher que la mensualité du prêt immobilier de Grady, et elle tenait une mallette en cuir qui semblait être en véritable peau d'alligator. Elle était assortie à ses chaussures... et son attitude.

— Je suis Estelle Koba. L'avocate de l'opérateur Steel.

Qu'est-il arrivé à votre visage ? s'enquit-elle en le fixant du regard.

— La même chose qu'à mes côtes : le shérif m'a agressé.

— Votre client a résisté à l'arrestation.

Darrell haussa les épaules, et le sourire qu'il lui adressa donna à Grady l'envie de lui casser la figure. Il prit une grande respiration.

Darrell le provoquait délibérément pour qu'il réagisse.

— Mon client va déposer une plainte formelle, annonça en son nom la merveilleuse Estelle, avec un léger accent mexicain.

— Faites-vous plaisir, ma chérie.

— Ma chérie ? répéta-t-elle, le ton aussi froid qu'une lame de scalpel glissant sur la peau d'un cadavre. Je vais également déposer une plainte officielle, *shérif*. Adressez-vous à moi en tant que *Maître* Koba. Je vous suggère maintenant de libérer mon client, car vous n'avez aucun motif valable pour le retenir. Il a un alibi pour la période concernée et, malgré un récent malentendu, des états de service irréprochables.

Darrell s'adossa à sa chaise.

— Si vous le dites.

Estelle écarquilla les yeux, puis elle sortit une liasse de papiers de sa mallette, qu'elle déposa sur la table.

— Ce n'est pas moi qui le dis. Voilà pourquoi j'étais un peu en retard, opérateur Steel. Mes excuses, lui dit-elle, une lueur d'humour dans le regard. Je récupérais des copies de vos mentions élogieuses, ainsi que des lettres de recommandation de vos agents superviseurs tout au long de votre carrière. Maintenant...

Elle se tenait debout, la main sur la hanche, et Grady se demanda comment il n'était pas tombé amoureux d'elle sur le champ. Mais un autre visage surgit dans son esprit, et sa bouche s'assécha sous l'effet de la prise de conscience.

— À moins que vous n'ayez des motifs juridiquement

valables pour retenir l'opérateur Steel, je vous suggère de le relâcher immédiatement. Relâchez-le ou inculpez-le, shérif, mais n'essayez pas de me bluffer ou de faire obstruction.

Darrell s'affaissa sur son siège. Grady sourit, prouvant qu'il n'était pas le plus mature.

— Qu'en est-il de Brynn ? s'enquit-il.

Darrell se frotta les yeux, visiblement épuisé.

— Je l'ai relâchée il y a une heure. J'aurai peut-être d'autres questions à te poser, alors ne quitte pas la ville.

Maître Koba soupira.

— Mon client est libre de voyager autant qu'il le souhaite ou autant qu'il en a besoin. Il accepte de répondre à toutes les questions qui pourraient être posées, et nous pourrons utiliser une vidéoconférence si nécessaire.

Estelle récupéra sa mallette et attendit que Grady se joigne à elle.

Il se leva.

— Où est le chien ?

Darrell détourna le regard.

— Pourquoi ne pas demander à ton amie, le Dr Vilamitjana ?

Le shérif semblait complètement abattu. Si peu de temps après le début d'une enquête sur un massacre, cela n'augurait rien de bon pour l'arrestation du tueur.

Grady s'arrêta.

— Tu sais, si tu pouvais mettre ton orgueil de côté pendant cinq minutes, je serais ravi de t'aider...

— Va te faire voir, Steel. Va-t'en pendant que tu le peux encore.

CHAPITRE QUARANTE-SEPT

Grady secoua la tête, puis suivit Estelle hors de la pièce pour signer les documents relatifs à sa libération. Il avait besoin de parler à Novak et à Ropero. Il avait besoin de retrouver son chien. Et, par-dessus tout, il avait besoin de voir Brynn, de s'assurer qu'elle allait bien.

Il ne s'interrogeait pas là-dessus. Il remercia chaleureusement sa formidable avocate, avant de lui dire au revoir, puis, avant même d'essayer d'appeler son patron pour lui parler de l'affaire la plus importante de sa carrière, il s'élança en courant sur Main Street en direction du Sea Spray Café.

Il resta quelques secondes devant la vitrine à regarder Brynn servir un client, mais sans son étincelle habituelle. Il vit une femme plus âgée lui donner un coup de coude et pointer la rue du doigt, là où il se tenait. Grady retint son souffle quand elle regarda dans sa direction, se demandant s'il verrait de la colère dans ses yeux, de la colère parce qu'il avait contribué à la faire arrêter. Ou bien, de la réticence, si elle regrettait ce qui s'était passé entre eux ce matin-là.

Au lieu de cela, un sourire illumina le visage de Brynn,

enflammant quelque chose dans la poitrine de Grady. Il entra dans le café, ignorant les regards curieux des clients.

La serveuse, Linda Callow, née Pritchard, il s'en souvenait maintenant, passa devant lui avec un large sourire et lui glissa à l'oreille :

— Si tu lui fais du mal, je te tue.

Grady grimaça.

Étant donné qu'un meurtrier était en liberté, il ne voulait prendre aucun risque, mais d'un autre côté, il n'avait pas l'intention de faire de mal à Brynn. Il finirait par lui révéler la vérité au sujet de son travail. Quand il y serait autorisé.

Elle comprendrait.

Grady prit la main de Brynn et l'entraîna derrière le comptoir, puis le long du couloir, jusqu'à ce qui semblait être un placard à balais.

Il alluma et ferma la porte derrière eux.

Il repoussa ses cheveux de son visage avec des mains tremblantes. Il était capable de neutraliser un criminel armé sans sourciller, mais là, il était mort de trouille. Et s'il se trompait ? Et s'il se plantait ?

Elle agrippa son avant-bras et le regarda droit dans les yeux, un million de questions se lisant sur son visage pensif.

C'est alors qu'il posa sa bouche sur la sienne et l'embrassa. Il ignora la brûlure de sa lèvre fendue. La douleur de ses côtes.

Son goût était frais, comme le citron vert ; l'odeur du savon qu'elle avait utilisé sous la douche ce matin-là lui rappela ce moment intime qu'ils avaient passé ensemble, nus, un moment si parfait. La sensation de l'avoir entre ses bras, douce et souple, brûlante et attirante, lui donnait envie de s'enfouir en elle, et de prendre tout ce qu'elle pouvait lui offrir tant qu'il en avait encore la possibilité.

Elle lui rendit son baiser, avec avidité, agrippant son t-shirt si fort que c'en était douloureux, mais il en voulait plus. Beaucoup plus.

Grady s'obligea à s'éloigner et appuya son front contre celui de Brynn.

— Tu vas bien ?

Elle hocha la tête.

— Kalpa a fait une déclaration sous serment concernant la chronologie de nos déplacements, tout comme le vétérinaire de Sedgwick. Cela ne t'aurait pas laissé beaucoup de temps pour faire ce qu'ils prétendent que tu as fait. En fait, tout le monde a calculé que tu avais largement dépassé les limitations de vitesse pour arriver à accomplir tout ce que tu as fait.

— Seulement sur le chemin du retour, après avoir déposé les patients, confirma Grady avec un sourire. Ne le dis pas au shérif. Je ne voudrais pas me faire arrêter pour une infraction au code de la route.

Il glissa les mains sur la taille de la jeune femme.

— Darrell York n'est qu'un sale con, déclara-t-elle.

— Un sale con, certes, mais il y a un tueur en liberté, Brynn, et je suis inquiet. Je vais parler à mes contacts et voir ce que je peux trouver, mais tu dois me promettre de n'aller nulle part toute seule.

Elle sembla dévastée.

— Moi ? Tu ne penses pas sérieusement que je suis en danger ? Pourquoi le serais-je ?

Grady remarqua une poignée de taches de rousseur pâles autour de ses yeux, mais aussi la fatigue due à sa nuit blanche et à ce qu'elle avait enduré plus tôt. Il souffla.

— Je n'ai aucune raison de penser que tu es plus en danger que n'importe qui d'autre, mais le nombre de cadavres que cette ville est en train d'accumuler me rend nerveux.

Tout comme le fait que de possibles agents russes circulaient avec des agents neurotoxiques et que l'un des criminels les plus recherchés par le FBI se trouvait potentiellement dans la région. Sans parler de tous les autres individus répugnants qui peuplaient les coins tranquilles et les recoins de tous les États.

— À quelle heure finis-tu ? s'enquit Grady.

— Sans doute pas avant vingt-deux heures.

Elle paraissait déjà épuisée.

— Je pense que tu devrais appeler ta patronne pour lui demander de fermer plus tôt.

Brynn éclata de rire, puis se mordit la lèvre.

— Je pourrais sans doute partir d'ici à dix-neuf heures. Ce n'est pas comme si les gens ne pouvaient pas comprendre, et les affaires prospèrent chaque fois que je parle aux flics. Il se peut que nous n'ayons plus rien à manger à dix-neuf heures, de toute façon. Et, avec cette tempête qui arrive plus tôt que prévu, c'est la chose intelligente à faire. J'étais trop fatiguée pour y penser.

Grady passa une main sur les cheveux de Brynn.

— Appelle-moi quand tu auras fini ta journée. Je viendrai te chercher, et je veillerai à ce que tu rentres bien à la maison. Nous pourrions peut-être commander une pizza, ou autre chose...

Elle soupira, tremblante, puis elle sourit.

— D'accord. Ça me plairait, mais je rapporterai à manger à la maison, proposa-t-elle, les sourcils froncés. La météo annonce une cinquantaine de centimètres de neige par endroits, d'ici demain matin. Peut-être serons-nous bloqués à la maison.

— Voilà qui m'a l'air génial...

Grady adorait l'idée de passer une semaine bloqué par la neige avec Brynn, mais il voulait d'abord que ces agents russes soient neutralisés. De plus, il avait le sentiment que Kane savait que le FBI était ici, à présent. S'il n'avait pas déjà disparu, la fenêtre pour le capturer se refermait rapidement. Cette tempête pourrait les aider à coincer ce salaud, en réduisant les voies d'évasion aux seules routes principales qu'ils pouvaient surveiller…

À moins que le type ait une motoneige, qu'il soit déjà au Canada, ou sur un bateau quelque part.

Mais, à cet instant, Brynn posait sur lui un regard interrogateur. Avait-elle compris qu'il ne lui disait pas la vérité sur la raison de sa présence en ville ? Elle était intelligente. Cela ne l'étonnerait pas d'elle.

Il brûlait d'envie de l'embrasser à nouveau, incapable de résister à la tentation de ses lèvres. Mais il s'en empêcha et s'éloigna complètement, jusqu'à ne plus la toucher. Il était extrêmement attiré par Brynn, mais il n'avait pas envie de l'embrasser dans un placard à balais, surtout avec ses clients à proximité.

Il ne voulait pas que cette relation, quelle qu'elle soit, la mette dans l'embarras. Grady voulait lui démontrer le respect qu'elle méritait.

— As-tu récupéré Murphy ? s'enquit la jeune femme, glissant une main sur son torse pour l'immobiliser sur les battements de son cœur.

— Pas encore. Je suis venu directement du bureau du shérif.

Une lueur brilla dans les yeux de Brynn à ces mots.

— Je vais bientôt aller le chercher chez Kalpa, annonça Grady, consultant sa montre. J'ai d'abord quelques courses à faire.

Elle hocha la tête.

— Pour te préparer pour cette tempête.

— Ouais.

Ce mensonge lui laissa un mauvais goût dans la bouche. Il allait acheter quelques provisions supplémentaires pour compenser cette tromperie et être mieux préparé. Une arme à feu lui serait sacrément utile aussi, maintenant que Darrell avait saisi les trois qu'il avait, et probablement celle de Brynn aussi.

On ne pouvait pas prendre les blizzards à la légère. Où

diable les Russes s'étaient-ils cachés ? Ils devaient se trouver dans un endroit chaud, un endroit abrité. Il s'apprêta à ouvrir la porte.

Brynn l'arrêta.

— Grady ?

— Oui ?

— Sois prudent.

Une boule se logea dans la gorge de Grady. À quand remontait la dernière fois où quelqu'un, en dehors de la HRT, s'était soucié de savoir s'il était prudent ou non ? Il acquiesça, incapable de parler pendant un moment.

— Brynn...

Elle posa un doigt sur ses lèvres et se hissa sur la pointe des pieds pour déposer un petit baiser sur le coin de sa bouche.

— Chut. Ne dis rien. Ne nous portons pas la poisse.

— Mais...

— Je sais, murmura-t-elle, une lueur particulière dans le regard. Je *sais*.

Il était submergé par les émotions les plus terrifiantes qu'il ait jamais ressenties, et il les voyait se refléter dans le regard vif de Brynn. Une partie de lui voulait s'emparer de ces sentiments et les transformer en quelque chose de solide, de tangible. Parce qu'il n'avait pas l'habitude d'être pris par surprise de cette manière et qu'il n'aimait pas ça du tout. Et, dans le même temps, il était envahi d'une joie étrange.

Il n'était pas habitué à envisager de prendre un risque susceptible de lui briser le cœur.

Mais il voulait des promesses, même s'il n'était pas encore prêt à en faire, de son côté. Pas quand son cœur était en jeu. Pas alors qu'il ne pouvait pas lui avouer la vérité sur la raison de sa présence ici.

Pas encore.

Il acquiesça lentement et s'écarta, créant un espace entre

eux. Un espace dont il ne voulait pas, mais qui était nécessaire pour qu'il puisse faire son travail et qu'elle puisse faire le sien. Il ouvrit la porte et se trouva nez à nez avec le cuisinier qui se tenait là, le regard noir.

— Angus. As-tu besoin de quelque chose ? s'enquit Brynn, qui passa devant Grady dans le couloir.

— Je voulais m'assurer que tu allais bien, répliqua Angus, la voix réduite à un grognement. Avec tous ces meurtres qui se produisent...

Grady soutint le regard de l'autre homme.

— Grady n'est pas plus responsable de ces meurtres que tu ne l'es.

Une expression de stupeur apparut sur le visage buriné du cuisinier.

— Je ne veux pas que tu sois blessée à nouveau, Brynn.

Celle-ci tapota sa joue grisonnante.

— Laisse Grady tranquille. Je l'aime beaucoup.

Elle s'éloigna, laissant le grand gaillard rougir, même s'il continuait à fusiller Grady du regard.

— Elle aimait aussi beaucoup le dernier, marmonna Angus. C'était un abruti.

Il agita le doigt en direction de Grady.

Ce dernier ne prit pas la peine de se défendre, se contentant de soutenir le regard d'Angus.

Angus pouvait-il être Eli Kane ? Savait-il que Grady travaillait sous couverture ou s'inquiétait-il sincèrement pour le bien-être de Brynn ?

Le grand homme retourna à la cuisine, non sans lui avoir décoché un dernier regard noir. Grady s'engagea dans le couloir et le regarda s'éloigner.

Il jeta un coup d'œil autour de lui et remarqua que Jackie Somers n'était pas là. Le shérif l'avait-il interrogée ? Que savait-elle de la mort de son petit ami ?

Son téléphone portable se mit à sonner et il consulta l'heure en lisant le message. Onze heures cinquante-sept. Il avait plutôt l'impression qu'il était dix-sept heures. Il sortit par la porte de derrière. Le port était désert ce jour-là, mais le ruban de scène de crime flottait à travers la cale menant au voilier de Milton. Des flocons de neige dansaient gracieusement dans les airs, annonciateurs d'une tempête qui, selon les prévisions météo, allait les obliger à déblayer dès le lendemain à la même heure.

Être retardés par le mauvais temps était frustrant, mais peut-être cette tempête leur apporterait-elle la marge de manœuvre dont ils avaient besoin.

La police locale était complètement dépassée par les événements, avec une troisième scène de crime grave à traiter en quelques semaines, mais le FBI ne maîtrisait pas vraiment la situation non plus.

Grady retourna chez lui en courant, puis sauta dans sa Jeep. Il appela Kalpa, mais, comme elle ne répondait pas, il lui envoya un message vocal, lui demandant de l'appeler.

Il voulait récupérer son chien, mais il avait d'abord un travail à accomplir.

CHAPITRE QUARANTE-HUIT

Le père de Brynn arriva peu après le départ de Grady.

— Linda m'a appelé, expliqua-t-il.

Il lui saisit le haut des bras tout en la regardant attentivement. Il examina les ecchymoses qu'elle avait dissimulées sous du maquillage après avoir quitté le bureau du shérif plus tôt.

— Est-ce que tu vas bien ?

Ils avaient affiché complet toute la journée. La notoriété constituait une meilleure publicité que n'importe quelle annonce payante.

Brynn sourit, se sentant étrangement heureuse malgré toutes les choses horribles qui se passaient dans sa vie et à Deception Cove.

— Première fois dans un bâtiment en feu, et première fois en tant que suspecte de meurtre enfermée dans une cellule, mais je vais bien.

L'inquiétude se lisait dans les rides autour de la bouche et aux coins des yeux de son père.

— Je n'aime pas ça. Les ennuis collent à la peau du jeune Grady Steel comme une mauvaise odeur.

— À t'entendre, on croirait qu'il a douze ans.

Elle rit et s'éloigna. Elle jeta un coup d'œil aux clients, mais, hormis le couple auquel Linda était en train de donner l'addition, personne n'avait besoin d'aide immédiate. Brynn avait besoin d'un moment pour reprendre son souffle, et parler aux gens qu'elle aimait était devenu une priorité.

Son père se gratta la tête.

— La dernière fois que je l'ai vu, Grady devait avoir environ seize ans. Je lui ai crié dessus parce qu'il roulait à toute vitesse dans Main Street avec sa moto tout-terrain, comme un petit voyou.

Brynn prit une voix grave et leva le poing.

— Dégage de ma pelouse !

— Oui, oui. Je suis un vieux schnock. Je le sais.

— Eh bien ! Ce petit voyou est maintenant agent du FBI, alors tu n'as pas à t'inquiéter.

— J'ai entendu dire qu'il avait été suspendu.

— Il n'a pas fait ce dont on l'accuse, papa. C'est un type bien.

— En es-tu sûre ?

Son père soutint son regard, avec cette franchise déconcertante dont il faisait parfois preuve.

Parce qu'elle avait aussi défendu Aiden auprès de ses parents, et qu'il s'était avéré être un crétin.

Elle remplit le lave-vaisselle afin de ne pas laisser transparaître le tumulte d'émotions qui l'agitait au sujet de Grady. Elle ne savait pas vraiment ce qu'elle ressentait, simplement que c'était *fort*. Si fort qu'elle ne se sentait pas à l'aise. Si fort qu'elle ne voulait pas que les gens le sachent, surtout Grady et son père. Elle n'était pas encore prête à se pencher dessus. Elle voulait d'abord en profiter un peu.

— Un homme qui pénètre dans une clinique vétérinaire en feu pour sauver de nombreux animaux n'est pas le genre de personne qui renverse quelqu'un et le laisse pour mort sur le bord de la route. Pas plus qu'il n'est du genre à assassiner cinq hommes parce que l'un d'eux m'a frappée au visage et a probablement incendié la clinique.

Paul Webster ne semblait pas convaincu.

— Peut-être cherche-t-il la rédemption.

Brynn posa son poing sur sa hanche.

— Waouh ! Tu parles comme le shérif !

— Aïe. Tu n'es pas obligée de m'insulter. Je suis ton père, pour l'amour du ciel ! s'exclama-t-il, puis il leva les mains en signe de reddition. Très bien, je me tais.

Elle lui donna un coup de torchon, puis posa la question qu'elle avait évitée jusque-là.

— Maman est-elle au courant que j'ai été interrogée au sujet d'un meurtre ?

Son père secoua la tête, puis il commença à poser des piles de vaisselle sur les étagères les plus hautes.

— J'ai davantage menti à cette femme au cours des six derniers mois que pendant tout le reste de notre vie de couple.

— Tu la protèges, c'est naturel. Acceptable même.

— Peut-être, mais elle finit toujours par s'en rendre compte, et c'est moi qui dois payer, expliqua-t-il, réprimant un faux frisson.

— Internet a beaucoup de choses à se reprocher.

Paul ricana.

— Linda est pire que ce foutu *Flitter* ou je ne sais quoi ! Mais j'ai débranché le routeur, pour que ta mère ne puisse pas tomber sur des infos concernant les incidents de la nuit dernière sur un de ses nombreux sites Internet. Ne t'inquiète pas, elle peut toujours utiliser son portable, précisa son père, qui avait bien compris le regard inquiet de Brynn, mais tu sais combien elle déteste utiliser ses données mobiles.

Il s'interrompit quelques instants, les lèvres pincées. Il entreprit de nettoyer le comptoir avec un chiffon.

— Je pense que ça devrait nous permettre de tenir jusqu'à demain, avant qu'elle ne vérifie le boîtier, et d'ici là, avec un peu de chance, la tempête aura coupé le signal pour quelques jours. Peut-être que d'ici à ce que la tempête se calme, tout sera rentré dans l'ordre.

— Cinq personnes ont été assassinées et la clinique vétérinaire a été incendiée. Je n'imagine pas que cela disparaîtra de l'actualité locale dans un avenir proche.

— Peut-être pas, confirma-t-il, mais ton implication, si.

Elle acquiesça.

— Espérons-le.

— Qu'êtes-vous en train de comploter, les deux larrons ? s'exclama Linda, qui s'approcha et déposa un baiser rapide sur la joue de Paul. Comment va notre chérie, aujourd'hui ?

— Pas très bien, franchement. Elle est très fatiguée, faible, répondit le père de Brynn, dont la pomme d'Adam trahissait la nervosité. Je suis déterminé à lui épargner tout stress inutile, alors j'essaie de la tenir à l'écart des infos et d'Internet.

Linda remarqua le regard appuyé que la jeune femme et son père lui lançaient.

— D'accord, d'accord. Je me rends. Je ne l'appellerai pas pour tout lui raconter, mais, une fois qu'elle l'aura appris et qu'elle commencera à poser des questions, je ne lui mentirai pas.

Paul intervint, la voix hésitante.

— Accorde-lui d'abord quelques jours de tranquillité. Elle doit se concentrer sur son rétablissement. J'ai peur qu'elle arrête la chimio… parce que c'est tellement dur, pour elle, expliqua-t-il, puis sa mâchoire se raffermit, avant que sa voix ne s'élève. Je ne veux pas qu'elle abandonne. Je ne veux pas qu'elle s'inquiète. Je veux qu'elle se repose et qu'elle se débarrasse de cette foutue maladie !

Le père de Brynn grimaça.

— Désolé.

— Et si tu te rendais utile pendant une demi-heure, en nous aidant à servir quelques clients ? suggéra Brynn d'un ton léger.

— Je dois retourner auprès de ta mère...

— Et Linda a besoin d'une pause. Une fois encore, Jackie ne s'est pas présentée.

Son père fronça les sourcils.

— Comment s'en sort la nouvelle ?

— Pru. En fait, elle est géniale, elle ressemble beaucoup à Linda. Mais elle ne pouvait travailler que quelques heures aujourd'hui. Je l'ai vue brièvement quand je suis sortie du poste.

Paul Webster se renfrogna.

— Le shérif est un idiot. La prochaine fois que tu lui parleras, assure-toi d'avoir un avocat à tes côtés. Je suis sérieux.

Brynn sourit. Son père était très protecteur, mais, cette fois-ci, il avait probablement raison.

— Pru a dit qu'elle pourra travailler quelques heures supplémentaires demain après-midi, à condition que nous prenions la peine d'ouvrir malgré le blizzard qui s'annonce. Elle commence à temps plein la semaine prochaine.

Son père afficha un large sourire.

— C'est fantastique ! Mais, tu as raison. Cela ne vaut peut-être pas la peine d'ouvrir demain, acquiesça son père. En fait, on s'en fiche ! Pose une affiche sur la porte, et annonce-le sur les réseaux sociaux : préviens tout le monde que nous sommes fermés à cause du temps. C'est la chose responsable à faire.

Brynn sourit une nouvelle fois.

— Je prévois également de fermer tôt ce soir.

— Bien. Tu veux venir à la maison et affronter la tempête avec les anciens ?

Brynn secoua la tête, et son père eut l'air déçu.

Linda donna un coup de coude à Paul en passant.

— Ta fille a un rencard avec Grady Steel et une *pizza*.

Brynn en resta bouche bée.

— Tu écoutais aux portes !

— Pas étonnant que tu défendes ce type, remarqua son père, qui semblait contrarié.

— Ah ! L'amour, quand on est jeune !

Linda attrapa sa veste et ses cigarettes, puis sortit par la porte arrière tant qu'elle le pouvait encore.

Son père haussa les sourcils, comme s'il attendait qu'elle développe les propos de Linda.

Au lieu de cela, Brynn posa un tablier dans la main de son père.

— La table trois veut son addition, et deux nouveaux clients viennent d'entrer. Montre un peu plus d'entrain ! lui intima-t-elle en le voyant hésiter.

— Très bien. Je t'accorde une demi-heure de mon temps précieux.

Il grommela gentiment et enfila le tablier avec l'aisance de quelqu'un qui avait souvent été mis à contribution. Puis il s'arrêta un moment, regardant sa fille droit dans les yeux.

— Je t'aime, Brynn. Un jour, tu rencontreras quelqu'un qui sera digne de toi. Aiden n'était rien d'autre qu'un escroc à deux balles.

Elle tressaillit à la mention de son ex, mais c'était plus un réflexe qu'une douleur cuisante.

— Je veux ce que vous avez, maman et toi.

Il sourit doucement et déglutit.

— C'est ce que je veux pour toi aussi. Tu trouveras quelqu'un qui aimera tout ce qui te rend si unique, Brynn Webster. Toutes tes excentricités et tes particularités.

— Dis donc ! À t'écouter, on a l'impression que je suis un bon parti.

— Tu es un bon parti. Tu vaux mille fois plus que la plupart des gens.

L'émotion saisit Brynn à la gorge de manière inattendue. D'ordinaire, son père exprimait moins ouvertement son affection. La maladie de sa mère les changeait tous. Peut-être pour le meilleur. Peut-être parce qu'ils savaient qu'ils ne disposeraient pas du temps qu'ils avaient prévu.

— Va t'occuper des clients ; je vais te couper une part de tarte aux pommes et te préparer un thé.

Il la quitta avec un sourire, et elle se demanda comment il survivrait sans sa mère. Comment ils pourraient survivre tous les deux.

CHAPITRE QUARANTE-NEUF

Grady entra dans l'hôtel par la porte arrière, qu'un membre de l'équipe avait discrètement laissée entrouverte. Il se hâta de monter à la chambre 33, où il frappa à la porte selon le code qu'ils utilisaient généralement entre eux. Il fut soulagé de constater que, lorsque Donnelly ouvrit, elle avait une arme à la main.

Elle se recula, et il se glissa à l'intérieur.

Cinq de ses coéquipiers étaient entassés dans la pièce. Il avait aperçu Griffin recroquevillé sur le siège avant de leur SUV de location en passant devant. Nash et Keeme étaient allongés côte à côte sur le lit.

— Vous formez un joli couple, remarqua Grady.

Nash lui lança une barre chocolatée avec une telle force qu'elle le frappa en pleine poitrine, comme une balle. Grady l'attrapa, déballa la friandise, et en prit une bouchée.

— On pourrait dire la même chose de toi et de la rousse sexy, Steel, répondit sèchement Nash. Nous avons entendu toutes sortes de choses intéressantes sur le scanner de la police ce matin.

— Qu'est-il arrivé à ton visage ? l'interrogea Novak avec une intonation que Grady reconnut comme celle d'un papa ours en colère.

— Le shérif du coin dirait que j'ai résisté à l'arrestation.

Il souleva son t-shirt, dévoilant les ecchymoses sombres ainsi que les petites brûlures et écorchures datant de la nuit précédente.

La mâchoire de son patron se contracta.

— Le FBI traitera avec le shérif local lorsque cette opération sera terminée. Des témoins ?

— Deux jeunes adjoints, qui ont reçu une démonstration édifiante des pires méthodes policières.

— Je m'occuperai également d'eux. Je veux un rapport complet d'ici la fin de la journée, accompagné d'un inventaire photographique de tes blessures. Je veux que celles causées par le shérif soient consignées. Demande à l'un de ceux-là de prendre des clichés de ton dos.

— Il n'est pas si facile de se débarrasser d'un fonctionnaire élu, fit remarquer Nash.

— Quand Daniel Ackers apprendra ce qui s'est passé, il n'aura plus qu'à remonter la chaîne hiérarchique, jusqu'à ce que quelqu'un à Washington contacte les commissaires du comté avec une plainte officielle. Ils la transmettront au gouverneur. Cette ordure paiera pour ses actes. Maintenant, je veux savoir *tout* ce qui s'est passé la nuit dernière.

Novak le regarda d'un air malicieux.

Grady sentit le rouge lui monter aux joues. *Hors de question !*

— Bien sûr, patron.

— Hé, Grady, je crois que tu détiens le record du nombre d'arrestations en tant que membre de la HRT, remarqua Cowboy.

Par la fenêtre, il observait le ciel couleur gris acier qui planait lourdement au-dessus d'un océan couleur étain.

Quelques flocons de neige tourbillonnaient, dansant avec les mouettes.

— Sans doute même parmi l'ensemble des agents spéciaux en activité. Hanssen n'a été arrêté qu'une seule fois.

— Ne me compare pas à ce traître.

Grady remit son t-shirt, reconnaissant de la distraction que Ryan avait volontairement créée, pour que Novak ne s'occupe plus de lui.

— En tout cas, lui n'était certainement pas nu lors de son arrestation, remarqua Donnelly avec un sourire en coin.

— Ne vous excitez pas. Les flics m'ont surpris quand je sortais de la douche.

— Oui, mais de la douche de qui ? le taquina gentiment Keeme.

— De la douche, vraiment ? intervint Cowboy.

Grady lui donna une tape sur l'arrière de la tête.

— Sérieusement, je m'inquiète pour toi, Grade, insista Cowboy, qui se frotta le crâne, tout en se tournant pour lui faire face. Que sais-tu vraiment de cette femme ?

— Plus que tu n'en sais sur la plupart des femmes que tu t'envoies, répliqua Grady.

Merde.

Ryan pinça les lèvres, mais il ne réagit pas davantage. Si Grady ne l'avait pas aussi bien connu, il aurait pu penser qu'il s'en fichait. Mais il le connaissait.

— Désolé.

— Son ex-mari n'a pas donné signe de vie depuis qu'il l'a quittée. Cela ne te semble pas suspect ?

— Il lui a envoyé une carte postale de Belize.

— C'est ce qu'elle dit.

Grady fronça les sourcils.

— Il vit hors du réseau quelque part, probablement avec la

femme pour laquelle il a quitté Brynn. Il n'est pas le premier type à vouloir disparaître.

— Cela semble très suspect.

— Qu'es-tu en train de suggérer ? Qu'elle l'a tué ?

Les paroles de Brynn lui revinrent à l'esprit, ainsi que la douleur et les ombres qu'il avait vues dans ses yeux, l'humiliation et la honte d'avoir été rejetée de cette manière.

Cowboy haussa un sourcil interrogateur.

— Ce ne serait pas la première fois qu'une chose comme ça se produit.

— Brynn n'est pas comme ça.

— Comment est-elle ? insista Cowboy.

— Elle est drôle et gentille. Assez courageuse pour plonger dans le port une nuit de janvier pour en sortir un cadavre.

Grady remarqua le regard pesant que Nash et Keeme échangèrent.

— Elle a l'esprit vif et un sens de l'humour décapant.

Cowboy croisa les bras.

— Ne me sors pas ces conneries de sens de l'humour.

Grady écarta son coéquipier d'un coup d'épaule.

— Ce ne sont pas des conneries.

Il s'éloigna et fit les cent pas. Il était hors de question de dire qu'il pensait qu'elle était la plus belle femme de toute la côte Est, et qu'elle possédait les yeux les plus fascinants qu'il ait jamais vus, de la couleur des tornades et de la magie. Ou que son corps était doux et sensuel, et qu'il avait eu l'impression de rentrer chez lui lorsqu'il s'était enfoui en elle.

Bon sang, non !

— Nous avons analysé son ADN, vous vous souvenez ? Elle n'a aucun lien de parenté avec Kane, insista Grady en se passant une main sur le visage. Je sais que je n'aurais pas dû me laisser distraire de l'affaire, mais je n'ai pas négligé mon devoir.

Ses coéquipiers le regardaient tous avec plus ou moins d'inquiétude.

Qu'était-il censé dire ?

Rien pour l'instant.

— Je ne lui ai rien raconté de la raison de ma présence ici, alors ne vous mettez pas dans tous vos états, ajouta Grady, qui se tourna pour soutenir le regard de Novak. Elle ne sait rien de l'affaire.

Elle serait furieuse quand elle apprendrait qu'il lui avait menti, mais c'était son boulot. La plupart du temps, il ne pouvait pas parler des affaires sur lesquelles il travaillait.

Il ferait face aux conséquences avec Brynn le moment venu.

— Pourrions-nous intensifier nos recherches pour retrouver cet enfoiré d'ex-mari, ne serait-ce que pour que Ryan me lâche les baskets ? s'enquit Grady, lançant un regard noir à son ami.

Novak, qui était appuyé contre le bureau, s'en éloigna.

— Je vais demander à Ropero de faire appel à un analyste du siège pour creuser davantage, afin d'éviter tout problème si vous deviez vous mettre en couple une fois que tout cela sera terminé.

L'idée était à la fois choquante et séduisante.

— Grady a une petite amie. Grady a une petite amie, le taquina Donnelly d'une voix chantante.

Mais ce n'était pas méchant et, alors qu'elle lui tapotait gentiment le dos, il comprit que ses coéquipiers s'inquiétaient pour lui. Ce qui l'émut suffisamment pour qu'il mette son agacement de côté.

— Aucun signe des Russes ?

Grady ne voulait pas que l'équipe pense à lui, alors qu'elle avait d'autres chats à fouetter.

— Foutus Russes, marmonna Nash.

Novak secoua la tête.

— Rien du tout. Et aucune trace d'agent neurotoxique non plus, heureusement.

— Nous devons partir du principe qu'ils en ont après Kane tout autant que nous, déclara Grady.

Rien d'autre n'avait de sens.

Un nouveau coup frappé à la porte crispa tout le monde ; Donnelly se chargea d'ouvrir, une fois encore. Elle vérifia le judas, puis laissa entrer Dobson et Ropero.

Cette dernière était pâle et tendue. Elle attendit que Donnelly referme la porte pour prendre la parole.

— Nous avons compris comment les Russes ont su que Kane était à Deception Cove, et peut-être pourquoi ils le veulent.

Keeme se redressa et déplaça ses pieds tandis que Ropero s'asseyait sur le lit. Elle se prit le visage entre les mains.

— C'est ma faute.

— Ce n'est pas ta faute, l'interrompit Dobson. Quelqu'un, sans doute Moscou, a placé un dispositif d'écoute dans l'appartement de Ropero.

La femme jura, puis serra les dents.

— Je comprendrais si vous souhaitiez tous que je me retire de cette affaire. J'ai cassé les pieds à tout le monde au sujet des fuites, et, pendant tout ce temps, c'était moi qui leur fournissais des informations. Je me suis montrée négligente. J'ai commis une erreur.

— Avez-vous vraiment commis une erreur ? l'interrogea tranquillement Novak. Ou bien Moscou a-t-elle dépassé les bornes en mettant en place une surveillance active d'un agent du FBI ?

Ropero pinça les lèvres en une fine ligne.

— J'aurais dû le faire vérifier. J'aurais dû me douter...

— Pourquoi ? s'enquit Novak. Saviez-vous que les Russes s'intéressaient à Kane ? Je suppose que c'est à cause de lui que vous avez été ciblée, et pas un autre cas.

— C'était lié à Kane, confirma-t-elle, puis elle secoua la tête, l'expression amère. J'ai finalement réussi à convaincre l'ancien patron de Kane de me parler. Lionel Perkins est un vrai type de la vieille école, ère Hoover. Il s'avère qu'au cours de l'enquête sur les meurtres de la femme et des enfants d'Eli Kane, le Bureau a découvert que les Kane appartenaient à un sex-club à Washington. Un vrai truc d'échangiste.

— Le genre d'endroit où nous savons que les Soviétiques aimaient collecter du *kompromat*, confirma Novak, l'air dégoûté.

— Après avoir parlé à Perkins, j'ai discuté avec Ridley Branson, chef de la section contre-espionnage de la division du renseignement. Il a finalement tout avoué et pense que cela allait plus loin qu'un simple club échangiste.

Grady se servit une tasse de café. Comme tous les autres, il avait passé une nuit blanche, et avait besoin d'une dose de caféine, même si elle avait un goût infect.

Dobson sortit une photo de sa mallette.

— Sergei Lushko était soupçonné d'être un agent du KGB russe infiltré à l'ambassade à Washington, quelques années avant que Kane ne disparaisse sans laisser de traces. Lushko est également soupçonné d'avoir participé à ces soirées, même si, bien sûr, aucun des participants n'utilisait son vrai nom. Selon des déclarations faites à l'époque par des personnes réticentes à s'exprimer officiellement, la femme de Kane et Lushko auraient été vus en train d'avoir des relations sexuelles à plusieurs reprises lors de ces fêtes, tandis que Kane était avec d'autres femmes. Une personne a laissé entendre que, lors d'une occasion mémorable, les Kane auraient eu une relation à trois avec Lushko, sur une table basse, dans une bibliothèque.

— Eli Kane était vendu à l'URSS, conclut Grady, qui but une gorgée de sa boisson, tout en tâchant de ne pas la comparer au café de Brynn.

— Qu'il l'ait voulu ou non, acquiesça Dobson.

— Qu'en était-il de sa femme ? Elle a été séduite par un espion russe ? Était-elle un pion, ou bien était-elle un agent de Moscou ?

Ropero se lécha les lèvres.

— Le bureau de Washington soupçonnait cette dernière hypothèse, mais, lorsqu'elle a été retrouvée morte, assassinée par l'un des leurs, ils ont décidé qu'il était prudent de ne pas attirer l'attention sur ce fait. Ils ont estimé que cela ne renverrait pas une image très flatteuse du FBI que de dépeindre la victime d'un crime familial comme une espionne russe.

— Sommes-nous en train de supposer qu'à un moment donné, Kane s'est rebellé contre l'idée d'être utilisé par Moscou ? Il savait que, s'il s'attardait à Washington, les Russes le dénonceraient au ministère de la Justice. Il aurait écopé d'une peine de prison à vie, à supposer qu'il leur ait donné quoi que ce soit.

— Il leur a donné des informations. D'après ce que nous savons, des informations mineures, mais suffisantes pour les retarder, probablement le temps qu'il prépare son évasion.

La bile monta dans la gorge de Grady.

— Pendant qu'il planifiait le meurtre de sang-froid de sa femme et de ses enfants.

— Comment un homme peut-il assassiner ses propres enfants ? s'enquit Cowboy, du dégoût dans la voix.

— Certaines personnes se foutent complètement des autres, même s'ils sont de leur propre famille, constata Grady d'une voix posée.

Il ne faisait aucun doute dans son esprit que son père les aurait tués, sa sœur et lui, tout aussi facilement. Il n'avait tout simplement pas eu de raison de le faire avant son incarcération.

— Une chose que nous avons découverte, bien après la fin de l'enquête initiale sur les meurtres, pourrait apporter un éclairage nouveau sur ce point, déclara Ropero, qui balaya la pièce du regard, avant de le poser sur Grady. Kane a tellement bien fait le ménage derrière lui que le Bureau a dû exhumer ses parents pour obtenir son ADN. Cette décision a été controversée à l'époque. Lorsque les laboratoires ont enfin analysé les échantillons d'ADN de la femme et des enfants décédés à titre de référence il y a quelques années, ils ont découvert que les enfants ne correspondaient pas à ce que nous avions pour Kane. Ce n'étaient pas ses enfants biologiques.

— Et il s'agissait bien de ses parents biologiques dans les tombes ? s'enquit Grady.

Ropero acquiesça.

— Nous en sommes aussi sûrs que possible, sans échantillon vérifié.

Grady fronça les sourcils.

— Hé ! Donne-moi cette image que tu as prise des touristes russes au bar, et compare-la à cette vieille photo de Lushko.

Donnelly sortit son téléphone et envoya le cliché sur un grand iPad, autour duquel ils se rassemblèrent. Dobson plaça la photo imprimée du visage de Lushko à côté.

— Regardez les oreilles et la forme des narines. Il pourrait s'agir du même homme, conclut Grady.

— Pourquoi n'est-il pas apparu dans le système ?

— Parce qu'il a sans doute subi une intervention chirurgicale au visage qui a perturbé l'algorithme, suggéra Ropero. Et, aussi, parce que Sergei Lushko est censé être mort à peu près en même temps que Lisa Kane.

Grady fronça les sourcils.

— Eli Kane a fait le ménage ?

Ropero secoua la tête.

— Selon Ridley, le KGB, le renseignement russe, ou qui que ce soit qui commandait Lushko à l'époque, était furieux qu'une opération qu'ils avaient mis tant d'efforts à mettre en place ait échoué de manière aussi spectaculaire, risquant ainsi de compromettre certaines de leurs autres opérations secrètes.

— La guerre froide n'a jamais vraiment pris fin, n'est-ce pas ? commenta Nash sèchement.

— Ils envoyaient des agents si profondément infiltrés qu'ils se mariaient et fondaient une famille avec leur cible ? s'exclama Grady, qui eut un mouvement de recul, dégoûté.

Cela lui donna la nausée, mais il se demanda si c'était vraiment différent du mensonge qu'il avait servi à Brynn sur la véritable raison de sa présence en ville. Pourtant, dans son cas, il ne s'agissait que de quelques jours, pas de toute une vie. Mais il n'était pas certain qu'elle verrait les choses de cette manière, pas après qu'ils avaient fait l'amour. Et pas après avoir été trompée par son ex.

— Si ce Russe est Lushko, mais qu'il est censé être mort, pourquoi prendrait-il le risque d'être retrouvé en poursuivant Kane intervint Nash.

— Peut-être les Russes ont-ils simulé sa mort afin qu'il puisse retourner sous couverture à un moment donné, suggéra Dobson. Nous savons que le Kremlin peut être très rancunier.

— Ou peut-être était-ce personnel…, lança Grady, qui leva les yeux. Les garçons Kane étaient-ils de vrais frères ?

Ropero acquiesça et s'approcha pour regarder les deux photos.

— Lushko pourrait-il poursuivre Eli Kane parce qu'il éprouvait des sentiments pour Lisa Kane, des sentiments qu'il n'était pas censé avoir ?

— S'il était amoureux de Lisa, et que les enfants étaient les siens…, commença Cowboy. Il semble logique que ce type sorte de sa cachette pour avoir une chance de venger leur mort. Je le ferais. Je réduirais le monde en cendres pour l'atteindre.

Grady prit la parole.

— Il est donc possible que Lushko n'agisse pas sur ordre

de Moscou. Peut-être agit-il de son propre chef, suggéra-t-il, avant de regarder Ropero. Il lui aurait été assez facile d'identifier les agents du FBI chargés de l'affaire Kane après la débâcle australienne. Et là, il décide de surveiller l'un d'entre eux.

Il s'interrompit un instant, puis posa les yeux sur Dobson.

— Il entend parler de l'empreinte digitale trouvée sur les lieux d'un braquage de banque à Deception Cove quand vous en parlez chez vous ou peut-être au téléphone. Peut-être lorsque vous complotiez pour m'impliquer dans cette affaire.

Ropero secoua la tête.

— Je ne suis pas retournée à mon appartement depuis que j'ai appris qu'un agent du FBI en service avait des liens avec la région.

Grady acquiesça.

— Bien. Au moins, ils ne sont pas directement au courant de mon existence, même s'ils ont deviné qu'ils étaient dans le collimateur du FBI.

Il se mit à faire les cent pas. Il réfléchissait bien mieux quand il était en mouvement.

— Peut-être que Moscou n'a pas tué Lushko. Peut-être ont-ils simplement prétendu qu'il était mort. Ou peut-être s'est-il enfui. Peut-être s'est-il enfui avec toutes ces informations compromettantes, ce *kompromat*, et s'est-il depuis lors acharné à saigner à blanc certains des autres membres du club échangiste ? Bon sang ! Peut-être Kane collectait-il ses propres renseignements, et que c'est ainsi qu'il a financé son changement d'identité et sa nouvelle vie.

— L'équipe du FBI qui traque Kane reçoit l'alerte sur cette empreinte digitale suspecte et, grâce à la surveillance électronique de Ropero, Lushko débarque en ville. Serait-ce lui qui tue les habitants du coin ? s'enquit Cowboy.

Novak retourna s'appuyer sur le bureau.

— Pourquoi apporter le flacon de parfum, qui pourrait, ou non, contenir du poison ?

Il n'y avait pas assez de place pour autant d'adultes costauds dans une seule chambre d'hôtel.

— Que savons-nous de l'autre Russe ? demanda Grady.

— J'ai un analyste sur le coup, mais nous sommes débordés, répondit Ropero, qui porta une main à son front. Nous devons faire venir plus de monde.

— L'utilisation d'un agent neurotoxique *Novitchok* aux États-Unis plongerait la Russie dans une situation très délicate, ajouta Dobson. Soit les Russes veulent envoyer un message à tous ceux qui les trahissent, soit ce Lushko se sert de ce qu'il espère être la mort douloureuse de Kane pour se venger de ses anciens patrons.

— Pour avoir obligé la femme qu'il aimait à passer sa vie avec un autre homme, qui a élevé ses enfants sans que ces derniers aient même su que Lushko existait, suggéra Grady.

— Grâce à l'ordinateur portable que vous nous avez remis, dit Ropero, visiblement absorbée dans ses pensées, nous savons que la dernière chose que Bodurek a faite a été d'imprimer une copie du rapport qu'il avait envoyé à la compagnie d'assurance, depuis son bateau. Le rapport comprenait une liste de tous les types de preuves recueillies sur les lieux, les images de vidéosurveillance de l'incident, un inventaire de ce qui avait été emporté et une liste de tous les propriétaires de coffres à la Hearst Savings & Loan...

Grady se tourna vers Ropero.

— Si nous partons du principe que Lushko et sa complice ont tué Milton Bodurek pour mettre la main sur cette liste, cela signifie qu'ils n'ont pas accès à nos dossiers.

— Ce qui est une bonne nouvelle, ajouta Nash.

— Ils ont sans doute passé les derniers jours à surveiller le plus grand nombre possible de suspects, suggéra Grady, qui essayait de penser comme un vieux membre du KGB, mais c'était difficile sans être atteint d'une mégalomanie profonde. Ils ont réduit la liste de la même manière que nous le faisons.

— Nous pourrions commencer à approcher directement les autres suspects et voir comment ils réagissent, proposa Dobson, qui se mordait la lèvre.

— Nous ne pouvons pas prendre ce risque tant que nous n'avons pas suffisamment de monde pour les surveiller tous après coup, fit valoir Ropero. Personnel dont nous ne disposons pas, à moins de faire appel à la police locale.

— Auquel cas, vous pourriez tout aussi bien passer une annonce, protesta Grady, tâchant de masquer son impatience. Faites venir la HRT ici en force, et nous verrouillerons cet endroit pour que ces enfoirés ne puissent aller nulle part.

— Pourquoi les Russes ont-ils disparu ? s'enquit Donnelly. Ont-ils déjà trouvé Kane, ou ont-ils compris que nous étions sur eux ?

L'idée de perdre Kane au profit des Russes restait en travers de la gorge de Grady.

— Peut-être ont-ils su, d'une manière ou d'une autre, que quelqu'un s'était introduit dans leur chambre. Il pourrait aussi s'agir d'un pur instinct, suggéra-t-il. On peut supposer que Lushko a survécu en cavale presque aussi longtemps que Kane. Il n'allait pas ignorer cette démangeaison entre ses omoplates qui lui disait qu'il était observé, quitte à perdre Kane.

Cowboy secoua la tête.

— Je ne parierais pas là-dessus. À ce stade, la seule chose qui intéresse ce type, c'est de faire payer l'ordure qui a tué sa famille. Soit ces deux-là ont déjà mis la main sur Kane, et ils sont en train de lui faire manger des sandwichs bourrés de *Novitchok* à l'heure où nous parlons, soit ils sont cachés quelque part à attendre.

Ropero s'adressa ensuite à l'ensemble des personnes présentes.

— Cette famille Quayle, la nuit dernière ? Les Russes les ont-ils tués ? L'un de ces hommes pourrait-il être Eli Kane ?

Grady haussa les épaules. *Bon sang !* Il était épuisé, il avait mal au cerveau.

— Les Quayle n'avaient pas de coffre à la banque. Ils étaient plus enclins à enterrer leurs affaires dans les bois qu'à les mettre à la banque. Je ne vois aucune raison à la présence de l'un d'entre eux dans la chambre forte.

Dobson pinça les lèvres.

— J'ai enquêté sur Caleb Quayle et sa famille, étant donné qu'il était l'une des personnes présentes sur les lieux quand le corps de Bodurek a été retrouvé. Nous avons l'ADN de deux des oncles décédés, Colin et Dick, dans le CODIS[1]. Ce n'était pas une famille particulièrement sympathique, mais ces deux personnes ne correspondent pas au profil ADN probable de Kane. Caleb était trop jeune.

Ils affichèrent les informations relatives aux deux autres victimes. L'un d'entre eux, Hap Quayle, était métis. L'autre, Tom, correspondait à Kane en termes d'âge et de taille.

Grady n'avait pas beaucoup de souvenirs de cet homme.

— Ça ne fonctionne pas, pour moi. Pourquoi les Quayle auraient-ils laissé Kane vivre avec eux ?

— Pour de l'argent ? suggéra Nash.

— Pourriez-vous obtenir l'ADN de Tom auprès du médecin légiste ?

Dobson acquiesça.

— Nous l'avons déjà demandé, sous couvert d'une enquête du fisc. Un agent l'a récupéré ce matin.

— Cela ne colle pas avec l'idée que ce soient les Russes qui

---

1. NdT : Banque de données des profils ADN.

aient tué les Quayle en pensant que l'un d'eux était Eli Kane, argumenta Cowboy. Celui qui a tué les hommes de la famille n'a pas touché à la femme ou à la petite fille. Si c'était Lushko qui exécutait sa vengeance, il les aurait tuées en premier.

Ropero marmonna :

— À moins qu'il n'ait tout simplement pas pu se résoudre à tuer des innocentes. Steel, selon vous, qui a fait ça ?

Celui-ci se passa une main sur le visage.

— *Merde !* L'acharnement du shérif à vouloir nous faire porter le chapeau, à Brynn et moi, alors que nous avons tous les deux des alibis en béton, m'a poussé à me demander s'il n'était pas responsable.

— Le shérif York ? précisa Dobson.

Voyant Grady acquiescer, Dobson fronça les sourcils.

— Il y a quelques gros dépôts en espèces sur les comptes bancaires de son père, que nous ne pouvons pas retracer. Cela pourrait bien sûr n'avoir aucun rapport avec une activité illégale.

Ou pas. Plus Grady y pensait, plus il était convaincu que l'ancien shérif était corrompu. Darrell était-il lui aussi dans le coup, ou essayait-il simplement de protéger son père ?

— Nous avons un mandat pour accéder de manière confidentielle à tous les rapports d'enquête conservés en ligne, afin de voir quel type de dossier il est en train de monter. Notre consultant, Alex Parker, continue d'analyser toutes les images disponibles des caméras de surveillance de la ville. Il n'a rien trouvé jusqu'à présent.

— Mais, si ce ne sont pas les Russes à la recherche d'Eli Kane, alors qui voudrait tuer les Quayle ? s'enquit Nash. Et pourquoi ?

Grady balaya la pièce du regard, tandis que ses pensées se mettaient enfin en place.

— Pour me piéger ? Me mettre hors-jeu ?

Novak croisa les bras.

— Tu crois que quelqu'un sait que tu fais partie du FBI, et que tu n'es pas aussi suspendu que nous voulons le faire croire ?

Grady haussa les épaules.

— J'ai eu une altercation avec un type la veille du jour où il a été assassiné, donc les flics vont forcément s'intéresser à moi, résuma-t-il en plissant les yeux. Une remarque de Darrell York me fait penser qu'ils ont été poignardés plutôt que tués par balle. Mais ce salaud m'a quand même confisqué mon arme.

Novak poussa un long soupir et se dirigea vers un grand sac noir, d'où il sortit un Glock 17, et un autre Colt M1911.

Il lui passa les deux, ainsi que des munitions.

— S'il essaie de te les prendre, tire-lui dessus.

Grady grogna.

— Ne plaisante pas sur ce sujet.

— Qui dit que je plaisantais ? s'exclama Novak, l'air énervé. Je suis prêt à lui tirer dessus moi-même.

Par la fenêtre, Ropero observait l'océan glacé.

— J'aimerais jeter un œil sur cette dernière scène de crime, avant que la tempête ne commence à y déverser de la neige, annonça-t-elle, avant de regarder Dobson. Envie d'aller te balader là-bas ? Nous pourrons montrer nos insignes. Il est peu probable que la personne qui surveille la scène nous empêche d'entrer.

Novak protesta.

— Mais alors, vous annoncerez clairement que le FBI est en ville, et Kane prendra la fuite.

— Dommage que nous n'ayons pas l'équipe au complet. Nous aurions pu déployer les drones et observer les lieux de plus près depuis le confort de notre chambre d'hôtel.

Cowboy avait toute la subtilité d'un cerf en rut, mais il savait assurément comment faire passer un message.

Ropero prit une profonde inspiration.

— C'était une mauvaise décision, et c'est ma faute. Je l'admets. Combien leur faudrait-il de temps pour arriver ?

Novak secoua la tête.

— Avec cette tempête qui s'annonce terrible ? Au plus tôt demain en fin d'après-midi, et encore, seulement si les pilotes acceptent de voler.

— Allons-nous les attendre ici en ville ou à Bangor ? s'enquit Nash, examinant ses bottes.

— Bangor, dit Ropero.

— Ici, fit Novak.

Ropero ouvrit la bouche pour protester.

— Je ne vais pas laisser les membres de mon équipe privés du peu de soutien dont ils disposent, argumenta Novak.

— Si Kane s'enfuit...

— Peut-être abordons-nous les choses sous le mauvais angle. Peut-être est-il temps de lancer une alerte ou de faire une déclaration aux médias. Obligeons cet enfoiré à agir, suggéra Grady.

Pensive, Ropero pinça les lèvres.

— S'il ne s'est pas déjà enfui, il pourrait essayer de profiter de la tempête pour disparaître.

— Et si toutes les forces de l'ordre de l'État et de l'autre côté de la frontière savent qu'elles doivent être à l'affût, nous pourrions avoir de la chance. Il y aura beaucoup moins de monde sur la route.

Dobson acquiesça.

— Il est peut-être temps de passer ce coup de fil.

Ropero mit les mains sur sa taille.

— Je vais rédiger un communiqué de presse et l'envoyer au siège pour vérification et autorisation.

Cowboy leva les yeux au ciel.

— Je suis sûr qu'il sera prêt à temps pour Noël.

Ropero lança un regard méchant à l'ami de Grady.

— Je crains que ce ne soit ainsi que les choses fonctionnent.

Toutes les décisions concernant cette question et le public doivent être approuvées par la nouvelle directrice.

— Donnez-moi son numéro, au cas où nous serions pris dans une fusillade et que j'aurais besoin de permission pour riposter.

Grady intervint pour empêcher les deux agents obstinés de continuer.

— Je devrais rendre une petite visite à la petite amie de Caleb Quayle. Elle n'est pas venue travailler au café aujourd'-hui, expliqua-t-il, puis il consulta sa montre. Peut-être sait-elle quelque chose qu'elle ne dit pas aux flics.

Novak insista :

— Tu crois qu'elle te parlera ?

Grady acquiesça.

— Oui. Je pense qu'elle le fera. Je suis allé à l'école avec sa mère.

Novak intervint, et jeta son téléphone portable à Cowboy.

— D'abord, prenons des photos de ton torse.

— Très bien ! Je vais me sacrifier et voir Grady nu, déclara Cowboy.

Donnelly lui arracha le téléphone des mains.

— C'est mon partenaire. Allez, Steel !

Grady jura tout bas, puis il retira son t-shirt.

— Faisons ça ici, pour que Cowboy puisse voir à quoi ressemble un vrai homme.

Donnelly fit une grimace quand elle vit dans quel état il était.

— *Bordel !*

Cowboy afficha un rictus.

— Je sais que tu es costaud, dit Donnelly avec un regard compatissant, mais tu dois avoir une vingtaine de petites brûlures, et cet hématome... Tu es sûr qu'il ne t'a pas cassé une côte ?

Soudain, tous ses coéquipiers l'entourèrent et l'examinèrent.

— Rien n'est cassé, insista-t-il. Tu as sans doute fait pire en t'écrasant contre la paroi du canyon la semaine dernière.

Donnelly sourit.

— Belle esquive, Steel, remarqua-t-elle, puis elle jeta un regard à Cowboy. Je ne vous montrerai *pas* mes ecchymoses.

— Rabat-joie.

Donnelly commença à prendre des photos, tandis que Grady restait là, aussi gêné qu'un adolescent vierge dans un club de strip-tease.

— Baisse ton pantalon, ordonna-t-elle, essayant de photographier une ecchymose qui s'était étalée sur sa hanche.

Il posa la main sur le bouton de son pantalon et fixa sa coéquipière.

— Jamais de la vie !

Donnelly sourit et abandonna.

Puis, dès qu'elle recula, des mains commencèrent à l'enduire de pommade. Quelqu'un lui planta un doigt dans les côtes, et il s'apprêtait à grogner quand il se rendit compte que c'était Novak.

Son patron l'observa d'un œil critique.

— Panse tes blessures, fais un bandage serré. Ne le mouille pas.

— Et plus de douches pour toi, lança Donnelly, faisant claquer sa langue.

Cowboy sourit, mais Grady vit l'inquiétude dans le regard de son ami.

— Surveille tes arrières. Quelqu'un a tué cinq hommes sans sourciller la nuit dernière. Je ne veux pas avoir à enterrer un autre coéquipier.

Tous redevinrent aussitôt sérieux. Grady hocha la tête. Les enjeux n'avaient jamais été aussi importants.

CHAPITRE CINQUANTE

VINGT-SEPT ANS PLUS TÔT - AUTOMNE

Eli conduisait le break Volvo qu'il avait acheté quelques semaines plus tôt, spécialement pour ce voyage.

— Pourquoi allons-nous par là ? s'enquit Lisa avec irritation.

Elle n'aimait pas la voiture. Apparemment, elle était marron et laide. Elle n'avait pas apprécié qu'il ait ramené sa Dodge Colt turbo chez le concessionnaire, en affirmant qu'ils ne pouvaient pas se la permettre pour le moment. Il lui avait retiré sa carte de crédit et l'accès aux comptes bancaires. Elle l'avait déjà saigné à blanc, alors peut-être était-ce un geste mesquin. Mais il voulait qu'elle soit isolée. Eli voulait qu'elle soit malheureuse.

— Je te l'ai dit. J'ai une surprise.

Elle pinça les lèvres. Il ne savait pas s'il lui était de plus en plus difficile de le supporter, ou si elle s'était lassée d'avoir à faire semblant.

Il avait fait tout son possible pour qu'elle le quitte, il lui avait même demandé le divorce. Mais Lisa lui avait répondu qu'ils pouvaient régler leurs problèmes conjugaux. Lisa était déterminée, Eli le reconnaissait.

Il aurait souhaité ne jamais en arriver là. Cette garce lui

avait tout volé, et il allait tout reprendre. La nuit était presque tombée. Il avait calculé son coup à la perfection. Eli quitta l'autoroute pour emprunter la Wilderness Road.

— Je nous ai loué un chalet pour la nuit. Je me suis dit qu'on pourrait faire une escale pendant le voyage.

Ses doigts se crispèrent sur ses genoux et elle ramassa son lourd sac à main posé à ses pieds.

— Nous pourrions aller voir la grotte de Gap demain matin avant de prendre la route vers le sud. Les garçons vont aimer.

Sa voix faillit se briser à ce moment-là. Ce n'était pas sa faute. Pas son jeu. Pas ses fils.

— Ils préféreraient aller dans un parc d'attractions, rétorqua sèchement Lisa. Faire un tour de montagnes russes.

Il les chassa de son esprit.

Eli prit un autre virage, et les pneus grondèrent sur le sol de plus en plus accidenté. Il donna un brusque coup de volant sur le côté et fit délibérément caler le moteur.

— *Merde !* Je crois que nous avons un pneu crevé.

— Ne jure pas devant les garçons.

Cela lui mettait les nerfs à vif que cette femme, qui l'avait attiré dans sa vie, l'avait séduit pour l'entraîner dans sa débauche, dans le seul but de le détruire, le réprimande pour quelque chose d'aussi banal que des jurons.

— Ils dorment.

Il ouvrit sa portière avec colère, sortit de la voiture et ouvrit le coffre. Ses doigts se refermèrent sur le pistolet muni d'un silencieux qu'il avait caché là. Il le glissa à l'arrière de son jean.

Lisa sortit de la voiture pour le rejoindre, portant toujours son sac à main.

— Je ne veux pas qu'ils entendent de grossièretés.

— Peut-être que je me fous complètement de ce que tu veux, désormais.

Elle releva la tête, comme un rapace flairant une proie, ou une mangouste sentant le danger.

— Tes potes du KGB me sont tombés dessus il y a quelques mois.

La bouche de Lisa s'ouvrit, et ses sourcils se froncèrent joliment.

— Je n'ai pas de « potes du KGB ». Il se passe quelque chose au travail ? Est-ce que tu as des ennuis ?

— Tu n'as plus à faire semblant, Lisa. Je sais.

— J'ignore totalement de quoi tu parles.

— Pour l'amour du ciel ! Laisse tomber ! *Laisse tomber.*

— Que je laisse tomber quoi ? Est-ce que tu es malade ?

Ils parlaient à voix basse. Elle ne voulait pas réveiller les enfants. Il ne voulait pas attirer l'attention. Eli joua le tout pour le tout.

— Je *sais*. Je vous suis depuis le printemps, toi et ce sale bâtard de Sergei. Je sais. Je sais *tout*. Je le savais à la dernière soirée. Croyais-tu vraiment que j'étais ivre à ce point ?

Eli vit Lisa déglutir. Les feux arrière soulignaient ses traits parfaits.

— J'ai honte de dire à quel point j'ai aimé ce plan à trois. Je parie que je vous ai bien bernés tous les deux pendant un moment.

La mâchoire de Lisa se contracta.

— Mais pas autant que vous vous êtes foutus de moi.

Elle tourna les yeux vers les enfants, mais ils étaient inconscients : il avait drogué leur jus d'orange.

— Ce que je ne comprends pas, c'est pourquoi tu m'as choisi.

Ses doigts se crispèrent autour de la crosse de l'arme quand il la dégaina, mais il la garda cachée dans son dos. Il pouvait être beaucoup de choses, mais ce n'était pas un traître.

— Parmi tous les agents du FBI, pourquoi me choisir ?

Une lueur s'alluma dans le regard de Lisa, la première trace d'honnêteté qu'il y ait jamais vue.

— Parce que tu étais arrogant. Tellement arrogant que tu croyais que personne ne pourrait jamais te duper. Et que, lorsque tu découvrirais la vérité, tu aurais trop d'orgueil pour admettre que tu avais commis une erreur. Parce que tu mentirais et que tu tricherais pour sauver les apparences auprès de tes collègues. Et c'est exactement ce que tu as fait, n'est-ce pas ?

Eli se sentit humilié qu'ils l'aient cerné avec autant de justesse, même si ce n'était pas tout à fait exact.

— Quel est le plan maintenant ? lui demanda-t-il. Le rideau de fer est en train de s'effondrer. C'est une relique d'une autre époque. La guerre froide est terminée.

— La guerre froide ne sera jamais terminée, répliqua Lisa.

Les yeux brillants, elle plongea la main dans son sac et en sortit un revolver qu'elle arma.

Eli sentit ses lèvres s'étirer en un sourire froid quand elle appuya sur la détente. Une fois. Deux fois. Il s'avança et retira l'arme des doigts délicats de Lisa.

C'était bon de savoir qu'elle l'aurait tué sans sourciller.

Cela rendait la suite des événements d'autant plus facile.

— J'ai oublié de mentionner que j'ai aussi *écouté* tes rendez-vous avec ce bon vieux Sergei. J'ai absolument tout entendu. Vous auriez pu faire fortune dans les films pornographiques. Je t'ai entendue dire à quel point tu souhaitais que je sois mort pour ne pas avoir à... Quel était le terme que tu as utilisé, madame Grande-gueule ? Ah oui ! « T'envoyer cette merde dégoûtante tous les soirs ».

Il jeta le revolver dans le coffre ; il avait retiré les balles avant qu'ils ne prennent la route. Elle s'était relâchée.

— Je vais te donner une chance de t'en sortir. Cours, Lisa. Enfuis-toi avec les garçons. Toi, et ce bon vieux Sergei. Fuyez.

Menez une vie agréable et élevez votre famille. Je suis sûr qu'avec vos compétences à tous les deux, vous savez comment disparaître.

Elle laissa échapper un rire laid.

— Tu crois que nous avons été contraints de jouer nos rôles par la Mère Russie ?

— Je sais très bien comment le Kremlin présente ses choix. Je le sais de première main, grâce à toi.

Pendant un instant, elle eut l'air bouleversée. Ne voyait-elle pas qu'il lui accordait une chance ? De se sauver.

— Tu l'aimes. Je sais que tu l'aimes. Tu as deux enfants avec cet homme.

Elle ferma les yeux et leva le visage vers le ciel nocturne.

— Il ne serait jamais d'accord. Il ne trahirait jamais son pays. Comme tu as trahi le tien, répliqua-t-elle, le ton railleur.

La haine commença à bouillir dans les veines d'Eli.

— Les informations que je leur ai données étaient inutiles.

— Mais tu les leur as fournies, n'est-ce pas ? dit Lisa, le sourire tendu. Tu les leur as fournies, et ils ont tout enregistré. Tu veux savoir pour quelles autres raisons nous t'avons choisi ? Et, oui, j'ai eu mon mot à dire dans cette décision, car c'est moi qui devais coucher avec toi régulièrement.

La rage envahit l'esprit d'Eli. Qu'elle le méprise à ce point, alors que c'était elle qui l'avait fait succomber !

Elle serra son sac contre elle comme un bouclier, mais cela ne fonctionnerait pas. Elle espérait que le transpondeur à l'intérieur guiderait son sauveteur jusqu'à elle, mais Eli avait placé la balise dans un camion à la première station-service où ils s'étaient arrêtés. De toute façon, ils étaient hors de portée de tout dispositif d'écoute ou de repérage. Elle était complètement seule, mais aussi totalement libre, sans doute pour la première fois de sa vie, de dire ce qu'elle pensait.

— Parce que tu es faible, vaniteux et pathétique. Que vas-tu faire, Eli ? lui demanda-t-elle, la voix pleine de dégoût. T'enfuir ? Ils te retrouveront. Tu ne peux pas me tuer sans tuer les garçons, et tu n'aurais pas les c...

Elle sursauta au sifflement sourd des quatre balles tirées dans la banquette arrière.

— Ils n'ont rien senti. J'ai mis des somnifères dans leur jus tout à l'heure.

Le visage de Lisa se déforma sous l'effet de la douleur et de la rage lorsqu'elle se jeta sur lui. Eli lui tira une balle dans la poitrine et elle s'écroula sur le sol.

Il s'accroupit à côté d'elle.

— Tu as tué mes bébés !

Le chagrin se lisait enfin dans ses yeux. La dévastation.

— Quel effet cela fait-il de savoir que tout cela n'a servi à rien ? Toute cette comédie avec moi. Toutes ces orgies, coucher avec n'importe qui au nom de la bonne vieille URSS, qui est sur le point de s'effondrer... N'importe quel idiot peut voir que tout cela va bientôt s'écrouler. Faire tout ça parce que c'est ce que Sergei a ordonné.

— Pas Sergei.

— Qui, alors ?

Des larmes roulèrent sur le côté du visage de Lisa.

— Tu crois que si tu le découvres, et que tu les fais tomber, ils te laisseront revenir dans le giron du FBI ? demanda-t-elle avant de rire, et de cramponner sa blessure, d'où coulait du sang. Tu n'es vraiment qu'un imbécile !

— Peut-être que, si je n'avais pas tué ta progéniture, j'aurais pu y parvenir. Mais il a fallu que tu me pousses une dernière fois, hein ?

— Tu es un monstre.

Des larmes remplirent les yeux de Lisa... La rage. Le désespoir.

C'était le désespoir, qu'Eli attendait. Savoir qu'il l'avait brisée et détruite, de la même manière qu'elle l'avait brisé et qu'elle prévoyait de le détruire.

Mais il avait d'autres idées.

Il se leva et visa sa tête. Il était temps de mettre un terme à ce misérable chapitre de sa vie.

CHAPITRE CINQUANTE-ET-UN

Aujourd'hui

G rady alla récupérer Murphy chez Kalpa, qui travaillait chez elle en attendant de trouver une clinique temporaire plus adaptée. Une meute de chiens se mit à aboyer quand il franchit la porte d'entrée. De toutes les formes et de toutes les tailles. Il y avait également quelques chats, et il remarqua la perruche diabolique dans une grande cage dans un coin du salon.

C'était le chaos.

Murphy était allongé sur une autre femme sur le canapé, mais il descendit rapidement lorsque Grady entra. Il secoua son derrière fraîchement rasé et lui lécha la main.

L'émotion lui noua la gorge lorsqu'il prit conscience que ce chien, ainsi que tant d'autres, aurait péri la nuit précédente sans Brynn et lui.

Merde !

— Qu'est-il arrivé à votre visage ? s'enquit Kalpa en fronçant les sourcils.

Il devait avoir l'air plus mal en point qu'il ne l'avait pensé. Il jeta un coup d'œil à son reflet dans un miroir près de la porte et grimaça.

— Si l'on en croit le shérif York, j'ai résisté à mon arrestation.

La mâchoire de la vétérinaire se contracta, et elle secoua la tête.

— Voici ma partenaire, Muriel.

Kalpa le regarda avec méfiance, comme s'il était susceptible d'avoir une opinion négative sur son mode de vie ou sa sexualité. Comme si cela le regardait.

Grady tendit la main à l'autre femme.

— Ravi de vous rencontrer, Muriel. Merci d'avoir pris soin de ce garçon pendant que j'étais en état d'arrestation pour de multiples meurtres, lui dit-il, tout en grattant la tête de Murphy.

Kalpa marmonna.

— Le shérif York est un crétin. Au moins, la compagnie d'assurance a envoyé son propre enquêteur pour l'incendie. Les chances que le shérif attrape le tueur semblent pour le moins minces, et nous sommes tous morts de peur.

— Je peux concevoir pourquoi il voulait m'interroger, après la journée d'hier, affirma Grady, haussant les épaules. Les flics trouveront le tueur.

Mais il ne précisa pas de quels flics il parlait. Muriel se leva et brossa son t-shirt.

— Ce chien est adorable. Si vous décidez de ne pas le garder...

— Je le garde ! l'interrompit-il d'un ton ferme.

— Vous avez intérêt ! murmura Kalpa alors que Muriel se rendait dans la cuisine, suivie par la meute. Nous n'aurons pas d'autre chien. Nous en avons déjà trois. Et un chat.

Elle indiqua vaguement les animaux qui s'éloignaient.

— Avez-vous contacté tous les propriétaires ?

— Presque, répondit-elle, avant de se décomposer. Franchement, je ne sais pas si je vais pouvoir encaisser le coût financier.

Une soudaine tension crispa ses traits.

— Je vais sans doute avoir besoin d'un prêt relais, et je ne sais pas de quel œil la nouvelle directrice de la banque verra la vétérinaire métisse et lesbienne qui vient d'arriver en ville.

En tant que personne qui savait exactement à quel point les habitants de cette ville pouvaient se montrer critiques, même envers un homme blanc hétérosexuel, il comprenait parfaitement son sentiment.

— Laissez-moi l'appeler et intercéder en votre faveur, suggéra Grady.

— Vous feriez ça pour moi ?

— Bien sûr, répondit-il, puis il fronça les sourcils. Je ne suis pas sûr que cela vous aidera beaucoup, mais je parlerai de votre situation à Edith, et j'espère que cela fera une différence.

Une lueur brilla dans les yeux sombres de Kalpa.

— Merci, lui dit-elle, esquissant un sourire, haussant les sourcils. Vous êtes entré dans ma vie il y a moins de vingt-quatre heures, et rien n'est plus pareil depuis. Si nous n'étions pas déjà tous les deux amoureux de quelqu'un d'autre...

Grady sursauta.

Kalpa plaqua une main sur sa bouche.

— Oh ! Je suis désolée ! J'ai parlé à tort et à travers.

Il se frotta la nuque et fronça les sourcils.

— Qu'est-ce qui vous fait penser que je suis amoureux de Brynn ?

— Serait-ce parce que vous n'arrivez pas à la quitter des yeux quand elle est à proximité ? Ou votre manière de prêter attention à ses besoins avant les vôtres ? Ou le fait que son bonheur soit plus important que celui de n'importe qui d'autre à vos yeux ?

Grady laissa échapper un petit grognement.

Kalpa éclata de rire.

— Hé ! Si ça peut aider, d'après ce que j'ai pu voir hier, elle ressent la même chose pour vous.

Était-ce vraiment possible ?

— Elle a été blessée par le passé.

Les yeux de Kalpa étaient empreints d'une grande sagesse.

— Tout le monde a été blessé à un moment ou à un autre, Grady. Même Caleb Quayle a commencé sa vie comme un enfant innocent qui, à un moment donné, a appris à devenir un jeune homme bruyant, tyrannique, cruel et odieux. Paix à son âme.

— Les modèles de mon enfance n'étaient pas très différents des siens.

— Alors peut-être êtes-vous l'exemple même de l'inné qui l'emporte sur l'acquis ; votre nature profonde a pris le pas sur l'environnement dans lequel vous avez grandi. Je ne sais pas, lui dit-elle, arborant un sourire doux. Tout ce que je sais, c'est que, lorsque j'ai trouvé ma deuxième chance en amour, je ne l'ai pas gâchée, même si elle venait d'une direction à laquelle je ne m'attendais pas.

Muriel revint dans la pièce et donna à Grady un sac de nourriture pour chien.

— Pour vous permettre de tenir le coup pendant le blizzard annoncé.

Kalpa leva les yeux au ciel.

— Nous aurons sans doute sept centimètres, qui auront fondu d'ici demain matin, malgré tout leur tapage.

Grady rit en soulevant le sac avec le même bras qui tenait la laisse que Muriel lui avait tendue.

— Quel que soit le temps, à votre place, je me préparerais à fermer les écoutilles pendant les prochaines vingt-quatre heures. Et verrouillez les portes.

Brynn était si fatiguée qu'elle crut halluciner lorsque Jackie entra par la porte arrière et enfila un tablier.

Elle cligna des yeux, mais la fille était toujours là.

— Hé ! Il me semblait que ta mère avait dit que tu ne pouvais pas venir.

Jackie renifla. Ses yeux étaient rougis, tout comme son nez.

— J'ai dormi un peu et je me sens beaucoup mieux.

Angus s'approcha d'elle. Linda apparut à son tour, une expression méfiante sur son visage fin et rusé.

— Ensuite, j'ai pensé à vous et à ce Grady, qui avez passé toute la nuit à aider avec les animaux. Et tout le monde dit que c'est sûrement Caleb qui l'a fait... que c'est lui qui a déclenché l'incendie. Et ma mère a dit que Grady Steel n'était pas du genre à assassiner qui que ce soit, quoi qu'en dise cet idiot de Darrell York. Ils sont tous allés à l'école ensemble, raconta-t-elle, puis elle renifla, et d'autres larmes affluèrent. C'est un tel gâchis ! Et j'ai l'impression que tout est ma faute, alors je me suis dit que, le moins que je pouvais faire, c'était de venir et d'aider.

Brynn n'était pas sûre que la jeune fille puisse être d'une grande aide, mais son cœur s'adoucit devant les efforts évidents que Jackie faisait. Elle lui toucha doucement le bras.

— Jackie, ton petit ami a été assassiné la nuit dernière. Tu n'es pas obligée de venir travailler.

La jeune fille prit un mouchoir et se moucha.

— Nous avons rompu... après qu'il vous a frappée, expliqua-t-elle, les yeux arrondis et emplis de honte. Je n'arrivais pas à croire qu'il ait fait une chose pareille, Brynn, honnêtement. J'étais horrifiée.

— Il n'avait jamais montré de tendance violente devant toi auparavant ?

Jackie secoua la tête.

Heureusement.

— Nous sortions ensemble depuis quelques semaines seulement. Je ne suis allée chez lui qu'une seule fois, il y a quelques jours, répondit-elle, puis elle grimaça. Je connaissais Hetty et la petite Susie, parce qu'elle venait au café, alors j'ai pensé que tout irait bien, vous voyez ? Mais son père et ses oncles me flanquaient la chair de poule.

Elle frémit.

Dans le dos de Jackie, l'expression d'Angus s'assombrit.

— Ils ne voulaient pas que je me promène dans la maison. Ils disaient à Caleb de garder un œil sur moi, comme si j'étais une sorte de voleuse. Quoi qu'il en soit, quand ma mère a découvert que j'y étais allée, elle m'a interdit d'y retourner. Et elle m'a dit que, si je voulais vraiment voir Caleb, il pourrait venir à la maison, confia Jackie, qui s'essuya à nouveau le nez. Elle ne laisse jamais personne venir à la maison, c'était donc très important.

Angus retourna remuer la marmite de soupe de palourdes qu'il avait sur le feu, et Jackie le regarda par-dessus son épaule. C'était le plat préféré de la mère de Brynn, et elle avait mis de côté deux bols de la dernière marmite pour que son père les rapporte à la maison.

Une soudaine vague de nostalgie l'envahit. Elle voulait voir sa mère. L'embrasser sur la joue. Lui dire qu'elle l'aimait.

Jackie baissa la voix.

— Maman m'a fait prendre un contraceptif. Et m'a donné un tas de préservatifs, poursuivit-elle, et les joues de la jeune fille se teintèrent d'un rouge cramoisi. Je lui ai dit que nous ne l'avions pas fait, que *je* ne l'avais jamais fait, mais elle m'a fait jurer...

Brynn savait que la mère de Jackie était tombée enceinte au lycée. Manifestement, elle voulait autre chose pour sa fille.

— Ta mère a raison de se préoccuper de ta santé et de ton bien-être.

Jackie acquiesça.

— Je sais. Elle peut être dure, mais elle m'aime. Elle n'en a pas parlé à mon beau-père. Ed l'aurait tué s'il avait pensé que Caleb m'avait touchée de cette manière...

Les yeux de Brynn s'écarquillèrent, et Jackie éclata de rire.

— Je ne veux pas dire qu'il l'aurait vraiment *tué*.

— Quelqu'un l'a fait, ma chérie, intervint Linda, échangeant un regard avec Brynn. As-tu parlé au shérif ?

L'expression de Jackie s'assombrit.

— Il est venu à la maison et m'a interrogée ce matin. Il a essayé de me faire dire que vous aviez une sorte de vendetta contre Caleb, mais ce n'était pas vrai. Maman était là. Elle lui a dit que Grady et vous étiez les suspects de meurtre les moins probables de toute la ville. Mais Darrell a alors souligné que votre salaud d'ex, et c'est lui qui a insisté sur ce mot, pas moi, avait « disparu ». Maman lui a dit que s'il ne trouvait pas de meilleures idées que vous deux, elle se présenterait aux élections pour devenir shérif et qu'elle gagnerait.

— Je voterai pour elle, sans hésitation.

Une sensation glaciale submergea Brynn à l'idée que Darrell ressuscite ce qui s'était passé avec Aiden. Comme si elle n'avait pas vécu assez d'humiliations avec son ex.

Jackie se moucha.

— De toute façon, ma mère vaut mieux que n'importe quel avocat. Heureusement, mon père était dehors pour vérifier les pots avant que la tempête n'éclate. Il est à la maison, maintenant.

Le beau-père de Jackie, Ed, aurait été le principal suspect de Brynn si elle avait été flic. Ce type était carrément effrayant. Mais pas Darrell York. Darrell, lui, arrêtait la gérante du café du coin, ainsi qu'un agent du FBI qu'il avait autrefois considéré comme un ami. Et il donnait l'impression d'essayer de déterrer de vieilles histoires pour étayer ses théories absurdes.

Le bruit croissant de l'autre côté du comptoir suggérait que quelqu'un était sur le point de partir, et qu'une autre personne venait d'arriver. Brynn scruta longuement le visage de la jeune fille, baigné de larmes.

— Es-tu sûre de vouloir rester ?

Jackie hocha la tête.

— D'accord. Tu vas travailler au comptoir. Linda et moi allons nous occuper des tables.

— Juste après ma petite pause, répondit Linda, qui les étreignit toutes les deux, avant d'enfiler son manteau.

Jackie s'essuya les yeux.

— Je suis sincèrement désolée, Brynn.

Celle-ci lui donna un petit coup d'épaule.

— Allez. Je ne veux pas que les gens pensent que je fais pleurer le personnel.

La jeune fille éclata de rire.

— Je suis tellement navrée de ce qui s'est passé hier !

Brynn hocha la tête.

— Oublie ça, la rassura-t-elle.

Son nez était un peu douloureux, mais elle n'avait subi aucun dommage durable, en dehors d'une atteinte à son sentiment de sécurité personnelle.

— Et je suis désolée pour les Quayle. En dépit des problèmes que j'ai eus avec Caleb ces derniers jours, il ne méritait pas ce qui est arrivé.

L'expression de Jackie s'assombrit à nouveau, et Brynn comprit qu'elle avait dit ce qu'il ne fallait pas.

— Installons ces gens et servons-les, dit-elle d'un ton vif. Divise tout ce qui doit être mangé dans les deux prochains jours, et nous pourrons tous en rapporter à la maison.

Elle observa le mince voile de neige. Soudain, l'atmosphère se tendit, comme suspendue dans le vide, à l'approche de la tempête. Mais elle aurait tout aussi bien pu être réduite à néant.

Peut-être que la tempête ne serait pas aussi violente que

prévu, mais elle ne serait pas contre une journée chez elle à cause de la neige.

— Ces nouveaux venus seront les derniers à se voir proposer le menu complet. Quiconque arrive après pourra prendre une boisson et des pâtisseries, mais aucun repas ne sera servi, à l'exception du pain et de la soupe. Ensuite, nous partirons tous tôt, et nous serons en sécurité chez nous avant que le blizzard arrive.

CHAPITRE CINQUANTE-DEUX

Ryan Sullivan bâilla à s'en décrocher la mâchoire en prenant place au Sea Spray Café. Donnelly s'était accaparé la place de choix face à la porte, et il se retrouvait à regarder par la fenêtre comme un débutant.

Tout ça parce qu'il lui avait tenu la porte, comme un gentleman.

— Je n'arrive pas à croire que tu penses encore à ton estomac avec tout ce qui se passe.

Donnelly retira sa veste, enleva son joli bonnet de laine et les posa sur le siège à côté d'elle.

Elle était armée jusqu'aux dents, mais on ne l'aurait jamais deviné. Avec ce visage, elle ressemblait davantage à une étudiante qu'à un membre d'une unité tactique d'élite.

— Quoi ? demanda-t-elle rapidement, s'essuyant la bouche comme si elle craignait d'avoir quelque chose dessus.

— Rien.

Il tourna le regard vers le port, où il distinguait le sommet des mâts des bateaux. Il se pencha plus près d'elle, déterminé à ignorer l'effet bizarre qu'elle avait sur lui.

— Je ne pense pas à mon estomac, comme tu le dis si bien, mais je mangerais bien un petit quelque chose.

— Tu as toujours envie de manger.

Il jeta un coup d'œil sur le côté et Donnelly comprit immédiatement lorsque Brynn Webster s'approcha de leur table avec un bloc-notes.

— Bonjour. Vous êtes arrivés juste à temps. Nous allons fermer tôt, aujourd'hui, à cause de la tempête. Que puis-je vous offrir à tous les deux ?

Ryan commanda une soupe, ainsi qu'une salade, avec du pain supplémentaire. Donnelly commanda un burger au poulet avec des frites.

Avant que Brynn puisse s'éloigner, Ryan lui demanda :

— Pensez-vous vraiment qu'il faille s'inquiéter de cette tempête de neige ?

Elle était séduisante. Très séduisante. Mais elle affichait également une réserve et une distance qui l'empêchaient de lui faire entièrement confiance.

Elle fit une moue.

— Honnêtement, ça dépend, mais ici, il vaut mieux tenir compte des prévisions météo. Il pourrait y avoir quinze centimètres ou un mètre quatre-vingts de neige d'ici demain matin, et si vous vous faites surprendre sans être préparé, cela peut être très dangereux.

Ryan sourit.

— Comme chez moi, dans le Montana.

Brynn croisa les bras, visiblement impatiente de passer la commande au chef, mais aussi soucieuse d'être une bonne hôtesse.

— Alors vous savez très bien ce qu'il en est : c'est trompeur, remarqua-t-elle, agitant doucement les sourcils. Comme cette ville.

Elle afficha un sourire radieux.

— Quand prévoyez-vous de repartir ?

— Après-demain.

— Les routes devraient être praticables d'ici là, mais, à votre place, j'éviterais de faire des randonnées dans la nature au cours des prochaines vingt-quatre heures.

Ryan sourit à Donnelly.

— Je prévois de rester bien au chaud en compagnie de ma chérie.

Donnelly lui décocha un coup de pied sous la table. Brynn le surprit quand elle se pencha plus près pour murmurer :

— Moi aussi. Je vais aller transmettre votre commande au chef avant qu'il ferme la cuisine.

— Appelle-moi encore « chérie », l'avertit Donnelly après le départ de Brynn Webster, et je te tranche la gorge la prochaine fois que tu t'endormiras.

— Si l'on considère que le fauteuil que j'utilise a au moins quarante ans, je ne dormirai sans doute jamais plus, ma belle.

Elle plissa les yeux.

— Dors dans le lit, alors. Je ne mords pas. Je peux même dormir dans ce foutu fauteuil si ça peut t'empêcher de te plaindre, *mon ange*.

Ryan ouvrit la bouche pour lui dire qu'il était hors de question qu'elle dorme dans le fauteuil, mais elle parla avant lui.

— Je ne comprends vraiment pas où est le problème. Tu as peur de me confondre avec l'une de tes conquêtes pendant ton sommeil ? l'interrogea-t-elle en fronçant ses sourcils sombres. Crois-moi, il ne me faudrait pas longtemps pour te rappeler que je ne suis pas l'une d'elles.

Ryan serra les dents.

— Ce n'est pas ça.

— Alors, quoi ? Quel est ton problème ? *Merde !* Ce n'est quand même pas parce que je t'ai fait des avances la semaine dernière, comme une idiote ?

— Ce n'est pas ça non plus.

Il se détourna du regard intense de Donnelly, incapable de le soutenir. Peut-être était-ce un mensonge, mais ce n'était pas la seule raison. Dehors, le vent poussait la neige et les mouettes chevauchaient les rafales. L'intérieur du café était chaleureux et calme, un havre de paix aussi sûr qu'un guet-apens. Il s'éclaircit la gorge.

— Si tu veux savoir, je n'ai pas dormi avec une femme depuis la mort de mon épouse.

Donnelly en resta bouche bée, et son expression choquée valait presque le prix de cet aveu. *Presque.*

— Mais tu t'envoies en l'air *tout le temps* ! remarqua-t-elle, baissant la voix si bas qu'il l'entendit à peine.

— C'est une légère exagération, dit-il d'un ton égal, et, généralement, je ne dors pas pendant l'acte.

— Alors, quoi ? Tu te lèves et tu pars ? Bonjour, au revoir, merci, madame ?

Il haussa les épaules et prit le verre de bière qu'une autre serveuse avait apporté.

— À supposer que la dame en question et moi-même arrivions jusqu'à un lit, ce qui est, honnêtement, plus rare que tu ne le penses. Mais, oui. Je me lève, je m'habille, et je l'embrasse pour lui dire au revoir.

— C'est froid.

— Pas du tout.

— La plupart des femmes aiment au moins donner l'impression qu'elles sont plus qu'un réceptacle pour ton plaisir.

Un réceptacle pour ton plaisir ?

— Tu te moques de moi ? répondit-il.

Il sourit à Brynn, qui lui apporta sa soupe et sa salade fumantes, ainsi que l'énorme tas de frites de Donnelly.

Il lui en vola une.

Lorsqu'ils furent à nouveau seuls, il siffla :

— Les femmes avec qui je couche savent exactement ce qu'il en est, et je m'assure qu'elles prennent leur pied avant moi. *Merde, alors !* Et je n'arrive pas à croire que nous ayons cette conversation.

Donnelly fronça les sourcils tandis qu'elle grignotait son repas.

— Ces femmes que tu dragues... Est-ce que tu précises avant ou après le premier baiser que c'est sans attaches et que tu ne veux pas passer la nuit avec elle ?

Ryan haussa les épaules.

— Généralement, je laisse les femmes me draguer. Ensuite, quand elles me proposent d'aller nous amuser quelque part, je leur dis que ce sera la seule fois et que je n'ai pas vraiment le temps de rester après.

Donnelly semblait vraiment confuse.

— Toutes ces conquêtes, tous ces plans dont les gars parlent tout le temps... Ce sont les femmes qui te font des avances ?

Ryan lui adressa son plus beau sourire.

— Je ne dis pas que je n'envoie pas de signaux indiquant que je suis intéressé ou attiré, mais, oui, généralement, je les laisse faire le premier pas.

— *Pourquoi ?*

La question le fit déglutir. Il repoussa le moment de répondre en avalant une autre délicieuse cuillerée de soupe. Lorsqu'il apparut clairement qu'elle attendait toujours une réponse, il dit d'une voix douce :

— J'ai moins l'impression de la tromper, de cette manière.

Les yeux de Donnelly s'écarquillèrent, et elle redressa la tête.

— Tu te sens toujours marié à elle, n'est-ce pas ? À ta femme décédée.

Il tressaillit. Puis il hocha la tête.

— C'était le cas. Pendant longtemps.

— Et maintenant ?

Pourquoi diable posait-elle toutes ces questions ?

— Et maintenant ? répéta-t-il, prenant un autre morceau de pain, qu'il mâcha lentement. Je suppose que c'est une autre de mes mauvaises habitudes.

— Tu prends le lit ce soir, même si je dois t'injecter un tranquillisant pour ça.

Ryan prit la main de Donnelly, tandis que Brynn revenait vers eux.

— J'ai été élevé comme un gentleman. Je ne peux tout simplement pas l'oublier. Tu gardes le lit.

Elle lui décocha un regard vif.

— Considère-moi comme une coéquipière, pas comme une femme.

— C'est le cas.

Pour lui, elle était les deux. Cela ne changeait pourtant pas qui il était fondamentalement.

— Tout va bien ? s'enquit Brynn.

Son attention fut ensuite attirée par quelque chose sur le port. Elle se secoua, puis reporta son regard sur eux.

— Oui. Merci, lui répondit Donnelly. C'était délicieux.

Brynn sourit tout en débarrassant leurs assiettes.

— Thé ? Café ?

— Café, répondit Ryan.

Il avait besoin de rester éveillé, et il voulait éviter le plus longtemps possible de retourner à l'hôtel, même si les autres s'y trouvaient aussi, maintenant. Tous les autres restaient dans leurs chambres, pour éviter de se faire remarquer.

— Puis-je voir la carte des desserts ?

Brynn hocha la tête.

— Et pour vous ? demanda-t-elle à Donnelly.

Celle-ci se tapota le ventre.

— Juste un café pour moi, s'il vous plaît. C'était délicieux.

— Je transmettrai vos compliments au chef.

Ryan regarda Brynn s'éloigner.

— Pourquoi ne l'aimes-tu pas ? demanda Donnelly à Ryan. Elle a l'air gentille.

— Ce n'est pas que je ne l'aime pas. C'est juste que...

— Tu es trop protecteur envers tes amis.

Il lui lança un regard noir.

— Je ne suis pas *trop* protecteur. Grady est un grand garçon. Il est même costaud.

La jeune femme ricana.

— Je trouve simplement louche ce qu'elle dit être arrivé à son mari.

Il prononça la dernière phrase alors que Brynn s'approchait pour débarrasser le reste des plats, et apporter la carte des desserts.

Elle prit tout, puis elle fronça à nouveau les sourcils en regardant le port. Elle tourna ensuite les talons, avant de retourner à la cuisine.

Ryan se leva, suivit le regard de Brynn, et tâcha de voir ce qui avait attiré son attention. Le port était plein de bateaux. Les chalutiers et les voiliers s'étaient mis à l'abri pour affronter le mauvais temps.

Un ruban jaune de scène de crime était tendu sur le côté du bateau du banquier décédé. C'est alors que Ryan le vit. Un filet de vapeur s'échappait de l'un des évents du voilier isolé par un cordon de sécurité. Un chauffage était allumé.

Quelqu'un était à bord de ce bateau.

CHAPITRE CINQUANTE-TROIS

Comme personne ne répondait à la porte chez Jackie Somers, Grady emmena Murphy faire un petit tour sur la plage. La neige commençait à s'épaissir, mais il avait besoin de se dépenser, tout comme le chien, surtout s'ils devaient rester enfermés pendant un certain temps.

Paradoxalement, Grady avait hâte d'y être. Avec un peu de chance, tous les méchants resteraient terrés pendant que les analystes du FBI découvraient qui était Eli Kane, et où il se trouvait. La HRT pourrait attendre l'homme à la minute où la neige s'arrêterait.

Et, jusqu'à ce que cela arrive, Grady passerait son temps avec Brynn...

Il arriva sur la plage, regrettant de ne pas encore pouvoir libérer Murphy de sa laisse. Il faudrait du temps pour qu'ils apprennent à se faire confiance.

D'une certaine manière, cela lui fit penser à Brynn à nouveau. Se pouvait-il qu'il soit vraiment amoureux d'elle ? Comment en était-on certain ?

Cela expliquerait le sentiment de nervosité et de confusion

dans sa poitrine qu'il n'avait jamais éprouvé auparavant. La peur presque écrasante de tout gâcher.

Qu'elle puisse ressentir la même chose pour un type comme lui... Et peut-être n'était-ce qu'un vœu pieux de sa part et de celle de Kalpa.

Tout à coup, le vent le frappa avec la force d'un mur.

Qu'est-ce qu'un type comme lui savait de l'amour ? Le mariage de ses parents n'avait été qu'un champ de bataille, renforçant son idée que l'amour était une dangereuse faiblesse. Son père les avait tous dominés par la colère et la peur. La dernière chose que Grady souhaitait, c'était de blesser une femme qui avait déjà vécu un véritable enfer avec son ex.

Il grimaça. Lui pardonnerait-elle de l'avoir dupé ? Il n'en était pas sûr.

Combien de temps avant qu'il puisse prendre le risque de lui dire la vérité sur la raison de sa présence en ville ? Il avait envie de le faire ce jour-là. Il ne le ferait pas. Il ne le pouvait pas. Mais il en avait envie.

Son portable sonna. Il ralentit pour décrocher et fut surpris d'entendre parler Edith Bodurek.

— Monsieur Steel, je sais que vous m'avez demandé de ne pas vous appeler, mais j'ai appris que la police vous avait libéré et je voulais savoir... J'avais *besoin* de savoir si vous aviez parlé au shérif de l'ordinateur portable que je vous ai prêté ou s'il avait été découvert lors de la perquisition à votre domicile.

Le vent glacial coupa le souffle de Grady tandis qu'il se tenait sur le rivage, les yeux rivés sur l'Atlantique rugissant.

— Non.

— En êtes-vous certain ?

— La question n'a pas été soulevée, madame Bodurek, et je ne l'ai pas évoquée. Étant donné que le shérif York essaie de me coller cinq nouveaux meurtres sur le dos, je n'avais pas vraiment envie de partager des informations susceptibles de me relier au sixième.

— Oh ! C'est une bonne chose, je suppose. J'avais peur qu'il pense que j'étais impliquée dans le meurtre de mon mari, et je ne crois pas pouvoir supporter ça en plus de la perte de Milt, lui dit-elle, et elle semblait sur le point de craquer. Même si, maintenant, je me demande si le shérif York junior, est même vaguement capable de trouver qui a tué mon pauvre Milt.

— Est-ce que vous allez bien ?

— Non, pas vraiment. Auriez-vous découvert quelque chose qui pourrait aider à trouver son meurtrier ?

Il est parfois facile d'oublier que les affaires ne sont pas simplement des énigmes à résoudre. Des personnes réelles sont touchées. Des vies sont ruinées.

Grady songea aux Russes et à Kane. Et il mentit.

— Pas encore.

— Est-il possible que la personne qui a tué Milt ait également assassiné les Quayle et cambriolé la banque ?

Grady fixa du regard les vagues qui s'écrasaient sur le rivage, tandis que ses pensées commençaient à se rassembler. Il devait y avoir un rapport. Mais lequel ?

— Je ne sais pas, madame Bodurek, mais je vous promets que je le découvrirai.

— Croyez-vous que je sois en danger ?

— Honnêtement, je ne sais pas, mais verrouillez les portes et restez à l'intérieur.

— J'ai appris que vous fréquentez la fille Webster. Brynn, l'interrompit-elle rapidement.

Grady ne répondit pas.

— Tout va bien. J'ai bien conscience que cela ne me regarde pas, mais, partout en ville, on raconte qu'elle a pris votre défense avec beaucoup de vigueur ce matin.

— Vous devriez savoir qu'il ne faut pas écouter les ragots.

Edith soupira.

— Vous avez raison, mais c'était agréable d'entendre parler de romance plutôt que de mort.

Grady frissonna tandis que son corps se refroidissait. Il était habillé pour courir, pas pour rester debout à parler au téléphone.

— Je l'ai vue avec son père, à la banque, il y a quelques semaines. Je retrouvais Milt pour déjeuner, et ils étaient en train de l'ajouter comme signataire du compte professionnel. Une jeune femme si charmante. Je suis sincèrement navrée de ce que cette famille traverse. Je suis heureux qu'elle vous ait.

Grady ne savait pas quoi répondre à cela.

— Faites-moi savoir si vous découvrez quoi que ce soit. Mon cerveau ne cesse de tourner en rond. Je suis assise là à attendre des nouvelles, à regarder le monde continuer de tourner alors que le mien est en ruines, dit-elle, et sa respiration se bloqua. Je ne peux même pas encore l'enterrer. Mon pauvre Milt.

— Je suis désolé, madame Bodurek...

— Edith. Appelez-moi Edith.

— Je suis désolé, Edith, lui dit-il, songeant qu'il y avait peut-être un moyen de détourner l'attention de cette femme de sa propre misère. Écoutez, il y a une chose. La nouvelle vétérinaire...

— J'ai vu que son cabinet avait brûlé. C'est épouvantable. Tout simplement épouvantable.

— C'était un incendie criminel, expliqua Grady. Quelqu'un voulait la chasser de la ville.

Ou peut-être fournir à Grady un mobile apparent pour tuer Caleb Quayle. Cela semblait plus logique que toute autre hypothèse... Il se demanda si l'on avait déjà communiqué à Ropero l'estimation de l'heure de la mort de la famille.

— C'est terrible. Tout simplement terrible, affirma-t-elle,

avant d'inspirer brusquement. J'ai entendu dire que Brynn et vous aviez sauvé tous les animaux.

Il fixa les yeux noirs de son compagnon de course, et l'idée que ce chien aurait pu mourir lui fit l'effet d'un coup de massue.

— Nous avons eu de la chance de passer devant à ce moment-là. Mais la vétérinaire va avoir besoin d'un soutien local pour surmonter cette épreuve.

— Y a-t-il quelque chose que je pourrais faire pour aider ?

— Peut-être organiser une sorte de collecte de fonds. L'aider à trouver un hébergement temporaire pour sa clinique. Faire en sorte que la banque lui accorde un prêt relais jusqu'à ce que la compagnie d'assurance ait terminé son enquête.

— Je peux faire tout cela. Je suis déçue de ne pas y avoir pensé moi-même. J'aurais dû la contacter...

— Vous avez beaucoup de choses en tête.

Edith renifla ; Grady était presque sûr qu'elle pleurait.

— C'est vrai, mais ce n'est pas une excuse.

Il lui transmit le numéro de portable de Kalpa.

— Restez au chaud et à l'abri de la tempête, Edith. Je vous promets de faire tout ce qui est en mon pouvoir pour trouver l'assassin de Milton.

Il détestait faire des promesses qu'il ne pourrait peut-être pas tenir, mais il était confiant sur ce sujet. Les choses n'allaient pas tarder à éclater au grand jour.

— Je dois y aller.

Il raccrocha, puis fit claquer sa langue pour détourner l'attention de Murphy d'un morceau de bois flotté, et ils repartirent en courant vers la ville.

À l'approche de la maison de Saul Jones, il ralentit.

Il se doutait que son vieil ami ne lui avait pas tout dit. Peut-être était-ce le moment de le presser. Grady frappa à la porte d'entrée et décida, tant qu'à faire, d'essayer la poignée. Il fut surpris de constater que c'était fermé à clé.

Il fronça les sourcils et décida de passer par l'arrière. Peut-être les Jones étaient-ils inquiets à cause de ces meurtres.

Comme ils le devaient.

À moins que Saul n'ait quelque chose à cacher.

Grady hésita entre frapper et entrer, et il opta pour la première solution. Il attendit dix secondes, et, n'obtenant pas de réponse, il tenta d'actionner la poignée.

Cette fois, la porte s'ouvrit. Quelque chose clochait. Grady retint Murphy d'une main et posa l'autre sur le Glock qu'il avait emprunté. Il entra et fut stoppé net par le canon d'un pistolet pointé sur sa tête.

CHAPITRE CINQUANTE-QUATRE

Viens.

Ryan se leva, sortit son portefeuille et déposa suffisamment d'argent sur la table pour couvrir l'addition, ainsi qu'un généreux pourboire.

— Qu'en est-il du...

— Maintenant, Donnelly. *Bouge.*

Il enfila son manteau et posa son chapeau à large bord sur sa tête.

Elle écarquilla les yeux, avant de reconnaître les mots pour ce qu'ils étaient : un ordre.

Donnelly se leva, puis posa son bonnet à pompon sur sa tête et mit son manteau. Ryan lui prit la main et la tira vers la sortie arrière, qui donnait sur la terrasse, même si un grand panneau indiquait que les clients devaient sortir par l'avant.

— Désolée ! cria Donnelly au personnel qui râlait.

Ryan se dirigea vers la ruelle et lâcha la main de la jeune femme à contrecœur.

— Que se passe-t-il ? lui demanda-t-elle.

— Il y a quelqu'un sur le bateau du mort.

Il posa la main sur son SIG sous son manteau, scrutant le port à la recherche de menaces.

— Il pourrait s'agir de quelqu'un de sa famille ou de quelqu'un qui le nettoie ou quelque chose comme ça.

— Les flics ont laissé le ruban de scène de crime.

— Ce pourraient être les flics.

— C'est possible. C'est pour ça que je ne peux pas foncer sans y avoir regardé de plus près.

— Appelons Novak. Et voyons ce qu'il en dit.

— Toi, tu appelles Novak. Je vais aller me balader au bout de la marina. Tu attends ici, tu couvres mes arrières.

Ryan entendit Donnelly bafouiller une protestation, mais ils n'avaient pas de temps à perdre. Il marcha le long du quai, les épaules voûtées contre le froid glacial, la tête baissée pour protéger son visage des flocons qui lui piquaient la peau. Le portail métallique de la marina était ouvert, il y entra donc sans hésiter. Il s'avança d'un pas tranquille, examinant tous les yachts. Un ruban jaune vif flottait au vent le long du quatrième ponton. Le yacht du banquier était l'un des plus grands bateaux, du genre qui pourrait faire le tour du monde si l'envie vous en prenait.

Il n'y avait aucun signe évident de vie à l'intérieur, mis à part la vapeur qui s'échappait de cette bouche d'aération. Peut-être le chauffage se mettait-il en route automatiquement ? S'il y avait eu des traces de pas, elles auraient été effacées par le vent violent et la fine couche de neige fraîche. Les bateaux de pêche étaient alignés sur une jetée séparée à gauche. Ryan se rendit au bout du ponton et regarda l'eau d'un noir d'encre. Elle lui donnait autant envie de plonger que de se faire castrer. Le fait que Brynn Webster se soit rendue seule à cet endroit tard vendredi soir dernier la fit soudainement monter d'un cran dans son estime.

Grady n'était pas un idiot, mais Ryan savait qu'il était vulnérable... comme ils l'étaient tous, en matière d'affaires de cœur.

Il ne voulait pas que son ami soit blessé.

Il se retourna et regarda le café. Il repéra Donnelly adossée au mur d'un bâtiment voisin, à l'abri du vent, envoyant des SMS sur son téléphone comme si elle s'ennuyait.

Ryan eut soudain la certitude que les Russes ou Eli Kane se cachaient sur ce bateau et qu'ils prévoyaient probablement de prendre la mer dès que la nuit tomberait ou que la tempête se calmerait un peu.

Il devait appeler les troupes en renfort.

Grady leva le bras et fit tomber l'arme de la main de Saul. Le coup partit, et la balle traversa le mur de la cuisine. Au bout de sa laisse, Murphy paniqua, mais Grady ne le lâcha pas. Il ignora le chien effrayé, tandis qu'il amenait Saul à terre et posait un genou sur son dos.

Ce dernier se débattit.

— Lâche-moi, Grady ! Dégage !

Grady poussa la porte pour qu'elle se referme, puis il lâcha la laisse de Murphy et ramassa le vieux Colt M1911 du père de Saul sur le linoléum défraîchi.

Il était chargé et prêt à tirer.

— Que se passe-t-il, Saul ?

— Je m'inquiétais à cause des meurtres, c'est tout. J'ai cru que tu étais l'un des tueurs.

— Pourquoi les tueurs s'en prendraient-ils à toi ? l'interrogea Grady.

À ce moment-là, il repéra les béquilles appuyées contre le comptoir de la cuisine, et le sac posé sur la table. Ainsi que la valise par terre près de la porte.

— Où vas-tu si vite ? Tu n'es pas au courant qu'un blizzard se prépare ?

— Pfff ! éructa Saul. Ce n'est rien.

— Ta jambe paraît aller beaucoup mieux.

Avait-il fait semblant d'être plus blessé qu'il ne l'était en réalité ?

— Je me remets bien, mais pas avec un gros lourdaud assis sur moi. *Dégage !*

Grady se releva, puis alla regarder à l'intérieur du sac posé sur la table. De l'argent.

— Ne va pas te faire d'idées, Grade. Quand Brandy m'a quitté, il est possible que j'aie un peu exagéré certains détails concernant les montants qu'elle avait retirés des comptes bancaires.

Grady secoua la tête.

— Tu me crois né de la dernière pluie ? Où est ta mère ? Est-ce que tu l'as tuée, comme tu as éliminé les Quayle et Milton Bodurek ?

— Quoi ? Non !

La sueur perlait sur le front de Saul, en dépit de la fraîcheur qui régnait dans la cuisine. Il leva les mains, écartant largement les doigts.

— Je n'ai tué personne. Je le jure.

— Tourne-toi. Les mains contre le mur.

— Grady, je te jure...

— Tourne-toi, *merde !* s'exclama-t-il, la gorge nouée par l'émotion. Je ne veux pas te faire de mal, mais je n'hésiterai pas si tu résistes.

Il ouvrit le tiroir de la cuisine qui servait de fourre-tout pendant leur enfance ; il y trouva un collier de serrage.

Saul fit ce qu'il lui demandait.

— Je t'en supplie, Grady. Laisse-moi partir. Dis que tu ne m'as jamais vu. Je partagerai l'argent avec toi...

— Es-tu sérieusement en train d'essayer de corrompre un agent fédéral, en ce moment ?

— Je n'ai rien fait ! Je le jure. Écoute-moi !

Grady attacha les poignets de son ami d'enfance dans son dos à l'aide du collier de serrage.

— Assieds-toi.

Il rapprocha une chaise d'un coup de pied, et Saul s'assit.

Murphy gémit à la porte, et Grady s'arrêta un instant pour caresser le chien et le calmer.

Puis il s'approcha avec précaution du salon. Il retint son souffle lorsqu'il aperçut Mme Jones, assise, immobile, dans son fauteuil du coin de la pièce. Une couverture recouvrait ses genoux et sa poitrine.

Il vérifia son pouls, qui battait fort et régulièrement.

— J'aime cette vieille garce. Je ne lui ai pas fait de mal. J'ai mis l'un des tranquillisants que les médecins m'ont prescrits pour m'aider à dormir dans son café, expliqua Saul depuis l'embrasure de la porte. J'avais besoin de quelques heures pour quitter la ville, et je devais le faire sans qu'elle me dénonce aux flics ou...

— Ou quoi ?

Une lueur s'alluma dans les yeux de Saul.

— Ou qu'elle soit interrogée par la personne qui a éliminé Milton et les Quayle.

— Pourquoi crois-tu qu'ils pourraient venir ici pour obtenir des informations, Saul ? l'interrogea Grady, avec une patience forcée. As-tu participé au braquage de la banque ?

Saul secoua la tête, puis il essaya de se gratter le nez sur son épaule.

— Je n'ai pas participé, non.

Grady passa devant lui ; il ne voulait pas écouter ses conneries.

— Écoute, j'ai compris après avoir parlé avec toi. J'ai compris qui était le voleur. J'ai conduit jusqu'à Catfish Crossing. J'ai dit à Colin Quayle qu'il m'était redevable pour m'avoir tiré dans la jambe, et que s'il n'obéissait pas, j'irais voir les flics. Je l'ai obligé à me donner une partie de l'argent volé, expliqua Saul, les yeux rivés sur le vieux linoléum défraîchi. Dix mille dollars. Suffisamment pour que je prenne un nouveau départ ailleurs. Je lui ai dit que s'il m'arrivait quelque chose, j'avais prévu un dispositif pour que tous les détails soient transmis au shérif. Colin s'est contenté de rire, et de dire que Darrell York ne serait pas capable d'attraper un canard dans un tonneau. Ensuite, je lui ai dit que je t'avais mis en copie, et il m'a pris un peu plus au sérieux.

— Je ne suis pas convaincu que te servir de mon nom pour commettre un crime te fera gagner des points auprès de moi. Quand lui as-tu parlé ? l'interrogea Grady.

— Quelques heures après avoir parlé avec toi.

— Milton était-il impliqué dans le braquage de la banque ?

Edith gardait-elle des informations susceptibles de les incriminer, elle et son défunt mari ?

— Pas que je sache. Cet abruti était bien trop collet monté pour braquer sa propre banque.

Les traits de Saul se crispèrent dans une grimace amère.

— Après ce qu'il m'a dit quand j'étais à l'hôpital, je me suis dit que je ne devais rien à la banque. Pas quand on me tire dans la jambe pour quarante mille dollars par an. L'assurance couvrira son argent. La seule personne qui a perdu quelque chose ce jour-là, c'est moi.

— As-tu tiré sur Milton ?

Saul resta bouche bée.

— *Merde*, Grady ! Non. Non ! Je n'ai tiré sur personne !

— Les Quayle ont-ils tué Milton ?

Saule secoua la tête.

— Ils ont affirmé n'avoir rien fait, et je les crois. Ils dispo saient de suffisamment d'argent pour tenir un an ou plus. Ils n'avaient aucune raison de tuer quelqu'un et d'attirer l'attention sur eux.

— Toi, tu avais des raisons de le faire. Tu me l'as dit toi-même.

La sueur recommença à perler sur le front de Saul.

— Je ne suis pas un tueur. J'ai dû rassembler tout mon courage juste pour approcher les Quayle. Je n'aimais pas Bodurek, mais je ne l'aurais pas tué. Je ne tuerais jamais personne, affirma-t-il, soutenant le regard de Grady. Tu le sais bien.

— Alors, qui l'a fait ?

Saul esquissa un sourire.

— D'après Darrell York, c'est toi qui l'as fait.

Le sourire de Grady était aussi redoutable qu'une lame.

— Compte tenu des circonstances, tu ferais mieux d'espérer que ce n'est pas le cas.

Son ami d'enfance soupira.

— Je sais que tu ne l'as pas fait. Tu as toujours eu un sens aigu du bien et du mal, même quand tu étais gamin. Darrell et moi étions toujours prompts à faire tout ce qui nous passait par la tête, tandis que tu ne franchissais jamais certaines limites.

Ce n'était pas le souvenir que Grady gardait de son enfance.

— As-tu vu quelque chose de suspect chez les Quayle, quand tu y étais ?

Saul renifla.

— Ils ne m'ont pas laissé entrer dans la maison. Mais deux touristes sont passés par là pendant que j'y étais. Ils ont affirmé qu'ils étaient perdus pendant leur randonnée.

— Des touristes ?

— Des étrangers.

— Des étrangers ? Français ? Allemands ? Canadiens ?

Saul secoua la tête.

— Europe de l'Est. Colin leur a ordonné de quitter son

terrain et a tiré un coup de fusil en l'air pour les faire fuir, répondit Saul, avant de pincer les lèvres. J'en ai presque fait dans mon pantalon, en pensant qu'il allait me tirer dessus ensuite.

— Qu'ont fait les touristes ?

— L'homme a regardé attentivement chacun des Quayle, et je me suis dit qu'il allait y avoir du grabuge, mais, ensuite, il a levé la main et s'est excusé. Il a reculé. Et Hap les a suivis jusqu'à leur véhicule.

— Quel véhicule conduisaient-ils ?

L'autre homme secoua la tête.

— Je l'ignore. Hap n'a rien dit. Colin est allé dans la grange, et il est revenu avec ce sac d'argent. Il m'a dit que, si je vendais la mèche ou si je les dénonçais, j'étais un homme mort, tout comme ma mère, confia-t-il, l'air horrifié par cette idée. Je leur ai demandé de la laisser en dehors de tout ça, mais, selon eux, c'était moi qui la mêlais à cette histoire en venant les trouver. Je suis rentré à la maison, où j'ai passé une nuit blanche à regarder la porte, le vieux pistolet de mon père à la main. Quand j'ai appris qu'ils étaient tous morts... honnêtement, je n'ai pas su quoi penser. J'ai éprouvé du soulagement, ce qui est terrible à admettre. Pour ma mère et pour moi. Ensuite, je me suis demandé qui aurait pu faire ça aux Quayle, qui étaient les enfoirés les plus effrayants que j'aie jamais rencontrés, à l'exception de toi. Et si le tueur avait découvert que je détenais une partie de l'argent volé à la banque, j'étais peut-être le prochain sur sa liste. C'est là que j'ai donné le somnifère à ma mère, et que j'ai commencé à faire mes valises. Je t'en prie, ne me dénonce pas, Grady. Si je vais en taule, il me restera encore moins que ce que j'ai maintenant.

Grady saisit son vieil ami par le devant de sa chemise et le secoua.

— Tu as un toit au-dessus de ta tête, et une mère qui t'aime.

Tu as des amis, et, à l'exception de ta jambe blessée, tu es en bonne santé.

— S'il te plaît, ne me fais pas arrêter, le supplia encore Saul, qui se mit à pleurer. Je suis désolé. Je suis désolé d'avoir tenté une chose pareille.

Grady sentit ses propres sentiments remonter à la surface. En grandissant, ni l'un ni l'autre n'avaient eu beaucoup d'opportunités. Lui avait saisi celles qui s'étaient présentées à lui, et il s'était enfui. Saul avait été abandonné à son sort.

Grady reprit son souffle. Le fait était qu'il croyait à l'histoire que son ami d'enfance lui racontait. Elle était bien trop complexe pour qu'il l'ait inventée de toutes pièces. Il n'avait jamais été particulièrement imaginatif.

— Je ne peux pas te laisser partir, mais je peux faire une chose pour toi. Va te dénoncer. Tu t'en sortiras bien mieux si tu fais ça, et je doute que tu fasses de la prison. Raconte à Darrell que tu es allé chez les Quayle chercher du bois pour réparer les marches du perron qui sont pourries. Pendant que tu étais là-bas, tu as reconnu Colin comme étant le braqueur de la banque. Il t'a menacé quand il s'est rendu compte que tu savais qui il était. Ensuite, il a essayé de t'acheter avec du cash. Tu as eu peur, et, au début, tu ne savais pas quoi faire, alors tu as accepté l'argent, mais tu avais prévu de venir au bureau du shérif ce matin, et de tout leur raconter. Ensuite, tu as appris pour les meurtres, et tu as eu peur qu'il puisse penser que c'est toi qui avais assassiné les Quayle. C'est pour ça qu'il t'a fallu quelques heures pour te manifester. Déballe ta valise. Apporte chaque dollar volé au bureau du shérif, et raconte ton histoire à qui veut bien l'entendre, pas seulement à Darrell.

Grady se servit du couteau qu'il dissimulait dans sa botte pour couper le lien de serrage. Il poursuivit.

— Raconte-leur tout ça, et tu pourrais bien éviter la prison.

Si tu essaies de t'enfuir avec l'argent, je veillerai à ce que le FBI te traque et te mette à l'ombre pour longtemps. Compris ?

L'espoir et l'abattement se livraient bataille dans les yeux de Saul.

— D'accord. D'accord. Je vais faire ça. Exactement ce que tu as dit. Merci.

Le portable de Grady sonna.

C'était Cowboy.

Il s'écarta de Saul.

— Je dois prendre cet appel. Appelle le standard et prends rendez-vous avec Darrell avant que je raccroche. Ensuite, défais ta valise, et après ça, tu fonces là-bas au plus vite.

— Qu'est-ce que tu vas faire ?

Le portable cessa de sonner. *Bon sang !*

— Je n'ai pas le temps de me faire arrêter à nouveau. Tu ne m'as jamais vu, compris ?

Saul écarquilla les yeux, puis les plissa.

— Tu n'es pas vraiment suspendu, n'est-ce pas ?

Grady ne répondit rien.

Et Saul éclata de rire.

— Oh ! Darrell va enfin récolter ce qu'il mérite, hein ?

Grady ramassa la laisse de Murphy et fourra le Colt M1911 de Saul à l'arrière de son pantalon de course. Il avait déjà rédigé son rapport sur l'arrestation violente de ce matin-là et l'avait remis à Novak pour qu'il le joigne aux photos.

— Appelle le bureau du shérif, et rends-toi. Peut-être auras-tu la chance d'être aux premières loges pour le reste du spectacle.

Il sortit par la porte arrière et se rendit compte qu'il avait un autre appel manqué, de Brynn, celui-ci. Il devait parler à Cowboy en premier.

Il composa le numéro de son ami.

— Que se passe-t-il ?

CHAPITRE CINQUANTE-CINQ

Ryan était en train d'expliquer la situation à Grady lorsqu'il y eut du mouvement sur le bateau. Il se crispa quand il vit la femme russe sortir sur le pont du yacht. Elle était en train de se baisser pour passer sous le ruban de scène de crime lorsque leurs regards se croisèrent.

— Grillé, lança-t-il, puis il ignora Grady et rangea le portable dans sa poche.

Une voiture s'arrêta le long du quai, au moment où Donnelly commençait à traverser la route pour se diriger vers l'entrée de la marina.

Où était l'homme ? Où se trouvait Lushko ?

— Bonjour, m'dame ! la salua-t-il, inclinant son chapeau, car ils s'étaient déjà croisés plusieurs fois. Je ne savais pas que vous étiez une marin.

Peut-être pourrait-il s'en sortir en bluffant. Mais quelque chose dut le trahir, peut-être la main qu'il gardait cachée, glissée autour de son arme. La femme fouilla dans le sac plastique qu'elle portait et en sortit le flacon de parfum qu'il avait repéré la veille. L'effroi l'envahit. Donnelly atteignit l'autre extrémité de l'étroite passerelle. La femme savait qu'elle était prise au piège.

— Savez-vous ce qu'il y a là-dedans ? l'interrogea-t-elle, et son accent était plus prononcé, maintenant.

Ses yeux bruns perçurent immédiatement son absence de surprise.

— Je me suis demandé si Sergei n'était pas trop paranoïaque lorsqu'il affirmait que vous et votre petite amie écervelée étiez plus que deux touristes idiots, mais, visiblement, son instinct ne l'avait pas trompé. C'est plus son domaine que le mien, je suppose.

— Et quel est votre domaine, m'dame ?

— Le mien ? insista-t-elle, faisant quelques pas vers lui.

— Vous devez rester où vous êtes, m'dame. Pourquoi ne pas me dire ce qu'il y a dans le flacon ?

Ryan jeta un regard inquiet à Donnelly. Elle se trouvait directement dans la ligne de tir si une balle traversait la femme, ou si, par un incroyable coup du sort, il manquait sa cible. Il avait peu d'options. Il fallait que Donnelly *bouge*.

— Mon domaine et le contenu du flacon sont liés, expliqua la Russe, les yeux rivés sur ledit flacon. Je suis chimiste de métier. Des trucs top secret.

Elle laissa échapper un petit rire sauvage, mais qui sonnait faux aux oreilles de Ryan. Cette femme savait exactement ce qu'elle faisait.

— Où est votre partenaire ? Où est Lushko ?

Du coin de l'œil, il observa la voiture qui tournait au ralenti, et il comprit que le conducteur attendait quelqu'un. Était-ce Lushko qui passait chercher cette femme ? Le timing correspondait. Ou bien l'ancien agent du KGB se cachait-il dans le bateau, le tenant en joue, tandis que le type dans la voiture n'était qu'un innocent spectateur ?

Quand la Russe fit un pas de plus vers lui, il abandonna la politesse.

Il dégaina son arme.

— FBI ! À genoux ! Mettez-vous à genoux et déposez lentement le flacon à vos pieds, sinon je vous tire dessus.

Elle lui sourit et retira le bouchon. *Merde.* Ryan ne pouvait viser correctement, parce que Donnelly était juste là. C'est alors que la Russe aspergea son propre poignet avant de jeter la bouteille sur la passerelle dans sa direction, où elle se brisa à quelques pas de l'endroit où il se tenait.

Mais Ryan plongeait déjà dans l'eau glacée.

Il entendit des coups de feu, et une peur encore plus profonde le transperça. Il nagea rapidement vers le rivage, restant sous l'eau le plus longtemps possible. Il repéra Donnelly en position de tir, alors que quelqu'un faisait feu sur elle. Quand elle tomba, le cœur de Ryan cessa de battre.

Il n'aurait su expliquer la terreur qui se déchaînait en lui, plantant ses ongles acérés comme des éclats de verre au plus profond de son être, mais il savait qu'il l'avait déjà ressentie auparavant.

Bordel de merde.

Il remonta à la surface et riposta tout en s'accrochant à un chalutier proche. Ses capacités motrices fines étaient peut-être altérées, mais il pouvait encore toucher le côté d'une voiture à moins de vingt mètres. Le véhicule s'éloigna dans un crissement de pneus. Ryan crawla rapidement jusqu'à l'échelle la plus proche de Donnelly et s'y hissa, malgré ses mains et ses jambes complètement engourdies.

Le soulagement qu'il éprouva en voyant que Donnelly n'était pas morte d'une blessure par balle, et n'avait pas été empoisonnée, fut comme un raz-de-marée d'émotions.

Il l'attrapa par le bras et la tira aussi loin que possible de ce flacon brisé mortel.

— J'ai glissé sur une plaque de verglas. Je n'arrive pas à croire que je l'ai laissé s'enfuir !

— Il faut que les flics bouclent le périmètre et transmettent le numéro d'immatriculation de ce véhicule à l'équipe.

Les dents de Ryan claquaient, son corps était parcouru de douleurs atroces. Ils traversèrent la rue en titubant, et il appuya ses bras contre le mur pendant que Donnelly passait l'appel. Des gens commençaient à sortir sur le pas de leur porte ou sur le ponton pour voir ce qui se passait.

Il s'écarta.

— Reculez ! Il y a du poison sur la marina. FBI ! Restez à l'écart.

Les gens le regardaient comme s'il avait perdu la tête, mais personne ne tenta d'aider la femme qui gisait sur la passerelle. Elle était déjà morte. À cause du poison et des deux balles que Donnelly lui avait logées dans la poitrine. Ce qui était sûrement une bénédiction au vu des circonstances.

— Il faut que tu te sèches, remarqua Donnelly.

Ryan tourna les yeux vers elle, submergé par la rage.

— Je n'ai pas pu lui tirer dessus parce que tu étais dans ma ligne de mire !

— Je l'empêchais de s'enfuir.

— Je sais. *Merde*, je le sais ! Mais tu aurais dû te mettre sur le côté ! Je l'avais, je l'avais, mais je... *merde* !

Il haleta, à bout de souffle, et, pendant un instant, ils restèrent tous deux figés, paralysés par la peur. Puis Ryan déglutit et il leva la main.

— C'est bon. J'ai juste la gorge nouée parce que j'ai eu une foutue trouille. Ce n'est pas un poison neurotoxique mortel.

— Tu l'espères.

— Effectivement, je l'espère.

Ryan entendit l'équipe arriver ; il se précipita pour leur expliquer ce qui s'était passé et leur indiquer l'endroit où se trouvait la flaque potentielle de *Novitchok*. Ils avaient besoin de leur équipement de protection biologique avant même d'essayer d'examiner la femme et d'inspecter le bateau.

Il chassa de son esprit la terreur absolue qu'il avait ressentie en voyant Donnelly s'effondrer. Aujourd'hui, une leçon très précieuse lui avait été rappelée. Il ne revivrait pas cela. C'était hors de question. Il préférait respirer le parfum mortel des Russes.

Il était temps qu'il se vide la tête de cette étrange obsession pour Donnelly.

Elle était sa coéquipière. Rien de plus. Rien de moins.

Il était temps qu'il s'en souvienne.

Il se passait quelque chose au port. Brynn était presque sûre d'avoir entendu des coups de feu quelques minutes plus tôt. À présent, des hommes vêtus de noir et portant des masques couraient dans tous les sens. Le grand cow-boy qui avait traîné sa petite amie hors d'ici avait fait un plongeon dans le port.

Elle savait exactement à quel point il devait avoir froid, et elle envisagea de lui apporter un pot de café et une couverture. Mais, avant qu'elle ait pu faire quoi que ce soit, il grimpa dans un SUV et démarra en trombe. La petite amie resta en arrière et... enfila une combinaison noire par-dessus ses vêtements, avant de placer un masque à gaz sur son visage.

— Je crois que nous avons été envahis par des extraterrestres, annonça Brynn, hébétée.

Linda, Angus et Jackie se tenaient à ses côtés, bouche bée devant le spectacle.

— C'est mieux que la télévision, s'exclama Jackie, clignant rapidement des yeux.

— Sauf qu'on dirait que quelqu'un est blessé, remarqua Brynn d'une voix douce.

C'était difficile à dire de là où ils étaient, mais elle pensait qu'il s'agissait de la touriste. Les hommes en noir s'approchèrent d'elle avec précaution.

Que faisait-elle là ? Son mari et elle vivaient-ils illégalement sur le bateau de Milton Bodurek ? Avaient-ils tué Milton ?

Deux personnes montèrent à bord du voilier. L'un des hommes en noir vérifia le pouls de la silhouette allongée au sol, mais, à l'évidence, il n'en trouva pas.

Plutôt que d'attendre le shérif ou le médecin légiste, deux personnes placèrent le corps dans un sac mortuaire, avant de le glisser dans un second sac.

Une autre personne posa une sorte de boîte de conserve étrange sur la passerelle. Puis ils jetèrent une substance sur le bois. Brynn frémit. Toute cette situation était surréaliste.

Leurs trois derniers clients, Fancy Lucette, le maire Brian Gesbriecht et sa femme, Shannon, se tenaient également debout et regardaient par la grande baie vitrée.

— Je parie que c'est le FBI, déclara Linda d'un ton pensif. Une sorte de réseau de trafiquants. Ce cow-boy sexy et sa copine étaient des agents du FBI sous couverture, et ils ont quitté ce café pour arrêter les méchants.

— Ça n'a aucun sens, constata Brynn, avant de se détourner de la fenêtre. Grady les aurait reconnus.

Angus laissa échapper un rire bourru.

— Il y a des milliers d'agents du FBI, Brynn, remarqua-t-il, mais il semblait songeur. À moins que Grady ne soit aussi sous couverture.

Brynn regardait fixement la scène.

— Pourquoi serait-il sous couverture ?

— Grady Steel est tombé en disgrâce. Peut-être sont-ils ici

pour enquêter sur lui, suggéra le maire, le regard empli de méchanceté.

— Grady Steel est un jeune homme charmant qui a vaillamment servi son pays. Peut-être enquête-t-il sur des crimes en col blanc. Sur de la corruption ? dit Fancy, haussant ses sourcils argentés avec un sourire innocent qui ne trompa personne.

L'expression du maire se ferma.

— Il sera de nouveau en prison avant la fin de la journée, retenez bien mes paroles.

— Je ne crois pas, monsieur le maire, affirma Brynn, se tournant vers l'homme en question. Vous semblez avoir oublié que j'étais avec Grady la nuit dernière, et qu'il est impossible qu'il ait tué les Quayle. Alors, pourquoi finirait-il en prison ?

Brian Gesbriecht leva le nez en l'air.

— Cela ne peut pas être une coïncidence s'il est arrivé le soir même où Milton est mort.

Cette insinuation donna la nausée à Brynn. Elle secoua la tête pour chasser cette pensée. Elle avait envie de mettre le maire à la porte, mais, à ce rythme-là, elle allait bannir tous les habitants de la ville, et ses parents n'auraient plus de clients. Malgré cela, rien ne l'obligeait à écouter ses commérages sournois. Pas quand ils portaient atteinte à sa réputation et à celle de Grady.

Mais le maire n'en avait pas fini.

— Il est issu d'une lignée peu recommandable...

Fancy se redressa en inspirant brusquement.

— Je connais Grady Steel depuis qu'il est tout petit et, même si son père n'est certainement pas un modèle de vertu, le reste de sa famille est composé de gens bien, dont certains ont fondé cette ville. Sa lignée appartient à cet endroit depuis des siècles, et vous devriez lui montrer un peu plus de respect ! s'exclama-t-elle, mais elle n'en avait pas terminé. Grady Steel a connu une enfance difficile, ce qui est tout à fait compréhensible, entre un parent violent qu'il n'avait pas choisi et la mort tragique de sa mère.

Gesbriecht ouvrit la bouche pour dire quelque chose, mais Fancy lui coupa la parole.

— Vous êtes plutôt disposé à accorder une seconde chance à l'un de ses acolytes d'adolescence, qui est maintenant le shérif de cette ville. Pourquoi avez-vous à ce point peur de Grady ?

Le maire bafouilla.

— Je n'ai pas peur...

Fancy l'interrompit.

— Peut-être est-ce parce qu'il fait partie de l'une des unités tactiques d'intervention les plus prestigieuses au monde, et qu'il ne laisse jamais passer les injustices ! poursuivit-elle, puis elle posa ses yeux vifs sur Brynn. Il s'est révélé tardivement, mais cela valait largement la peine d'attendre pour voir ce qu'il allait devenir malgré les maigres opportunités qui lui ont été offertes.

Brynn sourit à la femme : elle comprenait que l'une des aînées du village lui accordait son approbation. Elle se frotta les mains.

— Vous savez, je n'ai aucune idée de ce qui se passe là-bas, mais je vais prendre ça comme un signe. Je suis désolée, mais nous fermons tôt. Je peux vous donner des gobelets à emporter pour les boissons.

La femme du maire se renfrogna, mais Fancy sourit et commença à mettre son manteau.

— Je vous offre deux brownies au chocolat ou un muffin à chacun pour le dérangement.

Shannon parut légèrement apaisée, même si elle avait encore l'air renfrognée. Elle était constamment renfrognée.

Bon sang ! Brynn ne voulait pas devenir ainsi : raisonnablement riche, mais une garce complète. Elle préférait être pauvre et heureuse.

— Je ne vous raccompagne pas, *Brian*, marmonna Linda tout bas.

— Vous trois, rentrez chez vous, ordonna Brynn à son personnel, tandis que les clients sortaient. Je m'occupe de tout. N'oubliez pas de prendre votre soupe et vos friandises dans le réfrigérateur. On se revoit mardi.

Il lui fallut cinq minutes de plus pour nettoyer les tables une dernière fois et passer un dernier coup dans la cuisine. Elle vérifia le thermostat, même si elle pouvait le contrôler depuis son portable en cas de besoin.

Ensuite, elle enfila son manteau et son bonnet, puis elle ouvrit le réfrigérateur pour prendre sa propre nourriture. Elle s'arrêta net, surprise. Son père avait oublié de prendre le sac contenant la soupe, les petits pains et les autres friandises. Elle leva les yeux au ciel. Cela lui ressemblait tellement !

Elle prit les deux sacs avant de sortir sur la terrasse arrière. Le vent lui coupa le souffle, mais la neige ne tombait pas encore trop fort.

Il y avait beaucoup d'agitation sur le port, et Brynn comprit immédiatement que quelque chose de grave s'était produit. Peut-être avaient-ils trouvé le responsable de tout cela. Peut-être était-ce terminé.

Elle l'espérait. Elle l'espérait vraiment.

Elle était censée appeler Grady quand elle aurait terminé, mais il faisait encore jour, alors elle se dit qu'elle pouvait d'abord aller apporter le sac chez ses parents. Elle serait quand même chez elle plusieurs heures avant le moment où elle avait dit à Grady qu'elle finirait le travail. Ou, s'il était déjà à la maison, peut-être pourrait-il l'accompagner. L'idée qu'il rencontre ses parents, même pour cinq minutes, ne la terrifiait pas complètement.

Et pour quelle raison ?

Elle réprima un bâillement. Peut-être se glisserait-elle dans le lit de Grady et l'y attendrait-elle, ne portant rien d'autre qu'un sourire.

Elle avait bien le droit de rêver.

CHAPITRE CINQUANTE-SIX

Grady déposa Murphy à la maison, prit son véhicule et roula si vite vers le port que la Jeep dérapa sur la chaussée glissante. Il s'arrêta au bord de la route de la jetée, à une centaine de mètres de l'endroit où le bateau de Milton tanguait sur l'eau.

Grady accrocha son insigne autour de son cou et, ce faisant, sentit une certaine paix s'installer en lui. Il n'avait plus besoin de faire semblant.

Il passa devant deux adjoints du shérif et fit volte-face lorsque l'un des deux lui attrapa le bras. Il se libéra et leva son insigne à hauteur des yeux du type.

— FBI. Touchez-moi encore une fois et je vous casse le bras.

Il fixa intensément les yeux exorbités d'un des adjoints qui l'avait immobilisé le matin, pendant que Darrell York lui assénait un coup de poing au visage.

Le type finit par comprendre et bafouilla :

— M... mais vous ne travaillez plus pour le FBI.

Grady s'autorisa un sourire méchant.

— Je n'ai jamais cessé de travailler pour le FBI, abruti.

Il repoussa le type, puis se dirigea vers Novak, qui se tenait à l'entrée de la ruelle étroite menant au café de Brynn. Aucun d'entre eux ne portait de masque de protection, ce qui signifiait sans doute que cette distance était jugée suffisante pour ne pas présenter de danger.

Grady leva les yeux vers le café, mais les lumières étaient éteintes, à l'exception des guirlandes lumineuses accrochées à la vitrine.

Brynn avait-elle fermé plus tôt ?

Il l'espérait.

Il espérait qu'elle était de retour à la maison, maintenant, saine et sauve. Peut-être allait-elle dormir un peu, car il avait des projets pour eux deux dès qu'il aurait terminé ici ce soir-là. Avec un peu de chance, ce serait après lui avoir dit la vérité sur la raison de sa présence ici pour qu'il n'y ait plus de mensonges entre eux.

— Que s'est-il passé ? demanda-t-il à son boss quand il fut assez près pour ne pas avoir à élever la voix.

— Cowboy était au bout de la passerelle de la marina lorsque la femme est sortie sur le pont. Elle l'a surpris en train de regarder le bateau, expliqua-t-il en fronçant les sourcils. Une voiture est arrivée à peu près au même moment. La femme a parlé à Ryan, elle a mentionné le nom de Sergei. Ensuite, elle a lancé le flacon de parfum sur Cowboy. Il a éclaté sur les planches, mais Ryan avait déjà sauté à l'eau. Donnelly a abattu la suspecte.

Grady adressa un signe de tête à Donnelly, qui semblait pâle. C'était une réaction normale quand on venait d'ôter la vie à quelqu'un.

— Est-ce que Ryan va bien ? s'enquit Grady.

— Il avait l'air d'aller bien, après. Il était dans l'eau avant même que le flacon ne touche le quai.

Grady acquiesça, soulagé. L'idée de perdre un autre de ses amis lui tordait le ventre.

— Il était plutôt énervé, remarqua Donnelly, les lèvres pincées.

Novak pinça les lèvres à son tour.

— Les médecins l'ont examiné à l'hôtel. Sa réaction rapide lui a sauvé la vie.

Donnelly semblait bouleversée.

— J'ai commis une erreur. J'étais dans sa ligne de mire. Il ne pouvait pas lui tirer dessus sans risquer de me toucher.

— D'après moi, l'un de vous devait bouger, et c'est toi qui l'empêchais de prendre la fuite.

Grady haussa les épaules, même si Ryan était passé dangereusement près de la mort, à supposer que le flacon contenait effectivement du poison, et non de l'eau de toilette.

— Si tu te sens si coupable de l'avoir envoyé piquer une tête, tu peux toujours te jeter à l'eau quand ce sera terminé.

Le sourire de Donnelly trembla.

— Je ne suis pas certaine de me sentir aussi mal. On dirait que l'eau est gelée.

— Elle l'est, confirma Grady. Personne d'autre n'a été blessé ?

— Tous les bateaux amarrés à ce ponton étaient heureusement vides. Nash a vérifié à l'aide du radar portatif. Il y avait un homme sur l'un des bateaux de pêche, mais nous avons pu le mettre en sécurité à l'aide d'un masque et d'une combinaison de protection biologique, par mesure de précaution. Novak leva le nez vers les nuages épais.

— Le vent du large et les mauvaises conditions météorologiques ont joué en notre faveur. Et grâce aux repérages effectués hier par Cowboy et Donnelly, nous avons pu faire venir l'agent neutralisant par avion hier soir et le verser à proximité et au-dessus du liquide répandu. L'armée souhaite envoyer une unité de Fort Detrick pour collaborer avec l'équipe spécialisée dans les armes de destruction massive qui arrive du quartier général.

Ils vont sans doute retirer toutes les planches de bois et emmener le bateau pour le tester, même si les Russes semblent avoir vécu à bord sans masque ni gants, ce qui nous laisse penser qu'il est exempt de contamination. Nous avons prélevé des échantillons pour analyse, et les tests réalisés sur place ont confirmé qu'il s'agissait très probablement d'un agent neurotoxique.

— Lushko voulait que le monde entier sache qui avait tué Kane, si et quand nous le retrouverons, dit Grady.

— Ou bien ce sont les Russes qui ont ordonné le meurtre. De toute façon, ce n'est pas comme s'ils allaient l'admettre, alors leurs dénégations ne veulent rien dire, nota Novak, qui courba les épaules contre le vent. Peut-être qu'avoir recours à Lushko leur donne une excuse plausible : ils peuvent prétendre qu'il a agi seul. Quoi qu'il en soit, sa partenaire et lui disposaient d'une réserve d'agent neurotoxique russe mortel. Quelqu'un doit en assumer la responsabilité.

Grady était particulièrement heureux de ne pas être un espion.

— Nash a procédé à l'examen préliminaire du bateau avec un appareil photo, équipé d'une combinaison de protection biologique, et il est actuellement en train d'être décontaminé dans notre unité mobile par Keeme et Griffin, même s'il n'a rien détecté à bord. Il ne semble pas y avoir de toxine dans l'air. Nous avons eu beaucoup de chance que personne d'autre ne soit blessé aujourd'hui.

Grady vit Ryan descendre la ruelle.

Ses cheveux étaient humides, mais il portait des vêtements secs, un pantalon, un t-shirt et un gilet tactiques noirs, plus une veste de raid de la même couleur, arborant le logo jaune du FBI dans le dos. Et il était totalement équipé.

— Des nouvelles ?

Novak secoua la tête.

Grady regarda autour de lui et croisa le regard furieux de Darrell York, qui discutait avec des adjoints de l'autre côté du port.

— Je suppose que la partie secrète de l'opération est officiellement terminée ?

Novak acquiesça.

— Ropero et Dobson sont à l'hôtel pour coordonner notre prochaine étape, mais il s'agit d'une scène de crime du FBI. J'ai demandé aux trois bureaux satellites les plus proches de m'envoyer le plus grand nombre possible d'agents, à condition que le temps permette les déplacements, expliqua-t-il, avant de consulter sa montre. Lushko est dans la nature. Nous avons la marque et le modèle du véhicule au volant duquel il a été vu pour la dernière fois : une Subaru Forester argentée, avec des impacts de balles côté conducteur et passager.

— Pourrait-il être blessé ?

Ryan hocha la tête.

— Nous avons fait de notre mieux, mais tirer et nager en même temps, c'est difficile.

— Fainéant, remarqua Grady en souriant.

— Pouvons-nous faire confiance aux autorités locales pour sécuriser les lieux pendant que nous réfléchissons à la marche à suivre ? lui demanda Novak.

— Je ne suis pas certain que nous ayons beaucoup d'options avant que d'autres agents n'arrivent sur place. La possibilité d'une attaque bioterroriste devrait suffire à garantir leur entière coopération. Le médecin légiste sait à quoi s'en tenir ? s'enquit Grady.

La sécurité du personnel était primordiale.

— Oui. Ils connaissent la marche à suivre. Nous avons enveloppé le corps dans deux sacs et décontaminé entre les deux, expliqua Novak, avant de se diriger vers le shérif York pour demander l'aide de son service.

Moins Grady avait affaire à ce type, mieux c'était. Se pourrait-il que Darrell travaille avec Kane ? Grady l'ignorait.

Son portable sonna. Il le consulta et fut déçu de constater que ce n'était pas Brynn. Il avait envie de lui parler, même s'il n'avait pas beaucoup de temps pour lui expliquer les détails.

— Grady.

C'était Ropero.

— Hé, vous savez, ces mégots de cigarettes que vous avez ramassés à l'extérieur du café, le soir où vous vous êtes fait défoncer le crâne ?

Grady grogna : il les avait oubliés.

— L'un d'entre eux appartenait à Kane.

— *Quoi* ? s'exclama-t-il, remontant la ruelle jusqu'à la grille où il avait été attaqué.

Son sang était encore sur le sol.

Ryan le suivit, et Grady regarda autour de lui.

— Il aurait eu une vue dégagée du port depuis cet endroit.

— Sur le port *et* le café, remarqua Ryan, plissant les yeux vers l'arrière du bâtiment.

Quelque chose titillait Grady.

— Qui reste-t-il sur notre liste de suspects possédant des coffres-forts ? demanda-t-il à Ropero.

— Angus Hubner, Kent Callow, Allan Grogan et le maire Brian Gesbriecht. Nous n'avons encore rien trouvé qui permette d'éliminer définitivement l'un d'entre eux.

Autrement dit, le cuisinier du café, le mari de la serveuse, le beau-père de sa propre sœur et le maire de la ville. Si le FBI interrogeait l'un d'entre eux, la popularité de Grady au sein de cette ville allait encore dégringoler. Non pas que cela avait de l'importance.

— Pourrions-nous surveiller les quatre ? Ou obtenir des mandats pour mettre en place une surveillance quelconque ?

— Je ne suis pas sûre qu'un juge acceptera de les faire

surveiller tous les quatre sur la base de si peu de preuves circonstancielles, répondit Ropero, qui souffla longuement. Cette tempête est sur le point de tout paralyser. Je pense que nous devrions demander aux autorités locales de boucler le périmètre et de laisser une patrouille sur place. Nous nous retrouvons à l'hôtel et examinons à nouveau les données. Peut-être pourrions-nous associer le shérif à l'enquête, mais le garder à l'œil.

— Avez-vous trouvé *quoi que ce soit* sur lui ou sur l'un des autres ?

— Je continue à creuser. Le shérif a l'air propre, mais il y a des transactions financières douteuses dans le passé de son père.

— Il n'est pas Kane. Il a été élu pour la première fois avant que celui-ci ne disparaisse.

— Parmi les autres, tous sont arrivés en ville *après* sa disparition. Tous se sont mariés après cette date aussi, à l'exception d'Angus Hubner, qui est célibataire.

Grady n'aimait pas le fait que deux des suspects aient des liens étroits avec Brynn.

— Je vais appeler Brynn et prendre de ses nouvelles. Elle a fermé le café tôt aujourd'hui. Je veux lui dire une partie de la vérité. Ce n'est pas comme si tout le monde n'allait pas le découvrir d'ici trente minutes, grâce à la femme russe décédée qui gît dans le port, et à l'arrivée soudaine d'une équipe d'opérateurs du FBI membres de la HRT.

— Ça me fait penser..., intervint Ropero d'une voix plus grave. Il n'y a aucune activité sur les cartes de crédit, le téléphone portable, le passeport, les déclarations d'impôts et la Sécurité sociale de son mari après sa disparition il y a deux ans. Et je veux dire absolument *aucune* activité.

Grady se tourna vers l'endroit où le corps enveloppé de la femme morte se faisait lentement recouvrir de neige.

— Vous pensez que le mari de Brynn est décédé ?

— Je n'ai pas dit ça, mais s'il est en vie, il vit sous les radars. Mais vraiment, largement en dessous. Brynn Webster a divorcé par contumace, remarqua-t-elle avant de marquer une longue pause. Soyez prudent, d'accord ?

Que Ropero pense que Brynn pourrait être impliquée dans la mort de son mari était ridicule, mais elle ne la connaissait pas aussi bien que lui.

Grady se souvint de Saul.

— *Merde !* J'ai failli oublier. J'ai parlé à quelqu'un aujourd'-hui, qui m'a informé que c'étaient les Quayle qui avaient attaqué la banque. Ma source m'a indiqué qu'elle était présente à Catfish Crossing hier après-midi, et que les Russes ont pénétré sur la propriété des Quayle. L'un d'entre eux les aurait mis en garde avec un fusil de chasse.

— Les résultats ADN sont revenus au sujet du Quayle inconnu. Il n'est pas Kane, mais les Russes l'ignorent, constata Ropero d'un ton pensif. Qui était votre source d'information ? Brynn Webster ?

Le ton de l'agent hérissa Grady.

— Non. Saul Jones, répliqua-t-il, et il se prépara mentale-ment à mentir à une collègue, se demandant si son ami d'en-fance en valait la peine. Il a compris hier que les Quayle avaient braqué la banque, et quand il les a confrontés, ils lui ont donné de l'argent pour acheter son silence. Il a changé d'avis quand il m'a parlé il y a environ une heure.

Ropero ricana.

— J'en suis convaincue !

— Je l'ai persuadé de se rendre, concéda Grady. S'il ne le fait pas, il ne sera pas très compliqué de le retrouver.

— D'accord. Pensons-nous que les Russes ont tué les Quayle ? Et pourquoi ?

Grady secoua la tête.

— Aucune idée.

— Ça ne tient toujours pas la route, à moins qu'ils aient renoncé à tuer la femme et l'enfant à la dernière minute, ajouta Cowboy, qui écoutait la conversation.

Grady frémit. Pourquoi Kane serait-il resté ici, à cet endroit, récemment ?

Soudain, les paroles d'Edith lui revinrent en mémoire.

— Hé... vous savez que nous avons innocenté le père de Brynn sur la base de son ADN.

— ADN que vous avez fourni, lui rappela Ropero.

Il se mordit la lèvre. Il avait l'impression de trahir Brynn, mais, et si... ?

— J'ai discuté avec Edith Bodurek il y a environ une heure. Elle m'a raconté que Brynn et son père étaient à la banque peu avant le braquage, qu'ils ont modifié des documents pour qu'elle soit signataire sur les comptes de l'entreprise. Leur coffre se trouve du côté où l'empreinte a été trouvée.

— Oui ? dit Ropero, qui, manifestement, sentait comme lui un petit quelque chose qui commençait à lui titiller l'esprit.

— Brynn m'a raconté une chose dont je n'avais pas conscience, l'autre jour. Elle n'est pas née ici. Ils ont emménagé à Deception Cove quand elle avait deux ans. Rendez-moi service. Voyez si vous pouvez trouver d'autres informations sur...

— Attendez ! Attendez. Je l'ai ! s'exclama Ropero, qui semblait enthousiaste, à présent. Nous avons récupéré son certificat de naissance dans le cadre de nos recherches approfondies, mais je ne l'avais pas encore consulté. J'enquêtais sur l'ex, pas sur elle. Je n'ai pas eu le temps de m'y pencher avec tout ce qui s'est passé en si peu de temps.

Ropero jura.

Grady, qui avait l'impression d'être sur le point de se faire poignarder en plein cœur, l'encouragea.

— Dites-moi.

— Son père ne figure pas sur son acte de naissance.

Il fronça les sourcils : c'était étrange. Et il avait l'horrible sentiment de savoir pourquoi.

— Paul Webster l'a-t-il adoptée ?

— Pas pour autant que je sache. Mais une chose est sûre, son nom n'est pas sur l'acte de naissance... Revenez ici pendant que je fais des recherches sur Paul Webster.

— Non, répondit Grady, soutenant le regard de Ryan. Non. Je vais aller retrouver Brynn.

— Grady...

— Je vais voir Brynn. Je ne lui parlerai pas de Kane. Tracez son téléphone. Ensuite, faites des recherches approfondies sur les Webster.

Il donna à Ropero le numéro de portable de Brynn, tout en descendant la ruelle jusqu'à sa Jeep. Ryan restait collé à son épaule ; il était au téléphone avec Novak.

Ça y était. C'était la piste qu'ils avaient attendue, et c'était sa faute s'ils étaient passés à côté plus tôt. À cause de son excès de confiance.

— Paul Webster est Kane. J'en suis certain.

Pouvait-il se tromper également au sujet de Brynn ? Non. Il n'y croyait pas un instant.

Il retourna en vitesse chez lui, et, même s'il mourait d'envie de se précipiter à l'intérieur, Ryan et lui entrèrent prudemment, l'arme au poing.

Si Paul Webster était Eli Kane et que le Russe venait à le découvrir, Sergei Lushko voudrait Brynn, afin de faire souffrir son ennemi comme il avait lui-même souffert.

Même si elle n'était pas la fille biologique de Kane, elle n'en restait pas moins son enfant.

Grady sentit son cœur s'emballer et refoula cette sensation. Il revint à sa formation, considéra cela comme un exercice, afin de pouvoir réfléchir clairement et ne pas sombrer dans un abîme d'inquiétude.

La peur n'aidait personne, alors, même si elle lui tenaillait les entrailles, il la mit de côté.

Il inspecta d'abord l'appartement de Brynn, puis le reste de la maison, pièce par pièce, caressant les oreilles de Murphy au passage.

La maison semblait vide, mais ils fouillèrent méthodiquement quand même.

Il s'arrêta dans sa propre chambre et se débarrassa rapidement de sa tenue de sport au profit de son équipement tactique.

— J'ai trouvé un mot dans la cuisine ! lança Cowboy, le regardant comme s'il s'agissait d'une grenade dégoupillée. Elle dit qu'elle va déposer de la nourriture du café chez ses parents, et qu'elle rentrera bientôt.

Grady enfila son gilet balistique, vérifia ses armes et prit son manteau d'hiver.

— Je sais que tu ne l'apprécies pas...

— Ce n'est pas ça, l'interrompit Cowboy. Mais, tu es mon ami, et mon coéquipier, et tu es celui dont je vais prendre soin et que je vais protéger.

Merde. Grady souffla. C'était difficile d'argumenter avec un homme qui venait, en gros, de lui dire qu'il l'aimait.

— Elle n'a rien à voir avec ça, Ryan, affirma-t-il, et il aurait pu parier sa vie là-dessus. Allons-y.

— Tu ne veux pas attendre les autres ?

Grady secoua la tête.

— Je n'attends pas. Si nous avons raison au sujet de Webster, et que Lushko le retrouve, Brynn va devenir un pion dans leur vengeance.

Il vérifia que Murphy avait assez de nourriture avant de franchir la porte.

— Dommage que nous n'ayons pas d'équipe de snipers sur place, ajouta-t-il, avant de sauter dans la Jeep, conscient que ses voisins le regardaient par leurs fenêtres dans le crépuscule naissant.

Il avait envie de lever une main. *Voilà qui je suis. C'est ce que je suis vraiment. Pas le type menotté, traîné hors de la maison de sa grand-mère. Pas son enfoiré de père. Un agent du FBI dévoué.* Mais l'inquiétude qu'il éprouvait envers Brynn l'emportait sur toute autre considération.

— Novak a une arme d'épaule avec lui, l'informa Cowboy.

— Dis-lui de l'apporter.

— Si tu as tort, nous allons concentrer toutes nos ressources sur un seul endroit.

Ce qui signifiait que Kane et Lushko pourraient tous les deux s'en tirer.

— Et ça va être une sacrée rencontre avec les parents, ajouta Cowboy avec ironie.

Grady resserra les doigts autour du volant, ravi de porter des gants à cet instant.

— Si j'ai tort, Brynn ne me parlera probablement plus jamais. Mais plutôt ça que de la voir mourir.

Grady sortit son téléphone et appela la jeune femme, mais elle ne décrochait toujours pas. Il appuya sur l'accélérateur et fila à toute vitesse.

CHAPITRE CINQUANTE-SEPT

Brynn tenait fermement le volant, les dents serrées tandis qu'elle conduisait. À mesure qu'elle grimpait, le vent était de plus en plus fort, et la neige était plus épaisse. Elle faillit faire demi-tour, mais elle n'était plus qu'à deux minutes de la propriété de ses parents, à présent. Peut-être pourrait-elle emprunter le pick-up de son père, équipé d'un petit chasse-neige à l'avant, pour retourner en ville.

Elle s'engagea dans l'allée, remarquant que son père avait déjà fait un premier passage avec le chasse-neige, car elle était moins épaisse à cet endroit. Elle s'arrêta à côté du camion, qui était garé devant la maison et dont le moteur tournait au ralenti.

Son père allait sûrement encore sortir, peut-être pour faire le tour des voisins, comme à son habitude. Elle ramassa le grand sac en papier sur le plancher, puis lutta pour sortir de la voiture alors que le vent essayait de lui arracher la portière des mains. Elle parvint à descendre et claqua la portière, s'accrochant au sac de nourriture. Elle doutait que ses parents l'entendent arriver avec le hurlement du vent.

Brynn baissa la tête et entra dans la maison. Elle tapa ses bottes et cria :

— Maman ? Papa ? Tu as oublié la nourriture. Ça te dérange si...

Elle leva les yeux et s'arrêta, choquée, dans la cuisine. Son père se tenait là, serrant dans sa main un pistolet noir à l'allure mortelle.

— Papa ? Que se passe-t-il ?

Le regard de Paul Webster se porta sur l'extérieur, puis sur le sac qu'elle portait.

— Tu n'es pas vraiment venue ici pendant un blizzard parce que j'ai oublié la soupe, si ? s'enquit son père, qui regarda derrière elle, puis baissa son arme.

— C'est la préférée de maman, déclara la jeune femme, tout en mettant le sac au réfrigérateur.

Les meurtres rendaient tout le monde nerveux, et elle regrettait que sa propre arme ait été confisquée par le shérif. Il ne la lui avait pas encore rendue. Il s'était sans doute dit qu'il valait mieux attendre que sa colère s'apaise.

— Le temps n'avait pas l'air si mauvais en ville. Mais je ne reste pas. J'allais te demander si je pouvais t'emprunter le camion pour rentrer, mais ça devrait aller avec la berline. Je vais d'abord aller faire un petit coucou à maman.

Brynn se rapprocha de son père, dont les lèvres se tendirent quand elle l'embrassa sur la joue.

Sa mère était assise sur le canapé du salon. Brynn alla l'embrasser à son tour ; elle était pâle, sa peau tendue sur ses os. Une valise était posée près de la porte, ainsi qu'un appareil photo à côté.

La radio jouait de la musique. Brynn grimaça.

— Je ne peux pas rester longtemps, mais je suppose que tu as entendu les nouvelles ?

— Oh que oui, j'ai entendu ! s'exclama sa mère, s'accrochant à ses avant-bras. Est-ce que tu vas bien ?

La jeune femme s'efforça de sourire.

— Ça va. Je suis fatiguée. Qu'est-ce que c'est que tout ça ? s'enquit-elle en pointant la valise du doigt.

Ses parents échangèrent un regard.

— Nous avons décidé de nous rendre en ville. De rester plus près de l'hôpital pour que je ne manque pas de séances de mon traitement.

Le père de Brynn donnait l'impression de retenir ses larmes.

Les doigts fins de sa main agrippèrent douloureusement les siens.

— Nous t'appellerons quand nous serons installés.

— D'accord. Je t'aime, répondit Brynn en s'accroupissant à côté de sa mère. Je vais retourner en ville. Ne vous inquiétez de rien. Mais je veux que tu me promettes de m'appeler si..., dit-elle, puis elle déglutit et lutta pour poursuivre. Si tu commences à te sentir plus mal, d'accord ?

Les yeux de la mère de Brynn brillaient quand elle passa une main dans les cheveux de sa fille.

— Je te le promets. Maintenant, rentre et passe du temps avec ton nouveau petit ami.

La jeune femme ouvrit la bouche pour protester, mais sa mère éclata de rire.

— Les choses que j'ai entendues de la bouche de Linda ce matin m'ont fait rire et m'ont donné envie de balancer mon poing au visage de Darrell York en même temps. J'aimerais poursuivre ce type en justice.

— Oui, mais les seuls qui tirent profit d'une action en justice, ce sont les avocats.

Brynn se leva et recula d'un pas.

— Quel cynisme ! remarqua sa mère, la lèvre inférieure tremblante.

— Je suppose que nous t'avons bien élevée, en fin de compte, affirma son père en souriant, alors qu'il s'approchait pour prendre la main de sa femme.

Brynn lui sourit à son tour.

— Je suppose.

La musique diffusée à la radio fut brusquement interrompue par une alerte info.

— *La police a émis une alerte de confinement tandis qu'elle recherche un fugitif dangereux qui se trouverait dans la région. L'ancien agent du FBI Eli Kane a disparu il y a vingt-sept ans, après avoir brutalement assassiné son épouse et ses deux jeunes enfants.*

Brynn fronça les sourcils. *Le FBI ?* Cela avait-il un lien avec ce qui s'était passé au port ? *Oui, forcément.*

— *Kane est également suspect dans une série de meurtres qui ont secoué la petite communauté de Deception Cove, dans le Maine. La police conseille à tout le monde de rester chez soi et de verrouiller les portes. Une autre personne est décédée aujourd'hui dans le port, à la suite d'un incident connexe. Le FBI enquête.*

La jeune femme frémit.

— Eh bien ! C'est effrayant !

Grady était sans doute contrarié d'être privé de toute cette action. Il serait heureux quand il pourrait reprendre du service, mais, au moins, cela leur donnait l'occasion d'apprendre à mieux se connaître. Beaucoup mieux.

Ses parents échangèrent un nouveau regard inquiet.

Son téléphone sonna, et elle le sortit de sa poche.

— Ne réponds pas ! lança son père d'un ton vif.

— Mais...

Elle resta bouche bée lorsqu'il lui arracha son portable des mains, en retira la carte SIM, puis écrasa le téléphone contre la table basse.

— Papa ? C'est mon téléphone ! Qu'est-ce qui t'arrive, bon sang ?

Paul Webster détourna le regard, puis déglutit, la respiration laborieuse.

— Nous devons partir, Gwen. Maintenant.

La mère de Brynn lui tendit la main.

— Dis-lui, Paul. *Dis-le-lui.* Elle a le droit de savoir.

— Si nous ne sortons pas d'ici rapidement...

— J'ai le droit de savoir quoi ? demanda Brynn, alors qu'un sentiment de méfiance s'insinuait dans son esprit, comme une vague glaciale. Est-ce que vous connaissez cette personne que la police recherche ?

— On peut dire ça, répondit sa mère d'un ton ironique.

— Est-ce qu'il en a après vous, pour une raison ou une autre ?

Elle s'entoura de ses bras. Elle était effrayée par ce que son instinct lui disait soudain, même si c'était ridicule.

Son père répondit avec impatience.

— Il n'en a pas après nous. Eli Kane n'est un danger pour personne.

Manifestement, le FBI pensait le contraire.

— Papa ?

Celui-ci détourna le regard.

La réalité lui tomba comme une pierre sur l'estomac.

— Je t'en prie, dis-moi que ce n'est pas ce que je crois.

Son père redressa les épaules, et un sourire triste se dessina sur ses beaux traits.

— Je suis désolé, Brynn. J'ai bien peur d'être la personne qu'ils recherchent. Autrefois, j'étais Eli Kane.

CHAPITRE CINQUANTE-HUIT

Brynn n'arrivait pas à croire ce qui était en train de se passer.

— Ce n'est pas drôle ! s'exclama-t-elle d'une voix chevrotante tandis qu'elle tentait d'assimiler la situation.

Les yeux de son père se plissèrent dans une expression d'amusement familière.

—Pourquoi mentirais-je ?

— Je n'en sais rien ! explosa Brynn, se prenant la tête entre les mains. Je ne sais pas, mais ça n'a aucun sens. Eli Kane a tué sa famille. Le FBI pense qu'il a tué...

Elle ne termina pas sa phrase, parce qu'elle ne voulait pas croire ce qu'ils lui disaient.

Son père restait là, à la regarder. Sa mère agrippait la jambe de son mari.

Le regard de Brynn passa de l'un à l'autre.

— Mais, aujourd'hui, tu m'as dit que tu n'avais jamais menti à maman avant qu'elle ne soit diagnostiquée...

— J'ai dit que je lui avais davantage menti au cours des six derniers mois qu'au cours de toute la durée de notre mariage.

— Ne joue pas sur les mots avec moi ! rétorqua Brynn d'une

voix si cinglante qu'il recula d'un pas. Ne me raconte plus de conneries ! Je veux la vérité.

Gwen se pencha en avant.

— Il ne m'a jamais menti sur qui il était. Jamais. Je l'ai toujours su, avoua-t-elle, la voix chargée d'émotion.

Sous le choc, Brynn avait du mal à reprendre son souffle. Découvrir que ses parents lui avaient menti toute sa vie, c'était comme recevoir un nouveau coup de poing en plein visage. Mais cette douleur-là était plus durable et accablante.

— Nous nous sommes rencontrés lorsque j'étais serveuse dans un diner où il venait régulièrement à Bethesda, raconta Gwen, qui sourit à Paul, l'amour brillant dans ses yeux. Un soir de ce printemps-là, alors que tout était calme, je lui ai fait des avances, mais il m'a répondu qu'il était marié. Cela dit, cela n'avait pas l'air de le rendre heureux.

Brynn n'arrivait pas à en croire ses oreilles.

— Je me suis assise à sa table et j'ai commencé à lui parler. Il travaillait encore pour le FBI à l'époque. Un agent du gouvernement, tout comme ton Grady.

Son Grady ?

Brynn en avait la nausée : il ne voudrait plus rien avoir à faire avec elle, maintenant, et elle ne pourrait pas lui en vouloir. Elle ferma les yeux et déglutit, mais, lorsqu'elle les rouvrit, son monde était toujours réduit en cendres.

— Je savais qu'il appartenait au FBI, parce que j'avais vu son arme, une fois, et que cela m'avait un peu effrayée. Il s'en est rendu compte et il m'a calmement montré son insigne. J'en ai ressenti un petit frisson inattendu, raconta sa mère, dont la voix reflétait l'affection qu'elle éprouvait à l'évocation de ces souvenirs. Nos discussions ont duré pendant des mois. Elles étaient toujours platoniques, et elles avaient souvent lieu tard le soir, quand le diner était le plus calme. Puis, un jour, il m'a tout raconté. Il m'a expliqué pourquoi nous n'avions aucun espoir d'être ensemble, et aussi qu'il devait s'en aller. Me quitter et ne plus jamais revenir. Je lui ai dit que je mourrais s'il faisait ça. Je n'aurais pas pu le supporter.

Brynn tremblait. Sa mère était en train de décrire une histoire d'amour, mais le peu que la jeune femme savait suggérait que Kane était le méchant, pas le héros.

— Je ne pensais pas qu'elle me croirait. Le fait que le KGB m'ait utilisé comme un pantin ressemblait à un thriller. Je voulais mettre un terme à nos sentiments réciproques avant de lui faire trop de mal, ou de faire d'elle une cible, expliqua Paul, qui replia les doigts de la mère de Brynn pour les embrasser. Je me suis dit que, de toute façon, j'irais en prison pour trahison. Je ne voulais pas entraîner Gwen dans ma chute.

— Mais je l'ai cru. J'ai cru chaque mot qu'il m'a dit. Tous les éléments de sa personnalité s'emboîtaient enfin parfaitement, dit Gwen.

Elle ferma ensuite les yeux. La tristesse se lisait sur ses traits émaciés tandis qu'elle serrait la main de son mari. Nous représentions l'amour dans cette histoire, les amants maudits, sauf que nous refusions d'abandonner.

Quand Gwen rouvrit les yeux, ils étaient d'un bleu très vif. Paul Webster se pencha et étreignit avec tendresse les épaules de sa femme.

— Je n'aurais jamais dû te le dire. Je t'ai mis en danger. D'ailleurs, je te mets toujours en danger, et nous *devons* partir.

La mère de Brynn éclata de rire et secoua la tête.

— Il n'y a jamais eu un moment dans notre histoire où tu n'aurais pas fini par tout me dire. Et tu le sais, affirma-t-elle.

Elle leva le regard vers son mari. Les yeux de Brynn se mirent à brûler de larmes non versées quand elle vit la profondeur des sentiments qui s'y reflétaient.

— Je t'ai aimé dès le premier instant où je t'ai vu, même si tu avais une alliance au doigt, et que je savais que c'était mal, parce que tu avais déjà une femme.

— Cette garce n'a jamais été ma femme !

Brynn tressaillit. Elle n'avait jamais entendu son père parler d'une femme de cette façon.

— Je voulais être avec toi, que tu sois marié ou non. Je m'en fichais. Mais..., dit-elle, et, quand sa mère la regarda, Brynn comprit qu'elle n'avait pas encore entendu le pire. Je devais penser à toi.

Le choc secoua la jeune femme si fort que ses genoux se dérobèrent sous elle ; elle se laissa tomber sur le fauteuil le plus proche.

— Je ne comprends pas.

Le regard de Gwen fut soudain empreint de pitié. Pas de chagrin. *De pitié.*

— Nous ne t'avons jamais dit que Paul n'était pas ton père biologique, pour plusieurs raisons. Notamment parce qu'il fuyait le FBI et le KGB et qu'il se servait d'une fausse identité, expliqua Gwen avec un petit rire, mais, à l'évidence, elle souffrait. Faire partie d'une famille plutôt que d'être un homme seul était une bien meilleure couverture pour lui.

Youpi. Il était recherché pour avoir tué sa famille, pas pour fraude fiscale !

— Ravie que mon existence ait fourni une bonne couverture à un fugitif.

Et pourtant, cet homme l'avait élevée avec un amour absolu.

Les pensées de Brynn étaient embrouillées, et elle ne comprenait pas grand-chose.

— Qui est mon père biologique ?

Ses parents échangèrent un regard et son père, Paul, Eli, quel que soit son nom, acquiesça.

Elle vit sa mère se préparer à lui avouer quelque chose d'encore pire. Quelque chose de pire que le fait que l'homme qu'elles aimaient toutes les deux avait tué de sang-froid sa précédente épouse et ses enfants.

— Une nuit à l'université, j'ai été violée, avoua Gwen d'une voix tremblante.

Brynn tressaillit.

— Je ne l'ai dit à personne. C'était ma grande honte. Je buvais dans un bar, je passais un bon moment. Aux yeux de la société, je l'ai cherché, je l'ai même mérité. Il y a tous ces #MeToo à travers le monde, aujourd'hui, mais rien n'a vraiment changé au fil des ans, poursuivit-elle, et l'amertume était toujours présente et s'ajoutait à sa colère. Je suppose que cela m'avait été inculqué si profondément que je pensais la même chose. Je m'en prenais à moi-même et à mon comportement. Je n'ai jamais dit à personne que j'avais été forcée. J'ai ignoré les conséquences jusqu'à ce qu'il soit trop tard.

Les conséquences. Autrement dit, *elle.* Brynn avait envie de vomir.

— J'ai abandonné l'université. Lorsque mes parents ont découvert que j'étais enceinte, ils m'ont chassée de la maison, confia Gwen, aspirant sa lèvre inférieure entre ses dents, les yeux brillants. Comme ça, ils m'ont jetée dehors.

— Maman, dit Brynn d'une voix douce.

— Une association caritative pour les jeunes mères célibataires m'a aidée à me remettre sur pied et à trouver du travail après ta naissance. J'ai obtenu un emploi suffisamment rémunérateur pour me permettre de louer une chambre dans une colocation. Il y avait une autre mère célibataire, qui s'occupait de toi quand j'étais au travail.

Gwen se tourna vers son mari, et, pour la première fois, la culpabilité se lut sur les traits de sa mère.

— Ou bien, quand j'étais avec Eli, précisa-t-elle, puis elle redressa les épaules. C'est moi qui lui ai suggéré de tuer sa femme.

Le monde de Brynn fut à nouveau bouleversé, et elle n'était pas sûre de pouvoir en supporter davantage.

— J'y avais déjà pensé. Tu le savais, protesta Paul.

La bouche de Brynn s'assécha.

— Et les enfants ?

Les lèvres de Gwen tremblèrent, et elle détourna le regard.

— C'était ma décision. Ta mère n'avait rien à voir avec ça.

Paul parlait fort. Peut-être craignait-il d'être enregistré, ou quelque chose comme ça. Il cligna des yeux et Brynn fut soulagée de voir qu'ils étaient humides de larmes. Au moins, il n'était pas le psychopathe que les médias dépeignaient.

— Je ne suis pas fier de ce que j'ai fait. C'était monstrueux. Mais je l'ai fait. Je ne le nie pas. Mais ils n'étaient pas mes enfants.

L'estomac de Brynn se retourna. *Ils étaient innocents.*

— Lisa avait un amant au KGB. C'étaient ses fils. Ils étaient tous les deux à lui. Elle m'a épousé uniquement pour me compromettre. Elle ne m'a jamais aimé, j'étais une cible, un pigeon.

Brynn frissonna ; elle était complètement frigorifiée, à présent.

— Si elle n'avait pas décidé de me détruire, elle ne serait pas morte. Elle ne m'a pas laissé le choix. Elle m'a ri au nez. Elle m'a nargué. J'ai craqué.

Son père traversa la pièce et vint s'asseoir à côté d'elle. Elle voulait s'éloigner, mais elle en était incapable. Elle avait aimé cet homme de tout son être d'aussi loin que remontaient ses souvenirs. Son visage bien-aimé était proche du sien ; il serra les mains glacées de Brynn entre les siennes.

Elle tressaillit.

— J'ai commis des erreurs. J'ai fait des choses terribles, Brynn. Je sais que tu penses qu'il n'y a aucune justification, mais les Soviétiques m'ont mis dans cette situation et, à l'époque, je ne voyais pas d'autre moyen de m'échapper.

Elle secoua la tête, l'esprit engourdi. Elle ne pouvait pas accepter ça.

— Lisa a mis ces enfants dans la ligne de mire le jour où elle a décidé de suivre le plan du KGB, qui consistait à me séduire et à se jouer de moi.

Tu parles de la femme que tu as assassinée !

— Tu es en train de me dire que ta femme de l'époque s'est mariée spécifiquement avec toi pour te compromettre ? Qu'elle a eu des enfants qu'elle a fait passer pour les tiens, et qu'elle voulait te laisser les élever comme les tiens ?

— Je ne l'ai compris qu'après avoir découvert que j'étais stérile. C'est la première fois que je faisais ne serait-ce qu'envisager que Lisa pouvait me mentir. J'étais tellement bête, Brynn ! Elle m'aurait menti toute ma vie, gâchant son existence et la mienne en même temps, elle m'aurait détruit pour ce foutu Kremlin !

Tout à coup, une autre vérité la frappa avec la force d'un mur de briques : c'était la véritable raison de la présence de Grady à Deception Cove. Il était sous couverture, à la recherche d'Eli Kane. *Son père.*

Le savait-il ? La croyait-il complice ? Si ce n'était pas le cas, il le croirait quand la vérité éclaterait. Comment pouvait-on grandir avec ce genre de personnes sans jamais le savoir ou même le soupçonner ?

— J'ai demandé le divorce à Lisa. Je lui ai dit que je ne l'aimais plus, mais elle a refusé. Peu de temps après, quelqu'un du KGB m'a abordé directement pour la première fois. Ils m'ont dit que, si je ne voulais pas que certaines parties de ma vie soient rendues publiques, je ferais mieux de ne pas faire de vagues. Avec le recul, je pense qu'ils préparaient quelque chose de plus gros une fois qu'ils m'auraient saigné à blanc et probablement tué, en faisant passer ça pour un accident ou un suicide, expliqua-t-il avec un rire amer. Au moins, avec leurs compatriotes, ils ne prennent plus la peine de se cacher. Ils balancent le pauvre bougre par la fenêtre la plus proche, et ils parlent de « mort accidentelle », alors que le monde entier sait que c'était une exécution.

Le regard que Paul lança à Brynn glaça les entrailles de la jeune femme.

C'était un regard qu'elle ne lui avait jamais vu auparavant. Froid. Évaluateur.

— Pourquoi devez-vous partir ? Maman ne peut aller nulle part.

Lorsqu'il répondit, l'amertume déformait ses traits.

— Il le faut. J'ai commis une erreur stupide. J'ai été négligent. Ou bien, la chance m'a tout simplement abandonné, dit Paul, avant de lever la tête pour regarder Brynn. Te souviens-tu de la fois où nous sommes allés à la banque pour t'ajouter comme signataire sur les comptes professionnels, à ton retour à la maison ?

Brynn hocha la tête. Cela s'était passé quelques jours avant le braquage.

— Après le vol, les policiers ont recueilli des empreintes digitales, alors que le voleur portait des gants. Tout cela à cause de la stupidité du shérif Darrell York qui, pour une fois, a agi dans l'intérêt des forces de l'ordre.

Il fit rouler l'une de ses épaules, et c'est alors que la jeune femme remarqua qu'il portait un holster sous sa veste.

— J'ai retenu mon souffle en espérant ne pas en arriver là. Quand j'ai appris que Milton avait été assassiné, j'étais presque sûr que les Russes avaient retrouvé ma piste. Idem lorsque Grady Steel est revenu en ville, *par hasard,* conclut Paul avec un petit rire amer.

— Maman m'a dit de coucher avec lui... Essayais-tu de le piéger ?

Cette pensée l'emplissait d'horreur.

Sa mère laissa échapper un rire affaibli.

— Non. À ce moment-là, je ne savais que ton père était inquiet. J'ai un faible pour les agents du FBI, et j'ai aimé ton sourire quand j'ai parlé de lui. Tu as besoin de plus de plaisir dans ta vie.

Brynn n'arrivait même pas à regarder sa mère sans que la bile lui monte à la gorge.

Son père jeta un coup d'œil par la fenêtre, visiblement impatient de s'en aller. Mais le vent s'était à nouveau levé, et c'était presque un voile blanc, maintenant.

— J'aurais pu partir juste après le meurtre de Milton, mais je devais trouver un endroit où ta mère pourrait poursuivre son traitement. Un endroit où l'on ne poserait pas de questions, déclara Paul, qui consulta sa montre. Nous devons partir, *maintenant*. Viens avec nous.

Il parlait d'un ton insistant. Choquée, Brynn se raidit.

— Que je vienne avec vous ? Je ne peux pas simplement *venir avec vous* ! J'ai une vie...

— Tu pourrais en construire une nouvelle. Je peux t'aider à te créer une nouvelle identité.

Une nouvelle vie ?

Cette idée lui donnait l'impression d'avoir du fil barbelé qui lui piquait la peau. Croyaient-ils vraiment qu'elle pouvait leur pardonner ? C'était inconcevable. Et l'idée de quitter Grady, alors qu'elle avait enfin rencontré quelqu'un qu'elle appréciait vraiment, peut-être même plus que cela... Mais Grady ne croirait jamais qu'elle ignorait tout du passé de son père. Il croirait qu'elle lui avait menti.

Sauf qu'elle ne l'avait pas fait. Elle n'avait jamais rien su.

Tout cela lui donnait l'impression d'être prise au piège d'un terrible cauchemar.

— Je ne veux pas m'enfuir.

Sa mère s'adossa aux coussins, l'observant attentivement.

— Je reconnais cette expression. Elle est amoureuse.

Son père bascula le visage vers le plafond, puis leva les yeux au ciel.

— Elle ne le connaît que depuis quelques jours.

— J'ai su dès que je t'ai vu.

— Il ne s'agit pas de moi ! protesta Brynn.

Mais elle prenait peu à peu conscience qu'ils avaient peut-être raison.

— Tu te souviens de la dernière fois qu'elle est tombée amoureuse ? De ce sale con qu'elle a épousé ? s'exclama son père, la bouche crispée.

— Eh bien… ton premier choix n'était pas vraiment génial non plus, n'est-ce pas ? souligna Gwen.

Paul regarda sa femme, puis ils éclatèrent de rire à l'unisson.

Stupéfaite, Brynn les regarda : c'était comme s'ils ne comprenaient vraiment pas l'énormité de ce qu'ils avaient fait.

— Grady ne voudra jamais croire que je n'étais pas au courant de la vérité. Vous devez mettre un terme à cette folie ! Maman doit aller à l'hôpital. Rends-toi ! Assume ! Raconte la vérité sur tout ce qui s'est passé.

— Personne n'acceptera jamais ce que j'ai fait.

Parce que tu as assassiné deux innocents.

— Mais ils pourraient le comprendre un peu mieux. Tu auras la chance de raconter ta version de l'histoire.

— S'ils m'arrêtent, je serai mort dans quelques jours, affirma son père. Les Russes sont encore plus impatients que le gouvernement américain de me voir payer, du moins certains d'entre eux.

— Pourquoi fallait-il que tu tues les garçons, papa ? l'interrogea-t-elle, la voix brisée. C'est ce que je ne comprends pas. C'est ce que personne ne comprendra jamais. Pourquoi ne pas simplement t'enfuir ?

Pourquoi te transformer en monstre ?

— J'avais besoin de temps.

— Tu aurais pu les laisser dans un endroit sûr.

Son père se leva et fit les cent pas. Sa mère semblait fragile, comme si elle pouvait se briser à tout instant.

Les mains de Brynn se refermèrent en poing sur ses genoux. Elle était consternée par la confession de sa mère, mais aussi terrifiée à l'idée de la perdre.

— Je devais gagner suffisamment de temps pour vider la maison de tout ce qui aurait pu permettre à l'un ou l'autre camp de me retrouver, pendant qu'ils me croyaient tous en vacances. Les techniques d'analyse ADN commençaient tout juste à être suffisamment fiables pour être utilisées devant les tribunaux. J'ai essuyé toutes les surfaces, lavé tous les draps à l'eau de Javel. Je ne m'attendais pas à ce qu'ils exhument mes parents pour obtenir une correspondance familiale ! Je ne pouvais rien y faire. Ils avaient mes empreintes digitales dans leurs dossiers. Ironiquement, c'est ce qui aura mené à ma perte.

Gwen se mit à tousser, et Paul s'approcha pour lui frotter le dos.

Des larmes brouillèrent la vision de Brynn.

— Tu as tué deux petits garçons pour gagner du temps ?

— Je n'avais pas le choix ! répliqua-t-il, une pointe de colère dans la voix. Est-ce que tu viens avec nous ou pas ?

— Tu ne peux pas sérieusement envisager de prendre la fuite en plein blizzard avec maman, dans son état ?

— Ça va aller. Cela empêchera les autres véhicules de prendre la route. J'ai le chasse-neige sur le camion. Nous nous en sortirons.

Gwen esquissa un faible sourire.

— C'est ça que tu veux, maman ? s'exclama la jeune femme en se jetant aux pieds de sa mère.

Cette dernière passa ses doigts sur la tête de Brynn.

— Je sais que tu ne comprends pas. Nous n'avons aucune envie de te laisser, mon bébé, mais je dois aller avec ton père, maintenant. Il ne me reste plus beaucoup de temps.

— Ne dis pas ça ! s'écrièrent Brynn et son père à l'unisson.

— Je ne vais pas te laisser partir, maman. C'est de la folie !

Brynn sentait ses larmes couler à flots, maintenant, comme des rubans chauds le long de ses joues.

Puis elle se leva et passa les bras autour de la taille de son père. C'était un meurtrier, un homme recherché, et aussi quelqu'un qu'elle avait aimé de tout son être durant toute sa vie.

— S'il te plaît. Je ne veux pas vous perdre. Vous êtes deux des personnes les plus importantes dans ma vie.

Paul déposa un baiser dans ses cheveux.

— Je sais. Et peut-être est-il temps de changer cela. Dis au revoir à ta mère, maintenant. Je veillerai à ce qu'elle soit installée confortablement pendant notre voyage, et, dès qu'elle se sentira mieux, nous te contacterons.

Mais il lui avait déjà prouvé qu'elle ne pouvait pas croire un mot de ce qu'il disait.

S'était-il comporté comme un parent aimant pour ces deux jeunes enfants qu'il avait élevés avant de les assassiner ? Une sensation d'effroi s'insinua au creux de ses os, comme du lierre. Pourrait-il lui faire du mal ? Elle aurait été naïve de se croire à l'abri du danger.

Brynn étreignit ensuite sa mère, qui semblait aussi fragile que du verre filé. Elle s'éloigna et récupéra son manteau. Elle allait retourner en ville et trouver Grady. Elle lui raconterait tout. Il penserait qu'elle était dingue, mais, peu importait. Jamais elle n'aurait imaginé vouloir un jour voir son père arrêté pour meurtre, mais il était temps qu'il assume ses actes. Qu'il dise la vérité au monde entier. Et, même si elle doutait que cela change quoi que ce soit à sa condamnation, cela pourrait sans doute l'aider à vivre avec la vérité.

Les images de deux petits garçons surgirent dans son esprit.

Sa bouche s'assécha et elle essaya d'avaler. Ce que son père avait fait était impardonnable. Il lui était impossible de concevoir que l'homme qu'elle connaissait ait pu commettre ces actes diaboliques.

Sa mère prit la parole.

— Sois heureuse, mon amour. Ce que nous avons fait n'a rien à voir avec toi. Tous les deux, nous t'aimons plus que nous ne saurions te le dire. Tu nous as rendus tellement fiers au fil des ans !

Brynn acquiesça et s'éloigna d'un pas chancelant. Elle était incapable de parler. Elle se dirigea vers la cuisine, son père sur les talons.

En dépit de tout, elle ne s'attendait pas à ce qu'il la plaque contre le mur et qu'il lui tire les bras dans le dos. Elle sentit quelque chose entourer ses poignets et les serrer.

Collier de serrage.

Son père l'avait entravée et il lui plaqua une main sur la bouche pour qu'elle ne puisse pas crier.

CHAPITRE CINQUANTE-NEUF

Grady était contraint de ralentir, sous peine de sortir de la route.

— Ropero dit que le portable de Brynn a cessé d'émettre, l'informa Cowboy, le téléphone collé à l'oreille.

— Où ?

— Chez ses parents. Grady...

— Ne le dis pas.

— Elle pourrait être dans le coup. Ce pourrait être le plan de fuite. Elle aurait pu savoir pour son père pendant tout ce temps.

— Non.

Il refusait de le croire. Et pourtant, qu'en savait-il ? Peut-être avait-elle simulé son attirance pour lui, pour le garder près d'elle, comme on garde l'ennemi près de soi. Peut-être avait-elle su tout ce temps pourquoi il était là, et qu'elle s'était jouée de lui comme d'un imbécile.

Cela semblait logique. Une femme comme elle, qui sortait avec un homme comme lui...

Et pourtant... Et pourtant, il n'avait pas eu l'impression que c'était faux. Pas un seul instant n'avait paru faux depuis qu'il l'avait revue. Il avait passé sa vie à repousser ses émotions, mais plus depuis qu'il avait rencontré Brynn. Il était débordant d'émotions. Électrisé par les possibilités. Pétrifié par le doute.

Elle lui donnait le sentiment d'être une bonne personne. *Lui.* Pas l'opérateur de la HRT. L'homme.

Soudain, il comprit que son boulot était un bouclier derrière lequel il se cachait pour prouver à tout le monde qu'il était quelqu'un de bien.

C'était l'étiquette qu'il sortait lorsque son intégrité était mise en doute. L'institution dont il défendait et incarnait les valeurs.

La fidélité, le courage, l'intégrité.

Tant qu'il respectait les règles, son boulot ne l'abandonnerait pas. Il ne mourrait pas. Grady avait le contrôle, autant qu'il était possible pour quelqu'un d'avoir le contrôle de sa vie. C'était pour cette raison que la manœuvre de Ropero du vendredi précédent l'avait si profondément ébranlé.

C'était pour cela qu'il s'était tant investi. Oui, il aimait ses coéquipiers, mais son travail était le centre de son univers, simplement parce que c'était la seule chose dont il était fier.

Son boulot prouvait qu'il n'était pas comme son père, mais son caractère aussi...

Il avait tant en commun avec son père, son ADN, ses origines, son tempérament, son apparence physique, qu'il avait toujours craint d'être irrémédiablement brisé. Mais Grady comprenait désormais qu'il avait pris ces caractéristiques fondamentales et les avait modelées pour en faire ce qu'il voulait qu'elles soient. Il avait pris tous les traits potentiellement négatifs et avait suivi une voie différente. Il avait *choisi* d'être un meilleur homme que son père. Il avait *choisi* de faire partie des gentils. Et Brynn l'avait vu, l'avait reconnu, alors que très peu d'autres habitants de cette ville avaient pris la peine ne serait-ce que de lui donner une chance.

— Écoute, je sais que tu l'aimes bien, commença Cowboy, qui se tourna pour lui faire face.

Grady ne savait pas exactement ce qu'il ressentait pour Brynn, mais ce n'était pas aussi simple que « bien l'aimer ».

— Mais, pense à son ex...

— Elle n'a pas tué son ex.

Ryan répondit sans délicatesse.

— Quelqu'un l'a fait.

— S'il est mort, c'est que Kane l'a tué, répliqua Grady, qui, sans détourner les yeux de la route, savait que son ami arborait une expression sceptique. C'est logique. Peut-être que ce type l'a reconnu. Ou alors, c'est parce que cet enfoiré a fait du mal à Brynn...

Il hasarda un regard vers son ami.

— *Merde* ! Peut-être Kane a-t-il tué les Quayle parce que Caleb a frappé Brynn au visage hier. Et les autres ont braqué la banque et ont attiré tous ces ennuis sur lui. Mais il n'a pas pu se résoudre à tuer la femme et la petite fille. Il s'est adouci. Il s'est attendri.

— Je ne crois pas que poignarder cinq hommes adultes en représailles pour avoir frappé ton gamin au visage soit « s'attendrir » ! protesta Cowboy.

— Que pense Ropero de ma théorie ? s'enquit Grady, sachant qu'elle écoutait toujours depuis le téléphone de Cowboy.

— Elle est partagée entre deux idées : soit tu es un génie, soit tu es un parfait idiot.

— Bienvenue au club, annonça-t-il, alors qu'ils approchaient de la propriété des Webster. Où sont les autres ?

— À environ un kilomètre derrière nous.

Grady passa devant l'entrée, mais remarqua que la maison n'était pas directement visible de la route. Au lieu de cela, elle était protégée par toute une série de grands arbres à feuilles persistantes.

Il remarqua la trace d'un véhicule qui s'enfonçait dans les bois et décida de la suivre.

— À mon avis, la Subaru argentée qui se trouve devant nous appartient à un certain agent russe supposé mort depuis longtemps.

Cowboy sortit son fusil d'assaut HK416 de derrière le siège, ainsi que quelques chargeurs supplémentaires.

Lushko n'était nulle part en vue.

— Je suis désolé de devoir faire ça, Brynn. Je suis sincèrement navré.

Son père l'entraîna jusque dans sa chambre, la poussa sur le lit à plat ventre, puis s'assit sur ses jambes tout en attachant ses chevilles avec des liens de serrage. Elle se débattit, mais il était plus fort qu'elle ne l'avait imaginé.

— Je suppose que je devrais être contente que tu ne m'aies pas tiré dessus, hein !

— Crois-moi, répliqua-t-il d'un ton lugubre, j'y pense, vu la façon dont tu agis.

Une peur bleue envahit la jeune femme. Il avait assassiné ces deux petits garçons. Était-elle la prochaine ?

Il s'éloigna d'elle un instant, puis revint avec un rouleau de ruban adhésif.

— Tu n'es pas sérieux ! s'exclama-t-elle, la voix tremblante.

— Je suis tout à fait sérieux. Je sais que tu es pleine de ressources.

— Tu m'as appris tout ce que je sais.

— Tout ira bien pour toi ici. Je contacterai quelqu'un dès que nous serons dans un endroit sûr. Cela ne prendra qu'un jour au maximum. Sergei n'a pas encore découvert ma nouvelle identité. Tu seras en sécurité ici, à l'abri du blizzard, déclara-t-il, déchirant un morceau d'adhésif.

Avait-il tué les Quayle ? Un frisson d'appréhension lui parcourut l'échine. Cet homme était un tueur de sang-froid.

— Papa, attends ! Papa, *s'il te plaît* !

Il marqua une pause, mais Brynn lut la détermination dans ses yeux.

— Tu ne peux pas fuir éternellement.

— Je n'en ai pas l'intention. Mais simplement jusqu'à ce que ta mère...

Il déglutit à plusieurs reprises et détourna le regard.

Même maintenant, il était incapable d'affronter la terrible réalité qui pesait sur eux, celle de la maladie de sa mère. Gwendolyn Webster était impliquée dans des crimes odieux, et Paul était un monstre caché derrière un masque d'homme doux et gentil, mais l'amour qu'ils partageaient était probablement la seule chose honnête chez eux.

— Je t'emmènerais bien avec nous si je ne pensais pas que tu nous dénoncerais à la première occasion.

— Je ne serai pas complice !

La peur s'installa en elle. Elle ne voulait pas perdre ses parents... mais, d'un autre côté, c'était déjà le cas. Pour l'instant, elle ne pouvait pas se permettre d'énerver cet homme ou de le provoquer, au risque qu'il la fasse taire définitivement.

— Ne fais pas de mal à quelqu'un d'autre. Promets-moi au moins ça.

Paul hésita, puis hocha la tête.

— Sauf si c'est inévitable.

— *Bon sang*, papa !

Elle remua la tête d'un côté et de l'autre. Elle ne voulait pas être bâillonnée.

— Ne fais pas de mal à Grady. S'il lui arrive quelque chose, je...

— *Bon sang !* Ta mère avait raison. Tu es amoureuse de lui.

Elle fut prise au dépourvu lorsqu'il appuya la longue bande collante sur son visage, d'une oreille à l'autre.

Il l'embrassa sur le front, comme il l'avait fait des millions de fois au cours de son enfance, dans cette même pièce. Il avait apaisé ses douleurs et l'avait étouffée avec tant d'amour qu'elle n'avait jamais imaginé qu'il puisse ne pas être vraiment son père.

— Je t'aime, Brynn. Tu as toujours été ma petite fille. Je suis désolé pour tout, lui dit-il, puis il hésita sur le seuil de la porte. Je suis particulièrement navré au sujet d'Aiden.

Puis il ferma la porte et s'en alla.

CHAPITRE SOIXANTE

Grady et Cowboy sautèrent hors de la Jeep, s'enfonçant jusqu'aux genoux dans la neige. *Merde !*

Ils s'approchèrent en formation, scrutant tout autour d'eux à trois cent soixante degrés, au cas où quelqu'un les prendrait à revers et les attaquerait par-derrière. La portière conducteur de la Subaru qui se trouvait plus tôt au port était ouverte, et une traînée de gouttelettes cramoisies disparaissant rapidement maculait la neige.

— Il est touché.

Cowboy acquiesça.

Ils s'arrêtèrent pour mettre leurs oreillettes et baissèrent leurs masques pour se protéger du vent glacial.

— Informe Ropero que nous allons couper au nord-est de la propriété pour avoir un aperçu de la maison. Le véhicule de Lushko a été repéré. Il est ici.

Grady n'attendit pas que son coéquipier mette l'autre agent au courant. Si Lushko était là, Brynn était en danger.

Servare vitas.

Sauver des vies.

Telle était la devise de la HRT.

Il avait besoin de sauver Brynn plus qu'il n'avait besoin de respirer. Il devait maintenant s'appuyer sur sa capacité à faire son travail.

Il chassa la peur de son organisme et trouva dans son esprit la zone dont il avait besoin pour fonctionner au mieux. Cette zone grise qu'il avait découverte en s'entraînant sans relâche.

Il ne pouvait pas se permettre de considérer Brynn autrement que comme une otage sans visage. Même si son cœur lui disait le contraire. Il fit taire ses émotions et essaya de voir au-delà de la poudreuse. Au-delà de ses sens limités.

***

Paul Webster aida sa femme bien-aimée à traverser le salon en direction de la cuisine, vers une nouvelle vie.

— Est-ce que Brynn va bien ? haleta Gwen.

— Elle est bouleversée. Évidemment, elle est bouleversée. Elle vient de découvrir que l'homme qui l'a élevée est un tueur de sang-froid, et que son père biologique est un violeur. Pour couronner le tout, je lui vole sa mère, et je l'ai attachée pour y parvenir.

— Je lui parlerai quand tu seras en sécurité.

Paul enfouit son nez dans les cheveux de sa femme pendant qu'elle faisait une pause pour reprendre son souffle.

— Il n'y a bien que toi pour t'inquiéter davantage des autres à cet instant.

Des coups de feu brisèrent les vitres de la véranda.

Il jura.

Gwen s'agrippa fermement à lui, tandis qu'il l'allongeait hors de la ligne de feu.

— Brynn !

— Ça va aller pour elle. Sa chambre se trouve derrière les murs de briques d'origine. N'attire pas l'attention sur elle, il ne saura même pas qu'elle est là.

— En es-tu sûr ?

— Oui, j'en suis sûr !

Il rit, alors qu'en réalité, il avait envie de pleurer. Tout ce qu'il avait toujours voulu se trouvait dans cette maison, et il était certain que la personne à l'extérieur les détruirait toutes les deux dès qu'elle en aurait l'occasion, à moins que Paul ne l'atteigne en premier.

Il lui donna des consignes pendant une pause dans les tirs.

— Rampe avec moi. Rampe jusque dans la cuisine avec moi, lui intima-t-il, car elle était également faite de briques, et elle était davantage protégée. Ensuite, j'irai me débarrasser de cette ordure.

Gwen leva les yeux vers lui, le front plissé par la douleur, tandis qu'elle levait la main pour caresser le côté de son visage.

— Je ne peux pas. Je ne peux pas aller plus loin.

— Tu dois le faire, Gwen, insista-t-il, et sa voix se brisa ; il posa son front contre le sien. Tu dois le faire.

— Je ne peux pas.

Une autre rafale de balles brisa tous les vitrages qu'il avait si minutieusement installés dans leur véranda.

— Je suis désolé. Je suis tellement désolé !

C'est alors qu'il se brisa. Après toutes ces années, il craquait enfin.

— C'est ma faute ! s'exclama-t-il, des larmes ruisselant sur son visage. Il est en train de détruire ton endroit préféré, et tout ça, c'est ma faute !

Gwen secoua la tête et le fixa de ses yeux d'un bleu éclatant, qui l'avaient percé à jour dès le début.

— C'est *toi*, mon endroit préféré. Durant toute ma vie, tu es le seul à m'avoir vraiment vue, à l'exception de Brynn, affirma-t-elle, caressant son visage, faisant fi du bruit et du danger. Il est trop tard pour qu'il détruise quoi que ce soit qui m'appartienne, sauf toi et Brynn. Je me fiche de moi. J'en ai presque terminé avec cette vie, mais Brynn... Elle mérite d'avoir une chance d'être heureuse. Promets-moi d'essayer de lui donner ça, si tu le peux.

Paul avait envie de nier ce qu'elle disait. De lui dire qu'elle allait vivre encore des années, s'il pouvait lui faire consulter les bons médecins. Mais elle avait besoin de sa promesse.

— Je ne ferai rien qui pourrait entraver son bonheur.

Paul ferma les yeux. Les balles ne s'arrêtaient pas, mais cela ne saurait tarder. Sergei Lushko ne pouvait transporter qu'une quantité limitée de munitions dans toute cette neige. Apparemment, la femme qui l'avait accompagné était morte : l'homme était livré à lui-même.

— Nous allons sortir d'ici. Toi et moi. C'est ainsi que nous nous assurerons que Brynn restera en sécurité. Nous allons l'éloigner.

Gwen lui adressa un faible sourire, comme s'ils étaient allongés sur de doux oreillers plutôt que sur de la moquette rugueuse.

— Tu as toujours été un rêveur, Paul. Je suis tellement navrée qu'ils t'aient choisi.

— Pas moi, répondit-il, essuyant une larme sur sa propre joue. Sans eux, je ne t'aurais jamais trouvée.

— Oh ! Nous nous serions trouvés. Des amants maudits, destinés à se rencontrer à travers les âges.

Il secoua la tête lorsque les balles frappèrent l'aquarelle qu'ils avaient achetée à Boston quelques années plus tôt, lors d'un rare voyage en voiture. Ils étaient venus pour consoler Brynn après la « disparition » de son abruti de mari.

Quelques semaines avant, Aiden était venu ici, sans Brynn,

et il avait essayé de lui soutirer de l'argent. Il avait menacé d'envoyer Gwen en prison.

Sa femme n'avait rien su.

Aiden avait fait une demande de copie de l'acte de naissance de Brynn, car cet idiot avait égaré l'original. Il ne voulait pas qu'elle sache qu'il avait besoin d'un passeport, car il avait prévu de lui faire la surprise d'un voyage au Belize. Un voyage que Paul et Gwen étaient censés payer, apparemment.

Paul n'avait jamais vraiment compris comment cette fouine avait réussi à faire le lien entre le fait qu'il n'était pas le père biologique de Brynn, et le fait qu'il était Eli Kane, mais Aiden avait été stupide de penser que cela lui rapporterait autre chose qu'une balle dans la tête, surtout après avoir menacé Gwen.

Les tirs s'arrêtèrent quelques instants, et Paul saisit sa chance : il souleva sa femme dans ses bras, et courut vers la cuisine. Il prit une inspiration douloureuse lorsqu'une balle le frappa en plein dans le dos et il s'effondra sur le sol.

Lorsque les coups de feu éclatèrent, Brynn roula hors du lit et atterrit sur le sol.

Il lui avait fallu quelques secondes pour se rendre compte que les balles faisaient trembler le mur sans le traverser. Qui tirait ? Le FBI ? Les *Russes* ? Toute cette situation était totalement surréaliste.

Cela n'avait pas d'importance. Elle pensait bien qu'une balle ne se différenciait guère d'une autre, quelle que soit son origine.

Allongée sur la moquette de sa chambre, elle repéra une paire de ciseaux sur son étagère. Elle se tortilla comme une chenille disgracieuse pour les atteindre. Elle se poignarda avec l'extrémité pointue avant d'arriver à couper les liens de ses poignets. Une fois ses mains libérées, elle n'eut aucun mal à détacher ses pieds. Elle retira le ruban adhésif de son visage, adressant un juron silencieux à l'homme qui l'avait élevée, puis elle le jeta par terre.

Elle s'approcha de la fenêtre qu'elle essaya d'ouvrir, mais elle était verrouillée.

Pas étonnant que son père ait toujours été si attentif à la sécurité, même ici, en pleine cambrousse.

Ce qui ne leur était pourtant pas d'un grand secours à cet instant.

Brynn pouvait toujours briser la vitre et sortir, mais où se trouvait le tireur ? Et combien y en avait-il ? C'était impossible à déterminer au milieu de ce blizzard.

Elle crut apercevoir une silhouette armée qui se déplaçait à l'extérieur, et elle s'esquiva, hors de vue. Le cœur de la jeune femme s'emballa. Elle ne voulait pas mourir.

Qu'en était-il de ses parents ? Étaient-ils encore là ?

Paul Webster était le seul père qu'elle ait jamais connu. Elle aimait l'homme qu'elle avait cru qu'il était, mais elle n'était pas convaincue qu'il ne la tuerait pas sur-le-champ si elle se mettait en travers de son chemin.

Il gardait une arme de poing dans le placard de la cuisine. Si elle pouvait l'atteindre, elle aurait une chance de se défendre, à supposer que son père ne l'ait pas déjà emportée.

Elle se prépara et se glissa lentement hors de la chambre, dans le couloir.

Grady et Cowboy se précipitèrent derrière un grand arbre tandis que le tireur ouvrait le feu avec son arme automatique en direction de la maison des Webster et, par inadvertance, sur eux.

— Je pense que nous sommes au bon endroit, remarqua Cowboy en souriant.

Grady n'avait pas le cœur à plaisanter. Pas à ce sujet.

— Brynn est à l'intérieur !

Il avait repéré sa voiture tandis qu'ils suivaient la piste. Le tir de barrage s'interrompit pendant quelques secondes. Ils se mirent en route, essayant de contourner le bâtiment afin de repérer le tireur, mais il s'agissait d'une grande construction en forme de L, et la neige était plus profonde à cet endroit, ce qui les ralentissait.

— Comment sait-on si l'on est amoureux ? demanda Grady.

— Tu ne la connais que depuis quelques jours, grogna Cowboy.

Ils s'abritèrent derrière un large tronc et reprirent leur souffle.

— En combien de temps l'as-tu su ?

Ryan brossa la neige qui recouvrait son arme.

— Avec Becky ? Je l'ai su à l'instant où je l'ai vue, répondit-il, croisant le regard de son ami. Je ne souhaite ça à personne, Grade.

— Je ne vais pas la perdre, Ryan.

Il leva les yeux, et il aurait pu jurer avoir vu les rideaux bouger dans l'une des pièces. Il crut apercevoir un éclair de cheveux roux, avant que les tirs ne reprennent, et que la personne, Brynn, sans le moindre doute, ne tombe au sol.

— J'entre !

— *Merde*, Grady ! Laisse-moi au moins passer de l'autre côté et balancer quelques tirs de couverture !

— Tu as soixante secondes, concéda-t-il, croisant le regard de Cowboy.

Son ami hocha la tête.

— Attendons qu'il n'ait plus de muni...

Il entendit Ryan jurer, mais il n'allait pas attendre aussi

longtemps, pas quand Brynn était en danger. Grady se rapprocha, trouva un autre arbre derrière lequel attendre, puis il se rendit compte que les balles ne sortaient pas de cette partie de la maison.

Il courut vers le bâtiment, tête baissée. Il ne s'autorisa pas à penser au danger tandis qu'il se faufilait le long du mur et jetait un coup d'œil par la fenêtre. La déception l'envahit. La pièce était vide.

CHAPITRE SOIXANTE-ET-UN

Les tirs d'arme automatique avaient cessé, et Brynn écoutait le vent hurlant remplir le silence, hyper consciente de chaque bruit dans ce cauchemar qu'était soudainement devenue sa vie.

À quatre pattes, elle atteignit la cuisine et vit ses parents étendus sur le sol ; son père gisait à moitié sur sa mère, le dos recouvert d'une tache rouge foncé.

— Papa ! Maman ! s'écria-t-elle, se précipitant à leurs côtés.

Elle vérifia leur pouls et constata qu'ils étaient toujours vivants, mais inconscients.

Heureusement.

Les mains tremblantes, elle fouilla dans les poches de son père, y trouva son portable, et l'alluma.

Elle appela le 911, sans savoir si l'appel pourrait aboutir au vu de la météo.

En entendant un bruit de verre brisé sous de lourdes bottes, elle glissa le téléphone dans la poche de son jean sans raccrocher.

Elle se leva et se précipita vers le placard où, depuis des années, son père gardait une arme... pour *les ours*, avait-il dit. À présent, elle savait exactement de quelle nationalité étaient ces ours.

Merde !

L'arme n'était plus là.

Son père l'avait probablement sur lui, mais elle n'avait plus le temps. Elle déglutit avec difficulté en se tournant vers l'homme à qui elle avait servi à manger, le même qu'elle avait vu sur le bord de la route et qu'elle avait aidé. Il se tenait là, la regardant fixement de ses yeux brun foncé, le visage marqué par de profondes rides qui reflétaient son mécontentement. Il saignait abondamment d'une blessure au flanc.

— Est-il mort ? s'enquit-il avec un signe de tête vers son père.

Elle se déplaça sur le côté, mais elle n'avait nulle part où s'enfuir.

— Oui.

Il pinça les lèvres à plusieurs reprises.

— Dommage. Je voulais qu'ils voient ça tous les deux, annonça-t-il, brandissant un pistolet qu'il pointa sur elle.

— Attendez ! Je n'ai jamais demandé à faire partie de ça, dit-elle rapidement. J'ai découvert qui était mon père, et j'ai appris pour votre vendetta il y a environ cinq minutes.

— Mes garçons ne savaient rien non plus.

Il regarda par la fenêtre pendant un moment. Ravala un chagrin qui semblait aussi intense aujourd'hui qu'il l'avait sûrement été toutes ces années auparavant.

— Ils ne me connaissaient même pas. Ils étaient innocents.

— *Vous* les avez placés dans un jeu dangereux. *Vous* en avez fait les acteurs d'une guerre que personne d'autre ne voulait mener.

— Pas moi ! s'écria-t-il, le visage crispé. Mes patrons. Le KGB. Toujours ce foutu KGB.

— Je croyais que c'était *vous*, le KGB ?

Brynn tremblait si fort qu'elle était sûre qu'il pouvait l'entendre. Elle ne voulait pas mourir. Elle venait juste de trouver une raison de vivre.

— J'en faisais partie, ricana-t-il. Vous pensez que j'avais le choix concernant Lisa, ou nos enfants ?

— Honnêtement, je ne connais rien de ce monde, mais il me semble froid et cruel.

— Kane vivait dans le même monde que moi, petite fille. Il jouait aux mêmes jeux. Mais c'était un imbécile. Si vous voulez blâmer quelqu'un pour cela, blâmez-le, s'exclama-t-il, du vitriol dans la voix.

Brynn le blâmait. Elle leur en voulait à tous les deux. Et elle reprochait à sa mère et à Lisa d'avoir mis ces enfants en danger.

L'ancien officier du KGB était furieux. Il pouvait bien considérer Eli Kane comme un imbécile, mais celui-ci avait triomphé de cet homme et du système pendant près de trente ans.

Il fallait qu'elle gagne du temps, ou qu'elle parvienne à raisonner cet homme, mais pourquoi ? Personne ne viendrait à son secours. Les services d'urgence n'arriveraient jamais à temps. Pourtant, elle devait essayer.

— Qui était la femme avec qui vous étiez au café ?

Sa bouche se crispa.

— Alana Petrokova. Elle était ingénieur chimiste et dotée, dirons-nous, de compétences *particulières*. Et c'était également la sœur de Lisa. Celle-ci avait été envoyée aux États-Unis avec ses parents. Alana et son frère étaient considérés comme trop âgés et ont été pris en charge par l'État. Je l'ai contactée il y a de nombreuses années, et je lui ai raconté la vérité sur sa famille. L'État lui avait dit qu'ils étaient morts dans un accident. Elle était heureuse de venir ici. Elle voulait se venger du gouvernement qui lui avait menti et de l'homme qui avait tué sa sœur et ses neveux. Nous avions prévu quelque chose de très spécial pour Eli quand nous le retrouverions. Une mort atroce, qui aurait pu déclencher une guerre, expliqua-t-il en riant. Mais le FBI s'en est mêlé. Je devrais me contenter de ça.

Il brandit à nouveau son pistolet. Brynn allait mourir.

— Je suis vraiment désolée pour ce qu'il a fait, même si je soupçonne que vous étiez tout aussi mauvais l'un que l'autre. Je veux que vous sachiez que ma mère n'avait rien à voir avec ça. Et j'étais un bébé.

Certes, elle mentait au sujet de sa mère, mais Brynn s'en fichait. Peut-être s'en irait-il sans vérifier qu'elle était bien morte.

Il lui adressa un sourire triste qui atteignit ses yeux, mais elle n'y vit que de la lassitude et de la détermination. Pas de pitié. Pas de rage.

— Peu importe. C'est le principe même de la chose.

Brynn faillit rire lorsqu'il parla de principes.

— Il ne le saura même pas.

L'homme lui lança un regard fatigué ; son visage était pâle, ses traits tirés.

— Mais moi, oui.

Brynn en avait ras-le-bol que les gens se servent d'elle... Aiden, ses parents. Et maintenant, cet étranger. Elle n'allait pas rester là et le laisser la tuer sans se battre. Elle n'était pas un pion sans cervelle dans leur jeu éculé. Brynn se jeta sur lui, et repoussa le bras de l'homme en l'air avant qu'il ne puisse tirer. Soudain, elle fut renversée ; elle roula sur le côté, tandis qu'une autre silhouette se battait avec le Russe.

Grady.

Oh, bon sang ! La silhouette qu'elle avait vue dehors, c'était Grady, qui était venu la sauver. Elle se releva d'un bond.

Un coup de feu partit, et elle se figea, mais Grady tira le bras en arrière, puis asséna à l'autre homme un coup de tête suffisamment puissant pour l'assommer.

Il tituba en arrière, puis leva les bras, qu'il enroula autour de Brynn, la serrant si fort qu'elle pouvait à peine respirer.

— Grady. Grady ! *Oh, mon Dieu !* Merci ! Je suis tellement heureuse que tu sois venu !

Elle s'écarta de lui et se rendit compte, avec effroi, qu'elle avait du sang sur elle. Brynn fixa la tache rouge un moment, choquée, avant de relever son regard vers celui de Grady.

Il tomba à genoux.

Elle hurla.

— Grady ! Grady a été touché ! Envoyez les services d'urgence ! s'écria-t-elle, sortant le téléphone de sa poche. Il nous faut une ambulance ! Vite ! Une ambulance aérienne. On a tiré sur un agent du FBI ! Venez ici aussi vite que possible, À Pike's Turning.

Elle s'interrompit quelques secondes, posant les yeux sur ses parents, et sur le vieil agent russe du KGB.

— Beaucoup de personnes ont été blessées. Nous avons besoin d'une aide d'urgence. S'il vous plaît !

Brynn se laissa tomber à genoux à côté de Grady.

— Tu ne peux pas être blessé. Pas à cause de moi, lui dit-elle, tandis qu'il commençait à se balancer.

Elle l'entoura de ses bras pour le maintenir droit.

— S'il te plaît... S'il te plaît, je t'en prie... Je n'ai jamais supplié auparavant, mais je t'en prie, ne meurs pas, lui murmura-t-elle, lui tenant les épaules tout en fixant ses yeux bleu ciel parfaits. Je crois que je t'aime, Grady Steel. Alors je t'en supplie, ne t'avise pas de mourir. Même si tu ne ressens pas la même chose. Reste en vie pour pouvoir te moquer de moi plus tard, et me dire que je n'étais rien de plus qu'un élément de ton opération sous couverture. Je m'en fiche, du moment que tu ne meurs pas.

CHAPITRE SOIXANTE-DEUX

Des bruits de pas se firent entendre derrière Brynn, qui se prépara au pire quand elle jeta un coup d'œil par-dessus son épaule. Elle ne fut même pas surprise quand elle aperçut le cow-boy du café, armé d'un fusil d'assaut à l'allure mortelle.

Elle n'avait pas le temps de poser des questions.

— Aidez-moi, vite ! Grady a été touché !

L'homme se précipita, balayant rapidement la cuisine du regard. Il lia les mains du Russe et de son père à l'aide de liens de serrage, avant de s'agenouiller à côté d'elle. Il arracha le gilet balistique de Grady, et elle vit avec horreur le petit trou rond en haut de sa cuisse.

Elle plaqua une main sur sa bouche.

— J'avais le 911 en ligne, mais je ne sais pas dans combien de temps ils seront là. Je ne sais pas s'ils m'ont crue quand j'ai dit que c'était urgent.

— Avez-vous du matériel médical dans la maison ?

Brynn acquiesça.

— Dans le placard. Je vais le chercher.

Elle se releva en titubant et se précipita vers le placard où son père gardait toujours une réserve bien approvisionnée de matériel d'urgence.

À présent, elle savait pourquoi. Elle sortit la grande boîte rouge et se hâta de revenir auprès de Grady. Elle savait qu'elle devait s'occuper de ses parents, mais il fallait d'abord qu'elle l'aide.

Sa peau était pâle et moite, mais il lui attrapa la main et lui sourit.

— Tu vas bien ?

— Oui, oui, je vais bien. Mais je suis tellement *désolée.*

— Depuis combien de temps savez-vous que votre père figure sur la liste des dix fugitifs les plus recherchés par le FBI pour avoir tué sa femme et leurs deux enfants ? s'enquit le cow-boy d'un ton mordant.

— Depuis aussi longtemps que je sais qu'il n'est pas mon père biologique. Ce qui doit faire à peu près dix minutes, répliqua-t-elle, puis elle agrippa la main de Grady et la serra. Je leur apportais de la soupe, et je les ai trouvés sur le point de partir. *Oh, mon Dieu !* Rien de tout cela ne serait arrivé si j'étais restée à la maison comme j'aurais dû le faire.

Ses larmes menaçaient de couler, mais elle les chassa d'un battement de cils. Elle n'avait pas le temps de pleurer.

— J'aurais dû rester à la maison.

— Si vous l'aviez fait, un dangereux fugitif aurait pu s'échapper, lança le cow-boy d'un ton dur.

— Laisse-la tranquille, Ryan, intervint Grady, qui resserra sa prise sur la main de Brynn quand le Russe commença à revenir à lui. Elle a eu une dure journée.

— *Elle* a eu une dure journée ? bafouilla l'autre homme. On t'a tiré dessus, et j'ai sauté dans le port pour éviter d'être tué par ce foutu *Novitchok.*

Brynn eut l'impression que ses yeux allaient sortir de leurs orbites. C'était ce que le Russe avait évoqué en disant qu'ils avaient « prévu quelque chose de très spécial ».

— C'est pour ça que vous êtes allé dans l'eau ?

— En tout cas, ce n'était pas pour le plaisir, madame.

Brynn tressaillit et commença à reculer ; la poigne de Grady se resserra.

— Laisse-la tranquille !

— Grady, je ne savais rien de tout ça. Je te le promets. Je ne m'attends pas à ce que tu me croies, mais je ne savais pas. Je n'en savais absolument rien. Je t'en prie, ne meurs pas. Je t'apprécie vraiment beaucoup.

— Tu as dit que tu *m'aimais*, tout à l'heure.

— Tout à l'heure, M. Ronchon ne me regardait pas de haut..., marmonna-t-elle avec un sourire larmoyant.

— Il n'est pas si méchant. Hé... je crois que je suis en train de tomber amoureux de toi, moi aussi. Je n'ai jamais dit cela à personne, jamais.

Consternée, elle vit ses yeux rouler dans leurs orbites, juste avant qu'il ne perde conscience.

— Non ! Reste avec moi, Grady. Grady !

Le Russe entrouvrit les yeux.

— Peut-être que vous regarder voir votre amant mourir de mes mains me procurera une satisfaction suffisante.

— Ferme-la, ordure ! s'écria Ryan, qui appuya une compresse en haut de la jambe de Grady, avant de vérifier l'arrière de sa cuisse. Pas d'orifice de sortie. La balle est toujours à l'intérieur.

Il rallongea Grady.

— Il ne va pas mourir, affirma Brynn, qui jura soudain quand elle repéra les ecchymoses sur la cage thoracique de Grady.

Le cow-boy arbora une expression sévère.

— Avec les compliments de votre copain, le shérif.

— Ce n'est pas mon copain ! protesta-t-elle.

Cet homme ne l'appréciait pas du tout, alors que la seule chose qu'elle lui avait faite, c'était de lui servir de la bonne nourriture.

C'était la raison de la présence du FBI… Eli Kane. L'avaient-ils observée ? Savaient-ils tous ce qui s'était passé dans la douche ce matin-là avec Grady ? Cela faisait-il partie du plan ?

En avait-elle même quelque chose à faire ?

Non. Pas si cela avait été réel. Grady lui avait dit qu'il pensait tomber amoureux d'elle… Tout ce qui lui importait, c'était que cet homme aille bien.

— Tenez la compresse pendant que je fais le pansement. Maintenez la pression.

Brynn fit ce qu'il lui demandait.

— Je ne crois pas qu'une ambulance pourra venir jusqu'ici. Nous pouvons nous servir du camion de mon père pour nous rendre aux urgences de Blue Hill.

Ryan regarda les corps éparpillés autour de lui.

— Il y a une cabine double, et il est équipé d'un chasse-neige. C'est la meilleure option que nous ayons.

Brynn se tendit en entendant d'autres personnes arriver.

— Ne t'inquiète pas, dit Grady, qui venait de se réveiller.

Heureusement. Elle se pencha vers lui pour bien l'entendre.

— Ce sont les gars.

— D'accord, répondit-elle, et elle l'embrassa sur la joue.

Elle voulait être avec lui. L'idée de le perdre lui donnait l'impression d'avoir un poids sur le cœur, mais elle savait que c'était probablement la dernière fois qu'elle le voyait. Il appartenait au FBI, et elle savait qu'il adorait son travail. Et elle était sur le point de devenir une paria au niveau national.

Elle vérifia à nouveau le pouls de ses parents. Tous deux étaient en vie, mais à peine. Le Russe, les yeux plissés, s'adressa à Brynn.

— Il n'est pas mort, n'est-ce pas ? demanda-t-il, avant de se mettre à rire comme un fou. C'est bien ma chance. J'ai attendu tant d'années pour me venger, mais Kane n'est toujours pas mort, et sa garce de fille m'a menti.

Des agents du FBI vêtus de noir firent irruption à l'intérieur et, alors qu'elle s'accrochait à la main de Grady, elle fut contrainte de lâcher prise. Sa bouche s'assécha lorsqu'on lui passa les menottes pour la deuxième fois de la journée.

Pire encore, ils étaient en train d'emmener Grady loin d'elle, et elle ne savait pas s'il allait s'en sortir.

Sa mère gémit.

Elle essaya de s'approcher d'elle, mais quelqu'un la retint.

— Ma mère est atteinte d'un cancer de stade 4. Je vous en prie, soyez gentils avec elle.

Des larmes emplirent les yeux de Brynn à la vue du gâchis insurmontable qu'était devenue sa vie. Ce n'était pas de l'apitoiement. C'était le fait que toutes les personnes qu'elle aimait étaient en danger de mort, et qu'elle ne pouvait absolument rien y faire. Si Grady mourait, elle ne se le pardonnerait jamais. *Jamais.*

Mais, au lieu d'aider, elle devait rester là, inutile, menottée, tandis qu'une tempête de neige balayait la maison en ruines de ses parents. N'était-ce pas la métaphore parfaite de ce qu'était devenue sa vie ?

— Mademoiselle Webster ? l'appela une petite femme blonde à l'allure sérieuse, vêtue d'une parka noire, tandis qu'elle s'approchait d'elle. Agent Kelly Ropero. Nous avons quelques questions à vous poser.

Les coéquipiers de Grady le transportèrent jusqu'à l'arrière d'un camion où ils l'allongèrent à plat. Ils lui avaient posé une perfusion et sans doute administré un analgésique, car il ne souffrait plus. Ça, ou bien il était en train de mourir.

Nash était assis à côté de lui, il surveillait son pouls.

— Où est Brynn ?

— Elle est en train d'être interrogée, Grade, tu le sais. Ça ira pour elle.

Grady jura en regardant défiler les arbres sombres sur une toile de fond gris pâle. Le blizzard s'intensifiait. Pour une fois, la météo avait vu juste.

— Rien de tout cela n'est de sa faute. Elle découvre toute cette merde, elle aussi.

— Comment le sais-tu ? s'enquit Donnelly depuis le siège conducteur.

— Je le sais.

Il n'avait jamais été aussi sûr de quoi que ce soit de toute sa vie, et il ne prenait pas de décisions à la légère. Alors qu'il commençait à flotter, il entendit les paroles paniquées de ses coéquipiers, mais il n'avait pas la force de parler. Il avait perdu trop de sang. Qui savait ce que la balle avait touché à l'intérieur...

Il commença à flotter plus haut, et une seule idée l'obsédait : il allait manquer sa chance. Il ne pensait pas au fait que son boulot ou ses coéquipiers lui manqueraient, même si c'était le cas. Mais il allait mourir, et passer à côté de sa seule chance d'aimer.

Bon sang... / Il était furieux.

CHAPITRE SOIXANTE-TROIS

Brynn était menottée à l'arrière d'un SUV, qui suivait deux ambulances et un chasse-neige en direction des urgences les plus proches. Grady avait été emmené avant eux dans le camion de son père. Elle frissonnait malgré son manteau et le chauffage qui tournait à plein régime.

Le choc s'était mué en chagrin. Puis le chagrin en colère. La colère en fureur noire, qui se transformait à nouveau lentement en chagrin. C'était un cercle vicieux.

Elle n'arrivait pas à croire que tout ce qui s'était passé était réel.

Mais la brûlure à son poignet était à vif contre le métal impitoyable des menottes, et ses vêtements étaient tachés du sang de Grady.

— Avez-vous des nouvelles de Grady ? Est-ce qu'il va bien ?

La femme agent blonde, assise sur le siège passager, se tourna vers elle. Un homme conduisait.

— Je crains de ne pouvoir divulguer aucune information au sujet de l'opérateur Steel, sauf à ses proches parents.

Elle eut l'impression de recevoir une balle dans la poitrine.

— Sérieusement ? Vous pouvez dire à sa sœur, qui le déteste, comment il va, mais pas à moi ? demanda-t-elle d'une voix brisée. Quoi que vous fassiez, ne lui donnez pas de procuration. Donnez-la à l'un de ses amis, ou quelque chose comme ça.

La peur des conséquences possibles la submergea.

Elle jeta un coup d'œil au grand homme assis à côté d'elle. Il était vêtu de noir, et armé pour une guerre totale, tout comme l'avait été Grady.

— Je suis sérieuse. Crystal Grogan n'hésiterait pas à débrancher tout ce qui le maintiendrait en vie si cela lui permettait de mettre la main sur ses biens. Je vous en prie, les implora-t-elle. Parlez au personnel de l'hôpital, et dites-leur qu'ils ne peuvent pas faire confiance à la sœur de Grady pour les décisions concernant ses soins.

— Mais vous êtes digne de confiance ?

Brynn entendit la note de scepticisme dans la voix de l'homme.

— En fait, oui. Je suis digne de confiance. Je suis quelqu'un d'honnête, et je veux que Grady aille bien.

Et qu'il m'aime.

Mais elle garda ces mots pour elle. Peu importait ce qu'il lui avait dit, elle ne pouvait imaginer qu'il veuille toujours la côtoyer une fois que tout serait terminé, et que la vérité serait révélée au grand jour.

— Nous veillerons sur Grady, lui promit l'homme à côté d'elle.

— D'accord. Tant mieux. Mes parents ? Pouvez-vous me dire ce qu'il en est ?

La femme hésita.

— Les médecins disent que votre mère est très malade.

Brynn sentit qu'une boule lui obstruait la gorge.

— Pourrais-je la rejoindre quand nous arriverons à l'hôpital ?

— Je dois d'abord vous poser quelques questions.

Brynn serra ses doigts.

— Et si elle meurt pendant que vous me posez ces questions, auxquelles je répondrai « non, je ne savais pas que mon prétendu père était un fugitif notoire recherché par le FBI et les Russes », que se passera-t-il alors ?

— Peut-être que mes questions tournent davantage autour de votre ex-mari.

— Mon ex ? répéta Brynn, expulsant une bouffée d'air. Si Aiden m'empêche d'être auprès de ma mère sur son lit de mort, je le traquerai et je tuerai ce salaud.

— C'est bien le problème, répliqua l'agent, qui soutint son regard. Nous n'arrivons pas à le retrouver. Nous pensons qu'il est déjà mort.

Brynn ouvrit la bouche, mais aucun mot n'en sortit. Elle sentit les battements de son cœur en furie jusque dans ses oreilles.

— Je ne comprends pas. Aiden est parti avec une autre femme.

— Il n'y a aucune trace de lui.

— Où avez-vous regardé ?

— Partout.

Une douleur commença à palpiter derrière ses yeux lorsqu'elle se rappela ce que son père avait dit après l'avoir attachée dans sa chambre. Qu'il était particulièrement navré au sujet d'Aiden.

Sur le moment, elle avait cru qu'il faisait allusion au fait que ce salaud lui avait fait du mal, mais maintenant...

— Je veux parler à mon père.

L'agent secoua la tête.

— Vous pouvez me mettre un micro. Je me fous que vous entendiez quoi que ce soit qui puisse m'incriminer. Je n'ai rien à cacher. Je veux savoir ce que mon père a à voir avec Aiden, s'il y a quelque chose. Il me parlera. Mais, à vous, il ne dira rien.

Ensuite, je veux aller m'asseoir auprès de ma mère, exigea-t-elle, déglutissant avec difficulté. Et j'aimerais avoir des nouvelles de l'état de santé de l'opérateur Steel. Je ne suis peut-être pas de la famille, mais je... j'ai besoin de savoir qu'il va bien.

Elle voulait tellement plus que cela, mais elle n'était pas en mesure de le demander.

L'agent la regarda, de la méfiance dans les yeux, puis elle hocha la tête.

— Marché conclu.

Brynn chassa toute inquiétude de son esprit en entrant dans la chambre d'hôpital, où elle fixa du regard la silhouette allongée paisiblement dans le lit. Il avait subi une intervention chirurgicale, mais son cœur battait régulièrement, à en croire le moniteur.

Dormait-il ?

Un léger sourire ourla les lèvres de son père quand elle s'approcha.

— J'ai cru que je t'avais perdue. Est-ce que tu vas bien ?

— Est-ce que je vais bien ? répéta-t-elle, incrédule. *Bien ?* Je découvre que tu figures sur la liste des personnes les plus recherchées par le FBI, accusé de plusieurs meurtres. J'ai été menacée par un ancien agent du KGB, qui voulait notre mort à tous. Et on a tiré sur l'homme dont je suis tombée amoureuse pendant qu'il venait à mon secours. Si l'on ajoute à ça que tu m'as menti toute ma vie, et que tu as aggravé ton cas en m'attachant et en me jetant dans ma chambre comme une victime d'enlèvement...

— Pour ton bien.

— Oui, c'est ça. Je ne crois pas que tu aies encore ton mot à dire à ce sujet. En fait, tu n'auras plus jamais ton mot à dire dans ma vie ! s'exclama-t-elle, luttant contre l'épuisement, car elle devait aller au bout. En plus, maman ne va pas bien.

Le sourire de son père disparut, et son front se plissa.

— Est-ce qu'elle est ici ?

Elle lui prit la main, brutalement ramenée à leur nouvelle réalité par les bracelets métalliques qui le retenaient au lit d'hôpital. Au moins, ils avaient retiré ses menottes à Brynn... Pour le moment.

— Oui. Elle s'accroche, mais ils ne me laissent pas rester avec elle. À cause de toi, ajouta-t-elle, déglutissant bruyamment. Je crois qu'elle n'en a plus pour très longtemps.

Paul Webster resserra sa prise sur la main de Brynn.

— Je veux être avec elle.

Elle regarda autour d'elle, cherchant une chaise, très mal à l'aise à cause du dispositif d'écoute dans sa poche.

— Ce n'est pas à moi d'en décider. Le FBI pense que j'étais dans vos combines.

— Je suis désolé pour ça, lui dit-il, et ses yeux bleus étaient étonnamment clairs pour quelqu'un qui venait de subir une opération. Je ne suis pas désolé pour grand-chose, mais je le suis pour ça. Nous avons décidé très tôt que moins tu en saurais, mieux ce serait. Tout te raconter aurait fait de toi une complice, et aucun de nous ne voulait ça. En plus, nous tentions d'oublier que cette partie de notre vie avait un jour eu lieu. Comment va ton jeune homme ?

Le son qui sortit de la bouche de Brynn était à mi-chemin entre un rire et un sanglot.

— Il n'est pas à moi.

Pourtant, il avait dit qu'il était possible qu'il l'aime ? *Bon sang, quel gâchis !*

— Je n'en sais rien. Il a pris une balle quand le Russe est entré pour nous achever dans la cuisine. Tu étais inconscient.

— Sergei Lushko, dit son père, la voix amère et emplie d'une rage réprimée. La première fois que je l'ai rencontré en personne, il m'a drogué et violé au cours d'une orgie, à laquelle Lisa nous avait fait inviter, comme par magie. J'étais complètement *stone*. Le consentement n'était pas un sujet très discuté à l'époque, surtout dans ce milieu, et, pour être honnête, dit-il en pinçant les lèvres, j'étais trop fier pour admettre que j'avais été violé. Et à qui aurais-je pu le dire, exactement ? *Bon sang !* J'étais un tel imbécile !

Il laissa échapper un rire dépité.

Puis il détourna le regard.

— Je suis désolée, lui dit Brynn.

— Ne le sois pas, lui intima-t-il, l'expression dure. Je lui ai fait la même chose à la soirée suivante, la drogue en moins. Je voulais qu'il sache exactement ce qui se passait. Et ensuite, j'ai fait bien, bien pire.

Une vague de dégoût envahit Brynn. *Bon sang !* Tout était vrai. Brynn n'en revenait toujours pas. Peut-être était-ce le manque de sommeil, mais elle avait la sensation de flotter entre deux mondes, dont l'un était l'enfer.

— J'aurais aimé trouver un moyen de le tuer à l'époque.

Il laissa échapper un rire tranquille. Il parlait de meurtre avec la même aisance qu'il discutait de la construction d'un poulailler.

— Apparemment, ils m'ont choisi parce que j'étais arrogant. Je pense qu'au bout du compte, je leur ai montré à quel point je l'étais.

Brynn se rendit compte que, pour Eli Kane, cela avait été un jeu mortel. Elle regardait cette personne, tâchant de faire le lien avec l'homme qui l'avait élevée. En vain.

— Tu n'imagines pas qui fréquentait ces soirées, Brynn. Non pas que tu veuilles imaginer ton vieux père en train d'avoir des relations sexuelles, je sais bien.

— Techniquement, tu n'es pas mon parent, mais tu as raison. Je n'ai aucune envie de t'imaginer au milieu d'une orgie.

Paul Webster serra les doigts de la jeune femme assez fort pour lui faire mal.

— Je suis le seul père que tu aies jamais connu, et j'étais bon dans ce rôle, n'est-ce pas, Brynn ? J'ai été un bon père.

Brynn expira bruyamment.

— Oui. Oui, tu l'as été. Je t'aimais.

Le regard de Paul devint féroce.

— Je t'aime. Je t'ai toujours aimé. Ça n'a jamais été un mensonge.

Comment pouvait-elle lui faire confiance ?

— Je ne sais plus quoi croire.

Elle voulait lui demander s'il l'aurait tuée, elle aussi, si elle s'était trouvée en travers de son chemin. Mais, à cet instant, elle n'était pas capable de faire face à la réponse. Au lieu de cela, elle posa une autre question, qui lui brûlait le cerveau comme un acide caustique.

— Tu as dit quelque chose au sujet d'Aiden quand tu m'as attachée dans ma chambre...

Le visage de son père se tordit en une grimace, et elle comprit que son ex-mari était mort.

— Que s'est-il passé ?

Il soupira. Avant d'élever la voix.

— Si quelqu'un écoute, je vous dirai tout ce que vous voulez savoir, du moment que je peux être dans la même pièce que ma femme. Je chanterai comme un foutu canari, mais seulement tant que je pourrai être avec ma Gwendolyn. Elle n'en a plus pour long-temps, et si elle meurt... Alors, j'emporterai tout dans ma tombe. Tous les foutus détails. Amenez-moi auprès d'elle, ou amenez-la à moi, et je vous raconterai tout ce que vous voudrez. J'ai juste..., dit-il, la voix chevrotante. J'ai besoin de lui tenir la main.

Brynn leva les yeux quand la femme agent blonde entra dans la chambre.

— Si nous la faisons venir ici, vous devez commencer à parler immédiatement. Je ne prendrai pas le risque que vous reveniez sur votre promesse si elle meurt et que vous n'avez pas terminé votre confession. Nous voulons tout savoir, sinon l'accord est caduc.

Les yeux de Paul Webster étaient embués de larmes quand il leva la tête pour regarder l'agent.

— D'accord, dit-il, avant d'afficher un sourire sombre. Comment avez-vous trouvé l'Australie, agent Ropero ?

Cette dernière jura et quitta la chambre.

— Tu es allé en Australie ? s'enquit Brynn.

Son père lui décocha un clin d'œil.

— Non. Mais elle a cru que je l'avais fait.

Brynn recula, puis elle se leva avec raideur, incapable de plaisanter au sujet de tout ce gâchis.

— Je reviens dans un instant.

Elle tendit le dispositif d'écoute à un agent posté devant la porte, puis se dirigea vers une grande fenêtre, devant laquelle plusieurs agents vêtus de noir s'affairaient.

Ce devait être la chambre de Grady. Ils avaient refusé de la renseigner vraiment sur son état, se contentant de lui dire qu'il devait être opéré.

Plusieurs regards attentifs se posèrent sur elle alors qu'elle s'avançait vers eux.

Le grand homme à côté duquel elle était assise dans le SUV lui bloqua le passage.

Elle leva les yeux.

— Est-ce qu'il va bien ?

Il pinça les lèvres en une fine ligne, puis hocha la tête, l'examinant du regard.

— Puis-je le voir ?

Après quelques secondes, il s'écarta pour la laisser passer. Elle se tint devant la vitre et appuya sa main sur le verre froid.

Grady était couché dans son lit, endormi. Il était incroyablement pâle. Son torse était nu, exposant les ecchymoses et les petites brûlures qu'il avait accumulées au cours des derniers jours. Les moniteurs indiquaient un rythme cardiaque lent et régulier.

— Comment va-t-il ? demanda-t-elle à l'ensemble du groupe.

La femme aux cheveux bruns, celle qu'elle avait servie au café ce jour-là, ouvrit la bouche pour dire quelque chose, mais le grand cow-boy lui coupa la parole.

— Il a perdu beaucoup de sang. La situation a été critique pendant un moment, lui dit-il, puis il se rapprocha, et se pencha pour murmurer près de son oreille. Écoutez, madame. Je déteste être celui qui vous annonce cela, mais sa fiancée doit arriver d'un moment à l'autre. Il vaudrait peut-être mieux qu'elle ne découvre pas que son travail d'infiltration a franchi une certaine limite. Vous voyez ce que je veux dire ?

Les yeux de Brynn s'écarquillèrent sous le choc. Grady était fiancé ?

Son cœur se brisa dans sa poitrine. Les millions de morceaux se mirent à trembler. Elle avait compris qu'il était sous couverture, mais elle avait bêtement supposé que leurs interactions avaient été sincères. Ne lui avait-il pas dit qu'il était en train de tomber amoureux tandis qu'il saignait d'une blessure par balle à la cuisse, dans la cuisine en ruine de ses parents ?

Peut-être s'était-il simplement laissé emporter par le moment, ou bien continuait-il à agir sous couverture, au cas où les autorités craindraient qu'elle ne dise pas la vérité.

Elle releva le menton et déglutit.

Évidemment qu'il lui avait menti. Comme tout le monde dans sa vie. Elle avait été stupide de le croire. Mais comment pouvait-elle se fier à son propre jugement alors que tous ceux qui lui étaient chers semblaient déterminés à la trahir ?

Une *fiancée* ?

— Oh ! s'exclama-t-elle, alors que des larmes lui brouillaient la vue, mais elle les chassa d'un battement de cils. Waouh !

Sa bouche s'ouvrit, puis se referma, car elle ne savait pas quoi dire. Elle n'avait pas été blessée physiquement, mais, intérieurement, elle se sentait complètement détruite.

Elle s'écarta, s'éclaircit la gorge.

— Peut-être quelqu'un pourrait-il m'informer de son état de santé plus tard ?

Elle garda le menton haut. Tous savaient ce que Grady et elle avaient fait ensemble, et la honte jaillit en elle à l'idée d'avoir été assez stupide pour se faire avoir.

— J'y veillerai, dit le grand homme aux yeux bleus, froids, mais curieux.

Elle réprima la vague d'émotions qui la poussait à se rouler en position fœtale, et elle s'éloigna. Puis elle accéléra le pas en voyant sa mère que l'on transportait sur un lit dans la chambre de son père.

Elle devait se concentrer sur elle, maintenant. Brynn n'était peut-être pas médecin, mais, à en juger par la pâleur de la peau tendue de sa mère, elle savait que Gwen Webster n'avait plus beaucoup de temps à vivre.

— Maman !

Elle trouva un siège à côté de sa mère ; ses parents étaient réunis, sans doute pour la dernière fois. Brynn ne pouvait pas penser à Grady. Il avait sa propre vie. Une vraie vie.

Elle avait l'impression que son cœur était pulvérisé, mais elle ne pourrait pas en supporter beaucoup plus avant de s'effondrer. Elle devait oublier Grady Steel. Oublier tout, sauf la nécessité de démêler le fouillis qu'était devenue sa vie.

Son père referma ses doigts sur la main de sa mère. Puis Eli Kane, alias Paul Webster, se mit à parler.

CHAPITRE SOIXANTE-QUATRE

1er février. Lundi, 8 h, FBI — Briefing matinal de la HRT

Cela faisait presque une semaine que Grady avait reçu une balle. Il s'adossa à l'une des chaises en plastique dur, les bras croisés, tandis que le grand patron faisait le débriefing des équipes sur l'opération de la semaine précédente dans le Maine.

Il savait ce qui s'était passé. Il s'était trouvé sur le terrain, et Ropero lui avait fourni certaines des pièces manquantes du puzzle. Dans l'ensemble, l'équipe Gold avait eu de la chance. Aucun décès à déplorer. Aucune blessure grave à signaler, à l'exception d'une balle dans le haut de sa cuisse, qui avait été retirée et qui, mis à part une perte de sang, n'avait heureusement causé aucun dommage interne grave.

Non, les seuls dégâts provenaient du fait que son cœur avait été arraché de sa poitrine.

Il avait quitté l'hôpital et il était rentré en avion samedi.

Brynn ne l'avait pas contacté.

Il était vivant. Il se rétablissait rapidement. Il exerçait le métier de ses rêves, où sauter d'un hélicoptère et faire exploser des choses faisaient partie de son quotidien. Il avait de la chance... et cela ne lui suffisait plus.

Au début, il avait décidé de laisser un peu d'espace à la jeune femme. Il avait été inconscient pendant les vingt-quatre premières heures, et elle avait eu beaucoup de choses à faire. Sa mère était morte. Son père était en détention. La maison de son enfance était en train d'être démontée brique par brique pour découvrir les secrets qu'elle renfermait. Elle venait de découvrir que son ex-mari ne l'avait pas quittée, mais qu'il avait en fait été assassiné par son père non biologique après qu'il avait bêtement tenté de faire chanter Kane.

S'ajoutait à cela qu'elle avait découvert que son père bien-aimé avait assassiné cinq hommes et incendié la clinique vétérinaire afin de faire arrêter Grady et de l'écarter, après avoir échoué à le convaincre en le frappant à la tête.

Peut-être était-ce flatteur d'avoir été considéré comme une menace aussi redoutable, mais cela prouvait bien que, malgré son apparence douce, Paul Webster restait un tueur impitoyable.

Et, apparemment le père biologique de Brynn était un violeur.

C'était le genre de choses qui pouvait faire pas mal de dégâts sur une personne.

Alors, il lui avait laissé un peu d'espace.

Elle lui avait dit qu'elle l'aimait, et il lui avait avoué qu'il ressentait la même chose. Il était resté en retrait, avait laissé le FBI faire son travail, car il faisait confiance au système, convaincu que, même si tout allait mal pour le moment, tout finirait par s'arranger. *Elle l'aimait.*

Et, après trois jours où il avait eu l'impression qu'il allait se mettre à grimper aux murs, il avait fini par lui envoyer un message.

Auquel elle n'avait pas répondu.

Il s'était assuré auprès de Ropero qu'elle avait accès à un nouveau téléphone, car son père avait détruit l'ancien. Il lui avait envoyé un second message et avait découvert à cette occasion qu'elle avait bloqué son numéro.

Puis il avait appris que Brynn était libre, elle n'était pas en détention. Elle était libre de venir le voir.

Mais elle ne l'avait pas fait.

Elle ne le contactait pas.

La réalité avait mis du temps à s'imposer à lui.

Elle ne voulait pas le voir. Elle avait compris qu'il était sous couverture et que, au final, c'était lui qui avait détruit sa famille. Que valait un amour romantique naissant face à une telle énormité ?

Ackers était en train de conclure son briefing.

Grady sentait les regards inquiets de ses coéquipiers posés sur lui, mais il refusait de montrer la blessure qui le rongeait de l'intérieur.

L'amour rendait les gens stupides.

Il aurait dû être heureux. L'équipe Gold avait contribué à la capture d'Eli Kane. Ce foutu Eli Kane. Sans oublier qu'ils avaient neutralisé un agent neurotoxique qui aurait pu tuer de nombreuses personnes et aggraver davantage les relations avec le Kremlin. Les membres de la HRT avaient plus que largement prouvé leur valeur. *Il* avait plus que largement fait ses preuves. Mais, intérieurement, il était comme anesthésié.

Il avait passé toute sa vie à travailler pour atteindre ce sentiment d'acceptation et d'appartenance, mais il se sentait vide. Sans valeur.

Quelle ironie que Brynn lui ait décrit ce soir-là, au bar, ce que l'on ressentait lorsque quelqu'un que l'on aimait nous quittait : c'était comme être éviscéré. Il le savait maintenant.

Donnelly le regardait fixement, et son inquiétude se lisait dans ses yeux bruns.

Daniel Ackers s'éclaircit la gorge.

— Opérateur Steel, je propose votre nom pour la médaille de la bravoure du FBI.

Un silence choqué s'installa dans la salle. Une semaine plus tôt, Grady aurait été terriblement fier. Aujourd'hui, il était simplement insensible.

— Je n'ai pas besoin de médaille pour avoir fait mon travail, monsieur.

Pas quand l'alternative aurait été de regarder Brynn mourir.

— Néanmoins, remarqua Ackers, inclinant la tête. Je propose également que l'agent Livingstone reçoive la médaille du FBI pour mérites exceptionnels pour son travail le mois dernier, et que l'agent Montana reçoive le bouclier du courage.

Il s'interrompit quelques instants avant de poursuivre. Sa moustache frémit.

— Il semble peu probable que nous puissions récupérer le corps de Kurt pour l'enterrer, mais la famille prévoit une cérémonie commémorative dans le courant du mois. J'ai également déposé une demande pour l'étoile commémorative du FBI au nom des familles de l'opérateur Monteith et du SSA Montana.

L'ambiance retomba dans la pièce. Perdre deux membres de l'équipe les avait tous durement touchés, et les médailles ne les remplaceraient pas. Elles ne faisaient que rendre les pertes plus tangibles.

— Une dernière chose, ajouta Ackers, qui marqua une pause pour regarder attentivement Grady. N'oubliez pas de prendre vos rendez-vous avec le psy.

Grady acquiesça à contrecœur, mais l'idée d'un psy fouillant dans son esprit lui semblait aussi attrayante que de boire ce parfum russe. Sergei Lushko était détenu dans un lieu secret. D'après Grady, ce type allait sûrement se voir offrir l'immunité et une nouvelle identité s'il trahissait son pays et leur révélait tous ses vilains secrets.

Le FBI ferait mieux de s'assurer qu'il ne s'approche plus jamais de Brynn, sinon Grady leur prouverait à quel point il était comme son père.

— Bon travail, tout le monde ! lança Ackers, puis il partit.

Les opérateurs commencèrent à se mettre en route pour leur journée de travail, mais Grady resta assis, le regard perdu dans le vide.

— Tu viens ? s'enquit Shane Livingstone, qui donna un coup de pied dans sa chaise.

Il s'était enfin débarrassé de son plâtre, et il s'entraînait de nouveau à plein temps avec l'équipe. C'était au tour de Grady d'observer depuis la ligne de touche.

Il logeait dans la chambre d'amis de Grace, le temps de sa convalescence. Murphy avait remporté un franc succès et s'entendait si bien avec les enfants que Grady n'était pas sûr d'avoir le cœur de l'emmener lorsqu'il retournerait dans son appartement froid et vide.

Cowboy marmonna impatiemment. Donnelly montra les dents et poussa Ryan.

— Peut-être que, si tu n'avais pas dit à Brynn que Grady était fiancé à une autre, il ne serait pas assis là avec l'air de quelqu'un qui vient de perdre son chien.

Grady tourna brusquement la tête.

— Tu as fait *quoi* ?

Novak leva la tête.

— C'est ce que tu lui as dit à l'hôpital ?

Cowboy fit rouler ses épaules.

— J'ai pensé que ce serait mieux pour tout le monde si Brynn laissait un peu d'espace à Grady, après tout ce qui s'était passé.

En un éclair, l'intéressé plaqua son ami contre le mur et lui bloqua la jugulaire avec son avant-bras.

— Tu lui as dit que j'avais une fiancée ? Alors même que tu savais ce qu'elle représentait pour moi ?

Cowboy n'essaya pas de se défendre.

— À ce moment-là, nous ne savions pas si elle était impliquée. Je voulais te donner le temps de réfléchir.

— Le temps de réfléchir ? répéta Grady, qui pressa plus fort le cou de Ryan et entendit les halètements de tous. Du temps pour réfléchir à ce que l'on ressent quand on a l'impression que la vie ne vaut plus la peine d'être vécue ? Du temps pour réfléchir au fait que la seule femme pour laquelle je me suis jamais autorisé à avoir des sentiments avait changé d'avis à mon sujet ? Sans doute parce que j'ai contribué à détruire son monde entier ? Ou bien du temps pour penser à l'horreur qu'elle doit vivre en ce moment ? À quel point ce doit être triste et affreux de se voir arracher tout ce qu'on croyait connaître devant le monde entier ? C'est à ça que tu voulais que je réfléchisse ?

Cowboy soutint son regard avec un mouvement rebelle de la mâchoire.

— Je voulais que tu réfléchisses à la douleur que l'on ressent quand tout s'écroule.

— *Ryan, bordel de merde !* s'exclama Grady, qui brûlait d'envie de le frapper, mais se contenta de le pousser. Je sais que tu as eu le cœur brisé. Nous le savons tous. Et ce doit être atroce.

Il passa une main sur l'épaisse croûte qui recouvrait son cuir chevelu, un autre souvenir de la cruauté d'Eli Kane.

— Je ne peux pas imaginer ce que tu as vécu… sauf que, si, en fait, je peux très bien l'imaginer, parce que tu as décidé de me traîner dans ce bourbier pendant des jours et que, maintenant, je vais devoir supplier et ramper devant la femme que j'aime, en priant pour qu'elle me pardonne.

— Veux-tu que je te dépose à l'aéroport ? proposa Livingstone.

— Je vais remplir les papiers pour prolonger ton congé pour raisons médicales. De toute façon, il était trop tôt pour que tu reprennes le travail.

Novak lança un regard noir à Cowboy, comme s'il prévoyait de lui casser la figure. Il allait devoir prendre un ticket. Mais, d'abord, Grady devait se rendre quelque part.

CHAPITRE SOIXANTE-CINQ

Brynn se gara près de l'hôtel, car il n'y avait pas de place dans la rue, et elle marcha jusqu'au Sea Spray Café. Heureusement, le FBI lui avait restitué sa voiture, qui avait été saisie comme preuve, et elle disposait donc au moins d'un moyen de transport. Elle vit quelques personnes du coin, mais personne ne croisa son regard.

Elle releva le menton. Qu'est-ce que cela pouvait bien lui faire ?

La neige tombée lors du dernier blizzard avait été déblayée, et formait des tas entre le trottoir et la route. Il était tombé une bonne trentaine de centimètres en ville et plus de cinquante dans l'intérieur des terres. Une nouvelle tempête se profilait à l'horizon. Avec un peu de chance, elle serait partie avant l'arrivée du mauvais temps.

Le café avait été fouillé par le FBI au cas où son père, ou l'homme qu'elle avait toujours considéré comme tel, y aurait caché quelque chose.

Apparemment, il y avait un petit espace dans le débarras, caché derrière une plaque de placoplâtre, qui avait autrefois servi à ranger l'argent et les passeports de toute la famille.

Paul Webster avait tenté de les récupérer la nuit où il avait frappé Grady à l'arrière de la tête.

Lui qui avait prétendu avoir glissé sur du verglas...

Son père avait brutalement attaqué cet homme. C'était *son père* qui avait envoyé le message d'avertissement, après les avoir vus rentrer ensemble chez eux après leur verre au bar.

Son père avait tué les Quayle en représailles pour avoir braqué la banque et, selon ses propres mots, avoir foutu sa vie en l'air, mais aussi pour punir Caleb d'avoir frappé Brynn. Bien sûr, s'il les avait assassinés, et qu'il avait mis le feu à la clinique vétérinaire, c'était dans le but que Grady devienne le principal suspect de ces meurtres, qu'il soit incarcéré et, par conséquent, que l'enquête du FBI sur la localisation d'Eli Kane prenne du retard.

Dans le monde égocentré de son père, la fin justifiait les moyens.

Brynn pouvait difficilement en vouloir à Grady de lui avoir menti, sachant ce qu'il avait réellement fait ici. Son père avait commis des crimes abjects et dupé tout le monde pendant des années. Il méritait d'être arrêté. Il méritait de passer le reste de sa vie en prison.

Il tenait la main de sa mère au moment de sa mort. Ils l'entouraient tous les deux. Brynn était heureuse d'avoir pu le faire, mais elle devait désormais surmonter son chagrin et naviguer dans un océan de sentiments inconnus qui ne cessaient de s'entrechoquer. Une partie d'elle détestait sa mère de s'être autorisée à tomber amoureuse d'Eli Kane. Une partie d'elle refusait toujours d'admettre que la femme qu'elle avait adorée avait été impliquée dans des crimes aussi ignobles. Une partie d'elle avait envie de vomir chaque fois qu'elle pensait au sort de ces deux petits garçons.

Elle renifla, espérant que ses yeux rouges et son nez tacheté donnaient moins l'impression qu'elle avait pleuré et davantage celle qu'elle souffrait du froid qui régnait encore dans l'État. Pour être honnête, elle avait de nombreuses raisons d'être malheureuse, mais elle ne voulait pas que le monde entier connaisse l'intensité de sa douleur. Son père avait fait beaucoup de dégâts. Elle doutait que quelqu'un puisse croire qu'elle n'avait jamais, pas même un instant, soupçonné la vérité.

Aiden avait été assassiné pour protéger l'identité de son père. D'abord, Paul Webster avait mis Aiden en contact avec une prostituée, puis il s'était occupé d'envoyer les emails et la carte postale à distance. Cet hybride de Paul Webster et Eli Kane était un homme plein de ressources.

La douleur de cette trahison était presque insupportable. Son père l'avait regardée s'effondrer lorsqu'elle avait cru qu'Aiden l'avait quittée sans un mot. Cela l'avait anéantie, mais la vérité était bien pire.

Tout ce temps, elle avait été veuve. Elle avait divorcé d'un homme mort, et son père l'avait laissée faire. Il l'avait couverte de gentillesse et de câlins, lui disant que, de toute façon, il n'avait jamais été assez bien pour elle.

Son père ne leur avait pas raconté ce qu'il avait fait du corps d'Aiden. Peut-être gardait-il des détails pour son accord avec le procureur. Il avait avoué avoir vidé leurs comptes bancaires communs pour rendre le départ d'Aiden plus crédible. Son père avait placé l'argent sur un nouveau compte à la Hearst Savings & Loan, et il avait prévu de le lui rendre un jour.

Comme c'était généreux de sa part !

Brynn pleurait Aiden, et c'était bien pire que lorsqu'elle avait cru qu'il l'avait quittée. Son père avait assassiné son mari, et la jeune femme essayait maintenant de comprendre ce qui avait été vrai dans son mariage, et ce qui avait découlé du récit mensonger selon lequel son mari l'avait quittée pour une autre femme.

C'était une douleur vive, teintée de culpabilité, exacerbée

par le fait qu'elle était déjà tombée amoureuse de quelqu'un d'autre.

Mais Grady était pris.

Et peut-être n'avait-il jamais vraiment existé, cet homme qu'elle avait cru connaître.

Elle avait effacé son message sans le lire, puis elle avait bloqué son numéro, parce qu'elle ne supportait pas l'idée de l'entendre s'expliquer, rationaliser ou s'*excuser*.

Elle comprenait.

Elle comprenait vraiment.

C'était douloureux, mais il avait fait son travail, un travail important. Ils s'étaient tous les deux laissés emporter par le moment.

La passion avait été réelle, et, en dépit de tout, elle croyait qu'elle avait été sincère, suffisamment pour lui faire oublier qu'il avait une fiancée chez lui.

Mais peu importe à quel point leur relation avait semblé juste, ils formaient un couple impossible, et il avait déjà quelqu'un dans sa vie. Elle n'allait pas lui gâcher cela.

Elle frémit en constatant le parallèle entre sa situation et celle de sa mère : elle était tombée amoureuse d'un homme qui était déjà avec une autre femme.

Gwendolyn Webster avait tout été pour elle, et Brynn était bouleversée par le rappel de sa mort, si soudaine, si brutale, et qui avait laissé tant de questions sans réponse. La jeune femme porterait cette douleur en elle pour le reste de sa vie, même si elle luttait pour accepter tous les sombres secrets que sa famille avait cachés.

Jamais Brynn ne s'engagerait pas sciemment avec un homme marié ou fiancé. Elle méritait quelqu'un qui la voulait pour elle-même. De Darrell à ses parents, en passant par Grady, tous avaient essayé de l'utiliser à leurs fins.

Elle méritait mieux.

La seule bonne nouvelle au milieu de tout ce cauchemar, c'était que son père n'avait pas tué Milton Bodurek. Apparemment, c'était l'œuvre de Sergei et Alana, dans leur quête pour retrouver son père.

Un frisson lui parcourut l'échine. Elle espérait que le Russe serait enfermé pour toujours, comme elle ne doutait pas qu'ils enfermeraient son père à vie. Et elle espérait qu'ils ne l'exécuteraient pas pour ses crimes. Malgré tout, elle avait ressenti de la pitié quand il avait raconté son histoire. Ses actes la révoltaient, mais elle avait éprouvé de la pitié pour celui qui s'était convaincu que le meurtre de sang-froid était sa seule issue.

Il s'était trompé. Mais il y avait cru.

À contrecœur, Brynn et l'agent Ropero avaient fini par nouer un lien de respect mutuel. La jeune femme n'avait pas fait obstacle à l'enquête, et elle avait aidé à combler toutes les lacunes qu'elle avait pu.

Elle avait séjourné à Bangor, car le FBI souhaitait qu'elle reste à proximité, mais Ropero l'avait appelée ce matin-là pour lui dire qu'elle pouvait rouvrir son café. Et qu'elle pouvait réintégrer son logement de location.

C'était un soulagement, car, même si elle redoutait de revenir ici, elle pouvait au moins agir pour aller de l'avant et en finir avec tout ça.

Elle décida de ranger le désordre laissé par le FBI dans l'établissement, puis de demander à son personnel de venir le lendemain pour une conversation qui s'annonçait difficile. Elle prévoyait de vendre. D'aller vivre dans une grotte sur Mars.

Mais d'abord, il était temps d'affronter la ville. Que les gens se défoulent avant qu'elle ne parte pour de bon. Ils méritaient cette opportunité. Kalpa et sa compagne, Muriel, lui avaient apporté un colis plein de choses réconfortantes, qu'elle avait beaucoup apprécié. Tout le monde ne la détestait pas.

C'était amusant de voir comment la réputation de Grady et

la sienne avaient été inversées. Elle ne lui en voulait pas. Il méritait les éloges et la reconnaissance. Cet homme était un véritable héros.

Un gros SUV blanc s'arrêta à côté d'elle ;

Elle jeta un regard de côté et s'arrêta à contrecœur, puis se tourna vers Darrell York, qui ouvrait sa vitre.

— Shérif.

— Brynn, la salua-t-il, abaissant ses lunettes sur le bout de son nez.

— Que veux-tu ?

Ses lèvres se crispèrent devant le ton peu amène de la jeune femme.

— Je voulais juste t'informer que j'ai encore chassé les journalistes qui se trouvaient devant ton appartement.

— Je t'en remercie. Bonne journée, répondit-elle, puis elle tourna les talons pour s'en aller.

— Brynn.

Elle inspira profondément, puis compta jusqu'à trois dans sa tête.

— J'ai entendu dire que le FBI t'avait libérée.

Techniquement, elle n'avait jamais été arrêtée, seulement interrogée.

— J'ai encore un tas de questions…, commença-t-il, puis son regard dériva dans la rue. Oh ! On dirait que les fédéraux n'en ont pas encore terminé avec toi.

Il savourait ce moment.

Elle serra les dents.

Effectivement, les agents Ropero et Dobson descendaient de leur SUV noir, accompagnés de deux autres adjoints que Brynn ne reconnaissait pas.

Ses épaules s'affaissèrent.

Quoi, encore ?

Les agents passèrent devant elle.

— Darrell York, vous devez sortir du véhicule, annonça Ropero, qui brandit son insigne et ouvrit la portière.

— Que se passe-t-il ? s'enquit Darrell.

L'un des adjoints lui montra un papier.

— Il s'agit d'une directive du gouverneur, poursuivit Ropero, qui menotta le shérif et lui retira son arme de poing. Darrell York, vous êtes en état d'arrestation pour coups et blessures, ainsi que pour divers autres abus de pouvoir. Vous avez été démis de vos fonctions de shérif du comté de Montrose par le gouverneur de l'État du Maine.

— Ce sont des conneries. Je vais vous poursuivre en justice, ma petite dame.

— C'est agent Ropero, pour vous.

Darrell se débattit, mais l'agent le maîtrisa sans peine.

Brynn éclata de rire.

Darrell pivota pour lui faire face.

— Oh ! Tu ne riras plus quand j'aurai fini de raconter au FBI que ton cher Grady Steel n'a été engagé par le bureau du shérif qu'après avoir fait chanter mon père, et qu'il a donc menti sur sa candidature au FBI. Il se fera virer comme un malpropre.

Ropero haussa un sourcil.

— Le faire chanter avec quoi, Darrell ?

Le front de ce dernier était à présent couvert de sueur ; il afficha une expression entêtée.

— C'est entre moi et mon avocat.

Ropero s'amusait visiblement.

— Peut-être était-ce la fois où il a endossé la responsabilité d'avoir percuté un bâtiment avec un véhicule et causé d'importants dégâts matériels parce que vous, apparemment, le véritable conducteur, aviez largement dépassé le taux d'alcool légal ?

— Grady conduisait, et je n'étais pas ivre, il a menti.

— Dans ce cas, comment Grady Steel a-t-il pu faire *chanter* votre père pour obtenir un travail d'adjoint ?

Darrell fulminait.

— Grady n'est qu'un foutu menteur en série. Je parie qu'il y avait un tas de mensonges dans sa candidature.

— Oui, c'est ça qui est drôle. Dans son dossier de candidature initial, Grady a raconté en détail comment, alors qu'il était mineur, il avait fait une fausse déposition. Lui et son pote, Saul Jones, vous ont suivi sur sa moto tout-terrain un soir, parce qu'ils s'inquiétaient de vous voir conduire dans un tel état. Grady a expliqué qu'en arrivant sur les lieux de l'accident, il a appelé le 911. Après cela, il a contacté le shérif Temple York, qui est venu sur place et a pris personnellement le contrôle de la scène. Heureusement, vous n'étiez pas blessé, juste secoué. Le shérif a pris Grady à part et lui a fait une offre pour sauver votre peau d'ivrogne. S'il endossait la responsabilité de l'accident, le shérif lui offrirait un emploi à la fin de ses études secondaires. Mais, une fois venu le moment de tenir sa promesse, votre père est revenu sur sa parole. Grady, qui était un jeune homme méfiant, s'est servi de l'enregistrement de l'appel au 911, ainsi que d'un entretien avec le propriétaire qu'il avait enregistré le lendemain de l'accident, pour convaincre votre père de tenir sa promesse.

— Foutaises, répéta Darrell, mais ses paroles manquaient d'énergie.

Brynn secoua la tête : elle n'était pas surprise. C'était sans doute l'une des nombreuses choses que les gens reprochaient à Grady, et qu'il n'avait pas faites.

— Le FBI connaissait la vérité depuis le début, même lorsque vous avez postulé. Je suis surprise qu'ils vous aient laissé mettre un pied à l'Académie. Vous avez le droit de garder le silence...

Ropero croisa le regard de Brynn par-dessus le capot de la voiture, et lui décocha un clin d'œil. Puis elle continua à réciter ses droits Miranda[1] à Darrell tout en le conduisant à son SUV, où elle le fit asseoir sur la banquette arrière. L'un des adjoints s'installa au volant de son véhicule, et tous s'éloignèrent.

Brynn les suivit du regard.

C'était la meilleure chose qu'elle ait vue depuis des jours, et pourtant, cela n'entamait guère son accablement.

Elle atteignit le café. Les stores étaient baissés, ce qui était inhabituel, mais le FBI ne voulait sans doute pas de témoins pendant ses opérations, et les journalistes envahissaient la ville depuis plusieurs jours. Elle remarqua un prospectus collé à la fenêtre et sourit. Il s'agissait d'un après-midi thé et d'une tombola, organisés dans la salle paroissiale, afin de collecter des fonds pour aider le cabinet vétérinaire de Kalpa. Brynn ne manquerait pas de faire un don généreux dès qu'elle aurait accès aux comptes bancaires, étant donné que c'était son père qui avait incendié les lieux.

Elle contourna prudemment le bâtiment pour se rendre à l'arrière. Quelqu'un avait déblayé la neige et répandu du sable pour que le sol ne soit pas glissant. Cette scène lui rappela le matin où elle s'était tenue aux côtés de Grady, à contempler le port, au lendemain du meurtre de Milton.

Elle haleta, le cœur battant la chamade, quand elle entendit un chat cracher. Le matou roux était assis sur la clôture voisine et montrait les dents.

— Je vois que tu as survécu à la tempête. Tant mieux.

Il fallait qu'elle parle à Kalpa au sujet de l'animal errant afin de lui trouver un bon foyer.

Elle entra par la porte de derrière et s'arrêta net.

---

1. NdT : Les droits reconnus par l'arrêt Miranda, ou « droits Miranda », sont des notions de procédure pénale dégagées par la Cour suprême des États-Unis en 1966 dans l'affaire *Miranda v. Arizona*. Ces droits se manifestent par la prononciation d'un avertissement lors de l'arrestation d'un individu, lui signifiant notamment son droit de garder le silence et de bénéficier d'un avocat.

— Brynn !

Linda, qui s'était mise à quatre pattes pour frotter le sol, se releva.

Angus était dans la cuisine, en train de remettre de l'ordre dans ses casseroles et ses poêles.

Jackie, qui essuyait des taches sales sur les murs et les interrupteurs, se retourna.

— Que faites-vous tous ici ? les interrogea Brynn.

Des courants sous-jacents tourbillonnaient dans la pièce, comme un ressac.

— Nous faisons le ménage pour pouvoir ouvrir à l'heure demain, déclara Linda d'un ton ferme.

— Pourquoi m'aidez-vous après tout ce que ma famille a fait ?

— Parce que c'est *toi* que nous voulons aider, dit Angus avec prudence depuis la cuisine.

Brynn se laissa tomber lourdement à la première table.

— Je pensais que vous les détesteriez. Que vous *me* détesteriez.

Linda s'approcha pour la prendre dans ses bras. C'était la première fois que quelqu'un d'autre qu'un membre des forces de l'ordre la touchait depuis des jours.

— Oh, que tu es bête ! En quoi es-tu responsable de ce que tes parents ont fait ? lui demanda Linda, les traits tirés par la fatigue. Ils étaient mes meilleurs amis, et j'ignorais tout. Cela signifie-t-il que je suis également à blâmer ?

Brynn secoua la tête.

— Maman t'aimait.

Linda écarta ses cheveux de son visage, et, si ses yeux étaient brillants, elle ne laissa pas ses larmes couler.

— Je l'aimais aussi. J'ai essayé de lui rendre visite, mais ils n'ont pas voulu me laisser entrer. Ils ne laissaient entrer personne.

— Elle est partie rapidement, sur la fin, expliqua Brynn, une énorme boule dans la gorge. Je pense qu'elle ne voulait pas faire face à ce qui s'était passé, et surtout à ce qui allait arriver à papa, maintenant.

Linda lui serra les épaules.

— Ils s'aimaient. Tout le monde pouvait le voir, affirma-t-elle, calant une mèche de cheveux de Brynn derrière son oreille. Et ils t'aimaient aussi.

— Je vais vendre, annonça la jeune femme, la voix éraillée.

Linda hocha la tête.

— Si c'est ce que tu veux. Mais cet endroit va devenir très populaire après ça. Tu verras.

Brynn se débarrassa de son manteau.

— Je ne suis pas sûre d'être assez machiavélique pour tirer profit de cette notoriété.

— Si tu ne le fais pas, quelqu'un d'autre s'en chargera. Au moins, de cette manière, tu contrôles le récit.

Brynn observa le café que sa mère avait tant aimé. Elle secoua la tête.

— Je ne peux pas le faire. Mais si vous voulez me racheter le café, ou gérer l'endroit, je suis ouverte à vos propositions. Ce n'est tout simplement plus la même chose pour moi.

Linda pinça les lèvres.

— Montrons à cette ville de quoi nous sommes capables. Et à tous les acheteurs potentiels que cet endroit est une entreprise florissante.

— Nous n'aurons pas besoin de faire appel à un agent immobilier. Il me suffira d'en parler à l'un des nombreux journalistes qui me suivent partout, et cela fera la une des journaux.

Jackie se rapprocha.

— Qu'est-il arrivé à Grady ?

Le cœur de Brynn se mit à tambouriner dans sa poitrine à

ces mots. Elle ignorait quand la douleur cesserait, mais elle ne pouvait pas y penser maintenant.

— Il est parti. Ce n'était pas réel. J'étais une mission pour lui.

La jeune femme remarqua le regard furieux que les trois échangèrent.

— C'est bon. Ce n'est pas comme si j'étais un bon parti, surtout pour un agent du FBI, lança-t-elle, s'efforçant d'en rire. Tout va bien. Tout ira bien. De toute façon, je ne le connaissais pas si bien que ça.

Ses mots résonnèrent dans le café et ne trompèrent personne. Ils dégoulinaient d'apitoiement.

Mais il valait mieux qu'elle garde sa détresse pour elle plutôt que d'entraîner tout le monde dans son malheur. Mieux valait qu'elle s'occupe, plutôt que de rester là à se morfondre.

Angus commença à remuer bruyamment ses casseroles dans la cuisine. Linda lui plaça un chiffon dans les mains, puis pointa les réfrigérateurs, qui avaient tous besoin d'être essuyés. Brynn s'obligea à repousser sa nostalgie et son sentiment de solitude.

CHAPITRE SOIXANTE-SIX

Grady loua une voiture à Bangor et roula directement jusqu'au café. Il faisait nuit à son arrivée, et toutes les lumières étaient éteintes, même les guirlandes lumineuses autour de la baie vitrée.

Il ne savait pas pourquoi cela le rendait si triste, mais c'était le cas.

Son portable sonna. Il répondit, espérant que c'était Brynn, mais c'était Edith.

— Agent Steel.

Il se surprit à sourire en dépit de tout.

— Madame Bodurek.

— Je voulais vous remercier, lui dit-elle, et elle semblait fatiguée. J'ai pu enterrer Milton aujourd'hui, et c'est en grande partie parce que vous avez tenu votre promesse.

— Je faisais simplement mon travail, m'dame.

— Sottises ! Très peu de gens tiennent parole, de nos jours, mais vous avez tenu la vôtre. Et vous nous avez aidés à nous débarrasser de cet incompétent de shérif.

Ropero lui avait envoyé un message plus tôt, pour l'informer que l'ordre du gouverneur leur était parvenu. Il n'avait pas réalisé qu'elle avait déjà confronté Darrell.

— La prochaine fois, faites en sorte de voter pour quelqu'un de plus qualifié.

— Bien sûr. Je me demandais si vous seriez disponible pour prendre ce poste. Je vous apporterais mon soutien et soutiendrais financièrement votre campagne.

Grady n'aurait jamais cru que quelque chose puisse encore le choquer, mais ce fut le cas.

— Je suis flatté, mais je suis heureux là où je suis.

— Eh bien ! Pensez-y lorsque vous prendrez votre retraite du FBI. Mon offre restera valable tant que je serai là.

— Edith...

Grady ne savait pas quoi dire. Il avait attendu longtemps d'être accepté par cette communauté, et maintenant que c'était le cas, il ne savait pas trop comment réagir.

— ... je suis heureux que vous ayez découvert ce qui est arrivé à Milton, et que nous ayons pu arrêter son meurtrier.

— Moi aussi, plus que je ne pourrais jamais le dire. Et je suis ravie d'avoir pu faire la connaissance de notre nouvelle vétérinaire, et d'être en mesure de l'aider. Cela m'a donné une nouvelle raison d'être. Kalpa m'a déjà confié un caniche qui provenait d'un élevage intensif. Pauvre créature, dit-elle, puis elle hésita. J'ai entendu dire que Brynn Webster était revenue en ville aujourd'hui.

Grady serra les dents. Si quelqu'un disait du mal de Brynn...

— Je pense qu'elle aurait bien besoin d'un ami. J'espère que vous ne lui tiendrez pas rigueur des agissements de ses parents.

Grady se gratta la mâchoire.

— Je crains davantage qu'elle me reproche d'avoir joué un rôle dans cette affaire.

Edith éclata de rire.

— Alors, vous devrez la convaincre de changer d'avis, n'est-ce pas ?

Il sourit.

— Souhaitez-moi bonne chance.

— Bonne chance, jeune homme. Venez me rendre visite quand vous aurez le temps.

— Je le ferai.

Il passerait le lendemain pour la surprendre. En supposant qu'il ait trouvé Brynn d'ici là.

Ils se dirent au revoir, puis il conduisit jusqu'à sa maison. La maison où il avait grandi. Celle où sa mère avait grandi, et où sa grand-mère avait fini ses jours.

Il ne savait pas trop ce qu'il ferait si Brynn n'était pas là, ou si elle ne voulait pas de lui. À l'idée qu'elle puisse le rejeter, il était presque prêt à faire demi-tour, et à apprendre à vivre avec la douleur d'être seul. Mais il avait déjà vu ce que cela faisait à quelqu'un. Ryan Sullivan, avec tout son charme diabolique et ses nombreuses conquêtes féminines, était probablement l'homme le plus solitaire que Grady ait jamais rencontré.

Il se gara dans l'allée et sortit. Il inspira une grande bouffée d'air et se dirigea vers la porte de Brynn. Il avait une clé, mais il frappa, et attendit. Rien ne se produisit.

Bon sang !

Il faisait sombre en bas, mais c'était difficile à dire avec les épais rideaux tirés sur les petites fenêtres. Pourtant, il y avait de la lumière à l'étage.

Il gravit les marches, entra, et se retrouva nez à nez avec sa sœur, qui passait l'aspirateur dans le salon.

Elle sursauta et appuya une main sur son sternum.

— Tu m'as fait peur !

— Ce n'était pas mon intention, répondit-il, puis il regarda autour de lui. Tu l'as encore louée ?

Crystal éteignit l'aspirateur.

— Non. J'allais t'appeler à ce sujet.

Il n'avait aucune envie d'en parler maintenant, il devait trouver Brynn.

— Quelques-uns de tes collègues du FBI ont séjourné ici lorsqu'ils ont fouillé le rez-de-chaussée et le café. Je voulais faire le ménage après leur départ. Je me suis dit que ça ne te dérangerait pas. Je ne les ai pas facturés, précisa-t-elle en voyant son expression.

— D'accord.

Il voulut lui toucher le bras pour la rassurer, mais elle tressaillit. Il soupira. Il s'efforça de lui parler d'un ton calme.

— Toute ma vie, tu m'as traité comme un déchet qu'on enlève sous la semelle d'une chaussure. Je sais que je me comportais comme un petit con, mais je ne me souviens pas t'avoir fait quoi que ce soit de vraiment méchant. Mais, si c'est le cas, j'en suis désolé. Peut-être pourrions-nous recommencer à zéro ?

Crystal débrancha le cordon et commença à l'enrouler.

— Tu ne m'as rien fait de terrible ou de méchant.

— Alors, pourquoi ? Pourquoi me détestes-tu autant ?

Surprise, elle leva ses yeux bleus vers ceux de son frère, et il crut qu'elle allait le nier.

— Parce que tu lui ressembles comme deux gouttes d'eau, expliqua-t-elle, puis elle plaqua son poing contre sa bouche.

Grady fronça les sourcils.

— À papa, tu veux dire ? Notre enfoiré de géniteur ?

— Je sais que ce n'est pas juste. Je sais que ce n'est pas ta faute. Mais tu as toujours été cette version miniature de lui, lui dit-elle, aspirant sa lèvre inférieure dans sa bouche. Tu n'étais qu'un gamin quand il a été arrêté, mais j'étais plus âgée. Il me frappait, il me hurlait dessus. J'étais petite, Grady. Maman prenait toujours son parti. Tout comme Gran a toujours pris le tien.

Son ton était de nouveau amer.

— Je suis désolé, Crys. Sincèrement.

Crystal se moucha.

— Je sais. Et je sais que ce n'était pas ta faute. Ce n'est pas ta faute si tu lui ressembles. Ni ta faute si Gran te préférait à moi, énuméra-t-elle, relevant les épaules. J'ai honte de m'être toujours montrée méchante avec toi.

Une partie de ses cheveux blonds retombèrent de sa queue de cheval. Elle prit son temps pour les remettre.

— Il faut que je te dise que je suis désolée. J'ai déjà essayé, mais je suis terrifiée à l'idée d'admettre tout ça. C'est tellement plus facile de te détester.

— Tu es terrifiée ? répéta-t-il, sceptique. La personne la plus effrayante que je connaisse est terrifiée ?

Crystal éclata de rire.

— Oui, confirma-t-elle, puis elle prit une grande inspiration. Je suis désolée d'avoir été une sœur aussi horrible toutes ces années. J'ai éludé tous mes traumatismes, et je me suis défoulée sur toi. Ce n'est pas juste.

Elle rassembla ses affaires, puis enfila son manteau.

— Tu n'es pas comme lui. Pas là où ça compte. À l'intérieur. Je ne te dérangerai plus, mais si tu veux passer à la maison avant de partir, j'ai quelques affaires que j'ai gardées pour toi. Tu seras le bienvenu. Plus que bienvenu, précisa-t-elle avec un sourire, le premier vrai sourire qu'il voyait sur son visage depuis des années. Et je ne veux pas de la maison de grand-mère.

— Menteuse ! plaisanta-t-il timidement.

Crystal secoua la tête.

— Non, c'est vrai. Bob et moi en tirions un bon revenu, mais ça me mettait toujours mal à l'aise. C'était *mal*.

— Je te suis reconnaissant d'avoir pris soin de cet endroit... et Gran n'aurait pas dû tout me léguer. Elle a eu tort de faire ça, Crys.

— Elle avait le droit d'en faire ce qu'elle voulait, répondit Crystal, avec un petit haussement d'épaules mécontent. Cela n'a plus d'importance. Maintenant, la maison est à toi. Garde-la ou vends-la. Bob et moi avons déjà fait une offre sur une autre maison. Nous allons tout démolir et rénover.

Elle s'interrompit, puis resta debout là, un peu mal à l'aise.

— Tu as mon numéro.

Grady serra Crystal dans ses bras, qui déposa un rapide baiser sur sa joue.

— Brynn est en bas. Elle n'a pas cessé de pleurer depuis qu'elle est rentrée du café, tout à l'heure. Je l'entends à travers les lattes du plancher. La pauvre.

La compassion dans sa voix semblait sincère.

La douleur s'intensifia dans la poitrine de Grady, et, en même temps, il s'apaisa. Elle était là.

Il verrouilla la porte d'entrée après le départ de sa sœur, puis il ouvrit la porte du sous-sol.

Il y avait de la musique, mais, sans le moindre doute, quelqu'un pleurait.

Il descendit les escaliers sans essayer d'être discret.

— Crystal, je te l'ai déjà dit, lança Brynn d'une voix où la contrariété se mêlait à un avertissement. Je ne veux pas en parler.

Elle s'arrêta net quand elle vit Grady. L'espoir fleurit un instant dans ses yeux avant que son expression ne revienne à la tristesse. Elle tourna les talons et plongea la main dans une boîte de mouchoirs.

Grady marcha lentement vers Brynn.

Elle se moucha, puis essuya ses larmes avec le dos de sa main.

— Désolée. Je ne savais pas que tu étais revenu, lui dit-elle.

Le regard de la jeune femme parcourut le corps de Grady,

jusqu'à l'endroit où il avait été touché. Puis elle le posa à nouveau sur ses yeux.

— Est-ce que tu vas bien ?

Il secoua la tête.

— Pas vraiment.

— Je croyais qu'ils t'avaient laissé sortir. Assieds-toi. Je croyais que la blessure n'était pas aussi sérieuse que ce que l'on avait d'abord craint. C'est ce que m'a dit l'agent Ropero.

Elle fit un pas en avant, puis s'éloigna à nouveau, comme si elle tournait autour d'un animal dangereux, ou comme Murphy l'avait fait après avoir vécu seul et effrayé dans les rues.

Son sentiment d'apaisement s'intensifia. Il savait ce qu'il voulait, maintenant. Il savait ce dont il avait besoin. Ce n'était pas d'une femme qui ne s'intéressait pas à lui. Même si elle ne lui pardonnait jamais, elle tenait à lui.

— Ma blessure par balle guérit bien.

Trois petites lignes se formèrent entre les sourcils de Brynn.

— Je ne comprends pas.

Grady détestait voir cette incertitude dans ses yeux.

— Tu vas quelque part ? lui demanda-t-il, pointant du doigt la valise et le colis de nourriture sur le comptoir de la cuisine.

— Oui. Je pars demain. Le FBI a dit qu'il n'y avait pas de problème.

Il grimaça devant le ton défensif de la jeune femme.

— Linda va gérer le café jusqu'à ce que je trouve un acheteur. Je me suis dit que j'allais descendre à Boston, discuter avec la personne qui sous-loue mon appartement. Soit je vendrai, soit je louerai à plus long terme.

Il fit une petite moue en s'abaissant sur le canapé.

— Où iras-tu ?

— Je n'ai pas encore décidé, avoua-t-elle, une lueur d'incertitude dans ses yeux gris-vert. Cela dépendra un peu de ce qui arrivera à mon père. Des trucs juridiques.

Grady acquiesça.

Brynn s'éclaircit la gorge.

— Je n'ai pas eu l'occasion de m'excuser auprès de toi...

— Si, tu l'as fait. Dans la cuisine de tes parents, quand on m'a tiré dessus. À peu près au même moment où tu m'as dit que tu pensais m'aimer.

La jeune femme serra ses mains l'une contre l'autre et se détourna de lui.

— Je suis désolée pour ça, aussi. Je n'aurais pas dû dire ça. Je suppose que c'était à cause de la pression de la situation.

— Te souviens-tu de ce que je t'ai répondu ?

Elle acquiesça.

— Mais rien ne t'oblige à faire semblant ou à me larguer en douceur. Ton ami m'a parlé de ta fiancée. J'espère que je ne t'ai pas causé d'ennuis.

Elle était si raide, si formelle, si convenable !

— Je t'ai dit que je pensais être en train de tomber amoureux de toi, et que je ne l'avais jamais dit à personne avant.

Brynn jeta son mouchoir dans la poubelle et en prit un autre.

— Je me suis dit que tu restais dans ton personnage pour obtenir plus d'informations de ma part.

Grady secoua la tête, incrédule.

— Je ne suis pas un si bon acteur.

Il observa sur ses traits le ballet d'émotions qui se bousculaient en elle. Le chagrin. L'espoir. La confusion.

— Es-tu en train de dire que tu n'aimes pas ta fiancée ?

Il aurait ri de cette idée ridicule s'il n'avait pas vu sa douleur évidente.

— Non, je n'aime pas cette garce volage, mais j'apprécie ta façon de penser.

Elle inclina la tête.

— Je ne comprends vraiment pas.

— Ryan, mon soi-disant ami, t'a menti.

— Quoi ? s'exclama-t-elle, la voix empreinte de douleur.

— Il a menti. Je n'ai pas de fiancée. Je n'ai pas de projets de mariage imminent. Je n'ai jamais été fiancé.

Brynn s'éloigna un peu, puis se mit à faire les cent pas.

— Il doit vraiment me détester.

Grady lui tendit une main.

— Non. Mais il ne veut pas que je sois blessé.

— Pourquoi serais-tu blessé ? l'interrogea-t-elle, observant sa main comme si elle pouvait la mordre.

— Parce que je suis amoureux de toi, Brynn. Je sais que c'est vrai, parce que je n'ai jamais été aussi malheureux de toute ma vie. C'est comme si j'avais été éviscéré. Quand tu n'es pas venue me voir à l'hôpital, puis que tu as bloqué mon numéro, ça m'a fait plus mal que n'importe quelle balle.

Sa lèvre trembla, mais son expression était moins bouleversée, comme si elle commençait enfin à croire que ses sentiments pour elle étaient peut-être sincères.

— Je suis venue te voir. Juste après ton opération. C'est à ce moment-là que...

Que Ryan lui avait brisé le cœur, comme Grady craignait qu'elle le fasse avec lui maintenant.

— Je dois m'excuser.

Les mots se bloquèrent dans sa gorge. Et s'il gâchait tout ? Et s'il ruinait toutes ses chances avec elle ?

— Pas seulement parce que Ryan s'est comporté comme un gros con, mais pour tout. Je ne pouvais pas te révéler la raison de ma présence en ville. J'étais censé être sous couverture. Le FBI était à la recherche de Kane depuis tellement d'années que nous ne pouvions pas prendre le risque d'en parler à quiconque en dehors du cercle restreint des personnes « dans le secret ».

Le cuivre de ses cheveux capta la lumière lorsqu'elle leva les yeux.

— Mais je n'aurais jamais dû commencer quelque chose avec toi alors qu'il y avait toutes ces contrevérités entre nous.

— *Contrevérités,* répéta-t-elle avec un petit rire, mais elle refusait toujours de croiser son regard. C'est drôle de voir combien de contrevérités ont façonné ma vie sans que je m'en rende compte. Puis-je te demander une chose ?

— Je te dirai tout ce que je peux.

Brynn releva le menton et croisa son regard.

— T'es-tu rapproché de moi *parce que* tu soupçonnais mon père ?

— Non. Non, absolument pas, la rassura-t-il.

Il expira une grande bouffée d'air. Il savait qu'il devait tout lui dire, même si elle risquait de le détester davantage.

— J'ai pris ton mug au café le premier matin, et j'ai fait comparer ton ADN avec celui du dossier de Kane. Je ne me suis autorisé à agir selon les sentiments que je commençais à éprouver pour toi qu'après avoir été convaincu que tu ne pouvais pas être liée à Kane.

— J'ai moi-même été très choquée d'apprendre que Paul Webster n'était pas mon père biologique.

Elle mit de l'humour dans ses paroles, mais il savait que cela faisait partie des nombreuses choses qui l'avaient dévastée.

— Je n'aurais jamais dû t'embrasser.

Elle cramponnait le bord de son gilet comme s'il s'agissait d'une bouée de sauvetage.

Il détestait l'entendre dire une chose pareille, ou le fait qu'elle s'en veuille. Ces baisers l'avaient rendu vivant.

— Tu ignorais que je mentais sur les raisons de ma présence en ville. Tu as agi de manière ouverte et honnête par rapport à ce qui se passait entre nous. C'est moi qui ai merdé en te rendant ton baiser.

C'était vrai. Il avait franchi une limite.

— Et je n'aurais assurément pas dû coucher avec toi.

Brynn écarquilla les yeux, et il y vit sa douleur.

— Mais je n'ai pas pu m'en empêcher. Mon travail est important pour moi, et je suis doué dans ce que je fais, mais, dit-il, secouant la tête, ce que je ressentais pour toi dépassait complètement mon expérience, et ces sentiments ont continué à grandir jusqu'à ce que je me rende soudain compte que c'était de l'amour. Pour la première fois de ma vie, j'étais amoureux, mais je ne pouvais toujours pas t'avouer la vérité sur la raison de ma présence.

Il s'interrompit, la gorge nouée par l'émotion. Il poursuivit ensuite.

— Et au lieu de t'en parler, j'ai contribué à détruire ta famille. Toi, la seule personne dans cette ville, qui m'a vu tel que je suis vraiment, au-delà de mon père, au-delà de mes transgressions d'adolescent. La seule personne qui a cru que j'étais quelqu'un de bien sans avoir besoin d'aucune preuve, énuméra-t-il, les yeux remplis de larmes, mais il soutint son regard. Je suis sincèrement désolé, Brynn.

La jeune femme resserra son gilet autour d'elle, maigre armure contre un monde de souffrance.

— Je comprendrai si tu ne peux pas me pardonner ou si tu ne veux plus de moi. Mais j'avais besoin que tu saches que ce que nous avons vécu était réel.

— Comment pourrais-je te faire confiance ? s'exclama-t-elle. Comment pourrais-je *me* faire confiance ?

La bouche de Grady s'assécha : ses parents lui avaient fait cela, et lui aussi, avec le FBI. Ils avaient détruit sa confiance en elle.

— Tu es une femme intelligente. Si tu as été amenée à penser différemment, c'est parce que des maîtres manipulateurs ont joué avec ta vie, alors qu'ils n'avaient aucun droit de le faire. Et regarde comme nous sommes tous tombés amoureux de toi pendant que nous le faisions, que cela nous plaise ou non. Même un tueur impitoyable comme Eli Kane.

Elle ferma les yeux pour retenir ses larmes, et il profita de sa distraction pour se pencher vers elle, lui attraper la main et la tirer vers le canapé à côté de lui.

— Je t'aime, Brynn. Je n'ai aucun repère sur la manière dont je dois me comporter ou me sentir, et je vais probablement tout gâcher, déclara-t-il, repoussant une mèche de cheveux soyeux derrière son oreille. Je t'aime. Je veux repartir à zéro. Donne-moi une chance de faire mes preuves. Accorde-nous une chance...

Elle recula et lui brisa le cœur avec un mot de trois lettres.

— Non. Être avec moi anéantirait ta carrière, Grady.

Il sentit toute la tension le quitter.

— Non, pas du tout.

— Bien sûr que si. Je ne peux pas abandonner mon père. Je suis tout ce qui lui reste. Je lui rendrai visite. J'ai conscience que c'est un monstre, mais c'est toujours l'homme qui m'a élevée. Je le déteste pour les choses horribles qu'il a commises, mais je l'aime aussi, d'une certaine manière. Tout est très confus dans ma tête, et j'ai besoin de temps pour y voir plus clair.

Elle semblait honteuse de cet aveu.

— Je ne vais pas te juger pour l'amour que tu portes à ton père, pas plus que je ne m'attends à ce que tu me juges parce que je n'aime pas le mien.

— Mais, tes patrons...

Grady se pencha en avant malgré sa hanche douloureuse et il l'embrassa.

Ses lèvres se collèrent contre les siennes, mais elle se recula aussitôt.

— Je ne peux pas gâcher ta carrière, Grady. Je sais à quel point elle est importante pour toi !

Il prit le visage de Brynn entre ses mains.

— Tu ne gâcheras rien. Sérieusement, ça n'arrivera pas. Et si le FBI ne peut pas faire avec, affirma-t-il, posant son front contre celui de la jeune femme, alors je démissionnerai et j'achèterai un bateau. Je commencerai à organiser des excursions d'observation des baleines.

Brynn écarquilla les yeux, avant d'éclater de rire, comme il l'avait espéré.

— Tu es sérieux ?

— Je n'ai jamais été aussi sérieux de toute ma vie.

Il sentit son pouls s'accélérer sous l'effet de l'appréhension. Il était capable d'affronter n'importe quelle situation de prise d'otage, mais il ne savait pas ce qu'il ferait si elle lui disait non à nouveau.

— Penses-tu vraiment que nous ayons un avenir ensemble ? l'interrogea-t-elle, et ses yeux orageux étaient clairs à présent, l'espoir commençait à s'y installer.

— Je ne le pense pas. Je le sais.

Brynn s'agenouilla à côté de Grady et l'embrassa tendrement. Intérieurement, il avait envie de crier de joie, d'ouvrir le champagne et de faire exploser des cotillons. Au lieu de cela, il l'embrassa, déversant toutes ses émotions dans cette caresse qui venait du fond du cœur.

Elle s'éloigna.

— J'ai cru que je t'avais perdu. Encore et encore, j'ai cru t'avoir perdu. J'ai peur de croire à nouveau. J'ai peur que ce soit un rêve, et de me retrouver seule à mon réveil.

— Je ne te laisserai pas tomber, Brynn.

Les yeux de la jeune femme se remplirent de larmes.

— Tu ne m'a pas laissée tomber, Grady. Tu n'as jamais laissé tomber personne.

Il l'attira à lui pour un autre baiser, et la chaleur monta entre eux jusqu'à ce que les larmes soient oubliées, et qu'ils aient le souffle court.

Brynn s'assit sur ses talons, lui sourit.

— Quand je pense qu'il n'y a pas si longtemps, je me plaignais du manque d'excitation dans ma vie.

— J'aimerais pouvoir te promettre que ce sera toujours passionnant, mais mon travail m'oblige à m'absenter de chez moi pendant de longues périodes. Je dois vivre près de Quantico pour pouvoir être disponible à tout moment.

— Ça me va, soupira-t-elle. L'excitation, c'est surfait.

Grady reposa sa tête sur le dossier du canapé.

— Ce serait agréable si j'avais quelqu'un auprès de qui rentrer à la maison...

Elle cligna rapidement des yeux. Puis plissa le front.

— Serais-tu en train de me demander de déménager en Virginie ?

Il l'attira à nouveau contre lui.

— Je suis en train de te demander de *vivre avec moi*.

Brynn afficha une expression pensive. Elle avait traversé beaucoup d'épreuves cette semaine-là, et peut-être était-ce trop, trop vite.

— Mais seulement si tu en as envie. Nous pourrions trouver un nouvel endroit quelque part. Quelque chose avec un jardin pour Murphy, suggéra-t-il, et elle comprit qu'il était désespéré en le voyant adoucir son offre en parlant du chien. Et voir comment nous évoluons dans le vrai monde.

Brynn passa doucement ses mains dans les cheveux courts de Grady, puis sur les côtés de son visage, jusqu'à sa mâchoire.

— Eh bien... je sais déjà que tu fais de l'excellent café, et que tes baisers sont divins... *entre autres choses*.

Grady sourit, mais elle n'en avait pas terminé.

— Je sais que tu es gentil avec les vieilles dames et les animaux, même ceux qui essaient de t'assassiner à coups de bec, dit-elle, se mordant la lèvre. Tu es courageux, honorable, et juste, même quand tu as été traité injustement. Mais tu as dit que tu ne savais pas cuisiner...

— Je peux apprendre à cuisiner ! Je peux apprendre à devenir un foutu gourmet et à faire un gâteau à la ganache au chocolat pour lequel tu vendrais ton âme.

Il posa une main sur l'arrière de sa tête et il sourit quand elle l'embrassa. Elle procédait par petites caresses tendres, qui le rendaient lentement fou de désir.

Ce ne serait pas chose aisée que de faire l'amour avec sa cuisse blessée, mais il espérait avoir la chance d'essayer. *Bientôt*.

— Qu'en penses-tu ? murmura-t-il tout contre sa gorge.

— J'en pense que j'aimerais déménager en Virginie, et vivre avec toi et ton chien. J'en pense que je t'aime.

Elle semblait à nouveau au bord des larmes, mais, cette fois, au moins, elle souriait.

— Je t'aime, Brynn Webster.

C'était bon de pouvoir le dire quand il ne délirait pas sous le coup de la douleur. Il voulait s'entraîner à le dire chaque jour de sa vie, avec des mots, et avec des actes. Faire en sorte qu'elle ne doute plus jamais de lui ni d'elle-même.

Il avait enfin trouvé son bonheur et il avait la ferme intention d'en prendre soin.

Il avait tout ce dont il avait toujours rêvé, ainsi que le vif soupçon que sa grand-mère se réjouirait de le voir se mettre en couple avec une fille du coin, même si aucun d'eux n'avait l'intention de rester à Deception Cove.

———

Merci d'avoir lu *Coup de froid*. J'espère que vous avez aimé l'histoire de Grady et Brynn. Prêt pour le prochain épisode de la série Le sommeil des justes — Avis de recherche ?

Lisez *Fureur glaciale*... Un tueur en série en cavale cherche à se venger dans ce nouveau thriller romantique de Toni Anderson, auteur à succès du *New York Times* et de *USA Today*.

Cliquez sur *Fureur glaciale* aujourd'hui et soyez le premier à connaître la date de parution !

Inscrivez-vous à ma newsletter en français pour recevoir des **scènes bonus** gratuitement, et pour connaître la date de parution de mon prochain livre !
https://www.toniandersonfrancais.com/newsletter/

DÉFINITIONS UTILES DE QUELQUES ACRONYMES UTILISÉS DANS LES LIVRES DE TONI ANDERSON®

ADA (Assistant District Attorney) : substitut du procureur

PG : procureur général

ASAC (Assistant Special Agent in Charge) : agent spécial adjoint responsable

ASC (Assistant Section Chief) : chef de section adjoint

ATF (Alcohol, Tobacco, and Firearms) : Alcool, tabac et armes à feu

DSC : Département des sciences du comportement

BOLO (Be On the Look-Out) : avis de recherche

BORTAC : Unité tactique de la patrouille frontalière américaine

BUCAR (Bureau Car) : voiture du FBI

CBP (US Customs and Border Patrol) : Service des douanes et de la protection des frontières des États-Unis

TCC : thérapie cognitivo-comportementale

CIRG (Critical Incident Response Group) : groupe de réaction aux incidents critiques

CMU (Crisis Management Unit) : cellule de gestion de crise

CN (Crisis Negotiator) : négociateur de crise

CNU (Crisis Negotiation Unit) : cellule de négociation de crise

CO (Commanding Officer) : commandant

CODIS (Combined DNA Index System) : banque de données des profils ADN

PC : poste de commandement

CQB (Close-Quarters Battle) : combat rapproché

DA (District Attorney) : procureur

DEA (Drug Enforcement Administration) : administration pour le contrôle des drogues

DEVGRU (Naval Special Warfare Development Group) : équipe spéciale antiterroriste de l'US Navy

DIA (Defense Intelligence Agency) : agence du renseignement de la Défense

DHS (Department of Homeland Security) : Département de la Sécurité intérieure

DDN : date de naissance

DOD (Department of Defense) : Département de la Défense

DOJ (Department of Justice) : Département de la Justice

DS (Diplomatic Security) : sécurité diplomatique

DSS (US Diplomatic Security Service) : Service de sécurité diplomatique des États-Unis

DVI (Disaster Victim Identification) : identification des victimes de catastrophes

EMDR (Eye Movement Desensitization & Reprocessing) : intégration neuro-émotionnelle par les mouvements oculaires

EMT (Emergency Medical Technician) : urgentiste

ERT (Evidence Response Team) : (police) scientifique

FOA (First-Office Assignment) : première affectation

FBI (Federal Bureau of Investigation) : Bureau fédéral d'enquête

FNG (Fucking New Guy) : bleu (nouvelle recrue)

FO (Field Office) : bureau régional

FWO (Federal Wildlife Officer) : agent fédéral de protection de la nature

IC (Incident Commander) : commandant de l'intervention

IC (Intelligence Community) : Communauté du renseignement

ICE (US Immigration and Customs Enforcement) : agence de police douanière et de contrôle des frontières

HAHO (High Altitude High Opening) : chute opérationnelle (saut en parachute)

HRT (Hostage Rescue Team) : équipe de libération d'otages

HT (Hostage-Taker) : preneur d'otages

JEH : bâtiment J. Edgar Hoover (siège du FBI)

K&R (Kidnap and Ransom) : enlèvement avec demande de rançon

LAPD (Los Angeles Police Department) : Département de police de Los Angeles

LEO (Law Enforcement Officer) : agent des forces de l'ordre

LZ (Landing Zone) : zone d'atterrissage

ML : médecin légiste

MO : mode opératoire

NAT (New Agent Trainee) : nouvel agent stagiaire

NCAVC (National Center for Analysis of Violent Crime) : Centre national pour l'analyse des crimes violents

NCIC (National Crime Information Center) : Centre national d'information sur la criminalité

NFT (Non-Fungible Token) : jeton non fongible

NOTS (New Operator Training School) : école de formation des nouveaux opérateurs

NPS (National Park Service) : Service des parcs nationaux

NYFO (New York Field Office) : bureau régional de New York

CO : crime organisé

OCU (Organized Crime Unit) : Unité de lutte contre le crime organisé

OPR (Office of Professional Responsibility) : Bureau de la responsabilité professionnelle

POTUS (President of the United States) : Président des États-Unis

PT (Physiology Technician) : technicien en physiologie

SSPT : syndrome de stress post-traumatique

RA (Resident Agency) : agence locale

GRC (Royal Canadian Mounted Police) : Gendarmerie royale du Canada

RSO (Senior Regional Security Officer) : agent de sécurité régionale du service diplomatique américain

SA (Special Agent) : agent spécial

SAC (Special Agent-in-Charge) : agent spécial en charge

SANE (Sexual Assault Nurse Examiners) : infirmières qualifiées pour examiner les victimes d'agression sexuelle

SAS (Special Air Squadron) : Forces spéciales aériennes (unité des forces spéciales britanniques)

SD (Secure Digital) : Carte SD

SIOC (Strategic Information & Operations) Informations et opérations stratégiques

SF (Special Forces) : Forces spéciales

SSA (Supervisory Special Agent) : agent spécial superviseur

SWAT (Special Weapons and Tactics) : Armes et tactiques spéciales

TC (Tactical Commander) : tacticien

TDY (Temporary Duty Yonder) : assignation temporaire

TEDAC (Terrorist Explosive Device Analytical Center) : Centre d'analyse des engins explosifs terroristes

TOD (Time of Death) : heure du décès

UAF (University of Alaska, Fairbanks) : Université de l'Alaska de Fairbanks

UBC (Undocumented Border Crosser) : clandestin franchissant la frontière

UNSUB (Unknown Subject) : sujet inconnu, suspect

USSS (United States Secret Service) : Services secrets des États-Unis

ViCAP (Violent Criminal Apprehension Program) : Programme d'arrestation pour actes criminels violents

VIN (Numéro de série du véhicule) : numéro d'identification du véhicule

WFO (Washington Field Office) : bureau régional de Washington

ZA : Zone d'atterrissage

REMERCIEMENTS

Comme toujours, je tiens à remercier Kathy Altman, ma partenaire critique de longue date. Elle est ma première lectrice et la seule personne à avoir jamais vu mes livres dans leur version originale. J'ai fait une grosse crise d'angoisse à la fin du premier jet, mais Kathy a réussi à me calmer. Depuis, je suis tombée amoureuse de ce livre et des âmes perdues qui le peuplent.

Merci à Rachel Grant et Jenn Stark pour leurs précieuses relectures. Vous êtes les meilleures pour vous attaquer à un manuscrit de 123 000 mots en gardant le sourire et avec élégance. Je vous aime !

J'ai constitué une nouvelle équipe éditoriale pour *Coup de froid*. Je tiens donc à remercier ma formidable nouvelle éditrice, Lindsey Faber, ma fidèle correctrice Joan de JRT Editing, ainsi que la très talentueuse Pamela Clare, qui a effectué une correction remarquable.

Je remercie les spécialistes des affaires publiques de l'unité nationale de presse et des opérations du FBI pour m'avoir aidée à clarifier certains détails concernant les procédures du FBI. Toute erreur est de mon fait, soit par ignorance béate, soit dans ma quête d'une bonne fiction.

Je suis extrêmement reconnaissante d'avoir réuni une équipe aussi formidable pour m'aider à produire et à mettre en forme mes livres. Un immense merci à mon assistante Jill Glass, à ma brillante graphiste Regina Wamba, ainsi qu'à Eric G. Dove, l'excellent narrateur de mes livres en version audio.

Je suis infiniment reconnaissante à ma famille, en particulier à Gary, l'amour de ma vie, ainsi qu'à ma merveilleuse fille et mon formidable fils. Depuis plus de dix ans, c'est le premier livre que j'écris sans ma magnifique chienne Holly, que j'avais recueillie... *snif*. Mais je suis très heureuse d'avoir Fergus, mon labrador noir un peu maladroit, qui rend chaque jour plus beau.

Merci à mon équipe de traduction française, Sophie Salaün et Florence Glémot. Et aussi à ma merveilleuse assistante, Jill Glass.

COLD JUSTICE® – MOST WANTED

Cold Silence (Book #1)
Cold Deceit (Book #2)
Cold Snap (Book #3)
Cold Fury (Book #4)
Cold Spite (Book #5)
Cold Truth (Book #6)
Cold Heat (Book #7) - Coming soon

À PROPOS DE L'AUTEUR

Auteur de best-sellers du *New York Times* et de *USA Today*, Toni Anderson® écrit des thrillers romantiques sur le FBI, à la fois incisifs et sexy.

Originaire d'une petite ville du Shropshire en Angleterre, Toni a étudié la biologie marine à l'université de Liverpool et à l'université de Saint-Andrews (oui, vous pouvez l'appeler « Dr Anderson ») avec l'intention de ne jamais s'éloigner de l'océan. Ce plan s'est retourné contre elle, et elle a fini au milieu des prairies canadiennes. Les plus grandes réalisations de Toni sont : la maîtrise du métro de Tokyo, l'escalade du Ben Lomond, la plongée en apnée sur la Grande Barrière de corail et survivre à dix-neuf hivers à Winnipeg (jusqu'à présent). Toni aime voyager pour faire des recherches et a eu la chance de visiter le centre d'opérations et d'informations stratégiques au sein du quartier général du FBI à Washington, D.C. Lors d'une formation à la Writer's Police Academy dans le Wisconsin, elle a eu l'occasion de pousser une autre voiture hors de la route lors d'une course-poursuite.

Ses livres ont remporté le prix Daphné du Maurier pour l'excellence dans le domaine du mystère et du suspense, le Readers' Choice, l'Aspen Gold, le Book Buyers' Best, le Golden Quill, le National Excellence in Story Telling Contest et le National Excellence in Romance Fiction. Elle a été finaliste du Vivian Contest et du RITA Award des Romance Writers of America, et présélectionnée pour le Jackie Collins Award for Romantic Thrillers, dans le cadre des Romantic Novel Awards.

Les livres de Toni ont été traduits en cinq langues et plus de trois millions d'exemplaires ont été téléchargés.

Inscrivez-vous à ma newsletter en français pour recevoir des **scènes bonus gratuitement**, et pour connaître la date de parution de mon prochain livre !
https://www.toniandersonfrancais.com/newsletter/

Découvrez la bibliographie de Toni Anderson® :
https://www.toniandersonfrancais.com/livres/

N'hésitez pas à visiter la boutique de Toni Anderson® pour découvrir ses autres livres et bénéficier d'offres exclusives !
https://toniandersonshop.com

 facebook.com/ToniAndersonFrancais

 instagram.com/toni_anderson_francais

 tiktok.com/@toni_anderson_author

 bsky.app/profile/toniandersonauthor.bsky.social